KB176571

을 유 세 계 문 학 전 집 · 5 5

죄와 벌

(상)

일러두기

* 본 작품에서 이탤릭체로 표기된 외래어 다음에 괄호로 병기된 해석은 모두 원서에는 없는 역주입니다. 이 경우 가독성을 위해 다른 주석들과 달리 별도의 표기를 하지 않고 본문에 그대로 두었습니다.
* 마침표를 문단 끝까지 길게 늘어 쓰거나 하는 등의 표기는 모두 원서의 분위기를 살리기 위해 그대로 따랐습니다.

죄와 벌

PRESTUPLENIE I NAKAZANIE

(상)

표도르 도스토예프스키 지음 · 김희숙 옮김

❀ 을유문화사

옮긴이 김희숙

서울대학교 독문과 및 동 대학원을 졸업하고, 독일 뮌헨 대학교 슬라브어문학과 학부 및 동 대학원을 졸업했다(러시아 문학박사). 현재 서울대학교 노어노문학과 교수로 재직하고 있다. 저서로 『보리스 필냐크의 장식체 소설 연구』와 역서로 블라지미르 소로킨의 『줄』, 후고 후퍼트의 『마야코프스키의 삶과 예술』, 푸쉬킨의 『스페이드의 여왕』, 『러시아 기호학의 이해』(공역), 『말의 미학』(공역), 『러시아 현대 소설 선집 1』(공역) 등이 있다.

을유세계문학전집 55

죄와 벌(상)

발행일·2012년 9월 20일 초판 1쇄 | 2024년 4월 20일 초판 11쇄
지은이·표도르 도스토예프스키 | 옮긴이·김희숙
펴낸이·정무영, 정상준 | 펴낸곳·(주)을유문화사
창립일·1945년 12월 1일 | 주소·서울시 마포구 서교동 469-48
전화·02-733-8153 | FAX·02-732-9154 | 홈페이지·www.eulyoo.co.kr
ISBN 978-89-324-0387-8 04890 978-89-324-0330-4(세트)

차 례

상권

등장 인물

로지온 로마노비치 라스콜니코프(로쟈, 로젠카) 휴학 중인 대학생.
아브도치야 로마노브나 라스콜니코바(두냐, 두네치카) 라스콜니코프의 여동생.
풀헤리야 알렉산드로브나 라스콜니코바 라스콜니코프의 어머니.

소피야 세묘노브나 마르멜라도바(소냐) 마르멜라도프의 친딸.
세묜 자하르이치 마르멜라도프 소냐의 아버지. 전직 9등 문관.
카체리나 이바노브나 마르멜라도바 마르멜라도프의 아내.
폴리나 미하일로브나(폴레치카, 폴랴, 폴렌카) 카체리나의 큰딸.

알료나 이바노브나 전당포 노파.
리자베타 이바노브나 알료나 이바노브나의 배다른 동생.

드미트리 프로코비치 라주미힌 라스콜니코프의 친구.
포르피리 페트로비치 라주미힌의 친척, 예심판사.
조시모프 라주미힌의 친구, 의사.

아르카지 이바노비치 스비드리가일로프 두냐가 가정교사로 있던 집의 가장.
마르파 페트로브나 스비드리가일로프의 부인.
표트르 페트로비치 루쥔 두냐의 약혼자, 7등 문관, 마르파 페트로브나의 먼 친척.
안드레이 세묘노비치 레베쟈트니코프 루쥔의 전(前) 피후견인.

니코짐 포미치 경찰 서장.
일리야 페트로비치 경찰 부서장. 일명 '화약 중위'로 불림.
알렉산드르 그리고리예비치 자묘토프 경찰서의 서기장.

니콜라이(미콜라이, 미콜카) 젊은 칠장이. 전당포 자매를 죽인 살인범으로 몰림.
드미트리(미트레이, 미치카) 니콜라이의 동료.
프라스코비야 파블로브나(파쉔카, 자르니츠이나) 라스콜니코프의 하숙집 여주인.

나스타시야 페트로바(나스타슈쉬카, 나스첸카) 라스콜니코프의 하숙집 하녀.
아말리야 이바노브나 립페베흐젤 마르멜라도프 가족의 셋집 여주인.

제1부

1

7월 초, 지독히도 무더운 때*의 어느 저녁 무렵, 한 청년이 S 골목의 셋집에 있는 자신의 조그만 하숙방에서 거리로 나와, 왠지 망설이는 듯한 모습으로 느릿느릿 K 다리* 쪽으로 발걸음을 떼었다.

운 좋게도 여주인과는 층계에서 마주치지 않았다. 그의 좁은 방은 높다란 5층 건물의 지붕 바로 아래에 있었는데, 방이라기보다는 차라리 장롱에 가까운 곳이었다. 식사를 제공하고 하녀가 시중을 들어주는 조건으로 이 작은 방을 빌려 준 하숙집 여주인은 한 층 아래에 있는 독립된 아파트에서 살고 있었기 때문에, 외출할 때마다 그는 거의 언제나 층계 쪽으로 활짝 열려 있는 여주인의 부엌 옆을 지나지 않으면 안 되었다. 그때마다 청년은 옆을 지나치면서 어쩐지 병적인 두려운 마음이 들었고, 그것이 수치스러워서 얼굴을 찌푸리곤 했다. 여주인에게 상당한 빚을 지고 있어서 그녀와 마주치기가 두려웠던 것이다.

그렇다고 해서 그가 원래 그토록 겁이 많고 소심한 성격이었던 것은 아니고, 오히려 정반대였으나, 얼마 전부터는 우울증과도 흡사한, 늘 초조하고 긴장된 상태에 놓여 있었다. 그는 지나치게 자기 자신 속에만 틀어박혀 모든 사람들로부터 고립되어 있었기 때문에, 여주인뿐만 아니라 어느 누구와도 만나는 것을 두려워하고 있었다. 그는 가난에 몹시 쪼들리고 있었지만, 이 절박한 상태도 요즘은 그를 짓누르지 못했다. 그는 생존에 필요한 최소한의 밥벌이도 내팽개친 채 어떤 일도 하려고 하지 않았다. 그는 사실 이 세상의 어떤 하숙집 여주인이 그에 대해 무슨 나쁜 일을 꾸미든 조금도 두렵지 않았다. 그러나 층계에서 붙잡혀, 자신과는 아무 상관도 없는 흔해 빠진 온갖 따분한 잔소리를 듣는다든가, 으름장에다 우는 소리까지 해 대는 귀찮은 방세 독촉을 받고, 자기 쪽에서도 교묘하게 꽁무니를 빼거나 사과를 하거나 거짓말을 하느니 차라리 어떻게 해서든지 고양이처럼 층계를 살짝 빠져나와 누구 눈에도 띄지 않게 슬그머니 도망치는 편이 상책이었다.

그런데 거리로 무사히 빠져나오자, 이번에는 빚쟁이 여자와 마주치는 걸 자신이 그토록 두려워하고 있다는 것에 스스로도 어처구니가 없었다.

'그런 커다란 일을 계획하고 있으면서 이런 하찮은 것에 겁을 먹다니!' 그는 묘한 미소를 지으면서 생각했다. '음…… 그래…… 모든 것은 인간의 손안에 있어. 다만 하나, 두려움 때문에 그 모든 것이 코끝을 스치고 지나가도록 내버려 두는 거지…… 이것은 이미 자명한 공리(公理)야……. 과연 사람들은 무엇을 제일 두려워 할까? 새로운 한 걸음, 자기 자신의 새로운 말을 그들은 제일 두려워해……. 그런데 난 너무 많이 지껄이고 있군. 지껄이느라고 아무것도 하지 못하는 거야. 아니, 어쩌면 아무것도 하지 않으니까 지껄이는 건지도 모르겠군. 이렇게 지껄이는 건 내가 이 한 달 동안 밤낮없이 방구석에 누워서…… 옛날 옛적 이야기 같은 황당한 일에 대해서나 생각하는 동안에 생긴 버릇이야. 그렇다 치고, 왜 나는 지금 가고 있는 거지? 정말 내가 **그 일**을 할 수 있을까? 정말 **그 일**은 진지한 일일까? 전혀 그렇지 않아. 말하자면 공상을 위해서 자신을 위로하는 것에 지나지 않아. 장난감! 그래, 장난감이라는 말도 맞을 거야!'

거리는 끔찍이도 더웠다. 게다가 후텁지근한 공기, 혼잡함, 도처에 널려 있는 석회, 건축장의 발판, 벽돌, 먼지, 별장을 빌릴 능력이 없는 페테르부르크 주민이라면 누구나 다 알고 있는 독특한 여름의 악취, 이 모든 것이 한꺼번에, 그렇잖아도 이미 혼란을 일으키고 있는 청년의 신경을 더욱 불쾌하게 자극했다. 시내 이 근처에 특히 많이 몰려 있는 선술집에서 풍겨 나오는 참을 수 없는 악취와 평일의 일할 시간임에도 끊임없이 부딪치게 되는 술 취한 사람들이 이러한 광경의 역겹고 우울한 색채를 더욱 짙게 만들어 주고 있었다. 깊디깊은 혐오의 빛이 청년의 섬세한 얼굴을 한순간 스치고 지나갔다. 사실 그는 아름다운 검은 눈동자에 짙은 아마색 머리를 가진 보기 드문 미남으로, 약간 큰 키에 날씬하고 균형 잡힌 체격을 지니고 있었다. 그러나 그는 곧 무언가 깊은 상념, 아니 더 정확히 말하자면 일종의 무아경에라도 빠진 듯, 주변을 의식하지도 못하고, 또 의식하려고도 하지 않으면서 걷기 시작했다. 다만 간간이 방금 자기 자신도 인정한 혼잣말하는 버릇이 나와서, 혼자 무엇을 중얼거리고 있었다. 바로 그때 그는 자신의 생각이 이따금 마구 뒤엉키고 몸도 쇠약해져 있다는 것을 깨달았다. 벌써 이틀째 거의 아무것도 먹지 않았던 것이다.

그는 너무나도 남루한 차림이어서, 다른 사람 같으면 아무리 그런 옷에 익숙하다 할지라도 벌건 대낮에 그런 누더기를 걸치고 거리에 나서는 것을 부끄러워할 정도였다. 그러나 이 지역은 옷차림으로 누군가를 놀라게 하기에는 힘든 곳이었다. 건초 광장인 센나야가 가깝고, 도처에 색싯집들이 있을 뿐만 아니라, 무엇보다도 이곳 페테르부르크 한복판에 위치한 거리와 골목에는 직공과 수공업자들이 북적거리며 살고 있어서 때로는 별별 희한한 인간들이 이 일대의 광경에 잡다하게 함께 뒤섞이는 탓에, 웬만큼 이상한 모습을 한 사람을 만나더라도 놀라는 편이 오히려 이상할 지경이었다. 게다가 청년의 가슴속에는 적개심에 가득 찬 경멸감이 이미 쌓일 대로 쌓여 있어서, 강하고 때로는 젊은이다운 몹시 까다로운 결벽증에도 불구하고, 그런 누더기 같은 차림새로 거리를 걷는 것을 부끄럽게 여기지조차 않았다. 아는 사람이나 전혀 만나고 싶지 않은 옛 동료들이라도 만나게 된다면 또 문제가 다르지만……. 그런데 이때, 어떤 주정뱅이가 몸집이 커다란 짐말이 끄는 거대한 수레에 실려 무엇 때문에 어디로 가는 건지는 모르나 하여튼 거리를 따라 옆을 지나치다가 "어이, 너, 독일 모자!" 하고 느닷없이 소리를 지르고는 그를 손가락질하면서 목이 터져라 외쳐 대기 시작하자, 청년은 갑자기 걸음을 멈추고 발작적으로 자신의 모자를 꽉 움켜쥐었다. 모자는 높고 둥근 침머만*제(製)였으나, 이미 형편없이 낡아서 불그죽죽하게 색이 완전히 바랬을 뿐만 아니라, 구멍과 얼룩투성이인데다 챙도 떨어져 나가 한쪽 모서리가 볼썽사납게 옆으로 찌부러져 있었다. 그러나 그를 사로잡은 것은 수치심이 아니라 그런 것과는 전혀 다른 경악에 가까운 감정이었다.

'내 이럴 줄 알았어!' 그는 당황해서 중얼거렸다. '이럴 줄 알았다고! 이건 정말 무엇보다도 고약한 일이다! 이런 바보 같은 짓이, 이런 하찮고 사소한 것이 계획 전체를 망쳐 버리는 거야! 그래, 이 모자는 너무 눈에 띄기 쉬워……. 꼴이 우스꽝스러워서 눈에 띄기 십상이지……. 이런 누더기 옷에는 아무리 낡은 거라도 반드시 학생모이어야 해. 이런 괴물 같은 것 말고. 아무도 이런 걸 쓰고 다니지 않잖아. 1베르스타* 밖에서도 눈에 띄어 사람들이 기억하게 될 거야…… 무엇보다 나중에 기억하게 될 거고, 그러면 그대로 증거가 되고 말아. 그러니 되도록 남의 눈에 띄지 않게 해야 돼……. 사소한 것, 사소한 것이 중요하다……! 이런 사소한 것들이 항상 모든 일을 망쳐 버리니까…….'

얼마 걸어갈 것도 없었다. 그는 자기 집 문 앞에서 거기까지 몇 걸음이 되는지도 알고 있었다. 정확하게 칠백삼십 보였다. 언젠가 그가 이미 공상에 몰두하고 있던 때 한번 세어 보았던 것이다. 그 당시 그는 아직 스스로도 이 공상을 믿고 있지 않았고, 그저 그 공상이 지닌 추악하지만 유혹적인 대담함으로 자신을 자극하고 있었을 뿐이다. 그러나 한 달이 지난 지금은 그것을 다른 눈으로 보기 시작해서, 비록 여전히 자신을 믿지 못하며 자신의 무력함과 우유부단함에 대해 온갖 자조적인 독백을 되풀이하면서도, 어느새 그 '추악한' 공상을 하나의 계획으로 간주하는 데 절로 익숙해져 있기까지 했다. 심지어 그는 지금 자신의 계획을 **시험**해 보기 위해 그곳으로 가는 길이었으며, 한 발 한 발 내디딜 때마다 가슴속의 흥분은 더욱 커져 갔다.

심장이 얼어붙고 신경이 떨리는 것을 느끼면서, 그는 한쪽 벽은 운하에 면해 있고 다른 한쪽 벽은 ** 거리에 면해 있는 아주 큰 건물 쪽으로 다가갔다. 그 건물은 전체가 조그만 셋방들로 되어 있어서 온갖 직종에 종사하는 사람들, 재봉사, 철물공, 여자 요리사, 각양각색의 독일 사람, 몸을 팔아 살아가는 젊은 여자들, 하급 관리 따위의 사람들이 살고 있었다. 건물의 두 대문과 두 마당은 드나드는 사람들로 쉴 새 없이 북적거렸다. 거기엔 관리인도 서넛 근무하고 있었다. 청년은 그들 중의 어느 누구와도 마주치지 않은 것에 몹시 만족해하면서, 대문에서 곧장 계단을 향해 오른쪽으로 슬그머니 들어섰다. 어둡고 좁은 '뒷계단'이었으나, 그는 이 모든 것을 이미 알고 있고 숙지해 둔 터였으며, 이 모든 상황이 마음에 들었다. 이런 어둠 속이라면 아무리 호기심에 찬 시선이라도 위험하지 않았던 것이다. '벌써부터 이렇게 겁을 먹어서야 **그 일**을 정말로 실행할 단계가 되면 어쩔 셈인가……?' 4층으로 올라가면서 그는 무심결에 이렇게 생각했다. 4층에 올라가자 퇴역 병사인 짐꾼들이 어느 아파트에서 가구를 내가느라고 그의 길을 막았다. 그는 그 아파트에 어떤 독일인 관리 가족이 살고 있다는 것을 이미 전부터 알고 있었다. '그 독일인이 이사 가는 모양이지. 그렇다면 4층의 이쪽 층계와 이 층계참에는 당분간 노파의 아파트에만 사람이 들어 있겠군. 잘됐어…… 여하튼…….' 그는 다시금 이렇게 생각하고 노파의 아파트 문에 달린 초인종 줄을 잡아당겼다. 초인종은 구리가 아니라 양철로 된 것인지, 쟁강거리는 소리가 약하게 울렸다. 이 같은 건물에 있는 이런 조그만 아파트 문에는 대개 이런 초인종이 달려 있었다. 그는 이미 이 초인종 소리를 잊고 있었으나, 지금의 이 독특한 울림은 갑자기 그에게 무언가를 상기시키고 분명한 암시를 주는 듯했다……. 그는 흠칫 몸을 떨었다. 이제 신경이 극도로 쇠약해져 있었다. 잠시 후 문이 빠끔히 열리고, 그 틈새로 여주인이 내놓고 수상쩍어하며 유심히 손님을 훑어보았고, 그녀의 반짝이는 작은 두 눈만이 어둠 속에서 보였다. 그러나 층계참에 사람이 많은 것을 보고는 그녀는 용기를 내어 문을 활짝 열었다. 청년은 문지방을 넘어 칸막이로 가려진 어두운 현관으로 들어섰다. 칸막이 저쪽은 좁은 부엌으로 되어 있었다. 노파는 그의 앞에 말없이 서서 묻는 듯한 눈초리로 그를 쳐다보고 있었다. 예순 살쯤 되어 보이는 왜소하고 깡마른 노파는 날카롭고 심술궂은 작은 눈에 코는 작고 뾰족했으며, 머리에는 아무것도 쓰고 있지 않았다. 희끗희끗 세어 색깔이 연한 머리털은 기름을 듬뿍 발라 번질번질했다. 닭발처럼 가늘고 긴 목에는 플란넬 넝마 조각을 두르고, 이렇게 더운데도 어깨에는 누렇게 바랜 너덜너덜한 털조끼를 걸치고 있었다. 노파는 연방 기침을 해 대면서 가르랑거리는 소리를 내고 있었다. 분명 청년이 어떤 유별난 시선으로 그녀를 쳐다보았던지, 그녀의 눈에 갑자기 조금 전과 같은 의심의 빛이 다시금 스쳐 지나갔다.

"라스콜니코프라고 하는 대학생입니다. 한 달 전에 온 적이 있었지요." 좀 더 상냥하게 굴어야 한다는 생각이 나서 청년은 얼른 허리를 반쯤 굽혀 인사를 하며 말했다.

"기억하고 있소, 젊은이, 기억하고말고. 여기 다녀갔었지." 노파는 여전히 미심쩍어하는 시선을 그의 얼굴에서 떼지 않으며 또박또박 말했다.

"그러세요…… 실은 이번에도 같은 일로……." 라스콜니코프는 노파가 의심스러워하는 데 조금 당황하고 놀라면서 말을 이었다.

'아니, 이 노파는 언제나 이런가 본데. 저번에 왔을 땐 내가 못 알아챘을 수도 있어.' 그는 불쾌한 기분으로 이렇게 생각했다.

노파는 생각에 잠긴 듯 잠시 입을 다물더니, 한쪽으로 비켜서서 방문을 가리키고 손님을 앞세우면서 말했다.

"자, 들어가시구려."

청년이 들어간 크지 않은 방은 누런 벽지가 발라져 있고, 창에는 제라늄 화분이 몇 개 놓여 있었으며, 모슬린 커튼이 쳐져 있었는데, 때마침 석양빛을 받아 방 안이 환하게 밝았다. '그때도 이렇게 햇빛이 비쳐 들겠지……!' 이런 생각이 문득 라스콜니코프의 머리를 스치고 지나갔다. 그는 방 안의 배치를 되도록 자세히 살펴보고 기억해 두려고 재빠른 시선으로 방 안의 모든 것을 둘러보왔다. 그러나 방에는 특별한 것이라고는 하나도 없었다. 가구는 모두 누런 나무로 만든 몹시 낡은 것들로, 구부러진 큼직한 나무 등받이가 달린 소파와 그 앞에 놓여 있는 타원형의 탁자, 창과 창 사이의 벽면에 붙여 놓은 조그만 거울이 달린 화장대, 벽 가에 세워 놓은 의자 몇 개, 그리고 누런 액자에 끼운, 손에 새를 들고 있는 독일 아가씨들을 그린 싸구려 그림 두어 점, 이것이 전부였다. 한쪽 구석에 있는 크지 않은 성상 앞에는 등잔불이 켜져 있었다. 모든 것이 매우 깨끗했고, 가구도 방바닥도 반들반들하게 닦여 있었다. 모든 것이 윤이 났다. '리자베타가 해 놓은 일이구나' 하고 청년은 생각했다. 방 안 어디를 봐도 먼지 하나 눈에 띄지 않았다. '심술궂은 늙은 과붓집이 대개 이렇게 깨끗한 법이지.' 라스콜니 코프는 속으로 이렇게 생각하면서, 다음 작은 방으로 통하는 문 앞에 쳐 놓은 날염한 무명 커튼을 호기심에 차서 힐끗 곁눈질했 다. 거기엔 노파의 침대와 서랍장이 놓여 있었으나, 그는 아직 한 번도 그 방을 들여다본 적이 없었다. 노파의 아파트는 이 방 두 칸 이 전부였다.

"무슨 일로 오셨소?" 방으로 들어오자 노파는 그의 얼굴을 정 면으로 쳐다보기 위해 아까처럼 바로 그의 앞에 버티고 서면서 엄 하게 말했다.

"잡힐 물건을 가져왔어요, 여기!" 그러면서 그는 호주머니에서 오래되고 납작한 은시계를 꺼냈다. 뚜껑 뒷면에는 지구의가 새겨 져 있었다. 시곗줄은 쇠로 된 것이었다.

"먼젓번에 잡힌 것도 기한 아니오. 벌써 그저께로 한 달이 지났구먼."

"다시 한 달 치 이자를 드릴 테니 조그만 기다려 주세요."

"기다리든 지금 당장 팔아 버리든 그건 내 마음이고."

"이런 시계면 값을 많이 쳐주시겠죠, 알료나 이바노브나?"

"시시한 것만 가져오는군, 이런 건 한 푼도 안 나가요. 저번에 가져온 반지는 두 장을 내줬지만, 그것도 보석상에 가면 1루블 반에 새걸로 살 수 있다고."

"4루블 정도만 빌려 주세요. 꼭 찾아가겠습니다, 아버지의 시계니까. 곧 돈이 오게 돼 있어요."

"1루블 반, 거기서 이자는 먼저 제하고. 그래도 좋다면."

"1루블 반이라고요!" 청년이 외쳤다.

"좋을 대로." 그러면서 노파는 시계를 도로 그에게 내밀었다. 청년은 그것을 받아들고 화가 치민 나머지 그냥 가 버리려고 했으나, 더 가 볼 곳도 없고 또 자기가 여기 온 것은 다른 일 때문이기도 하다는 걸 떠올리고는 이내 마음을 고쳐먹었다.

"줘요!" 그는 거칠게 말했다.

노파는 주머니에 손을 넣고 열쇠를 찾으면서 커튼 뒤의 다른 방으로 들어갔다. 청년은 방 한가운데 혼자 남게 되자 호기심에 차서 귀를 기울이며 이런저런 궁리를 하고 있었다. 그녀가 서랍장을 여는 소리가 들렸다. '분명, 윗서랍일 거야.' 그는 상상했다. '열쇠는, 그러니까, 오른쪽 주머니에 넣고 다니는구나……. 모두 한 꾸러미로 쇠고리에 끼워서……. 그중에 다른 것들보다 세 배나 크고 톱니 모양을 하고 있는 게 하나 있는데, 물론 서랍장 열쇠는 아니야……. 그렇다면 귀중품함이나 트렁크가 따로 있다는 얘기인데……. 그거 참 궁금하군. 트렁크에는 죄다 저런 열쇠를 쓰지. 하지만 이게 다 얼마나 비열한 생각인가…….'

노파가 되돌아왔다.

"여기, 자, 1루블에 대한 한 달 치 이자를 10코페이카로 쳐서, 1루블 반에서 한 달 치 이자로 15코페이카를 먼저 제하겠수. 그리고 먼젓번 2루블에 대해서도 같은 이율로 20코페이카를 제하겠고. 그러면 합해서 35가 되는구먼. 그러니까 댁이 지금 그 시계를 맡기고 받을 돈은 1루블 15코페이카요. 자, 받구려."

"뭐라고요! 그럼 이번엔 겨우 1루블 15코페이카라고요!"

"그렇다니까."

청년은 실랑이를 벌이려고도 하지 않고 돈을 받아 들었다. 그는 노파를 물끄러미 쳐다보며, 아직 무언가 더 할 말이나 할 일이 남아 있기라도 한 듯 서둘러 돌아가려고 하지 않았으나, 그것이 도대체 무엇인지 자신도 모르는 듯했다…….

"어쩌면, 알료나 이바노브나, 며칠 안으로 물건을 하나 더 가지고 올지도 모르겠어요…… 은으로 된…… 근사한…… 담뱃갑인데…… 친구에게서 돌려받는 대로…….." 그는 당황해서 입을 다물었다.

"그건 그때 가서 말합시다. 젊은이."

"안녕히 계세요……. 그런데 늘 집에 혼자 계시는군요. 여동생은 어디 간 모양이지요?" 현관으로 나오면서 그는 되도록 태연하게 물었다.

"동생에게 무슨 볼일이라도 있수?"

"아니 별로. 그냥 물어본 거예요. 그런데 할머니는 이제…….
안녕히 계세요, 알료나 이바노브나!"

라스콜니코프는 몹시 당황해서 그곳을 나왔다. 이 당혹감은 점
점 더 심해졌다. 층계를 내려가는 동안에도 갑자기 무슨 충격을
받기라도 한 듯 여러 번 걸음을 멈추기까지 했다. 가까스로 거리
에 나서자 그는 버럭 소리를 내질렀다. '맙소사! 다 얼마나 혐오스
러운 일인가! 정말로, 정말로 내가…… 아냐, 이건 무의미해, 이
건 어리석은 짓이야!' 그는 단호하게 덧붙였다. '정말 그런 끔찍
한 생각이 내 머리에 떠오를 수 있었단 말인가? 도대체 내 마음이
그런 더러운 생각을 할 수 있다니! 무엇보다도, 더럽다, 비열하
다, 역겹다, 역겹다……! 그런데도 나는 한 달 내내…….'

그러나 그는 말로도, 탄식으로도 자신의 흥분을 표현할 수가 없
었다. 노파의 집으로 막 걸어가고 있던 때부터 이미 그의 마음을
짓누르고 괴롭히기 시작했던 끝없는 혐오감이 이제는 너무도 커
지고 뚜렷하게 정체를 드러내서, 도저히 자신의 괴로움으로부터
벗어날 길이 없었다. 그는 마치 술 취한 사람처럼, 지나가는 사람
들을 알아보지도 못하고 그들과 마구 부딪치면서 보도를 걸어가
다가, 다음 거리에 이르러서야 겨우 제정신이 들었다. 주위를 둘
러보고서 그는 자신이 선술집 앞에 서 있다는 것을 깨달았다. 그
곳으로 들어가려면 인도에서 층계를 따라 지하층으로 내려가게
끔 되어 있었다. 때마침 문에서는 만취한 두 취객이 서로를 부축
하고 욕지거릴 퍼부으며 거리로 기듯이 올라오고 있었다. 오래 생

각할 것도 없이 라스콜니코프는 곧장 그리로 내려갔다. 지금껏 그는 한 번도 선술집에 들어가 본 적이 없었지만, 지금은 현기증이 나는데다가 타는 듯한 갈증 때문에 무척이나 고통스러웠다. 그래서 차가운 맥주라도 한 잔 들이켜고 싶었고, 더구나 갑자기 이렇게 기운이 없는 것이 허기 탓이라고 여겨져서 더욱 그랬다. 그는 컴컴하고 더러운 구석의 끈적거리는 탁자 앞에 앉아 맥주를 시킨 다음, 첫 잔을 기갈이 난 듯 단숨에 들이켰다. 그러자 모든 것이 금방 사라지고 생각도 맑아졌다. '모두 터무니없는 거야.' 그는 희망을 느끼면서 말했다. '당황할 건 아무것도 없었어! 그냥 몸이 약해져서 그래! 맥주 한 잔과 건빵 한 조각으로 금방 이렇게 정신력이 강해지고, 생각이 분명해지고, 의지도 굳어지는데, 뭐! 퉤! 다 쓸데없는 걱정이야……!' 그러나 이렇게 경멸하듯 침을 내뱉으면서도, 그는 무언가 끔찍하고 무거운 짐에서 갑자기 벗어나기라도 한 듯 벌써 기분 좋게 주위를 바라보며, 그곳에 있는 사람들에게 다정한 눈길을 보냈다. 하지만 이 순간에도 그는 무엇이든 좋은 쪽으로 받아들이려는 이런 마음 역시 병적이라는 것을 어렴풋이 예감하고 있었다.

그 시간의 술집에는 사람들이 별로 없었다. 층계에서 부딪쳤던 그 두 술꾼 외에도, 여자 하나를 데리고 손풍금을 든 댓 명의 패거리가 뒤를 이어 우르르 한꺼번에 밖으로 나갔다. 그러자 술집 안은 횅하니 조용해졌다. 남아 있는 사람이라고는 맥주를 앞에 놓고 약간 취해서 앉아 있는 상인으로 보이는 남자와 주름이 잡힌 짧은 농민 외투를 입고 회색 수염을 기른 체구가 우람하고 뚱뚱한 그의 동료뿐이었다. 이 사나이는 몹시 취하여 긴 걸상에서 꾸벅꾸벅 졸면서 이따금 비몽사몽간에 갑자기 손가락을 딱딱 퉁기며 소리를 내는가 하면, 걸상에서 몸을 일으킬 생각도 않고 두 팔을 좌우로 벌린 채 상반신만 들썩거리면서, 가사를 기억해 내느라 애를 쓰며 무슨 돼먹지도 않은 노래를 부르고 있었다.

　　일 년 내내 아내를 애무했네,
　　일 년 내-내 아-내를 애무-했네…….

　또는 그러다가 갑자기 깨어나서 다시 노래를 불러 댔다.

　　포지야체스카야를 거닐다가,
　　옛 임을 만났다네…….

　그러나 누구 하나 그의 행복감에 맞장구쳐 주는 사람은 없었다. 과묵한 그의 동료는 이 돌발적인 행동을 오히려 적의에 찬 듯한 의혹의 눈초리로 바라보고 있었다. 그 자리에는 또 한 사람, 퇴직 관리처럼 보이는 남자가 남아 있었다. 그는 자신의 술병과 잔을 앞에 놓고 홀로 떨어져 앉아서, 이따금 한 모금씩 들이켜면서 사방을 두리번거리고 있었다. 그 역시 좀 흥분해 있는 것 같았다.

2

라스콜니코프는 사람들이 많이 모여 있는 자리에 익숙하지 않았고, 앞에서도 말했다시피 특히 요즘에 와서는 모든 모임을 피하고 있었다. 그러나 지금은 갑자기 사람들에게 왠지 마음이 끌렸다. 그의 마음속에 뭔가 새로운 것이 생겨나면서 사람들에 대한 어떤 갈망을 느끼게 된 것이다. 그는 꼬박 한 달 전부터 자신의 이 긴장된 우수와 음울한 흥분에 완전히 지쳐 버린 나머지, 단 일 분만이라도 어딘가 다른 세계에서 좀 쉬고 싶었다. 그래서 지저분하기 짝이 없는 곳임에도 지금 그는 기꺼이 이 술집에 계속 남아 있었다.

술집 주인은 다른 방에 있었으나, 종종 어딘가로부터 계단을 통해 내려와 큰 홀로 들어오곤 했는데, 그때마다 붉은 안쪽 가죽을 널찍하게 밖으로 접고 구두약으로 번쩍번쩍 광을 낸 멋진 장화가 맨 먼저 눈에 들어왔다. 그는 허리에 작은 주름이 잡힌 반코트 안에 기름때로 꼬질꼬질하게 절은 검은 공단 조끼를 받쳐 입고 넥타이는 매지 않은 차림이었는데, 얼굴은 온통 기름을 먹인 쇠 자물통같이 번들거렸다. 계산대 뒤에는 열네 살쯤 되어 보이는 소년이 하나 있었고, 그 밖에도 손님들이 주문하는 것을 날라다 주는 좀 더 어린 소년이 한 명 더 있었다. 거기엔 작게 썰어 놓은 오이며 검은 건빵이며 작은 생선 조각들이 놓여 있어서 지독한 악취를 풍기고 있었다. 숨이 막혀 앉아 있기조차 힘들 지경이었고, 모든 것이 술 냄새에 절어 있어서 이 공기만으로도 오 분이면 취해 버릴 것만 같았다.

때로는 전혀 모르는 사이인데도 말을 건네기도 전에 첫눈에 벌써 뜻밖의 흥미를 느끼게 하는, 그런 사람들을 만나게 되는 경우가 있기 마련이다. 좀 떨어져 앉아 있는 퇴직 관리인 듯싶은 손님이 바로 그런 인상을 라스콜니코프에게 주었다. 청년은 훗날 몇 번인가 이 첫인상을 떠올리면서 그것이 어떤 예감 같은 것이었다고 생각하기까지 했다. 그는 줄곧 관리를 힐끔힐끔 쳐다보았는데, 그것은 물론 상대방도 이쪽을 집요하게 쳐다보고 있기 때문이기도 했다. 상대방은 무척이나 말을 건네고 싶어 하는 눈치였다. 그는 술집 주인을 포함해서 그곳에 있는 다른 사람들에게는 별 관심도 없고 지루하기조차 한 듯, 동시에 그들이 전혀 말상대도 되지 못하는 교양 없고 신분이 낮은 족속인 양, 오만한 경멸의 빛까지 띠고서 보고 있었다. 그는 이미 쉰 살이 넘어 보이는, 중키에 체격이 건장한 사나이로, 희끗희끗 센 머리는 많이 벗어졌고, 밤낮없이 술에 절어 사는 탓에 부석부석해진 얼굴은 누렇다 못해 푸르죽죽했으며, 부어오른 눈두덩이 밑으로는 옆으로 가늘게 찢어진, 그러나 생기 있는 불그스레한 두 눈이 반짝이고 있었다. 그러나 그에게는 어딘지 몹시 이상한 데가 있었다. 그의 시선에는 감격과 같은 것이 빛나고 있었으며 어쩌면 사려와 분별도 들어 있었는지 모르겠으나, 동시에 광기와 같은 것도 번득이고 있었다. 그는 낡아서 누더기가 다 된, 단추도 떨어져 나간 검은 연미복을 입고 있었다. 단 한 개의 단추만이 아직도 간신히 달려 있었는데, 그래도 예의에 어긋나고 싶지는 않은 듯 그는 이 마지막 단추를 꼭 잠그고 있었다. 남경 무명으로 만든 조끼 위로는 우글쭈글 구겨지고 때와 술에 얼룩진 셔츠의 앞섶이 삐쳐 나와 있었다. 얼굴은 관리들이 흔히 하는 식으로 면도를 했으나, 그것도 이미 오래전의 일인지, 푸르스름하고 뻣뻣한 털이 벌써 덥수룩하게 나 있었다. 사실 그의 몸가짐에는 어딘가 관리다운 의젓한 데가 있긴 했다. 그러나 그는 안절부절못하면서 머리털을 쥐어뜯고 헝클어뜨리는가 하면, 술이 흘러서 끈적거리는 탁자에 때로는 구멍 난 팔꿈치를 대고서 괴로운 나머지 양손으로 머리를 움켜쥐기도 했다. 마침내 그는 라스콜니코프를 똑바로 쳐다보며 크고 분명한 목소리로 말을 건넸다.

"존경하는 선생, 감히 귀하에게 고상한 대화를 청해도 좋겠습니까? 선생은 비록 겉모습으로는 대단한 사람 같아 보이지 않을지언정, 교양이 있고 술 같은 것은 별로 좋아하지 않는 분이라는 걸 제 경험으로 미루어 보아 잘 알 수 있습니다. 제 자신도 고결한 감정과 결합되어 있는 교양을 언제나 존중해 온 사람으로, 9등 문관입니다. 마르멜라도프, 이것이 나의 성이고 9등 문관이지요. 감히 여쭙겠습니다만, 봉직하고 계십니까?"

"아닙니다, 학업 중입니다……." 청년은 수사가 많고 과장된 상대방의 독특한 말투와 그렇게 정면으로 대놓고 말을 걸어오는 데 좀 놀라면서 대답했다. 조금 전까지만 해도 그는 누구하고든지 이야기를 나누고 싶었지만, 막상 상대방이 말을 건네 오자, 첫마디에서부터 갑자기 여느 때의 그 불쾌하고 화가 치미는 혐오감에 사로잡히고 말았다. 그것은 낯선 사람이 그의 개성을 건드리든가 건드리려고 할 때마다 늘 느껴 온 감정이었다.

"그럼 대학생이시군요, 아니면 전에 대학생이셨든가!" 관리가 외쳤다. "나도 그렇게 생각했소이다! 경험이지요, 오랫동안의 경험!" 그는 우쭐해서 손가락을 이마에 갖다 댔다. "당신은 대학생이었거나 아니면 전문적인 학문의 길을 어느 정도 걸어온 분일 거라고 말이오! 그럼 잠깐 실례 좀 할까요…….", 그는 몸을 일으키고는 몇 번 휘청거리더니 자신의 술병과 잔을 집어 들고 청년에게 다가와서 약간 비스듬히 마주 앉았다. 비록 취해 있는데다가, 이따금 좀 조리 없이 뒤엉키고 질질 끌기는 해도 그의 말은 웅변적이고 활기가 있었다. 그는 마치 한 달 동안이나 아무하고도 이야길 못해 본 사람처럼 탐욕스럽게 라스콜니코프에게 달려들었다.

"선생." 그는 자못 엄숙하게 말을 시작했다. "가난은 죄가 아니라는데, 그건 진리요. 나도 음주벽이 미덕이 아니라는 건 알아요, 그것은 더욱더 진리이지요. 그러나 비럭질을 해야 할 정도의 가난은 말이오, 선생, 비럭질을 해야 하는 가난은 죄악이라오. 가난 속에서는 자신이 타고난 고결한 감정을 지킬 수 있지만, 비럭질을 해야 하는 가난 속에서는 어느 누구도 절대로 그럴 수 없어요. 그 정도로 가난하면, 몽둥이로 쫓아내지도 않소, 모욕이 더 골수에 사무치게끔 아예 빗자루로 인간 사회에서 쓸어내 버리지. 그건 당연한 일이오. 왜냐하면 그렇게 가난하게 되면 누구보다도 나 자신이 먼저 나를 모욕하려 드는 법이니까. 그래서 술집이 있는 거요! 선생, 한 달쯤 전에 제 집사람을 레베쟈트니코프 씨가 두들겨 팼소, 집사람은 나 같은 인간이 아닌데도 말이오! 아시겠소? 실례지

만 하나 더 여쭤 보리다. 그저 호기심에서이오만. 네바 강의 건초
운반선*에서 자 본 적이 있으시오?"

"아뇨, 없습니다." 라스콜니코프가 대답했다. "왜 그러시지요?"

"실은, 나는 지금 거기에서 오는 길이오, 벌써 닷새 밤이나……."

그는 잔을 가득 채워 들이켜고는 생각에 잠겼다. 정말로 그의
옷이며 머리카락에까지 여기저기 마른 검부러기가 달라붙어 있
었다. 닷새 동안 옷도 갈아입지 않고 세수도 하지 않은 게 분명했
다. 특히 손은 더럽고 기름때에 절어 있는 데다 불그죽죽하고 손
톱 밑이 새까맸다.

그의 이야기는 술집 안에 있는 사람들에게서 비록 굼뜬 것일망
정 그래도 관심을 불러일으킨 모양이었다. 심부름하는 사내아이
들이 계산대 뒤에서 킥킥거리기 시작했다. 보아하니 이 '어릿광
대'의 이야기를 듣기 위해 윗방에서 일부러 내려온 듯한 주인도
거드름을 피우고 늘어지게 하품을 하면서, 조금 떨어진 곳에 자리
를 잡고 앉았다. 마르멜라도프는 이 집의 오랜 단골인 게 분명했
다. 수사가 많고 과장된 말투가 입에 붙은 것도 아마 술집에서 온
갖 모르는 사람들을 상대로 지껄여 온 습관 때문인 듯했다. 이런
습관은 어떤 부류의 주정뱅이들, 특히 집에서 푸대접이나 학대를
당하는 자들에게는 절실한 욕구가 된다. 때문에 그들은 같은 술꾼
들로부터 자신을 인정받고 가능하면 존경까지도 얻어 내려고 언
제나 애를 쓰는 것이다.

"어이, 어릿광대!" 주인이 큰 소리로 말했다. "근데 왜 일을 하
지 않는 거야. 관리이시라면서 왜 근무를 안 하시지?"

"왜 내가 근무를 하지 않느냐고요, 선생?" 마르멜라도프는 마치 방금 물은 사람이 라스콜니코프이기라도 한 것처럼 그만을 바라보며 대꾸했다. "왜 근무를 하지 않느냐고요? 그럼 내가 이렇게 실없이 돌아다니면서 마음이 괴롭지 않은 줄 아시오? 레베쟈트니코프 씨가 한 달쯤 전에 내 아내를 자기 손으로 때렸을 때, 나는 술에 취해 퍼질러 누워 있었지만, 그때 내 마음이 괴롭지 않았겠소? 실례지만, 젊은 양반, 당신은 혹시…… 음…… 그러니까 가망도 없는데 돈을 꾸려고 애원해 본 적이 있으시오?"

"있습니다만…… 가망이 없다는 건 무슨 뜻이지요?"

"그러니까, 아무 소용도 없다는 걸 진즉에 알면서도 그렇게 하니, 전혀 가망이 없다는 말씀이오. 이를테면 당신은 그 사람이, 사상이 더 없이 온건하고 유익하기 그지없는 그 시민이, 무슨 일이 있어도 당신에게 돈을 빌려 주지 않으리라는 것을 처음부터 잘 알고 있소. 왜냐하면, 당신에게 물어보겠는데, 무엇 때문에 그가 돈을 주겠소? 내가 갚지 않을 것을 알고 있는데 말이오. 동정심에서요? 그러나 신사상을 따르는 레베쟈트니코프* 씨는 우리 시대에 동정은 학문에 의해서 금지되어 있고, 경제학이 발달한 영국에서는 이미 그렇게 실행되고 있다고 얼마 전에 설명해 줍디다. 어떻게 생각하시오. 대체 무엇 때문에 그가 돈을 빌려 주겠소? 그런데 그자가 빌려 주지 않을 거라는 것을 진즉에 알고 있으면서도 찾아가는 거요, 그리고……."

"대체 왜 가는 거지요?" 라스콜니코프가 덧붙였다.

"하지만 만약 누구한테도, 그 어디로도 갈 곳이 없다면! 어떤 사람이라도 어디든 갈 곳이 한 군데는 있어야 하거든요. 어디든 꼭 가야 할 그런 때가 있는 법이니까! 내 외동딸이 처음으로 노란 딱지*를 받고 거리로 나갔을 때, 나도 그때 갔었소······. (내 딸애는 노란 딱지로 살고 있소이다······.)" 그는 다소 불안한 눈으로 청년을 보면서 내친김에 덧붙였다. "상관없소, 선생, 상관없어요!" 계산대 뒤에서 두 소년이 소리 내어 웃고 주인까지 히죽 웃자, 그는 황급히, 그러나 짐짓 태연하게 말했다. "상관없어요! 저렇게 고갯짓을 한다고 해서 당황하지는 않아요, 이미 다들 알고 있고, 모든 비밀은 알려지게 마련이니까.* 경멸은커녕, 겸허한 마음으로 나는 이것을 대하고 있소. 그러라지요! 그러라지요! '자, 이 사람이로다!'* 실례지만, 젊은 양반, 당신은 그렇게 **할 수 있겠소**······. 아니, 더 강하고 분명하게 말해서, 할 수 있느냐가 아니라, 지금 나를 보면서, 내가 돼지가 아니라고 확고하게 말할 그런 **용기가 있느냔** 말이오?"

청년은 한마디도 대답하지 않았다.

"그래요." 웅변가는 다시금 실내에서 일어난 키득거리는 웃음소리가 멎기를 기다려 이번엔 한층 더 위엄 있고 당당하게 말을 이었다. "그래요, 나는 돼지라 해 둡시다. 그러나 우리 집사람은 귀부인이오! 나는 짐승 같은 꼬락서니이지만, 내 아내 카체리나 이바노브나는 참모 장교의 딸로 태어난 교양 있는 부인이라 이 말이오. 나는 비열한 놈이라 해 두지요. 그렇다 해 둡시다. 하지만 집사람은 고결한 마음을 지녔고, 교육으로 함양된 고상한 감정이 충만한 여성이오. 그런데······ 아, 집사람이 날 좀 불쌍히 여겨 준다면! 이봐요, 선생, 어떤 인간이건 그를 불쌍히 여겨 주는 데가 한 곳은 있어야 하지 않겠소! 카체리나 이바노브나는 너그러운 귀부인이지만 공정하진 않아요……. 집사람이 내 머리털을 움켜 잡고 끌고 다니는 것도 다 나를 불쌍히 여기는 마음 때문이라는 걸 나도 잘 알아요. (또다시 키득거리는 소리가 들리자 그는 한층 위엄 있는 태도로 다짐하듯 말했다. "그러니까, 거리낌 없이 되풀이해 말하지만, 집사람은 내 머리털을 움켜잡고 끌고 다닌다오, 젊은 양반.") 그러나 하느님, 집사람이 단 한 번만이라도……. 하지만 아니! 아니오! 다 부질없는 얘기요, 얘기해 봤자 소용없소! 얘기할 것도 없소……! 내가 원하는 대로 된 것도 이미 한두 번이 아니고, 사람들이 나를 불쌍히 여겨 준 것도 한두 번이 아니었소. 하지만…… 결국 이게 내 본성이오. 난 태어나면서부터 짐승이오!"

"그렇고말고!" 주인이 하품을 하며 말했다.

마르멜라도프는 결연하게 주먹으로 탁자를 쾅 내리쳤다.

"이게 내 본성이오! 아시겠소? 아시겠느냐 이 말씀이오, 선생. 난 집사람의 양말까지 마셔 버렸소. 구두도 아니고, 구두라면 그런대로 물건 축에나 들겠지만, 집사람의 양말을, 양말을 마셔 버린 거요. 염소 털 목도리도 마셔 버렸소. 예전에 누구한테서 선물 받은 거니, 순전히 집사람 것이지 내 것이 아니었소. 우리는 추운 구석방에서 살고 있는데, 집사람은 이번 겨울에 감기에 걸려 기침을 심하게 하고 피까지 토했소. 아이는 아직 어린것이 셋인데, 카체리나 이바노브나는 어릴 적부터 깨끗한 것이 습관이 된 터라, 아침부터 저녁까지 일을 하면서 바닥을 닦고 빨래를 하고 아이들을 말끔하게 씻겨 주지만, 가슴이 약해서 결핵에 걸리기 쉬운 체질이오. 나도 그걸 느끼고 있소. 어떻게 내가 못 느끼겠소? 마시면 마실수록 더 느낀다오. 내가 술을 마시는 것도 술을 마시면서 연민과 감정을 느끼고 싶어서요. 즐거움이 아니라 오로지 비애만을 찾고 있는 것이라오……. 사무치게 괴로워하기 위해 마시고 있는 거요!" 그러면서 그는 절망한 듯 탁자 위로 고개를 떨구었다.

"젊은 양반." 다시 고개를 들면서 그가 말을 계속했다. "당신 얼굴에선 어떤 비애 같은 것이 느껴지는구려. 당신이 들어온 순간 그걸 알아챘기 때문에 이내 말을 건 거요. 당신에게 내 신세타령을 늘어놓는 건, 그렇잖아도 다 알고 있는 이 건달들 앞에서 새삼스레 웃음거리가 되고 싶어서가 아니라, 동정심을 가진 교양 있는 사람을 찾고 싶어서요. 사실, 우리 집사람은 유서 깊은 도립 귀족 여학교를 다녔고, 졸업할 때는 도지사와 여러 내빈들 앞에서 숄을 들고 춤을 추었고,* 그래서 금메달과 상장도 받았소. 메달…… 뭐, 그 메달은 팔아먹었소…… 벌써 옛날에…… 음…… 상장은 지금도 집사람이 자기 트렁크 안에 간직하고 있는데, 얼마 전에도 집주인 여자에게 보여 줍디다. 주인 여자하고는 한시가 멀다 하고 싸우면서도, 누군가를 상대로 자랑을 하고 행복했던 시절에 대해 말하고 싶었던 거요. 나는 그것을 비난하지 않소, 비난 따윈 하지 않소. 그 상장만이 집사람의 추억 속에 남아 있을 뿐, 다른 것은 죄다 먼지처럼 사라졌으니까요! 그렇소, 그렇소, 집사람은 성격이 불같고 오만하고 굽힐 줄 모르는 여자요. 자기 손으로 마루를 닦고 검은 빵을 먹을지언정 업신여김을 당하는 것은 용서하지 않소.

그래서 레베쟈트니코프 씨의 무례함에 대해서도 용납할 수 없었던 거요. 레베쟈트니코프 씨가 그 때문에 자기를 때렸을 때, 아내는 얻어맞은 것보다도 자존심이 상해서 자리에 드러눕고 만 거지요. 나는 집사람을 어린것이 셋 딸린 과부였을 때 얻었소. 첫 남편인 보병 장교와는 연애결혼을 했고, 둘이서 손을 잡고 부모 집에서 도망을 쳤던 거요. 남편을 지극히도 사랑했지만, 그자는 노름에 손을 대기 시작하여 재판까지 당하게 되었고 그 때문에 죽고 말았소. 나중에는 그 사내도 집사람을 패곤 했지만, 집사람도 가만있지 않았소. 그 일은 증빙서류가 있어서 나도 확실히 알고 있는데, 지금까지도 집사람은 그 사내를 생각하며 눈물을 흘리고, 그 사내의 이야기를 꺼내면서 날 구박하는 거요. 하지만 나는 기뻐요, 기뻐. 비록 공상 속에서나마 집사람은 옛날엔 행복했다고 생각하고 있으니까……. 그자가 죽은 뒤 집사람은 세 어린것을 데리고 그 당시 내가 살고 있던 어느 먼 벽촌에 남아 있었소. 그 비참하고 가난한 꼴이란, 나도 온갖 일을 숱하게 보아 왔지만, 이루 말할 수 없을 정도로 절망적이었어요. 일가친척들은 하나같이 나 몰라라 했소. 게다가 집사람은 오만했소, 지독하게 오만했소……. 그때 말이오, 선생, 그때 나도 전처한테서 얻은 열네 살 난 딸을 키우고 있는 홀아비로서 그런 비참한 처지를 도저히 보고 있을 수가 없어서 청혼을 했소. 얼마나 비참할 정도로 궁핍했는지는, 교양도 있고 교육도 받았고 집안도 좋은 그 여자가 내 청혼을 받아들인 것만 봐도 짐작이 갈 거요! 그래서 시집을 왔소! 울고불고 손을 비비면서 시집을 온 거요! 갈 곳이 없었으니까. 알겠소, 선생, 알겠소? 아무 데도 갈 곳이 없다는 게 무슨 말인지? 아니! 당신은 아직 모를 거요……. 그래서 꼬박 일 년 동안 나는 내 의무를 훌륭히 다했고, 이것에는(그는 세 홉들이 보드카 병을 손가락으로 가리켰다) 손도 대지 않았소. 나한테도 느낄 줄 아는 마음이 있으니까. 하지만 그래도 집사람의 성에 차지 않았고, 게다가 난 그만 실직을 하게 됐소. 내 잘못이 아니고 정원 조정 때문이었지만. 그때 이것에 손을 대기 시작했소……! 벌써 일 년 반이 될 거요. 여러 곳을 전전하며 갖은 고생을 하다가, 수많은 기념비로 장식된 이 웅장한 수도로 오게 된 것이. 여기서 나는 일자리를 얻었소……. 그런데 얻자마자 잃어버리고 말았소. 알겠소? 이번엔 내 잘못이었소, 나의 본성이 나타났던 거니까……. 지금은 아말리야 표도로브나* 립페베흐젤이라는 여자 집에서 방 한구석을 얻어 살고 있는데, 어떻게 생계를 이어가고 무슨 돈으로 방세를 내는지 난 전혀 모르오. 그 집엔 우리말고도 많은 사람이 살고 있는데……. 소돔이오, 추악하기 그지없는…… 음…… 그래요. 그러는 동안 전처에게서 얻은 딸아이도 어른이 되었지만, 그 애가 자라면서 계모한테 받은 구박에 대해선 말하지 않으리다. 카체리나 이바노브나는 정말로 마음이 너그럽지만, 성격이 불같고 걸핏하면 발끈하는 여자라, 한번 터지면……. 그래요! 하지만 새삼스레 그런 걸 떠올려 뭐 하겠소! 짐작이 가겠지만, 소냐는 교육이라곤 받지 못했소. 사 년 전쯤 됐나, 그 애에게 지리와 세계사를 가르치려 한 적이 있지만, 나 자신도 아는 게 신통찮은데다, 알맞은 교재도 없었고, 있던 책이래야…… 음……! 그것조차 지금은 없어졌지만,

그래서 공부는 그걸로 끝장났소. 페르시아 왕 키루스*에서 멈춘 거요. 그 후, 이미 성년이 되어 딸애는 소설 같은 걸 좀 읽었고, 요 전엔 레베쟈트니코프 씨에게서 루이스의 『생리학』*이라는 책을 한 권 빌려다가 아주 재미있게 읽으면서, 우리에게도 군데군데 소리 내어 읽어 줍디다. 그 책을 아시오? 이게 그 애가 받은 교육의 전부라오. 이제, 선생, 아주 개인적인 질문을 하나 하겠는데, 어떻게 생각하시오, 가난하지만 성실한 아가씨가 정직하게 일을 해서 그런대로 많이 벌 수 있겠소……? 정직할 뿐 별다른 재주라곤 없는 처녀 애가 잠시도 손을 쉬지 않고 일해 봐야 하루에 15코페이카를 못 벌어요! 그런데 5등관 클롭슈토크, 이반 이바노비치 말이오, 들어 본 적이 있나요? 이 사람은 네델란드식 셔츠 반 다스의 재봉삯을 아직 주지 않을 뿐만 아니라, 셔츠의 깃이 치수대로 안 되었다느니, 비뚤어졌다느니 하는 생트집을 잡아, 발을 구르고 욕설까지 퍼부으면서 딸아이에게 모욕을 주고 쫓아냈소. 그런데 어린 동생들은 배를 곯고 있고……. 카체리나 이바노브나는 손을 비비면서 방 안을 왔다 갔다 하고, 뺨에는 붉은 반점이 생겨서는, 그 병에 흔히 나타나는 반점 말이오, '이 밥벌레야, 우리 집에서 거저먹고 마시면서 뜨뜻하게 팔자가 늘어졌구나' 하는 거요. 그렇지만 마실 만한 게 어디 있고, 먹을 만한 게 어디 있겠소. 어린것들도 사흘씩이나 빵껍질조차 구경 못 하는 판에! 나는 그때 누워 있었소…… 아니, 뭐 숨겨서 뭐 하겠소! 술에 취해서 퍼질러 누워 있었소. 소냐가 하는 말이 들립디다(그 애는 말대꾸를 하는 애가 아니오. 목소리도 아주 온순하고…… 금발에 늘 파리하고 여윈 얼굴이오). '그럼, 카체리나 이바노브나, 저도 정말 그런 짓을 하러 가야 하나요?' 다리야 프란초브나라고 하는, 경찰서 신세도 여러 차례 진 아주 못된 여자가 벌써 서너 번이나 여주인을 통해 이쪽 의사를 물어 온 적이 있었소. '뭐, 까짓것' 하고 카체리나 이바노브나가 코웃음을 치면서 대답하는 거요. '아낄 게 뭐 있어? 무슨 대단한 보물이라고!' 하지만 책망하지 말아요, 책망하지 말아요, 선생, 책망은 말아 주시오! 제정신에서 한 말이 아니니까. 흥분해 있었고 병에 걸려 있는데다가, 굶주린 것들이 울어 대는 통에 내뱉은 말이었소. 진심으로 그런 뜻이었다기보다, 모욕을 주려고 부러 한 말이니……. 카체리나 이바노브나는 아무튼 그런 성격이어서, 애들이 배가 고파서 울어도 대뜸 손찌검부터 하니까요. 그런데 5시가 좀 지나자 소네치카가 일어서서 머릿수건을 두르고 외투를 입고 집을 나가더니 8시가 좀 지나서 돌아왔소. 돌아오자 바로 카체리나 이바노브나 앞으로 가서 탁자 위에 은화 30루블을 말없이 꺼내 놓는 거요. 그러고는 한마디 말도 없이 쳐다보지도 않고, 녹색 드라데담*으로 만든 커다란 숄을 집어 들고(우리 집엔 식구들이 공동으로 사용하는 그런 숄이 하나 있소) 머리와 얼굴을 다 가리더니 얼굴을 벽 쪽으로 돌린 채 침대에 눕습디다. 가냘픈 어깨와 몸을 계속 바들바들 떨면서……. 그래도 나는 그대로 드러누워 있었소……. 그때 나는 본 거요, 젊은 양반, 내 눈으로 본 거요. 카체리나 이바노브나 역시 아무 말 없이 소네치카의 침대로 다가가서 밤새 그 애의 발치에 꿇어앉아 발에다 입을 맞추면서 일어나려고 하지 않는 걸 말이오. 그러다가 두 사람은 부둥켜안고서 함께 잠이 들었소…… 둘이 함께…… 둘이서…… 그래요…… 그런데도 나는…… 술에 취한 채 퍼질러 누워만 있었소."

마르멜라도프는 목소리가 끊어져 버렸는지 말을 멈췄다. 그러고는 재빨리 술잔에 술을 그득 따라 쭉 들이켜고는 크르크르 목구멍을 울리며 헛기침을 했다.

"그때부터 선생." 그는 잠시 잠자코 있다가 말을 이었다. "그때부터 좀 난처한 사건과 악랄한 자들의 밀고로─이건 특히 다리야 프란초브나가 부채질한 거였소. 자기에게 지당한 경의를 표하지 않았다 해서 말이오─내 딸 소피야 세묘노브나는 노란 딱지를 받지 않으면 안 되게 되어 우리와 함께 살 수도 없게 되었소. 여주인인 아말리야 표도로브나가 그걸 용납하려 들지 않았고(전에는 자기가 다리야 프란초브나를 충동질한 주제에 말이오), 게다가 레베쟈트니코프 씨도…… 음……. 그놈과 카체리나 이바노브나 사이에 그런 소동이 일어난 것도 실은 소냐 때문이었소. 전엔 자기 쪽에서 소냐에게 눈독을 들이더니, 이제 와서는 '나같이 교양 있는 사람이 어떻게 그런 여자와 한집에서 살겠는가?' 하고 갑자기 거드름을 피우지 않겠소. 하지만 카체리나 이바노브나가 가만히 참지 않고 소냐를 적극 옹호하고 나서서…… 그래서 벌어진 일이었소. 이제 소네치카는 날이 어둑어둑해서야 우리 집에 들러서, 카체리나 이바노브나의 일을 거들어 주고, 힘닿는 대로 돈을 보내주기도 한다오……. 지금 그 애는 재봉사 카페르나우모프 집에 방한 칸을 빌려 살고 있는데, 이 사람은 절름발이에다 말더듬이로, 그 많은 식구가 모조리 말더듬이고, 여편네까지도 말더듬이지요……. 식구가 다들 한 방에 몰려 살고 있지만, 소냐만은 칸막이로 막은 별도의 방에서 살고 있소……. 음, 그래요……. 지독하게 가난하고 말을 더듬는 사람들이지요…… 그래요……. 그날 아침 나는 눈을 뜨자마자 곧 내 누더기 옷을 걸치고 두 손을 모아 하느님께 기도를 올린 다음, 이반 아파나시예비치 각하를 찾아갔소. 이반 아파나시예비치 각하를 아시겠지요……? 몰라요? 그런 하느님 같은 분을 모르다니! 그분은 양초 같은…… 주님 앞에 켜 놓은 양초 같은 분이시오. 양초처럼 녹아 버리는 분이시지요……! 그분은 내 이야기를 다 들으시더니 눈물까지 흘리셨소. '그래, 마르멜라도프, 자넨 이미 내 기대를 저버렸던 사람이네만……. 내가 한 번 더 책임을 지고 봐주지. 이 점을 명심하고 돌아가게'라고 말씀하셨어요. 나는 그저 마음속으로 그분의 발에 붙은 먼지를 핥았소. 그분은 고관이시고 국가와 교육에 대한 새로운 사상을 가진 분이시니, 정말로 그런 짓을 하는 걸 허락할 리가 없기 때문이오. 집에 돌아와서, 내가 다시 취직이 되어 봉급을 받게 되었다고 알렸을 때, 아아, 그때 온 집안이 어떠했겠소……!"

마르멜라도프는 몹시 흥분한 나머지 다시 말을 멈추었다. 이때 거리에서 이미 거나하게 취한 술꾼들의 한 패거리가 우르르 들어왔고, 술집 입구에서는 어딘가에서 빌린 손풍금 타는 소리와 「작은 시골 마을」*을 부르는 일곱 살쯤 된 아이의 가늘게 떨리는 목소리가 울렸다. 시끌벅적해졌다. 주인과 종업원들은 새로 들어온 손님들 접대에 정신이 없었다. 마르멜라도프는 그 패거리한테는 눈길도 주지 않고 이야기를 계속하기 시작했다. 그는 이미 몹시 지친 것 같았으나, 취기가 돌수록 더 흥이 나서 이야기를 늘어놓았다. 요 얼마 전에 취직에 성공했던 일을 떠올리며 더 기운이 나는지, 얼굴에는 어떤 빛마저 밝게 떠올라 있었다. 라스콜니코프는 주의 깊게 조용히 듣고 있었다.

"그건, 선생, 한 다섯 주 전의 일이었소. 그래요…… 그들 두 사람이, 카체리나 이바노브나와 소네치카가 그것을 알게 되자, 오 하느님, 나는 꼭 천국에라도 간 기분이었소. 그때까지 나는 짐승처럼 누워 뒹굴면서, 그저 욕이나 얻어먹고 지내는 신세였는데! 이젠 발끝으로 걸어 다니면서, 아이들에게 조용히 하라고 타이르는 게 아니겠소. '세묜 자하르이치께서 근무로 고단하셔서 쉬고 계셔, 쉿!' 출근하기 전에는 커피를 내오고, 크림을 끓여 주고. 그것도 진짜 크림을 구해 오기 시작한 거요, 알겠소? 그리고 어디서 돈을 구했는지, 11루블 50코페이카나 들여 근사한 옷차림을 장만해 주었소. 구두, 옥양목으로 된 여러 벌의 셔츠 가슴판, 그것도 아주 좋은 것으로, 그리고 제복, 이 모든 것을 11루블 50코페이카를 들여 아주 훌륭하게 장만해 줍디다. 첫날 낮에 직장에서 돌아와 보니, 카체리나 이바노브나가 식사를 두 접시나 준비해 놓았더군요. 수프와 고추냉이를 곁들인 소고기 소금구이, 그때까지 꿈에도 생각해 보지 못한 것이었소. 집사람에겐 옷이라곤 없었는데…… 단 한 벌도 없었는데, 그런데 마치 나들이라도 가는 사람처럼 차려입고 있는 게 아니겠소. 뭐가 있어서가 아니라, 아무것도 없는 데서 모든 것을 만들어 낼 줄 아는 거지요. 머리도 빗고, 깃도 깔끔한 것으로 갈아 달고, 덧소매도 달고 하니까, 전혀 다른 사람이 되어 젊어지고 아름다워진 것 같더군요. 우리 기특한 소네치카는 그냥 돈만 보내오면서, 이제 당분간 우리한테 자주 오는 건 점잖은 체면에 별로 좋지 않으니, 아무 눈에도 띄지 않게 해가 저물어서야 오겠다고 하는 겁니다. 듣고 계십니까, 듣고 계세요? 점심 식사 후 눈을 좀 붙였는데, 글쎄 어땠을 것 같소? 카체리나 이바노브나는 그사이를 참지 못하고, 여주인인 아말리야 표도로브나와 일주일 전만 해도 다시는 안 볼 것처럼 대판으로 싸워 놓고는, 글쎄 커피를 마시러 오라고 청했더군요. 두 시간 동안이나 앉아서 쉴 새 없이 소곤거리고 있었던 거요. '이번에 세묜 자하르이치가 일자리를 얻어 봉급을 받게 됐다우. 글쎄 각하를 찾아갔더니, 각하께서 몸소 나오셔서 다른 사람은 다 제쳐두고, 세묜 자하르이치의 손을 잡고 여러 사람들 곁을 빠져나가 친히 집무실로 데려가셨다지 뭐예요.' 듣고 계십니까, 듣고 계세요? '나는 물론, 세묜 자하르이치, 자네의 공로를 잘 기억하고 있네. 자네는 경솔한 약점이 있긴 하지만 지금 이렇게 약속을 하고 있고 더욱이 자네가 없어서 우리도 곤란했던 참이니 (듣고 계시죠, 듣고 계시죠!) 이번엔 자네의 고결한 맹세를 믿겠네라고 말씀하셨대요'라고 말하는 거요. 이건 다, 미리 말해 두지만, 집사람이 순간적으로 지어낸 말이오. 그렇지만 집사람이 경박하거나 실없는 자랑이 하고 싶어서 그랬던 건 절대로 아니오. 아뇨, 집사람은 그게 다 사실이라고 스스로 믿고 있고, 공상을 하면서 자신을 위로하는 거지요. 정말이오! 그래서 난 비난 따윈 하지 않소. 그래요, 나는 그걸 비난하지 않아요……! 엿새 전에 내가 첫 봉급으로 23루블 40코페이카를 고스란히 가져다주자, 아내는 나더러 귀염둥이라 부릅디다. '우리 귀염둥이!' 그것도 단둘이 있을 때 말이오, 알겠소? 대체 나한테 귀여운 구석이 어디 있소, 내가 어디 남편 구실이나 제대로 하오? 그런데도 집사람은 내 뺨을 살짝 꼬집으면서 '우리 귀염둥이!'라고 하더란 말이오."

마르멜라도프는 말을 멈추고 씩 웃으려 했으나, 갑자기 턱이 덜덜 떨리기 시작했다. 그렇지만 그는 꾹 참았다. 이 선술집, 타락한 몰골, 건초 운반선에서 보낸 닷새 밤, 세 홉들이 보드카 병, 동시에 아내와 가족에 대한 이 병적인 애정은 듣는 사람을 혼란스럽게 했다. 라스콜니코프는 바짝 긴장한 채, 그러나 병적인 기분을 느끼면서 듣고 있었다. 그는 사실 이곳에 들른 것을 후회하고 있었다.

"선생, 선생!" 마르멜라도프가 마음을 가다듬고 외쳤다. "아아, 선생, 어쩌면 당신도 다른 사람들과 마찬가지로 이 모든 것을 한낱 웃음거리로 여기겠지요. 가정생활의 이런 비참한 사정을 구질구질하게 늘어놓아서 당신 마음만 불편하게 하는 건지 모르지만, 내게는 결코 웃을 일이 아니오. 내게는 이 모든 것이 가슴 깊이 사무치기 때문이오……. 나는 내 일생에서 천국과도 같았던 그 하루의 낮과 밤을 하늘을 나는 듯한 공상 속에서 보냈소. 그러니까 이런 거요. 모든 일을 잘 처리해서 어린것들에게 옷다운 옷도 입히고, 집사람도 좀 편안하게 해 주자, 하나뿐인 내 딸내미도 치욕의 수렁에서 가정의 품 안으로 데려와야지……. 그리고 또 많은 것, 많은 것을 공상하면서 말이오……. 무리가 아니잖소, 선생. (마르멜라도프는 갑자기 몸을 떠는가 싶더니, 고개를 번쩍 들고 상대방을 뚫어지게 바라보았다.) 그런데 그렇게 온갖 공상을 했던 바로 다음 날(꼭 닷새 전의 일이오) 저녁녘에 밤도둑처럼 교묘하게 카체리나 이바노브나의 트렁크 열쇠를 훔쳐 내어, 전부 얼마였는지 기억은 못 하지만 남아 있는 대로 봉급을 몽땅 빼냈소. 자, 모두들 나를 봐 주시오! 집을 나온 지 닷새째인데, 집에서는 나를 찾고 있을 거요. 직장도 끝이고, 제복은 이집트 다리 옆의 술집에 잡혀 먹고, 대신 이 옷을 얻어 입고 왔소…… 모든 게 끝장났소!"

마르멜라도프는 주먹으로 이마를 탁 치고는 이를 악물고 눈을 감더니, 탁자에 팔꿈치를 괴고 몸을 기댔다. 그러나 금세 얼굴 표정이 변해서는, 부자연스럽게 꾸며 낸 듯한 교활하고 뻔뻔한 빛을 띠면서 라스콜니코프를 힐끔 쳐다보고 웃으며 말했다.

"그래서 오늘 소냐한테 다녀왔소, 해장술 값을 우려내려고! 흐흐흐!"

"그래 주더냐?" 막 들어온 패거리 중의 누군가가 옆에서 소리쳤다. 그러고는 목청껏 껄껄 웃기 시작했다.

"이 술도 그 애 돈으로 산 것이오." 마르멜라도프는 라스콜니코프 쪽만 쳐다보면서 말했다. "30코페이카를 꺼내 주더군요, 자기 손으로, 있는 돈을 탈탈 털어서 말이오, 내 눈으로 보았소……. 그애는 아무 말도 않고, 잠자코 나를 바라보고만 있었소……. 이 세상이 아니고, 저세상에서나 그렇게 하지요…… 거기서는 사람들에 대해 슬퍼하고 눈물을 흘릴 뿐, 비난하지 않아요, 비난하지 않아요! 그래서 더 괴롭소, 비난하지 않는 게 더 괴롭소……! 30코페이카, 그래요, 지금 딸애에게도 그 돈이 필요하지 않겠소, 네?

선생, 어떻게 생각하시오? 이제 딸애는 산뜻하게 몸단장하는 데 신경을 써야 하오. 이 산뜻한 몸단장이라는 건 특별한 것이어서 돈이 들어요, 아시겠소? 아시겠소? 음, 향유도 사야 하고, 그것 없이는 곤란하니까……, 풀을 먹인 치마도 사야 하고, 웅덩이를 뛰어넘을 때 되도록 발을 곱게 보이도록 할 모양 좋은 구두도 필요할 거요. 아시겠소, 이 산뜻한 몸단장이라는 게 무슨 뜻인지, 선생, 아시겠소? 그런데 내가, 친애비라는 작자가, 그 30코페이카를 술값으로 뜯어냈소! 그걸로 이렇게 마시는 거요! 아니 벌써 다 마셨소……! 그러니, 대체 누가 나 같은 인간을 불쌍히 여기겠소, 네? 선생, 당신은 지금 내가 불쌍한 거요, 아니오? 말해 보슈, 선생, 불쌍한지 아닌지? 헤헤헤헤!"

그는 술을 또 따르려고 했으나 이미 술은 없었다. 세 홉들이 술병은 비어 있었다.

"뭣 땜에 널 불쌍히 여겨야 하는데?" 다시 그들 옆에 와 있던 주인이 소리쳤다.

웃음소리가 터지고 욕지거리까지 튀어나왔다. 이야기를 듣고 있던 사람이나 듣고 있지 않던 사람이나 퇴직 관리의 모습만 보고도 웃음을 터뜨리고 욕을 퍼부었다.

"불쌍히 여겨! 뭣 땜에 나를 불쌍히 여겨!" 마르멜라도프는 마치 이 말을 기다리고 있었다는 듯이 극도로 흥분해서, 한 손을 앞으로 내밀고 일어서면서 갑자기 부르짖었다. "뭣 때문에 불쌍히 여기느냐고? 그래! 날 불쌍히 여길 건 조금도 없지! 나 같은 놈은 십자가에 못 박아야 돼, 십자가에, 불쌍히 여길 건 없어! 십자가에 못 박아, 십자가에 못 박아. 그러나 재판관, 십자가에 못 박고 나서는 불쌍하게 여겨다오! 그렇다면 십자가에 못 박히기 위해 내 발로 찾아가리다. 왜냐하면, 내가 목말라 하는 것은 즐거움이 아니라, 슬픔과 눈물이니까⋯⋯! 여보게, 주인 양반, 이 작은 술병이 나에게 달콤함을 주었다고 생각하나? 나는 술병 바닥에서 슬픔, 슬픔을 찾았던 거야, 슬픔과 눈물을 찾았던 거야. 그리고 슬픔과 눈물을 맛보았고 찾아냈어. 모든 인간을 불쌍히 여기셨고 모든 사람을 한 사람도 빼놓지 않고 이해해 주셨던 그분만이 우리를 불쌍히 여기실 거다. 그분은 단 한 분이시며, 그분이 심판관이시다. 그분은 그날이 되면 오셔서 물으실 거야. '폐병에 걸린 심술궂은 계모를 위해서, 남의 어린아이들을 위해서 자신의 몸을 팔았던 딸은 어디 있느냐? 지상에서의 아비였던 방탕한 주정뱅이를, 그의 만행을 두려워 않고 불쌍히 여겼던 딸은 어디 있느냐?' 그리고 말씀하실 거다. '오너라! 나는 이미 너를 한 번 용서하였도다⋯⋯. 너를 한 번 용서하였도다⋯⋯. 이번에는 너의 많은 죄도 용서받으리니, 네가 많은 사랑을 베풀었기 때문이로다⋯⋯.'* 그러시면서 우리 소냐를 용서하실 거야, 용서하실 거야, 나는 그분께서 용서해 주실 것을 이미 알고 있어. 저번에 그 애에게 갔을 때 나는 그것을 마음속으로 느꼈어⋯⋯! 그분께서 모든 사람을 심판하시고 용서하실 거다. 선한 자도, 악한 자도, 지혜 있는 자도, 겸손한 자도⋯⋯. 모든 사람들에 대한 심판과 용서를 끝마치시면, 우리를 부르시며 '너희들도 나오너라!' 하고 말씀하실 거다. '주정뱅이도 나오너라, 겁쟁이도 나오너라, 염치없는 자도 나오너라!' 그러면 우리는 뻔뻔스럽게 모두 나가 설 거야. 그러면 말씀하시길 '이 돼지들! 너희들은 짐승의 상을 하고 짐승의 낙인이 찍혀 있지만, 너희들도 오너라!' 하실 것이다. 그러면 지혜 있는 자들이 말하고, 분별 있는 자들이 소리 높여 말하겠지. '주여, 어찌하여 이들을 받아들이시나이까?' 그분께서 말씀하실 거다. '지혜 있는 자들아, 내가 이들을 받아들이는 것은, 이들 가운데 어느 누구도 자신이 그럴 자격이 있다고 여기지 않았기 때문이다……' 이렇게 말씀하시고 우리에게 두 손을 내미시니, 우리는 땅에 엎어져서…… 울기 시작할 것이고…… 그리고 모든 것을 깨닫게 될 것이다! 그때 모든 것을 깨닫게 될 것이다……! 그리고 모두가 깨닫게 될 것이다…… 카체리나 이바노브나도…… 집사람도 깨닫게 될 것이다……. 주여, 당신의 왕국이 임하소서!"

그는 기진맥진해서, 마치 주위를 잊고 깊은 생각에 잠긴 듯 아무도 보지 않으면서 의자에 털썩 주저앉았다. 그의 말은 얼마만큼 감명을 주어서 잠시 침묵이 감돌았으나, 곧 조금 전과 같은 웃음소리와 욕지거리가 터져 나왔다.

"대단한 심판이었어!"

"허풍 떨긴!"

"과연 관리답군!"

등등.

"갑시다, 선생." 갑자기 마르멜라도프가 고개를 들면서 라스콜니코프를 보고 말했다. "나 좀 바래다 주시구려……. 코젤의 집, 뒷마당 쪽이오. 이제 돌아갈 시간이오…… 카체리나 이바노브나에게……."

라스콜니코프는 벌써부터 여기를 나가고 싶었고, 그를 도와줘야 겠다고 생각하던 참이었다. 마르멜라도프는 입보다도 두 다리에 맥이 더 풀려서, 청년에게 꽉 매달렸다. 집까지는 이삼백 걸음 정도 되었다. 집이 가까워질수록 이 술 취한 사내는 한층 더 어찌할 바를 모르고 공포에 사로잡혔다. "난 지금 카체리나 이바노브나를 겁내고 있는 게 아니오." 그가 불안한 듯 중얼거렸다. "집사람이 내 머리털을 쥐어뜯는 것도 두렵지 않소. 그까짓 머리털……! 머리털은 아무것도 아니야! 정말이오! 머리털을 뜯기는 게 차라리 낫소, 그게 두려운 게 아니오…… 난…… 집사람의 눈이 무섭소…… 그래요……. 눈이……. 뺨의 붉은 반점도 무섭소…… 그리고 또 집사람의 숨소리가 무섭소……. 그 병에 걸린 사람의 숨소리를 들어 본 적이 있소……? 흥분했을 때의 그 숨소리를? 아이들이 우는 것도 무섭소……. 만약 소냐가 먹을 걸 대 주지 않았다면, 정말 어찌 됐을지…… 모르오! 정말 모르오! 맞는 것은 두렵지 않소……. 이봐요, 선생, 난 그렇게 얻어맞는 게 아프긴커녕 기쁘기까지 하오……. 맞지라도 않으면 나 스스로도 견딜 수 없으니까. 오히려 그 편이 낫소. 날 때리면 집사람도 울화가 풀릴 테지…… 그게 낫소……. 아, 집에 다 왔군. 코젤의 집이오. 자물쇠장사를 하는 돈 많은 독일인…… 자, 데리고 올라가 주구려!"

그들은 뒷마당으로 해서 4층으로 올라갔다. 층계는 올라갈수록 어두워졌다. 그럭저럭 11시가 가까웠는데, 이 계절의 페테르부르크에는 진짜 밤다운 캄캄한 밤이 없지만, 그래도 층계 위는 매우 어두웠다. 맨 위의 층계 끝에 시커멓게 그을린 조그만 문이 열려 있었다. 거의 다 타 버린 촛불이 길이가 열 걸음 남짓한 초라한 방 안을 비추고 있었다. 입구에서 훤히 들여다보이는 방 안엔 온갖 것이 너저분하게 널려 있고, 특히나 애들의 갖가지 누더기가 뒹굴고 있었다. 안쪽 구석에는 구멍투성이인 시트가 휘장처럼 길게 쳐져 있었다. 그 뒤로 침대가 놓여 있는 듯했다. 방 안에는 단 두 개의 의자와 모조리 너덜너덜해진 유포를 씌운 소파, 그리고 그 앞에는 소나무로 된, 칠도 하지 않고 아무것도 씌우지 않은 낡은 부엌 탁자가 놓여 있었다. 탁자 한 귀퉁이에는 쇠 촛대에 타다 남은 양초 토막이 꽂혀 있었다. 그러니까, 마르멜라도프는 남의 방 한쪽 구석이 아니라 따로 방 한 칸을 빌려 살고 있었지만, 그 방은 통로방이었다. 아말리야 립페베흐젤의 셋집을 여러 개로 나누어 놓은 다른 방들, 아니 방이라기보다 새장 같은 곳으로 통하는 문이 조금 열려 있었다. 안은 소란스러웠다. 뭐라고 떠드는 소리와 함께 웃는 소리도 들려왔다. 카드놀이를 하면서 차라도 마시는지, 이따금 아주 듣기 민망한 말도 흘러나왔다.

라스콜니코프는 단번에 카체리나 이바노브나를 알아보았다. 그녀는 무서우리 만큼 여윈 여인으로, 후리후리한 키에 균형 잡힌 날씬한 몸매, 그리고 아직도 아름다운 짙은 아마색 머리를 가지고 있었고, 뺨에는 얼룩처럼 보일 정도로 빨간 반점이 나타나 있었다. 그녀는 두 손을 가슴에 꼭 댄 채 바싹 탄 입술로 고르지 못한 숨을 가쁘게 쉬면서 크지 않은 방 안을 왔다 갔다 하고 있었다. 눈은 열병에 걸린 듯 빛나고 있었으나, 시선은 날카롭고 한곳만을 응시하고 있었다. 폐병에 걸린 흥분된 얼굴은 꺼져 가는 촛불의 가물거리는 마지막 빛을 받아 병적인 인상을 주고 있었다. 라스콜니코프가 보기에 그녀는 서른 살쯤 된 듯했고, 어쨌든 마르멜라도프의 배필로는 정말 과분한 여자였다……. 그녀는 사람이 들어온 기척을 듣지 못했고 알아채지도 못했다. 그녀는 일종의 반수면 상태에 있어서, 듣지도 보지도 못하는 듯했다. 방 안은 숨이 막힐 지경이었지만, 그녀는 창문을 열려고도 하지 않았다. 층계로부터 악취가 풍겨 왔으나, 층계 쪽으로 난 문은 닫혀 있지 않았다. 잘 닫히지 않은 문을 통해 다른 방들에서 담배 연기가 밀려들어서 그녀는 연방 콜록거리고 있었지만, 문을 꼭 닫지도 않았다. 여섯 살쯤 되어 보이는 제일 어린 계집아이는 웅크린 채 머리를 소파에 박고, 마치 앉아 있는 것 같은 자세로 마룻바닥에서 자고 있었다. 한 살 위인 사내아이는 구석에서 와들와들 떨면서 울고 있었다. 보아하니, 방금 얻어맞은 듯했다. 아홉 살가량 되어 보이는, 성냥개비처럼 가냘프고 키가 꽤 큰 맏딸은 구멍이 숭숭 뚫린 낡은 셔츠를 입고, 드러난 어깨에 낡은 드라데담 외투를 걸치고 있었으나, 길이가 무릎까지도 오지 않는 것으로 보아 지어 입은 지가 두 해는 됨직 했다. 그 계집아이는 구석에 서서 성냥개비처럼 길고 앙상한 팔로 어린 동생의 목을 끌어안고 있었다. 동생을 달래는 듯 무언가를 속삭이면서, 다시 울음을 터뜨리지 않게 하려고 갖은 애를 쓰고 있었으나, 그러면서도 줄곧, 야위고 겁을 집어먹은 얼굴 때문에 한층 더 커 보이는 커다랗고 그늘진 눈으로 어머니를 바라보고 있었다. 마르멜라도프는 방으로 들어가지 않고 문간에 무릎을 꿇은 채 라스콜니코프를 앞으로 떠밀었다. 여인은 낯선 사람을 보자 방심한 상태로 그 앞에 멈추어 섰으나, 한순간 제정신이 들어, 무엇 때문에 이 사람이 들어온 것일까 하고 생각하는 듯했다. 그러나 곧, 자기네 방은 통로방이므로 다른 방으로 가는 사람이라는 생각이 들었는지, 그에게는 더 이상 신경도 쓰지 않고 문을 닫으려 현관 쪽으로 걸어가던 순간, 문간에 무릎을 꿇고 있는 남편을 보고서는 갑자기 소리를 질렀다.

"아아!" 그녀는 미친 듯이 소리쳤다. "돌아왔구나! 이 죽일 인간! 악당……! 돈은 어디 있어? 주머니 안에 뭐가 있는지, 내놔 봐! 옷도 그게 아냐! 옷은 대체 어디 있어? 돈은 어디 있고? 말해 보라니까……!" 그녀는 그에게 달려들어 온몸을 뒤지기 시작했다. 마르멜라도프는 주머니를 좀 더 쉽게 뒤지도록 고분고분 얌전하게 두 팔을 양쪽으로 벌렸다. 돈은 한 푼도 없었다.

"대체 돈은 어디 있어?" 그녀가 외쳤다. "아아, 정말 죄다 마셔 버렸구나. 트렁크 안에 은화 12루블이 그대로 남아 있었는데……!" 그녀는 갑자기 미친 사람처럼, 그의 머리털을 움켜잡고 방 안으로 질질 끌고 갔다. 마르멜라도프는 무릎걸음으로 그녀의 뒤를 순순히 따라가면서, 아내의 수고를 자진하여 덜어 주었다.

"이것은 나에게 즐거움이오! 고통이 아니라 즐-거-움이오, 서언-생." 그는 머리털을 휘어 잡혀 끌려가다 이마를 마룻바닥에 찧기도 하면서 이렇게 외쳤다. 바닥에서 자고 있던 계집아이가 잠에서 깨어 울기 시작했다. 구석에 있던 사내아이도 더 이상 참지 못하고 덜덜 떨면서 와락 울음을 터뜨리더니, 발작이라도 일으킨 듯

기겁해서 누나에게 매달렸다. 손위 계집아이는 막 꿈에서라도 깨어난 듯이 멍하게 서서 사시나무처럼 떨고 있었다.

"다 마셔 버렸구나! 몽땅, 몽땅 마셔 버렸어!" 불쌍한 여자는 절망에 빠져서 외쳤다. "옷도 다른 거야! 모두들 배를 곯고 있는데, 배를 곯고 있는데! (그녀는 두 손을 비비면서 아이들을 가리켰다.) 아아, 사는 게 지긋지긋해! 당신은, 당신은 부끄럽지도 않아?" 그녀는 갑자기 라스콜니코프에게 덤벼들었다. "술집에서 오는 거지! 함께 마셨지? 너도 함께 마셨지! 썩 나가!"

청년은 아무 말도 않고 서둘러 그 자리를 떴다. 더구나 안쪽 문이 활짝 열려서, 호기심에 찬 사람들이 몇몇 기웃거리고 있었다. 킬런이며 파이프를 입에 물고 둥글고 작은 모자를 쓴, 뻔뻔하게 웃고 있는 얼굴들을 킬킬거리며 내밀고 있었다. 헐렁한 실내복을 걸치고 앞을 다 풀어 헤친 사람, 보기에도 민망스러운 여름옷을 입은 사람, 심지어 손에 카드를 들고 있는 사람도 눈에 띄었다. 특히 그들은 마르멜라도프가 머리털을 붙잡힌 채 질질 끌려가면서 이것이 자기에겐 즐거움이라고 외칠 때, 배를 잡고 웃어 댔다. 그들은 슬금슬금 방 안에까지 밀고 들어오기 시작했다. 바로 그때 째지는 듯한 불길한 소리가 들렸다. 아말리야 립페베흐젤이 자기 방식으로 상황을 정리하기 위해, 여태까지 백 번이나 써 먹었던, 당장 내일로 방을 빼라는 욕설 섞인 명령으로 불쌍한 여인을 위협하려고 사람들을 헤치고 앞으로 나선 것이었다. 라스콜니코프는 나오면서 주머니에 손을 넣어, 술집에서 거슬러 받은 1루블에서 손에 집히는 대로 동전을 꺼내어 창턱에 슬며시 올려놓았다. 그러나 층계를 내려가면서 그는 이미 생각이 달라져서 돈을 가지러 되돌아갈까도 했다.

'내가 또 무슨 바보 같은 짓을 한 거야.' 그는 생각했다. '그들에 겐 소냐가 있잖아, 그 돈은 나에게 꼭 필요한 건데.' 그러나 이미 되찾을 수도 없고, 설령 그렇지 않다 해도 그 돈을 받지는 못할 거라는 판단이 들자, 한 손을 내젓고는 집을 향해 걷기 시작했다. '소냐에게도 향유가 필요하니까.' 이런 생각을 하며 거리를 걸어 가면서 그는 독기 어린 미소를 지었다. '그 산뜻한 몸단장이라는 건 돈이 든댔지…… 음! 하지만 그 소네치카도 오늘로 파산할 수 도 있어. 그것 역시 아름다운 털가죽을 가진 짐승 사냥이나…… 금광 찾기와 다름없는 모험이거든…… 그렇다면 내 돈이 없이는 내일 그 식구들은 쫄쫄 굶으면서 꼼짝도 못할 판이지……. 야아, 장하다, 소냐! 어쨌든 그들은 얼마나 좋은 우물을 파 놓은 것인 가! 그러고는 이용해 먹고 있지! 아주 제대로 이용해 먹고 있다 고! 이젠 익숙해졌어. 잠깐 눈물을 흘렸을 뿐, 익숙해진 거야. 인 간이란 비열해서, 무엇에든 익숙해지는 법이니까!'

그는 생각에 잠겼다.

"그러나 만약 이게 잘못된 생각이라면." 그는 갑자기 자신도 모르게 외쳤다. "만약 실제로 인간이, 인간 전체가, 즉 전 인류가 **비열**하지 않다면, 나머지 모든 것은 선입견이고 꾸며 낸 공포에 지나지 않는다. 따라서 어떤 장애물도 없으며, 마땅히 그래야 한 다……!"

3

뒤숭숭하게 잠을 설친 후 그는 다음 날 아침 늦게야 눈을 떴으나, 잠도 그의 원기를 북돋아 주지는 못했다. 짜증스럽고 초조하고 심술궂은 기분으로 눈을 뜨자 그는 증오심에 차서 자신의 비좁은 방을 둘러보았다. 그것은 길이가 겨우 여섯 걸음 정도 되는 작은 광 같은 방으로, 여기저기 벽에서 떨어져 늘어진, 먼지가 잔뜩 낀 누런 벽지 때문에 아주 볼썽사나웠으며, 게다가 어찌나 낮은지, 키가 좀 큰 사람이라면 짓눌려 숨이 막힐 지경이었고, 천장에 줄곧 머리를 찧을 것만 같았다. 가구도 방에 딱 어울리는 것들이었다. 제대로 된 것이라 할 수 없는 세 개의 낡은 의자, 몇 권의 공책과 책이 놓인 채 한구석에 자리하고 있는 페인트를 칠한 탁자. 먼지가 수북한 것만 봐도 벌써 오랫동안 누구 하나 이것들에 손을 대지 않고 있다는 걸 알 수 있었다. 끝으로, 꼴사나운 커다란 소파가 거의 벽 전체와 방의 절반을 차지하고 있었는데, 한때는 날염한 무명으로 씌워져 있었으나 지금은 누더기가 되어 라스콜니코프의 침대 구실을 하고 있었다. 그는 곧잘 이 소파에 시트도 깔지 않고 옷도 벗지 않은 채 낡고 오래된 학생 외투를 덮어쓰고서, 머리맡에 작은 베개만 하나 놓고 잤는데, 머리 부분을 좀 더 높이기 위해, 깨끗한 것이건 더러운 것이건 가리지 않고 속옷을 있는 대로 베개 밑에 쑤셔 넣곤 했다. 소파 앞에는 조그만 탁자가 놓여 있었다.

이보다 더 너절하고 지저분하기도 힘든 일이었다. 그러나 현재의 라스콜니코프의 정신 상태로는 이러고 있는 게 오히려 마음 편했다. 그는 거북이가 자기 껍데기 속으로 움츠려 들듯 모든 사람들을 철저하게 피하고 있었으며, 시중을 들기 위해 이따금 그의 방을 들여다보는 하녀의 얼굴마저 그의 울화와 짜증을 불러일으킬 따름이었다. 무엇에 지나치게 열중하고 있는 편집광들에게서 흔히 볼 수 있는 증세였다. 하숙집 여주인이 벌써 두 주일이나 식사를 들여놓고 있지 않은데도, 그는 차라리 굶고 앉았을망정 그녀와 교섭을 하러 가 볼 생각은 여태껏 해 보지도 않고 있었다. 여주인의 하나뿐인 하녀이자 부엌일까지 맡고 있는 나스타시야는 하숙생의 이런 기분을 어느 정도 반기며 아예 그의 방을 정돈하거나 청소하지 않게 되었고, 다만 일주일에 한 번쯤 어쩌다 생각난 듯이 빗자루를 드는 게 고작이었다. 그 나스타시야가 지금 그를 깨운 것이다.

"일어나요, 어쩌자고 잠만 잔대!" 그녀가 그의 머리 위에서 소리쳤다. "벌써 9시가 지났어요. 차를 가져왔는데, 좀 안 마실래요? 저런, 아주 홀쭉해졌네?"

하숙생은 눈을 뜨고 몸을 부르르 떨더니 그제야 나스타시야를 알아보았다.

"그거, 주인아주머니가 보낸 거야?" 병자 같은 얼굴을 하고 천천히 소파 위에서 몸을 일으켜 앉으면서 그가 물었다.

"아주머니가 잘도 보내 주겠군요!"

그녀는 벌써 여러 번 우려내어 멀게진 차를 담은, 금이 간 자신의 찻주전자를 그의 앞에 내려놓고, 누런 설탕 두 덩어리를 옆에

다 놓았다.

"나스타시야, 미안하지만, 이걸 가지고 가서 말이야." 그는 주머니를 뒤져(그는 옷을 입은 채 잠들었던 것이다) 동전을 한 줌 끄집어내더니 말했다. "흰 빵을 좀 사다 줘. 그리고 가게에서 소시지도 조금 사 오고, 좀 싼 걸로."

"흰 빵은 당장 가져다주죠. 그런데 소시지 대신 양배추 수프는 어때요? 맛있는 건데, 어제 만들긴 했지만. 어제 주려고 따로 남겨 두었는데, 집에 늦게 들어왔잖아요. 맛있어요."

수프가 들어와서 그가 먹기 시작하자, 나스타시야는 소파 옆자리에 앉아 수다를 떨기 시작했다. 그녀는 시골 태생의 굉장히 수다스러운 여자였다.

"프라스코비야 파블로브나*가 학생을 경찰에 신고하겠대요." 그녀가 말했다.

그는 이맛살을 잔뜩 찌푸렸다.

"경찰에? 뭣 때문에?"

"방세도 안 내고, 이사도 안 가니까, 뻔하죠."

"에이, 젠장, 또 그것까지." 그는 이를 갈면서 중얼거렸다. "아니, 난 지금…… 형편이 안 좋은데……. 주인아주머닌 바보야." 그는 큰 소리로 덧붙였다. "오늘 주인아주머니한테 들러 말해 보겠어."

"주인아주머니도 나만큼 바보긴 바보지만, 그러는 학생은 뭐예요. 똑똑한 사람이 부대 자루처럼 퍼질러 누워만 있고, 뭔가 하고 있는 건 볼 수도 없잖아요? 전엔 아이들을 가르친다고 나가더니

만, 지금은 왜 아무것도 안 해요?"

"하고 있어……." 라스콜니코프는 마지못해 퉁명스럽게 말했다.

"뭘 하는데요?"

"일……."

"무슨 일?"

"생각하는 일이야." 그는 잠시 잠자코 있다가 정색을 하고 대답했다.

나스타시야는 갑자기 몸을 뒤집으며 웃기 시작했다. 그녀는 잘 웃는 버릇이 있어서 누가 웃기기라도 하면 소리도 내지 않고 온몸을 뒤틀고 흔들면서 속이 메슥거릴 때까지 웃어 댔다.

"생각하니까 억만금이라도 생기던가요?" 그녀는 간신히 이렇게 말했다.

"구두가 없으니 아이들을 가르치러 갈 수도 없어. 그리고 쳇, 그까짓 일."

"자기 우물에 침 뱉는 거 아녜요."

"애들 가르쳐 봐야 고작 동전 몇 푼 받는걸. 그런 푼돈으로 뭘 하겠어?" 마치 자기 생각에 대답이라도 하듯이 그는 심드렁하게 말을 이었다.

"그럼 단번에 한밑천 잡겠다는 거예요?"

그는 이상한 눈으로 그녀를 쳐다보았다.

"그래, 크게 한밑천." 그는 잠시 입을 다물었다가 단호하게 말했다.

"좀 살살 말해요. 아휴, 깜짝이야. 눈은 그렇게 무섭게 뜨고. 흰 빵은 사 와요, 말아요?"

"좋을 대로 해."

"참, 깜빡했네! 어제 외출한 뒤에 편지가 왔어요."

"편지라고! 나한테! 누구한테서?"

"그건 모르겠어요. 하여튼 집배원에게 3코페이카를 내 돈으로 냈어요. 갚아 줄 거죠?"

"어서 가져와, 부탁이야, 갖다 줘!" 라스콜니코프는 몹시 흥분하여 소리쳤다. "아아, 맙소사!"

잠시 후 편지를 가져왔다. 과연 그것은 R 도에 사는 어머니한테서 온 편지였다. 편지를 받아드는 순간 그는 얼굴빛까지 창백해졌다. 편지를 받아 본 지도 벌써 오래되었지만, 지금은 그래서가 아니라 뭔가 다른 것이 갑자기 그의 심장을 옥죄었던 것이다.

"나스타시야, 좀 가 줘, 제발. 자, 여기 네 돈 3코페이카. 제발, 어서 나가 줘!"

편지가 그의 손에서 떨리고 있었다. 그는 그녀가 있는 데서 편지 봉투를 열고 싶지 않았다. 이 편지를 가지고 **혼자** 있고 싶었다. 나스타시야가 나가자 그는 재빨리 편지를 입술에 갖다 대고 입을 맞추었다. 그러고는 한참 동안이나 주소의 글씨, 옛날 그에게 읽고 쓰기를 가르쳐 주신 어머니의 가늘고 약간 비스듬한 낯익고 그리운 필체를 들여다보았다. 그는 망설였다. 무엇인가를 두려워하는 듯했다. 마침내 그는 봉투를 뜯었다. 2로트*나 되는 크고 두툼한 편지였는데, 큰 편지지 두 장에 깨알같이 작은 글씨가 빼곡히 쓰여 있었다.

'사랑하는 내 아들 로쟈*야' 하고 어머니는 쓰고 있었다. '너하고 편지로 얘기를 나눈 지도 어언 두 달이 지났구나. 그것을 생각하면 어찌나 괴로운지 때로는 밤잠도 이루지 못했단다. 그러나 부득이 말을 않고 있었던 것에 대해 날 고깝게 여기진 않겠지. 내가널 얼마나 사랑하는지 너도 알고 있을 터이니. 나나 두냐*나 우리에겐 너밖에 없단다. 넌 우리의 모든 것이고, 모든 희망이고, 우리의 모든 꿈이야. 네가 학비를 댈 방도가 없어 벌써 몇 달 전에 학교를 관두었고, 가정교사 자리며 다른 일자리도 없어져 버렸다는걸 알았을 때, 내 마음이 어땠겠니! 일 년에 120루블밖에 안 되는연금으로 내가 무슨 도움을 줄 수 있었겠느냐? 넉 달 전에 네게보낸 15루블도, 알다시피, 그 연금을 담보로 이곳의 상인인 아파나시 이바노비치 바흐루쉰한테서 빌린 거야. 그분은 좋은 사람이고 네 아버지의 친구이셨지. 하지만 그분에게 연금 수령권을 넘긴뒤에 나는 빚을 다 갚을 때까지 기다려야만 했는데, 이제야 그 빚을 다 갚았기 때문에 그동안은 네게 아무것도 보낼 수 없었던 거란다. 그렇지만 이제는 다행히도 네게 얼마 정도 보낼 수 있을 것같고, 게다가 우리도 그럭저럭 운이 트이는 것 같아서 네게도 이소식을 속히 알려 주고 싶구나. 첫째로, 로쟈야, 너도 짐작이 가겠지만, 네 누이가 벌써 한 달 반가량이나 나와 함께 살고 있단다. 앞으로 우리는 더 이상 헤어지지 않아도 될 것 같다. 하느님 덕분에, 그 애의 고생도 이제는 끝이 났단다. 하지만 이 모든 일이 다어떻게 된 건지, 우리가 여태까지 너에게 무엇을 숨겨 왔는지를네가 알 수 있도록, 차근차근 자초지종을 얘기하마. 두 달 전에 너는 두냐가 스비드리가일로프 씨 집에서 심한 고초를 겪고 있다는 얘기를 누구한테 들었다고 하면서 정확한 사정을 알려 달라는 편지를 나에게 보냈다만, 그때 내가 뭐라고 답장을 써 보낼 수 있었겠느냐? 모든 걸 사실대로 써 보냈다면, 너는 분명 모든 것을 팽개치고 걸어서라도 우리에게 왔을 거다. 나는 네 성격과 마음을 알고 있단다. 누이가 수모를 당하게 내버려 둘 네가 아니잖아. 나 역시도 절망에 빠져 있었지만, 그렇다고 무슨 방도가 있었겠느냐? 나도 그때는 모든 사실을 알고 있지 못했어. 무엇보다 곤란했던 것은 두네치카가 작년에 그 집 가정교사로 들어가면서 매달 월급에서 제하는 조건으로 100루블을 미리 받았기 때문에, 그걸 다 갚기 전에는 그곳을 그만둘 수 없었다는 거야. 그 돈을 빌린 건(지금이니까 네게 모든 걸 털어놓을 수 있다만, 로쟈야), 무엇보다, 마침 그때 네가 꼭 필요하다고 써 보냈던 돈, 그러니까 작년에 우리가 보내 준 돈 60루블을 마련하기 위해서였단다. 우린 그때 그게 두네치카가 저축해 둔 돈이었다고 네게 거짓말을 했다만, 실은 그렇지 않았어. 지금 와서 이렇게 모두 털어놓는 것은, 하느님 덕분에 모든 일이 뜻밖에 잘되어 가고 있고, 또 두냐가 너를 얼마나 사랑하는지, 얼마나 아름다운 마음씨를 가지고 있는지를 네가 알아주었으면 해서란다. 사실 스비드리가일로프 씨는 처음부터 두냐에게 몹시 거칠게 대하고 식사 때도 여러 가지 무례한 말과 조롱을 했다고 하더구나…… 그렇지만 이런 괴로운 일을 세세하게 늘어놓지는 않으마. 모든 일이 다 지나간 마당에 공연히 너를 흥분시키고 싶진 않으니까. 대충 말하자면, 스비드리가일로프 씨의 부인인 마르파 페트로브나를 비롯하여 온 집안 식구들이 다들 친절하고 점잖게 대해 주었지만, 두네치카는 그곳에 있기가 몹시 괴로웠고, 특히 스비드리가일로프 씨가 옛날 군대 시절의 습관대로 술에 취해 있을 때면 더욱 그랬던 모양이다. 나중에 무슨 일이 드러났는 줄 아니? 글쎄, 상상 좀 해 보거라. 이 미치광이가 오래전부터 두냐에게 엉뚱한 마음을 품고 있었지만, 그것을 그 애에 대한 거친 행동과 멸시로 감추고 있었던 거야. 어쩌면, 나이도 꽤나 먹었고 한 가정의 아버지가 돼 가지고 그런 경솔한 희망을 품은 것이 제 딴에도 부끄럽고 겁이 나서, 두냐에게 본의 아니게 사납게 대했는지도 모르지. 아니면 두냐를 모욕적으로 대하고 조롱함으로써 다른 사람들에게 진실을 가리려고 했던 건지도 모르겠다. 하지만 결국엔 참을 수가 없었던지 두냐에게 갖가지 보상을 약속하면서 노골적이고 추잡한 제안을 했단다. 뿐만 아니라 모든 걸다 버리고 함께 다른 고장이나, 아니면 외국으로라도 도망쳐도 좋다고 했다지 뭐니. 그 애의 괴로움이 얼마나 컸을지 상상할 수 있겠지! 당장 거길 그만둘 수도 없었던 것이, 빚 때문만이 아니라, 마르파 페트로브나를 생각해서도 그랬단다. 그만두면 부인이 갑자기 의심을 품게 될 것이고, 그러면 자연히 가정불화를 일으키게 될 테니 말이다. 게다가 두네치카에게도 큰 추문이 되었을 거야. 그럼 정말 어쩔 도리가 없게 되잖아. 그 밖에도 여러 이유가 있어서, 여섯 주 동안이나 두냐는 그 끔찍한 집에서 뛰쳐나올 생각을 할 수가 없었단다. 물론 너는 두냐를 잘 알고 있으니까, 두냐가 얼마나 현명하고 얼마나 의연한 성품을 지니고 있는지 알게다. 두네치카는 웬만한 것은 참을 수 있고, 아주 막다른 경우에도 의연함을 잃지 않을 만큼 대범해. 그 애는 나와 자주 편지를 주고받았건만, 혹시라도 걱정을 끼칠까 봐 나한테까지도 아무 일도 써 보내지 않았단다. 그러던 중에 뜻하지 않은 결말이 왔어. 마르파 페트로브나가 뜰에서 두냐한테 치근덕거리고 있던 자기 남편의 말을 우연히 엿듣고 만 거야. 그이는 모든 것을 곡해하고 모든 것을 두냐 탓이라고 생각하면서 모두 두냐의 죄로 몰았어. 이내 뜰에서 무서운 소동이 벌어졌다는구나. 마르파 페트로브나는 두냐를 때리기까지 하면서, 아무 말도 들으려 하지 않았대. 꼬박 한 시간이나 소릴 질러 대며 날뛰다가, 마침내 그 애의 물건과 옷과 속옷을 닥치는 대로, 싸지도 않고 묶지도 않은 채 농사꾼들 짐마차에 던져 넣고는, 당장 두냐를 태워서 시내에 있는 나한테 보내 버리라고 분부했단다. 때마침 장대비가 퍼붓기 시작해서, 두냐는 몹쓸 수모를 당한 채 농부와 함께 덮개도 없는 짐마차를 타고 17베르스타나 되는 먼 길을 비를 맞으며 와야만 했단다. 그러니 생각해 보아라. 두 달 전에 네 편지를 받고 뭐라고 답장을 쓸 수 있었겠으며, 또 무엇에 대해 쓸 수 있었겠느냐? 그때는 나도 절망해 있었지만, 네가 너무 불행해하고 슬퍼하고 격분할 것이기 때문에, 사실대로 써 보낼 수가 없었어. 게다가 네가 무슨 일을 저지를지 어찌 알겠니? 자칫 네 신세를 망칠지도 모를 일이고, 두네치카도 그러지 말라고 만류했단다. 그렇다고 가슴에 그런 슬픔을 품은 채 쓸데없는 이야기와 어쭙잖은 일로 편지지를 메우는 것도 도저히 할 수 없었어. 한 달 내내 온 시내에서 이 일을 두고 엉터리 소문이 나돌아서, 두냐와 나는 사람들의 경멸하는 눈초리와 쑥덕거림 때문에 교회에도 갈 수 없는 지경이었다. 우리가 있는 앞에서 들으라는 듯 말하는 사람도 있더구나. 아는 사람들도 다 우리를 멀리 했고, 인사도 하지 않더라. 나중에 확인한 일이지만, 점원과 서기들이 우리 집 대문에 타르 칠을 해서 우리에게 더 모욕을 주려한 일도 있었어. 그러자 집주인은 우리에게 집을 비워 달라고 성화였단다. 이 모든 게 다 마르파 페트로브나 때문이었어. 그이가 집집마다 다니면서 두냐를 욕하고 비방했거든. 그이는 이 고장의 모든 사람들과 잘 알고 지내는 사이였는데, 그 달에는 끊임없이 이곳을 드나들더구나. 워낙에 수다스럽고, 자신의 집안 이야기나 특히 남편에 대한 푸념을 누구한테든 늘어놓기 좋아하던 여자라, 그 짧은 시간 안에 이 소문을 시내는 물론이고 변두리에까지 다 퍼뜨리고 말았단다. 마침내 나는 병이 나고 말았다만, 두냐는 나보다 강단이 있었어. 그 애가 모든 것을 참으면서 도리어 나를 위로하고 격려해 주던 모습을 네가 보았다면! 그 애는 정말 천사야! 그러나 하느님 덕분에 우리의 괴로움도 곧 끝이 났단다. 스비드리가일로프 씨가 마음을 고쳐먹고 뉘우친 거야. 아마도 두냐를 가엾게 여긴 모양인지, 두냐의 결백을 증명해 줄 완전하고도 명백한 증거를 마르파 페트로브나에게 보여 주었어. 그건 아직 마르파 페트로브나가 뜰에서 두 사람을 목격하기 이전에, 스비드리가일로프 씨의 개인적인 고백과 끈질긴 밀회 요구를 거절하기 위해 두냐가 마지못해 써서 그에게 건네주었던 편지였는데, 두냐가 떠난 뒤에도 그 사람 수중에 그대로 남아 있었던 거야. 그 편지에서 두냐는 마르파 페트로브나에 대한 그의 고결하지 못한 태도를 분노에 가득 찬 격렬한 말투로 책망하고, 그가 한 가정의 아버지이자 지아비라는 것과 마지막으로 그렇지 않아도 불행하고 의지할 데 없는 처녀를 괴롭히고 불행하게 하는 것이 얼마나 비열한 짓인가를 분명하게 지적했단다. 한마디로, 로쟈야, 그 편지가 얼마나 고결하고 감동적으로 쓰여 있던지, 나는 읽으면서 그만 울고 말았다. 지금도 나는 눈물 없이는 그것을 읽을 수가 없구나. 뿐만 아니라 나중에는 그 댁의 하인들이 나서서 두냐를 변호하는 증언을 해 주었는데, 이런 경우 으레 그렇듯 하인들은 스비드리가일로프 씨 자신이 생각하고 있던 것보다 훨씬 더 많은 것을 보고, 알고 있었어. 마르파 페트로브나는 완전히 충격을 받았고, 자기 입으로 우리에게 고백한 대로 '다시 한 번 죽도록 상처 입었지만', 그 대신 그 여자는 두네치카의 결백을 진정으로 믿고, 바로 다음 날인 주일에 곧장 대성당으로 마차를 타고 가서 무릎을 꿇고, 이 새로운 시련을 이겨 내고 자신의 의무를 다할 수 있는 힘을 주십사 하고 눈물을 흘리며 성모께 기도드렸단다. 그러고는 대성당을 나와 아무한 데도 들르지 않고 곧바로 우리 집으로 와서, 모든 것을 이야기하고 목메어 울면서 진심으로 뉘우치는 마음으로 두냐를 껴안고 용서해 달라고 애원하더구나. 그리고 바로 그날 아침, 우리 집을 나서자 그 길로 지체 없이 시내의 집집을 일일이 찾아다니면서, 눈물을 흘리며 두네치카의 결백함을 밝히고 그 애의 고결한 마음씨와 몸가짐을 극구 칭찬했단다. 그뿐 아니라 두네치카가 스비드리가일로프 씨에게 직접 써 보낸 편지를 모두에게 보여 주고 소리

내어 읽어 주기도 하며, 편지의 사본까지 만들게 했지 뭐냐(내 생각으론 좀 지나친 것 같다만). 이런 식으로 그녀는 며칠 동안 시내의 모든 집을 계속 찾아다녀야 했는데, 다른 사람에게 먼저 찾아갔다 해서 섭섭해하는 이들이 있어서 결국엔 순번을 정해야 했단다. 그래서 마르파 페트로브나가 어느 날, 어디서 편지를 읽는다는 것을 모두들 알게 되어 어느 집에서나 미리 기다리고 있었고, 편지를 읽을 때마다 이미 자기 집과 아는 사람들 집에서 몇 번이고 들었던 사람들까지도 계속 모여드는 형편이었지. 내가 생각하기엔 지나쳐도 많이 지나쳤다 싶다만, 마르파 페트로브나의 성격이 그런 걸 어쩌겠느냐. 어쨌든 그 여자는 두네치카의 명예를 완전히 회복시켜 주었고, 이 사건의 추잡함은 장본인인 그 여자 남편이 씻을 수 없는 치욕으로 죄다 뒤집어쓰게 됐으니, 그가 좀 딱하다는 생각도 드는구나. 미치광이 같은 사람이긴 하지만 너무 가혹한 벌을 준 것 같아서 말이다. 두냐는 곧 몇몇 집에서 가정교사로 와 달라는 청을 받았지만, 다 거절했어. 모든 사람들이 갑자기 그 애에게 특별한 존경을 보이게 되었구나. 무엇보다도 이 모든 것 덕분에 뜻하지 않은 일이 생겨서, 이제 우리의 운명도 완전히 변하는 것 같다. 로쟈야, 두냐에게 어떤 사람이 청혼을 했고 그 애도 승낙했으므로, 이 일을 네게 급히 알리는 거란다. 이 혼담이 너와 의논도 없이 이루어졌다만, 그렇다고 이 어미나 누이에게 불만을 품지는 않겠지. 그럴 사정이 좀 있어서 너의 회답이 올 때까지 기다리고 미룰 수가 없었으리라는 걸 너도 이해할 테니까. 게다가 너도 눈으로 직접 보지 않고서는 모든 것을 정확하게 판단할 순

없잖아. 사정은 이렇단다. 신랑감은 7등 문관인 표트르 페트로비치 루쥔이라는 사람인데, 마르파 페트로브나의 먼 친척이기도 해서 그 여자가 이 혼담에 많은 도움을 주었어. 그 사람이 마르파 페트로브나를 통하여 우리와 알고 지내고 싶다는 뜻을 전해 왔길래, 우리도 마땅히 초대를 하여 커피를 대접했더니, 바로 그다음 날로 편지를 보내오면서 아주 정중하게 청혼을 하고 곧 확실한 회답을 달라는 게 아니겠니. 일이 많고 바쁜 사람이라 지금도 페테르부르크로 갈 것을 서두르고 있기 때문에, 단 일 분도 아껴야 한다는 거였어. 당연히 우리도 처음엔 굉장히 놀랐단다. 이 모든 게 너무나 갑작스럽고 너무나 뜻밖에 일어난 일이었거든. 둘이서 온종일 생각하고 또 생각해 보았다. 믿을 만하고, 생활도 안정돼 보이고, 근무도 두 군데에서나 하고 있고, 상당한 재산도 가졌다고 들었어. 하긴, 나이가 마흔다섯이라 조금 많지만 외모도 상당한 편이어서 아직 여자들의 호감을 살 만한 데다 아주 듬직하고 예의 바른 사람이야. 다만 좀 무뚝뚝하고, 거만한 데가 있어 보이긴 하다만. 그렇지만 그냥 첫눈에 그래 보이는 것일 수도 있어. 그래서 로쟈야, 너에게 미리 말해 둔다만, 페테르부르크에서 그 사람을 만나게 되면, 매우 빠른 시일 안에 만나게 되겠지만, 첫눈에 뭔가 마음에 들지 않더라도 평소의 네 성미대로 너무 성급하고 과격하게 판단하지는 말아다오. 그 사람이 네게 좋은 인상을 주리라고 믿고 있지만, 만약의 경우을 위해 하는 말이란다. 뿐만 아니라, 어떤 사람이든 그 사람의 됨됨이를 알려면 점차적으로, 그리고 신중히 그 사람을 대해 가야 하는 거란다. 그렇지 않으면 오해나 선입견에 빠지기 쉽고, 그것을 나중에 지우고 고친다는 건 여간 어려운 일이 아니니까 말이다. 어쨌든 표트르 페트로비치는 적어도 여러 모로 보아 존경할 만한 사람이야. 처음 우리 집을 방문했을 때, 그 사람은 자기가 실무적인 인간이지만, 그의 말을 그대로 빌어, '우리의 가장 새로운 세대의 신념'에 많은 점에서 공감하고 있고, 또 모든 편견의 적이라고 말하더구나. 그 밖에도 많은 것을 말했는데, 그러고 보니 좀 허영심이 강하고, 사람들이 자기 이야기를 들어주는 걸 매우 좋아하는 것 같다만, 그게 그렇게 흉은 아니잖니. 나는 물론 잘 이해하지 못했지만, 두냐 말로는, 그가 별로 교육을 받진 못했어도 똑똑하고 선량해 보인다고 하더라. 로쟈야, 너도 네 누이의 성품을 잘 알고 있겠지만, 두냐는 심지가 굳고, 사려 깊고, 참을성이 강하고, 불같은 성격이면서도 몹시 너그러운 아이다. 그건 내가 잘 안다. 물론, 이 혼담에는 그 애 쪽에서나 그 사람 쪽에서나 이렇다 할 애정은 없어. 그러나 두냐는 영리할 뿐만 아니라 천사처럼 고결한 아이이니까, 남편을 행복하게 하는 것을 자신의 의무로 여길 것이고, 그러면 남편 쪽에서도 자연히 그 애의 행복을 위하여 마음을 쓰지 않겠니. 혼담이 사실 너무 빨리 진행되긴 했다만, 두냐의 행복에 대해 의심할 만한 별다른 이유는 아직 없는 것 같구나. 더구나 그는 매우 용의주도한 사람이니까 남편으로서의 자신의 행복은 두네치카의 결혼 생활이 행복할수록 커진다는 것을 스스로도 알게 될 거야. 하기야 성격상의 어떤 차이나, 오랜 습관이나, 약간의 의견 차이 같은 것도 있겠지만(그런 것은 아무리 행복한 부부라도 피할 수 없는 거란다), 두냐는 그런 것은 자신

있다고 스스로 내게 말했어. 그리고 전혀 걱정할 것 없으며, 자기는 앞으로의 관계가 정직하고 공정하기만 한다면 웬만한 것은 참을 수 있다고 말했단다. 가령 그 사람은 나에게도 처음엔 좀 냉혹해 보였어. 하지만 그건 너무 고지식한 사람이어서 그럴 거야. 틀림없이 그럴 거야. 예를 들면, 그가 두 번째로 찾아왔을 때, 그땐 이미 결혼 승낙을 한 뒤였는데, 이런저런 얘길 나누다가, 자기는 아직 두냐를 알기 전부터 반드시 정직하지만 지참금 같은 건 없고 이미 불행한 역경을 겪은 아가씨를 아내로 얻기로 마음먹고 있었다고 하더구나. 남편은 아내에게 어떤 신세도 져서는 안 되고, 아내가 남편을 은인으로 여긴다면 그게 훨씬 좋은 일이기 때문이라고 하면서 말이다. 사실 그 사람은 내가 여기에다 쓴 것보다 좀 더 부드럽고 상냥하게 말했다만, 난 그 사람이 실제로 어떤 표현을 썼는지는 잊어버리고 다만 그 뜻만 기억하고 있다는 말을 덧붙여야겠다. 게다가 그건 결코 작정하고 한 말이 아니라, 이런저런 얘기를 하던 끝에 분명히 저도 모르게 튀어나온 말이야. 그래서 나중에 고쳐 말하고 부드럽게 하려고 애를 쓰기까지 했단다. 그렇지만 난 아무래도 그게 좀 냉혹해 보여서 나중에 두냐에게 말했지. 하지만 두냐는 오히려 짜증을 내면서 '말이 곧 행동은 아니잖아요'라고 대답하더구나. 그야 물론 그렇지. 그래도 막상 마음을 정하기 전에 두네치카는 밤새 잠을 이루지 못하더니, 내가 이미 잠든 줄만 알고 침대에서 일어나 밤새도록 방 안을 서성이다가 마침내 성상 앞에 무릎을 꿇고 오랫동안 간절하게 기도를 올리더구나. 그러다가 이튿날 아침에야 이제 마음을 정했다고 말했단다.

앞서도 말했다만, 표트르 페트로비치는 지금 페테르부르크로 떠날 채비를 하고 있어. 그 사람은 그곳에 큰 사건들이 있어서, 페테르부르크에 공공 변호사 사무소를 열려고 해. 그는 벌써 오래전부터 여러 소송 사건들 다루고 있는데, 요 얼마 전에도 어떤 중요한 민사소송에서 이겼단다. 페테르부르크에 반드시 가야 하는 것도 원로원*에 무슨 중요한 용무가 있기 때문이래. 그러니 로쟈야, 그는 너에게도 모든 점에서 도움이 될 사람이야. 두냐하고도 이미 그렇게 결론 내렸다만, 너는 당장 오늘부터라도 너의 장래 출셋길을 확실하게 시작하고, 너의 앞날이 이미 분명히 결정된 거나 다름없다고 여겨도 좋을 거야. 아아, 그렇게 되면 정말 얼마나 좋을까! 그야말로 주님께서 우리에게 직접 보내신 은총으로밖에는 생각할 수 없는 행운이야. 두냐도 그것만을 꿈꾸고 있어. 우린 큰마음 먹고 그 일에 대해 표트르 페트로비치에게 이미 몇 마디 운을 떼 보았단다. 그 사람은 신중한 말투로, 자기도 물론 비서가 없으면 안 되고, 생판 모르는 남에게 주느니 친척에게 월급을 주는 게 당연히 좋다고, 다만 당사자가 그 일을 할 수만 있다면 하고 말하더구나. (너 같은 애가 어떻게 못 하겠니!) 하지만 대학 공부 때문에 자기 사무소에서 일할 시간이 있겠느냐고 미심쩍어하기도 했어. 이번엔 이 정도로 얘기가 끝났다만, 두냐는 지금도 그 일 말고는 아무것도 생각하지 않아. 그 애는 벌써 며칠째 정신없이, 네가 장차 소송 업무에서 표트르 페트로비치의 동료가 되고 나아가 공동 경영자도 될 수 있다며 완벽한 계획까지 세우고 있단다. 더구나 너는 법대에 다니고 있으니 더 잘됐다는 거야. 로쟈야, 나도 대

찬성이다. 그 애의 희망과 계획이 아주 확실하다고 생각하니까, 나도 그렇게 믿고 희망하고 있단다. 표트르 페트로비치가 지금은 애매한 태도를 보이고 있다만 그건 그럴 수도 있어(그 사람은 아직 널 모르니까 말이다). 하지만 두냐는 장래의 자기 남편을 잘 감화시켜서 모든 것을 이룰 수 있다고 굳게 믿고 있어. 그 애는 이걸 자신하고 있어. 물론 우리는 매우 조심하고 있고, 이런 앞날의 꿈에 대해서는, 특히 네가 그의 공동 경영자가 될 것이라는 말은 표트르 페트로비치에게 단 한마디도 내비치지 않았다. 그는 실제적인 사람이어서, 이 모든 걸 한낱 몽상으로 여기고 몹시 냉랭하게 대할지도 모르니까. 마찬가지로, 나도 두냐도, 네가 대학에 다니는 동안 금전적인 도움을 주었으면 하는 간절한 희망에 대해서도 일언반구 꺼내지 않았단다. 말을 하지 않은 것은, 첫째, 나중에 저절로 그렇게 될 것이고, 공연히 그런 소릴 하지 않아도 그쪽에서 그렇게 제안해 올 것이기 때문이야(어떻게 그 사람이 두네치카의 요만한 청을 거절하겠니). 더구나 네가 그 사람 사무실에서 든든한 오른팔이 되어 줄 수 있으니까, 덕을 보는 게 아니라 정정당당한 급료로 그 돈을 받게 되는 셈 아니냐. 두네치카도 그렇게 되길 바라고 있고, 나도 완전히 같은 생각이란다. 말을 하지 않은 둘째 이유는, 우리가 이제 곧 만나게 될 때 무엇보다 너를 그 사람과 대등한 위치에 세우고 싶어서야. 두냐가 그 사람한테 너에 대해 열심히 말했을 때, 그는 누구든지 그 사람을 판단하려면 우선 직접 좀 더 가까이에서 살펴보아야 하며, 너에 대한 평가는 한번 직접 만나 본 뒤에 내리겠다고 대답하더구나. 그런데 로쟈야, 여러 모로(하긴 표트르 페트로비치와는 관계없이, 나 자신의 개인적인, 어쩌면 노파심 같은 변덕 탓인지도 모르겠다만) 나는, 두 사람이 결혼한 뒤에도 그들과 함께 살지 않고 지금처럼 혼자 사는 게 좋을 것 같다. 그 사람은 무척 점잖고 자상하니까, 자기 편에서 나를 청해서 앞으로도 딸과 헤어지지 않도록 모시고 살겠다고 할 게 틀림없어. 아직 그런 말을 하진 않았다만, 그건 말을 하지 않아도 너무나 당연한 일이기 때문일 거야. 그렇지만 나는 거절할 작정이다. 살면서 여러 번 봐 왔지만, 장모란 사위에게 달갑잖은 존재란다. 나는 누구에게든 조금이라도 짐이 되고 싶지 않고, 또 비록 적으나마 내게도 먹을 게 있고 또 너와 두냐 같은 자식이 있는 한은 완전히 자유롭게 지내고 싶다. 물론 가능하다면 너희들 두 사람과 가까이 살고는 싶구나. 그런데 로쟈야, 가장 기쁜 소식은 편지 끝에 쓰려고 아껴 두고 있었단다. 얘야, 아마 우리 세 사람은 곧 함께 만나서 서로 부둥켜안게 될 거야. 근 삼 년간이나 떨어져 지내다가 말이다! 나와 두냐가 페테르부르크로 가는 건 이미 **확실하게** 결정된 일이야. 정확하게 언제라고 말할 순 없지만, 어쨌든 아주 아주 빨리, 어쩌면 일주일 후가 될 수도 있어. 모든 건 표트르 페트로비치의 지시에 달렸어. 그 사람이 페테르부르크에 가서 상황을 좀 보고 우리에게 곧 기별을 하기로 했거든. 그 사람은 몇 가지 사정 때문에 되도록 결혼식을 서두르자고 한단다. 가능하면 이번 사순절 육식 기간*에, 만약 그게 너무 급하다면 성모 마리아 승천제가 지난 후에* 곧바로 식을 올리자는 거야. 아아, 너를 품에 꼭 끌어안게 되면 난 얼마나 행복할까! 두냐는 너를 만난다는 기쁨에 완전히 들뜬 나머지 한번은 농담으로, 이것만을 위해서도 표트르 페트로비치에게 시집가도 좋다고 말하더구나. 그 아이는 천사야! 그 애는 이번 편지에 아무것도 써 넣지 않았지만, 오빠와는 할 얘기가 태산 같아서 도저히 펜을 들 수가 없다고, 몇 줄로는 아무것도 쓸 수가 없어서 속만 상할 거라고 하면서, 너를 꼭 껴안고 끝없는 입맞춤을 보낸다고 전해 달랜다. 어쨌든 우리는 아주 빠른 시일 안에 얼굴을 마주 대하게 되겠지만, 그래도 며칠 내에 되도록 많은 돈을 보내마. 두네치카가 표트르 페트로비치와 결혼한다는 것을 다들 알게 되어 이제 갑자기 내 신용도 높아졌으니까. 아파나시 이바노비치도 연금을 담보로 75루블까지는 빌려 줄 거야. 그러니 네게도 25루블이나 30루블 정도는 보낼 수 있을 것 같다. 더 많이 보내고 싶지만, 우리들 여비가 걱정이 되어 그런단다. 고맙게도 표트르 페트로비치가 페테르부르크까지의 여비 일부를 부담하겠다고 하면서 우리의 짐과 큰 트렁크를 자기가 맡아서 보내 주겠다고 나섰지만(어떻게 아는 사람을 통해서 부탁하는 모양이야), 그래도 페테르부르크에 도착한 후의 일도 생각하지 않을 수가 없구나. 돈 한 푼 없이 그곳에 갈 수는 없고, 처음 며칠 동안이라도 지낼 수 있는 요량은 해야 하잖아. 그런데 두네치카하고 꼼꼼하게 계산해 보니, 여비는 얼마 들지 않을 것 같다. 우리 집에서 기차역까지는 90베르스타 남짓밖에 되지 않아. 그래서 달구지를 모는 잘 아는 농부한테 만약을 위해 이미 말해 두었단다. 거기서부터는 두네치카와 삼등 열차를 타고 편안하게 갈 참이다. 그렇게 하면 너에게 25루블이 아니라 30루블이라도 보낼 수 있을 거야. 하지만 이제 그만 써야겠다. 편지지 두 장을 가득 채워서, 이젠 더 쓸 자리도 없구나. 우리 얘기를 실컷 늘어놓았네. 어찌나 많은 일이 쌓였던지! 그럼, 내 소중한 로쟈야, 곧 만날 날을 고대하며 이 엄마는 너를 포옹하고 축복을 보낸다. 로쟈야, 네 누이동생 두냐를 사랑해 주어라. 그 애가 너를 사랑하듯, 그 애를 사랑해다오. 그 애가 널 한없이, 자기 자신보다 더 사랑한다는 것을 알아다오. 그 애는 천사야, 그리고 로쟈야, 너는 우리의 전부다. 우리의 모든 희망이고, 모든 기대란다. 너만 행복하다면 우리도 행복할 거야. 로쟈야, 전처럼 하느님께 기도드리고 있니? 우리를 창조하셨고 우리 죄를 사해 주시는 하느님의 자비를 믿고 있니? 공연히 두렵구나. 행여 요즘 유행하는 무신앙에 빠지진 않았겠지? 그렇다면 너를 위해 기도하마. 애야, 떠올려 보려무나, 네가 아직 어리고 네 아버지가 살아 계셨을 때, 그때 내 무릎에 앉아 잘 돌아가지도 않는 혀로 옹알거리며 기도를 올리던 일을, 그리고 그때 우리가 얼마나 행복했었나를! 그럼, 잘 있거라, 아니 그보다 곧 **다시 만나자꾸나!** 너를 꼭, 꼭 껴안고 수없이 입을 맞춘다.

　　　　　무덤에 들어가는 날까지 변함없는 너의 어미
　　　　　　　　　　　　풀헤리야 라스콜니코바'

　편지의 첫 줄을 읽기 시작한 순간부터 거의 내내 라스콜니코프의 얼굴은 눈물로 젖어 있었다. 그러나 편지를 다 읽었을 때 그의 얼굴은 경련을 일으키며 창백하게 일그러졌고, 입술에는 괴롭고 심술궂고 독기에 찬 미소가 뱀처럼 꿈틀거렸다. 그는 납작해진 낡은 베개에 머리를 갖다 대고 생각에 잠겼다. 그렇게 오랫동안 생각에 잠겨 있었다. 심장이 세차게 뛰고, 여러 생각이 거세게 파도쳤다. 마침내는 장롱, 아니 궤짝과도 다를 바 없는 이 누렇고 좁디좁은 방이 답답해서 숨이 막힐 것만 같았다. 눈길도 생각도 넓은 곳을 찾고 있었다. 그는 모자를 움켜쥐고 밖으로 뛰쳐나갔다. 이번에는 층계에서 누구하고 마주치는 것도 두렵지 않았다. 그런 것은 이미 잊고 있었다. 그는 V 대로*를 지나, 마치 볼일이 있어 서둘러 가는 사람처럼 바실리예프스키 섬 쪽으로 발길을 돌렸으나, 여느 때의 버릇대로 어느 길을 어떻게 가고 있는지는 전혀 신경도 쓰지 않은 채, 뭐라고 중얼거리기도 하고 커다랗게 소리 내어 혼잣말을 하기도 하면서 걷고 있어서, 지나가던 행인들을 몹시 놀라게 했다. 많은 사람들은 그가 술에 취했다고 생각했다.

4

어머니의 편지 때문에 그는 몹시 괴로웠다. 그러나 가장 중요하고 근본적인 문제에 대해서는 편지를 읽고 있는 동안에조차 단 한 순간도 의심의 여지가 없었다. 사건의 가장 본질적인 핵심은 머릿속에서 이미 결정 나 있었다. 완전히 결정 나 있었다. '내 눈에 흙이 들어가기 전에는 이 결혼은 없다. 루쥔 씨 따윈 지옥에나 가라!'

'뻔한 일이지.' 그는 자신의 결단이 승리하리라는 것을 미리부터 축하하면서 악의에 찬 미소를 지으며 중얼거렸다. '안 돼요, 어머니, 안 돼, 두냐. 날 속이면 안 되지……! 그래 놓고는, 내 생각도 묻지 않은 채, 나를 제쳐 놓고 일을 결정했다고 사과까지 하다니! 당치도 않지! 이젠 깨뜨릴 수 없다고 생각하는 모양인데, 어디 두고 보자, 그럴 수 있는지 없는지! 구실이 아주 좋군. '그러니까 표트르 페트로비치는 업무로 너무 바쁜 사람이거든, 너무 바쁜 몸이어서, 역마차 안이나 기차간에서라도 결혼을 하지 않으면 딴 도리가 없단다.' 안 돼, 두냐, 난 모든 걸 보고 있어. 네가 나에게 할 말이 **태산** 같다고 한 뜻도 알고 있어. 네가 밤새 방 안을 서성이며 무슨 생각을 했는지, 어머니 침실에 있는 카잔의 성모상 앞에서 무엇을 빌었는지도 알고 있어. 골고다에 오르는 것은 힘드니까. 음……. 그러니까, 이미 완전히 결심했다 이거지. 아브도치야 로마노브나*께서 실무적이고 합리적인 사람, 재산이 있고(**벌써** 자기 재산을 가지고 있다는 건 자못 듬직하고 설득력도 있겠지), 직장도 두 군데나 다니고, (어머니의 말대로) 우리의 가장 새로운 세대의 확신에 공감하고 있으며, 또 (두네치카 자신의 관찰에 의하면) '선량해 **보이는**' 사람에게 시집을 가신단 말씀이지. 무엇보다도 이 **보인다**는 것이 훌륭하군! 그리고 저 두네치카는 이 **보인다**는 것과 결혼하려는 것이다……! 훌륭해! 훌륭한 일이야……!

……그런데 어머니는 왜 '가장 새로운 세대'라는 말을 썼을까? 그저 그 사람의 성격을 묘사하기 위해서일까, 아니면 다른 목적이 있는 걸까? 그러니까 나에게 아부해서 루쥔 씨를 잘 보이게 하려고? 정말 약았긴! 그리고 또 한 가지 사정도 더 알고 싶은데. 그들

두 사람은 그날과 그날 밤, 그리고 그 후 내내 얼마만큼 서로의 속마음을 털어놓았을까? 두 사람이 **모든 말**을 솔직하게 얘기했을까. 아니면 두 사람 모두 한마음 한뜻이어서 구태여 모든 걸 입 밖에 낼 필요도 없고 공연히 말해 봐야 부질없는 일이라고 여겼던 걸까. 어느 정도는 그랬던 것 같군. 편지를 봐도 알 수 있으니까. 어머니에겐 그자가 **좀** 냉혹하게 보여서, 단순한 마음에 느낀 바를 그대로 두냐에게 귀찮게 말했던 거야. 물론 두냐는 화를 내고, '짜증을 내면서 대답'했겠지. 당연하지! 눈치 없이 물어보지 않아도 사정이 뻔하고, 이미 결정된 이상 새삼 말해 봐야 소용도 없다면, 화가 나지 않을 사람이 누가 있겠는가. 또 어머니는 왜 이런 말을 쓰고 있을까. '두냐를 사랑해다오, 로쟈야, 그 애는 자기 자신보다 너를 더 사랑한단다.' 아들을 위해서 딸을 희생시키는 데 동의했기 때문에 남모르게 양심의 가책을 받고 있는 게 아닐까. '너는 우리의 희망이다. 너는 우리의 전부다!' 아아, 어머니……!' 그의 가슴속에서 분노가 점점 더 강하게 끓어올랐다. 만약 지금 루쥔 씨하고 만난다면, 그를 죽여 버릴 것 같았다!

'음, 그건 맞아.' 그는 머릿속에서 소용돌이치는 상념의 회오리를 좇으면서 계속 생각했다. '맞아, '사람의 됨됨이를 알려면 점차적으로 그리고 신중히 그 사람을 대해 가야 하는 법이다.' 그러나 루쥔 씨는 속이 뻔해. 문제는 '실무적이고, 또 선량한 사람 **같아 보인다**'는 데 있어. 농담이 아냐, 짐은 자기가 맡고 큰 트렁크는 자기 비용으로 보내 준다지! 어찌 선량하지 않다 하겠어? 그런데 그들 두 사람, **약혼녀**와 어머니는 농사꾼을 얻어서 거적을 덮은 달구지를 타고 간다며(나도 곧잘 탔었지)! 괜찮아! 고작 90베르스타 남 짓이고, '거기서부터는 아주 편안하게 삼등 열차를 타고 갈 테니까'. 천 베르스타는 될 길을. 아주 사려 깊군, 누울 자리를 보고 발을 뻗으라 이거지. 그렇지만 루쥔 씨, 대체 당신은 어떻게 돼먹은 인간이오? 그 아이는 당신의 약혼녀가 아니오……. 그리고 어머니가 연금을 잡히고 여비를 빌린다는 걸 모를 리 없었을 텐데? 물론, 이건 당신에게 쌍방의 상거래이고, 이익도 반반, 출자도 반반으로 하는 사업이니, 비용도 반반으로 내자는 거겠지. 속담에도, 사이좋게 어울려도 담배는 제각기라는 말이 있으니까. 그러나 여기서도 그 실무적인 인간은 두 사람을 살짝 속이고 있는 거야. 짐은 여비보다 싸게 들고, 어쩌면 공짜로 갈지도 모르지. 어째서 두 사람은 그걸 모를까, 아니면 짐짓 모르는 척하는 걸까? 그런데도 그들은 만족해하고 있어, 만족하고 있단 말이야! 그러나 이것은 아직 약과고 진짜는 이제부터이니, 생각만 해도 끔찍하군. 정말로 여기서 중요한 것은 그자의 인색함이나 쩨쩨함이 아니라, 만사가 이런 **투**라는 것이야. 이런 투는 분명히 결혼 후에도 계속될 것이고, 그걸 예고하고 있는 거지……. 그런데 어머닌 어쩌자고 그렇게 돈을 낭비할까? 뭣 하러 페테르부르크에 오신다는 거지? 1루블짜리 은화 세 닢, 아니면 그…… 노파…… 말대로, 지폐 두 '장'을 가지고…… 음! 앞으로 페테르부르크에서 어떻게 살아가시겠다는 걸까? 결혼하고 나면 처음 며칠마저도 두냐하고 같이 살아선 **안 된다는** 것을 어떻게든 이미 알아차리고 계시잖은가? 그 친절한 인간이 어떻게 **저도 모르게 말을 흘려서** 내색을 한 게 분명해. 어머닌 두 손을 저으면서, '이쪽에서 거절하겠다'고 하시지만. 대체 어머닌 누구에게 기대를 거는 걸까, 연금 120루블? 그거나마 아파나시 이바노비치에게 진 빚을 먼저 제해야 하는데? 지금도 어머니는 노안을 상해 가면서, 겨울 목도리를 뜨고 소맷부리에 수를 놓고 계셔. 그러나 목도리로는 120루블에다 일 년에 겨우 20루블을 보태는 게 고작 아닌가. 그건 나도 알고 있어. 그렇다면 결국 루쥔 씨의 고상한 마음씨를 바라고 있는 거로군. '그쪽에서 직접 얘기를 꺼내고 간청해 올 거다'라고 말이야. 어디, 주머니를 벌린 채 기다려 보세요! 이런 건 쉴러의 아름다운 영혼들에게서 흔히 보게 되는 일이야. 마지막 순간까지 사람을 공작 깃털로 장식하고, 마지막 순간까지 선을 기대하고 악은 보려 하지 않지. 마음속으로는 메달의 뒷면을 예감하면서도 절대로 진실을 자신에게 미리 말해 주려 하지 않는 거야. 그런 건 생각만 해도 몸서리가 쳐지니까. 자신들 스스로 화려하게 장식해 준 인간이 그들을 우롱할 때까지 두 손을 내저으며 한사코 진실을 피하려 들지. 루쥔 씨에게 훈장이 있는지 궁금하군. 내기를 해도 좋아. 그자는 단춧구멍에 안나 십자 훈장*을 달고, 청부업자나 상인들의 연회에 갈 때도 그걸 달고 갈 거다. 아마 자기 결혼식에도 달고 나올걸! 하지만 그놈이 어찌 하든 무슨 상관이야……!

……그래 좋다, 어머닌 그렇다 치고 맘대로 내버려 두자, 원래 그런 분이시니. 그렇지만 두냐는 대체 왜? 두네치카, 사랑하는 내 동생, 나는 널 잘 알고 있어! 마지막으로 너하고 만났을 때, 넌 벌써 스무 살이었어. 난 그때 벌써 네 성격을 다 알았어. 어머니는

'두네치카는 웬만한 것은 참을 수 있다'라고 적으셨지. 그건 나도 알고 있었어. 나는 그걸 이 년 반 전에 이미 알고 있었고, 그때부터 이 년 반 동안 그것에 대해, 즉 '두네치카는 웬만한 것은 참을 수 있다'는 것에 대해 줄곧 생각해 왔어. 스비드리가일로프 씨와 그 모든 결과도 참을 수 있으니, 정말로 웬만한 것은 참을 수 있겠지. 그래서 이번엔 자비로운 남편 덕분에 가난의 수렁에서 벗어난 아내의 장점에 대해 이론을 늘어놓는, 그것도 거의 첫 대면에서부터 그런 소릴 늘어놓는 루쥔 씨도 참을 수 있으리라고, 엄마와 둘이서 상상한 거다. 그래, 그가 분별이 있는 인간인데도 '실언을 했다'고 치자(어쩌면, 결코 실언을 한 게 아니라, 처음부터 분명하게 해 두자는 작정이었을 거다). 그러나 두냐, 두냐는? 걔에겐 그 인간이 빤히 보였을 텐데, 더욱이 같이 살 사람이 아닌가. 그 앤 검은 빵을 먹고 물만 마신다 해도 자신의 영혼을 팔 사람이 아니다. 안락한 생활을 위해 정신의 자유를 넘겨줄 사람은 더더욱 아니다. 루쥔 씨가 아니라, 슐레스비히-홀슈타인*을 다 준다 해도 넘겨주지 않을 거야. 아니, 두냐는 내가 아는 한 그런 여자애가 아니었어. 그리고…… 더 말할 것도 없어, 지금도 절대로 변했을 리가 없어……! 스비드리가일로프 부부를 대하기도 괴로웠겠지! 200루블을 받고 평생을 가정교사로 이곳저곳 전전하는 것도 힘든 노릇이었을 거다. 그렇지만 난 알고 있어. 내 누이동생은 오로지 자기 한 몸의 이익을 위하여 존경하지도 않고 상대조차 되지 않는 인간과 영원한 인연을 맺어 자신의 정신과 도덕적 감정을 더럽히느니, 차라리 식민지의 농장주한테 노예로 가든지,* 발트해 연안의 독일 사람에게 하녀로 가는* 쪽을 택할 거야! 설령 루쥔 씨가 온몸이 순금이나 순전히 다이아몬드로 된 인간이라 할지라도, 그애는 결코 루쥔 씨의 합법적인 첩이 되는 걸 받아들이지 않을 사람이다! 그런데 왜 지금 동의하는 걸까? 대체 이유가 뭘까? 수수께끼의 답은 뭐란 말인가? 뻔하다. 자신을 위해서, 자신의 안락을 위해서라면, 심지어 자신을 죽음으로부터 구하기 위해서라도 자신을 팔지 않겠지만, 다른 사람을 위해서라면 판다! 사랑하는 사람을 위해서, 숭배하는 사람을 위해서 자신을 팔려는 것이다! 바로 여기에 문제의 본질이 있다. 오빠를 위해서, 어머니를 위해서 파는 것이다! 모든 것을 파는 것이다! 아아, 우리는 경우에 따라서는 자신의 도덕적 감정까지 눌러 버리고, 자유도, 마음의 평화도, 양심도, 모든 것, 모든 것을 고물 시장에 내놓는다. 자신의 인생은 아무래도 좋다! 사랑하는 사람이 행복하게만 된다면 그만이다. 뿐만 아니라, 제멋대로 궤변을 지어내면서 예수회 교도가 무색할 정도로, 선한 목적을 위해서는 이렇게 해야 한다고, 정말로 이렇게 해야 한다고 잠시나마 자신을 달래고 자신을 설득할 것이다. 우리는 그런 인간이다. 모든 것이 대낮처럼 명백하다. 그리고 바로 여기에 다름 아닌 로지온 로마노비치 라스콜니코프가 등장하며, 그것도 주인공으로 맨 앞에 서 있다는 것도 분명하다. 암, 그렇고말고. 그의 행복을 이루어 줄 수 있고, 대학 공부를 시킬 수 있고, 변호사 사무소의 공동 운영자로 만들 수 있고, 평생의 운명을 보장해 줄 수 있다. 그러면 장차 명예와 존경을 한 몸에 지닌 부호가 될지도 모르고, 더 나아가 영광스러운 인물로 생애를 마칠

지도 모른다! 그럼 어머니는? 그래 바로 로쟈, 더없이 소중한 로쟈, 우리 장남이 아니냐! 그런 장남을 위해서라면 아무리 훌륭한 딸이라도 왜 희생시키지 못하랴? 아아, 갸륵하고도 그릇된 마음들! 아니다, 이래서는 우리도 소네치카의 운명을 거부하지 못할 것이다! 소네치카, 소네치카 마르멜라도바, 이 세상이 계속되는 한 영원한 소네치카! 당신들 두 사람은 그 희생, 그 희생이라는 것의 크기를 완전히 재 보았나요? 그런가요? 감당할 수 있던가요? 이익이던가요? 이치에 닿던가요? 두네치카, 알고 있니? 소네치카의 운명이 루쥔 씨에게 시집가는 운명보다 조금도 추악하지 않다는 걸 말이다. '여기에 애정은 있을 리 없다'라고 어머니는 적으셨지. 애정은커녕 존경조차 있을 수 없고, 반대로, 반감과 경멸과 혐오가 있다면, 그때는 어떻게 하지? 그렇게 되면 또다시 '**산뜻한 몸치장을 해야만**' 하는 거야. 안 그래? 알겠니, 그 산뜻한 몸치장이 무슨 뜻인지 알겠어? 루쥔 부인의 산뜻한 몸치장이 소네치카의 산뜻한 몸치장과 똑같다는 것을 알고 있니? 아니 어쩌면, 더 나쁘고 더 더럽고 더 천할지도 모르지. 왜냐하면, 두네치카, 네겐 그래도 좀 편하게 지내 보려는 계산이 깔려 있지만, 그쪽은 그야말로 굶어 죽느냐 아니냐의 문제니까! '두네치카, 이 산뜻한 몸치장은 비싸게 먹힌단다, 비싸게!' 자, 나중에 힘에 부치게 되면 후회하겠지? 슬픔과 비탄과 저주가 얼마나 클 것이며, 남모르게 흘리는 눈물인들 또 얼마나 많을까? 넌 마르파 페트로브나 같은 성격이 아니니까. 또 어머니는 어찌 될까? 지금도 불안해하시고 괴로워하시는데, 그때 가서 모든 것을 명백하게 보시게 된다면? 그리고 또 나는……? 정말 당신들 두 사람은 나에 대해 무슨 생각을 한 건가요? 두네치카, 난 두 사람의 희생을 바라지 않아, 난 싫습니다, 어머니! 내가 살아 있는 한, 그런 일은 없어, 없어, 없다고! 결코 용납하지 않는다!'

그는 갑자기 제정신이 들어 걸음을 멈추었다.

'그런 일은 없다고? 그럼, 그런 일이 없도록 대체 어떻게 할 작정이냐? 중단시킬 거냐? 무슨 권리로? 그런 권리를 가지기 위해서, 네 편에서 두 사람에게 무엇을 약속할 수 있는데? **대학을 졸업하고 지위를 얻었을 때**, 너의 모든 운명, 모든 미래를 두 사람에게 바치겠다고? 많이 들어 본 얘기이다만, 그건 **허깨비**이고, 지금은? 지금 당장 무슨 수를 써야 한다, 알겠냐? 그런데 넌 지금 뭘 하고 있는 거냐? 오히려 그들에게서 돈을 뜯어내고 있지 않은가. 그 돈은 100루블의 연금과 스비드리가일로프 집안에서의 수모를 저당 잡혀 빌린 것이 아니더냐! 스비드리가일로프나 아파나시 이바노비치 바흐루쉰 같은 자들로부터 두 사람을 어떻게 보호할 거냐? 미래의 백만장자여, 두 사람의 운명을 관장하는 제우스 신이여! 십 년 뒤에 보자는 말씀인가? 그러나 십 년 안에 어머니는 목도리 일 때문에, 아니 그보다도 눈물 때문에 눈이 멀고, 굶주려서 피골이 상접해 있을 거다. 그리고 누이동생은? 그래, 생각 좀 해 봐라, 십 년 뒤에, 아니 십 년도 못 가서 누이동생은 어떻게 되어 있을까? 알아차렸냐?'

그는 일종의 쾌감마저 느끼면서 이런 질문으로 자신을 괴롭히고 조롱하고 있었다. 그러나 이 질문들은 새로운 것도 갑작스러운 것도 아니며, 훨씬 전부터 병처럼 되어 버린 오래된 것들이었다. 이미 오래전부터 이 질문들은 그를 괴롭히기 시작하여, 그의 마음을 갈기갈기 찢어 놓았다. 지금의 이 번민은 아주 오래전에 그의 마음속에서 싹튼 후 자꾸만 자라면서 쌓이고 쌓여, 요즘에 와서는 완전히 무르익은 나머지 그의 마음과 이성을 괴롭히며 끈질기게 해결을 요구하는 무시무시하고 광포하고 환상적인 질문의 형태로 영글고 있었다. 그러던 차에 지금 어머니의 편지가 갑자기 그를 벼락처럼 내리친 것이다. 분명히 지금은, 문제가 해결될 수 없다고 생각하며 소극적으로 괴로워하고 번민할 때가 아니었다. 뭔가를 해야 했다, 지금 당장, 되도록 빨리. 어찌 되든 결단을 내려야만 했다, 무슨 일이든, 그렇지 않으면…….

'그렇지 않으면, 삶을 완전히 단념해야 한다!' 그는 갑자기 미친 듯이 부르짖었다. '있는 그대로의 운명을 온순하게 단번에 영원히 받아들여야 한다! 행동하고 살고 사랑하는 모든 권리를 단념하고, 자신 속에 있는 모든 것을 압살해 버려야 한다!'

'아십니까, 아세요, 선생, 이젠 아무 데도 갈 곳이 없다는 게 무슨 뜻인지?' 갑자기 어제 마르멜라도프가 했던 말이 떠올랐다. '어떤 사람이라도 어딘든 갈 곳이 한 군데는 있어야 하거든요…….'

갑자기 그는 몸을 부르르 떨었다. 어제 떠올랐던 또 하나의 생각이 다시금 그의 머리를 스쳤던 것이다. 그는 이 생각이 반드시 '스치리라'는 것을 알고 있었고, **예감하고 있었으며**, 이미 기다리고 있었다. 그렇긴 해도 이 생각은 어제와는 딴판이었다. 다만 그 차이는, 한 달 전엔, 아니 어제만 해도 이 생각이 공상에 지나지 않앉는데, 지금은…… 지금은 갑자기 공상이 아니라 어떤 새롭고 무서운, 지금껏 전혀 알지도 못한 모습으로 불쑥 나타났다는 데 있었다. 그 자신도 갑자기 그것을 의식했다……. 그는 머리를 세게 얻어맞은 것같이 멍해지고 눈앞이 캄캄해졌다.

그는 황급히 주위를 둘러보며 무언가를 찾았다. 좀 앉고 싶어서 벤치를 찾고 있었던 것이다. 때마침 그가 걸어가고 있던 길은 가로수가 늘어선 K 거리였다. 백 걸음쯤 앞에 벤치가 있는 것이 눈에 띄었다. 그는 되도록 빠른 걸음으로 걸어갔으나, 도중에 어떤 조그만 사건이 생겨서 몇 분 동안 그의 주의는 온통 그쪽으로 쏠리고 말았다.

벤치를 찾다가 그는 스무 걸음쯤 앞에서 걸어가고 있는 여자를 보았으나, 지금까지 그의 눈앞에 어른거리며 지나간 모든 대상에 대해서 그랬듯이, 처음에는 그 여자에게 아무런 주의도 기울이지 않았다. 이를테면 그는 집으로 돌아가면서, 걷고 있는 길을 전혀 기억하지 못하는 일이 여러 번 있었고, 또 그렇게 걷는 게 이미 버릇이 되어 있었다. 그러나 지금 걸어가고 있는 여자에게는 처음 본 순간부터 어딘지 이상하게 눈에 띄는 점이 있어서, 그의 주의는 조금씩 그녀에게 쏠리게 되었다. 처음엔 마음이 내키지 않고 언짢기까지 했으나, 점점 더 강하게 주의가 쏠린 것이다. 그는 갑자기 이 여자의 무엇이 그렇게 이상한지 알고 싶어졌다. 첫째, 이 여자는 분명히 아직 젊은 아가씨일 텐데 이런 폭염에 아무것도 머리에 쓰지 않고 양산도 들지 않고 장갑도 끼지 않은 채 우스꽝스럽게 두 팔을 흔들면서 걸어가고 있었다. 가벼운 비단옷을 입고 있었는데, 단추도 채운 둥 만 둥한 이상한 차림이었고, 뒤쪽 허리께, 그러니까 치마가 시작되는 윗부분이 심하게 찢겨져 커다란 천 조각이 덜렁덜렁 흔들리며 매달려 있었다. 드러난 목에는 조그만 스카프를 두르고 있었으나, 그것도 왠지 비뚤어져서 한쪽으로 늘어져 있었다. 게다가, 여자는 부딪치기도 하고 이리저리 비틀거리면서 위태롭게 걸어가고 있었다. 마침내 이 만남은 라스콜니코프의 주의를 완전히 일깨웠다. 그는 벤치 바로 옆에까지 와서 여자를 따라잡았으나, 벤치에 이르자 그녀는 갑자기 벤치 한쪽 끝에 쓰러지듯 털썩 주저앉더니 머리를 벤치 등받이에 기대고 기진맥진한 듯 눈을 감았다. 그는 여자의 얼굴을 들여다보고 그녀가 완전히 취해 있다는 걸 금방 알아챘다. 이런 모습을 보는 것은 이상하고 기괴하기도 했다. 잘못 본 게 아닐까 하는 생각마저 들었다. 그의 앞에는 열여섯 아니면 겨우 열다섯 살 정도밖에 안 돼 보이는 앳된 얼굴이 있었다. 금발 머리의 작고 예쁜, 그러나 타오르듯 빨개진, 좀 부은 듯한 얼굴이었다. 소녀는 자신의 상황을 거의 이해하지 못하는 듯했다. 한쪽 다리를 다른 쪽 다리 위에 포개 놓고 있었는데, 그 다리를 보통보다 훨씬 더 높이 쳐들고 있었고, 모든 점으로 보아 자신이 거리에 있다는 것도 잘 모르는 것 같았다.

라스콜니코프는 앉지도 않고 자리를 뜨려고도 하지 않은 채, 망설이며 그녀 앞에 서 있었다. 이 가로수 길은 언제나 인적이 드문 편이지만, 1시가 막 지난 이렇게 무더운 시간에는 사람이라곤 거의 찾아볼 수가 없었다. 그렇지만 옆으로 열댓 걸음쯤 떨어진 가로수 길 가장자리에 한 신사가 서 있었는데, 아무래도 무슨 목적을 가지고 소녀에게 접근하고 싶어 안달이 난 눈치였다. 그 신사도 역시 멀리서 그녀를 보고 뒤쫓아 왔으나, 라스콜니코프가 나타나서 방해가 된 모양이었다. 그는 눈치채이지 않으려고 애쓰면서 심술궂은 눈초리를 라스콜니코프에게 던지고 있었고, 양아치 같은 기분 나쁜 녀석이 어서 꺼져 버리고 자기 차례가 오기만을 초조하게 기다리고 있었다. 상황은 명백했다. 서른 살쯤 되어 보이는, 체격이 건장한 이 신사는 기름지게 살이 쪘는데다 피에 우유를 탄 듯이 혈색이 좋았고, 장밋빛 입술 위에 작은 콧수염을 달고, 아주 호사스러운 옷차림을 하고 있었다. 라스콜니코프는 무섭게 화가 치밀었다. 그는 갑자기 이 기름진 멋쟁이에게 어떻게든 모욕을 주고 싶어졌다. 잠시 소녀를 놔두고 그는 신사에게 다가갔다.

"어이, 이봐, 스비드리가일로프*! 여기서 무슨 볼일이 있소?" 그는 주먹을 불끈 쥐고, 증오심이 치솟아 입에 거품까지 물고 비웃으면서 버럭 소리를 질렀다.

"그게 무슨 말이오?" 신사는 양미간을 찌푸리고 거드름을 피우면서 어처구니없다는 듯 근엄하게 되물었다.

"썩 꺼지란 말이오!"

"어디다 대고 감히, 이 건달 놈이……!"

그러면서 그는 단장을 휘둘렀다. 라스콜니코프는 이 건장한 신사가 자기 같은 상대는 둘이라도 거뜬히 해치울 수 있다는 건 생각지도 않은 채 주먹을 불끈 쥐고 덤벼들었다. 그러나 그 순간, 누군가가 뒤에서 그를 꽉 붙들었다. 그들 사이에 순경이 끼어든 것이다.

"그만들 두시오. 공공장소에서 싸우면 안 됩니다. 왜들 그러시오? 자넨 누군가?" 그는 라스콜니코프의 남루한 행색을 보자 엄한 말투로 물었다.

라스콜니코프는 찬찬히 그를 쳐다보았다. 희끗희끗한 콧수염과 볼수염을 기르고 이해성 있는 눈을 가진 씩씩한 병사 같은 얼굴이었다.

"마침 잘 왔습니다." 그는 순경의 손을 잡으면서 외쳤다. "나는 대학생이었던 라스콜니코프라고 합니다……. 이건 당신도 잘 알아 두라고." 그는 신사 쪽으로 몸을 돌리면서 말했다. "순경 아저씨 저와 함께 가시죠. 보여 드릴 게 있어요……."

이렇게 말하고 그는 순경의 손을 잡고 벤치 쪽으로 끌고 갔다.

"자, 보세요. 완전히 취했지요. 이래 가지고 방금 가로수 길을 걷고 있었어요. 어떤 여자인지는 몰라도 직업으로 하는 것 같진 않아요. 분명히 어디서 강제로 술을 마시고 당한 것 같습니다…… 처음으로…… 아시겠지요? 그러고는 길거리로 쫓겨난 겁니다. 보세요, 옷이 이렇게 심하게 찢겨져 있지 않습니까. 게다가 옷 꿰입은 꼬락서니도 좀 보세요. 누가 입힌 것이지, 제 손으로 입은 게 아닙니다. 그것도 서투른 남자의 손으로 입힌 거예요. 뻔합니다. 자, 이번엔 저길 보세요. 내가 방금 싸우려고 했던 저 멋쟁이는 초면에 모르는 사람입니다. 저자도 역시 길을 걸어오던 중에 지금 정신없이 취해 있는 소녀에게 눈독을 들이고는 접근해서 손아귀에 넣고 싶어 안달이 난 겁니다. 소녀가 저런 상태니까 어디로 끌고 가려고……. 틀림없습니다. 정말입니다. 내 말이 틀림없어요.

저자가 소녀를 주의 깊게 관찰하면서 뒤를 밟는 걸 내 눈으로 똑똑히 보았어요. 다만 내가 방해가 되니까 어서 가 버리기만 기다리고 있는 거죠. 지금도 저쪽으로 약간 떨어져서 담배를 마는 척하고 있잖습니까⋯⋯. 어떻게 하면 저자에게 넘기지 않을 수 있을까요? 어떻게 하면 이 소녀를 집으로 돌려보낼 수 있을지 좀 생각해 주세요!"

순경은 대번에 모든 걸 알아차리고 궁리를 해 보았다. 뚱뚱한 신사의 일은 명백했고, 남은 건 소녀였다. 순경은 좀 더 자세히 살펴보기 위해 소녀 위로 허리를 굽혔다. 그의 얼굴에는 진심으로 측은해하는 빛이 떠올랐다.

"이런, 가엾게도!" 그는 고개를 저으며 말했다. "아직 아주 어린 애인데, 속았군, 틀림없어. 이봐요, 아가씨." 그가 소녀를 부르기 시작했다. "어디 살아요?" 소녀는 지쳐서 흐릿해진 눈을 뜨고, 묻는 사람의 얼굴을 멍청히 바라보다가 귀찮다는 듯 손을 내저었다.

"순경 아저씨, 잠깐만." 라스콜니코프가 말했다. "이걸로(그는 주머니를 뒤져 20코페이카를 꺼냈다. 마침 그 돈이 있었던 것이다), 자, 이걸로 마차를 태워서 주소대로 데려다 주라고 하세요. 주소만 알면 되겠는데!"

"아가씨, 아가씨!" 순경은 돈을 받아 들고 또다시 부르기 시작했다. "지금 마차를 잡아서 집에 데려다 드리지요. 어디로 가면 되나요? 예? 어디 살아요?"

"저리 가⋯⋯! 귀찮게들 구네⋯⋯!" 소녀는 중얼거리고는 또다시 손을 내저으며 쫓는 시늉을 했다.

"어허, 안 되겠군! 거참, 창피스럽게, 아가씨가 정말 무슨 창피야!" 그는 수치스러워도 하고 측은해하기도 하고 분개하기도 하면서 또다시 고개를 저었다. "이거 야단났구먼!" 그는 라스콜니코프 쪽으로 몸을 돌렸으나, 이내 그를 머리끝에서 발끝까지 훑어보았다. 저런 누더기를 걸친 주제에 자기 돈을 내놓다니, 분명히 수상쩍은 모양이었다.

"멀리서부터 이 두 사람을 보았단 말이오?" 순경이 라스콜니코프에게 물었다.

"그렇다니까요, 이 가로수 길에서 소녀는 내 앞을 비틀거리면서 걷고 있었습니다. 벤치까지 와서는 갑자기 주저앉고 말았어요."

"거참, 요즘 세상엔 별 창피스러운 일이 다 있다니까, 맙소사! 요런 어린 처녀애가 벌써 술에 취해서! 당한 거야, 분명해! 옷 찢어진 거 좀 보라지……. 정말로 타락한 세상이야……! 귀족 집안 태생인 듯한데 몰락한 모양이로군……. 요즘 이런 여자들이 많아졌어. 보기에는 귀한 집 따님 같기도 하고." 그는 다시 소녀에게로 허리를 굽혔다.

'어쩌면 그에게도 이런 또래의 딸들이 있는지 모른다. '양갓집의 귀한 따님처럼' 교양 있는 체하면서 온갖 유행을 좇기 좋아하는 그런 딸들이…….'

"무엇보다 말입니다." 라스콜니코프는 애가 타서 말했다. "어떻게든 저 더러운 놈한테 넘기진 말아야 해요! 저놈은 소녀를 또 한 번 욕보일 게 분명해요! 놈의 속셈은 뻔해요. 저것 봐요, 저 더러운 놈은 물러가지도 않고 있잖아요!"

라스콜니코프는 큰 소리로 말하면서 대놓고 손으로 그를 가리 켰다. 그 사내는 이 소리를 듣고 다시 화를 내려다가 생각을 고쳐 먹고는 경멸의 시선만 던졌다. 그러고는 천천히 열 걸음쯤 물러서 더니 다시 멈추어 섰다.

"저런 사내들한테야 넘어가지 않게 할 수 있지만." 하사관인 순 경이 망설이며 대답했다. "다만 어디로 데려가야 할지 일러 주면 좋겠는데, 그렇잖으면……. 아가씨, 이봐요, 아가씨!" 그는 다시 허리를 굽혔다.

소녀는 갑자기 눈을 크게 뜨고 주의 깊게 살펴보다가 무엇인지 알아챈 듯 벤치에서 일어나서 아까 왔던 길을 되돌아 걷기 시작 했다.

"쳇, 철면피들, 귀찮게도 구네!" 소녀는 또다시 손을 내젓고는 중얼거렸다. 그녀는 재빨리 걷기 시작했으나, 아까처럼 몹시 비틀 거렸다. 멋쟁이는 그녀에게서 눈을 떼지 않은 채 가로수 길 맞은 편에서 그녀를 뒤따랐다.

"걱정하지 마십시오, 넘겨주진 않을 테니까." 콧수염을 기른 순 경은 단호하게 말하고 그들을 뒤쫓기 시작했다.

"에이, 참 난잡한 세상이 됐군!" 그는 탄식하면서, 큰 소리로 되 풀이했다.

그 순간 라스콜니코프는 무엇엔가 쿡 찔린 느낌이었다. 일순 그 의 마음이 완전히 바뀐 듯했다.

"어이, 이봐요!" 그가 콧수염 순경 뒤에다 대고 소리쳤다.

순경이 뒤돌아보았다.

"내버려둬요! 당신이 무슨 상관이오? 관둬요! 재미 좀 보라죠 (그는 멋쟁이를 가리켰다). 당신이야 무슨 상관이오?"

순경은 무슨 영문인지 몰라 눈을 휘둥그레 뜨고 쳐다보고 있었다. 라스콜니코프는 웃음을 터뜨렸다.

"쳇!" 순경은 손을 내저으며 이렇게 내뱉고는, 아마도 라스콜니코프를 미친 사람이거나 아니면 더 형편없는 녀석으로 생각했는지 멋쟁이와 소녀의 뒤를 쫓아 걷기 시작했다.

'내 돈 20코페이카만 가져갔군.' 혼자 남게 되자 라스콜니코프는 화가 난 듯 중얼거렸다. '흥, 그놈한테서도 받아 내고 여자애를 내주라지, 그러면 그걸로 끝나는 거야……. 뭣 땜에 내가 돕겠답시고 끼어들었을까! 내 주제에 돕는다고? 내게 그럴 권리나 있어? 서로 뜯어먹으면서 살라지. 나하고 무슨 상관이야? 어떻게 내가 감히 20코페이카를 선뜻 내줬을까. 그게 대체 내 돈인가?'

이런 이상한 말을 하면서도 그는 마음이 몹시 괴로웠다. 그는 텅 비어 버린 벤치에 앉았다. 생각이 혼란스러웠다……. 이 순간에는 무슨 일이든 생각한다는 게 고통이었다. 그는 완전히 망각에 빠져서 모든 것을 잊고, 그런 다음에 깨어나서 완전히 새로 시작하고 싶었다…….

"불쌍한 소녀……!" 그는 비어 있는 벤치 한구석을 바라보면서 말했다. "제정신이 들면 울 것이고, 그러면 어머니가 알게 되겠지……. 처음엔 손으로 때리다가, 나중엔 회초리로 세게, 치욕스러울 정도로 때리고는 아마도 쫓아내리라……. 설령 쫓겨나지 않더라도 다리야 프란초브나 같은 치들이 냄새를 맡게 되면, 소녀는 이곳저곳으로 돌아다니게 될 거다……. 그러다 결국엔 병원 신세고(이건 정숙한 어머니 밑에 살면서 어머니 몰래 불장난을 하는 여자애들에게 언제나 정해진 길이지), 그러고 나면…… 그러고 나면 다시 병원 신세…… 술에…… 술집에…… 그러다 또 병원…… 이삼 년 후엔 완전히 망가지고, 고작 열아홉 아니면 열여덟에 생을 마감한다……. 나도 그런 여자들을 보아 오지 않았던가? 그런데 그들은 어떻게 되었지? 모두들 한결같이 그렇게 되었다……. 빌어먹을! 될 대로 되라지! 세상 사람들도 마땅히 그래야 한다고 말하잖은가. 해마다 그 정도 백분율은…… 어디론가…… 악마한테로 완전히 사라져야 한다는 거야.* 나머지 여자들의 순결과 건강을 지켜 주고 방해하지 않도록 말이지. 백분율! 정말로 멋진 말이로군. 마음을 진정시켜 주는 과학적인 말이야. 백분율이라고 말하면, 조금도 불안해할 게 없거든. 그게 만일 다른 말이라면, 그땐…… 아마 좀 불안해지겠지만…… 그런데 만일 두네치카도 이 백분율 안에 들어간다면 어떡하지……! 이 백분율은 아닌 다른 백분율에라도……?"

'그런데 난 대체 어디로 가는 중일까?' 그는 갑자기 생각했다. '이상하다. 무슨 볼일이 있어서 나왔을 거 아냐. 편지를 읽고서 바로 나왔는데……. 그렇구나, 바실리예프스키 섬에 사는 라주미힌에게 갈 참이었지. 그래, 어디로 가려 했는지는, 이제…… 생각나. 그런데 왜 하필 거기일까? 왜 바로 이런 때 라주미힌을 찾아가려는 생각이 떠올랐을까? 희한하군.'

그는 스스로에게 놀랐다. 라주미힌은 대학 시절의 친구들 가운데 한 사람이었다. 이상하게도, 라스콜니코프는 대학에 다닐 때 거의 친구가 없었다. 그는 모두를 멀리 해서 아무한테도 찾아가지 않았거니와 누가 찾아오는 것조차 싫어했다. 그래서 다른 사람들도 곧 그에게 등을 돌리고 말았다. 그는 어떤 모임에도 나가지 않았고, 대화나 오락이나 그 무엇에도 일체 끼이지 않았다. 그는 몸을 돌보지 않고 기를 쓰고 공부만 했는데, 이로 인해 존경은 받았으나 아무도 그를 사랑하지는 않았다. 그는 몹시 가난하면서도 왜 그런지 오만하고 비사교적이었으며, 자기만의 무슨 비밀이라도 가지고 있는 것 같았다. 어떤 동창들의 눈에는 그가 교양과 지식과 신념에서 자기가 그들보다 뛰어나다는 듯 그들을 죄다 애 취급하며 위에서 내려다보고 있고, 그들의 신념과 관심을 아주 낮게 보고 있는 것으로 비쳤다.

그러나 라주미힌하고는 웬일인지 잘 맞았다. 잘 맞았다기보다, 그와는 좀 더 허물없이 터놓고 지내는 사이였다. 하기야 라주미힌과는 그럴 수밖에 없었다. 그는 유난히 쾌활하고 격의 없는, 단순하리 만치 선량한 청년이었다. 그러나 이 단순함 속에는 깊이와 품위가 깃들어 있었다. 그의 가장 좋은 친구들은 이것을 알고 있고 모두 그를 사랑했다. 그는 사실 이따금 좀 둔하게 굴긴 했지만, 상당히 영리했다. 그의 생김새는 아주 인상적이었다. 키가 크고 마른데다 검은 머리였고 수염은 언제나 별로 깎는 일이 없었다. 가끔 그는 아주 난폭한 행동을 하곤 해서 장사라는 평판이 나 있었다. 한번은 밤에 동료들과 함께 놀다가 키가 12베르쇼크나 되는* 경관을 한 방에 때려눕힌 적도 있었다. 술은 한없이 마실 수 있었으나, 전혀 입에 대지 않을 수도 있었다. 이따금 지나친 장난을 했으나, 전혀 하지 않을 수도 있었다. 어떤 실패를 해도 절대로 당황하지 않고, 어떤 곤경에도 기죽지 않는 것처럼 보이는 것도 라주미힌의 또 한 가지 비범한 점이었다. 그는 지붕 위에서도 살 수 있었고, 지옥 같은 굶주림과 혹독한 추위도 참을 수 있었다. 그는 몹시 가난하여 이 일, 저 일 가리지 않고 돈을 벌면서 오로지 혼자 힘으로 생활을 유지하고 있었다. 그는 일만 하면 끝없이 퍼올릴 수 있는 샘을 알고 있었다. 어느 해엔 겨울 내내 방에 불을 때지 않고 지내면서, 추운 편이 잠이 더 잘 와서 오히려 기분이 더 좋다고 주장하기도 했다. 지금은 그 또한 부득이 대학을 쉬고 있었으나, 오래 끌지 않고 학업을 계속할 수 있도록 전력을 다해 서둘러 상황을 호전시켜 가고 있었다. 라스콜니코프는 벌써 넉 달가량이나 그를 찾아간 적이 없었고, 라주미힌 역시 라스콜니코프의 하숙집조차 모르고 있었다. 언젠가 두어 달 전에 그들은 길에서 한번 마주친 적이 있었으나, 라스콜니코프는 외면을 하고 상대방이 알아채지 못하게 길 맞은편으로 건너가 버렸다. 라주미힌도 그를 알아보았으나 **친구**를 당황하게 하지 않으려고 그대로 지나가고 말았다.

5

'그래, 요전에도 라주미힌에게 일거리를 부탁해 보려고 했었지.

과외 수업 자리나 다른 무슨 일자리라도 얻어 달라고…….' 라스콜니코프에게 차츰 이런 생각이 떠올랐다. '그러나 지금 그가 무슨 수로 나를 도와줄 수 있단 말이냐. 설령 과외 자리를 구해 주고, 수중에 한 푼이라도 있어서 그 마지막 한 푼까지 나누어 준다하자. 그걸로 과외 가르치러 갈 때 신을 구두도 사고 옷은 수선할수 있다 해도…… 음……. 그래, 그다음엔? 그런 푼돈으로 대체무얼 한단 말인가? 도대체 나에게 지금 필요한 게 그런 것이냐? 정말 웃기는 노릇이군, 라주미힌한테 가려고 나섰다니…….'

왜 지금 라주미힌에게 가려고 했던가 하는 의문은 스스로 생각하는 것보다 훨씬 더 그를 당황하게 하고 있었다. 불안한 마음에그는 지극히 평범해 보이는 이 행동에서 어떤 불길한 의미를 찾아내려고 했다.

'과연 나는 라주미힌 한 사람의 힘을 빌어 이 모든 것을 바로잡으려 한 걸까. 모든 해결을 라주미힌에게서 발견했던 걸까?' 그는어이없다는 듯 스스로에게 물었다.

그는 생각에 잠겨 이마를 쓸었다. 그러자 기이하게도, 이 오랜상념 뒤에 왠지 뜻밖에도 아주 기괴한 생각 하나가 거의 저절로불쑥 머리에 떠올랐다.

"음…… 라주미힌에게." 갑자기 그는 최후의 결단이라도 내리듯 매우 침착하게 말했다. "라주미힌에게는 가야지, 암…… 그러나 지금은 아냐……. 그 친구에게는…… **그 일**이 끝난 다음 날에가자, **그 일**이 다 끝나고 난 다음에, 모든 것이 새롭게 시작될때……."

그러자 그는 갑자기 제정신이 들었다.

"**그 일**이 끝난 뒤에라니." 그는 벤치에서 벌떡 일어나며 외쳤다. "그러나 과연 **그 일**을 할 것인가? 정말로 할 것인가?"

그는 벤치를 떠나, 달리다시피 걷기 시작했다. 그는 왔던 길을 되돌아 다시 집으로 가려 했으나, 갑자기 집에 가기가 소름 끼치도록 싫어졌다. 거기, 그 구석, 그 끔찍한 장롱 같은 골방에서, 그 모든 생각이 한 달이 넘도록 무르익어 온 게 아닌가. 그는 발길 닿는 대로 걷기 시작했다.

신경질적인 전율은 열병에라도 걸린 듯이 심해졌다. 그는 오한마저 느꼈다. 이렇게 무더운 날씨인데도 으슬으슬 추웠다. 그는 어떤 내부의 요구에 따라 거의 무의식적으로, 마주치는 모든 대상들을 안간힘을 쓰며 눈여겨보기 시작했다. 기분 전환이라도 될 수 있는 것을 집요하게 찾는 듯했으나, 별다른 효과도 없이 그는 끊임없이 깊은 상념 속으로 빠져들었다. 그러다가 몸을 부르르 떨면서 다시금 고개를 들고 주위를 둘러볼 때면, 지금 자신이 무엇을 생각하고 있었는지, 심지어 어디를 지나왔는지조차 곧바로 잊어버리는 것이었다. 이렇게 그는 바실리예프스키 섬 전체를 가로질러 소(小) 네바 강변으로 나왔고, 다리*를 건너 군도(群島) 쪽으로 걸어갔다. 푸른 나무와 신선한 공기는 도시의 먼지와 석회와 답답하게 짓누르는 거대한 건물에 익숙해진 지친 눈에 처음에는 싱그러운 느낌을 주었다. 여기엔 숨 막히는 공기도, 악취도, 싸구려 술집도 없었다. 그러나 이런 청신하고 상쾌한 기분도 이내 병적이고 초조한 것으로 변했다. 이따금 그는 초록으로 뒤덮인 아름답게 꾸민 별장 앞에 멈춰 서서 울타리 안을 들여다보기도 하고, 발코니와 테라스에 나와 있는 몸단장을 곱게 한 여인들과 뜰 안을 뛰어다니는 아이들을 멀찌감치서 바라보기도 했다. 특히 그는 꽃에 마음이 끌려 꽃을 가장 오랫동안 바라보았다. 화려한 마차들, 말을 탄 신사와 귀부인들과도 마주쳤다. 그는 호기심 어린 눈길로 그들을 배웅했으나, 그들이 시야에서 미처 사라지기도 전에 잊고 말았다. 한번은 걸음을 멈추고 가진 돈을 세어 보기도 했다. 30코페이카 정도가 남아 있었다. '순경에게 20코페이카, 나스타시야에게 우편 요금으로 3코페이카, 그러면 어제 마르멜라도프에게 준 돈이 47코페이카이거나 50코페이카였군.' 그는 뭔가를 위해 속셈을 하면서 이렇게 생각했으나, 왜 돈을 주머니에서 꺼냈는지조차 곧 잊어버렸다. 술집 같은 어떤 싸구려 식당 앞을 지나가다 그는 그것을 기억해 내고 문득 시장기를 느꼈다. 그는 술집에 들어가서 보드카 한 잔을 마시고, 뭔가로 소를 넣은 피로그를 하나 먹었다. 그러나 그것을 다 먹은 것은 다시 길에 나와서였다. 무척이나 오랫동안 보드카를 입에 대지 않았던 터라, 고작 한 잔을 마셨는데도 금방 취기가 올랐다. 다리가 갑자기 무거워지고, 몹시 졸음이 몰려왔다. 집을 향해 걷기 시작했으나 페트로프스키 섬까지 왔을 때는 기진맥진해서 가던 걸음을 멈추었다. 그러고는 길에서 벗어나 관목 숲으로 들어가선 풀 위에 쓰러져 이내 잠이 들고 말았다.

병적인 상태에서 꾸는 꿈은 유난히 선명하고 강렬하며 현실과 매우 흡사할 때가 많다. 때로는 기괴한 장면이 나타나기도 하지만, 그런 경우에도 꿈의 상황이나 전개 과정 전체가 너무도 그럴

듯하고, 그 세부적인 것 하나하나가 너무도 섬세할 뿐만 아니라 비록 기상천외하긴 하지만 전체 장면과 예술적으로 훌륭한 조화를 이루고 있기 때문에, 설령 그 꿈을 꾸고 있는 사람이 푸쉬킨이나 투르게네프와 같은 예술가라 할지라도, 꿈이 아닌 현실에서는 그런 것을 생각해 낼 수 없을 것이다. 그러한 꿈, 그러한 병적인 꿈은 늘 오래토록 기억에 남아서, 인간의 이미 흥분해 있는 혼란스러운 정신과 육체에 강렬한 영향을 미친다.

라스콜니코프는 무서운 꿈을 꾸었다. 아직 그가 조그마한 마을에 살고 있던 어린 시절의 꿈이었다. 그는 일곱 살가량이었는데, 어느 축제일 저녁 무렵에 아버지와 함께 동구 밖을 거닐고 있었다. 흐리고 후텁지근한 날, 장소는 그의 기억에 남아 있는 바로 그곳이었으나, 오히려 기억 속의 그곳이 지금 꿈에 나타난 것보다 훨씬 희미했다. 마을은 훤히 트여 한눈에 보였고, 주변엔 버드나무 한 그루 없었다. 어딘지 하늘이 끝나는 아득한 곳에 작은 숲이 거뭇하게 보일 따름이었다. 마을 맨 끝의 채소밭에서 몇 걸음 떨어진 곳에 큰 술집이 하나 있었는데, 아버지와 함께 그곳을 지날 때면 언제나 더없이 불쾌한 인상과 공포까지도 불러일으키는 술집이었다. 그곳에는 언제나 사람들이 득실거렸는데, 모두들 큰 소리를 질러 대며 마구 웃기도 하고 욕지거리를 하기도 하고, 쉰 목소리로 추잡한 노래를 부르고, 걸핏하면 주먹다짐도 했다. 술집 주변에는 늘 진탕만탕 취한 주정뱅이들과 무서운 낯짝들이 돌아다니고 있었다……. 그들과 만날 때마다 그는 아버지에게 착 달라붙어 온몸을 벌벌 떨었다. 술집 옆으로 나 있는 시골길에는 늘 먼지가 가득했고, 그 먼지는 항상 시커먼 빛이었다. 구불구불하게 멀리 뻗어 있는 그 길은 삼백 보 정도 걸어간 곳에서 마을 묘지를 끼고 오른쪽으로 꺾였다. 묘지 한가운데에는 녹색의 둥근 지붕을 인, 돌로 지은 교회가 있었는데, 그는 그곳에 일 년에 두어 번, 오래전에 돌아가셔서 한 번도 얼굴을 본 적이 없는 할머니를 위한 추도 미사를 드리기 위해, 아버지, 어머니를 따라 대미사에 갔었다. 그때마다 부모님은 흰 접시에 성반(聖飯)을 담아 냅킨에 싸서 가져갔다. 쌀과 설탕으로 만든 성반 위에는 건포도가 십자가 모양으로 박혀 있었다. 그는 이 교회와 거기에 모셔 놓은, 대개 틀을 씌우지 않은 오래된 성상과 늘 고개를 떠는 버릇이 있는 늙은 신부님을 좋아했다. 평평한 묘석이 있는 할머니의 묘 옆에는 태어난 지 여섯 달 만에 죽은 동생의 조그만 무덤이 있었다. 그는 동생을 전혀 알지도 못하고 기억할 수도 없었으나 어린 동생이 있었다는 이야기를 들었으므로, 성묘하러 갈 때마다 이 조그만 무덤 앞에서도 종교적이고 경건한 마음으로 성호를 긋고 절을 하고 비석에 입을 맞추었다. 그런데 바로 지금 그의 꿈에서 그는 아버지와 함께 묘지로 가는 길을 걷다가 술집 옆을 지나게 된다. 그는 아버지의 손을 꼭 붙잡고 공포에 질려 술집 쪽을 바라본다. 이상한 광경이 그의 주의를 끈다. 마침 그곳엔 무슨 잔치라도 벌어졌는지, 한껏 차려입은 장사치의 마누라들, 농사꾼 아낙네들, 그들의 남정네들, 그리고 온갖 어중이떠중이들로 북적거리고 있다. 모두들 취해서 노래를 부르고 있고, 술집 입구의 계단 옆에는 짐마차가 한 대서 있는데, 조금 이상해 보이는 짐마차다. 커다란 말이 끄는 짐마차는 화물과 술통 들을 운반하는 것으로 아주 크다. 그는 이렇게 갈기가 길고 다리가 굵고 몸집이 커다란 말이, 짐이 있는 편이 없는 것보다 편하다는 듯 조금도 지친 기색 없이 산더미 같은 짐을 침착한 걸음걸이로 유유히 끌고 가는 모습을 보는 게 늘 좋았다. 그런데 지금은 이상하게도 이런 커다란 짐마차에 작고 여윈, 흐린 적갈색 털에 갈기와 꼬리가 검은 농사꾼 암말이 매어져 있었다. 그것은―그가 자주 보았지만―이따금 장작과 건초 따위를 산더미처럼 싣고 가다가 마차가 진탕이나 깊은 바퀴 자국에 빠지기라도 하면 금새 기진맥진해 버리는 그런 말 중 하나다. 그럴 때마다 농사꾼들은 사정없이 채찍질을 하고 때로는 콧등과 눈까지 마구 때렸는데, 그는 그런 모습을 볼 때마다 너무나 말이 불쌍해서 울음을 터뜨리려고 했으므로, 어머니는 항상 그를 창가에서 떼어 놓곤 하였다. 그런데 그때 갑자기 주위가 굉장히 시끌시끌해지면서, 붉고 푸른 셔츠 위에 두꺼운 농꾼 외투를 걸친, 몸집이 커다란 농부들이 술에 진탕 취해 소리를 지르고 노래를 부르고 발랄라이카를 켜면서 술집에서 우르르 몰려나온다. "타라, 다들 타라!" 목이 굵고, 얼굴이 홍당무처럼 붉고 살찐, 아직 젊은 사나이가 소리쳤다. "다들 데려다 주지, 타라!" 곧 왁자지껄한 웃음소리와 외치는 소리가 터져 나왔다.

"이런 말라빠진 말이 잘도 데려다 주겠다!"

"이봐, 미콜카, 제정신이야? 이따위 작은 암말을 저렇게 큰 짐마차에 달다니!"

"여보게들, 이놈의 얼룩털 말 스무 살은 됐을걸!"

"타, 다들 데려다 줄 테니!" 미콜카는 다시 한 번 이렇게 외치면서 맨 먼저 마차에 뛰어 올라타고는, 고삐를 잡고 몸을 쭉 펴면서 마부대에 섰다. "밤색 수말은 아까 마트베이가 몰고 갔어." 그가 마차 위에서 소리쳤다. "근데, 요놈의 암말 때문에 아주 속만 터진다니까. 그냥 죽여 버리고 싶어, 처먹기만 하니. 타! 전속력으로 달리게 할 테니! 전속력으로 달리게 될걸!" 그러고는 신나게 말을 후려칠 채비를 하면서, 채찍을 손에 잡았다.

"자, 타, 왜 그래!" 군중 속에서 웃음보가 터져 나왔다. "들었지, 전속력으로 달릴 거래!"

"벌써 십 년은 달려 본 적이 없을걸."

"달리게 돼 있어!"

"사정 봐 줄 것 없어, 자, 다들 채찍이나 들고 준비하라고!"

"그래, 그래! 실컷 갈기자!"

모두들 웃고 익살을 떨면서 미콜카의 마차에 기어오른다. 여섯 명가량이 올라탔으나, 아직 더 탈 자리가 있다. 그들은 뚱뚱하고 볼이 빨간 아낙네 하나를 더 태운다. 그 여자는 붉은 무명옷에 유리구슬이 달린 두건을 쓰고, 발에는 모피 반장화를 신고, 호두를 딱딱 까면서 웃고 있다. 둘러선 구경꾼들도 웃고 있다. 어찌 웃지 않겠는가. 이 말라빠진 암말이 이렇게 무거운 짐을 끌고 달릴 거라는데! 마차를 타고 있던 두 젊은이가 미콜카를 돕기 위해 곧바로 채찍을 하나씩 든다. "이랴!" 고함 소리에 여윈 말은 온 힘을 다해 끌지만, 달리기는커녕 제대로 걷지도 못하고 그저 잔걸음만 내디딜 뿐, 콩알처럼 등골에 쏟아지는 세 개의 채찍질이 무서워

신음을 내뱉으면서 쓰러질 듯 무릎을 구부리곤 한다. 마차 위에서나 군중들 사이에서나 웃음소리가 갑절로 커진다. 그럴수록 미콜카는 화가 치밀어, 그러면 정말 말이 달릴 것이라고 생각하는지 더 세차게 채찍을 내려친다.

"나도 좀 탑시다, 여러분!" 군중 속에 있던 한 젊은이가 입맛이 동해서 외친다.

"타, 다들 타라고!" 미콜카가 소리친다. "다들 데려다 주지. 아주 죽도록 때려 주마!" 그러고는 사정없이 내려치고 또 내려치면서, 화가 나서 제정신을 잃고 무엇으로 더 때려야 할지 모를 지경이다.

"아빠, 아빠." 그는 아버지에게 소리친다. "아빠, 저 사람들 무슨 짓을 하는 거예요? 아빠, 불쌍한 말을 마구 때려요!"

"가자, 가자!" 아버지가 말한다. "주정뱅이들이 못된 장난을 치는 거야, 바보 같은 놈들. 가자, 보지 마!" 아버지는 그를 데리고 그 자리를 떠나려 하지만, 그는 아버지의 손을 뿌리치고 정신없이 말 쪽으로 달려간다. 그러나 말은 이미 녹초가 되어 있다. 말은 숨을 헐떡거리며 발을 멈추었다가 또다시 끌려고 안간힘을 쓰지만 비틀거리며 주저앉을 참이다.

"죽도록 갈겨!" 미콜카가 외친다. "이왕 이렇게 됐으니. 아주 죽도록 갈겨 주마."

"너는 십자가도 없느냐, 이 악당 놈아!" 군중 속에서 한 노인이 소리친다.

"저런 작은 말이 이렇게 무거운 마차를 끄는 걸 봤나?" 다른 사람이 거든다.

"저러다 죽이겠다!"또 한 사람이 소리친다.

"잔소리 마! 이건 내 말이야! 내 맘대로 하는 거야. 더 타! 다들 타! 기어이 달리게 하고 말 테다……!"

갑자기 와아 하고 한꺼번에 웃음보가 터지면서 모든 소리를 삼켜 버린다. 잦아지는 채찍질을 견디다 못한 암말이 힘없이 뒷발로 차기 시작한 것이다. 노인까지도 참지 못하고 히죽 웃었다. 그도 그럴 것이, 이 말라빠진 말이 주제에 뒷발로 차고 있으니!

군중 속에서 또 두 젊은이가 채찍을 하나씩 들고, 말을 양쪽에서 때리려고 달려든다. 두 사람은 각각 좌우에서 달려간다.

"코빼기를 때려, 눈알을 때려, 눈알을!"미콜카가 소리친다.

"자, 다들 노래해!"누군가가 마차에서 소리치자, 마차를 타고 있던 사람들이 그 말을 받아 일제히 노래를 부르기 시작한다. 저속한 노래가 울려 퍼지고, 탬버린이 짤랑대고, 후렴으로 휘파람이 끼어든다. 뚱뚱한 아낙네는 호두를 깨물면서 웃고 있다.

……그는 말 옆으로 달린다. 그리고 앞으로 달려 나가, 사람들이 말의 눈을, 바로 눈동자를 채찍으로 때리는 것을 본다! 그는 운다. 가슴이 북받치고 눈물이 쏟아진다! 때리고 있는 사람들 중 한 명이 휘두르는 채찍이 그의 얼굴을 스친다. 그는 그것을 느끼지도 못하고, 두 손을 비비고 울부짖는다. 그러면서 그는, 고개를 절레절레 흔들며 이런 짓을 비난하고 있는 수염이 허연 백발노인에게 매달린다. 한 아낙네가 그의 손을 잡고 데려가려 하지만, 그는 뿌리치고 다시금 말 쪽으로 달려간다. 말은 이미 기진맥진했으나,

다시 한 번 뒷발로 차기 시작한다.

"맛 좀 봐라, 빌어먹을!" 미콜카가 분통이 터져 소리친다. 그는 채찍을 던져 버리고 몸을 숙여 마차 밑바닥에서 길고 굵은 끌채를 꺼내서 양손으로 한 끝을 잡고는 있는 힘을 다해 말 위에서 휘두른다.

"때려 죽이겠다!" 사방에서 소리친다.

"죽이겠다!"

"이건 내 말이야!" 미콜카는 이렇게 외치면서 끌채를 크게 휘둘러 내리친다. 퍽 하고 육중하게 치는 소리가 울려 퍼진다.

"때려라, 때려! 뭘 하는 거야!" 하는 소리들이 구경꾼들 사이에서 들린다.

미콜카가 다시 한 번 끌채를 높이 치켜들자, 맹렬한 두 번째의 타격이 불행한 말의 잔등에 떨어진다. 말은 뒤로 넘어져 엉덩방아를 찧었으나 다시 일어서서 마차를 끌어 보려고 마지막 힘을 다해 이리저리 버둥댄다. 그러나 사방에서 여섯 개의 채찍이 기다렸다는 듯이 날아오고, 끌채가 또다시 올라가더니 세 번째로, 다시 네 번째로 맹렬한 기세로 정확하게 떨어진다. 미콜카는 한 번에 때려 죽이지 못해 길길이 미쳐 날뛴다.

"되게 끈질긴데!" 사방에서 소리친다.

"이제 틀림없이 쓰러질 거야, 두고 봐. 저 말도 이번엔 끝장이야!" 군중 속에서 한 구경꾼이 외친다.

"도끼로 쳐야지! 단번에 해치워." 또 한 사람이 외친다.

"에이, 시끄러워! 모기 같은 놈들! 저리 비켜!" 미콜카는 광포하게 부르짖으면서 끌채를 내던지고는 다시 마차 안으로 몸을 수그려 이번엔 쇠지렛대를 꺼낸다. "자, 간다!" 그는 소리치며 쇠지렛대를 치켜들었다가 있는 힘을 다해 불쌍한 말을 향해 내리친다. 제대로 맞았다. 말은 휘청거리며 무릎이 꺾였다가 다시 일어나서 끌려고 했으나 쇠지렛대가 또다시 맹렬하게 잔등을 내리치자, 마치 네 다리가 한꺼번에 잘린 듯이 땅 위에 쓰러진다.

"아주 죽여 버려!" 미콜카는 이렇게 부르짖으며 정신없이 마차에서 뛰어내린다. 역시 술에 취해 얼굴이 뻘게진 젊은이 몇몇도 채찍이든, 몽둥이든, 끌채든, 손에 잡히는 대로 집어 들고, 숨을 거두고 있는 암말에게로 달려간다. 미콜카는 옆에 서서 쇠지렛대로 말의 등을 마구 때리기 시작한다. 여윈 말은 콧등을 내밀고 괴롭게 숨을 몰아쉬며 죽는다.

"결국 죽여 버렸군!" 군중 속에서 사람들이 소리친다.

"달리지 않았으니까!"

"내 것이란 말이야!" 미콜카는 여전히 쇠지렛대를 쥔 채 눈에 벌겋게 핏발이 서서 외친다. 그는 더 이상 때릴 게 없어 섭섭하다는 듯이 서 있다.

"정말로 십자가도 안 지니고 다니는 놈이구나!" 군중 속에서 이번에는 꽤 많은 목소리가 소리친다.

그러나 가엾은 어린 소년은 이미 제정신이 아니다. 그는 울부짖으면서 군중을 헤치고 말 곁으로 달려가서 이미 죽어 피투성이가 된 말의 머리를 끌어안고 키스를 한다. 눈에다, 입에다 키스를 한다……. 그러다 갑자기 벌떡 일어서더니 조그만 주먹을 불끈 쥐고 미친 듯이 미콜카에게 달려든다. 바로 그때, 아까부터 쫓아다니던 아버지가 간신히 그를 붙잡고 군중 속에서 끌어낸다.

"가자! 가자!" 아버지가 그에게 말한다. "집에 가자!"

"아빠! 왜 저 사람들은…… 불쌍한 말을…… 죽인 거예요!" 그는 흐느낀다. 숨이 막히고 가슴이 꽉 메어서 말은 외침이 되어 튀어나올 따름이다.

"술에 취해서 못된 짓을 하는 거야. 우리가 알 것 없다. 자, 가자!" 아버지가 말한다. 그는 두 손으로 아버지를 끌어안았으나 가슴이 답답해서 견딜 수가 없다. 숨을 몰아쉬며 소리를 치려고 하다가 그는 잠에서 깨어난다.

그는 온몸이 땀에 흠뻑 젖은 채 눈을 떴다. 머리털은 땀으로 축축했고 숨을 헐떡이고 있었다. 그는 공포에 사로잡혀 몸을 일으켰다.

'다행이다. 꿈이었구나!' 그는 나무 밑에 앉으면서 깊은 숨을 몰아쉬며 중얼거렸다. '그런데 왜 이럴까? 열병에라도 걸린 게 아닐까. 이런 악몽을 꾸다니!'

온몸이 두들겨 맞은 듯이 무지근했다. 마음도 혼란스럽고 어두웠다. 그는 팔꿈치를 무릎에 괴고 두 손으로 머리를 받쳤다.

'맙소사!' 그는 부르짖었다. '정말, 정말로, 나는 도끼를 들고 노파의 머리를 내려찍고 두개골을 박살 내려고 하는 것일까……? 끈적끈적하고 따뜻한 피에 미끄러지면서 자물쇠를 부수고 돈을 훔치고 부들부들 떨면서 피범벅이 된 몸을 숨기려는 것일까…… 도끼를 가지고서…… 아아, 정말로 그런 짓을 하려는 걸까?'

그는 이렇게 중얼거리면서 사시나무처럼 떨고 있었다.

'도대체 나는 어떻게 된 거지!' 그는 다시 몸을 일으키며 경악에 사로잡힌 듯 계속 중얼거렸다. '내가 그 일을 견뎌 내지 못한다는 건 이미 알고 있지 않았는가. 그러면서 왜 지금껏 자신을 괴롭혀 왔을까? 바로 어제, 어제도 말이다, 그…… **시험**을 해 보러 갔을 때, 난 견뎌 낼 수 없다는 것을 확실하게 깨달았지 않았던가……. 대체 뭣 때문에 지금 이러고 있나? 지금까지 대체 무엇을 의심하고 있었단 말이냐? 바로 어제 층계를 내려오면서도 스스로에게 말하지 않았느냐 말이다, 이건 비열하고, 추악하고, 천하다, 천하다고…… **실제로** 생각만 해도 구역질이 나고 소름이 끼치지 않는가…….

아니, 난 견디지 못한다, 도저히 견디지 못한다! 이 모든 계산에 아무런 의심이 없다 해도, 이 한 달 동안에 결정한 모든 것이 대낮처럼 명백하고 산수처럼 정확하다 해도. 하느님 맙소사! 그래도 난 그렇게 결심할 수가 없다! 난 견뎌 내지 못한다, 견뎌 내지 못한다……! 그런데 대체 어째서, 어째서 지금껏…….'

그는 일어서서 자신이 왜 이런 곳에 와 있는지 의아한 듯 놀란 눈으로 사방을 두리번거리더니, T 다리 쪽을 향해 걸음을 옮기기 시작했다. 안색은 창백하고 눈은 이글거리고 사지에 맥이 풀려 있었지만, 별안간 숨쉬기가 편해진 것 같았다. 오랫동안 자신을 짓눌러 왔던 무서운 짐을 이미 벗어 버린 듯한 기분이 들어 마음이 갑자기 홀가분하고 편안해졌다. '주여!' 그는 기도를 올렸다. '저의 갈 길을 가르쳐 주소서, 저는 그 저주스러운…… 망상을 버리

겠나이다!'

　다리를 건너면서 그는 고요하고 평온한 마음으로 네바 강과 선명하고 붉은 태양이 활활 타오르며 지고 있는 광경을 바라보았다. 몸이 쇠약해졌지만 아무런 피로도 느끼지 못했다. 가슴속에서 한 달 동안이나 곪아 온 종기가 마침내 터져 버린 기분이었다. 자유, 자유! 그는 이제 그런 마술에서, 마법에서, 현혹에서, 유혹에서 해방된 것이다.

　훗날 그가 이때를, 이 며칠 동안 그에게 일어났던 모든 일을 일분 일 분, 한 점 한 점, 한 획 한 획 차례차례 떠올릴 때마다, 언제나 어느 하나의 상황이 그에게 무척이나 충격을 주면서 그것을 거의 미신처럼 믿게 만들었다. 사실 그것은 유별난 게 아니었지만, 그는 그 후 언제나 그것이 무슨 운명의 예고처럼 느껴졌다.

　다름이 아니라, 그는 지칠 대로 지쳐 있었으므로 가장 가까운 지름길로 해서 집으로 돌아가는 것이 제일 나았을 텐데도 왜 전혀 갈 필요도 없었던 센나야 광장을 거쳐 집으로 갔는지 아무래도 이해할 수 없었고 설명할 수 없었다. 돌아간다고 해도 그다지 먼 길은 아니었으나, 분명히 불필요한 우회로였다. 물론 그가 지나는 길을 기억도 못 하면서 집으로 돌아가는 일이 지금까지 수십 번도 더 있었기는 했다. 그러나 대체 왜, 하고 그는 줄곧 자신에게 물었다. 대체 왜 그에게 그토록 중요하고 그토록 결정적이며 동시에 그토록 우연한 센나야에서의 만남이(그가 그곳으로 가야 할 아무런 이유가 없었는데도) 그의 인생의 바로 그 시각, 그 순간에, 더구나 그런 정신 상태였을 때, 다시 말해 이 만남만이 그의 운명 전체에 가장 결정적이고 절대적인 영향을 미칠 수 있었던 그런 상황에서 찾아왔을까? 마치 거기서 일부러 그를 기다리고 있기라도 했다는 듯이!

그가 센나야를 지나가던 때는 그럭저럭 9시 무렵이었다. 탁자나 판때기를 펼쳐 놓거나 가게나 노점을 벌여 놓고 물건을 팔던 장사꾼들은 모두들 가게를 닫기도 하고 물건을 챙겨 넣기도 하면서 손님들과 마찬가지로 각자 집으로 흩어져 가고 있었다. 지하층에 자리한 싸구려 음식점 부근과 센나야 광장을 에워싸고 있는 집들의 악취가 풍기는 더러운 마당, 그리고 무엇보다 선술집 근처에는 온갖 부류의 직공들과 남루한 차림의 사람들이 우글거리고 있었다. 라스콜니코프는 특별한 목적도 없이 거리에 나올 때면 근처의 모든 골목과 함께 이곳을 가장 좋아했다. 여기에서라면 그의 누더기 같은 옷차림도 사람들의 거만한 눈총을 받지 않았고, 제멋대로 입고 다녀도 아무에게도 불쾌감을 주지 않았다. 바로 여기 K 골목 모퉁이에서는 어떤 장사꾼 부부가 탁자 두 개를 놓고 실이며 끈, 옥양목 머릿수건 따위를 팔고 있었다. 그들도 역시 집으로 돌아갈 채비를 하다가, 마침 그곳에 들른 아는 여자와 이야기를 하느라 지체하고 있었다. 그 여자는 리자베타 이바노브나로 보통은 그냥 리자베타라고 불리는 여인이었는데, 어제 라스콜니코프가 시계를 잡히고 자기 일을 **시험**…… 해 보기 위해 찾아갔던 14등 문관의 과부이자 돈놀이 하는 노파인 알료나 이바노브나의 여동생이었다. 그는 오래전부터 이 리자베타에 대해서는 속속들이 알고 있었고, 그녀도 그를 얼마간은 알고 있었다. 그녀는 키가 크고 맵시 없고 겁이 많고 온순한 서른다섯 살의 노처녀로, 언니 밑에서 노예처럼 밤낮으로 일만 하고 벌벌 떨면서 매까지 맞고 사는 거의 백치 같은 여자였다. 그녀는 보따리를 들고 망설이는 빛으로 장사꾼 부부 앞에 서서, 그들의 이야기에 귀를 기울이고 있었다. 부부는 아주 열심히 무언가를 그녀에게 설명하고 있었다. 라스콜니코프는 갑자기 그녀를 보게 되자, 이 만남이 그렇게 놀랄 만한 일은 전혀 아닌데도 커다란 놀라움에 가까운 어떤 이상한 느낌에 사로잡혔다.

"이봐요, 리자베타 이바노브나, 당신 스스로 결정해야 돼요." 장사꾼은 큰 소리로 말했다. "내일 7시경에 와요. 그 사람들도 올 거요."

"내일요?" 결정을 못 내리는 듯, 느릿느릿 머뭇거리면서 리자베타가 말했다.

"저런, 알료나 이바노브나가 엄청 겁나는 모양이구랴!" 활달한 장사꾼의 아내가 재잘거렸다. "당신을 보면 꼭 어린애 같다니까. 그 여잔 당신 친언니도 아니고 배다른 언니잖우. 근데 뭘 그렇게 제 맘대로 한담."

"이번 일은 알료나 이바노브나한테 입 밖에도 내지 말아요." 남편이 말을 가로챘다. "충고하지만, 언니한텐 물어보지 말고 우리 집에 들러요. 이건 벌이가 괜찮은 일이니까. 나중에 언니도 알아줄 거요."

"그럼 와 볼까요?"

"내일 7시요. 그 사람들도 올 거니까 알아서 직접 결정해요."

"사모바르도 준비해 둘게요." 아내가 덧붙였다.

"좋아요, 그럼 올게요." 리자베타는 여전히 망설이면서 이렇게 말하고 천천히 자리를 떴다.

라스콜니코프는 그때 이미 그곳을 지나쳤기 때문에 더 이상은 듣지 못했다. 그는 한마디도 놓치지 않으려고 애쓰면서, 눈치채지 못하게 조용히 그곳을 지나갔다. 처음의 놀라움은 차츰 공포로 변해 갔다. 등골이 오싹해지는 것 같았다. 내일 저녁 7시 정각에 노파의 유일한 동거인인 여동생 리자베타는 집에 없을 것이며, 따라서 저녁 7시 정각에는 노파 **혼자 집에 있게 된다**는 것을 알게 된 것이다. 그것도 갑작스럽고 우연하게, 전혀 뜻하지 않게 알게 된 것이다.

하숙집까지는 몇 걸음밖에 남아 있지 않았다. 그는 사형 선고라도 받은 사람처럼 자기 방으로 들어섰다. 아무것도 생각하지 않았고, 생각할 수도 없었다. 그러나 자신에게는 이미 생각과 판단의 자유도 의지도 없으며, 모든 것이 갑자기 최종적으로 결정되었다는 것을 자신의 온 존재로써 직감했다.

물론, 그가 이 계획을 품은 채 몇 년씩이나 좋은 기회를 기다린다 해도, 절대로 지금 갑자기 나타난 이 절호의 기회보다 계획을 성공하기 위한 첫걸음을 보다 확실하게 내딛는 것은 기대할 수 없었다. 어쨌든 내일 그 시각에 살해 계획의 표적인 어떤 노파가 집에 완전히 혼자 있다는 것을, 바로 전날 저녁에 확실하게, 위험한 탐문 탐색도 없이 이렇게 정확하고 안전하게 알아내기는 어려웠을 것이다.

6

나중에 라스콜니코프는 그 장사꾼 내외가 리자베타를 그들 집에 부른 이유를 우연히 알게 되었다. 그것은 흔히 있는 일로, 별다른 거라고는 전혀 없었다. 다른 지방에서 이사 온 가족이 살림이 궁해지자 가재도구를 비롯하여 옷가지와 그 밖의 부인용 물건을 팔게 되었던 것이다. 시장에 내다 팔기에는 밑지는 노릇이라 대신 팔아 줄 여자를 찾고 있었는데, 마침 리자베타가 그런 일을 하고 있었다. 그녀는 약간의 수수료만 받고 그 일을 맡아 이곳저곳 다니며 처리해 주었고, 매우 정직한데다 언제나 딱 받을 값만 불렀기 때문에 단골이 많았다. 어떤 값이든 그녀가 말하면 그건 제값이었다. 게다가 그녀는 말수가 적고, 이미 말한 바대로, 온순하고 겁이 많았다…….

그러나 라스콜니코프는 요즘 미신적으로 기울고 있었다. 미신의 흔적은 그 후로도 오랫동안 그에게 남아 거의 지울 수 없게 되었다. 그래서 이번 사건 전체에 있어서도 훗날 그는 언제나 어떤 불가사의하고 신비한 것을 보려고 했고, 어떤 특별한 작용이나 우연의 일치 같은 것이 존재한다고 생각하기 일쑤였다. 바로 지난겨울, 평소 알고 지내던 대학생 포코료프가 하리코프로 떠나면서 그와 무슨 얘기를 나누던 중에, 만일 무엇을 전당 잡힐 일이라도 생기면 찾아가 보라고 알료나 이바노브나의 주소를 알려 주었다. 하지만 과외 선생 자리도 있어 그럭저럭 지내고 있었기 때문에 그는 오랫동안 노파를 찾아가지 않았다. 그런데 한 달 반쯤 전에 이 주소가 생각났다. 그에게는 잡힐 만한 물건이 두 가지 있었는데, 아버지가 물려준 오래된 은시계와 헤어질 때 누이동생이 기념으로 선물한 무슨 빨간 보석이 세 개 박힌 작은 금반지였다. 그는 반지를 가져가기로 마음먹었다. 노파의 집을 찾아갔을 때, 그는 노파에 대해 특별히 아는 게 전혀 없었는데도 처음 본 순간부터 참을 수 없는 혐오감을 느꼈다. 노파에게서 **지폐 두 장**을 받아들고 돌아오는 길에 그는 어느 형편없는 싸구려 술집에 들렀다. 그는 차를 시키고 앉아서 깊은 생각에 잠겼다. 이상한 생각이 마치 알을 깨고 나오는 병아리처럼 머릿속을 콕콕 쪼아 대며 그를 완전히 사로잡았다.

바로 옆의 다른 탁자에는 전혀 알지도 못하고 본 기억도 없는 대학생이 젊은 장교와 함께 앉아 있었다. 그들은 당구를 치고 나서 차를 마시려는 참이었다. 갑자기 그때 대학생이 14등 문관의 과부로 고리대금업자인 알료나 이바노브나에 대해 이야기를 하면서 장교에게 노파의 주소를 가르쳐 주는 소리가 들려왔다. 이것만으로도 라스콜니코프는 뭔가 이상한 기분이 들었다. 방금 거기서 오는 길인데, 여기서 또 그 노파의 이야기를 듣게 되다니. 물론 우연임에 틀림없지만, 그가 지금 너무도 기이한 어떤 인상을 떨쳐 버리지 못하고 있는 터에, 마치 누군가 그에게 알랑거리며 재촉이라도 하듯이, 이 대학생이 갑자기 친구에게 알료나 이바노브나에 대해 온갖 세세한 이야기를 하기 시작하는 것이다.

"굉장한 노파지." 그가 말했다. "그 노파한테 가면 언제든지 돈을 구할 수 있어. 유대인 못지않은 부자여서 한 번에 5천 루블도 빌려 줄 수 있지만, 1루블짜리 전당도 마다 않고 잡거든. 우리 친구들 중에도 그 노파 집에 드나든 사람이 많아. 하지만 아주 짐승 같은 노파야······.”

그러면서 그는 노파가 얼마나 악독하고 변덕스러운지와 기한이 단 하루만 지나도 잡힌 물건을 처분해 버리고, 물건 값을 4분의 1밖에 쳐주지 않는데다 이자는 한 달에 오 부에서 칠 부까지도 받는다는 것 등을 이야기하기 시작했다. 대학생은 한바탕 지껄인 다음에, 노파에겐 그 밖에도 리자베타라고 하는 여동생이 있는데, 그 왜소하고 흉악한 노파가 적어도 키가 8베르쇼크*는 되는 리자베타를 노상 때리면서 어린애 다루듯 완전히 노예처럼 부려 먹는다는 말을 했다······.

“근데 이게 또 아주 희한한 물건이란 말이야!” 하고 대학생은 외치고 껄껄 웃었다.

그들은 리자베타에 대하여 이야기하기 시작했다. 대학생은 그녀의 얘기를 하면서 왠지 유별난 만족감을 내보이며 계속 웃어 댔고, 장교 또한 몹시 흥미 있게 들으면서 자기도 속옷을 고칠 게 있으니 그 리자베타를 자기에게 보내 달라고 부탁했다. 라스콜니코프는 한마디도 놓치지 않았고, 그 자리에서 모든 것을 알게 되었다. 리자베타는 노파의 배다른 동생으로 나이는 벌써 서른다섯이라 했다. 그녀는 밤낮없이 노파를 위해 일을 하는데, 집에서는 식모와 세탁부 대신이고, 그 밖에도 바느질을 해서 팔기도 하고 마루 닦기로 품을 팔아서, 번 돈은 모조리 언니에게 갖다 바쳤다. 하지만 노파의 허락 없이는 어떤 주문이나 일거리도 감히 받을 엄두도 못 낸다는 것이었다. 노파는 이미 유언장을 작성해 두고 있었는데, 그 유언장에 의하면 리자베타는 낡은 가재도구나 의자 따위 말고는 단 한 푼도 받을 수 없으며, 리자베타도 그 사실을 잘 알고 있었다. 돈은 모두 N도에 있는 어느 수도원에 노파 자신을 위해 영원히 추도 미사를 올리도록 기부하게 되어 있었다. 리자베타는 관리의 딸이 아니라 상인의 딸로 아직 시집을 가지 않았는데, 지독하게 못생겼고 키는 껑다리인데다 휘어진 긴 다리에 언제나 밑창이 비스듬하게 닳은 염소 가죽 구두를 신고 있었으나, 그래도 몸과 옷차림은 늘 깨끗하게 하고 다닌다고 했다. 그러나 대학생이 놀라움을 금치 못하며 웃어 댄 것은 무엇보다 리자베타가 언제나 임신 중이라는 사실 때문이었다…….

"하지만 추물이라며?" 장교가 지적했다.

"그래, 아주 거무튀튀한 게 영락없이 여자 옷을 입혀 놓은 병사야. 하지만 말이야 추물은 절대 아냐. 얼굴과 눈은 정말로 선하게 생겼거든. 그것도 상당히. 많은 사람들이 그 여자를 좋아하는 게 그 증거야. 조용하고, 온순하고, 말대꾸 않고, 고분고분해, 무엇이든 고분고분하지. 웃는 얼굴은 정말 귀엽기까지 해."

"네 마음에도 드나 본데?" 장교가 웃기 시작했다.

"묘한 데가 있지. 아니, 그보다 너한테 말하고 싶은 게 있어. 단언하지만, 나는 그 저주스러운 노파를 죽이고 도둑질을 한다 해도, 결코 양심의 가책을 느끼지 않을 거야." 대학생은 열띤 어조로 덧붙였다.

장교는 또다시 큰 소리로 웃었으나, 라스콜니코프는 몸을 움찔했다. 참 이상한 일이었다!

"말이야, 내가 아주 심각한 질문을 하나 하겠어." 대학생이 열을 올리기 시작했다. "물론 지금 말한 것은 농담이야. 그러나 자, 봐, 한쪽에는 우둔하고 무의미하고 무가치하고 간악하고 병든 노파가 있어. 아무에게도 필요하지 않을뿐더러 모든 사람에게 해를 끼치고, 무엇 때문에 사는지 자기 자신도 모르는데다 내일이면 아주 저절로 죽게 될 노파야. 알겠어? 응?"

"그래, 알겠어." 열을 올리는 친구를 뚫어지게 바라보며 장교가 대답했다.

"그럼 더 들어 봐. 다른 한쪽에는 지원의 손길이 없기 때문에 헛되이 시들어 가는 젊고 신선한 힘들이 있어. 도처에 수없이 있지! 수도원으로 가게 되어 있는 노파의 돈만 있다면 백 가지, 천 가지의 훌륭한 일과 사업을 실행하고 개선할 수 있어! 수백, 수천 명의 삶이 올바른 길로 나아갈 수 있고, 수십 가정이 빈곤과 부패와 파멸과 타락과 성병에서 구원될 수 있어. 모두 그 노파의 돈으로 말이야. 그 노파를 죽이고 돈을 뺏는다. 그런 다음 그 돈을 가지고 전 인류를 위한 봉사와 공공사업에 몸을 바친다. 어떻게 생각하나? 하나의 사소한 범죄는 수천의 선행으로 보상될 수 있지 않을까? 하나의 생명에 대한 보상으로 부패와 타락으로부터 구원받은 수천의 생명. 하나의 죽음, 그리고 그것과 맞바꾼 백 개의 생명. 이것은 간단한 산수야! 폐병쟁이에다 우둔하고 간악한 그 노파의 생명이 공공의 저울로 달 때 무슨 의미를 가질까? 이(蝨)나 바퀴벌레의 생명보다 나을 게 없지, 아니 그만한 가치도 없어. 왜냐하면 그 노파는 해로운 존재니까. 노파는 다른 사람의 생명을 뜯어 먹고 있어. 요전에도 홧김에 리자베타의 손가락을 물어뜯어서 하마터면 끊어 놓을 뻔했다고."

"물론, 그 노파는 살 가치가 없지." 장교가 말했다. "그러나 그 것이 자연의 법칙이야."

"무슨 소리야, 이봐, 자연은 수정하고 조정할 수 있어. 그렇지 않다면 우리는 선입견 속에서 허우적거리다 죽어야 할 거야. 그렇지 않다면 한 사람의 위대한 인물도 나오지 않았을 거라고. 흔히들 '의무'니 '양심'이니 하지. 의무와 양심에 반대할 생각은 전혀 없어. 그렇지만 우린 의무와 양심을 어떻게 이해하고 있는 걸까? 잠깐, 질문을 하나 더 할 테니 들어 봐!"

"아니, 잠깐, 잠깐, 내가 질문을 하겠어. 들어 보라고!"

"좋아!"

"넌 지금 열변을 토하고 있는데, 말해 봐, **네 손으로** 노파를 죽일 건지 아닌지, 어때?"

"그야 물론 아니지! 나는 다만 정의를 위해서……. 나하곤 직접 관계없는 일이야……."

"하지만 내 생각으로는 만약 네 스스로 그 결심을 할 수 없다면, 거기엔 어떤 정의도 없어! 당구나 한 판 더 치자!"

라스콜니코프는 극도로 흥분해 있었다. 물론 이것은 형식과 주제가 다를 뿐, 이미 여러 번 들은 적이 있는 지극히 평범하고 매우 흔히 듣게 되는 젊은이다운 대화이고 생각이었다. 그러나 왜 하필 자신의 머릿속에도…… **똑같은 생각**이 생겨난 바로 지금, 이런 대화와 생각을 듣게 됐을까? 또 왜 하필 노파를 찾아갔다가 자신의 이러한 생각의 싹을 품고 나온 바로 지금, 노파의 이야기를 듣게 되는 것일까……? 이 우연의 일치는 나중에도 두고두고 이상하게 여겨졌다. 싸구려 술집에서의 이 부질없는 대화는 앞으로 사건이 전개됨에 있어 그에게 엄청난 영향을 미쳤다. 마치 거기에 일종의 숙명, 일종의 계시 같은 것이라도 실제로 있었던 것처럼…….

· ·

센나야에서 돌아오자, 그는 소파에 몸을 던진 채 한 시간 내내 꼼짝도 않고 앉아 있었다. 그러는 동안 날이 어두워졌으나 양초도 없었거니와 불을 켤 생각조차 떠오르지 않았다. 그 후에도 그는 그때 자신이 무엇을 생각하고 있었는지 어땠는지 도무지 기억이 나지 않았다. 마침내 그는 아까와 같은 열과 오한을 느꼈으며, 소파에 누울 수도 있다는 생각이 들자 무척 기뻤다. 이내 납덩이처럼 무거운 잠이 내리누르듯 그를 덮쳤다.

그는 여느 때와 달리, 꿈도 꾸지 않고 오랫동안 잤다. 이튿날 아침 10시에 그의 방에 들어온 나스타시야가 그를 겨우 흔들어 깨웠다. 차와 빵을 가지고 온 것이었다. 차는 이번에도 여러 번 우려낸 것이었고, 역시 그녀의 찻주전자에 담겨 있었다.

"아이고, 잘도 주무시네!" 그녀는 못마땅한 듯이 소질 질렀다. "줄곧 잠만 잔다니까!"

그는 간신히 몸을 일으켰다. 머리가 쑤셨다. 일어서는가 했더니 방 안에서 몸을 돌려 다시금 소파에 쓰러지고 말았다.

"도로 자네!" 나스타시야가 소리쳤다. "어디 아파요, 네?"

그는 아무 대답도 하지 않았다.

"차 마실 거예요?"

"이따가." 그는 다시 눈을 감고 벽 쪽으로 돌아누우며 간신히 말했다. 나스타시야는 잠시 그를 내려다보며 서 있었다.

"정말 어디 아픈가 봐." 그녀는 이렇게 말하고 몸을 돌려 방을 나갔다.

그녀는 2시에 수프를 가지고 다시 들어왔다. 그는 여전히 누워 있었다. 차에는 손도 대지 않은 채였다. 나스타시야는 화가 나서 심술궂게 그를 마구 흔들기 시작했다.

"왜 자기만 해요!" 징글징글하다는 듯 그를 바라보면서 그녀가 외쳤다. 그는 몸을 일으켜 앉았으나, 아무 말도 않고 방바닥만 쳐다보고 있었다.

"어디 아픈 거 아녜요?" 나스타시야가 물었으나, 역시 대답이 없었다.

"밖에라도 나가 보면 좋을 텐데." 잠시 입을 다물고 있다가 그녀가 말했다. "바람이나 좀 쐬는 게 어때요. 뭘 좀 먹을래요, 네?"

"이따가." 그는 힘없이 말하고는, "좀 나가 줘!" 하고 손을 내저었다.

그녀는 잠시 그대로 서서 딱하다는 듯 바라보다가 방을 나갔다.

몇 분 뒤에 그는 눈을 들어 차와 수프를 물끄러미 바라보았다. 그러다 빵을 집고 숟가락을 들어 먹기 시작했다.

그는 식욕이 없어 겨우 서너 숟가락 정도 거의 기계적으로 깨지락깨지락 떠 먹었다. 머리는 아까보다 덜 아팠다. 식사를 마치자

다시 소파에 드러누웠으나 더 이상 잠이 오지 않아 머리를 베개에 파묻은 채 꼼짝도 않고 엎드려 있었다. 온갖 환상이 어른거렸다. 모두 기이한 환상이었다. 가장 자주 나타난 것은 그가 어딘가 아프리카나 이집트의 오아시스 같은 곳에 있는 것이었다. 대상(隊商)이 쉬고 있고, 낙타들도 온순하게 엎드려 있다. 주위에는 종려나무들이 둥글게 원을 이루며 자라고 있고, 모두들 식사를 하고 있다. 그러나 그는 혼자 바로 옆에서 졸졸 흐르는 시냇물에 입을 대고 계속 물을 마시고 있다. 아주 시원하다. 놀랄 만큼 푸르고 차가운 물이 색색가지의 돌들과 금빛으로 반짝이는 한없이 깨끗한 모래 위를 흐르고 있다……. 문득 시계 치는 소리가 또렷이 들려왔다. 그는 몸을 부르르 떨고 정신을 차렸다. 고개를 들어 창밖을 내다보면서 시간을 가늠해 본 다음에야 완전히 제정신이 들었는지, 마치 누가 그를 소파에서 밀쳐 내기라도 한 듯 벌떡 일어났다. 그는 발끝으로 살금살금 문 쪽으로 다가가 조용히 문을 열고 아래쪽 층계에 귀를 기울였다. 심장이 무섭게 뛰었다. 그러나 층계는 모두가 자고 있는 듯 조용했다……. 어제부터 이렇게 정신없이 자기만 하고, 아무것도 하지 않고 아무 준비도 하지 않았다는 것이 기괴하고 이상하게 여겨졌다……. 그런데 좀 전에 친 시계 소리는 6시를 알린 것 같았다……. 그러자 졸음과 흐리멍덩함 대신에 극도의 당혹감과 열병 환자와도 같은 다급함이 그를 사로잡았다. 그렇지만 준비라야 별것 아니었다. 그는 모든 것을 검토하고 어느 한 가지라도 잊지 않도록 온 힘을 기울였다. 심장이 계속 방망이질 쳐서 숨이 막힐 지경이었다. 우선, 고리를 만들어서 외투에다 꿰매 달아야 했다. 일 분이면 될 일이었다. 그는 베개 밑에 손을 넣어 거기다 쑤셔 넣은 속옷 가운데 너덜너덜하고 세탁도 하지 않은 낡은 셔츠 하나를 찾아냈다. 그 누더기에서 너비 1베르쇼크, 길이 8베르쇼크 정도*의 끈 모양으로 헝겊을 잘라냈다. 이것을 두 겹으로 접은 다음, 두꺼운 면으로 된 품이 넓고 튼튼한 여름 외투(그의 단벌 외투)를 벗어서 왼쪽 겨드랑이 밑 안쪽에다 끈의 양끝을 꿰매기 시작했다. 꿰매는 동안 두 손이 바들바들 떨렸으나 겨우 이겨 내고 다시 외투를 걸쳤을 때는 겉보기에 감쪽같이 되어 있었다. 바늘과 실은 이미 오래전에 준비하여, 종이로 싸서 작은 탁자 안에 넣어 두고 있었다. 고리는 그가 생각해 낸 교묘한 고안물로 도끼를 매달기 위한 것이었다. 손에 도끼를 들고 거리를 다닐 수는 없는 노릇이었다. 외투 밑에 감춘다 해도 손으로 누르고 있어야 하므로 눈에 쉽게 띌 것이다. 그러나 이제 이 고리에다 도끼날을 끼워 놓기만 하면, 걸어가는 동안 도끼는 안쪽 겨드랑이 밑에 얌전하게 걸려 있게 된다. 한 손을 호주머니에 넣어서 도끼가 흔들리지 않도록 도끼 자루 끝을 누를 수도 있었다. 게다가 외투가 자루처럼 헐렁하기 때문에 호주머니 속에서 손으로 무엇을 누르고 있어도 겉으로 보아서는 알 수가 없었다. 이 고리도 이미 2주일 전에 생각해 낸 것이었다.

이 일을 끝내자 그는 '터키식' 소파와 마룻바닥 사이의 조그만 틈새에 손가락을 쑤셔 넣고 왼쪽 구석 부근을 더듬어, 오래전에 준비해서 거기다 숨겨 놓았던 **전당물**을 꺼냈다. 그렇지만 이 전당물은 진짜 전당물이 아니라, 크기와 두께가 은담뱃갑보다 크지 않을 매끈하게 대패질한 조그맣고 납작한 나뭇조각에 지나지 않았다. 이 나뭇조각은 산책을 하다가 곁채에 무슨 제작소 같은 것이 들어 있는 어느 집 뒷마당에서 우연히 발견한 것이었다. 그 후에 그는 이 나뭇조각에다 역시 그때 거리에서 발견한 매끈하고 얇은 철판을—아마 어떤 쇳조각에서 떨어져 나온 것 같았다—붙였다. 철판이 나뭇조각보다 작았으나, 그는 이 두 조각을 합쳐서 실로 단단하게 열십자로 묶은 다음, 깨끗한 종이로 보기 좋고 꼼꼼하게 싸서 가느다란 끈으로 역시 열십자로 묶고, 풀기 힘들게 매듭을 맸다. 그것은 노파가 매듭을 풀기 시작할 때 주의를 잠시라도 그쪽으로 돌리게 해서 그동안에 결정적인 순간을 노리자는 것이었다. 철판을 댄 것은 노파가 처음 순간이나마 '물건'이 나뭇조각이라는 것을 눈치채지 못하도록 묵직하게 만들기 위해서였다. 이 모든 것은 때가 올 때까지 죽 소파 밑에 간직되어 있었다. 그가 막 전당물을 꺼냈을 때, 뒷마당 어디선가 갑자기 누군가 외치는 소리가 들려왔다.

"벌써 7시가 지났어!"

"벌써! 맙소사!"

그는 문 쪽으로 달려가 귀를 기울여 보고, 모자를 움켜쥔 채 고양이처럼 발소리를 죽이며 열세 단의 층계를 조심조심 내려가기 시작했다. 가장 중요한 일인 부엌에서 도끼를 훔쳐 내는 일이 아직 남아 있었다. 도끼를 사용해야 한다는 것은 이미 오래전에 결정한 일이었다. 그에게는 조그만 원예용 접칼이 있긴 했으나, 칼뿐만 아니라 무엇보다 자신의 힘을 믿을 수 없었으므로 최종적으로 도끼로 결정한 것이었다. 말하는 김에 이 일에서 그가 내린 최종적 결정 전부에 대해 한 가지 특별한 점을 지적해 두겠다. 그의 결정에는 한 가지 기이한 특징이 있었다. 그것은 그 결정이 확고해지면 질수록 그의 눈에도 점점 더 추악하고 어리석은 것으로 생각되었다는 점이다. 온갖 고통스러운 마음속의 투쟁에도 불구하고, 그는 그동안 단 한순간도 자신의 계획이 실현 가능한 것이라고 믿을 수 없었다.

그리고 설령 언젠가 이 모든 것이 마지막 한 점까지 이미 철저하게 검토되고 최종적으로 결정되어 더 이상 의혹의 여지라고는 없게 되었다 하더라도, 그런 경우에조차 그는 모든 계획을 어리석고 추악하고 불가능하다고 간주하고 단념해 버렸을지도 모른다. 그런데 해결 안 된 점과 의혹은 아직도 태산같이 남아 있었다. 어디서 도끼를 구하느냐 하는 사소한 일 따위는 그를 조금도 불안하게 하지 않았다. 그보다 더 쉬운 일은 없었기 때문이다. 나스타시야는 특히 저녁 무렵이면 노상 집을 비우고 이웃집이나 가게로 달려가는 까닭에 문을 언제나 활짝 열어 두고 있었다. 여주인은 그일로 인해 그녀와 늘 다투곤 했다. 그러니까 때를 보아 슬그머니 부엌에 들어가서 도끼를 가지고 나왔다가, 한 시간 후에(이미 모든 것이 끝난 뒤에) 다시 들어가서 제자리에 두면 되는 일이었다. 그러나 의혹은 여전히 남아 있었다. 가령 한 시간 후에 그걸 도로 갖다 놓으려고 왔는데, 공교롭게도 나스타시야가 돌아와 있다. 그러면 물론 시치미를 뚝 떼고 지나치고 그녀가 다시 나갈 때까지 기다려야 한다. 그러나 그동안에 도끼가 없어진 걸 알고 찾으면서 소리라도 지르게 되면, 그때는 혐의를 받게 되거나 적어도 혐의를 살 단서를 제공하는 셈이 된다.

그러나 이것은 사소한 일로, 이런 것에 대해서 그는 아직 생각해 보려고도 하지 않았고 또 그럴 겨를도 없었다. 그는 가장 중요한 것에 대해 생각하고 있었고, 사소한 것들은 자신이 **모든 것에 확신**을 갖게 될 때까지 미뤄 놓고 있었다. 그러나 그 확신을 갖는다는 건 절대로 실현될 것 같지 않았다. 적어도 그 자신에겐 그렇게 여겨졌다. 이를테면 자기가 언젠가는 생각하기를 끝내고 일어나서 곧장 그곳으로 가리라고는 결코 상상할 수가 없었다……. 바로 그 얼마 전의 **시험**(즉, 현장을 마지막으로 조사하기 위해 시도했던 방문)만 하더라도 그저 **시험해 보았을 뿐**, 결코 진지한 게 아니었다. '자, 어쨌든 가 보기나 하자, 공상만 할 게 아니라!' 하는 정도에 지나지 않았으며, 금세 도저히 견디지 못하고 자신에 대한 분노에 사로잡혀 침을 뱉고 달아나고 말았다. 사실, 문제의 도덕적 해결이라는 점에서는 모든 분석이 이미 끝난 듯 보일 수도 있었다. 그의 결의론(決疑論)은 면도날처럼 예리해서, 이미 그 스스로도 자신의 내부에서 아무런 의식적 논박을 찾아낼 수 없었다. 그러나 막상 마지막 순간에 이르면 그는 전혀 자신을 믿지 못하고 마치 누가 강제로 그를 거기로 끌고 가는 것처럼, 비굴하게 여기저기 손을 뻗어 더듬으며 집요하게 반박할 논리를 찾는 것이었다. 그러나 뜻밖에 찾아와 모든 것을 한 번에 결정해 버린 그 마지막 날은 그에게 거의 기계적으로 작용하고 말았다. 그건 누군가 그의 손을 잡고서 어떤 반박도 할 수 없는 맹목적이고 물리칠 수 없는 초자연적인 힘을 사용하여 강제로 끌고 가는 것이나 다름없었다. 마치 그의 옷자락이 기계 바퀴에 물려서 그도 함께 그 속으로 빨려 들어가기 시작한 것만 같았다.

처음에는—이미 오래전의 일이지만—하나의 의문이 그를 사로잡고 있었다. 왜 거의 모든 범죄가 그토록 쉽게 탄로 나 진상이 드러나며, 왜 거의 모든 범죄자의 흔적이 그토록 명백하게 노출되어 버리는 것일까? 그는 점차 다양하고 흥미로운 결론에 도달했는데, 그의 견해에 따르면, 가장 중요한 이유는 범죄 은폐의 물질적인 불가능성보다도 범죄자 자신에게 있었다. 다시 말해 거의 모든 범죄자는 범행 순간에 의지와 판단력이 약해질 뿐 아니라, 판단력과 신중함이 가장 필요한 바로 그 순간에 오히려 어린애같이 이상하게 경솔해진다는 것이다. 그의 확신에 의하면, 이러한 판단력의 혼미와 의지의 감퇴는 병마처럼 인간에게 달라붙어 점점 심해지다가 범행 직전에 최고도에 달하고 범행 순간에도 그런 양상으로 계속되며, 사람에 따라서는 범행 후에도 한동안 계속된다. 그 후에는 모든 병이 지나가듯 그런 상태도 사라지게 된다. 그러나 그는 병이 범죄 자체를 낳는가, 아니면 범죄 자체가 자신의 독특한 본성상, 항상 병과 유사한 어떤 상태를 수반하는가 하는 의문은 아직 자신의 힘으로 풀 수 없다고 느끼고 있었다.

이런 결론에 이르자 그는 다음과 같이 단정했다. 자신에게는 이 일을 실행함에 있어 그런 병적인 변화가 일어날 수 없으며, 판단력과 의지는 계획을 실행하는 동안 엄연히 유지될 것이다. 그 이유는 단 하나, 자기가 계획한 일은 '범죄가 아니므로'……. 그러나 그가 마지막 결심에 이르게 된 전 과정은 생략하기로 하자. 그렇지 않아도 우리는 너무 앞질러 달려왔으니까⋯⋯. 다만 덧붙여 두는 것은, 이 일에 따르는 실제적이고 순전히 물질적인 곤란은 그의 머릿속에서 부차적인 역할밖에 하지 못했다는 점이다. '그런 곤란이야 의지와 판단력을 완전히 유지하기만 하면 된다. 그러면 그것들은 이 일의 모든 세부적인 사항을 속속들이 알아야만 할 때 자연스레 다 극복될 것이다⋯⋯.' 그러나 일은 시작되지 못하고 있었다. 그는 여전히 자신의 최종적인 결심을 조금도 믿고 있지 못했으므로, 드디어 때가 왔을 때 모든 것이 자신이 결심한 바와 전혀 다른 어떤 우연하고 거의 뜻하지 않은 일로 생각되었던 것이다.

한 가지 아주 사소한 사정이 미처 층계를 다 내려가기도 전에 그를 당황하게 했다. 여느 때처럼 활짝 열려 있는 여주인의 부엌 문 앞까지 오자, 그는 나스타시야는 없더라도 행여 여주인이 부엌에 있지는 않을까, 설령 여주인이 거기 있진 않더라도 도끼를 가지러 들어갈 때 방에서 내다보지나 않을까 하고, 여주인의 방문이 잘 잠겨 있는지 미리 살펴보기 위해 조심스레 안쪽을 곁눈질했다. 그런데 그때 나스타시야가 부엌에 있을 뿐만 아니라 일을 하고 있는 것을 갑자기 보게 되자 얼마나 놀랐던지! 그녀가 광주리에서 빨래를 꺼내어 줄에다 널고 있는 게 아닌가! 그를 보자 그녀는 빨래를 널던 손을 멈추고 몸을 돌려, 그가 지나가는 동안 계속 지켜보고 있었다. 그는 얼른 시선을 돌리고 모르는 척하며 지나갔다. 그러나 일은 끝장이었다. 도끼가 없으니! 그는 무섭게 얻어맞은 기분이었다.

'어째서 난 그렇게 단정했을까?' 그는 대문 쪽으로 내려가며 생각했다. '어째서 난 나스타시야가 지금 반드시 집에 없을 거라고 단정했을까? 왜, 왜, 왜, 반드시 그렇다고 결론 내렸을까?' 그는 짓밟히고 모욕까지 당한 기분이었다. 화가 나서 자신을 비웃고 싶었다……. 야수와도 같은 둔중한 분노가 속에서 부글부글 끓어올랐다.

그는 망설이면서 대문 아래에서 걸음을 멈추었다. 짐짓 산책이라도 하는 모습으로 거리로 나서기도 싫었으나, 집으로 돌아가기는 더욱 싫었다. '아아, 이렇게 좋은 기회를 영원히 놓치고 말았구나!' 그는 대문 밑에서 역시 문이 열려 있는 어두운 관리실을 마주 보고 멍청히 서서 이렇게 중얼거렸다. 갑자기 그는 몸을 흠칫 떨었다. 두어 발짝 떨어져 있는 관리실의 긴 걸상 오른쪽 밑에서 무엇인가 번쩍하며 그의 눈을 찔렀다……. 그는 주위를 둘러보았다. 아무도 없었다. 발끝으로 살금살금 관리실 쪽으로 다가가 계단을 두 칸 내려가서 조그만 소리로 관리인을 불러 보았다. '역시 없구나! 하지만 문이 열려 있는 걸로 봐서 어딘가 근처에, 어쩌면 마당에 있는가 보다.' 그는 와락 도끼에 달려들어(그것은 도끼였다) 긴 걸상 아래 두 개의 장작개비 사이에 놓여 있던 것을 꺼낸 뒤, 밖으로 나가기 전에 재빨리 외투 속의 고리에다 단단히 걸고 두 손을 주머니에 넣은 다음 관리실을 나섰다. 아무도 보지 않았다! '이성이 안 도와주면, 악마가 도와준다!' 그는 야릇한 미소를 지으며 생각했다. 이 우연은 그의 기운을 극도로 북돋아 주었다.

그는 아무 의심도 사지 않도록 조용하고 **유유히**, 서두르지 않으면서 길을 걸어갔다. 지나가는 사람들을 거의 쳐다보지 않았으며, 더욱이 얼굴은 전혀 보지 않고 될 수 있는 대로 눈에 띄지도 않으려고 애썼다. 문득 모자가 생각났다. '아차! 그저께 돈이 있었는데, 학생모 사는 걸 깜박했군!' 저주스러운 말이 가슴속에서 튀어나왔다.

우연히 어느 가게 안을 힐끔 들여다보니, 그곳 벽시계가 벌써 7시 10분을 지나고 있는 게 눈에 들어왔다. 서둘러야 했지만, 그래도 길을 돌아가야만 했다. 길을 돌아서 다른 쪽에서 그 집에 접근해야 한다⋯⋯.

전에 어쩌다 이 모든 것을 상상해 보게 되었을 때는, 막상 닥치면 몹시 두려울 거라고 이따금 생각하곤 했다. 그러나 지금 그는 그다지 두렵지 않았다. 아니, 전혀 두렵지 않았다. 지금 그는 잠시 동안이긴 해도 이 일과는 전혀 상관없는 어떤 생각에 빠져 있었다. 심지어 유수포프 공원* 옆을 지날 때는 광장마다 높은 분수를 설치하면 공기를 얼마나 상쾌하게 해 줄까 하는 생각에 몰두하기도 했다. 점차 그는 여름 공원을 마르스 광장 일대로 확장하고, 더 나아가 미하일로프스키 궁전의 정원과 연결시킨다면, 도시를 위해 멋지고 매우 유익할 것이라는 확신으로까지 나아갔다. 이때 갑자기 새로운 문제가 그의 흥미를 끌었다. 꼭 그래야 하는 것도 아닌데 왜 사람들은 어느 대도시에서나 공원도 분수도 없고 오물과 악취와 온갖 추악한 것으로 가득 찬 구역에 자리 잡고 살려는 특별한 경향을 보이는 것일까? 이때 센나야를 산책한 기억이 떠오르자 순간적으로 정신이 번뜩 들었다. '무슨 쓸데없는 생각을' 하고 그는 중얼거렸다. '아니, 아예 아무것도 생각하지 않는 편이 낫겠다!'

'그래, 사형장으로 끌려가는 사람들도 도중에 만나는 모든 것에 대해 이런 생각들을 하며 매달리겠지'* 하는 생각이 머리를 스쳤으나, 그저 잠깐 번개처럼 번쩍했을 뿐이다. 그는 급히 이 생각을 꺼 버렸다……. 하지만 이제 벌써 다 왔다. 바로 저기, 그 집이다, 대문이다. 어디선가 갑자기 시계가 한 번 쳤다. '뭐야, 벌써 7시 반이라고? 그럴 리가, 분명히 시계가 빨리 가는 거야!' 다행히 대문도 무사히 통과했다. 게다가 때마침 커다란 건초 운반 마차가 대문 안으로 들어가고 있던 터라, 그가 문 옆을 지나는 동안 그를 가려 주었다. 마차가 대문에서 안마당으로 들어서자, 그는 재빨리 오른쪽으로 슬쩍 들어갔다. 마차 저쪽에서 몇 사람이 고함을 지르며 다투는 소리가 들렸으나, 아무도 그를 보지 못했고 그와 마주치지도 않았다. 이 커다란 정방형 마당을 향해 나 있는 많은 창들이 이때 열려 있었지만, 그는 고개를 들지도 않았다. 그럴 기운도 없었다. 노파의 집으로 가는 층계는 가까이, 대문 바로 오른쪽에 있었다. 그는 벌써 층계에 와 있었다……

그는 숨을 몰아쉬고 두근거리는 가슴을 한 손으로 누른 채 다시 한 번 도끼를 쓰다듬어 위치를 바로잡은 뒤, 계속 조심스레 귀를 기울이며 조용히 층계를 오르기 시작했다. 그러나 이때 층계는 텅 비어 있고, 문이란 문은 다 닫혀 있어서, 그는 누구와도 마주치지 않았다. 다만 2층에 빈집 하나가 활짝 열려 있고 안에서 페인트공들이 일을 하고 있었으나, 그들도 그를 쳐다보지 않았다. 그는 걸음을 멈추고 잠시 생각한 다음 계속 위로 올라갔다. '물론 저들도 없다면 더 좋겠지만, 그래도…… 두 층이나 떨어져 있으니까.'

하지만 이제 벌써 4층이다. 문까지 왔다. 맞은편 집도 비어 있다. 노파의 집 바로 아래에 있는 3층의 집도 여러 낌새로 보아 비어 있는 듯했다. 작은 못으로 문에 박아 둔 문패를 떼어 낸 걸 보면 이사를 간 게 틀림없다……! 숨이 막혀 왔다. 한순간, '가 버릴까?' 하는 생각이 뇌리를 스쳤다. 그러나 그 물음에는 대답하지 않고 노파의 집에서 인기척이 나는지 귀를 기울이기 시작했다. 죽은 듯 조용했다. 그는 다시 층계 아래쪽에 귀를 기울이고 오랫동안 주의 깊게 들어 보았다……. 그런 다음 마지막으로 주위를 살펴보고서 마음을 가다듬고 매무시를 바로 한 뒤에 다시 한 번 고리에 건 도끼를 만져 보았다. '얼굴이 너무…… 창백하지는 않을까?' 하는 생각이 들었다. '너무 흥분하고 있는 건 아닐까? 이 노파는 의심이 많은데……. 좀 더 기다리는 게 좋지 않을까…… 심장의 두근거림이 좀 진정될 때까지……?'

그러나 두근거리는 심장은 좀처럼 진정되지 않았다. 진정되긴커녕 일부러 그러는 것처럼 점점 더 심하게 쿵쿵거렸다……. 그는 더 참지 못하고 천천히 손을 뻗어 초인종을 울렸다. 삼십 초쯤 지나서 다시 한 번 초인종을 울렸다, 이번에는 조금 크게.

대답이 없다. 계속 울려 봐야 소용도 없고, 더구나 그에게 어울리지도 않는 일이다. 노파는 물론 안에 있었지만, 그녀는 의심이 많은데다 지금은 혼자였다. 그도 노파의 습관을 어느 정도는 알고 있었다……. 그래서 다시 한 번 문에다 귀를 바싹 갖다 댔다. 그의 감각이 너무 예민해져 있던 탓인지(그렇게 추측하긴 힘들지만), 아니면 실제로 아주 잘 들렸던 것인지, 어쨌든 갑자기 자물쇠 손잡이에 조심스럽게 손이 닿는 것 같은 소리와 옷이 문에 스치는 듯한 소리를 들을 수 있었다. 누군가 몰래 자물쇠 옆에 붙어 서서, 그가 여기 바깥에서 그러고 있는 것처럼, 안에 숨어서 귀를 문에 바싹 갖다 대고 있는 것 같았다…….

그는 숨어 있는 것처럼 보이지 않으려고 일부러 몸을 움직이며 뭐라고 큰 소리로 중얼거렸다. 그러고는 세 번째로 초인종을 울렸으나, 이번에는 조용하고 침착했으며 초조한 기색은 조금도 없었다. 나중에 이때의 일을 떠올릴 때마다—이 순간은 그의 마음속에 영원히 각인돼 있어서 언제나 선명하고 확실하게 떠올랐다—사고력이 순간순간 흐려지고 자신의 몸조차 거의 느낄 수 없었던 그때, 대체 어디서 그런 교활한 꾀가 나왔는지 도무지 이해할 수 없었다……. 잠시 뒤 빗장을 빼는 소리가 들렸다.

7

문이 저번처럼 빠끔 열리고 다시금 어둠 속에서 두 개의 날카롭고 의심에 찬 눈이 그를 쏘아보았다. 순간 라스콜니코프는 당황해서 큰 실수를 저지를 뻔했다.

그는 노파가 그들 둘만 있다는 것에 겁을 먹을까 염려되고 또 자신의 모습으로는 노파의 의심을 사지 않으리라고 기대할 수도 없어서, 노파가 다시 문을 닫아 버릴 생각을 하지 못하도록 문에 손을 뻗어 자기 쪽으로 홱 잡아당겼던 것이다. 이를 본 노파가 문을 자기 쪽으로 도로 잡아당기지는 않았으나 자물쇠 손잡이를 꼭 붙잡고 놓지 않았기 때문에, 그는 문과 함께 노파를 층계 쪽으로 끌어낼 뻔했다. 노파가 문 앞을 가로막고 서서 그를 들여보내지 않으려고 하는 것을 보자, 그는 곧장 노파 앞으로 다가갔다. 노파는 깜짝 놀라 뒤로 팔짝 뛰며 물러서서 뭐라 말을 하려는 듯했으나, 소리가 나오지 않는지 눈을 휘둥그레 뜨고 그를 쳐다보고 있었다.

"안녕하세요, 알료나 이바노브나." 그는 되도록 허물없이 말문을 열긴 했으나, 목소리가 제대로 나오지 않고 끊어지면서 떨리기 시작했다. "저…… 물건을 가져왔어요…… 저쪽으로 가시죠…… 밝은 데로……." 그러면서 그는 그녀를 내버려 둔 채 허락도 받지 않고 곧장 방으로 들어갔다. 노파가 뒤쫓아 달려왔다. 그제야 노파의 혀가 풀렸다.

"세상에! 대체 무슨 일이슈……? 댁은 뉘시오? 무슨 일이오?"

"아니 왜 그러세요, 알료나 이바노브나…… 절 아시잖아요…… 라스콜니코프입니다…… 여기, 요전번에 약속한 전당물을 가져왔어요……." 그는 노파에게 전당물을 내밀었다.

노파는 전당물을 힐끗 쳐다보았으나 곧 불청객의 눈을 똑바로 쏘아보았다. 노파는 독살스럽고 의심스러운 눈초리로 주의 깊게 쳐다보고 있었다. 일 분가량이 지나갔다. 노파의 눈에서는 모든 것을 벌써 눈치챘다는 듯한, 조소와도 같은 무엇이 느껴졌다. 그는 자신이 당황하고 있다는 걸 느끼자 두려운 생각마저 들었다. 노파가 삼십 초 동안만 아무 말 없이 저렇게 더 쳐다본다면 자기 쪽에서 달아나 버릴지도 모를 만큼 무서워진 것이다.

"왜 그렇게 절 쳐다보세요, 전혀 모르는 사람처럼?" 그도 갑자기 독기 어린 어조로 말을 뱉었다. "마음에 들면 잡아 주시고, 아니면 다른 데로 가 보겠습니다. 시간이 없으니까."

이런 말을 할 생각이 아니었는데, 저절로 불쑥 튀어나온 말이었다.

노파는 다시 제정신이 들었다. 손님의 단호한 어조가 그녀를 안심시킨 듯했다.

"아이고 젊은이도 참, 왜 그렇게 갑자기…… 이게 뭐요?" 전당물을 보면서 그녀가 물었다.

"은제 담뱃갑입니다. 저번에 말씀드렸잖아요."

그녀는 손을 내밀었다.

"그런데 얼굴빛이 왜 그리 창백한 거요? 손까지 떨고 있고! 감기라도 들었나?"

"오한이 나서 그래요." 그는 더듬거리며 말했다. "창백할 수밖에 없지요…… 먹을 게 없으니." 그는 우물거리면서 간신히 덧붙였다. 다시금 온몸에서 기운이 빠지는 것을 느꼈다. 그러나 이 대답은 그럴듯하게 들린 모양이었다. 노파는 전당물을 받아 들었다.

"이게 뭐요?" 그녀는 다시 한 번 뚫어지게 라스콜니코프를 쳐다보고 나서, 한 손으로 전당물의 무게를 가늠해 보면서 물었다.

"물건은…… 담뱃갑이라니까요…… 은으로 된…… 한번 보세요."

"어째, 은 같지는 않은데……. 아니 원, 엔간히도 꽁꽁 묶었구면."

노파는 끈을 풀려고 애쓰며 빛이 드는 창 쪽으로(창문은 이 무더위에도 모두 닫혀 있었다) 몸을 돌리고 몇 초 동안 그를 그대로 놔둔 채 등진 채로 섰다. 그는 외투 단추를 끄르고 고리에서 도끼를 벗겨 냈으나 아직 완전히 꺼내지는 않고 옷 밑에서 오른손으로 꼭 잡고 있었다. 그의 손은 무섭게 힘이 빠져 있었다. 순간순간 손이 점점 더 마비되고 나무처럼 굳어 가는 것이 느껴졌다. 도끼를 꺼내다 떨어뜨리지나 않을까 겁이 나고…… 갑자기 현기증이 일었다.

"왜 이렇게 꽁꽁 감아 놨담!" 노파는 짜증 섞인 목소리로 말하고, 그를 향해 몸을 약간 움직였다.

더 이상 한순간도 지체할 수 없었다. 그는 도끼를 쑥 빼내어 거의 아무 의식도 없이 두 손으로 치켜들고는, 별로 힘도 주지 않고 거의 기계적으로 노파의 머리를 향해 도끼등을 내리쳤다. 사실 이 순간 그는 완전히 기운이 빠져 있었다. 그러나 일단 도끼를 내리치고 나자 갑자기 몸에서 힘이 불끈 솟아올랐다.

노파는 언제나 그랬듯이 맨머리였다. 백발이 희끗희끗한 숱이 적은 옅은 색의 머리는 여느 때와 마찬가지로 기름이 진득진득하게 발라져 있고 쥐 꼬랑지 모양으로 땋아서는 뒤통수에 삐죽 나와 있는 작은 뿔빗에 감겨 있었다. 노파는 키가 작았기 때문에 도끼는 바로 정수리에 맞았다. 노파는 비명을 질렀으나, 매우 약한 소리였다. 그녀는 두 손을 머리 위로 가져갔지만, 그대로 바닥에 주저앉고 말았다. 한 손에는 여전히 '전당물'을 쥔 채였다. 그러자 그는 있는 힘을 다해서 한 번, 또 한 번 도끼등으로 정수리를 계속 내리쳤다. 마치 물컵이 엎어진 것처럼 피를 콸콸 쏟으면서, 노파의 몸이 뒤로 벌렁 나자빠졌다. 그는 뒤로 물러서서 노파가 완전히 쓰러지게 한 다음, 곧 노파의 얼굴 위로 몸을 굽혔다. 노파는 이미 죽어 있었다. 눈은 금방이라도 튀어나올 듯이 부릅떠 있고, 이마와 얼굴은 주름투성이가 되어 경련으로 일그러져 있었다.

그는 도끼를 시체 옆의 마룻바닥에 내려놓고, 흐르는 피가 묻지 않도록 조심하면서 재빨리 노파의 호주머니에 손을 넣었다. 지난번에 노파가 열쇠를 꺼냈던 바로 그 오른쪽 주머니였다. 그는 이성을 완전히 되찾았고, 의식의 혼미함이나 현기증은 이미 사라지고 없었으나, 손은 여전히 떨리고 있었다. 나중에 그는 자신이 이때 대단히 주의 깊고 신중했으며, 몸을 더럽히지 않으려고 줄곧 애썼다는 것을 상기했다……. 열쇠는 곧 꺼낼 수 있었다. 열쇠는 모두 그때처럼 한 개의 쇠고리에 한 꾸러미로 꿰어져 있었다. 그는 그것을 가지고 곧장 침실로 뛰어 들어갔다. 그곳은 아주 좁은 방이었고, 성상을 모신 커다란 함이 있었다. 다른 쪽 벽에는 커다랗고 꽤 깨끗한 침대가 놓여 있었고, 그 위에는 비단 조각을 이어 만든 솜이불이 깔려 있었다. 또 다른 쪽의 벽에는 서랍장이 놓여 있었다. 이상한 일이었다. 서랍장에 열쇠를 꽂으려다 철거덕거리는 소리를 듣는 순간, 온몸에 경련이 이는 듯했다. 그는 갑자기 모든 것을 팽개치고 달아나 버리고 싶은 생각이 들었다. 그러나 그것도 한순간이었다. 달아나기에는 이미 늦었다. 그는 히죽 스스로를 비웃기까지 했다. 그때 갑자기 다른 불안한 생각이 그의 뇌리를 스쳤다. 어쩌면 노파는 아직 살아 있으며 다시 깨어날지도 모른다는 생각이 퍼뜩 든 것이다. 그는 열쇠와 서랍장을 버려두고 몸을 돌려 시체 쪽으로 달려가서 도끼를 집어 들고 다시 한 번 노파 위로 치켜들었으나 내려치지는 않았다. 틀림없이 노파는 죽어 있었다. 몸을 구부리고 더 가까이서 다시 한 번 살펴보니, 두개골이 박살 나서 옆으로 뒤집혀 있는 것이 분명하게 보였다. 그는 손가락으로 만져 보려다가 손을 거두었다. 그러지 않아도 명백했기 때문이다. 그동안 고인 피는 큰 웅덩이를 만들고 있었다. 그는 문득 노파의 목에 끈이 걸려 있는 것을 보고 잡아당겼으나, 끈이 튼튼해서 좀처럼 끊어지지 않았고 게다가 피투성이였다. 그는 끈을 그대로 노파의 가슴에서 벗겨 내 보려고 했으나, 뭔가에 걸려서 방해가 되었다. 초조한 나머지 그는 다시 도끼를 치켜들고, 끈을 시체 위에 그대로 둔 채 위에서 내리쳐 자르려고 했지만, 용기가 나지 않았다. 손과 도끼를 온통 피로 더럽혀 가며 이 분 동안이나 번거로운 작업을 한 끝에, 도끼로 시체를 건드리지 않고 간신히 끈을 잘라냈다. 그의 생각은 틀리지 않았다. 지갑이었다. 끈에는 삼나무와 동으로 된 십자가 두 개, 그 밖에도 에나멜을 입힌 성상이 달려 있고, 그것들과 함께 강철 테와 고리가 달려 있는 손때 묻은 조그만 양피 지갑이 달려 있었다. 지갑은 무척 불룩했다. 라스콜니코프는 그것을 살펴보지도 않고 호주머니에 틀어넣고 십자가는 노파의 가슴팍에 내동댕이친 뒤, 이번에는 도끼를 들고 다시 침실로 달려갔다.

그는 허둥지둥 열쇠 꾸러미를 거머쥐고 다시 그것과 씨름하기 시작했다. 그러나 어쩌된 셈인지 하나같이 잘되지 않고, 열쇠가 자물쇠 구멍에 맞지 않았다. 손을 그다지 떨고 있는 것도 아닌데 내내 실수만 하고 있었다. 이를테면 열쇠가 틀려서 맞지 않는 것을 빤히 보면서도 계속 같은 것을 틀어넣고 있었던 것이다. 갑자기, 다른 작은 열쇠들과 함께 달랑거리는 톱니 모양의 이 커다란 열쇠는 절대로 서랍장의 열쇠가 아니라(지난번에도 생각한 것이지만), 어떤 트렁크의 열쇠임이 틀림없다는 생각이 들었다. 어쩌면 그 트렁크 안에 모든 것이 다 들어 있을지도 모른다. 그는 서랍장을 버려두고 재빨리 침대 밑으로 기어들어 갔다. 그는 노파들이 트렁크를 대개 침대 밑에 둔다는 것을 알고 있었다. 과연 거기에는 길이가 1아르쉰*이 넘고 불룩한 뚜껑이 달려 있는데다, 붉은 양피 가죽을 씌운 위에 작은 강철못을 잔뜩 박은 꽤나 그럴듯한 트렁크가 있었다. 톱니 모양으로 생긴 열쇠는 딱 들어맞아서 트렁크는 금방 열렸다. 흰 천으로 덮어 놓은 맨 위에는 빨간 안감을 댄 토끼털 외투가 들어 있었다. 그 밑에는 비단옷, 또 그 밑으로는 목도리가 보였고, 더 아래로는 온갖 너절한 옷가지들이 있는 것 같았다. 우선 그는 피투성이가 된 손을 외투의 빨간 안감에다 닦으려고 했다. '붉은색, 그래 붉은색 천이니까 핏자국이 드러나지 않겠지.' 이런 궁리를 하다가 그는 갑자기 정신이 번쩍 들었다. '맙소사! 난 정말 미쳐 가고 있는 걸까?' 그는 소스라치면서 생각했다.

그러나 그가 너절한 옷가지를 조금 헤치자, 모피 외투 아래에서 갑자기 금시계가 튀어나왔다. 그는 곧 모조리 들추어 보기 시작했다. 과연 지저분한 천 조각들 사이사이에 갖가지 금붙이가 숨겨져 있었다. 분명히 모두 기한을 넘겼거나 아직 넘기지 않은 전당물이 틀림없는 팔찌, 목걸이 줄, 귀걸이, 머리핀 같은 것들이었다. 어떤 것은 상자 속에 들어 있고, 어떤 것은 그냥 신문지에 싸여 있었으나 꼼꼼하고 세심하게, 종이를 두 겹으로 싸서 가느다란 끈으로 둥글게 묶여 있었다. 그는 조금도 지체하지 않고, 포장과 상자를 열어서 살펴보지도 않은 채 바지와 외투의 주머니에 쑤셔 넣기 시작했다. 그러나 그렇게 많이 집어넣고 있을 겨를도 없었다⋯⋯.

갑자기 노파가 있는 방에서 사람의 발소리가 들려왔다. 그는 손을 멈추고 죽은 듯이 숨을 죽였다. 그러나 주위는 조용했다. 필시 헛들은 모양이었다. 그때 갑자기 가느다란 비명이 또렷이 들렸다. 아니면 누가 작은 소리로 간헐적인 신음을 하다가 잠깐 멈춘 것 같았다. 그리고 다시 죽음과 같은 정적이 일이 분쯤 이어졌다. 그는 트렁크 옆에 웅크리고 앉아서 숨을 죽인 채 기다리고 있다가, 갑자기 벌떡 일어나서 도끼를 집어 들고 침실에서 뛰어나갔다.

방 한가운데에 리자베타가 손에 커다란 보따리를 들고 넋이 나간 채 서서, 살해당한 언니를 보고 있었다. 그녀는 백지장처럼 하얗게 질려서 소리칠 기력조차 없어 보였다. 튀어나온 그를 보자, 그녀는 사시나무처럼 떨기 시작했고 온 얼굴에 경련이 일었다. 그녀는 한 손을 들어 올리며 입을 열려 했지만, 소리를 지르지 못한 채 뚫어질 듯 상대방을 응시하면서 그를 피해 천천히 구석으로 뒷

걸음질 치기 시작했다. 그러나 여전히 소리는 지르지 않았다. 소리를 지르려 해도 공기가 모자라는 듯했다. 그가 도끼를 들고 덤벼들자 그녀의 입술은 마치 어린애가 무엇인가에 놀랐을 때 그것을 뚫어지게 바라보면서 금방이라도 울음을 터뜨리려고 하는 것처럼 애처롭게 일그러졌다. 이 불행한 리자베타는 너무나도 순박하고 학대를 받아 영원히 겁만 남아 있는 탓에, 손을 들어 얼굴을 가릴 생각조차 하지 못했다. 도끼가 바로 그녀의 얼굴 위에 추켜올려져 있었으므로 그렇게 하는 것이 가장 당연하고 자연스런 동작이었는데도 그랬다. 그녀는 다만 자신의 비어 있는 왼손을 얼굴보다 훨씬 아래쪽까지 겨우 들어 올려 마치 그를 밀어내려는 듯 천천히 앞으로 내밀었을 따름이다. 도끼날은 두개골에 정통으로 맞아 이마의 윗부분 전체를 거의 관자놀이까지 단번에 쪼개 버렸다. 그녀는 그대로 푹 고꾸라졌다. 순간 라스콜니코프는 완전히 실신하다시피 하여 그녀의 보따리를 집어 들었다가는 다시 던져 버리고 현관으로 달려갔다.

공포가 그를 점점 더 강하게 사로잡았다. 특히 전혀 뜻하지 않은 이 두 번째의 살인 뒤에는 더욱 그랬다. 그는 한시라도 빨리 이곳에서 벗어나고 싶었다. 만약 그가 이 순간에 좀 더 정확하게 모든 것을 보고 판단할 수 있었다면, 만약 한순간이라도 자신이 처해 있는 이 모든 곤경과 절망, 자신의 모든 추악함과 우둔함을 헤아려 볼 수 있었다면, 그리고 이곳으로부터 달아나 집으로 돌아갈 때까지 얼마나 많은 곤란을 극복해야 하고 경우에 따라서는 더 많은 악행까지도 저지르지 않으면 안 된다는 것을 깨달을 수 있었다면, 그는 모든 것을 내던지고 곧바로 자수하러 갔을 것이다. 그것도 자신의 운명에 대한 공포 때문이 아니라. 오로지 자신의 행위에 대한 공포와 혐오감 때문에 그렇게 했을 것이다. 특히 혐오감은 그의 내부에서 시시각각 솟구치며 자라났다. 이제는 무슨 일이 있어도 트렁크 옆은 고사하고 방 안에도 들어갈 수 없을 것 같았다.

그러나 일종의 방심 상태, 아니 오히려 명상과도 같은 상태가 점차 그를 사로잡기 시작했다. 때로는 몇 분씩이나 자기 자신을 잊어버리고 있는 듯했다. 아니 더 정확히 말해서, 정말 중요한 것은 잊어버리고 사소한 것에 집착하고 있는 듯했다. 그는 우연히 부엌에 시선을 보냈다가 물이 반쯤 채워진 물동이가 걸상 위에 있는 걸 보자, 손과 도끼를 씻어야겠다는 생각을 했다. 손은 피에 젖어 끈적끈적했다. 그는 도끼날 쪽이 아래로 가도록 도끼를 물속에 첨벙 집어넣고, 창턱에 놓여 있는 깨진 접시에서 비누 조각을 집어 들어 그대로 물동이 속에서 손을 씻기 시작했다. 손을 다 씻자 도끼를 꺼내어 우선 쇠 부분을 씻은 다음, 핏자국까지 말끔하게 지우려고 삼 분가량이나 걸려 오랫동안 비누칠을 해 가며 피 묻은 나무 자루를 깨끗하게 씻었다. 그런 다음, 부엌에 쳐 놓은 빨랫줄에 널려 있던 속옷으로 깨끗하게 닦고, 창가에 서서 오랫동안 도끼를 세심하게 살펴보았다. 자루가 아직 축축할 뿐, 핏자국은 남아 있지 않았다. 그는 조심스레 도끼를 외투 속의 고리에 걸었다. 그러고는 어둑어둑한 부엌의 어렴풋한 빛이 허락하는 한, 꼼꼼하게 외투와 바지와 구두를 살펴보았다. 얼핏 보기에는 아무것도 눈에 띄지 않았다. 다만 구두에 조그만 얼룩이 몇 개 있었다. 그는 걸

레를 물에 적셔 구두를 닦았다. 그러나 자기로서는 잘 분간할 수 없으며, 어쩌면 이쪽에선 알아채지 못해도 다른 사람 눈에는 금방 띄는 것이 있을지도 모른다는 걸 알고 있었다. 그는 생각에 깊이 잠긴 채, 방 한가운데에 우두커니 서 있었다. 괴롭고 어두운 생각이 가슴속에서 고개를 쳐들었다. 자신은 지금 미쳐 가고 있고, 이 순간 판단력도, 스스로를 지킬 만한 힘도 없으며, 어쩌면 지금 전혀 필요 없는 행동만 하고 있는지도 모른다는 생각이었다……. '하느님 맙소사! 달아나야 한다, 달아나야 한다!' 그는 이렇게 중얼거리며 현관으로 달려갔다. 그러나 그곳에는 태어나서 한 번도 겪어 본 적이 없는 그런 공포가 기다리고 있었다.

그는 멍청히 서서 보고는 있었으나, 자신의 두 눈을 믿을 수가 없었다. 현관에서 층계로 나가는 바깥문, 그가 조금 전에 초인종을 울리고 들어왔던 바로 그 문이 한 뼘 정도나 열려 있었다. 자물쇠도 빗장도 걸지 않은 채, 그동안 계속 열려 있었던 것이다! 어쩌면 노파가 만일을 위해서 일부러 잠그지 않았는지도 모른다. 하지만 맙소사! 그는 그 후에 리자베타를 보지 않았던가! 그녀가 어디로 해서 들어왔는지 도대체 어떻게 알아차리지도 못했단 말인가! 벽을 뚫고 들어왔을 리야 없잖은가.

그는 문으로 달려가서 빗장을 질렀다.

'아니, 이게 아니야, 또 잘못 생각했다! 달아나야 한다, 달아나야 한다…….'

그는 빗장을 빼고 문을 연 뒤, 층계 쪽의 소리에 귀를 기울이기 시작했다.

그는 오랫동안 귀를 기울이고 있었다. 어딘가 아래쪽 먼 데서, 아마 대문가 같기도 한데, 어떤 두 사람이 쩽쩽 울리는 커다란 목소리로 소릴 질러 대면서 욕지거리를 하고 싸우고 있었다. '저 사람들은 뭐야……?' 그는 참을성 있게 기다렸다. 마침내 모든 것이 툭 끊어진 듯 일시에 조용해졌다. 그들이 헤어져 가 버린 것이다. 그는 이제 막 나가려고 했다. 그때 갑자기 아래층에서 층계로 통하는 문이 요란스레 열리더니, 누군가 노랫가락을 흥얼거리면서 아래로 내려가기 시작했다. '왜들 저렇게 노상 시끄럽게 굴까!' 하는 생각이 그의 머리를 스쳤다. 그는 문을 등 뒤로 다시 닫고 기다렸다. 드디어 모든 것이 조용해졌다. 인기척도 없었다. 그가 이미 층계에 걸음을 내디디려는 순간, 갑자기 또다시 누군가의 새로운 발소리가 들려왔다.

발소리는 꽤 멀고 층계 맨 아래쪽에서 들려왔지만, 어쩐지 그 소리를 듣자마자 이건 분명 **이곳으로**, 4층으로, 노파의 집으로 오는 게 틀림없다고 여기기 시작했던 것을 그는 나중에도 매우 분명하게 기억하고 있었다. 왜 그렇게 생각했을까? 그토록 특이하고 의미심장한 소리였을까? 그것은 묵직하고 규칙적이고 서두르지 않는 걸음이었다. 아, 벌써 **그**는 1층을 지나 계속 올라온다. 점점 더 뚜렷하게 들려온다! 올라오고 있는 사나이가 무겁게 헐떡거리는 소리까지도 들렸다. 이제 벌써 3층까지 왔다……. 이쪽으로 온다! 라스콜니코프는 갑자기 온몸이 돌처럼 굳어 버린 느낌이 들었다. 그것은 마치 꿈속에서 누가 자기를 죽이려고 쫓아오는데, 그자리에 얼어붙어 손 하나 까딱할 수 없는 때와 같은 느낌이었다.

마침내 방문객이 이미 4층을 오르기 시작했을 때에야, 비로소 그는 갑자기 온몸을 부르르 떨고 재빨리 현관에서 집 안으로 슬쩍 들어가 문을 닫을 수 있었다. 그러고는 빗장을 쥐고 조용히 들리지 않게 고리에 걸었다. 본능이 도와주고 있었다. 이렇게 모든 것을 끝내자 그는 숨을 죽이고 문 바로 옆에 숨었다. 불청객도 이미 문 앞에 와 있었다. 지금 그들은 아까 그가 노파와 문을 사이에 두고 귀를 기울이고 있었을 때처럼 서로 마주 서 있었다.

손님은 몇 번 무겁게 숨을 몰아쉬었다. '뚱뚱하고 덩치가 큰 사나이임에 틀림없다.' 라스콜니코프는 도끼를 꽉 쥐면서 이렇게 생각했다. 정말 이 모든 것이 꿈만 같았다. 방문객은 초인종 줄을 잡고 세게 흔들기 시작했다.

초인종이 쟁강쟁강 양철 소리를 내며 울리자 그는 문득 누가 방안에서 살짝 움직인 듯한 기척을 느꼈다. 몇 초 동안 그는 정색을 하고 귀를 기울였다. 낯선 사나이는 한 번 더 초인종을 울리고 조금 더 기다리다가, 갑자기 더 이상은 참을 수 없다는 듯이 문의 손잡이를 힘껏 잡아당기기 시작했다. 겁에 질린 라스콜니코프는 고리 속에서 덜거덕거리고 있는 빗장 걸쇠를 바라보면서, 당장이라도 빗장이 벗겨지지나 않을까 하고 숨 막힐 듯한 공포에 휩싸여 기다리고 있었다. 정말 빗장은 벗겨질 것만 같았다. 그만큼 세게 잡아당기고 있었다. 그는 손으로 빗장을 누르려고 했으나, 그러면 **그자**가 눈치챌 수도 있었다. 또다시 현기증이 이는 것 같았다. '이제 쓰러질 거다!' 하는 생각이 스쳤으나, 바깥의 사나이가 말을 하기 시작하는 바람에 이내 제정신이 들었다.

"도대체 안에서 뭣들 해. 곯아떨어진 거야, 아니면 목이라도 졸려 죽었어? 제에에기랄!" 그는 통 속에서 울려 나오는 듯한 목소리로 외치기 시작했다. "어이, 마귀할멈 알료나 이바노브나! 절세미인 리자베타 이바노브나! 문 좀 열어요! 우우, 젠장, 다들 자고 있나?"

그러고는 또다시 분통이 터져 계속해서 열 번쯤 초인종 줄을 힘껏 잡아당겼다. 물론 이 사나이는 이 집 식구들한테 잘 통하는 막역한 사이인 게 분명했다.

바로 이때 다급한 잔걸음 소리가 그리 멀지 않은 층계 위에서 들려왔다. 또 누군가가 오고 있었다. 라스콜니코프는 처음에는 그 소리를 전혀 듣지 못했다.

"아니, 아무도 없나요?" 다가온 남자는 여전히 초인종을 울리고 있는 먼저 온 방문객을 향해 곧 낭랑한 목소리로 명랑하게 소리쳤다. "안녕하세요, 코흐 씨!"

'목소리로 보아 아주 젊은 남자 같은데' 하고 라스콜니코프는 언뜻 생각했다.

"젠장 무슨 영문인지 모르겠구먼, 자물쇠를 아주 부숴 버릴 뻔했수다." 코흐가 대답했다. "그런데 어떻게 날 아슈?"

"아니! 그저께 '감브리누스'에서 당구를 쳐서 당신한테 내리 세 판을 이겼잖아요!"

"아아아……."

"그런데 두 사람 다 없나요? 이상하군요. 정말 말도 안 되는 일인데. 대체 그 할멈이 갈 데가 어디 있담? 난 볼일이 있는데."

"나도 그렇소⋯⋯."

"뭘 어쩌겠어요? 돌아가는 수밖에. 에잇! 돈을 꿀까 했는데!" 젊은이가 외쳤다.

"물론, 돌아가야지요. 그럼 뭣 때문에 시간까지 정했을까? 자기 쪽에서 시간까지 정해 놓고. 그래서 일부러 길을 돌아왔더니. 대체 빌어먹을, 어딜 싸다닐 데가 있는지 모르겠군. 일 년 열두 달 집구석에만 틀어박혀 있어 다리가 아프다면서, 난데없이 마실을 나가다니!"

"관리인한테 물어보면 안 될까요?"

"무얼 말이오?"

"어디로 갔는지, 언제 돌아올 건지 말입니다."

"음⋯⋯ 빌어먹을⋯⋯ 물어볼까⋯⋯. 하지만 절대로 어딜 나다니는 사람이 아닌데⋯⋯." 그러면서 그는 다시 한 번 자물쇠의 손잡이를 잡아당겼다. "젠장, 도리 없군. 가 봅시다!"

"잠깐만요!" 젊은이가 갑자기 소리쳤다. "봐요, 잡아당기니까 문이 흔들리지 않아요?"

"그래서?"

"문이 잠겨 있지 않다는 거죠. 빗장 걸쇠가 걸려 있을 뿐이에요. 들리죠? 빗장이 딸각거리는 게."

"그런데?"

"아직 모르시겠어요? 둘 중의 한 사람은 집에 있다는 거예요. 둘 다 나갔다면 밖에서 열쇠로 잠그지, 안에서 빗장을 걸지는 않죠. 그런데 여기, 들리죠? 빗장이 딸각딸각 하는 게. 안에서 빗장을 걸려면 집 안에 사람이 있어야 하는 거잖아요. 아시겠어요? 그러니까 집 안에 있으면서 안 열어 주는 거라고요!"

"야! 정말 그렇군!" 코흐가 놀라서 외쳤다. "그럼 대체 안에서 무얼 하고 있는 거지!" 그는 맹렬하게 문을 잡아당기기 시작했다.

"잠깐!" 젊은이가 다시 소리쳤다. "잡아당기지 말아요! 뭔가 이상해요…… 초인종을 울리고 문을 잡아당겼지만 열어 주지 않잖아요. 그러니까, 둘 다 기절을 했거나, 아니면……."

"뭐라고?"

"이렇게 해요, 관리인한테 갑시다. 관리인더러 직접 깨우게 하죠."

"그럽시다!" 두 사람은 아래로 내려가려고 했다.

"잠깐만! 당신은 여기 남으세요. 내가 내려가서 관리인을 데려올 테니."

"왜 남으라는 거요?"

"무슨 일이 생길지 모르잖아요……?"

"하긴 그렇군……."

"나는 실은 예심판사가 될 준비를 하고 있어요. 이건 분명히, 부-운-명-히 뭔가가 수상해요!" 젊은이는 흥분해서 외치고는 층계를 뛰어 내려갔다.

코흐는 혼자 남게 되자, 다시 한 번 초인종 줄을 가만히 흔들어 보았다. 그러자 초인종이 한 번 쟁강하고 울렸다. 그는 요모조모 생각하고 살펴보는 듯이, 문이 빗장만 걸려 있는지 다시 한 번 확인하기 위해 문의 손잡이를 당겼다 놓았다 하면서 조용히 흔들기 시작했다. 그리고 숨을 씩씩거리면서 몸을 구부리고 열쇠 구멍을 들여다보기 시작했으나 열쇠가 안에 꽂혀 있어서 아무것도 보이지 않았다.

라스콜니코프는 도끼를 단단히 거머쥐고 서 있었다. 정신착란을 일으킬 것만 같았다. 그들이 들어오면 격투까지 벌일 각오였다. 그들이 문을 두들기며 의논을 하고 있을 때, 모든 것을 단번에 끝장내기 위해 안에서 그들에게 소리를 질러 버릴까 하는 생각이 몇 번이나 불쑥 그의 머리에 떠올랐다. 그들이 문을 부수고 열 때까지 실컷 욕을 퍼붓고 약을 올리고 싶었다. '어서 빨리 될 대로 되라!' 하는 생각이 머리를 스쳐 갔다.

"그런데 이 죽일 놈이……."

시간이 흘러갔다. 일 분, 이 분, 그러나 아무도 오지 않았다. 코흐는 초조하게 몸을 움직이기 시작했다.

"우라질……!" 그는 갑자기 소리치고는 더는 못 참겠다는 듯이 감시하는 일을 집어치우고, 구둣발로 계단을 쿵쿵거리며 역시 황급하게 아래로 내려가기 시작했다. 이윽고 발소리가 잠잠해졌다.

"아아, 어떻게 하면 좋지!"

라스콜니코프는 빗장을 빼고 문을 조금 열어 보았다. 아무 소리도 들리지 않았다. 갑자기 그는 아무 생각도 않고 밖으로 나가 등 뒤로 문을 될 수 있는 대로 꼭 닫은 다음 아래로 내려가기 시작했다.

그가 이미 계단을 세 칸 내려갔을 때 갑자기 밑에서 몹시 소란한 소리가 들려왔다. 어디로 숨는단 말인가! 아무 데도 숨을 곳이 없었다. 그는 다시 노파의 아파트 안으로 급히 되돌아가려고 했다.

"야, 이 망할 자식아! 기다려!"

외치는 소리와 함께 누군가가 아래쪽 어떤 아파트에서 뛰어나와 층계를 뛰어 내려가기 시작했다. 아니, 뛰어 내려갔다기보다 굴러 떨어지듯 층계를 내려가면서 고래고래 소리를 질러 댔다.

"미치카*! 미치카! 미치카! 미치카! 미치카! 이 광대 놈아, 죽여 버린다!"

외치는 소리는 날카로운 비명으로 끝났다. 마지막 소리가 난 것은 이미 뒷마당에서였다. 사방이 잠잠해졌다. 바로 그 순간 몇 사람이 큰 소리로 연방 얘길 하면서 요란하게 층계를 올라왔다. 서너 명쯤 되는 것 같았다. 그는 아까 그 젊은이의 낭랑한 목소리를 분간해 낼 수 있었다. '그들이다!'

그는 완전히 절망적인 기분으로 똑바로 그들을 향해 걸어갔다. 될 대로 되라지! 불러 세우면 끝장이고, 그냥 지나가도 끝장이다. 그를 기억할 테니까. 그들은 이미 가까이 오고 있었다. 그들 사이엔 층계 한 층만 남아 있었다. 그런데 갑자기 구원이 나타났다. 몇 계단 아래 오른쪽에 문이 활짝 열려 있는 빈방이 보였다. 일꾼들이 칠을 하고 있던 바로 그 2층의 방인데, 그들은 마침 가고 없었다. 바로 조금 전에 그렇게 소리를 지르며 밖으로 뛰어나간 게 그들임에 틀림없었다. 바닥은 이제 막 칠이 끝나 있고, 방 한가운데에는 조그만 목재통과, 페인트와 솔이 담긴 깨진 접시가 놓여 있었다. 순간적으로 그는 열려 있는 문 안으로 슬쩍 들어가서 벽 뒤에 몸을 숨겼다. 위급한 순간이었다. 그들은 이미 층계참에 와 있었다. 그들은 계속 위층으로 올라가는 계단으로 방향을 돌려, 큰 소리로 떠들면서 옆을 지나 4층으로 올라가기 시작했다. 그는 기다렸다가 발끝으로 살금살금 빠져나와 아래로 달려 내려갔다.

계단에는 아무도 없었다! 대문 아래도 마찬가지였다. 그는 재빨리 대문을 지나 거리에서 왼쪽으로 방향을 꺾었다.

그는 너무도 잘 알고 있었다. 그들이 지금쯤은 벌써 그 방에 있다는 것도, 조금 전까지만 해도 잠겨 있던 문이 열려 있는 것을 보고 깜짝 놀랐으리라는 것도, 이미 시체를 보고 있으리라는 것도, 방금 그곳에 살인자가 있었고 그 살인자가 어딘가에 숨어 있다가 그들 옆을 감쪽같이 빠져나가 달아났다는 것을 짐작하고 완전히 깨닫는 데 채 일 분도 걸리지 않으리라는 것도 너무나 잘 알고 있었다. 어쩌면 그들은 자기들이 위로 올라오고 있는 동안 그가 빈 방에 있었다는 것까지도 짐작하고 있으리라. 그러나 첫 번째 모퉁이까지 고작 백 걸음 정도 남아 있는데도, 그는 아무리 해도 빨리 걸을 수가 없었다. '어느 대문 밑에라도 슬쩍 숨든지, 어디 모르는 집의 층계에서 기다리면 어떨까? 안 돼, 너무 위험하다! 도끼는 어디다 던져 버려야 하지 않을까? 마차를 잡아탈까? 너무 위험해! 너무 위험해!'

드디어 골목이다. 그는 초주검이 되어 그 골목으로 접어들었다. 여기라면 이미 절반은 살아난 셈이었고, 그도 그것을 알고 있었다. 이제 혐의를 살 염려도 적거니와, 오가는 사람들이 무척 많아서 그는 한 알의 모래처럼 스르르 그 속에 스며들었다. 그러나 이 모든 고통에 온 기력을 다 빼앗긴 나머지, 그는 간신히 걸음을 옮기고 있었다. 땀이 비 오듯 흘러내리고 목덜미가 흠뻑 젖었다.

"이 친구, 되게 취했군!" 운하 둑길로 나왔을 때 누군가가 그에게 소리쳤다.

그는 이제 뚜렷한 의식이 없었다. 앞으로 걸어갈수록 상태는 심해졌다. 그래도 운하 둑길로 나온 순간 갑자기 왕래하는 사람들이 적어졌고 그래서 그곳에 있으면 눈에 띄기 쉽다는 것에 깜짝 놀란 나머지, 골목길로 되돌아가려고 했던 것만큼은 나중에도 기억하고 있었다. 그는 당장이라도 쓰러질 것 같았으나 그래도 길을 돌아서 전혀 다른 쪽으로 해서 집에 돌아왔다.

집 대문을 지날 때도 의식은 온전하지 않았다. 간신히 층계에 발을 올려놓고서야 비로소 도끼 생각이 났다. 중대한 과제가 아직 남아 있었다. 도끼를 되도록 눈에 띄지 않게 도로 갖다 놓아야만 했다. 도끼를 있던 자리에 갖다 놓지 말고 나중에라도 어디 남의 집 마당에 던져 놓는 편이 훨씬 나을지도 모른다는 생각을 할 기력마저도 물론 없었다.

그러나 모든 것은 무사히 끝났다. 관리실 문은 닫혀 있었지만 잠겨 있진 않았으므로 십중팔구 관리인은 안에 있을 게 분명했다. 그런데도 그는 이미 판단 능력을 아주 잃고 있었기 때문에, 대뜸 관리실로 다가가서 문을 열어젖혔다. 만약 관리인이 "무슨 일이오?" 하고 물었다면 그는 바로 도끼를 건네주었을지도 모른다. 그러나 관리인은 이번에도 없었다. 그래서 그는 도끼를 걸상 밑의 제자리에 갖다 놓을 수 있었을 뿐만 아니라, 원래대로 장작으로 살짝 가려 두기까지 했다. 그런 다음 자기 방까지 오는 동안 누구도, 단 한 사람도 만나지 않았다. 여주인 집의 문도 닫혀 있었다.

자기 방에 들어서자, 그는 그대로 소파에 몸을 던졌다. 잠이 든 것은 아니었으나, 그는 자기 망각 상태에 빠져 있었다. 만약 그때 누군가 들어왔다면, 그는 벌떡 일어나서 마구 소리를 질렀을 것이다. 머릿속에는 걷잡을 수 없는 상념의 조각과 파편들이 들끓고 있었으나, 아무리 애를 써도 그 어느 하나도 붙잡을 수 없었고, 어느 하나에도 머무를 수가 없었다……

제2부

1

그렇게 그는 꽤 오랫동안 누워 있었다. 이따금 언뜻 잠이 깨는 것 같기도 했고, 그럴 때면 이미 오래전에 밤이 깊었다는 것을 알아챘으나, 일어날 생각은 나지 않았다. 마침내 그는 주위가 벌써 낮같이 환하다는 것을 깨달았다.* 그는 아까부터 계속된 멍한 상태 때문에 여전히 마비된 듯 얼굴을 위로 하고 소파에 그대로 누워 있었다. 거리에서 절망적으로 외치는 무서운 소리가 귀를 찌를 듯이 날카롭게 들려왔으나, 그것은 매일 밤 2시가 지나면 창문 아래에서 곧잘 들리던 소리였다. 지금도 이 소리에 잠에서 깼다. '아! 술꾼들이 벌써 술집에서 나오는구나.' 그는 생각했다. '그렇다면 2시가 지난 모양이다.' 그는 갑자기 누가 소파에서 밀쳐 내기라도 한 듯이 벌떡 일어났다. '뭐! 벌써 2시가 지났다고!' 그는 소파에 앉았다. 그러자 모든 것이 생각났다! 갑자기 한순간에 모든 것이 생각난 것이다.

처음 순간 그는 미칠 것만 같았다. 무서운 한기가 온몸을 휩쌌으나, 그 한기는 아까 잠을 자고 있을 때부터 시작된 열 때문이기도 했다. 그런데 지금은 갑자기 지독한 오한이 덮쳐서, 이가 딱딱 맞부딪치고 온몸이 마비될 정도였다. 그는 문을 열고 귀를 기울이기 시작했다. 집 안은 모두 죽은 듯이 잠들어 있었다. 그는 깜짝 놀라서 자신의 모습과 온 방 안을 두리번거리며 살펴보았지만, 도저히 이해가 가지 않았다. 어제 방으로 들어오자마자 문고리도 잠그지 않고 옷을 벗지 않은 것은 물론이고 모자까지 쓴 채로 소파에 쓰러져 버렸다니, 어떻게 이럴 수가 있단 말인가. 모자는 굴러 떨어져서 베개와 함께 마룻바닥에 뒹굴고 있었다. '누가 들어오기라도 했다면 뭐라고 생각했을까? 취했다고 생각했을까, 하지만…….' 그는 창가로 달려갔다. 빛은 충분했다. 그는 행여 무슨 흔적이라도 남아 있지 않나 하고 머리에서 발끝까지 황급히 살펴보기 시작했다. 옷도 모조리 살펴보았다. 그러나 옷을 입은 채로는 살펴볼 수가 없었으므로, 오한으로 덜덜 떨면서도 몸에 걸친 것을 모두 벗어 다시금 샅샅이 살펴보기 시작했다. 실오라기 하나, 작은 헝겊 하나까지 모조리 뒤집어 보고, 그래도 자기 눈을 믿을 수가 없어서 세 번씩이나 되풀이하여 살펴보았다. 그러나 흔적 같은 건 전혀 없는 것 같았다. 다만 바짓부리가 해져서 술처럼 너덜너덜 늘어져 있는 곳에 말라붙은 진한 핏자국이 남아 있었다. 그는 커다란 접칼을 꺼내 해진 부분을 잘라냈다. 더 이상은 아무것도 없어 보였다. 그때 문득 지갑과 노파의 트렁크에서 빼낸 물건들이 여태 호주머니 속에 그대로 들어 있다는 생각이 났다! 여태껏 그것들을 꺼내 숨길 생각도 하지 않고 있었던 것이다! 방금 옷을 살펴보면서도 그 생각을 못 했다니! 대체 어떻게 된 거냐? 그는 당장 그것들을 꺼내어 탁자 위에 내던지기 시작했다. 전부 꺼낸 뒤에도 아직 뭐가 더 남아 있지나 않나 하고 호주머니를 뒤집어 확인까지 한 다음, 그 수북한 물건들을 쓸어안고 한쪽 구석으로 가지고 갔다. 방 제일 구석진 곳 아래쪽에는 벽에서 들뜬 벽지가 찢어진 곳이 한 군데 있었다. 그는 곧 모든 것을 이 벽지 밑의 구멍에 쑤셔 넣기 시작했다. '들어갔다! 하나도 눈에 안 띈다, 지갑도!' 그는 일어서서 구석의 더 불룩하게 튀어나온 구멍을 멍하니 바라보면서 기뻐하며 생각했다. 그러다 갑자기 그는 공포에 사로잡혀 몸을 부르르 떨었다. '맙소사!' 그는 절망한 듯이 중얼거렸다. '내가 어떻게 된 거지? 과연 이게 감춘 거냐? 과연 이렇게 감추더냐?'

사실 그는 물건 같은 건 염두에 두지 않았다. 돈만 훔칠 거라고 생각하고 있었으므로 숨길 장소를 미리 마련해 두지 않았던 것이다. '그런데 지금, 지금 난 무엇을 기뻐하고 있는 거냐?' 하고 그는 생각했다. '과연 이렇게 감추더냐? 정말로 이성이 날 버리고 있는 거다!' 기진맥진해서 소파에 털썩 주저앉자, 참을 수 없는 오한 때문에 금세 또 덜덜 떨리기 시작했다. 그는 학창 시절에 입었던 따뜻하긴 하지만 이미 누더기가 되다시피 한 겨울 외투를 옆의 의자에서 기계적으로 끌어당겨 뒤집어썼다. 그러자 또다시 졸음과 고열로 인한 환각이 한꺼번에 엄습했다. 그는 의식을 잃었다.

그러나 오 분도 채 못 가서 그는 다시 벌떡 일어나서 갑자기 미친 듯이 자기 옷에 달려들었다. '어떻게 또다시 잠들 수 있었단 말인가, 아무것도 안 해 놓고서! 맞다, 정말 맞다, 겨드랑이 밑의 고리를 아직 떼어 내지 않았어! 잊어버리다니, 그런 일을 잊어버리다니! 그런 확실한 증거를!' 그는 고리를 뜯어내어 다급하게 갈기갈기 찢은 다음 베개 밑의 속옷 뭉치 속에 쑤셔 넣었다. '설마 찢어진 천 조각 나부랭이가 의심을 사지야 않겠지. 아무렴, 아무렴!' 그는 방 한가운데 서서 같은 말을 계속 뇌까렸다. 그리고 머리가 아플 정도로 주의를 집중하여 또 잊어버린 것은 없나 하고 또다시 방바닥 구석구석까지 샅샅이 살펴보기 시작했다. 모든 것이, 기억과 단순한 판단력까지도 그를 버리는 게 틀림없다고 생각하자, 참을 수 없이 괴로웠다. '어떻게 된 걸까? 정말로 벌써 시작되는 것일까. 정말로 벌써 벌이 내리는 것일까? 이거 봐, 이거, 정말로 그렇구나!' 실제로 그가 바지에서 잘라 낸 술 조각들이 누가 들어와도 금방 눈에 띄게끔 방바닥 한가운데에서 뒹굴고 있었다! '도대체 내가 어떻게 된 거지!' 그는 다시 어찌할 바를 몰라 하며 소리를 질렀다.

이때 이상한 생각이 그의 머리에 떠올랐다. 어쩌면 옷이 피투성이인지도 모른다, 어쩌면 얼룩투성이인지도 모른다, 다만 판단력이 약해지고 산만해져서…… 이성이 흐려져서…… 그걸 보지 못하고 알아채지 못할 뿐이지도 모른다……. 갑자기 지갑에도 피가 묻어 있던 게 생각났다. '앗! 그럼 호주머니 안에도 틀림없이 피가 묻어 있을 거다. 그때 아직 축축하던 지갑을 쑤셔 넣었으니까!' 그는 즉시 호주머니를 뒤집어 보았다. 과연 그랬다. 호주머니 안쪽에 핏자국이 얼룩져 있었다! '그렇다면 이성을 아주 잃은 건 아니군. 뭘 알아채고 기억해 내는 걸 보면 아직 판단력과 기억이 있다는 거야!' 그는 기쁜 마음으로 가슴 가득히 숨을 들이마시면서 의기양양하게 생각했다. '그냥 열 때문에 쇠약해져서, 순간적으로 혼미해졌던 거야.' 그러고는 바지 왼쪽 주머니 안감을 몽땅 뜯어냈다. 마침 이때 환한 햇살이 그의 왼쪽 구두를 비추었다. 구두에서 삐져나와 있던 양말에 무슨 자국 같은 것이 보인 듯했다. 그는 구두를 벗어 던졌다. '정말 핏자국이다! 양말 끝에 온통 피가 배었어.' 그때 부주의하게 피웅덩이를 밟았던 게 틀림없다⋯⋯. '이제 이걸 어떻게 한담? 이 양말과 바짓부리, 호주머니를 어디다 감추지?'

그는 그것들을 한 손에 그러쥐고 방 한가운데 서 있었다. '난로 속에 감출까? 그러나 난로부터 뒤지기 시작할 거다. 태워 버릴까? 하지만 뭐로 태우지? 성냥도 없는데. 아니, 그보다 어디로든 나가서 모두 버리는 게 낫겠다. 그래! 차라리 내다 버리자!' 그는 다시 소파에 앉으면서 되뇌었다. '지금 당장, 우물거리지 말고⋯⋯!' 그러나 그렇게 하는 대신, 그의 머리는 또다시 베개 위로 기울어졌다. 다시금 참을 수 없는 오한이 몸을 얼음장같이 만들었다. 그는 또다시 외투를 뒤집어썼다. 그리고 몇 시간 동안이나 이 생각이 계속 발작적으로 떠올랐다. '지금 당장, 미루지 말고, 어디든 가서 모두 버리자. 다시는 눈에 띄지 않게, 얼른, 얼른!' 그는 몇 번이나 소파에서 허우적거리면서 일어나려고 했으나, 도저히 그럴 수가 없었다. 마침내 그는 세차게 문을 두드리는 소리에 눈을 떴다.

"문 좀 열어요, 살았어요? 죽었어요? 내내 잠만 자네!" 주먹으로 문을 쾅쾅 두드리면서 나스타시야가 소리치고 있었다. "허구한 날 개처럼 잠만 잔다니까! 정말 개라고요! 좀 열어요, 네? 10시가 지났다고요."

"없는지도 모르지!" 남자 목소리가 말했다.

'아니! 저건 관리인의 목소린데…… . 무슨 일일까?'

그는 벌떡 일어나서 소파에 앉았다. 심장이 아플 정도로 벌떡거리기 시작했다.

"그럼 빗장은 누가 걸었게요?" 나스타시야가 대꾸했다. "뭐야, 문까지 걸어 잠그고! 누가 제 몸뚱이라도 업어 갈까 봐? 좀 열어요, 정신 차리고, 일어나요!"

'무슨 일일까? 왜 관리인이? 뻔한 일이지. 버틸까, 아니면 열어 줄까? 에라, 될 대로 되라지…… .'

그는 엉거주춤 몸을 일으키고 허리를 앞으로 구부려서 문고리를 벗겼다.

그의 방은 침대에서 일어서지 않고서도 문고리를 벗길 수 있는 크기밖에 되지 않았다.

예상대로 관리인과 나스타시야가 서 있었다.

나스타시야는 어딘지 이상한 눈초리로 그를 훑어보았다. 그는 도전적이고 절망적인 표정으로 관리인을 노려보았다. 관리인은 두 겹으로 접어 싸구려 밀납으로 봉인한 조그만 회색 종이를 말없이 그에게 내밀었다.

"소환장입니다, 서(署)에서 온." 그가 종이를 내밀면서 말했다.

"서라뇨, 어느……?"

"경찰에서 오라는 거죠, 경찰서로. 어느 서인지 뻔하잖아요."

"경찰서로……! 왜요……?"

"난들 아나요. 오라니까 가보슈." 관리인은 유심히 그를 쳐다보고 방 안을 휙 둘러보더니 돌아서서 나가려고 했다.

"정말 아주 병이 난 거 아네요?" 나스타시야는 그에게서 눈을 떼지 않고 말했다. 관리인도 잠시 고개를 돌렸다. "어제부터 열이 있다더니." 그녀가 덧붙였다.

그는 종이를 펴지도 않고 손에 쥔 채 아무 대꾸도 없었다.

"그럼 일어나지 않는 게 좋겠어요." 그가 소파에서 발을 내려놓는 것을 보고 나스타시야가 측은하다는 듯이 말했다. "아프면 가지 말아요, 급한 일도 아닌데. 그런데 손에 쥐고 있는 건 뭐예요?"

그는 자기 손을 쳐다보았다. 바짓부리에서 잘라낸 해진 부분과 양말, 뜯어낸 호주머니 천 조각을 오른손에 그대로 쥐고 있었다. 그것을 그렇게 손에 쥔 채로 잔 것이었다. 나중에 이 일을 곰곰이 생각할 때마다 그는 열에 들떠 반쯤 눈이 떠질 때면 그것을 손에 꼭 쥐고 다시 잠이 들었던 것을 떠올리곤 했다.

"아니, 이런 넝마 조각을 모아 보물처럼 안고 자다니……." 나스타시야는 그 병적이고 신경질적인 웃음을 터뜨렸다. 그는 그것들을 재빨리 외투 속에 쑤셔 넣고 그녀를 뚫어지게 쳐다보았다. 그때 그는 제대로 판단할 능력이 거의 없는 상태였으나, 그를 체포하러 왔다면 이런 식으로 사람을 대하지는 않을 것이라고 직감

했다. '그러나…… 경찰에서 부른다는 건?'

"차라도 좀 마실래요? 네? 가져올게요. 남아 있으니까……."

"아냐…… 가 봐야겠어. 지금 가겠어." 그가 일어서면서 중얼거렸다.

"그래 가지고서 어디 계단이나 제대로 내려가겠어요?"

"가겠어……."

"맘대로 해요."

그녀는 관리인을 따라 나갔다. 그는 곧장 밝은 쪽으로 달려가서 양말과 천 조각들을 살펴보기 시작했다. '얼룩이 좀 있지만 별로 눈에 띄진 않아. 온통 더러워지고 닳고 색도 바랬으니까. 미리 알고 있는 사람이 아니라면 전혀 분간하지 못할 거야. 나스타시야도 멀리서 봤으니까 아무것도 못 알아봤을 거다. 천만다행이야!' 그런 다음 그는 덜덜 떨리는 손으로 소환장을 개봉하여 읽기 시작했다. 한참이나 읽어 보고서야 겨우 이해가 되었다. 그것은 오늘 9시 반에 관할 경찰서장실로 출두하라는 보통의 소환장이었다.

'여태 이런 일이 없었잖아? 난 경찰하고는 아무 볼일도 없는 사람인데! 더구나 하필 왜 오늘일까?' 그는 이렇게 생각하면서 의구심을 떨치지 못하고 괴로워했다. '오 하느님, 이렇게 된 바에야 그냥 빨리 끝났으면!' 그는 무릎을 꿇고 기도를 올리려고 하다가 스스로도 우스워서 웃고 말았다. 기도가 아니라 자기 자신이 우스워서 웃은 것이다. 그는 서둘러 옷을 입기 시작했다. '끝장나려면 나라지, 어차피 마찬가지잖아! 이 양말을 신고 가자!' 갑자기 이런 생각이 들었다. '먼지 속에서 더 더러워지면, 핏자국도 사라질 테고.' 그러나 양말을 신는 순간 이내 혐오감과 공포심에 휩싸여서 그대로 벗어 던지고 말았다. 벗어 던지기는 했으나 다른 양말이 없다는 걸 깨닫자 다시 주워 신고는 또다시 웃어 댔다. '이 모든 것은 조건적이고 모두 상대적이야, 이 모든 것은 형식에 지나지 않아.' 그는 대수롭지 않다는 듯 이렇게 생각했으나 온몸을 부들부들 떨고 있었다. '자, 이렇게 신었다! 마침내 신었다!' 그러나 웃음은 곧 절망으로 변했다. '아냐, 난 감당 못 해……' 하고 그는 생각했다. 다리가 후들후들 떨렸다. '공포 때문이야.' 그는 혼잣말로 중얼거렸다. 현기증이 나고 열 때문에 머리가 지끈거렸다. '이건 술책이다! 술책으로 나를 유인해서 갑자기 치려는 거다.' 층계로 나가면서 그는 계속 혼잣말을 했다. '더 나쁜 건, 이렇게 열에 들떠 헛소리를 하는 지경이니…… 무슨 바보 같은 말을 지껄일지도 모르잖아……'

층계에서 그는 물건을 모두 벽지의 구멍 속에 넣어 둔 채 온 게 생각났다. '어쩌면 일부러 내가 없는 틈을 타서 가택수색을 하려는 수작인지도 몰라.' 이런 생각이 퍼뜩 나서 그는 걸음을 멈추었다. 그러나 갑자기 걷잡을 수 없는 절망과 이를테면 파멸에 대한 도전적인 냉소라고도 할 수 있는 것이 그를 사로잡았다. 그는 될 대로 되라는 식으로 손을 내젓고는 계속 걸어갔다.

'그저 빨리만 끝나 주었으면……!'

거리는 여전히 견딜 수 없을 정도로 무더웠다. 이 며칠 동안은 비 한 방울 내리지 않았다. 여전한 먼지와 벽돌과 석회, 여전히 가게와 선술집에서 풍겨 나오는 악취, 여전히 잇달아 마주치는 술주

정꾼과 핀란드인 행상인과 반쯤 망가진 마차. 햇살이 따갑게 눈을 찔러서 앞을 보기가 아플 지경이었고 현기증이 나서 머리가 어찔 어찔했다. 햇빛이 강렬한 날에 갑자기 거리에 나온 열병 환자가 흔히 경험하는 그런 느낌이었다.

어제의 그 거리로 접어드는 모퉁이에 이르자 그는 고통스러운 불안감을 느끼면서 그 거리와 **그** 집을 힐끗 쳐다보았으나…… 이 내 눈길을 돌리고 말았다.

'만약 심문을 하면, 나는 말해 버릴지도 모른다.' 경찰서 쪽으로 다가가면서 그는 생각했다.

경찰서는 그의 하숙집에서 4분의 1베르스타*가량 떨어져 있었 다. 경찰서는 새 건물 4층의 사무실로 이전한 지 얼마 안 되었다. 이전의 사무실에는 언젠가 잠깐 가 본 적이 있었지만, 그것도 아 주 오래된 일이었다. 정문에 들어서자 오른쪽으로 계단이 보였고 농사꾼처럼 옷을 입은 한 사내가 손에 작은 서류 책자를 들고 막 계단을 내려오고 있었다. '어느 집 관리인이겠지. 그러니까 저기 에 사무실이 있는 모양이군.' 그는 짐작가는 대로 계단을 오르기 시작했다. 어느 누구에게도 뭘 묻고 싶지 않았다.

'들어가서 무릎을 꿇고 모든 걸 다 말해 버리자…….' 그는 4층 으로 올라가면서 생각했다.

층계는 좁고 가파른 데다 구정물이 흥건했다. 4층 건물 전체에 들어 있는 모든 셋방의 부엌문들이 하나같이 이 층계 쪽으로 나 있고 거의 온종일 열려 있었다. 때문에 계단은 숨 막힐 정도로 후 텁지근했다. 옆구리에 작은 서류 책자를 낀 관리인들과 순경들,

그리고 여러 부류의 남녀 방문객들이 계단을 오르내리고 있었다. 경찰서 사무실 입구의 문도 역시 활짝 열려 있었다. 그는 들어가서 입구의 대기실에서 걸음을 멈추었다. 거기엔 농부 차림의 남자들이 모여 서서 차례를 기다리고 있었다. 이곳도 역시 숨이 막힐 듯 후텁지근했고, 더구나 썩은 니스를 타서 방에 새로 칠한 뒤 아직 덜 마른 페인트 냄새가 메스꺼울 정도로 코를 찔렀다. 그는 잠시 기다리다가 다음 방으로 가 보기로 마음먹고 더 안쪽으로 들어갔다. 방들은 모두 자그마하고 천장이 낮았다. 무서운 초조함이 그를 계속 안으로, 안으로 이끌었다. 그를 눈여겨보는 사람은 아무도 없었다. 두 번째 방에는 서기 같아 보이는 남자 몇 명이 앉아서 무언가를 끼적거리고 있었는데, 그보다는 조금 나은 차림이기는 해도 얼른 보아 다들 어째 이상한 족속들 같았다. 그는 그들 가운데 한 사람에게 다가갔다.

"무슨 일이지요?"

그는 서에서 온 소환장을 내보였다.

"대학생이오?" 그자는 소환장을 힐끔 보고서 물었다.

"네, 대학생이었습니다."

서기는 라스콜니코프를 훑어보았지만 아무 관심도 없다는 눈치였다. 유난히 머리털이 흐트러진 사나이였는데 시선에는 고정관념 같은 것이 드러나 있었다.

'이자에게 물어봤자 아무 소용없겠군, 아랑곳하지 않을 테니까.' 라스콜니코프는 생각했다.

"저기 서기장한테 가 보시지요." 서기는 이렇게 말하고 손가락으로 앞쪽 맨 끝 방을 가리켰다.

　그는 그 방(순서상 네 번째가 되는 방이었다)으로 들어갔는데, 지금까지의 방들보다는 조금 더 말쑥하게 차려입은 사람들로 빼곡 차 있는 비좁은 방이었다. 방문객들 중에는 부인도 두 사람 있었다. 한 여인은 초라한 상복을 입고 서기장의 책상 앞에 마주 앉아서 그가 불러 주는 대로 뭔가를 받아 적고 있었다. 또 한 사람은 멍이 든 얼굴이 붉다 못해 자주색에 가까운, 매우 풍만하고 볼 만한 여인이었는데, 무척이나 화려하게 차려입고 가슴에는 찻잔 받침만 한 브로치까지 달고서 한쪽 옆에 서서 뭔가를 기다리고 있었다. 라스콜니코프는 서기장에게 소환장을 내밀었다. 그는 그것을 흘끗 보더니 "잠깐 기다리십시오"라고만 말하고, 상복 입은 부인과 관련된 일을 계속했다.

　그는 안도의 한숨을 내쉬었다. '분명히 그 일은 아니구나!' 조금씩 용기가 났다. 그는 용기를 내고 정신을 차려야 한다고 힘껏 자신을 다독이고 있었다.

　'조금이라도 멍청하게 굴거나 아주 사소한 실수라도 저지르면 그대로 꼬리가 잡힐 수 있다! 음…… 여기는 공기가 탁해서 걱정인데' 하고 그는 덧붙였다. '숨이 답답하다……. 머리도 아까보다 더 빙빙 돌고…… 정신도…….'

　그는 자신이 무서운 혼란에 빠져 있는 것을 느꼈다. 자기 자신을 가누지 못할까 봐 두려웠다. 그는 전혀 관계없는 어떤 것에 매달려 그것을 생각하려고 애썼으나, 영 되지 않았다. 그럼에도 서기장에게는 강한 흥미를 느껴서, 그의 얼굴에서 무엇인가 읽어 내고 싶고 알아내고 싶었다. 그는 아직 스무두어 살밖에 되지 않을 젊은이였으나 가무잡잡한 얼굴과 민첩한 인상 때문에 실제보다 나이가 더 들어 보였는데, 유행을 좇아 잔뜩 멋을 부린 옷차림에 머리는 뒤통수까지 가르마를 내서 포마드를 잔뜩 발라 빗질을 했고, 솔로 깨끗하게 다듬은 하얀 손가락에는 보석 반지를 여러 개 끼고, 조끼에는 금줄이 번쩍이고 있었다. 그는 거기 와 있던 어떤 외국인에게 프랑스어를 두어 마디 했는데, 꽤나 하는 편이었다.

"루이자 이바노브나, 앉으시죠." 그는 의자가 옆에 있는데도 감히 앉을 용기가 나지 않는 듯 내내 서 있던, 화려한 옷차림을 한 얼굴이 뻘건 부인에게 가볍게 말했다.

"*Ich danke*(고맙습니다)!" 여자는 이렇게 말하고 비단 옷자락이 사각사각 스치는 소리를 내면서 조용히 의자에 앉았다. 흰 레이스 장식이 달린 연한 하늘색 옷은 마치 풍선처럼 의자 주위에 퍼져서 방 안을 거의 절반이나 차지했다. 향수 냄새가 흠씬 풍겼다. 그러나 부인은 필시 방을 절반이나 차지하고 그렇게 향수 냄새를 풍기는 것이 미안한 모양인지, 겁먹은 듯하면서도 뻔뻔한 미소를 짓고 있었으나 분명히 불안감이 서려 있었다.

상복을 입은 부인은 마침내 볼일을 끝내고 일어서려고 했다. 그때 갑자기 꽤나 요란한 소리를 내면서, 발걸음을 옮길 때마다 어깨를 유난스레 흔드는 어떤 장교가 아주 씩씩하게 방 안으로 들어와, 휘장이 달린 제모를 탁자 위에 휙 던지고는 안락의자에 털썩 앉았다. 화려한 옷차림을 한 부인은 그를 보자 자리에서 발딱 일어나서, 아주 감격한 듯 무릎을 굽혀 인사를 하려고 했다. 그러나 장교가 자기 쪽으로 눈길도 주지 않자 그녀는 그의 면전에서 감히 앉을 엄두를 내지 못했다. 그는 구(區) 경찰서의 부서장인 육군 중위로 붉은 콧수염을 좌우 수평으로 꼬아 붙이고 있었고, 좀 뻔뻔한 것 말고는 이렇다 할 특징이 없는 몹시 변변찮은 용모였다. 그는 좀 화가 난 듯한 시선으로 라스콜니코프를 힐끔 곁눈질했다. 그가 너무나 남루한 옷을 입고 있고, 그 초라함에도 불구하고 옷차림에 어울리지 않는 당당함이 있었기 때문이다. 라스콜니코프가 조심성 없이 너무 오랫동안 그를 똑바로 쳐다보자, 그는 마침내 화를 벌컥 내고 말았다.

"자넨 뭔가?" 그런 누더기를 걸치고 있는 주제에 자기의 번갯불 같은 시선을 받고도 피하려 하지 않는 데 분명히 놀란 듯, 그가 소리쳤다.

"출두하라고 해서…… 소환장으로……." 라스콜니코프는 간신히 대답했다.

"그것은 이 사람, 이 **대학생**에게 돈을 청구하는 건입니다." 서기장이 서류에서 눈을 떼면서 성급하게 끼어들었다. "이겁니다!" 그는 라스콜니코프에게 서류철을 던져 주며 한 군데를 가리켰다. "읽어 봐요!"

'돈? 무슨 돈일까?' 라스콜니코프는 생각했다. '하지만…… 그렇다면 분명히 **그 일**은 아니구나!' 기쁜 나머지 몸이 떨렸다. 갑자기 마음이 이루 말할 수 없이 가벼워졌다. 어깨를 짓누르던 모든 것이 훨훨 날아가 버린 것이다.

"대체 몇 시에 오라고 쓰여 있소, 응?" 중위는 무엇 때문인지 점점 모욕감을 느끼며 소리쳤다. "9시로 돼 있는데, 벌써 11시가 지났지 않나!"

"저는 십오 분 전에야 소환장을 받았습니다." 라스콜니코프도 갑자기 저도 모르게 화가 치민 나머지 어깨 너머로 큰 소리로 대꾸했으나, 마음속으로는 일종의 만족감까지 느끼고 있었다. "더구나 병이 나서 고열이 나는데도 왔으니, 그것만으로도 된 거 아닙니까."

"소리 지르지 마시오!"

"난 소리 지르는 게 아니라 아주 조용히 말하고 있습니다. 오히려 당신이 나한테 소리 지르고 있지 않습니까. 나는 대학생입니다. 누구든 나에게 소리 지르는 것은 용납할 수 없습니다."

부서장은 격분한 나머지 잠시 아무 말도 못하고, 입에서 거품만 튀기고 있을 뿐이었다. 그는 자리에서 벌떡 일어섰다.

"다, 다, 닥쳐! 당신은 관청에 있는 거야. 말 조, 조, 조심해, 자네!"

"당신도 관청에 있습니다." 라스콜니코프가 외쳤다. "소릴 지를 뿐 아니라, 담배까지 피우고 있어요. 그건 우리 모두를 무시하는 겁니다." 이렇게 말하고서 라스콜니코프는 형언할 수 없는 쾌감을 느꼈다.

서기장은 히죽 웃으면서 그들을 보고 있었다. 성질이 불같은 중위는 눈에 띄게 당황했다.

"그건 당신이 상관할 바 아냐!" 마침내 그는 어쩐지 부자연스러울 만큼 큰 소리로 외쳤다. "그럼 당신에게 요구하고 있는 답변이나 내놓으시지. 알렉산드르 그리고리예비치, 이 사람에게 보여 주게. 당신에 대한 고소요! 빚을 안 갚다니! 참으로 훌륭하신 젊은 이구먼!"

그러나 라스콜니코프는 이미 듣고 있지 않았다. 그는 조금이라도 빨리 수수께끼를 풀고 싶어서 종이를 와락 움켜쥐었다. 두 번이나 연거푸 읽었으나 알 수가 없었다.

"대체 이게 뭡니까?" 그는 서기장에게 물었다.

"차용증서에 의거해 돈을 청구하고 있습니다. 지불 독촉장이지요. 당신은 벌과금과 기타 비용을 합한 모든 금액을 지금 지불하거나, 그렇지 않으면 언제 지불할 것인지 서면으로 답해야 합니다. 동시에, 부채를 갚을 때까지는 절대로 수도를 벗어날 수 없으며, 당신의 재산을 매각하거나 은닉해서도 안 됩니다. 채권자가 당신의 재산을 매각하는 것은 자유지만, 당신이 그럴 경우엔 법에 따른 조치가 있게 됩니다."

"그렇지만 난…… 누구에게도 빚을 진 게 없는데요!"

"그건 우리가 알 바 아니죠. 여기 우리에게는 지불 기한이 지난 115루블의 차용증서에 대한 채무 상환 독촉의 고소가 들어와 있어요. 이 차용증서는 당신이 9개월 전에 8등관의 미망인인 자르니츠이나에게 써 준 것이고, 그 후에 과부 자르니츠이나로부터 부채 상환을 대신하여 7등관 체바로프에게 양도되었습니다. 그래서 우리는 이것에 대한 답변을 듣기 위해 당신을 부른 겁니다."

"하지만 그 여자는 우리 하숙집 여주인인데요?"

"하숙집 여주인이면 어떻단 말이오?"

서기장은 막 집중 공격을 받기 시작한 풋내기를 대하듯 동정과 동시에 어떤 승리감을 머금은 관대한 미소를 띠고서, '그래, 기분이 좀 어때?' 하고 묻는 것처럼 그를 바라보고 있었다. 그러나 지금 그에게 차용증서며 지불 독촉장 따위가 다 뭐란 말인가! 지금 이런 것 때문에 조금이라도 불안해할 가치가 있을까. 아니 조금이라도 주의를 기울일 가치가 있을까! 그는 선 채로 읽고 듣고 대답하고 자기 쪽에서 질문까지 했으나, 모든 것이 기계적이었다. 자신을 지켜 냈다는 승리감과 짓누르는 위험에서 벗어났다는 사실이 이 순간 그의 전 존재를 가득 채우고 있었다. 거기엔 예견도, 분석도, 미래에 대한 추측과 통찰도, 의혹도, 의문도 없었다. 그것은 충만하고 본능적인, 순전히 동물적인 기쁨이었다. 그런데 바로 그때 사무실에서 청천벽력 같은 일이 일어났다. 청년의 불손한 태도로 인한 충격에서 아직 벗어나지 못한 채 울분이 끓고 있던 중위는 상처 입은 자존심을 만회하려고 생각했는지, 그가 사무실에 들어왔을 때부터 백치 같은 미소를 지으며 그를 보고 있던 '화려한 옷차림을 한' 가엾은 부인에게 벼락같이 덤벼들었다.

  "야, 이 빌어먹을 여자야." 그는 갑자기 고래고래 소리를 질렀다(상복을 입은 부인은 이미 가고 없었다). "간밤에 너희 집에서 또 무슨 일이 벌어진 거야? 응? 동네방네 창피하게 또다시 그런 난리굿을 피우고. 또다시 싸움질에다 술주정이야. 감방에 가고 싶다 이거지! 내가 말해 두지 않았난 말이다. 벌써 열 번이나 경고했잖아. 열한 번째는 안 봐준다고! 그런데 또 일을 저질러, 또, 이런 망할 여편네야!"

라스콜니코프는 손에서 서류까지 떨어뜨리고, 그토록 사정없이 당하고 있는 화려한 옷차림의 부인을 깜짝 놀라서 보고 있었다. 그러나 곧 어떤 사연인지 알게 되자, 갑자기 이 사건 전체가 아주 맘에 들기 시작했다. 그는 즐거움마저 느끼면서 귀를 기울였다. 심지어 큰 소리로 실컷 웃고 싶은 기분이었다……. 신경이란 신경은 모두 미친 듯이 펄쩍펄쩍 뛰고 있었다.

"일리야 페트로비치!" 서기장이 걱정스러운 듯 입을 열었으나 좀 더 때를 기다리기로 하고 입을 다물었다. 분이 끓어오른 중위를 저지하는 데는 그의 두 손을 완력으로 붙잡는 것 말고는 방법이 없다는 것을 이미 경험으로 알고 있었기 때문이다.

한편, 화려하게 차려입은 부인은 내리치는 벼락에 처음에는 그저 떨고만 있었으나, 욕지거리가 점점 길어지고 심해질수록 이상하게도 표정이 한결 상냥해지고 벼락 중위에게 보내는 미소도 한결 매혹적으로 변해 갔다. 그녀는 그 자리에 서서 잔걸음을 걷고 연방 무릎을 굽혀 절을 하면서 자기도 말을 할 수 있는 때를 초조하게 기다리고 있다가, 드디어 그럴 기회를 잡았다.

"저희 집에서는 아무런 난리굿도 싸움도 없었어요, 서장님." 그녀는 갑자기 유창하긴 하지만 강한 독일어 악센트가 섞인 러시아어로, 마치 콩을 쏟아 붓듯이 빠르게 재잘거리기 시작했다. "추문은 절대로, 절대로 없었어요. 그분들이 취해서 왔어요. 전부 말씀드리겠어요, 서장님. 하지만 저는 잘못이 없어요…… 저희 집은 점잖은 집이에요, 서장님. 손님 접대도 점잖게 한답니다, 서장님. 제 자신도 항상, 항상, 추문은 절대로 원하지 않아요. 그런데 그 사람들이 잔뜩 취해 와서, 또 세 병을 시켰어요. 그러고 나서 한 사람이 발을 들고는, 발로 피아노를 치기 시작했어요, 이건 점잖은 집에서 정말 좋지 못한 짓이죠. 그래서 그자는 피아노를 완전히 망가뜨려 놓았어요. 예의고 뭐고 전혀 없어요. 그래서 제가 말했죠. 그랬더니 그자가 병을 들고 모든 사람을 뒤에서 밀어내기 시작하더군요. 그래서 제가 급히 관리인을 부르게 됐고, 카를이 왔어요. 그자는 카를을 붙잡고 눈을 때렸어요. 헨리에트도 눈을 맞았고요, 저는 뺨을 다섯 대나 맞았습니다. 이건 점잖은 집에서 아주 무례한 짓이죠, 서장님. 그래서 전 소리를 질렀어요. 그랬더니 그자가 운하 쪽으로 난 창문을 열고 돼지 새끼처럼 꽥꽥 악을 쓰지 않겠어요. 정말 창피한 짓이에요. 어떻게 창을 열고 길거리를 향해 돼지 새끼처럼 꽥꽥 악을 쓸 수 있단 말인가요, 정말 창피한 짓이죠. 튀-튀-튀! 그래서 카를이 뒤에서 그자의 연미복을 붙잡고 창문에서 끌어냈어요. 그러자, 이건 정말이에요, 서장님, 그의 소맷자락이 찢어졌어요. 그랬더니 그자가 벌금으로 은화 15루블을 내라고 떠들기에, 저는, 서장님, 소맷자락의 변상금으로 은화 5루블을 지불했어요. 그자는 정말 막돼먹은 손님이에요, 서장님. 온갖 추태를 부리고! 난 너희들에 대해 긴 풍자문을 쓸 테다, 온갖 신문에다 너희들에 대해 다 써 버릴 수 있다고 하면서요."

"작가란 말인가, 그럼?"

"네, 서장님. 정말 막돼먹은 손님이에요, 서장님. 점잖은 집에 와 가지고……."

"됐어, 됐어, 됐어! 이제 그만! 내가 자네한테 벌써 말했잖나,

말했다고, 몇 번이나 말했지…….”

“일리야 페트로비치!” 서기장이 다시 의미 있게 말했다. 중위가 힐끗 그쪽으로 눈길을 보내자 서기장이 가볍게 고개를 끄덕였다.

“…… 그러면, 존경하는 **라비자***이바노브나, 자네에게 하는 마지막 말이야, 정말로 마지막이야.” 중위는 말을 이었다. “만약 자네의 점잖은 집에서 단 한 번이라도 더 소동이 일어나면 자네에게 채찍 이백 대의 편형(鞭刑)을 먹일 테다. 이것도 고상한 말인 줄 알라고. 알아들었어? 그래서 문사가, 그러니까 작가가 ‘점잖은 집’에서 뒤쪽 소맷자락 변상금으로 은화 5루블을 뜯어냈단 말이지? 작가란 녀석들이 그렇다니까!” 그는 라스콜니코프에게 경멸에 찬 시선을 던졌다. “그저께 싸구려 음식점에서도 그런 일이 있었지. 점심을 먹고 돈을 내려고 하지 않는 거야. ‘나는 그 대신 너희들을 풍자소설에 그리겠다’라고 했다나. 지난주에도 어떤 기선에서 5등관의 훌륭한 가족, 그러니까 부인과 딸에게 아주 더러운 상소리를 한 놈이 있었어. 과자점에서도 요전에 한 놈이 쫓겨났지. 바로 그런 작자들이라니까, 작가입네, 문사입네, 대학생입네, 진리의 선포자입네 하는 자들은…… 퉤! 자넨 돌아가! 언제고 내가 직접 살피러 가 볼 테니…… 그땐 조심해! 알아들었어?”

루이자 이바노브나는 수선스럽게 애교를 부리며 사방으로 무릎을 굽혀 절을 하기 시작하더니, 계속 그렇게 절을 하면서 문까지 뒷걸음질을 치며 갔다. 그러다가 그녀는 문간에서 밝고 생기 있는, 얼굴에 숱이 많고 아마빛의 아주 멋진 구레나룻을 기른 의젓한 장교에게 엉덩이를 부딪치고 말았다. 그는 바로 서장인 니코짐 포미치였다. 루이자 이바노브나는 황급히 바닥에 코가 닿도록 절을 하고는 총총걸음으로 뛰다시피 사무실을 빠져나갔다.

"또 한 차례 노호에, 또 한 차례 천둥 번개에 회오리바람, 폭풍이 불었군!" 니코짐 포미치는 상냥하고 친절한 목소리로 일리야 페트로비치에게 말을 걸었다. "또 화가 나서 끓어올랐는가! 층계에서도 들리던데."

"아니 뭐!" 일리야 페트로비치는 점잔을 빼며 아무 일도 없었다는 듯 말했다('아니 뭐'라고도 하지 않고, '아-아니 머-어!'라고 한 것처럼 들렸다). 그러고는 어떤 서류를 가지고 다른 책상으로 자리를 옮기면서 한 걸음 내디딜 때마다 내미는 발과 같은 쪽의 어깨도 함께 앞으로 내뻗으면서 멋지게 폼을 잡았다. "여기 이것 좀 보십시오. 이 작가 양반이, 아니 대학생이랬나, 그러니까 전에 대학생이었다는 분이 돈도 갖지 않으면서 어음을 마구 떼 주고 방도 비워 주지 않아서 노상 진정이 들어오고 있습니다. 그런데도 내가 자기 앞에서 담배를 좀 피웠다고 부-부-불만이시랍니다! 자, 좀 보십시오, 지금 저렇게 훌륭한 꼴을 하고 계시지요!"

"이 사람아, 가난은 죄가 아닐세. 하지만 뭐, 할 수 없지! 자넨 유명한 화약 아닌가. 보나마나 모욕을 참을 수 없었겠지. 그런데 당신도 분명히 뭔가 이 사람에게 모욕을 받은 게 있어서 참질 못한 모양인데." 그러면서 니코짐 포미치는 상냥하게 라스콜니코프 쪽을 돌아다보고 말을 계속했다. "그러나 그건 공연히 그러신 겁니다. 말씀드립니다만, 이 사람은 저-엉-말로 고상한 사람입니다. 그러나 화약이지요, 화약! 화가 끓어오르면 폭발해서 다 타 버리죠. 그리고 그걸로 끝입니다! 그걸로 모든 게 끝난 겁니다! 결국 황금 같은 마음만 남게 되지요! 연대에서도 '화약 중위'로 통할 정도였으니까……."

"정말 대단한 여, 여, 연대였죠!" 일리야 페트로비치는 이렇게 외치면서 여전히 부루퉁한 얼굴을 하고 있었으나 서장이 그렇게 기분 좋게 추어주자 대단히 흐뭇해했다.

라스콜니코프는 갑자기 그들 모두에게 뭔가 아주 기분 좋은 이야기가 하고 싶어졌다.

"천만의 말씀입니다, 서장님." 그는 갑자기 니코짐 포미치 쪽을 돌아보면서 매우 허물없는 태도로 말을 시작했다. "저의 입장을 깊이 헤아려 주셨으면 합니다……. 만일 제 쪽에 잘못이 있으면, 이분께 용서를 구할 용의가 있습니다……. 저는 가난하고 병든 대학생입니다. 가난에 짓눌린(그는 정말 '짓눌린'이라고 말했다) 학생입니다. 저는 원래 대학생이었지만, 지금은 학비를 대지 못하고 있는 실정입니다. 그러나 돈이 곧 오게 되어 있습니다……. ** 도에 어머니와 누이가 살고 있거든요……. 저에게 돈을 보내 주게 되어 있으니까, 받는 대로 곧 갚겠습니다. 제 하숙집 여주인은 좋은 여자지만, 제가 과외 자리를 잃고 넉 달째 하숙비를 내지 않는 데 화가 치밀어서 식사도 들여보내지 않는 형편입니다……. 그런데 이게 무슨 어음인지는 도무지 모르겠군요! 지금 그 여자는 저에게 이 차용증서를 근거로 돈을 지불하라고 요구하고 있습니다만, 제가 어떻게 이 돈을 갚을 수 있겠습니까. 생각 좀 해 봐 주십시오……!"

"그렇지만 그건 우리와는 상관없는 일입니다⋯⋯." 서기장은 다시 주의를 주려 했다.

"잠깐, 잠깐만요, 지당하신 말씀입니다만. 저에게도 해명할 기회를 주세요." 라스콜니코프는 말을 가로채고서, 서기장에겐 눈길도 주지 않고 계속 니코짐 포미치만을 바라보며 말을 했으나, 일리야 페트로비치도 자신의 이야기에 관심을 갖게 하려고 무척이나 애를 쓰고 있었다. 그러나 그는 서류를 뒤적이며 그따위 이야기는 전혀 들을 필요도 없다는 듯 줄곧 경멸적인 태도를 보이고 있었다. "저에게도 해명할 기회를 주십시오. 시골에서 처음 올라왔을 때부터 저는 그 하숙집에서 그럭저럭 세 해나 살고 있습니다. 그리고 전에⋯⋯ 전에⋯⋯ 하긴 고백 못 할 이유도 없겠죠. 처음부터 저는 여주인의 딸과 결혼 약속을 했습니다. 그저 말로 한 완전히 자유로운 약속이긴 합니다만⋯⋯. 아직 어린 아가씨였는데, 그래도 저는 그 아가씨가 마음에 들기까지 했습니다⋯⋯ 사랑에 빠졌다고는 할 수 없지만요⋯⋯. 한마디로, 젊었던 탓이죠. 제가 말하고 싶은 건, 그때 여주인이 제게 돈을 그냥 많이 빌려 주었기 때문에 저도 어느 정도는 그런 식으로 살았다는 겁니다⋯⋯. 제가 너무 경솔했던 탓이죠⋯⋯."

"그런 사생활 얘길 듣자는 게 아니오, 그럴 시간도 없고." 일리야 페트로비치가 우쭐대며 거칠게 말을 끊으려고 했으나, 라스콜니코프는 말하기가 갑자기 매우 힘들어졌는데도 기를 쓰고 그를 저지했다.

"하지만 어떻게 일이 이렇게 되었는지⋯⋯ 제발 조금이라도

차근차근…… 모든 걸 얘기하게 해 주십시오…… 하긴 이런 얘기 하는 게 쓸데없겠지만요. 그건 당신 말씀이 맞습니다. 그런데 일 년 전에 그 처녀가 티푸스로 죽었습니다. 저는 여전히 하숙인으로 남아 있었지요. 그러던 중에 여주인이 지금의 집으로 이사했을 때 제게 그러더군요…… 더구나 친절하게 이렇게 말하는 겁니다……. 자기는 나를 완전히 신용하고 있다 등등……. 하지만 그때까지 자기가 나에게 꾸어 준 금액이라는 115루블에 대해서 차용증서를 한 장 써 주지 않겠느냐고요. 제발 좀 들어주십시오. 그러면서 말하길, 증서만 써 주면 앞으로도 원하는 대로 돈을 빌려 줄 뿐 아니라, 절대로, 절대로 자기는—이건 여주인이 직접 한 말입니다—내가 돈을 갚을 때까지 그 증서를 이용하지 않겠다고요……. 그래 놓고 지금, 제가 과외 자리를 잃고 끼니도 못 때우고 있을 때 느닷없이 독촉장을 내다니…… 제가 대체 무슨 말을 하겠습니까?"

"그런 시시콜콜한 감상적인 사정은, 선생, 우리하고는 상관없는 일이오." 일리야 페트로비치는 거만하게 그의 말을 잘랐다. "당신은 답변서와 약정서를 써내면 되고, 사랑에 빠졌다느니 하는 따위의 그런 비극적인 이야기는 전혀 우리가 알 바 아니지."

"그건 여보게…… 좀 심한 것 같군……." 니코짐 포미치는 책상 앞에 앉아 서류에 서명을 하기 시작하면서 중얼거렸다. 그는 어쩐지 수치스러워진 모양이었다.

"자, 쓰십시오." 서기장이 라스콜니코프에게 말했다.

"뭐라고 씁니까?" 그는 왠지 유난히 거칠게 묻고 말았다.

"내가 불러 주지요."

라스콜니코프는 서기장이 그의 고백을 들은 뒤부터 자기를 더 홀대하고 경멸하는 것같이 느껴졌다. 그러나 이상하게도, 누가 뭐라고 생각하든 자기는 아무 상관이 없다는 생각이 들었다. 이런 심경의 변화는 왠지 한순간에, 눈 깜짝할 사이에 일어난 것이었다. 만약 그가 조금이라도 생각해 볼 마음이 있었다면, 어떻게 바로 일 분 전에 그들을 상대로 그런 이야기를 하고, 자기감정을 강요하기까지 할 수 있었는지 무척 놀랐을 것이다. 대체 어디서 그런 감정들이 솟아났을까? 그때와는 반대로 지금은, 설령 이 방에 경관들이 아니라 가장 친한 친구들이 가득 앉아 있다 하더라도, 그들에게 건넬 단 한마디의 인간적인 말도 찾아내지 못할 것이다. 그토록 그의 마음은 갑자기 공허해지고 말았다. 괴롭고도 끝없는 고독과 소외의 음울한 감각이 갑자기 의식적으로 그의 영혼을 점령해 버렸다. 그의 심경을 갑자기 그렇게 뒤바꾸어 놓은 것은 일리야 페트로비치 앞에서 자신의 속마음을 토로한 비열함도 아니요, 중위가 도취해 있는 그에 대한 승리의 비열함도 아니었다. 아아, 지금 그에게 자신의 비열함과 이 모든 자존심과 경관과 독일 여자와 지불 독촉장과 경찰 사무실 따위가 무슨 상관이란 말인가! 설령 지금 이 순간 그에게 화형을 선고한다 해도 그는 까딱도 하지 않을 것이고, 주의를 기울여 선고를 듣지도 않을 것이다. 그에겐 여태껏 전혀 알지 못한, 새롭고, 뜻밖이고, 지금껏 없었던 무엇이 일어나고 있었다. 그는 그것을 머리로 이해한다기보다, 감각이 지닌 모든 힘을 가지고 뚜렷하게 느끼고 있었다. 아까와 같은 감상적인 토로는 물론이고, 어떤 얘기라도 더 이상 경찰서 사무실에서 이 사람들에게 해선 안 되며, 설령 이들이 경관이 아니고 모두 자신의 친 형제자매라 할지라도 앞으로 살아가는 동안 어떤 경우에도 그들에게 말을 걸 필요가 없을 것이다. 그는 이 순간까지 한 번도 이런 이상하고 무서운 감각을 경험한 적이 없었다. 그리고 무엇보다 괴로운 것은 이것이 의식이나 관념이기보다 감각이었다는 점이다. 이것은 직접적인 감각이었고, 그가 지금껏 살아오면서 경험한 모든 감각 가운데 가장 괴로운 감각이었다.

서기장은 그에게 이런 경우의 일반적인 답변 양식, 즉 지금은 지불할 수 없으므로 어느어느 날에(언젠가) 지불할 것을 약속하며, 이 도시를 떠나지 않고, 재산을 매각하거나 증여하지 않겠음 등등을 불러 주기 시작했다.

"저런, 제대로 쓰지도 못 하는군요. 펜을 손에서 놓치겠습니다." 서기장이 이상하다는 듯 라스콜니코프를 쳐다보며 주의를 주었다. "몸이 불편한가요?"

"네…… 현기증이…… 계속 부르십시오!"

"그게 답니다. 서명하시죠."

서기장은 서류를 접수하자, 다른 사무를 보기 시작했다.

라스콜니코프는 펜을 돌려주었으나 일어서서 나가는 대신, 양 팔꿈치를 탁자에 괴고 손으로 머리를 감쌌다. 정수리에 못이라도 때려 박는 듯한 느낌이었다. 갑자기 이상한 생각이 떠올랐다. 지금 일어나서 니코짐 포미치에게 다가가 어제의 일을 샅샅이 얘기한 다음, 그들과 함께 집으로 가서 방구석의 구멍에 감추어 놓은 물건을 보여 주자. 이 충동은 너무도 강렬해서, 그는 그것을 실행하려고 벌써 자리에서 일어선 참이었다. '단 일 분이라도 생각을 좀 해 봐야 하지 않을까?' 이런 생각이 머리를 스쳤다. '아니다, 아무 생각 말고 단숨에 어깨에서 내려놓자!' 그러나 다음 순간 그는 못 박힌 듯 그 자리에 우뚝 서고 말았다. 니코짐 포미치가 일리야 페트로비치를 상대로 흥분해서 말하고 있었다. 그 소리가 그에게까지 들려왔다.

"그럴 리 없네, 두 사람은 풀려날 걸세! 첫째, 모든 것이 모순투성이야. 생각해 보게. 그들의 짓이라면, 왜 그들이 관리인을 불렀겠나? 자신들을 고발하기 위해서란 말인가? 아니면 교활한 꼼수로? 아니야, 그렇다면 그건 너무 교활해! 또, 끝으로, 페스트랴코프라는 대학생 말인데, 그 학생이 문 안으로 들어서는 걸 관리인과 상인 아내가 바로 문 옆에서 봤다거든. 그는 친구 세 명과 같이 왔다가 바로 대문가에서 헤어졌는데, 아직 친구들이 거기 있을 때 관리인한테 노파의 집이 어딘지 물었다는 거네. 만일 그가 그런 계획을 품고 왔다면 그곳을 물어볼 수 있겠나? 또 코흐로 말하자면, 그는 노파에게 들르기 전에 아래층에 있는 은도금공 집에 반 시간이나 앉아 있다가, 거기서 정확하게 8시 15분 전에 노파한테 올라갔다는 걸세. 그러니 생각 좀 해 보게……."

"그러나 잠깐만. 그렇다면 어째서 그들의 진술에서 그런 모순이 나타나는 걸까요? 자기들이 문을 두드렸을 때는 문이 잠겨 있었다고 분명하게 말하고 있거든요. 그런데 삼 분 뒤에 관리인하고 같이 가 보니 문이 열려 있더라니요?"

"바로 거기에 농간이 있지. 살인자는 틀림없이 안에 있으면서 빗장을 걸고 있었던 거야. 만약 코흐가 바보같이 자기도 관리인을 부르러 내려가지 않았다면, 살인자는 반드시 그 자리에서 붙잡혔을 걸세. 그자는 바로 그 틈에 층계를 내려가서 어찌어찌 그들을 지나 빠져나간 거지. 코흐는 두 손으로 성호를 그으며, '만약 내가 거기 남아 있었더라면, 그자가 튀어나와 나도 도끼로 쳐 죽였을 겁니다' 하잖는가. 러시아식 감사 기도라도 올리고 싶은 게지, 하하⋯⋯!"

"그런데 살인범을 본 사람은 아무도 없지 않습니까?"

"있을 리가 없죠. 그 집은 노아의 방주거든요." 서기장이 자기 자리에서 귀를 기울이고 있다가 끼어들었다.

"사건은 명백해, 아주 명백해!" 열띤 어조로 니코짐 포미치가 거듭 말했다.

"아닙니다, 사건은 지극히 불명확합니다." 일리야 페트로비치는 고집스레 반박했다.

라스콜니코프는 모자를 집어 들고 문 쪽으로 걸음을 떼었으나, 문까지 갈 수가 없었다⋯⋯.

정신이 들자 그는 자기가 의자에 앉아 있고, 오른쪽에서 어떤 사람이 부축을 하고 있는 것을 알았다. 왼쪽에는 또 다른 사람이 노란 액체가 담긴 노란 컵을 들고 서 있고, 니코짐 포미치가 그의 앞에 서서 뚫어지게 그를 쳐다보고 있었다. 그는 의자에서 일어섰다.

"왜 그러십니까, 몸이 불편하십니까?" 니코짐 포미치가 몹시 날카롭게 물었다.

"서명을 할 때도 간신히 펜을 움직였어요." 서기장이 자기 자리에 앉아 다시 서류 일을 시작하면서 말했다.

"아픈 건 오래됐소?" 일리야 페트로비치가 역시 서류를 넘기면서 자기 자리에서 큰 소리로 물었다. 그도 물론 환자가 기절한 동안 그를 관찰하고 있다가, 환자가 깨어나자 곧 그 자리를 뜬 것이었다.

"어제부터……." 라스콜니코프가 중얼거리며 대답했다.

"어제 집 밖으로 나갔었소?"

"나갔습니다."

"아픈데도?"

"아픈데도요."

"몇 시에?"

"저녁 7시 조금 지나서."

"실례지만, 어디로?"

"거리로요."

"간단명료하군."

라스콜니코프는 백지장처럼 창백한 얼굴로 일리야 페트로비치의 시선 앞에서 자신의 검고 타는 듯한 눈을 떨구지 않으면서 띄엄띄엄 날카롭게 대답하고 있었다.

"간신히 서 있는 사람한테 자네는……." 니코짐 포미치가 주의를 주려고 했다.

"뭐 어때서요!" 일리야 페트로비치는 어딘지 유별난 어조로 말했다. 니코짐 포미치는 무슨 말을 덧붙이려 했으나, 역시 그를 아주 뚫어져라 쳐다보고 있는 서기장을 보자 입을 다물었다. 갑자기 모든 사람이 입을 다물었다. 이상한 분위기였다.

"그럼, 좋소." 일리야 페트로비치가 결말을 지었다. "더 이상 붙들어 두지 않겠소."

라스콜니코프는 밖으로 나왔다. 그가 나오자마자, 열띤 대화가 시작되는 소리가 들렸다. 그중에서도 니코짐 포미치의 의심쩍어하는 목소리가 가장 크게 울리고 있었다……. 거리에 나와서야 그는 완전히 제정신이 들었다.

'수색, 수색, 이제 곧 가택수색을 할 거다!' 서둘러 집으로 가면서 그는 뇌까리고 있었다. '도둑놈들! 날 의심하고 있어!' 아까와 같은 공포가 다시 머리끝에서 발끝까지 그의 온몸을 사로잡았다.

2

'하지만 벌써 가택수색을 했다면? 집에 가서 그자들과 딱 마주치게 되면 어떡하지?'

그러나 벌써 그의 방이다. 아무 일도, 아무도 없다. 아무도 들여다보지 않았다. 나스타시야도 손을 대지 않았다. 하지만, 맙소사! 아까는 어떻게 그 물건들을 모조리 이 구멍에 처박아 둔 채 나갈 수 있었단 말인가?

그는 방구석으로 달려가서 벽지 밑에 손을 넣고 물건들을 꺼내어, 호주머니에 쑤셔 넣기 시작했다. 모두 해서 여덟 점으로, 작은 상자가 둘―귀고리인지 뭔지 그런 것이 들어 있었지만 그는 잘 보지도 않았다―, 자그마한 양피 주머니가 넷, 그리고 그냥 신문지에 둘둘 만 목걸이 줄이 하나였다. 무엇인지 신문지에 싼 것이 또 하나 있었는데 훈장 같았다.

그는 그것들을 여러 호주머니에 나눠 모두 쑤셔 넣었다. 외투 주머니와 바지의 성한 오른쪽 주머니에 되도록 표가 나지 않도록 궁리를 해 가며 넣었다. 지갑도 물건과 함께 챙겼다. 그런 다음 이번에는 방문을 활짝 열어 둔 채 방을 나섰다.

그는 빠르고 확고한 걸음으로 걸었다. 온몸이 완전히 부서진 듯한 느낌이었으나, 의식은 또렷했다. 그는 추적이 두려웠다. 반 시간, 아니 십오 분 후에라도 그를 미행하라는 명령이 내리지나 않을까 두려웠다. 그러니 무슨 일이 있어도 그전에 범죄의 흔적을 없애 버려야만 했다. 아직 조금이라도 기력이 남아 있고 판단력이 남아 있는 동안에 해치워야만 했다……. 그런데 어디로 갈 것인가?

그것은 이미 오래전부터 결정되어 있었다. '모든 것을 운하 물에 던져 버리면, 범죄의 흔적은 물속으로 사라진다. 그러면 일은 끝난다.' 지금도 기억하고 있지만, 어젯밤 열에 들떠 헛소리를 하면서 몇 번씩이나 일어나 나가려고 허우적대던 그 순간에 벌써 이렇게 결정했던 것이다. '어서, 어서, 모조리 버려야 해.' 그러나 내다 버리는 것도 무척이나 어려운 일이었다.

그는 예카체린스키 운하 주변을 벌써 반 시간 동안, 아니 어쩌면 그보다 더 오랫동안 돌아다니면서, 운하로 내려가는 곳이 나오면 그곳을 몇 번이고 쳐다보았다. 그러나 계획을 실행할 생각을 할 수가 없었다. 때로는 운하로 내려가는 계단 발치 바로 옆에 널빤지 뗏목이 있어서 거기서 세탁부들이 빨래를 하고 있는가 하면, 작은 배가 물가에 매어 있기도 하고, 곳곳에 사람들이 들끓고 있어서 운하 기슭에서든 어디에서든 사방에서 보고 알아챌 수 있었다. 누군가 일부러 물가로 내려가서 걸음을 멈추고 무엇인가 물속에 던진다면 수상하게 여길 게 뻔했다. 게다가 주머니들이 가라앉지도 않고 둥둥 떠내려간다면? 틀림없이 그럴 거다. 그러면 누구나 보게 될 거다. 그렇지 않아도 그와 마주칠 때마다 모두들 힐끔힐끔 쳐다보며 마치 그에게만 볼일이 있기라도 한 듯이 유심히 살펴보는데. '어째서 그럴까, 아니면 내가 그냥 그렇게 느끼는 걸까' 하고 그는 생각했다.

마침내, 차라리 네바 강 쪽으로 가 보는 게 낫지 않을까 하는 생각이 떠올랐다. 거기는 사람들의 왕래가 적어 눈에 덜 띄니까 어쨌든 유리할 것이고, 특히 중요한 점은 이곳에서 멀리 떨어져 있다는 것이다. 그는 갑자기 소스라치게 놀랐다. 어쩌자고 이렇게 위험한 곳을 반 시간 동안이나 걱정과 불안에 휩싸여 서성이면서, 좀 더 빨리 이런 생각을 하지 못했을까! 열에 들떠 비몽사몽간에 그렇게 결심했기로서니, 그런 무모한 일에 반 시간씩이나 허비하다니! 그는 극도로 정신이 산란하고 기억도 흐려지고 있었다. 자신도 그것을 알고 있었다. 결단코 서둘러야만 했다!

그는 V 대로를 따라 네바 강 쪽으로 걷기 시작했다. 그러나 도중에 갑자기 다른 생각이 떠올랐다. '왜 꼭 네바 강으로 가야 하지? 왜 꼭 물속에 던져? 어디 아주 멀리, 또다시 작은 섬들이 있는 곳으로라도 가서, 거기 어디 외딴곳, 숲 속이나 관목 밑에 이걸 모두 파묻고 그 나무를 기억해 두는 편이 낫지 않을까?' 지금 자기에게 분명하고 합리적인 판단력이 없다는 건 느끼고 있었으나, 이 생각은 과히 틀린 것 같지 않았다.

그러나 작은 섬들이 있는 곳으로 갈 운명도 아니었던지 다른 일이 일어났다. V 대로에서 광장 쪽으로 나가다가, 갑자기 왼편으로 창문도 하나 없는 벽으로 둘러싸인 마당의 출입구를 본 것이다. 마당으로 들어서자 오른쪽에는 이웃한 4층 집의 칠도 하지 않은 창 없는 벽이 마당 안쪽으로 깊숙이 뻗어 있었다. 왼쪽으로는 그 막힌 벽과 나란히, 문에서부터 곧장 판자 울타리가 마당 안으로 스무 걸음쯤 이어지다가 왼쪽으로 꺾이고 있었다. 이 마당은 무슨 작업 자재를 놓아둔 곳으로, 사방으로 막혀 있어 인기척이 없는 장소였다. 마당 더 안쪽으로는 무슨 작업장의 일부인 듯싶은, 검댕이 잔뜩 낀 나지막한 석조 헛간의 한 귀퉁이가 울타리 너머에서 내다보고 있었다. 거기엔 마차 제작소나 철공소, 아니면 그런 종류의 무엇이 있는 게 분명했다. 문어귀에서부터 어디든 석탄 먼지 덩이가 까맣게 보였다. '슬쩍 버리고 달아나기에 딱 좋은 데다!' 하는 생각이 갑자기 머리에 떠올랐다. 마당에 아무도 없는 것을 보고 슬그머니 문 안으로 들어서자, 바로 문 옆의 울타리에 설치되어 있는 홈통이(공장 직공이나 조합 노동자나 마부 같은 사람들이 많이 있는 집에서 흔히 보는 그런 것이었다) 마침 눈에 들어왔다. 홈통 위의 판자 울타리에는 이런 장소라면 어디서나 볼 수 있는 경구가 백묵으로 씌어 있었다. '이곳에 마차를 세우지 마시오.'* 그렇다면 이곳에 들어와서 서 있어도 아무 의심을 사지 않을 테니 더 잘된 셈이다. '여기 어디다 몽땅 버리고 달아나자!'

다시 한 번 주위를 찬찬히 둘러보고 나서 벌써 한 손을 주머니에 찔러 넣은 순간, 갑자기 바깥쪽 담장 바로 곁, 즉 출입문과 홈통 사이의 너비가 겨우 1아르쉰 정도 되는 곳에 가공되지 않은 큼직한 돌 하나가 있는 것이 눈에 띄었다. 돌은 무게가 1푸드 반*가량 될 성싶었고, 거리 쪽의 돌담장 바로 옆에 있었다. 담장 너머는 바로 거리와 인도였고 언제나 행인이 꽤 많은 곳이라 오가는 발소리가 들렸다. 그러나 누가 거리에서 이곳으로 들어온다면 모를까, 출입구 너머에서는 아무도 그를 볼 수 없었다. 그렇지만 그런 일도 충분히 있을 수 있는 일이었으므로 서둘러야만 했다.

그는 허리를 구부려 돌 위쪽 끝을 두 손으로 꽉 잡고서 있는 힘을 다해 돌을 뒤집었다. 돌 밑에는 크지 않은 구덩이가 움푹 패어 있었다. 곧 그는 주머니에 있던 것들을 모두 꺼내서 그 속에 던져 넣기 시작했다. 지갑이 맨 위에 놓였는데, 그래도 구덩이엔 아직 여유가 있었다. 다시 돌을 붙잡고 한 번 돌려서 원래대로 다시 뒤집어 놓자, 돌은 제자리에 꼭 들어맞았다. 다만 전보다 약간, 아주 약간 좀 도도록해 보이긴 했다. 그는 흙을 긁어모아 돌 언저리를 발로 다졌다. 모든 것이 감쪽같았다.

그는 다시 밖으로 나와 광장을 향해 걷기 시작했다. 다시 한 번 아까 경찰서에서 맛본 것과 같은 강렬하고도 누르기 힘든 기쁨이 그를 순간적으로 사로잡았다. '범죄의 흔적은 매장되었다! 어느 누가 그 돌 밑을 찾아보겠다는 생각을 하랴, 어느 누가? 돌은 아마 그곳에 집이 지어졌을 때부터 놓여 있었을 것이고, 앞으로도 그럴 거다. 설령 찾아낸다 한들 누가 나를 의심하랴! 모든 게 끝났다! 증거는 없다!' 그리고 그는 웃기 시작했다. 그렇다, 나중에도 기억하고 있었지만, 그것은 신경질적이고 다른 사람에게는 들리지 않는, 길게 이어지는 잔웃음이었고, 그는 광장을 지나는 동안에도 내내 그렇게 웃고 있었다. 그러나 그저께 소녀를 만났던 K 가로수 길로 들어서자, 그의 웃음은 갑자기 사라졌다. 다른 생각이 그의 머리에 기어들었다. 그때, 소녀가 가고 난 다음 자기가 앉아서 이런저런 생각에 잠겼던 벤치 옆을 지나기가 갑자기 혐오스러워지고, 그때 20코페이카를 주었던 콧수염 순경을 다시 만나는 것도 소름 끼쳤다. '빌어먹을 자식!'

그는 증오에 가득 찬 눈초리로 멍하게 사방을 두리번거리면서 걸어갔다. 지금 그의 생각은 온통 어떤 중요한 한 점만을 맴돌고 있었다. 그리고 그것이야말로 정말로 중요한 점이며, 그는 지금, 바로 지금, 그 중요한 점과 일대일로 대면하게 되었다는 것을, 그리고 또 이런 것이 두 달 만에 처음이라는 것을 스스로도 느끼고 있었다.

'제기랄, 알 게 뭐냐!' 그는 갑자기 끝없는 분노의 발작에 사로잡히며 생각했다. '그래, 시작된 거다, 어차피 시작된 거다. 노파니 새로운 삶이니 하는 것 따윈 될 대로 돼라. 그게 다 뭐냐! 아아, 얼마나 어리석은가……! 나는 오늘 얼마나 거짓말을 늘어놓고 비열하게 굴었는가! 조금 전만 해도 그 더러운 일리야 페트로비치 놈 앞에서 얼마나 혐오스럽게 비위를 맞추고 아양을 떨었는가! 하지만 이렇게 화를 내는 것도 어리석은 짓이다! 그놈들한텐 침이나 뱉어 주면 된다. 내가 비위를 맞추고 아양을 떨었던 것에 대해서도 마찬가지다! 문제는 전혀 그게 아니다! 전혀 그게 아니다……!'

갑자기 그는 걸음을 멈추었다. 새롭고 전혀 뜻하지 않았던, 지극히 단순한 의문이 순식간에 그를 혼란에 빠뜨리고 쓰디쓴 경악을 안겨 주었다.

'만약 실제로 이 모든 일이 바보처럼 저지른 게 아니고 의식적으로 행한 것이라면, 진실로 너에게 일정하고 확고한 목표가 있었던 거라면, 도대체 어떻게 지금까지 지갑 속을 들여다보지도 않았고, 무엇이 네 손에 들어왔는지조차 모를 수 있느냐? 무엇 때문에 이 모든 고통을 떠맡았으며, 그런 비열하고 추악하고 천한 일을 의도적으로 저질렀느냐? 너는 방금 그 지갑을, 역시 잘 보지도 않은 다른 물건과 함께 물속에 던져 버리려고 하지 않았느냐……. 도대체 어찌 된 셈이냐?'

그렇다, 사실이다, 모두 맞는 말이다. 하지만 그것은 전에도 알고 있었다. 그것은 그에게 전혀 새로운 질문이 아니다. 간밤에 물속에 던져 버리기로 결심했을 때도, 마치 당연히 그래야 하고 다른 가능성은 전혀 없는 것처럼 그 어떤 주저나 반문도 없이 결정을 내렸던 것이다……. 그렇다, 그는 이 모든 것을 알고 있었고, 기억하고 있었다. 그렇다, 그것은 이미 어제, 트렁크 앞에 쭈그리고 앉아 상자 따위를 꺼내던 바로 그 순간에, 거의 그렇게 결정되어 있었다……. 아니, 바로 그대로다……!

'내가 심한 병을 앓고 있어서 이러는 거야.' 마침내 그는 침울하게 결론을 내렸다. '나는 자신을 괴롭히고 지치게 한 나머지, 무슨 일을 하고 있는지 스스로도 모르고 있는 거야……. 어제도 그제도 계속 나 자신을 괴롭혀 왔어……. 건강이 회복되면…… 자신을 괴롭히지 않겠지……. 하지만 건강이 회복되지 않는다면? 아아! 다 지긋지긋하다……!' 그는 걸음을 멈추지 않고 걸어갔다. 어떻게든 이런 기분을 풀어 버리고 싶었으나, 무엇을 해야 할지, 무엇을 시작해야 할지 알지 못했다. 이겨 낼 수 없는 한 가지 새로운 느낌이 거의 매 순간 더욱 강하게 그를 사로잡았다. 그것은 마주치는 모든 것, 주위의 모든 것에 대한 거의 생리적이라도 할 수 있는 혐오감, 집요하고 간악하고 증오에 가득 찬 끝없는 혐오감이었다. 만나는 모든 사람이 역겹기만 했다. 그들의 얼굴도, 걸음걸이도, 동작도 역겨웠다. 누구든 말을 걸어오면, 곧바로 침을 뱉어 주고 물어뜯어 버렸을 것이다…….

바실리예프스키 섬의 다릿목에 있는 소(小) 네바 강변길로 나왔을 때 그는 갑자기 걸음을 멈추었다. '어라, 여긴 그 녀석이 살고 있는데, 저 집에.' 그는 생각했다. '어찌 된 셈이지, 내 발로 라주미힌한테 찾아왔잖아! 또 그때처럼 돼 버렸군……. 하지만 이거 재밌는데. 난 의식하고 이리로 온 것일까, 아니면 걷다 보니 여기로 오게 된 걸까. 아무려면 어때. 난…… 그저께…… 말하지 않았던가, **그 일**이 끝난 다음 날 녀석에게 가겠다고. 그러니 좋다, 가보자! 지금 못 갈 게 뭐 있어…….'

그는 5층에 있는 라주미힌의 방으로 올라갔다.

그는 집에 있었고, 좁은 자기 방에서 무언가 쓰는 일을 하고 있다가 직접 문을 열어 주었다. 넉 달가량 서로 보지 못한 사이였다. 라주미힌은 누더기가 다 된 낡은 실내복을 걸치고 맨발에 실내화를 신고 헝클어진 머리에 면도도 세수도 하지 않은 채 앉아 있었다. 그의 얼굴에 놀란 표정이 떠올랐다.

"웬일이야?" 그는 들어온 친구를 머리에서 발끝까지 훑어보며 외쳤다. 그리고 잠시 잠자코 있다가 휘파람을 불었다.

"정말 그렇게까지 곤란한 거야? 나 같은 놈보다 더한 모양이군." 그는 라스콜니코프의 거지 같은 꼴을 보고 덧붙였다. "어서 앉아, 지쳤을 텐데!" 친구가 자기 집의 것보다 더 낡은, 유포를 씌운 터키식 소파에 털썩 주저앉자, 라주미힌은 자신의 손님이 병에 걸린 것을 문득 알아챘다.

"많이 아프구나, 너도 알고 있어?" 그는 친구의 맥을 짚어 보려고 했다. 라스콜니코프는 손을 뿌리쳤다.

"필요 없어." 그가 말했다. "내가 온 건…… 과외 자리가 없어서…… 어떻게 안 될까 하고…… 아니, 전혀 필요 없어, 과외 자리는……."

"거봐, 지금 횡설수설하고 있잖아!" 그를 뚫어지게 관찰하고 있던 라주미힌이 말했다.

"아냐, 횡설수설하는 게 아냐……." 라스콜니코프는 소파에서 일어났다. 라주미힌 방으로 올라오면서 그는 이 친구와 얼굴을 마주하지 않으면 안 된다는 것에 대해서는 생각하지도 않았다. 그런데 이미 그것을 직접 경험한 바로 지금에야, 자기가 이 순간만큼은 어느 누구하고도 얼굴을 맞댈 기분이 아니라는 것을 순식간에 깨달은 것이다. 분통이 치밀었다. 단지 라주미힌의 문지방을 넘었다는 것 때문에 자신에 대한 증오심으로 숨이 턱 막힐 것만 같았다.

"잘 있어!" 그는 갑자기 이렇게 말하고 문 쪽으로 걸어갔다.

"잠깐, 잠깐만, 이런 별난 놈 같으니!"

"필요 없어······!" 그는 다시금 손을 뿌리치며 같은 말을 되풀이했다.

"젠장, 그럼 뭣 땜에 온 거야! 돌았어? 이건······ 모욕이나 다를 바 없잖아. 그대로 보낼 수는 없어."

"그럼 말할게. 너한테 온 건, 너 말고는······ 새로 시작하는 걸······ 도와줄 사람이 없어서야. 넌 누구보다 착하고 현명하고 사리 판단을 제대로 하는 녀석이니까······. 그런데 지금 나한텐 아무것도 필요 없다는 걸 알게 됐어. 정말 아무것도 필요 없어······ 어느 누구의 도움도, 동정도······. 나는 스스로······ 혼자서······. 아니 됐어! 날 그냥 놔둬!"

"잠깐만, 이 굴뚝 소제부야! 완전히 돌았군! 내 말이나 듣고 나서 맘대로 해. 사실 과외 자리는 나한테도 없어. 까짓것. 그런데 톨쿠치 시장에 헤루비모프라는 서적상이 있는데, 이게 일종의 과외 선생 자리나 마찬가지야. 장사꾼 집의 가정교사 자리 다섯 개하고도 난 안 바꿔. 이 사람은 조그만 출판사를 하고 있어, 자연과학 책자들을 펴내고 있지, 얼마나 잘 팔리는데! 표제만 해도 꽤 돈이 돼! 넌 날 보고 언제나 바보라고 했지만, 나보다 더한 바보도 있다고! 그 사람, 요즘은 제법 최신 경향이 어쩌니 저쩌니 하고 있지만, 쥐뿔도 몰라. 하지만 나는 물론 적당히 추어주고 있지. 여기 좀 봐, 독일어로 된 두 꼭지* 남짓한 이 원문 말이야, 내가 보기엔 아주 바보 같은 떠버리 논문인데, 한마디로 말해서, 여자가 인간인가 아닌가 하는 문제를 고찰하고 있는 거야. 물론, 인간이다라고 엄숙하게 증명하지. 헤루비모프가 이걸 여성 문제*를 다룬 책으로 출판하겠다고 해서, 내가 번역하는 중인데, 그 사람은 이 두 꼭지 반짜리를 여섯 꼭지로 늘리고 반 페이지나 되는 화려한 표제를 붙여서 50코페이카에 내놓을 작정이야. 잘 팔릴 거야! 번역료는 한 꼭지에 6루블, 그러니까 모두 해서 15루블인데, 6루블은 미리 받았어. 이걸 끝내면 고래에 관한 번역을 시작할 거야. 그다음엔 『고백록』*의 제2부에서 제일 지루한 수다 부분을 골라 두었으니까 그걸 번역하게 돼 있고. 누가 헤루비모프에게 루소를 일종의 라지쉬췌프*인 것처럼 말했다는 거야.* 난 물론 반박할 생각 없어. 그런 녀석이야 어떻게 생각하든 내 알 바 아니니까! 그런데 너, 「여자는 인간인가」의 둘째 꼭지를 번역해 보지 않을래? 할 생각이 있으면 이 원문을 가져가. 펜도, 종이도 가지고 가ㅡ다 그쪽에서 주는 거니까ㅡ. 그리고 3루블도 가져가. 첫 번째와 두 번째 꼭지의 번역료로 미리 받은 돈이니까, 그중 3루블은 당연히 네 몫이야. 그리고 말인데, 이걸 내가 뭘 도와주는 걸로 생각하진 말아 줘. 오히려 난 네가 들어온 순간, 네가 날 도와주겠구나 하고 기대했으니까. 첫째, 난 철자법이 형편없고, 둘째로 독일어가 정말 약해서 자꾸만 내 멋대로 지어낸단 말이야. 그게 더 나을 거라고 자

위는 하고 있지만. 하지만 누가 알아, 더 나아지는 게 아니라 더 망쳐 버리고 있는지……. 어때, 가져갈래?"

라스콜니코프는 묵묵히 독일어 논문을 집어 들고 3루블의 돈을 받아 쥐더니, 아무 말도 없이 그대로 나가 버렸다. 라주미힌은 어안이 벙벙해서 그의 뒷모습을 바라보았다. 그러나 이미 1번가까지 왔을 때 라스콜니코프는 갑자기 발길을 되돌려 다시 라주미힌의 방으로 올라가서는, 독일어 원문과 3루블을 탁자에 놓고, 다시 한마디도 하지 않고 나가 버렸다.

"정말 돌았냐!" 마침내 라주미힌은 격분하여 악을 썼다. "무슨 코미디야! 나까지 돌게 하네……. 그럴 거면 왜 왔어, 이 망할 자식아!"

"필요 없어…… 번역 따윈……." 라스콜니코프는 이미 계단을 내려가면서 이렇게 중얼댔다.

"그럼 젠장 뭐가 필요한데?" 위에서 라주미힌이 소리쳤다. 라스콜니코프는 묵묵히 계단을 내려가기만 했다.

"이봐, 어디서 살고 있어?"

대답이 없었다.

"제기랄, 맘대로 해라……!"

그러나 라스콜니코프는 이미 거리에 나와 있었다. 그는 니콜라예프스키 다리에서 아주 불쾌한 일을 당하는 바람에 다시금 정신을 차렸다. 포장마차를 몰고 가던 어느 마부가 서너 번씩이나 그에게 소리를 쳤는데도, 하마터면 그가 말발굽 밑에 깔릴 뻔하자 채찍으로 그의 등을 세차게 후려친 것이다. 채찍에 맞아서 미칠 듯이 화가 난 그는 난간 쪽으로 껑충 비켜서서는(왜 그가 사람들은 다니지 않고 마차만 다니는 다리 한복판으로 걷고 있었는지는 알 수 없는 일이다) 독기에 차서 이를 부드득 갈았다. 물론 사방에서 웃음소리가 터져 나왔다.

"싸다 싸!"

"사기꾼 같으니!"

"뻔하지, 취한 척하고 일부러 바퀴 아래로 들어가는 거야. 우리 같은 사람은 영락없이 당한다니까."

"그걸로 먹고사는 놈이야, 그게 직업이라고……."

그러나 그가 여전히 난간 옆에 서서, 등을 문지르며 증오에 찬 눈으로 멀어져 가는 마차를 우두커니 바라보고 있을 때, 갑자기 누가 손에 돈을 쥐어 주는 것이 느껴졌다. 쳐다보니 수건을 쓰고 염소 가죽 구두를 신은 나이가 지긋한 장사꾼 아낙네가 모자를 쓰고 녹색 양산을 든, 딸인 듯싶은 처녀를 데리고 서 있었다. "자, 받아요, 그리스도의 이름으로." 그가 돈을 받자, 두 사람은 옆을 지나갔다. 돈은 20코페이카짜리 은화였다. 그의 행색으로 보아 길에서 동냥을 구하는 진짜 거지로 여겼을 법도 했다. 20코페이카나 적선한 것은 아마도 그가 채찍으로 맞은 것이 측은해서였을 것이다.

그는 20코페이카 은화를 손에 꼭 쥐고 열 걸음쯤 걸어가서, 궁전이 보이는 네바 강 쪽으로 얼굴을 돌렸다. 하늘에는 구름 한 점 없었고, 강물은 네바 강에서는 좀처럼 보기 드문 거의 연푸른빛이었다. 예배당까지 스무 걸음쯤 떨어진 이곳 다리 위에서 바라볼

때 윤곽이 가장 선명하게 드러나는 사원의 둥근 지붕은 오늘따라 더욱 찬란하게 빛나고 있었고, 맑은 공기를 통하여 그 세세한 장식 하나하나까지 뚜렷하게 알아볼 수 있었다. 채찍으로 얻어맞은 아픔도 가라앉아, 라스콜니코프는 맞은 일을 까마득히 잊어버렸다. 지금은 어떤 한 가지 불안하고 어딘가 분명치 않은 상념이 그의 마음을 완전히 점령하고 있었다. 그는 그 자리에 서서 오래토록 먼 곳을 골똘히 바라보았다. 이곳은 그에게 특히 낯익은 장소였다. 대학에 다니고 있었을 때, 그는 자주―대개는 집으로 가는 길에―아마도 백 번쯤은 바로 이 자리에서 걸음을 멈추고 이 장엄하고 호화로운 파노라마를 골똘히 바라보았고, 그때마다 어떤 불명료하고 풀 수 없는 인상에 거의 놀라움을 느끼곤 하였다. 이 장려한 파노라마로부터는 언제나 설명할 수 없는 냉기가 그에게 불어왔었다. 그에게 이 화려한 광경은 말도 하지 못하고 듣지도 못하는 혼령으로 가득 차 있는 것 같았……. 그는 매번 이 음울하고 수수께끼 같은 인상에 놀라면서도 그런 자신의 느낌을 믿지 못해 하면서 수수께끼의 해결을 훗날로 미루기만 했던 것이다. 지금 갑자기 그는 예전의 이런 의문과 의혹을 선명하게 떠올렸고, 지금 그것을 떠올린 것도 결코 우연이 아닌 듯한 생각이 들었다. 예전과 똑같은 장소에서 걸음을 멈추었다는 사실, 마치 지금도 예전과 똑같은 것에 대해 사색할 수 있고, 얼마 전만 해도 흥미를 느끼고 있던 예전의 그 주제와 광경들에 지금도 역시 흥미를 가질 수 있으리라고 정말로 믿기라도 한 듯 그 자리에 멈추어 섰다는 것 하나만 해도 그에겐 있을 수 없는 기괴한 일로 여겨졌다. 그는 거의 웃고 싶은 심정이었으나, 동시에 심장이 아프도록 조여 왔다. 어딘가 깊은 곳, 눈에 보이지도 않은 발아래 저 밑바닥에, 지난날의 그 모든 것이, 예전의 생각들도, 예전의 과제도, 예전의 주제도, 예전의 인상도, 이 파노라마 전체도, 예전의 그 자신도, 그리고 모든 것, 모든 것이 가라앉아 있는 것 같았다……. 그는 어디론가 높이 멀리 날아가고 있고, 모든 것이 눈앞에서 사라지는 느낌이었다……. 저도 모르게 손을 움직인 순간, 문득 주먹에 쥐어져 있는 20코페이카짜리 은화의 감촉을 느꼈다. 그는 손바닥을 펴고 은화를 골똘히 들여다보다가 팔을 크게 휘둘러 물속에 던져 버렸다. 그러고는 몸을 돌려 집을 향해 걸음을 옮겼다. 순간 모든 사람과 모든 것으로부터 자신을 가위로 잘라내 버린 듯한 느낌이 들었다…….

그는 저녁이 다 돼서야 집에 도착했다. 거의 여섯 시간이나 돌아다닌 셈이었다. 어디로 해서 어떻게 돌아왔는지 전혀 기억이 없었다. 옷을 벗고, 너무 달려서 녹초가 된 말처럼 온몸을 떨면서 소파에 드러눕자, 외투를 끌어당겨 뒤집어쓰고 곧바로 혼수상태에 빠지고 말았다…….

땅거미가 완전히 졌을 때 그는 무섭게 외치는 소리에 정신이 들었다. 아아, 이게 무슨 비명일까! 이런 부자연스러운 소리와 이런 울부짖음과 통곡, 이를 가는 소리와 눈물과 구타와 욕설을 그는 단 한 번도 들은 적도, 본 적도 없었다. 이런 짐승 같은 짓과 광분은 상상조차 할 수 없었다. 그는 공포에 사로잡힌 나머지 몸을 일으키고 침대에 앉아, 연방 정신줄을 놓아 버리면서 괴로워했다.

그러나 싸움과 통곡과 욕설은 점점 더 심해 갔다. 그러다 그는 그 소리들 속에서 갑자기 여주인의 목소리를 알아듣고 소스라치게 놀라고 말았다. 그녀는 울부짖고 비명을 지르고 슬프게 흐느끼면서 뭔가 다급하게 애원하고 있었다. 말을 빼먹으면서 급하게 지껄이는 바람에 무슨 뜻인지 알아들을 수는 없었지만, 층계에서 사정없이 두들겨 맞고 있는 걸로 보아 그만 때리라는 애원임이 분명했다. 때리고 있는 사나이의 목소리는 증오와 광기로 인해 쉬어서 무시무시했으며, 그 사람 역시 성급하게 서두르고 헐떡거리면서 뭔가 알아들을 수 없는 말을 빠르게 뇌까리고 있었다. 갑자기 라스콜니코프는 사시나무처럼 떨기 시작했다. 이 목소리의 주인공을 알아낸 것이다. 그것은 일리야 페트로비치의 목소리였다. 일리야 페트로비치가 여기 와서 여주인을 때리고 있다니! 발로 차고, 머리를 계단에 쥐어박고 있다. 분명하다. 소리와 비명과 때리는 소리로 알 수 있다! 어찌된 것일까. 세상이 뒤집히기라도 한 걸까? 층마다, 층계마다 사람들이 모여드는 소리가 들렸다. 웅성거리는 목소리, 외치는 소리가 들려왔다. 그들이 올라오고, 노크를 하고 문을 쾅쾅 두들기고 있었다. 사방에서 달려오고 있었다. '하지만 대체 왜, 무엇 때문에, 어떻게 이럴 수가!' 그는 이렇게 뇌까리면서 자기가 완전히 미쳐 버린 거라고 심각하게 생각했다. 하지만 아니다, 너무나 뚜렷하게 들리지 않는가……! 그러나 만일 그렇다면, 그들은 이제 곧 그에게 올 것이다. '그건…… 분명히, 바로 그 일 때문에…… 어제의 일 때문에……. 아아, 야단났다!' 그는 문고리를 걸려고 했으나 손이 말을 듣지 않았다…… 그래, 소용없는 일이다! 얼음장 같은 공포가 그의 혼을 휩싸고 그를 괴롭히며 얼어붙게 만들었다……. 그러나 마침내, 꼬박 십 분이나 계속된 이 소동도 차츰 가라앉기 시작했다. 여주인은 신음을 하며 한숨을 내쉬고 있고, 일리야 페트로비치는 여전히 위협을 하며 욕설을 퍼붓고 있다……. 하지만 마침내 그도 잠잠해진 것 같다. 이제 그의 소리는 들리지 않는다. '정말 가 버렸다! 하느님 맙소사!' 그렇다, 이제 여주인도 가고 있다. 여전히 신음을 하고 울면서…… 저 봐, 그녀의 방문이 꽝하고 닫혔다……. 사람들도 층계에서 각자 방으로 흩어진다. 한숨을 내쉬고, 다투고, 서로 부르면서, 때로는 말소리가 고함치듯 소리가 높아지고, 때로는 속삭이듯 낮아진다. 많은 사람이 달려왔던 게 분명하다. 이 집에 사는 사람들이 거의 다 모였던 모양이다. '하지만 세상에, 정말 이런 일이 있을 수 있을까! 왜, 왜 그가 여길 왔을까!'

라스콜니코프는 힘없이 소파에 쓰러졌으나 이미 눈을 붙일 수가 없었다. 그는 지금껏 한 번도 겪어 보지 못한 고통과 견딜 수 없는 끝없는 공포감에 사로잡혀 거의 반 시간이나 그대로 누워 있었다. 갑자기 환한 빛이 그의 방을 비췄다. 나스타시야가 양초와 수프 한 접시를 가지고 들어온 것이다. 그녀는 그를 주의 깊게 들여다보고 그가 잠자고 있지 않은 것을 알아채고는, 양초를 탁자 위에 놓고, 가져온 빵, 소금, 접시, 숟가락을 늘어놓기 시작했다.

"어제부터 안 먹었을 텐데. 종일 돌아다니더니, 학질로 덜덜 떨고 있잖아요."

"나스타시야…… 왜 주인아주머니를 때렸대?"

그녀는 그를 뚫어지게 쳐다보았다.

"누가 때려요?"

"방금…… 반 시간 전에, 일리야 페트로비치, 경찰서 부서장이, 계단에서……. 왜 그 사람이 아주머니를 그렇게 때린 거지? 그리고…… 왜 온 거야……?"

나스타시야는 대꾸도 하지 않고 얼굴을 찌푸린 채 잠자코 그를 살펴보았다. 그녀는 오랫동안 그대로 바라보고 있었다. 그는 그녀가 그렇게 빤히 쳐다보자 몹시 불쾌해지고 겁까지 났다.

"나스타시야, 왜 말을 않는 거야?" 마침내 그는 힘없는 목소리로 겁을 내며 말했다.

"그건 피예요." 그녀는 드디어 조용히, 혼잣말을 하듯이 대답했다.

"피라고……! 무슨 피……?" 그는 새하얗게 질려 벽 쪽으로 물러나면서 중얼거렸다. 나스타시야는 잠자코 그를 쳐다보기만 했다.

"아무도 주인아주머니를 때리지 않았어요." 그녀가 다시 엄하고 단호한 목소리로 말했다. 그는 거의 숨도 쉬지 못하고 그녀를 보고 있었다.

"내가 직접 들었는걸…… 난 안 자고…… 앉아 있었어." 그는 더 겁을 내면서 말했다. "난 오랫동안 듣고 있었어……. 부서장이 왔었잖아……. 모두들 계단으로 몰려들었어. 다들 방에서 나와서……."

"아무도 안 왔어요. 그건 학생 몸 안에서 피가 미쳐 날뛰는 거예요. 피가 빠져나갈 데가 없어서 간처럼 굳기 시작하면 헛것이 보이기 시작하는 거라고요……. 먹을 거예요, 말 거예요?"

그는 대답하지 않았다. 나스타시야는 여전히 그의 머리맡에 서서 그를 뚫어지게 쳐다보며 나갈 생각을 하지 않았다.

"마실 걸 좀 줘…… 나스타슈쉬카.*"

그녀는 아래로 내려갔다가 이 분쯤 뒤에 하얀 도자기 잔에 물을 담아 가지고 돌아왔다. 그러나 그다음에 무슨 일이 있었는지 그는 이미 기억하고 있지 못했다. 다만 냉수를 한 모금 마시고 잔의 물을 가슴에다 엎지른 것만 기억하고 있었다. 그러고는 의식을 잃어버렸던 것이다.

3

그러나 그가 앓고 있는 동안 내내 의식을 완전히 잃고 있었던 것은 아니다. 그것은 헛소리를 지껄이다가 반쯤 의식이 되살아나기도 하는 열병 상태였다. 나중에 그는 많은 것을 기억해 냈다. 어떤 때는 그의 주위에 사람들이 잔뜩 모여들어 그를 붙잡아 어디로 데려가려고 하면서, 그를 두고 몹시 다투고 싸우는 것 같았다. 또 어떤 때는 그를 방에 홀로 남겨 두고 모두들 그를 무서워하며 가 버리고는, 다만 이따금 문을 빼꼼 열고 그를 쳐다보고, 위협하고, 무엇인가에 대해 자기들끼리 의논을 하고, 웃고, 그를 놀리는 것 같기도 했다. 나스타시야가 자주 곁에 있었던 것도 기억하고 있었다. 또 한 사람이 있었던 것도 생각나는데, 아는 사람인 것 같기는 했으나 정작 누구인지는 도무지 짐작할 수 없어서 초조한 나머지 울기까지 했다. 때로는 벌써 한 달이나 누워 있는 것 같기도 하고, 때로는 바로 그날이 줄곧 계속되고 있는 듯도 했다. 그러나 **그 일**, **그 일**에 대해서는 완전히 잊고 있었다. 그러면서도 뭔가 결코 잊어서는 안 될 것을 잊어버렸다는 것만큼은 매 순간 기억하고 있었으며, 그것을 생각해 내려고 몸부림치고 괴로워하고 신음하면서 미친 듯한 분노와 무섭고 견딜 수 없는 공포에 사로잡히곤 했다. 그럴 때면 허우적거리면서 자리에서 일어나 달아나려고 했으나, 그때마다 누가 그를 꽉 붙드는 바람에 또다시 기진맥진하여 의식불명 상태에 빠지는 것이었다. 그러다가 마침내 그는 완전히 의식을 되찾았다.

그것은 아침 10시경의 일이었다. 맑은 날이면 아침 이맘때쯤에는 언제나 햇빛이 길쯤한 띠가 되어 그의 방 오른쪽 벽을 지나 문 옆의 구석을 비추어 주었다. 침대 옆에는 나스타시야가 서 있고, 또 한 사람이 호기심에 가득 찬 눈으로 그를 살펴보고 있었는데 전혀 모르는 사람이었다. 옷자락이 긴 외투를 입고 턱수염을 기르고 있는 이 젊은 남자는 얼른 보기에 협동조합원 같았다. 반쯤 열린 문틈으로 여주인이 방 안을 들여다보고 있었다. 라스콜니코프는 몸을 조금 일으켰다.

"이 사람은 누구지, 나스타시야?" 그는 젊은 남자를 가리키며 물었다.

"어머나, 정신이 들었어요!" 그녀가 말했다.

"정신을 차렸군요." 협동조합원이 말을 받았다. 문 밖에서 들여다보고 있던 여주인은 그가 정신이 든 것을 알고 이내 문을 닫고 몸을 감추었다. 그녀는 늘 내성적이어서 대화나 의논 같은 것을 무척 부담스러워했다. 나이는 마흔쯤 되었고, 피둥피둥하게 살이 찌고 검은 눈썹에 검은 눈동자를 가진 여자로, 뚱뚱하고 굼뜬 탓에 사람이 좋아 보였다. 꽤나 예쁜 편이었으나 수줍음을 지나치게 많이 탔다.

"댁은…… 누구신지?" 계속해서 그는 이번엔 협동조합원을 향해 물었다. 이때 문이 다시 활짝 열리더니, 라주미힌이 큰 키 때문에 허리를 약간 굽히고 들어왔다.

"이건 영락없는 선실(船室)이군." 들어오면서 그가 소리쳤다. "언제나 이마를 부딪친단 말이야. 이러고도 방이라니! 그런데 정신이 들었다고? 방금 파쉔카*한테서 들었어."

"방금 깨어났어요." 나스타시야가 말했다.

"방금 깨어났습니다." 협동조합원이 미소를 지으며 다시 맞장구를 쳤다.

"그런데 실례지만 누구신지요?" 라주미힌이 갑자기 그를 향해 물었다. "나는 브라주미힌이라고 합니다. 다들 라주미힌이라고 불러 주지만, 실은 브라주미힌이에요. 대학생이고, 귀족의 아들입니다. 그리고 이 사람은 내 친구죠. 그런데 댁은 누구신지요?"

"저는 협동조합 사무실에서 일하고 있는데, 쉘로파예프라고 하는 상인의 심부름으로 일이 있어 왔습니다."

"이 의자에 앉으시지요." 라주미힌은 이렇게 말하고 자신도 탁자 맞은편에 있는 의자에 앉았다. "하여간 정신이 들어서 다행이야." 그는 라스콜니코프를 향하여 계속 말했다. "넌 벌써 나흘째 거의 아무것도 먹지도 마시지도 않았어. 차를 몇 숟가락으로 떠먹여 주긴 했지만. 조시모프를 두 번이나 너에게 데려왔었어. 조시모프 기억하지? 꼼꼼하게 진찰하더니 이내 별거 아니고, 뇌에 좀 충격이 있었던 모양이라고 그러더군. 무슨 가벼운 신경성인데, 영양 상태가 워낙 부실하고 맥주와 고추냉이가 부족해서 병이 난 거지만 괜찮대. 곧 낫는다고 했어. 조시모프 녀석 대단해! 치료 솜씨가 아주 훌륭하던데. 하지만 이제 댁을 더 기다리게 하진 않겠습니다." 그는 다시 협동조합원에게 말을 걸었다. "무슨 일로 오셨는지 설명해 주시겠습니까? 잘 알아 둬, 로쟈, 이분의 사무실에서 사람이 온 게 벌써 두 번째야. 요전엔 이분이 아니고 다른 분이 왔었지. 그 사람하고 여러 의논을 했어. 요전에 온 분은 누구시죠?"

"그게 아마 그저께죠, 틀림없습니다. 알렉세이 세묘노비치가 왔을 겁니다. 역시 우리 사무실 사람이지요."

"그분이 당신보다 이해가 좀 더 빠르지 않습니까? 어떻게 생각하세요?"

"그렇습니다. 정말로 더 믿음직한 분이죠."

"훌륭한 대답입니다. 그럼 말씀 계속하시지요."

"실은 아파나시 이바노비치 바흐루쉰, 이분에 대해선 여러 번 들으셨을 줄 압니다만, 이분이 자당(慈堂)의 부탁을 받고 당신에게 송금한 돈이 우리 사무실에 와 있습니다." 협동조합원은 바로 라스콜니코프를 향해 말했다. "정신이 완전히 드시면, 35루블을 내드리겠습니다. 왜냐하면 자당의 부탁을 받은 아파나시 이바노비치로부터 세묜 세묘노비치께서는 전과 같은 방식으로 이것에 대한 통지를 받으셨기 때문입니다. 알고 계시죠?"

"네…… 기억합니다…… 바흐루쉰……." 라스콜니코프는 생각을 더듬는 듯이 말했다.

"봐요, 이 사람은 상인 바흐루쉰을 알고 있어요!" 라주미힌이 소리쳤다. "이런데 어떻게 정신이 안 들었다고 하겠어요? 그건 그렇고 이제 보니 당신도 영리한 사람이군요. 정말! 똑똑한 이야기는 듣기에도 좋다니까요."

"바로 그분, 아파나시 이바노비치 바흐루쉰 씨말입니다, 전에도 자당의 부탁을 받고 같은 방법으로 송금하신 적이 있는데, 이번에도 그 부탁을 마다하시지 않고, 당신에게 35루블을 전해 달라는 얘기와 함께 나중에 있을 더 좋은 결과를 기대하라는 인사를 세묜 세묘노비치께 요 며칠 전에 그곳에서 보내온 것입니다."

"'더 좋은 결과를 기대하라'는 말은 아주 걸작이군요. '자당'도 나쁘지 않아요. 그런데 당신이 보기엔 어떻습니까? 이 사람은 완전히 정신이 돌아온 것 같은데, 안 그래요?"

"저야 뭐. 단지 수령했다는 서명만 받으면 됩니다."

"긁적거릴 수는 있겠지! 그런데 장부는 가지고 오셨나요?"

"물론이죠, 여기 있습니다."

"이리 줘요. 자, 로쟈, 일어나 봐. 내가 부축해 줄 테니. 라스콜니코프라고 아무렇게나 써 줘. 펜을 쥐고 말이야. 지금 우리에겐 돈이 꿀보다도 달거든."

"필요 없어." 라스콜니코프가 펜을 밀쳐 내며 말했다.

"아니, 필요 없다니?"

"서명 따윈 안 해."

"아이고, 젠장, 영수증을 쓰지 않고 어쩌자는 거야?"

"필요 없어…… 돈은…….."

"돈이 필요 없다고! 무슨 그런 거짓말을 하는 거야, 내가 증인 인데! 걱정하지 마세요, 이 친구는 단지…… 또다시 꿈나라를 여 행하는 모양입니다. 깨어 있을 때도 가끔 그래요……. 당신은 사 려 깊은 분이니, 우리 둘이서 이 친구를 이끌어 줍시다. 간단해요. 이 친구 손을 잡고 움직이게 하면 되니까. 그러면 서명할 거요. 자, 그럼 해 봅시다……."

"그냥 제가 다시 한 번 들르겠습니다."

"아니, 아니, 전혀 걱정할 거 없어요. 당신은 사려 깊은 분이니 까……. 자, 로쟈, 이렇게 손님을 붙들어 두면 안 되지…… 봐, 기 다리고 계시잖아." 그는 정색을 하고 라스콜니코프의 손을 잡아 움직여 보려고 했다.

"관둬, 혼자 할 테니……." 라스콜니코프는 이렇게 말하고는 펜을 들어 장부에 서명했다. 협동조합원은 돈을 놓고 돌아갔다.

"잘했어! 이제 뭐 좀 먹어야지?"

"먹고 싶어." 라스콜니코프가 대답했다.

"집에 수프 있나?"

"어제 만든 게 있어요." 여태 거기 서 있던 나스타시야가 대답 했다.

"감자와 쌀가루가 든 거?"

"감자와 쌀가루가 든 거예요."

"안 봐도 알지. 그럼 가져다줘, 차도 좀 갖다 주고."

"가져올게요."

라스콜니코프는 커다란 놀라움과 무디고 무의미한 공포를 느끼면서 모든 것을 바라보고 있었다. 그는 앞으로 무슨 일이 있게 될지 잠자코 기다리기로 했다. '헛것을 보고 있는 것 같진 않다.' 그는 생각했다. '어쩌면 이건 실제로……'

이 분가량 지나 나스타시야가 수프를 가지고 돌아와서 이제 곧 차도 올 거라고 알렸다. 수프에는 숟가락 두 개와 접시 두 개, 그리고 소금 그릇, 후추병, 소고기를 위한 겨자 그릇과 같은 부속 식기 일체가 딸려 있었다. 이렇게 제대로 갖추어진 건 정말 오랜만이었다. 식탁보도 깨끗했다.

"나스타슈쉬카, 프라스코비야 파블로브나가 맥주 두어 병만 대령시켜도 나쁘지 않을 텐데. 같이 한잔하자고."

"정말, 수완도 좋으셔!" 나스타시야는 중얼거리고, 분부를 거행하려 나갔다.

라스콜니코프는 여전히 깜짝 놀란 듯한 긴장된 시선으로 주시하고 있었다. 그러는 동안 라주미힌은 소파로 자리를 옮겨 그와 나란히 앉아서, 그가 혼자서 몸을 일으킬 수 있는데도 불구하고 곰처럼 어색하게 왼손으로 그의 머리를 받치고는 오른손으로 수프 숟가락을 들고 환자가 입을 데지 않게 몇 번씩이나 후후 분 다음 입에 떠 넣어 주었다. 그러나 수프는 그저 미지근한 정도였다.

라스콜니코프는 기갈이 난 듯 한 숟가락을 삼키고, 계속해서 두 숟가락, 세 숟가락 허겁지겁 삼켰다. 그러나 라주미힌은 몇 숟가락 떠먹이더니 갑자기 손을 멈추고 그 이상은 조시모프와 상의해 봐야겠다고 말했다.

나스타시야가 맥주 두 병을 가지고 들어왔다.

"차 마실래?"

"응."

"어서 차 좀 가져다줘, 나스타시야. 차라면 의과 대학의 소견서가 없어도 될 테니. 와아, 맥주다!" 그는 자기 의자로 옮겨 앉아 수프와 소고기를 앞으로 당겨 놓고, 사흘이나 굶은 사람처럼 게걸스레 먹기 시작했다.

"로쟈, 난 요즘 여기서 매일 이렇게 식사를 하고 있다고." 소고기를 잔뜩 쑤셔 넣은 입을 겨우 벌리고 그가 중얼거렸다. "이게 다 네 하숙집 아주머니 파셴카가 내는 거야. 날 진심으로 존경하고 있거든. 나야 물론 요구하지도 않지만, 그렇다고 뭐 거절할 까닭도 없지. 아, 나스타시야가 차를 가져왔군. 정말 잽싸기도 하지! 나스첸카*, 맥주 어때?"

"아이참, 농담 마세요!"

"그럼 차는?"

"차라면 좋아요."

"따라 마셔. 잠깐, 내가 손수 따라 주지. 탁자 앞에 앉으서."

그는 이내 준비를 하고 한 잔 따라 준 다음, 또 다른 잔에도 따르더니, 하던 식사를 중단하고 다시 소파로 옮겨 앉았다. 아까처럼

그는 왼손으로 환자의 머리를 감싸고 반쯤 일으켜서는 찻숟가락
으로 차를 떠서, 마치 입으로 부는 과정에 건강을 회복시키는 가
장 중요하고도 유익한 요점이 있기라도 한 듯이 또다시 쉴 새 없
이 차를 후후 열심히 불어 가면서 환자에게 먹이기 시작했다. 라
스콜니코프는 남의 도움 없이도 몸을 일으켜 소파에 앉을 수 있
고, 숟가락과 찻잔을 쥘 수 있을 만큼 손을 자유롭게 쓸 수 있을
뿐만 아니라, 어쩌면 걸어 다녀도 문제없을 정도로 충분한 힘이
있다고 느꼈으나, 저항하지 않고 잠자코 있었다. 그러나 갑자기
어떤 기묘하고 짐승 같은 교활한 본능에서, 어느 시기까지는 자신
의 힘을 감추고 자신을 숨기고, 필요하다면 아직 완전히 제정신이
아닌 척하면서, 여기서 무슨 일이 일어나고 있는지 끝까지 듣고
모조리 알아내자는 생각이 머리에 떠올랐다. 그렇지만 혐오감만
은 억누를 수 없었다. 그는 차를 열 숟가락쯤 홀짝홀짝 받아먹더
니 갑자기 라주미힌의 손에서 머리를 빼내며 변덕스럽게 숟가락
을 밀쳐 내고 다시 베개 위에 쓰러졌다. 머리맡에는 이제 진짜 베
개, 깨끗한 잇을 씌운 깃털 베개가 놓여 있었다. 그는 이것 역시
알아채고 기억해 두었다.

"파쉔카에게 오늘 산딸기 잼을 보내 달래야지. 이 친구에게 마
실 것을 만들어 줘야겠어." 라주미힌은 자기 자리에 앉아 다시 수
프와 맥주를 들기 시작하면서 말했다.

"어디서 아주머니가 산딸기를 얻어다 주겠어요?" 나스타시야
는 다섯 손가락을 벌려 찻잔 받침을 받쳐 들고 입에 문 '설탕 덩이
사이로' 차를 걸러 마시면서 말했다.

"이봐, 산딸기는 가게에서 가져오면 되는 거야. 그런데 로쟈, 네가 의식이 없던 동안 여기서 굉장한 일이 있었어. 네가 그렇게 사기꾼같이 날 골려 먹고는 하숙집 주소도 말해 주지 않고 달아났을 때, 난 갑자기 너무 분통이 터져서 당장 네 녀석을 찾아내 아주 혼을 내 주려고 했어. 당장 그날로 시작했지. 돌아다니고 돌아다니고, 묻고 또 묻! 지금의 이 하숙집을 잊고 있었으니까. 하긴 애당초 알지도 못했으니까 기억할 리가 없지. 하지만 전에 있던 데가 퍄쩨 길목 근처에 있는 하를라모프의 집이라는 건 기억하고 있었어. 그래서 그 하를라모프의 집을 열심히 찾아다녔는데, 글쎄 나중에 알고 보니 하를라모프의 집이 아니라 부흐의 집인 거야. 음(音)이란 게 때로는 아주 혼동이 된단 말이야! 그래서 난 잔뜩 약이 올랐어. 약이 올라서, 되든 안 되든 그다음 날로 경찰서의 주민등록계로 갔지. 그랬더니 정말 단 이 분 만에 찾아내는 거야. 네가 거기 등록돼 있던데."

　"등록돼 있다고!"

　"물론, 그런데 코벨료프 장군이라는 사람은 내가 거기 있는 동안 끝내 찾아내지 못하더군. 이야기하자면 길어. 하지만 난 이곳에 오자마자 네 사정을 모두 알게 됐어. 속속들이 알게 됐어. 이봐, 난 다 알고 있어. 나스타시야가 증인이야. 난 니코짐 포미치와도 알게 됐고, 일리야 페트로비치도 소개받았고, 관리인도, 이곳 경찰서의 서기장인 알렉산드르 그리고리예비치 자묘토프와도 알게 되고, 그리고 끝으로, 이건 정말 나의 월계관인데, 파쏀카하고도 알게 됐어. 나스타시야가 그 증인이지만……."

"주인아주머니한테 사탕발림을 잔뜩 했거든요." 나스타시야가 교활하게 생글거리면서 중얼거렸다.

"그럼 아가씨 차에도 설탕을 좀 쳐 드릴까, 나스타시야 니키포로브나."

"어마, 수캐 같은 양반 좀 봐!" 나스타시야는 갑자기 소리를 지르며 웃음을 터뜨렸다. "그리고 난 페트로바예요, 니키포로바가 아니에요." 웃음이 멎자 그녀는 톡 쏘아붙였다.

"유념하겠사옵니다. 그런데 쓸데없는 말은 관두고, 난 이 지역의 온갖 편견을 단번에 뿌리 뽑으려고 처음엔 사방에 전류라도 흘려보내려고 했지. 그런데 파쉔카가 이겼어. 이봐, 난 그 여자가 그렇게…… 매력적일 줄은…… 꿈에도 생각 못 했어, 안 그래? 어떻게 생각해?"

라스콜니코프는 한순간도 그에게서 불안한 시선을 떼지 않은 채 입을 다물고 있었고, 지금도 계속 집요하게 그를 쳐다보고 있었다.

"심지어 지나칠 정도로 매력적이야." 라주미힌은 그의 침묵에 조금도 당황하지 않고 마치 상대방의 대답에 맞장구라도 치듯이 말을 이었다. "정말 나무랄 데 없는 여자야, 모든 점에서."

"정말 짓궂긴!" 나스타시야가 또다시 외쳤다. 보아하니 그녀에겐 이 대화가 말할 수 없는 행복감을 주는 듯했다.

"고약한 것은, 이봐, 너한텐 애당초 이 일을 처리할 능력이 없었다는 거야. 그 여자하고는 그런 식으로 하면 안 돼. 그 여자는 정말 예측할 수 없는 성격이거든! 좋아, 성격에 대해선 나중에 말하자고……. 다만 예컨대 어쩌다가 그 여자가 감히 밥도 안 들여보내게끔 사태를 몰고 갔느냔 말이야? 그리고 또 그 어음은 뭐야? 정말 정신이 돈 거 아냐? 어음에 서명을 하다니! 또 그 여자의 딸인 나탈리야 예고로브나가 살아 있을 때 했던 약혼 말이야……. 난 다 알고 있어! 하긴, 이건 아주 미묘한 마음의 금선(琴線)이고 이 방면에선 내가 완전히 바보 숙맥이라는 것도 알아, 미안해. 하지만 내친김에 실없는 소릴 하자면, 어떻게 생각해? 프라스코비야 파블로브나는 첫인상에서 느껴지는 것만큼 그렇게 멍청하진 않잖아, 어때?"

"응……." 라스콜니코프는 딴 곳을 보며 퉁명스레 대답했지만, 이 대화를 좀 더 이어가는 것이 유리하다고 생각했다.

"그렇지?" 라주미힌은 대답을 들은 것이 무척이나 기쁜 듯 외쳤다. "그렇다고 또 그리 영리한 것도 아니야, 안 그래? 정말이지 예측할 수 없는 성격이라니까! 솔직히 난 좀 당혹스러워, 정말이야……. 그 여자는 분명히 마흔은 됐을 거야. 자기 말로는 서른여섯이라고 하지만. 하긴 그렇게 말할 만도 해. 하지만 맹세코 말하는데, 나는 그 여자에 대해 오히려 정신적으로, 순전히 형이상학적으로 판단하고 있다고. 지금 나와 그 여자 사이엔 너의 그 대수학으로도 손을 못 댈 그런 수수께끼 같은 문제가 생겨나기 시작한 거야! 뭐가 뭔지 통 이해를 못 하겠어! 뭐, 이건 다 시답잖은 얘기고, 단지 그 여자는 네가 이미 대학생도 아닌데다, 과외 자리도 없지, 입을 옷가지도 없지, 게다가 딸도 이미 죽은 마당에 널 친척으로 대접해 봐야 쓸데없다는 걸 깨닫고 갑자기 깜짝 놀란 거야. 그런데 넌 너대로 방구석에 틀어박혀 예전에 했던 약속은 하나도 안 지키니까, 그 여자는 갑자기 널 쫓아내려는 생각을 하게 된 거지. 벌써 오래전부터 그런 생각을 품고 있었지만, 어음이 아까웠던 데 다, 너도 어머니가 갚아 줄 거라고 다짐까지 했으니까……."

"그렇게 말한 건 내가 비열했어……. 우리 어머닌 당신 자신도 구걸을 해야 할 지경이야. 난 이 집에 계속 있으려고…… 밥이라 도 얻어먹으려고 거짓말을 했어." 라스콜니코프는 큰 소리로 또 렷하게 말했다.

"그래, 그건 영리하게 군거야. 다만 뜻밖에도 7등관 체바로프라 는 아주 능한 수완가가 나타난 게 문제였지. 그 사람이 없었다면 파셴카는 아무것도 생각해 내지 못했을 거야, 워낙 수줍음을 많이 타니까. 하지만 수완가는 수줍어하지 않아. 물론 그 사람은 맨 먼 저, 어음을 살릴 가망이 있나 없나 하는 문제를 제기했지. 답은, 있다였어. 왜냐하면 자신은 먹을 게 없더라도 125루블의 연금에 서 돈을 떼어 내어 로젠카만은 구해 낼 어머니가 계시고, 사랑하 는 오빠를 위해서라면 노예로라도 팔려 갈 누이동생이 있으니까. 그 사람도 바로 이것을 노린 거야……. 그런데 너, 왜 그렇게 안 절부절못해? 난 이제 네 모든 비밀을 속속들이 알고 있어. 네가 파셴카하고 아직 인척 관계였을 때 너무 솔직하게 털어놓은 게 탈 이었어. 난 널 사랑하니까 하는 말인데……. 바로 이런 거야. 정 직하고 다감한 인간은 솔직하게 털어놓고 이야기하지만, 수완가 는 그걸 이용해 먹어. 나중엔 몽땅 먹어 버리지. 그래서 그 여자는 마치 부채 상환 대신인 것처럼 체바로프에게 이 어음을 양도했고,

이자는 조금도 부끄럽게 여기지 않고 정식으로 형식을 갖추어 지불을 청구한 거야. 나는 이 모든 걸 알게 되자 그놈의 양심을 씻어 주기 위해 전류라도 흘려보내려고 했지만, 마침 파셴카하고 나 사이에 마음이 통해서, 나는 네가 반드시 지불할 것이라고 보증한 다음, 그녀에게 이 모든 일을 원천적으로 중단하도록 했어. 이봐, 내가 네 보증을 섰다고, 알겠어? 체바로프를 불러서 그놈의 입에다 10루블을 찔러 주고 종이를 되찾아왔어. 그래서 이렇게 그것을 네게 바치는 영광을 누리게 된 거라고. 이제 넌 구두 약속만으로도 신용 보장이야. 자, 받아, 내가 한쪽 끝을 적당히 찢어 뒀어."

라주미힌은 탁자 위에 차용증서를 올려놓았다. 라스콜니코프는 힐끗 쳐다보고는 아무 말도 하지 않고 벽 쪽으로 돌아누워 버렸다. 아무리 라주미힌이라 해도 불쾌감이 치밀었다.

"알았어." 일 분가량이나 지나서야 그가 말했다. "내가 또 바보 짓을 했군. 네 기분을 풀어 주고 수다라도 떨어 위로해 주려 한 건데 그만 비위만 건드렸어."

"내가 열에 시달릴 때 못 알아본 게 바로 너였어?" 역시 일 분가량 말이 없다가 라스콜니코프는 고개를 돌리지도 않고 물었다.

"그래, 그 때문에 넌 미친 듯이 화를 내기까지 했어. 특히 내가 한 번 자묘토프를 데리고 왔을 땐 더 했지."

"자묘토프……? 그 서기를……? 뭣 때문에?" 라스콜니코프는 홱 돌아누워 라주미힌을 쏘아보았다.

"아니 왜 그래……. 뭘 그렇게 놀라? 너하고 알고 지내고 싶다 하기에. 그쪽에서 원했어. 둘이서 네 얘길 많이 했거든……. 그렇잖으면 내가 누구한테서 네 사정을 그렇게 많이 알게 됐겠어? 아주 훌륭한 친구야, 정말로 보기 드문 젊은이라고…… 물론 그 나름으로 그렇다는 거지만. 지금은 아주 가까워져서 거의 매일 만나고 있어. 난 이쪽으로 이사를 왔거든. 아직 모르지? 이제 막 이사했어. 그 친구하고 라비자한테도 두 번이나 같이 갔지. 라비자 기억하지? 라비자 이바노브나 말이야."

"내가 무슨 헛소리를 했어?"

"하고말고! 제정신이 아니었으니까."

"무슨 헛소리를 했는데?"

"거참! 무슨 헛소릴 했느냐고? 뻔하잖아, 무슨 헛소린지……. 이봐, 이제 시간 그만 허비하고 일에 착수하자."

그는 의자에서 일어나 모자를 집어 들었다.

"무슨 헛소리를 했는데?"

"쳇, 또 같은 소리구먼! 아니, 무슨 비밀이라도 있어서 걱정이 되는 거야? 걱정 마. 백작부인 얘기는 하나도 안 했으니까.* 그저 무슨 불도그가 어떻고, 그리고 귀고리가 어떻고, 목걸이 줄이 어떻고, 크레스토프스키 섬이 어떻고, 무슨 관리인과 니코짐 포미치와 부서장 일리야 페트로비치 이야기도 많이 했어. 그 밖에도 네 양말에 엄청나게 신경을 쓰던데, 엄청나게! 애걸복걸하면서, 양말 줘! 하는 소리만 되풀이했어. 결국 자묘토프가 온 방구석을 뒤져서 그 너덜너덜한 양말을 네게 손수 건네주기까지 했지. 향수를 뿌리고 보석 반지를 잔뜩 낀 손으로 말이야. 그제야 비로소 안심을 하더군. 밤낮없이 그 넝마를 손에 꼭 쥐고 있어서 빼낼 수도 없을 정도였다고. 지금도 네 이불 밑 어딘가에서 구르고 있을 거야. 그리고 또 바짓부리의 해진 부분을 달라고 애원하더군, 눈물까지 흘리면서! 대체 어떤 걸까, 온갖 궁리를 해 봤지만 도무지 알 수가 있어야⋯⋯. 자, 그럼 일을 시작하자! 여기 35루블이 있는 데서 내가 10루블만 가져갈게. 두 시간쯤 뒤에 계산서를 대령시키지. 그동안에 조시모프에게도 알리겠어. 그렇잖아도 벌써 여기 와 있어야 할 친군데, 11시가 넘었으니까. 그리고 나스첸카, 내가 없는 동안 좀 더 자주 들여다봐요. 마실 거나 그 밖에 원하는 게 있으면 뭐든지 주고⋯⋯. 파셴카한테 나도 필요한 것을 말해 두겠어. 그럼 다녀올게!"

"파셴카라고 부르다니! 정말 넉살도 좋아!" 나스타시야가 그의 등에 대고 말했다. 그러고는 문을 열고 엿듣기 시작했으나 도저히 참지 못하겠는지 자기도 아래로 잽싸게 달려 내려갔다. 그가 거기서 여주인하고 무슨 얘기를 하는지 궁금해서 견딜 수 없는 모양이었고, 게다가 아무래도 라주미힌에게 홀딱 빠져 있는 게 분명했다.

그녀가 나가고 문이 닫히자마자 환자는 이불을 걷어차고 미친 사람처럼 잠자리에서 벌떡 일어났다. 경련과도 같은 타는 듯한 초조감에 휩싸여, 어서 두 사람이 가 버리고 그들이 없는 동안에 당장 일을 시작하려고 고대하고 있었던 것이다. 그러나 대체 무엇을, 어떤 일을 시작하려 했던 것일까? 그는 마치 일부러 그러기라도 한 듯 까맣게 잊어버리고 말았다. '하느님! 한 가지만 가르쳐 주소서. 그들이 모든 것을 알고 있습니까, 아니면 아직 모르고 있나요? 다 알면서도 내가 누워 있는 동안 시치미를 뚝 떼고 실컷 놀려 먹다가 갑자기 들어와선, 전부터 다 알고 있었지만 단지 모르는 척했을 뿐이다 하고 말할지도 모른다……. 대체 지금 뭘 해야 하지? 잊어버렸어. 마치 일부러라도 잊은 듯, 갑자기 잊어버렸어. 방금도 기억하고 있었는데……!'

그는 방 한가운데 서서 괴로운 의구심에 사로잡혀 주위를 둘러보았다. 그러다 문 쪽으로 다가가 문을 열고 귀를 기울여 보았다. 그러나 분명 그것은 아니었다. 그는 갑자기 생각난 듯, 벽지에 구멍이 난 구석으로 달려가서 모든 것을 살펴보기 시작했다. 구멍에 손을 쑤셔 넣고 더듬어 보았으나 그것도 아니었다. 그는 난로 쪽으로 가서 난로를 열고 재 속을 여기저기 뒤지기 시작했다. 바짓부리의 해진 조각과 뜯어낸 호주머니 조각이 그때 던져 넣은 그대로 흩어져 있었다. 그러니까, 아무도 보지 않았다! 그때 문득 라주미힌이 방금 이야기했던 양말이 생각났다. 정말로 양말은 소파의 이불 밑에 있었지만, 그때 이후로 몹시 구겨지고 더러워졌으므로 자묘토프는 아무것도 눈치채지 못했을 터였다.

'아, 그래, 자묘토프……! 경찰서……! 그런데 뭣 때문에 날 경찰서로 부를까? 소환장은 어딨지? 아……! 내가 혼동했어. 소환은 그때 했던 거지! 난 그때도 양말을 살펴보았어. 그런데 지금…… 지금 난 병을 앓았던 거다. 뭣 때문에 자묘토프가 들렀을까? 왜 라주미힌은 그를 이리 데려왔던 거지……?' 그는 다시 소파에 주저앉으면서 힘없이 중얼거렸다. '이게 대체 어떻게 된 걸까? 난 아직 헛소리를 하고 있는 걸까, 아니면 현실일까? 현실인 것 같다……. 아, 생각났다. 도망쳐야 한다! 어서 도망쳐야 한다.

반드시, 반드시 도망쳐야 한다! 그렇지만……. 어디로? 내 옷은 어딨지? 구두도 없다! 치워 버렸구나! 감춰 버렸어! 뻔하지! 아, 여기 외투가 있다. 그들이 못 보고 넘어갔구나! 여기 탁자 위에 돈도 있네, 다행이다! 여기 어음도 있어……. 돈을 가지고 달아나서 다른 방을 빌리자. 그들은 찾아내지 못할 거야……! 그렇지만 주민등록계는? 그들은 찾아낼 거다! 라주미힌이 찾아낼 거다. 차라리 완전히 도망치자…… 멀리…… 미국으로, 그리고 그들에게 침이나 뱉어 주자! 어음도 가져가자…… 거기서 쓸모가 있을지도 몰라. 또 뭘 가져가지? 그들은 내가 앓고 있는 줄 알겠지! 내가 걸을 수 있다는 걸 모르고 있어, 흐흐흐……! 눈빛을 보고 난 알아챘어. 그들은 다 알고 있는 거야! 층계만 내려가면 될 텐데! 그런데 거기 감시꾼이라도, 경찰이라도 서 있으면 어쩌지? 이건 뭐야, 차일까? 아, 맥주도 남아 있다, 반 병이나. 차갑구나!'

그는 맥주가 한 잔 정도는 족히 남아 있는 병을 집어 들고 가슴 속의 불이라도 끄려는 듯이 기분 좋게 쭉 단숨에 들이켰다. 일 분도 안 되어 맥주 기운이 머리로 오르고, 기분 좋게 느껴지기까지 하는 가벼운 오한이 짜르르 등골을 타고 흘렀다. 그는 드러누워 이불을 끌어당겨 덮었다. 그렇잖아도 병적이고 두서없는 생각들이 점점 더 뒤엉켜 갔고, 이내 가볍고 기분 좋은 잠이 엄습해 왔다. 그는 황홀한 기분에 잠겨 머리로 베개의 편한 자리를 고르고, 누더기가 다 된 외투 대신 지금 그의 위에 덮여 있는 부드러운 솜이불로 몸을 꼭 감싸고는 조용하게 한숨을 내쉬며, 병이라도 고쳐 줄 듯한 깊고 곤한 잠에 빠져들었다.

누군가 들어오는 소리에 그는 잠에서 깼다. 눈을 떠 보니 라주미힌이 문지방에 서서 들어갈까 말까 망설이고 있었다. 라스콜니코프는 재빨리 소파 위에서 몸을 일으키고, 무엇인가 기억해 내려고 하는 듯이 그를 바라보았다.

"아, 안 자고 있었군, 나야! 나스타시야, 보따리를 이리 갖다 줘!" 라주미힌이 아래쪽을 향해 소리쳤다. "이제 곧 보고를 할게……."

"몇 시지?" 라스콜니코프는 불안하게 사방을 돌아보며 물었다.

"엄청나게 잤군. 밖은 저녁이야. 6시는 됐을걸. 족히 여섯 시간은 잤어……."

"맙소사! 어쩌자고 난……."

"아니 어때서? 건강에도 좋잖아! 어딜 가려고 서두르는데? 데이트라도 가? 이제 완전히 우리들 시간이잖아. 난 벌써 세 시간이나 기다렸어. 두 번이나 들어왔는데 자고 있기에 말이야. 조시모프한테도 두 번 들렀는데 집에 없었어! 뭐 상관없어, 곧 오겠지……! 자기도 볼일이 있어 잠시 나갔을 테니까. 난 오늘 이사했어. 완전히 이사했어. 숙부하고 같이. 우리 집에 지금 숙부가 와 계시거든……. 뭐 이런 얘긴 관두고, 일을 시작하자고……! 보따리를 이리 줘, 나스첸카. 자, 우리는 이제……. 그런데 몸은 좀 어때?"

"난 건강해, 아프지 않아……. 라주미힌, 여기 온 지 오래됐어?"

"세 시간이나 기다렸다고 했잖아."

"아니, 그전에?"

"그전에라니?"

"언제부터 여길 오게 됐느냐고?"

"아까 다 얘기했는데, 생각 안 나?"

라스콜니코프는 생각에 잠겼다. 아까의 일이 꿈처럼 가물거렸다. 혼자서는 기억을 떠올릴 수가 없어서 그는 묻는 듯한 표정으로 라주미힌을 쳐다보았다.

"음!" 라주미힌이 말했다. "다 잊어버렸구나! 아까도 네가 아직 완전히 정신이 든 것 같지는 않더라만……. 지금은 한잠 푹 잔 덕분에 아주 좋아졌어……. 정말, 훨씬 좋아 보여. 아주 좋아! 자, 일을 시작하자고! 이제 곧 기억이 날 거야. 여길 좀 봐."

그는 분명 무척이나 신경을 쓰고 있던 보따리를 풀기 시작했다.

"이 일은 말이야, 내가 특별히 마음에 담아 두고 있던 거야. 널 사람답게 만들어야 하니까. 자, 해 볼까. 위에서부터 시작하자고. 어때, 이 모자?" 그는 보따리에서 상당히 괜찮은, 그러나 아주 평범하고 값싼 학생모를 꺼내면서 시작했다. "맞는지 한번 써 볼래?"

"나중에, 이따가." 라스콜니코프는 퉁명스레 뿌리치며 말했다.

"아니, 이봐 로쟈, 고집부리지 마. 이따가는 너무 늦어. 게다가 난 밤새 한잠도 못 잘 거야, 어림잡아 사 왔으니까. 딱 맞는구나!" 그는 모자를 씌워 보고 신이 나서 외쳤다. "치수가 꼭 맞아! 이봐, 모자란 복장 전체에서 제일 중요한 거야, 소개장이나 다름없지. 내 친구인 톨스차코프는 어디 공식적인 장소에 들어갈 때마다 다른 사람들은 다 모자나 학생모를 쓰고 있는데도 자기만은 꼭 머리 뚜껑을 벗어. 다들 그의 노예근성 탓이라고 생각하지만, 실은 새 둥지 같은 자기 모자가 부끄러워서 그럴 뿐이야. 부끄럼을 아주 잘 타는 친구거든! 자, 나스첸카, 여기 이 두 모자 중 어느 것이 맘에 드나, 이 팔머스턴*인가(그는 방 한쪽 구석에서 왠지는 모르지만 그가 팔머스턴이라 부르는, 라스콜니코프의 찌그러진 둥근 모자를 꺼냈다) 아니면 이 주옥같은 명품인가? 로쟈, 맞춰 봐, 얼마나 줬을 것 같아? 나스타슈쉬카는?" 라스콜니코프가 잠자코 있는 것을 보자, 그는 그녀에게로 몸을 돌렸다.

"20코페이카쯤 줬겠죠." 나스타시야가 대답했다.

"20코페이카라고, 바보같이!" 그는 기분이 몹시 상해서 소리쳤다. "요즘 세상에 20코페이카 가지고는 너 같은 것도 못 사. 80코페이카야! 그것도 쓰던 거니까 그렇지. 물론 조건이 붙어 있어. 이걸 못 쓰게 되면 내년에 다른 걸 거저 준다고, 정말이야! 자, 이제 미합중국을 시작해 볼까. 우리가 중학교 다닐 때 이걸 그렇게 불렀잖아. 미리 말해 두는데, 이 바지는 나의 자랑이야!" 그러면서 그는 가벼운 회색 모직으로 된 여름 바지를 라스콜니코프 앞에 펼쳐 보였다. "구멍도 없고 얼룩도 없어. 헌 옷이긴 해도 아직 얼마든지 입을 만해. 그리고 조끼도 요즘 유행하는 식으로 바지하고 같은 색이야. 사실 헌 옷이 오히려 낫지. 더 부드럽고 촉감도 좋거든⋯⋯. 이봐, 로쟈, 내 생각으론 말이야, 세상에서 성공하려면 항상 계절을 잘 지키면 돼. 정월에 아스파라거스를 먹으러 들지만 않는다면 지갑에 몇 루블쯤은 늘 남아 있게 마련이야. 이 물건들도 마찬가지야. 지금은 여름이라서 나도 여름 것으로 샀어. 가을로 접어들면 그렇지 않아도 좀 더 따뜻한 옷감이 필요하게 되니까 이런 건 벗어 던져야 할 테고⋯⋯ 게다가 벌써 그때쯤 되면 자연히 못 입는 옷이 되고 말아. 더 큰 사치를 위해서가 아니라면 물건 자체의 내적 결함 때문에라도 말이야. 자, 값을 알아맞혀 봐! 네 생각엔 얼마일 것 같은데? 2루블 25코페이카야! 그리고 기억해 둬, 이것도 아까와 같은 조건이니까. 이게 다 해지면 내년에 다른 걸 거저 준댔어! 페쟈예프의 가게에선 이런 식이 아니면 장사를 안 해. 한 번 값을 치르면 평생 그만이지. 왜냐하면 안 그러면 산 쪽에서도 두 번 다시 가지 않을 테니까. 자, 이번엔 구두 차례야. 어때? 신던 거라는 건 금방 알 수 있지만, 두 달 정도는 너끈히 신을 수 있어. 이건 외국에서 만든 외래품이거든. 영국 대사관의 비서가 지난주에 고물 시장에 내놓은 거야. 엿새밖에 신지 않았는데, 돈이 아주 급했대. 값은 1루블 50코페이카. 잘 샀지?"

"안 맞을지도 모르잖아요!" 나스타시야가 지적했다.

"안 맞는다고! 그럼 이건 뭔데?" 그는 주머니에서 마른 진흙이 잔뜩 묻어서 뻣뻣해진데다 구멍투성이인 라스콜니코프의 낡아빠진 구두 한 짝을 꺼냈다. "나는 이걸 준비해 가지고 가서 이 괴물 딱지를 보고 맞는 치수를 알아봐 달라고 했어. 나는 모든 일을 성심성의껏 했단 말이야. 그리고 셔츠에 대해선 여주인과 의논했고. 여기 우선 세 벌의 셔츠가 있어. 마직이지만 유행하는 깃이 달린 거야……. 그러니까 모자가 80코페이카, 다른 옷가지들이 2루블 25코페이카 해서 합이 3루블 5코페이카에, 구두가 아주 좋은 것이니까 1루블 50, 그러면 합해서 4루블 55코페이카, 거기다 속옷이 모두 해서 5루블―흥정해서 도매값으로 산 거야―, 그러니까 모두 합해서 9루블 55코페이카가 돼. 거스름돈이 45코페이카인데, 모두 5코페이카짜리 동전이야. 자, 받으시지. 로쟈, 이렇게 해서 너는 다시 복장을 다 갖춘 셈이야. 왜냐하면 내 생각에 네 외투는 아직 입을 만할 뿐 아니라 독특한 품격마저 지니고 있어서, 왜 샤르메르* 양복점에다 주문하는지 그 뜻을 알 수 있으니까! 양말과 기타의 것에 대해서는 너한테 맡기겠어. 돈은 25루블이 남았어. 그렇지만 파쉔카나 하숙비에 대해선 걱정할 것 없어. 말했잖아, 넌 무한 신용이라고. 그럼 이제 셔츠 좀 갈아입자. 안 그러면 병이 그 셔츠 속에 계속 앉아 있을지 몰라……."

"내버려 둬! 싫어!" 라스콜니코프는 라주미힌이 구입한 옷가지에 대해 억지 익살을 섞어 가며 보고하는 것을 혐오스러운 듯 듣고 있다가 대번에 손을 내저었다…….

"이봐, 그러면 안 돼, 난 신발이 닳도록 돌아다녔는데!" 라주미힌이 고집했다. "나스타슈쉬카, 부끄러워 말고 좀 도와줘, 그렇지, 그렇게!" 그러고는 라스콜니코프의 저항에도 불구하고 셔츠를 갈아입혔다. 그는 베개 위에 쓰러져 이 분가량 아무 말도 하지 않았다.

'이치들, 엔간해선 떨어져 나가지 않겠군!' 하고 그는 생각했다. "무슨 돈으로 이것들을 샀어?" 벽을 바라본 채 마침내 그가 물었다.

"무슨 돈? 기가 막혀서! 네 돈이지. 아까 심부름으로 협동조합원이 왔었잖아, 바흐루쉰이 송금한 돈, 너희 어머니께서 보내 주신 거야. 그것까지도 잊어버렸어?"

"이제 생각나……." 라스콜니코프는 오랫동안 침울한 생각에 잠겨 있다가 말했다. 라주미힌은 이마를 찌푸리고 불안하게 그를 바라보았다.

문이 열리면서 키가 크고 건장한 남자가 들어왔다. 라스콜니코프에게도 다소 낯익은 듯 여겨지는 사람이었다.

"조시모프! 드디어 왔구나!" 라주미힌은 기뻐하며 소리쳤다.

4

조시모프는 키가 크고 살이 피둥피둥 찐 사나이로, 백묵같이 창백하고 좀 부은 듯한 얼굴에 머리털은 곱슬기가 전혀 없는 아주 연한 금발이었다. 게다가 안경을 썼고, 지방질이 두둑한 손가락에는 커다란 금반지를 끼고 있었다. 나이는 스물일곱가량이었다. 그는 품이 넉넉한 멋진 여름 외투와 밝은색의 바지를 입고 있었고, 대체로 몸에 걸치고 있는 것이 모두 여유 있고 멋진 새것이었다. 속에 받쳐 입은 옷도 흠잡을 데 없고, 시곗줄도 묵직했다. 동작은 느릿느릿하고 따분한 듯하면서도 동시에 일부러 학습한 듯한 소탈함을 보여 주고 있었지만, 애써 감추고 있는 오만함이 끊임없이 엿보였다. 그를 아는 사람들은 누구나 그를 까다로운 사람으로 여겼지만, 자기 일에서만큼 유능하다고 말하고 있었다.

"난 두 번이나 너희 집에 들렀어……. 봐, 정신이 들었어!" 라주미힌이 소리쳤다.

"알아, 알아, 그래 이제 기분은 좀 어떤가요?" 조시모프는 라스콜니코프의 얼굴을 주의 깊게 들여다보며 묻고는, 소파에 누워 있는 그의 발치에 앉아 이내 몸을 쭉 펴고 될 수 있는 대로 편한 자세를 취했다.

"내내 우울해하고 있어." 라주미힌이 계속 말했다. "방금 셔츠를 갈아입혔는데 거의 울음을 터뜨리려고 했어."

"그럴 법도 하지. 내켜하지 않는다면 셔츠야 나중에 갈아입혀도 됐을 텐데……. 맥박은 괜찮군. 머리는 아직도 좀 아프지요, 네?"

"난 건강해요, 완전히 건강합니다!" 라스콜니코프는 갑자기 소파 위에서 몸을 일으키고 눈을 번득이며 고집스럽고 초조한 투로 말했으나, 곧바로 베개 위에 쓰러져서는 벽 쪽으로 돌아누웠다. 조시모프는 그를 뚫어지게 지켜보고 있었다.

"아주 좋아……. 모든 게 정상적이야." 그가 시들한 듯 말했다. "뭘 좀 들었나?"

그들은 그에게 대답해 주고, 뭘 주면 좋은지 물었다.

"이제 뭐든 줘도 좋아……. 수프, 차…… 물론 버섯과 오이는 주면 안 되고, 소고기도 당연히 안 돼…… 뭐, 지금 더 할 말은 없어……!" 그는 라주미힌과 서로 눈짓을 했다. "물약은 필요 없고, 다른 것도 다 필요 없어. 내일 내가 또 와 보지……. 하긴 오늘이라도…… 그래, 맞아……."

"내일 저녁엔 이 친구를 산책에 데리고 가겠어!" 하고 라주미힌이 결정해 버렸다. "유수포프 공원으로, 그다음엔 '팔레 드 크리스탈*(수정궁)'에 가 볼 작정이야."

"내일까진 움직이지 않는 게 좋을 텐데. 그러나 약간이라면……

글쎄, 그건 그때 가서 보지."

"거참 유감이군. 오늘 마침 우리 집에 집들이가 있는데, 바로 코앞이야. 이 친구도 오면 좋겠는데. 우리 곁에서 소파에 누워 있기만 해도 좋잖아! 넌 올 거지?" 라주미힌이 갑자기 조시모프 쪽으로 몸을 돌렸다. "잊지 마, 약속했으니까."

"아마 갈 거야, 좀 늦겠지만. 뭘 대접할 건데?"

"뭐 별것 없어. 차, 보드카, 청어 정도야. 피로그도 준비했어. 우리들끼리만 모여."

"누구누군데?"

"모두 이웃에 사는 사람들이니, 거의 다 초면들일 거야. 하긴 늙으신 숙부는 예외지만. 아니 숙부도 초면이겠군. 볼일이 좀 있어서 바로 어제 페테르부르크에 오셨어. 오 년에 한 번 정도밖에 뵙지 못해."

"어떤 분이신데?"

"작은 군의 우체국장으로 평생을 보내시고…… 몇 푼 안 되는 연금을 받고 계시는 예순다섯 살의 노인이셔. 별로 얘기할 만한 것도 없어……. 하지만 난 그분을 사랑해. 포르피리 페트로비치도 올 거야. 이곳의 예심판사야……. 법률가지. 왜, 너도 알걸……."

"그 사람도 너의 친척인가 무언가지?"

"아주 먼 친척뻘이야. 왜 그렇게 얼굴을 찌푸려? 서로 한 번 다툰 적이 있으니까, 넌 안 올지도 모르겠다는 거야?"

"그런 녀석, 난 상관 안 해……."

"그럼 더 좋고. 그 밖에 또 누가 오냐면, 대학생 몇 명과 교사 한 사람, 관리 한 사람, 음악가 한 사람, 장교 한 사람, 자묘토프……."

"그런데 말 좀 해 봐. 너나 여기 이 사람이나." 조시모프는 라스콜니코프를 턱으로 가리켰다. "그 자묘토프 같은 작자하고 대체 무슨 공통점이 있다는 거냐?"

"아하, 정말로 까다로운 친구군! 원칙이라 이거지……! 넌 오로지 원칙 위에 서 있어. 마치 용수철 위에 서 있는 것처럼 말이야. 자신의 의지로는 몸도 돌리지 못하는 녀석이라고. 그러나 내 생각으로는 사람이 훌륭하다면 그것 자체가 원칙이기도 해. 그 외엔 난 아무것도 알고 싶지 않아. 자묘토프는 정말 좋은 사람이야."

"그리고 사리사욕을 채우지."

"그래, 사리사욕을 채운다 한들 무슨 상관이야! 사리사욕을 채우기로서니 그게 어떻다는 거야!" 왠지 이상하게 화를 내면서 라주미힌이 갑자기 소리쳤다. "그 친구가 사리사욕을 채운다고 내가 너한테 칭찬이라도 했어? 나는 그가 나름대로 좋은 사람이라고 말한 것뿐이야. 그리고 똑바로 말해서, 모든 면에서 훌륭한 인간이 뭐 그렇게 많아? 그렇다면 나 같은 놈은 오장육부까지 함께 내놔도, 분명히 구운 파 대가리 한 개 값밖에 안 나갈 거야. 그것도 너까지 덤으로 끼워서……!"

"그건 너무 싼데, 나라면 너를 파 두 쪽 값으로 사 줄 텐데……."

"난 네게 한 쪽밖에 안 쳐주겠어! 더 빈정거려 보시지! 자묘토프는 아직 풋내기니까 나는 머리털을 좀 잡아당겨 줄 작정이야. 왜냐하면 그를 끌어당겨야지 내치면 안 되니까. 인간을 내친다고 해서 바로잡을 순 없어. 풋내기는 더 그래. 풋내기는 배로 신중하게 다뤄야 해. 쳇, 너희들 같은 진보적이라는 멍청이들은 아무것도 몰라! 다른 사람을 존경할 줄도 모르고, 자기 자신을 모욕한다고…… . 알고 싶다면 얘기해 주지. 그 친구와 날 엮어 준 한 가지 공통된 관심사가 있어."

"궁금한데."

"그건 도장공, 즉 칠장이 사건에 관한 거야…… . 우린 그를 반드시 구해 낼 거야! 하긴 이제 어려울 것도 없어. 사건은 이제 명명백백하거든! 우리가 조금만 밀어주면 돼."

"대체 어떤 칠장이 이야긴데?"

"아니, 내가 얘기 안 했어? 정말 안 했어? 그렇구나, 너한테는 지금 처음으로 얘기하기 시작한 거니까…… . 바로, 관리의 미망인인 전당포 노파 살해 사건 말이야…… 거기에 지금 그 칠장이도 말려들었어…… ."

"그 살인 사건이라면 너한테 듣기 전에 나도 들었고, 그 사건에 흥미까지도 어느 정도…… 느끼고 있어…… 어떤 우연한 일로…… 그리고 신문에서도 읽었고! 그런데…… ."

"리자베타까지 죽였어요!" 갑자기 나스타시야가 라스콜니코프를 향해 수다를 떨기 시작했다. 그녀는 쭉 방 안에 남아 문가에 기대서서 듣고 있었던 것이다.

"리자베타를?" 라스콜니코프는 들릴 듯 말 듯한 목소리로 중얼거렸다.

"물건 팔러 다니던 리자베타 몰라요? 여기 아래층에도 자주 다녔는데. 셔츠도 고쳐 주었잖아요."

라스콜니코프는 벽 쪽으로 돌아누웠다. 그리고 흰 꽃무늬가 있는 더럽고 누런 벽지에서 뭔가 갈색 선으로 장식된 보기 흉한 흰 꽃송이를 하나 골라, 꽃잎이 몇 개고, 꽃잎 위에 어떤 톱니 모양이 그려져 있고, 선이 몇 개나 되는지 살펴보기 시작했다. 손발이 마비된 듯 굳어 버린 것을 느꼈으나 몸을 조금 움직여 보려고도 하지 않고 뚫어지게 꽃송이만 바라보고 있었다.

"그래, 그 칠장이가 어쨌다는 거야?" 조시모프는 왠지 아주 못마땅해하면서 나스타시야의 수다를 막았다. 나스타시야는 한숨을 내쉬고 입을 다물었다.

"그 역시 살인 혐의를 받고 있어!" 라주미힌이 흥분해서 말을 계속했다.

"무슨 증거라도 있는 거야?"

"증거는 무슨! 증거에 따른 것이라고는 하는데, 그 증거란 게 증거가 아니어서 증명이 요구되는 것이야! 이건 처음에 왜 그 친구들, 이름이 뭐라더라…… 코흐와 페스트랴코프를 체포해서 혐의를 씌웠던 것하고 똑같아. 젠장! 얼마나 멍청하게 일을 처리하고 있는지, 남의 일이지만 속이 다 뒤집힌다니까! 페스트랴코프는 오늘 우리 집에 들를지도 몰라……. 그런데 로쟈, 너도 이 사건을 이미 알고 있을 거야. 네가 병이 나기 전에, 그러니까 경찰서에서 네가 기절했던 바로 그 전날 저녁에 일어난 사건인데, 그때 경찰에서도 마침 그 얘기를 하고 있었잖아……."

조시모프는 호기심에 차서 라스콜니코프를 바라보았으나, 그는 꼼짝도 하지 않았다.

"이봐, 라주미힌, 그러고 보니 너도 어지간히 오지랖이 넓구나." 조시모프가 주의를 주었다.

"그래도 좋아, 어쨌든 구해 낼 거야!" 라주미힌은 주먹으로 탁자를 쾅 치고는 소리쳤다. "그런데 뭐가 제일 화나는지 알아? 경찰 녀석들이 거짓말을 하고 있어서가 아냐. 거짓말은 언제나 용서할 수 있어. 거짓말은 사랑스러운 것이기도 해, 진실에 이르는 과정이니까. 아니, 화가 치미는 것은 그들이 거짓말을 할 뿐만 아니라, 자신의 거짓말을 숭배하고 있다는 거야. 나는 포르피리를 존경해. 그러나…… 가령 대체 뭐가 그들을 맨 처음부터 갈팡질팡하게 한 줄 알아? 문이 잠겨 있었는데, 관리인과 함께 와서 보니 열려 있더라 이거야. 그러니까 코흐와 페스트랴코프가 죽인 것이다! 이게 그들의 논리지."

"너무 화내지 마, 두 사람을 체포한 것뿐이니까. 안 그럴 수도 없었잖아……. 그런데 나도 그 코흐라는 사람을 만난 적이 있는데, 노파한테서 기한이 지난 물건을 사들이던 자 아냐? 그렇지?"

"맞아, 대단한 사기꾼이지! 어음도 사들여. 더러운 장사치야. 그런 놈이야 될 대로 되라지! 내가 무엇에 이렇게 분개하고 있는지 알아? 경찰 녀석들의 낡아빠지고 비열하고 완고하고 구태의연한 방식 때문이야……. 하지만 이 사건 하나만 가지고도 완전히 새로운 길을 열 수 있다고. 단지 심리적인 근거만 가지고도 어떤 방식으로 참다운 증거를 얻을 수 있는지 보여 줄 수 있단 말이야. '우리는 사실을 확보하고 있다!'라니, 그렇지만 사실이 전부는 아닌 거야, 적어도 사건의 절반은 사실을 다루는 능력에 달려 있으니까!"

"그럼 넌 사실을 다룰 줄 안다는 거야?"

"사건 해결에 도움을 줄 수 있다고 느끼는데, 확실하게 느끼는데, 잠자코 입을 닫고 있을 수야 없잖아. 만일…… 에잇……! 넌이 사건을 자세히 알고는 있어?"

"그래서 칠장이 이야기를 기다리고 있잖아."

"참 그렇지! 그럼 이야기를 들어 봐. 살인이 있고서 꼭 사흘째 되는 날 아침에 경찰 녀석들이 코흐와 페스트랴코프를 붙들고서, 이들이 각자 자신의 알리바이를 증명해서 무죄가 뻔한 데도 불구하고, 계속 어르고 을러대고 하고 있을 때, 갑자기 꿈에도 생각하지 않았던 새로운 사실이 나타났어. 바로 그 집 맞은편에서 술집을 하고 있는 두쉬킨이라는 농부 출신의 사나이가 경찰에 와서, 금귀고리가 든 보석 상자를 내놓으면서 한 편의 소설 같은 이야기를 늘어놓는 거야. '그저께 저녁, 8시가 조금 지나서'—이 날짜와 시간을 봐! 알아차리겠지?—'전에도 하루에 몇 번씩이나 오던 미콜라이*가 저한테 달려왔습죠. 금귀고리가 든 보석 상자를 가지고 와서 그걸 담보로 2루블을 꾸어 달라는 겁니다요. 어디서 난 거야? 하고 물어보자, 길에서 주웠다고 합디다. 저는 더 이상은 캐묻지 않고' 하고 두쉬킨이 말했다는 거야. '지폐 한 장, 그러니까 1루블을 내주었죠. 그건 말입죠, 만일 제가 안 받아 주면 다른 사람한테 잡힐 게 뻔하고 어차피 다 마셔 버릴 테니까, 제가 물건을 잡아놓는 게 낫다고 생각했기 때문입죠. 멀리 있는 건 멀리 두고 가까이 있는 건 잡으라고 했으니까요. 만약 무슨 일이 드러나거나 이상한 소문이라도 돌면 바로 갖다 내면 된다고 생각했습지요.' 물론 이건 할망구 잠꼬대같이 황당한 얘기이고 뻔뻔한 거짓말이야. 왜냐하면 나는 이 두쉬킨이란 작자를 알고 있는데, 이놈 역시 돈놀이를 하는데다 장물아비 노릇도 하고 있어. 30루블이나 나가는 물건을 미콜라이에게서 편취한 거지, '갖다 낼' 생각을 한 건 절대아니야. 다만 겁이 나서 내놓은 것뿐이지. 그런 건 아무래도 좋아, 계속 들어 보라고. 두쉬킨은 이렇게 말을 계속했어. '저는 농부의 아들 미콜라이 제멘치예프를 어려서부터 알고 있습죠. 그 녀석도 나와 마찬가지로 시골 출신인데 우리는 같은 도, 같은 군에서 자랐고, 모두 자라이스크 군의 농민으로 랴잔 사람이니까요. 미콜라이는 술고래는 아니지만 좀 하는 편입죠. 그 녀석이 바로 그 집에서 미트레이*와 함께 페인트칠을 하고 있다는 건 저도 잘 알고 있는 터였고요. 미트레이와 그 녀석은 같은 마을 출신입죠. 녀석은 지폐를 받아 쥐자 이내 그걸 헐어서 두 잔을 연거푸 들이켜더니 거스름 돈을 받아들고 가 버렸습니다. 그때 미트레이는 함께 있지 않았습죠. 그런데 이튿날, 저는 알료나 이바노브나와 그 여동생인 리자베타 이바노브나가 도끼로 살해됐다는 얘기를 들었습니다요. 우리는 두 사람을 알고 있었으므로, 갑자기 그 귀고리가 이상하다는 의심이 들더라고요. 왜냐하면 죽은 노파가 물건을 잡고 돈을 빌려 주는 걸 알고 있었거든요. 저는 그 집으로 그들을 찾아가서, 아무도 몰래 조심스럽게 알아내려고 했습죠. 우선 미콜라이가 거기 와 있는지 물어봤습죠. 미트레이가 말하길, 미콜라이는 술을 마시며 놀다가 동이 터서야 취해서 집에 왔지만, 한 십 분쯤 있다가 다시 나간 뒤로는 나타나지 않아서 혼자서 일을 끝내고 있다고 합디다요. 일을 하는 곳은 살해된 노파의 집과 같은 층계 쪽의 2층에 있는 방이었습니다. 이 얘길 다 듣고 나서 그때는 아무한테 한마디도 하지 않았습죠.' 이렇게 두쉬킨이 말했어. '그리고 살인 사건에 대해서도 들을 수 있는 얘길 죄다 들은 다음, 역시 수상쩍다고 여기면서 집으로 돌아왔습죠. 그런데 오늘 아침 8시에'—그러니까 살인 사건이 있고 사흘째 되는 날이야, 알겠지?—'미콜라이가 저희 가게에 들어오는 게 아니겠습니까요. 아주 말짱한 정신은 아니었지만 고주망태가 된 것도 아니어서 이야기는 알아듣더구먼요. 녀석은 의자에 앉아서 잠자코 있었습니다. 그때 가게에는 낯선 사내가 한 사람 있었을 뿐이었죠. 참, 그 밖에도 안면이 있는 한 손님이 의자에서 자고 있었고, 저희 가게에서 일하는 애들이 둘 있었습니다요. '미트레이를 봤나?' 하고 물으니까, '아니, 못 봤어'라고 합디다. '자네, 여기에 없었던 거야?'라고 되물으니, '없었어, 그저께부터'라고 하더군요. '그럼 어디서 잤는데?' '페스키*에 있는 콜롬나* 사람들한테서'라고 하는 겁니다. '그때 그 귀고리는 어디서 난 거야?' 하니까 '길에서 주웠어'라고 하는데, 뭔가 그런 게 아닌 듯 외면을 하겠습죠. '바로 그날 저녁 그 시각에 그 층계에서 무슨 일이 일어났는지 들었어?' 하고 물으니, '아뇨, 못 들었는데요' 하고 말은 하는데, 눈이 튀어나올 듯이 되어 가지고 이야기를 들으면서 갑자기 얼굴이 백묵같이 새하얗게 질리는 겁니다요. 이야기를 하면서 동정을 살피고 있으려니, 모자를 집어 들고 나가려고 하겠습죠. 그때 저는 그 녀석을 붙들어 두려

230

고 '잠깐, 미콜라이, 한 잔 안 하겠나?' 하고 말했지요. 그리고 아이에게 문을 꼭 잡고 있도록 눈짓을 하고 판매대에서 나갔습니다만, 그 녀석이 후다닥 문밖으로 뛰어나가 뒷골목으로 줄행랑을 놓는 바람에 녀석의 뒷모습을 보았을 뿐입니다. 그래서 제 의심이 옳다는 결론을 내렸습죠. 녀석의 짓이 틀림없습니다요⋯⋯.'"

"그렇고말고⋯⋯!" 조시모프가 말했다.

"잠깐만, 끝까지 들어 봐! 그래서 경찰은 물론 전력을 다해 미콜라이를 잡으러 나섰지. 두쉬킨을 구류하고 가택수색을 했어. 미트레이도 마찬가지였고. 콜롬나 사람들도 샅샅이 훑었지. 그런데 갑자기 그저께야 그 문제의 미콜라이가 연행돼 온 거야. 어느 관문 부근의 여인숙에서 붙잡은 거였어. 그가 그 여인숙에 들어와서 자신의 은 십자가를 끌러 주면서 그것으로 보드카를 한 잔 달라고 해서 술을 주었다는 거야. 잠시 뒤 아낙이 외양간에 가서 틈새로 들여다보니, 그 녀석이 바로 옆에 있는 헛간 대들보에 허리띠를 매달아 올가미를 만들어 놓고, 통나무 위에 올라가서 자기 목에다 올가미를 걸려는 참이었어. 아낙이 있는 힘을 다해 소릴 지르자 사람들이 사방에서 우루루 달려왔지. '대체 넌 어떤 놈이냐!'라고 하니까 '나를 어느어느 구역의 경찰서로 데려다 주시오. 다 자백하겠소'라고 말했다는군. 그래서 응분의 수속을 밟아 그 어느어느 구역의 경찰서, 즉 이곳 경찰서로 끌고 온 거야. 여기서 성명, 직업, 나이는? '스물둘' 등등을 확인하고 나서, 질문: '미트레이와 함께 일하면서 이러이러한 시각에 누가 층계에 올라가는 것을 보지 못했느냐?' 대답: '그야 분명 사람들이 지나가긴 했겠지만 우린 보지 못했습니다.'─'무슨 시끄러운 소리 같은 건 듣지 못했 나?'─'그런 별다른 소리는 듣지 못했습니다.'─'미콜라이, 바로 그날 이러이러한 시각에 이러이러한 미망인이 여동생과 함께 살 해되고 금품을 강탈당한 것을 알고 있었나?'─'전혀 모릅니다. 꿈에도 모릅니다. 사흘째 되던 날, 선술집에서 아파나시 파블르이 치*한테 처음 들었습니다요.'─'그럼 귀고리는 어디서 난 건 가?'─'길에서 주웠습니다.'─'왜 이튿날 미트레이하고 같이 일 하러 가지 않았지?'─'놀러 다니느라 그랬습니다.'─'어디서 놀 았나?'─'여기저기서요.'─'왜 두쉬킨에게서 도망쳤지?'─'그 때 너무 무서운 생각이 들었거든요.'─'무엇이 무서웠나?'─'무 서운 재판을 받을 것 같아서요.'─'스스로 아무 죄가 없다고 느낀 다면, 그런 게 무서웠을 리가 없지 않나⋯⋯?' 조시모프, 네가 믿 든 믿지 않든 간에, 이런 질문들이 행해졌어. 글자 그대로 이런 표 현으로 말이야. 나는 확실하게 알고 있어. 확실하게 믿을 만한 데 서 전해 들었으니까! 어때? 어떤가?"

"글쎄, 그래도 그 증거물이 존재하잖아."

"나는 지금 증거 얘기를 하고 있는 게 아니고, 질문에 대해서, 경찰이 자신의 본분을 어떻게 이해하고 있는가에 대해서 말하고 있는 거야! 뭐, 그건 관두자고⋯⋯! 요컨대 그들은 미콜라이를 족치고 족치고 족치고 또 족쳐서 끝끝내 자백을 받아냈어. '실은 길에서 주운 게 아니고, 미트레이하고 같이 페인트칠을 하던 그 방에서 발견한 것입니다' 하고 말이지.─'어떻게 하다가?'─'그 건 바로 이렇습니다요. 저는 미트레이하고 둘이서 8시까지 하루종일 페인트칠을 하고 돌아갈 채비를 하고 있었는데, 미트레이 녀석이 솔을 가지고 제 낯바닥에 마구 페인트칠을 하는 거예요. 제 낯바닥에 칠을 하고 도망가기에 저도 녀석을 뒤쫓아 갔지요. 꽥꽥 소리를 지르면서 쫓아갔습죠. 계단에서 문간으로 나가다가 관리인하고 세차게 부딪쳤고, 신사 양반들하고도 부딪쳤는데 그때 몇 분이 계셨는지는 생각이 나지 않습니다요. 관리인은 저에게 욕을 퍼부었고, 다른 관리인도 뭐라고 욕을 해 대자, 관리인의 여편네까지 나와서 저희들을 욕했지요. 마침 그때 한 신사 양반이 부인과 함께 대문 안으로 들어서다 저희에게 호통을 쳤습니다. 저와 미치카가 길을 가로막고 뒹굴고 있었거든요. 저는 미치카의 머리털을 움켜쥐고 쓰러뜨린 다음 주먹을 먹이기 시작했습죠. 미치카도 밑에 깔린 채 제 머리털을 붙잡고 주먹으로 때리기 시작했습니다. 저희들은 악의가 있어 그런 게 아니라, 좋아서 그냥 장난으로 그랬던 거였어요. 그러다가 미치카가 저한테서 빠져나가 한길로 달아나기에 저도 뒤를 쫓아갔으나 따라잡지 못하고, 혼자서 그 방으로 돌아갔습죠. 제 연장을 챙겨야 해서요. 물건을 챙기면서 미치카가 오기를 기다리고 있었지요. 그때 현관문 옆의 벽 한쪽 구석에서 조그만 상자 하나가 발에 밟히잖아요. 보니까 종이에 싼 상자가 놓여 있는 거예요. 종이를 펴 보니까 아주 작은 고리가 달려 있었고, 그 고리를 벗기자 조그만 상자 안에 바로 그 귀고리가…….'"

"문 뒤에? 문 뒤에 있었어? 문 뒤에?" 갑자기 라스콜니코프가 흐릿하고 놀란 눈으로 라주미힌을 쳐다보며 외치고는, 한 손으로 소파를 짚으며 천천히 일어나 앉았다.

"그래…… 그런데 왜? 무슨 일이야? 왜 그래?" 라주미힌도 자리에서 몸을 일으켰다.

"아무것도 아냐!" 라스콜니코프는 다시 베개 위에 쓰러져서 벽쪽으로 몸을 돌리면서 들릴락 말락 한 소리로 대답했다. 모두들 잠시 말이 없었다.

"분명히 졸다가 잠꼬대를 한 거야." 마침내 라주미힌이 의아하다는 눈으로 조시모프를 쳐다보며 말했으나, 조시모프는 머리를 가볍게 저으며 아니라는 시늉을 했다.

"자, 얘기나 계속해." 조시모프가 말했다. "그래서 어떻게 됐어?"

"그래서 어떻게 됐느냐고? 그는 귀고리를 보자마자 그 방의 일이고 미치카고 다 잊어버리고, 곧장 모자를 집어 들고 두쉬킨한테 달려가서 아까 얘기했다시피 길에서 주웠다고 거짓말을 하고선 1루블을 받아 쥐자 그대로 놀러간 거야. 살인 사건에 대해서는 계속 같은 주장을 하고 있어. ─ '전혀 모릅니다, 꿈에도 모릅니다, 사흘째 되던 날 처음 들었습니다요.' ─ '그럼 여태까지 왜 안 나타난 건가?' ─ '무서워서요.' ─ '왜 목을 매려고 했지?' ─ '생각에 지쳐서 그랬습니다요.' ─ '어떤 생각?' ─ '무서운 재판을 받을 것 같아서.' 자, 이게 이야기의 전부야. 이제 어떻게 생각하나. 그들이 여기서 어떤 결론을 끌어냈을까?"

"생각할 게 뭐가 있어. 어쨌든 증거가 있잖아. 사실이 있단 말이야. 너의 그 칠장이를 무죄 석방시킬 수야 없겠지?"

"하긴 지금 그들은 벌써 그를 진범으로 단정하고 있어! 이미 추호의 의심도 하지 않는다고……."

"그럴 리야 없지. 넌 너무 흥분하고 있어. 그럼 귀고리는 어떻게 된 거야? 만일 바로 그날 그 시각에 귀고리가 노파의 트렁크에서 니콜라이의 손으로 들어갔다면—그건 너 스스로 인정하고 있잖아—그렇다면 그가 어떤 방법으로든 그 귀고리를 손에 넣은 게 틀림없다는 것도 인정하겠지? 이건 이런 사건의 심리에서 결코 사소한 일이 아니야."

"어떤 방법으로 손에 넣었느냐고! 어떤 방법으로 손에 넣었느냐고?" 라주미힌이 소리쳤다. "이봐, 넌 의사잖아. 무엇보다도 먼저 인간을 연구할 의무가 있고 또 인간의 본성을 연구할 기회를 다른 사람들보다 많이 가진 네가 이 모든 자료를 가지고도 니콜라이가 어떤 본성의 인간인지 정말로 모르겠다는 거야? 그가 심문에서 진술한 것이 모두 신성하기 그지없는 진실이라는 것을 정말로 첫눈에 못 알아보겠어? 그가 진술한 그대로, 정확하게 그렇게 손에 넣은 거야. 작은 상자가 밟혀서 주운 거야!"

"신성하기 그지없는 진실이라! 그러나 그 자신도 처음에 말한 것은 거짓말이라고 자백했잖아?"

"들어 봐, 잘 들어 봐. 관리인도, 코흐도, 다른 관리인도, 첫 번째 관리인의 아내도, 그때 관리실에 앉아 있던 여자도, 바로 그 순간 마차에서 내려 부인의 손을 잡고 대문 안으로 들어서던 7등관 크류코프도, 모두가 다, 즉 여덟 명 내지 열 명의 증인이 한 목소리로, 니콜라이가 드미트리를 땅바닥에다 쓰러뜨리고 깔고 앉아서 주먹질을 하니까 드미트리도 그의 머리털을 움켜쥐고 주먹으로 때렸다고 증언하고 있어. 두 사람은 길을 가로막고 뒹굴면서 통행을 방해했기 때문에 사방에서 그들을 욕했어. 하지만 그들은 '어린애들처럼'(이건 증인들이 한 말을 그대로 하는 거야.) 서로 엎치락뒤치락하면서 소리를 지르고 주먹을 먹이고 큰 소리로 웃고 우스꽝스럽기 짝이 없는 얼굴을 하고 서로 지지 않으려고 큰 소리로 웃어 댔단 말이야. 그러고는 아이들처럼 서로 쫓아다니면서 거리로 달려 나갔어. 알겠어? 자, 이제 엄숙하게 마음에 새겨 두라고. 위에는 아직도 따뜻한 시체가 누워 있어. 발견됐을 때 시체는 따뜻했으니까! 두 사람이, 혹은 니콜라이 혼자서 살인을 하고 트렁크를 부수고 강도짓을 했다면, 혹은 또 어떻게 그냥 강도짓에만 관여했다면 말이야, 너한테 한 가지만 물어보겠는데, 조금 전에 말한 그런 심리적인 상태, 즉 소리치고 킬킬거리고 대문 밑에서 어린애같이 격투를 벌이는 것이 도끼라든가 피라든가 간악한 교활함이라든가 세심한 신중함이라든가 강탈 같은 것하고 부합될 수 있다고 생각해? 방금 사람을 죽이고 오 분이나 십 분밖에 안 지났는데—왜냐하면 시체는 아직 따뜻했으니까—, 그런데 갑자기 그 시체를 버려두고 방문도 열어 놓은 채, 방금 그쪽으로 사람들이 지나간 것을 알면서도, 강탈한 물건까지 내던진 채 애들처럼 길 한복판에서 뒹굴고 깔깔거리면서 사람들의 눈을 끄는 짓을 할 수 있을까. 그리고 이에 대해선 열 명이나 되는 증인들이 한결같은 진술을 하고 있으니 말이야!"

"물론 이상해! 그야 물론 불가능하지, 그러나……."

"아니 이봐, **그러나**가 아냐. 만약 바로 그날 그 시각에 니콜라이의 손에 들어온 귀고리가 정말로 그에게 불리한 중요한 물적 증거가 된다면─하긴 이것은 그의 진술에 의해 바로 해명이 되기 때문에 아직 **논쟁의 여지가 있는 증거야**─, 만일 그렇다면 그를 변호해 줄 만한 사실들도 고려해야 해. 특히 그것이 **반박의 여지가 없는** 사실일 땐 더욱 그렇지. 그런데 넌 어떻게 생각해? 우리 법률학의 성격상, 그들이 그런 사실을, 즉 오로지 심리적 불가능성과 정신 상태에 근거하고 있는 사실을 반박할 수 없는 사실로서, 즉 유죄를 긍정하는 여하한 물적 증거도 모두 뒤엎어 버리는 사실로서 받아들일까, 혹은 받아들일 능력이 있을까? 아니, 받아들이지 않아. 절대로 받아들이지 않아. 상자는 발견됐겠다, 당사자는 목을 매려고 했겠다, '자신이 죄가 없다고 느낀다면 그랬을 리가 만무하다!'는 거니까. 바로 이것이 내가 분개하는 근본적인 문제야!"

"그래, 네가 분개하고 있는 건 나도 알아. 잠깐, 물어보는 걸 깜박 잊었는데, 귀고리가 든 상자가 실제로 노파의 트렁크에서 나왔다는 건 어떻게 증명되었지?"

"그건 증명이 됐어." 라주미힌은 이마를 찌푸리며 내키지 않는다는 듯 대답했다. "코흐가 그 물건을 알아보고 전당 잡힌 사람을 알려 주었어. 그 사람도 물건이 자기 것이라고 확실하게 증언했고."

"이거 불리한데. 그럼 또 한 가지, 코흐와 페스트랴코프가 위로 올라가 있는 동안, 누구든 니콜라이를 본 사람이 없을까? 그걸 어떻게든 증명할 수 없을까?"

"바로 그게 문제야. 아무도 본 사람이 없어." 라주미힌이 답답하다는 듯이 대답했다. "바로 그게 곤란한 점이야. 코흐와 페스트랴코프조차도 위로 올라갈 때 두 사람을 보지 못했거든. 그들의 증언이 이제는 그리 큰 의미도 갖지 못하지만 말이야. '방이 열려 있는 것을 보았으니 분명히 안에서 일을 하고 있었을 겁니다. 그러나 지나가면서 주의해 보지 않았기 때문에 그때 그곳에 일꾼들이 있었는지 없었는지는 정확하게 기억에 없습니다'라고 그들은 말하고 있어."

"음. 그렇다면 무죄의 증거가 될 만한 거라곤 서로 때리고 킬킬 대며 웃고 있었다는 것밖에 없군. 좋아, 그것이 강력한 증거라고 치자고. 그러나……. 잠깐만, 넌 이 모든 사실을 어떻게 설명할 건데? 만약에 귀고리를 그의 진술대로 주운 게 사실이라면, 그렇게 귀고리가 발견된 것을 어떻게 설명할 거지?"

"어떻게 설명하느냐고? 설명이고 자시고 할 게 뭐 있어, 뻔한 일인데! 적어도 수사가 나아가야 할 기본 방향은 명백하게 드러났고 증명됐어. 바로 귀고리 상자가 그걸 증명해 주었어. 이 귀고리는 진짜 살인범이 떨어뜨린 거야. 코흐와 페스트라코프가 문을 두드리고 있었을 때 살인범은 거기에 있었어, 빗장을 걸고 앉아 있었던 거라고. 코흐가 미련하게도 아래로 내려가자 살인범은 뛰어나와서 역시 아래로 달려 내려갔지. 그 밖엔 빠져나갈 길이 없었으니까. 계단에서 그는 코흐와 페스트라코프, 그리고 관리인을 피해 빈방에 숨었어. 드미트리와 니콜라이가 막 그 방에서 밖으로 뛰어나가 버린 때였지. 그는 관리인과 두 사나이가 위로 올라가는 동안 문 뒤에 숨어서 발소리가 잠잠해지기를 기다렸다가 태연하게 아래로 내려갔어. 그게 바로 드미트리와 니콜라이가 거리로 달려 나간 직후이고, 모두들 가 버린 뒤여서 대문 아래에는 아무도 남아 있지 않을 때였지. 어쩌면 그를 본 사람이 있을지도 모르지만 눈여겨보지는 않았을 거야. 지나다니는 사람들이 어디 한둘이야? 그 상자는 범인이 문 뒤에 서 있을 때 주머니에서 떨어뜨린 건데, 그는 그걸 알아채지 못했어. 그럴 경황도 없었지. 상자야말로 그놈이 거기에 서 있었다는 것을 명백하게 증명해 주고 있어. 이것이 그 전말이야!"

"교묘한데! 아니, 그건 너무 교묘해. 지나치게 교묘해!"

"아니 왜? 어째서?"

"모든 게 너무 착착 맞아떨어지잖아…… 너무 잘 짜였어…… 꼭 연극처럼……."

"어이구, 참!" 라주미힌이 소리쳤다. 그러나 바로 그때 문이 열리더니 그 방에 있던 누구와도 안면이 없는 새로운 얼굴의 한 사람이 들어왔다.

5

그는 이미 젊지 않은 나이에 지나치게 격식을 차리고 거드름을 피우는데다 용의주도하고 까다로운 인상을 주는 남자였다. 그는 문간에 멈추어 선 채 무례하리 만큼 노골적으로 놀라움을 드러내면서, 마치 '어쩌다 내가 이런 데를 오게 됐지?' 하고 묻는 시선으로 사방을 둘러보았다. 믿을 수 없다는 듯이 놀랍고 모욕스럽다는 허세까지 부리면서 그는 비좁고 천장이 낮은 라스콜니코프의 '선실'을 둘러보고 있었다. 그러고는 여전히 놀란 표정으로 시선을 옮겨, 겉옷도 입지 않고 헝클어진 머리에 세수도 안 한 채 초라하고 더러운 소파에 누워 역시 미동도 않고 그를 주시하고 있는 라스콜니코프를 뚫어지게 쳐다보았다. 그런 다음 그는 면도도 하지 않고 머리도 빗지 않은 라주미힌의 너절한 꼴을 마찬가지로 느릿느릿 훑어보기 시작했으나, 라주미힌은 자리에서 일어날 생각도 않고서 넉살 좋고 의아하다는 눈초리로 그의 얼굴을 똑바로 쏘아보고 있었다. 긴장된 침묵이 한 일 분가량 이어졌으나, 마침내 당연히 예상할 수 있었던 바대로 이런 상황에 작은 변화가 일어났다. 들어온 신사는 매우 확실한 몇 가지 징후로 보아 여기 이 '선실'에서는 그렇게 거드름과 위엄을 부려 봤자 아무 소용도 없다는 걸 분명하게 깨달았는지, 태도를 약간 누그러뜨리고 거드름이 아주 없지는 않지만 그래도 정중하게 조시모프를 향해 한 음절 한 음절 딱딱 잘라 발음하면서 물었다.

"대학생이거나 혹은 전에 대학생이었던 로지온 로마느이치* 라스콜니코프가 여기 계십니까?"

조시모프가 느릿느릿 몸을 움직이면서 뭐라고 대답을 하려고 하는데, 전혀 질문을 받지도 않은 라주미힌이 곧바로 선수를 쳤다.

"저기 소파에 누워 있어요! 뭔 일인데요?"

이 허물없는 '뭔 일인데요?'라는 말은 점잔을 빼던 신사에게 한 방 먹인 셈이었다. 그는 라주미힌 쪽으로 돌아설 뻔했으나 간신히 자제하고 다시 조시모프에게로 몸을 돌렸다.

"저 사람이 라스콜니코프입니다!" 조시모프는 턱으로 환자를 가리키며 입속으로 우물우물 말하고는 하품을 했다. 그러면서 왠지 유난히 입을 크게 벌리더니 퍽이나 오랫동안 그러고 있었다. 그런 다음 조끼 주머니에 손을 넣어 아주 큼직하고 두툼한 금시계를 꺼내어 뚜껑을 열고 들여다본 뒤 다시 지루한 듯한 동작으로 느릿느릿 집어넣었다.

라스콜니코프 자신은 내내 말없이 반듯하게 누워, 아무 생각도 없이, 그러나 집요하게, 새로 들어온 신사를 응시하고 있었다. 벽지의 흥미로운 꽃무늬에서 방금 고개를 돌린 그의 얼굴은 몹시 창백했고, 마치 지금 막 고통스러운 수술을 마쳤거나 고문에서 방금 풀려난 듯한 극심한 고통의 빛이 서려 있었다. 그러나 들어온 신사는 차츰 그의 관심을 일깨우기 시작했고, 그 관심은 의혹이 되고, 불신이 되고, 드디어 어떤 공포심에까지 이르렀다. 조시모프가 그를 가리키면서 '저 사람이 라스콜니코프입니다'라고 말하자, 그는 튀어 오르듯 벌떡 몸을 일으키고는 소파에 앉아 거의 덤벼들 듯이, 그러나 띄엄띄엄 끊어지는 약한 목소리로 말했다.

"그렇소! 내가 라스콜니코프요! 무슨 일이오?"

손님은 주의 깊게 그를 보더니 위압적으로 말했다.

"표트르 페트로비치 루쥔올시다. 내 이름을 전혀 모르시는 건 아닐 거라고 기대합니다만."

그러나 전혀 다른 어떤 것을 예상하고 있었던 라스콜니코프는 생각에 잠긴 채 멍하니 그를 바라보면서 표트르 페트로비치 루쥔이라는 이름 따윈 난생처음 들어 본다는 듯이 아무런 대답도 하지 않았다.

"아니 어떻게? 그럼 여태 아무 소식도 받지 못하셨단 말씀입니까?" 표트르 페트로비치는 좀 불쾌해하며 물었다.

대답을 하는 대신 라스콜니코프는 천천히 베개를 베고 누워 두 손을 머리 밑에 깍지 끼고 천장을 바라보기 시작했다. 답답하다는 표정이 루쥔의 얼굴을 스쳤다. 조시모프와 라주미힌은 한층 더 호기심을 가지고 그를 살펴보기 시작했다. 그는 마침내 당황한 기색이 역력했다.

"나는 그렇게 생각하고 그런 줄 알고 있었는데." 그는 우물우물 중얼거렸다. "벌써 열흘 전에, 아니 거의 두 주일 전에나 보낸 편지를……."

"이보십시오, 왜 그렇게 계속 문간에 서 있습니까?" 갑자기 라주미힌이 말을 가로챘다. "뭘 설명할 게 있으면 앉으시죠. 거긴 나스타시야하고 두 사람이 서 있기엔 좁아요. 나스타슈쉬카, 좀 비켜, 들어오시게! 이리로 오세요! 여기 의자가 있습니다. 비집고 들어오세요!"

그는 탁자에서 자기 의자를 떼어 놓고 탁자와 자기 무릎 사이에 공간을 좀 만든 다음, 손님이 이 틈새로 '비집고 들어오기를' 좀 거북한 자세로 기다렸다. 도저히 거절할 수 없는 기막힌 순간이어서, 손님은 서두르기도 하고 걸려 비틀거리기도 하면서 그 좁은 틈새를 뚫고 들어갔다. 간신히 의자에 이르자 그는 걸터앉아 의아하다는 눈으로 라주미힌을 바라보았다.

"뭐, 당황해하실 것 없습니다." 라주미힌이 말을 늘어놓았다. "로쟈는 벌써 닷새나 병으로 드러누워 있고, 사흘 동안은 헛소리까지 했거든요. 그러나 이제는 정신이 들었고 식욕도 돌아왔어요. 여기 앉아 있는 사람이 이 친구의 주치의인데 방금 진찰을 했습니다. 나는 로쟈의 친구로 전에는 역시 대학생이었지요. 지금은 이렇게 그를 돌보고 있어요. 그러니 거리끼실 것 없습니다. 사양 마시고 무슨 일이신지 계속 말씀하세요."

"감사합니다. 하지만 내가 이렇게 옆에 앉아 얘길 하면 환자가 불안해하지 않을까요?" 표트르 페트로비치가 조시모프 쪽을 보고 말했다.

"아─니오." 조시모프가 느릿느릿 말했다. "오히려 기분 전환이 될 수 있습니다" 하고는 다시 하품을 했다.

"네, 오래전에 정신이 들었습니다. 아침부터!" 라주미힌이 말을 이었다. 그의 친밀함에는 거짓 없이 순박한 데가 있어서 표트르 페트로비치는 잠시 생각해 보고 용기가 생겼으나, 그것은 이 뻔뻔한 양아치가 재빨리 자기 자신을 대학생이라고 소개한 때문이기도 했다.

"자당께서……." 루쥔이 말을 시작했다.

"으흠!" 라주미힌이 큰 소리를 냈다. 루쥔은 의아해서 그를 쳐다보았다.

"아무것도 아닙니다. 난 다만, 어서 말씀하시죠……."

루쥔은 어깨를 으쓱해 보였다.

"……자당께서는 내가 아직 그곳에 함께 있을 때부터 벌써 당신에게 편지를 쓰기 시작했습니다. 이곳에 도착한 다음 나는 일부러 며칠을 늦추고 당신에게 오지 않았습니다. 당신이 모든 것을 알았다는 게 완전히 확실해질 때까지 기다린 겁니다. 그런데 지금 보니 놀랍게도⋯⋯."

"알아요, 알아!" 갑자기 라스콜니코프는 역정이 나서 참을 수가 없다는 듯 말했다. "당신이 그 사람이오? 약혼자? 그럼 알고 있어요⋯⋯! 그러니 관둬요!"

표트르 페트로비치는 몹시 화가 났으나 입을 다물었다. 그는 도대체 이게 다 무엇을 뜻하는지 서둘러 파악하려고 애썼다. 일 분가량 침묵이 계속됐다.

한편, 대답을 하느라고 그를 향해 몸을 약간 돌리고 있던 라스콜니코프는 마치 여태까지 그를 잘 살펴보지 못했거나 혹은 그의 어떤 새로운 점에 놀라기라도 한 것처럼, 왠지 특별한 호기심을 가지고 갑자기 그를 뚫어지게 관찰하기 시작했다. 그 때문에 그는 베개에서 일부러 몸을 일으키기까지 했다. 아닌 게 아니라 표트르 페트로비치의 전체적인 모습에는 어떤 남다른 점이 눈에 띄었는데, 그것은 방금 그에게 무례하게 내뱉었던 '약혼자'라는 명칭에 어울릴 만한 것이었다. 우선, 표트르 페트로비치가 약혼녀를 기다리는 동안 자신의 외모를 꾸미고 광내기 위해 수도에서의 며칠을 잘 이용했다는 것은 쉽게 알 만했고, 심지어 너무나 눈에 띄기조차 했다. 하긴, 그런 것은 몹시 순진하고 너그럽게 봐 줄 만한 일이었다. 뿐만 아니라, 자기가 전보다 훨씬 멋져졌다고 흐뭇해하는 어쩌면 지나치게 자기만족적인 의식까지도 표트르 페트로비치가 약혼자 신분이라는 점을 감안하여 용서해 줄 수도 있었다. 그의 옷은 모두 이제 막 재봉사에게서 찾아온 것이었고, 모든 것이 훌룽했으나, 다만 전부 지나치게 새것이고, 알 만한 목적을 너무 노골적으로 드러내고 있는 것이 흠이었다. 멋진 새 둥근 모자까지도 이 목적을 입증하고 있었다. 표트르 페트로비치는 이 모자를 너무도 정중하게 다루면서 너무도 조심스레 두 손으로 받들고 있었다. 진짜 쥬벵* 제품인 라일락 빛깔의 멋진 장갑도, 끼지 않고 그저 과시하기 위해 손에 들고 있는 것 하나만 보더라도, 역시 같은 목적을 증명하고 있었다. 표트르 페트로비치의 옷차림 역시 젊은이들에게 잘 어울리는 밝은색 위주였다. 그는 밝은 밤색의 멋진 여름 재킷에 밝은색의 가벼운 바지와 역시 같은 색의 조끼를 입고 있었고, 막 구입한 얇은 셔츠에다 장밋빛 줄무늬의 아주 가볍고 얇은 고급 마직 넥타이를 매고 있었는데, 이 모든 것은 표트르 페트로비치에게 잘 어울리기까지 했다. 무척이나 생기 있고 아름답기까지 한 그의 얼굴은 그렇지 않아도 마흔다섯이라는 자기 나이보다는 훨씬 젊어 보였다. 새까만 구레나룻은 그의 얼굴을 양쪽에서 두 개의 커틀릿 모양으로 보기 좋게 감싸고 있었고, 깔끔하게 면도한 반질반질한 턱 언저리에서 한층 아름답게 짙어지고 있었다. 약간 희끗희끗한 머리도 이발사의 손으로 말끔하게 빗어 넘기고 곱슬곱슬하게 말아 붙인 것이었으나, 그렇게 말아 붙인 머리에서 으레 보게 되는, 결혼식에 나가는 독일 남자 같은 얼굴이 돼 버려서 우스꽝스럽고 바보스럽게 보이는 면은 조금도 없었다. 만일 이 상당히 아름답고 당당한 얼굴에 뭔가 정말 불쾌하고 혐오스러운 것이 있다면, 그건 분명히 다른 이유 때문이었다. 예의라고는 전혀 없이 루쥔 씨를 뜯어보고 나서 라스콜니코프는 독살스럽게 히

죽 웃더니 다시 베개에 머리를 얹고 아까처럼 천장을 응시하기 시작했다.

그러나 루쥔 씨는 꾹 참고 있는 것으로 보아 이런 모든 기괴한 태도에 대해 당분간은 신경 쓰지 않기로 결심한 것 같았다.

"당신이 이런 상태여서 너무도 유감입니다." 애써 침묵을 깨뜨리면서 그가 다시 입을 열었다. "병인 줄 알았다면 진작에 찾아왔을 텐데. 하지만 워낙 바쁜지라……! 더구나 변호사로서 원로원에 아주 중요한 업무가 있어서. 당신도 짐작하고 계실 그 일들에 대해선 새삼스레 말씀드리지 않겠습니다. 실은 당신의 가족, 즉 자당과 영매(令妹)를 이제나저제나 애타게 기다리는 참입니다……."

라스콜니코프는 몸을 약간 움직이고 무슨 말을 하려고 했다. 그의 얼굴은 다소 흥분한 빛마저 띠고 있었다. 표트르 페트로비치는 말을 멈추고 기다렸으나 아무 말이 없자 다시 말을 계속했다.

"……네, 이제나저제나 하고. 두 분이 우선 묵게 될 숙소도 잡아 뒀습니다……."

"어디에?" 라스콜니코프가 약한 목소리로 말했다.

"여기서 아주 가깝습니다. 바칼레예프의 집입니다……."

"그럼 보즈네센스키 거리야." 라주미힌이 말을 가로챘다. "여관으로 쓰고 있는 이층집인데, 상인인 유쉰이 경영하고 있지. 나도 몇 번 가 봤어."

"네, 여관입니다……."

"아주 끔찍한 곳이야. 더럽고 악취 나고 게다가 수상쩍은 데지. 종종 소동이 벌어지곤 했어. 어떤 놈이 사는지 누가 알아……! 나도 좀 난처한 일로 가 본 적이 있어. 어쨌든 싸긴 싸."

"나는 물론 이곳에 문외한이어서 그런 사정을 알 수는 없었지만." 표트르 페트로비치가 낯간지러운 듯 대꾸했다. "그렇지만 정말 아주 깨끗한 방 둘입니다. 게다가 아주 잠깐 쓸 거니까……. 나는 진짜 집, 그러니까 앞으로 살 집도 벌써 봐 뒀습니다." 그는 라스콜니코프 쪽으로 몸을 돌렸다. "지금 수리 중이지요. 나도 당장은 좁은 셋방에서 불편하게 지내고 있습니다. 여기서 두어 걸음 떨어진 데 있는 립페베흐젤 여사의 집인데, 나의 젊은 친구인 안드레이 세묘느이치 레베쟈트니코프의 아파트에서 함께 지내는 중입니다. 그가 바칼레예프의 집도 가르쳐 주기에……."

"레베쟈트니코프?" 라스콜니코프는 무엇을 떠올리는 듯 천천히 말했다.

"네, 안드레이 세묘느이치 레베쟈트니코프. 관청에 다니는 사람이지요. 아십니까?"

"네…… 아니……." 라스콜니코프가 대답했다.

"실례했습니다. 당신이 묻기에 그런 생각이 들어서. 나는 예전에 그의 후견인이었는데…… 아주 사랑스러운 젊은이고…… 새로운 조류를 따르고 있지요……. 나는 젊은 사람들과 만나길 좋아합니다. 그들을 통해 새로운 것이 어떤 것인지 알게 되니까요." 표트르 페트로비치는 동의를 기대하는 눈길로 그 자리에 있는 사람들을 둘러보았다.

"그건 어떤 점에서죠?" 라주미힌이 물었다.

"가장 진지한 점에서, 말하자면 가장 본질적인 점에서 그렇습니다." 표트르 페트로비치는 이 질문에 기쁘다는 듯이 말을 받았다. "나는 벌써 십 년 동안이나 페테르부르크를 찾지 못했거든요. 우리 나라의 모든 새로운 소식들, 개혁과 사상, 이 모든 것은 시골에 사는 우리에게도 전해지긴 합니다만, 더 분명하게 보고, 그리고 모든 것을 보기 위해서는 페테르부르크에 있어야 합니다. 그래서 내 생각은 이렇습니다. 많은 것을 깨닫고 알려면 우리의 젊은 세대를 관찰하는 게 제일이다. 그래서 말입니다만, 아주 기뻤습니다……."

"뭐가 말입니까?"

"당신의 질문은 너무 광범위하군요. 내 생각이 틀린 것일 수도 있습니다만, 나는 젊은이들에게서는 더 명쾌한 시각, 말하자면 더 많은 비판 의식을 발견할 수 있다고 봅니다. 더 많은 실제적인 능력도……."

"그건 그래요." 조시모프가 느릿느릿 이 사이로 걸러 내는 듯한 말투로 말했다.

"그렇지 않아, 실제적인 능력은 없어." 라주미힌이 끼어들었다. "실제적인 능력이란 쉽게 얻어지는 게 아냐. 하늘에서 떨어지는 게 아니라고. 우린 거의 이백 년 동안이나 모든 일에서 멀어져 있었단 말이야……. 사상이야 발효하고 있는지도 모르지." 그는 표트르 페트로비치를 돌아다보며 말했다. "선에 대한 소망은 있지요, 비록 유치한 것이긴 하지만. 사기꾼들이 수도 없이 득실거리고 있지만 정직도 찾아볼 수 있어요. 그렇지만 실제적 능력은 없습니다! 실제적 능력이란 열심히 발로 뛰어야 얻어지는 값비싼 겁니다."

"그 의견에는 동의할 수 없는데요." 표트르 페트로비치는 즐거운 기색이 역력해서 반박했다. "물론 열중에서 오는 치우침도 있고 과오도 있습니다. 그렇다 해도 관대할 필요가 있습니다. 그런 치우침은 일에 대한 열의와 일이 처해 있는 올바르지 못한 외부 상황을 입증하는 셈이니까요. 아직 이루어진 일이 얼마 안 된다면, 그건 시간이 많지 않았기 때문입니다. 수단에 대해서는 말하지 않겠습니다. 나의 개인적인 의견으로는 이미 무엇인가 이루어 낸 것도 있다는 겁니다. 새롭고 유익한 사상이 보급되고 있고, 이전의 몽상적이고 연애소설 따위 같은 것 대신에 새롭고 유익한 저서가 보급되고 있습니다. 문학은 한층 성숙한 성격을 갖게 되었고, 많은 유해한 선입견은 근절되어 조롱을 당하고 있습니다……. 요컨대 우리는 과거와 영원히 절연해 버렸습니다. 이것은 제가 보기에 이미 하나의 위업입니다……."

"달달 외웠군! 자랑이 하고 싶은 게지." 라스콜니코프가 느닷없이 한마디 던졌다.

"뭐라고요?" 표트르 페트로비치가 잘 알아듣지 못하고 되물었으나 대답이 없었다.

"다 옳은 말씀입니다." 조시모프가 황급히 덧붙였다.

"그렇지 않습니까?" 표트르 페트로비치는 흐뭇하게 조시모프에게 시선을 보내고는 말을 이었다. "당신도 동의하시지요." 그는 라주미힌을 향해 말을 계속했으나 이미 일종의 승리감과 우월감에 우쭐해진 나머지 저도 모르게 '젊은이' 하고 덧붙일 뻔했다.

"장대한 발전이, 요샛말로 하자면, 진보가 있다는 겁니다. 적어도 과학과 경제적 진리에 있어서는 말입니다⋯⋯."

"다 아는 얘기예요!"

"아니, 다 아는 얘기가 아닙니다! 이를테면 나는 지금까지 '이웃을 사랑하라'라는 말을 들어왔습니다만, 만약 내가 이웃을 사랑했다면, 그 결과는 어떻게 됐겠습니까?" 표트르 페트로비치는 지나치게 서두르는 듯싶게 말을 계속했다. "나는 외투를 반으로 찢어 이웃과 나누었을 것이고, 그래서 두 사람 다 반 벌거숭이가 되었겠지요. '한 번에 여러 마리 토끼를 쫓다가는 한 마리도 잡지 못한다'는 러시아 속담 그대롭니다. 그러나 과학은 이렇게 말합니다. 모든 사람을 사랑하기에 앞서 자기 하나만을 사랑하라. 왜냐하면 세상의 모든 것은 개인의 이익에 기초하고 있기 때문이다.* 자기 하나만을 사랑하라. 그러면 자기 일을 제대로 할 수 있을 뿐 아니라, 네 외투도 온전히 남게 된다. 더 나아가 경제적 진리는 이렇게 덧붙입니다. 이 사회에 기초가 튼튼한 개인 사업, 즉 온전한 외투가 많을수록, 견고한 사회적 기초도 더 많이 쌓이게 되고, 그만큼 공공의 사업도 기초가 더 튼튼해진다고 말입니다. 그러므로, 나는 오직 자신만을 위해 이익을 획득함으로써 동시에 모든 사람을 위해 이익을 획득하는 셈이며, 이웃에게도 찢어진 외투보다 좀 더 많은 것을 얻게 해 주는 셈입니다. 더구나 그것은 이미 개인적이고 개별적인 자선에 의한 것이 아니라, 사회 전체의 발전의 결과입니다. 이것은 단순한 사상입니다만, 불행하게도 열광하기 쉬운 성격과 허황된 몽상벽에 가로막혀 너무도 오랫동안 우리를 찾아오지 못했던 것입니다. 약간의 통찰력만 있다면 이 정도의 것은 알아차릴 수 있을 텐데요……."

"실례지만 나 역시 그런 통찰력이 없어서요." 라주미힌이 날카롭게 말을 끊었다. "그러니 이제 그만 관두죠. 나는 어떤 목적이 있어서 말을 꺼냈던 건데, 그런 자기도취적이고 그칠 줄 모르는 진부한 수다는 삼 년 동안 하도 신물이 나게 들어서, 정말이지 내가 아닌 다른 사람이 내 앞에서 그런 말을 해도 얼굴이 화끈거릴 지경이니까요. 물론 당신은 자신의 지식을 자랑하고 싶어서 조급했겠죠. 그런 건 충분히 용서할 만한 일이니 나도 비난할 생각은 없어요. 다만 난 당신이 어떤 사람인지 알고 싶었던 겁니다. 왜냐하면, 아시겠습니까, 최근에 와서 그 공공의 사업에 별의별 사업가가 다 달라붙어 손에 닿는 대로 자신의 이익을 위해 왜곡하는 바람에, 모든 일을 아주 완전히 망쳐 놓았거든요. 그러니까 그만 관둡시다!"

"여보시오." 루쥔 씨는 대단히 위엄 있게 몸을 뒤로 젖히면서 말을 하려고 했다. "정말 그렇게 무례한 말씀을 하시려는 건 아니겠죠. 만약 그렇다면 나도……."

"아니, 천만에요, 천만에요……. 제가 감히 어떻게……! 하지만 그만 됐습니다!" 라주미힌은 말을 잘라 버리고 아까 하던 이야기를 계속하기 위해 조시모프 쪽으로 획 돌아앉았다.

표트르 페트로비치는 이 해명을 곧바로 받아들일 만큼 충분히 현명했다. 그렇기는 해도 그는 한 이 분 뒤에는 나가기로 결심했다.

"지금 이렇게 시작된 우리의 친분이," 그는 라스콜니코프를 향해 말했다. "완쾌하신 후에는 아시다시피 우리 두 사람의 관계도 있고 하니 더욱더 돈독해지길 기대합니다……. 무엇보다 건강에 유념하십시오……."

라스콜니코프는 고개도 돌리지 않았다. 표트르 페트로비치는 의자에서 일어나려고 했다.

"틀림없이 전당 잡힌 사람이 죽인 거야!" 조시모프가 단호하게 말했다.

"틀림없이 전당 잡힌 사람이야!" 라주미힌이 맞장구를 쳤다. "포르피리는 자기 생각을 밝히진 않았지만, 그래도 전당 잡힌 사람들을 심문하고 있어……."

"전당 잡힌 사람들을 심문한다고?" 큰 소리로 라스콜니코프가 물었다.

"그렇다니까, 그런데 왜?"

"아무것도 아냐."

"어떻게 그 사람들을 알아내?" 조시모프가 물었다.

"코흐가 알려 준 사람들도 있고, 전당물 포장지에 이름이 적혀 있는 것도 있고, 소문을 듣고 제 발로 온 사람들도 있어……."

"하여간 빈틈없고 노련한 악당임에 틀림없어! 얼마나 대담해! 정말이지 단호하잖아!"

"그런데 그게 그렇지가 않아!" 라주미힌이 말을 가로막았다. "바로 이 점이 모든 사람을 갈팡질팡하게 하는 거야. 내가 보기엔 빈틈없지도 않고 노련하지도 않아. 분명히 처음 한 짓이야! 빈틈 없는 악당이라고 보기엔 아무래도 석연치 않은 데가 있어. 만일 경험도 없는 놈이 저지른 짓이라면, 오로지 우연이 그놈을 곤경에서 구했다는 얘기지. 하긴 우연이 무슨 일인들 못 하겠어? 아니 생각해 봐. 그놈은 방해가 나타나리라곤 예상도 못 했을 거야! 또 일솜씨는 어때? 고작 10루블, 20루블짜리 물건이나 집어서 주머니에 쑤셔 넣고, 노파의 트렁크와 넝마를 뒤적거리는 게 다야. 하지만 서랍장 제일 윗칸의 귀중품 함 안에는 채권 말고도 현금만 1,500이 들어 있었거든! 그러니 훔칠 줄도 모르고, 그저 죽일 줄만 알았던 거야! 처음 한 짓이야. 분명히 말하지만 처음 한 짓이야. 혼비백산한 거지. 도망친 것도 치밀한 계산에 따른 게 아니라, 우연히 용케 빠져나간 거야!"

"얼마 전에 일어난 관리의 미망인인 노파 살해 사건을 말씀하시는 것 같군요." 표트르 페트로비치가 조시모프 쪽을 바라보며 참견을 했다. 그는 이미 모자와 장갑을 손에 들고 서 있었으나, 가기 전에 몇 마디 똑똑한 말을 하고 싶었던 것이다. 그는 자신에게 유리한 인상을 남기고 싶어 무척이나 애를 쓰는 게 역력했고, 허영심 때문에 분별력을 잃은 듯했다.

"그렇습니다. 당신도 들으셨습니까?"

"그럼요. 이웃에서 일어난 일인 걸요……."

"자세히 아십니까?"

"그렇다고는 할 수 없습니다만, 나는 이 사건에서 다른 상황, 말하자면 전체적인 문제에 관심을 가지고 있습니다. 지난 오 년 동안 하층 계급에서 범죄가 늘었고 강도와 방화가 도처에서 끊임없이 일어나고 있는 데 대해 말하려는 게 아닙니다. 내가 무엇보다 기괴하게 생각하는 것은 상류 계급에서도 범죄가 똑같이, 말하자면, 평행적으로 증가하고 있다는 것입니다. 듣자하니, 어디서는 전에 대학생이었던 자가 대로에서 우편물을 강탈했다 하고, 어디서는 사회적 지위로 보아 지도층이라 할 사람들이 위조지폐를 만드는가 하면, 모스크바에서는 복권부 채권을 위조한 일당을 잡았는데 그 주범 가운데 세계사 강사가 끼어 있었다 하더군요. 또 어디서는 우리 나라의 외국 주재 비서관이 금전상의 수수께끼 같은 이유 때문에 살해당하고 있답니다……. 만약 돈놀이하는 그 노파가 전당 잡힌 자들 중 한 명에게 살해됐다면, 살인범은 그러니까, 보다 상류계층 사회 출신이라는 건데, 왜냐하면 농부들은 금붙이를 전당잡히지는 않거든요. 만약 그렇다면 우리 사회의 문명화된 계층의 이런 타락을 도대체 어떻게 설명해야 하겠습니까?"

"경제적 변화가 많이 일어났으니까요……." 조시모프가 대꾸했다.

"어떻게 설명하느냐고요?" 라주미힌이 말꼬리를 붙잡고 늘어졌다. "그건 바로 너무나 뿌리 깊은 비실제적인 정신 때문이라고 설명할 수 있겠지요."

"그건 무슨 뜻입니까?"

"모스크바에서 아까 그 강사가 왜 채권을 위조했느냐고 심문을 받자 '다들 여러 가지 방법으로 부자가 되고 있으니까 나도 빨리 부자가 되고 싶었다'라고 답변했다더군요. 정확한 말은 기억 못 하지만, 요는 공짜로, 빨리, 일하지 않고 거저 부자가 되는 것이었어요! 다 만들어서 갖다 바치는 것으로 살고, 남의 멜빵에 매달려 걷고,

씹어 주는 것을 받아먹는 데 익숙해진 거죠. 그런데 이제 위대한 시대가 찾아왔으니,* 다들 자신의 정체를 드러낼 수밖에요……."

"하지만 그렇다면 도덕성은요? 그리고 이른바 규범이라는 것은……."

"당신이 무슨 걱정이오?" 뜻밖에 라스콜니코프가 끼어들었다. "바로 당신 이론대로 됐는데!"

"어떻게 내 이론대로입니까?"

"아까 당신이 설교한 것을 끝까지 끌고 가면, 사람을 잘라 죽여도 괜찮게 되지……."

"당치도 않소!" 루쥔이 외쳤다.

"아니, 그건 그렇지 않아!" 조시모프가 거들었다.

라스콜니코프는 창백한 얼굴로 누운 채 윗입술을 떨면서 힘겹게 숨을 쉬고 있었다.

"모든 것에는 한계가 있는 법이오." 루쥔은 거만하게 말을 계속했다. "경제 이념이 곧 살인을 초래하는 것은 아니지요. 그리고 가령……."

"그런데 그게 정말이오? 당신이……." 라스콜니코프가 갑자기 분노해서 떨리는 목소리로 다시 말을 가로챘다. 그 목소리에서는 모욕을 주려는 데서 오는 기쁨과도 같은 것이 느껴졌다. "그게 정말이오? 당신이 신부가 될 아가씨로부터 결혼 동의를 받았던 바로 그때…… 무엇보다 기쁜 것은…… 그 아가씨가 비렁뱅이인 점이라고…… 했다는 게? 왜냐하면 비렁뱅이 집안에서 색시를 얻으면 결혼한 후에 아내 위에 군림할 수 있고…… 또 자기

의 은혜를 입은 것을 내세워 그녀를 질책하는 데도 그저 그만이라고…… 그렇소?"

"여보시오!" 루진은 얼굴이 온통 벌게져서 어찌할 바를 몰라 하며 증오와 분노에 가득 차 소리를 질렀다. "당신이…… 그렇게 내 생각을 곡해하다니! 실례지만, 나도 말 좀 해야겠소. 당신의 귀에 들어간, 아니 당신에게 알려 준 것이라고 해야 할 그 소문은 눈곱만큼도 확실한 근거가 없소이다. 나는…… 의심스럽소. 누가…… 요는…… 이 화살이…… 한마디로…… 자당께서……. 그렇지 않아도 그분은 참으로 훌륭한 성품을 지니고 계시지만 생각하시는 것이 좀 들뜨고 낭만적인 경향이 있다 싶었는데……. 그렇지만 그분이 이 일을 그렇게 곡해하여 해석하고 상상하고 계시리라고는 꿈에도 몰랐소이다……. 그런데 결국…… 결국……."

"당신, 잘 들어요." 라스콜니코프는 베개 위로 몸을 일으키고 찌를 듯이 번득이는 눈초리로 그를 쏘아보면서 소리쳤다. "똑똑히 들어 둬요."

"무얼 말이오?" 루쥔은 말을 끊고, 도전적이고 모욕당한 표정으로 기다리고 있었다. 몇 초간 침묵이 흘렀다.

"감히 다시 한 번…… 단 한마디라도…… 우리 어머니에 대해 말하면, 계단 밑으로 거꾸로 던져 버리겠다!"

"왜 이러나!" 라주미힌이 소리쳤다.

"아하, 역시 그렇군!" 루쥔은 얼굴이 하얘져서 입술을 깨물었다. "그럼 내 말도 잘 들어 두시오." 그는 잠시 숨을 돌리고 안간힘을 다해 자신을 억제하면서 입을 열었으나, 여전히 숨을 헐떡이고 있었다. "난 아까 이 방에 처음 발을 들여놓는 순간부터 당신이 적의를 품고 있다는 걸 눈치챘지만, 좀 더 잘 알아보기 위해 일부러 여기 남아 있었던 것이오. 환자이기도 하고 친척이기도 해서 웬만한 것은 참으려고 했지만, 이렇게 된 이상 이젠⋯⋯ 당신을⋯⋯ 절대로⋯⋯."

"나는 환자가 아니야!" 라스콜니코프가 소리쳤다.

"그렇다면 더더욱⋯⋯."

"꺼지지 못해!"

그러나 루쥔은 말을 끝내지도 않은 채 다시금 탁자와 의자 사이를 비집으며 이미 자진해서 나가고 있었다. 라주미힌도 이번에는 그에게 길을 비켜 주려고 자리에서 일어섰다. 루쥔은 아무에게도 눈길을 주지 않고, 아까부터 환자를 가만히 놔두라고 고갯짓을 하고 있던 조시모프에게도 고개를 끄덕여 보이지 않고 나갔다. 방문을 지날 때 그는 허리를 구부리고 조심스레 모자를 어깨까지 들어 올렸다. 등을 구부린 모습에서까지 그가 끔찍한 모욕을 짊어지고 간다는 것이 드러나 있는 듯했다.

"어떻게 그럴 수 있나, 어떻게?" 어리둥절해진 라주미힌이 고개를 절레절레 흔들면서 말했다.

"내버려 둬, 다들 날 내버려 둬!" 라스콜니코프는 미친 듯이 소리 질렀다. "이제 날 좀 가만히 둬, 이 학대자들아! 난 너희들 따윈 무섭지 않아! 난 이제 아무도, 아무도 무섭지 않아! 꺼져! 난 혼자 있고 싶어, 혼자, 혼자, 혼자!"

"가자!" 조시모프가 라주미힌에게 고개를 끄덕이고 말했다.

"아니, 이 친굴 이대로 두고 갈 순 없잖아."

"가자니까!" 조시모프는 완강하게 되풀이하고 나가 버렸다. 라주미힌도 잠시 생각하더니 뒤쫓아 달려 나갔다.

"환자의 말을 듣지 않았다면 더 나쁘게 되었을지도 몰라." 이미 층계에 나왔을 때 조시모프가 말했다. "흥분시키면 안 돼⋯⋯."

"그 녀석 대체 왜 그럴까?"

"무슨 좋은 자극이라도 주면 좋을 텐데! 아까는 원기가 있더니⋯⋯. 이봐, 뭔가가 그 친구 머리에서 떠나지 않고 있어! 뭔가 움직이지 않는 묵직한 것이⋯⋯. 난 그게 몹시 걱정돼. 틀림없이 뭔가가 있어!"

"혹시 그 신사, 표트르 페트로비치 때문인지도 몰라! 얘기로 봐서는 그자가 녀석의 여동생하고 결혼하는 모양이고, 그 일에 대해 로쟈는 병이 나기 직전에 편지를 받은 것 같은데⋯⋯."

"그래, 하필이면 이때 그자가 와 가지고. 그자가 다 망쳐 놓았는지도 모르지! 그런데 너도 눈치챘어? 환자가 다른 것에는 도통 무관심하고 말이 없으면서 유독 한 가지에 대해서만은 몹시 흥분한단 말이야. 그건 바로 그 살인 사건이야⋯⋯."

"맞아, 맞아!" 라주미힌이 맞장구쳤다. "나도 벌써 눈치챘어! 그것에 굉장히 관심을 보이고 두려워하고 있어. 그건 병이 나던 바로 그날 경찰서에서 그 얘길 듣고 너무 놀라서 그럴 거야. 기절까지 했으니까."

"저녁에 그 얘길 좀 더 자세히 해 줘. 그러고 나서 나도 네게 할 얘기가 좀 있어. 매우 흥미 있는 환자야! 반 시간 후에 다시 한 번 환자를 보러 올게……. 하지만 염증이 생기진 않을 거야……."

"고마워! 그럼 난 그동안 파쉔카 방에서 기다리면서 나스타시야를 시켜 감시하고 있지……."

라스콜니코프는 혼자 남게 되자 초조하고 불만스러운 눈초리로 나스타시야를 쳐다보았다. 그러나 그녀는 여전히 미적거리면서 나갈 생각을 하지 않았다.

"차라도 마실래요?" 그녀가 물었다.

"이따가! 난 자고 싶어! 날 좀 내버려 둬……."

그는 발작적으로 몸을 벽 쪽으로 홱 돌렸다. 나스타시야는 방에서 나갔다.

6

그러나 그녀가 나가자마자 그는 일어나서 문에 빗장을 걸고, 좀 전에 라주미힌이 가지고 왔다가 도로 싸 놓은 옷 보따리를 풀어 옷을 갈아입기 시작했다. 이상하게도 그는 갑자기 완전히 침착해진 것 같았다. 아까처럼 반미치광이 같은 헛소리도 없어졌고, 요 며칠 동안 계속 그를 쫓아다닌 급작스럽고 격렬한 공포도 사라졌다. 이것은 갑작스레 찾아든 기이한 평정(平靜)의 첫 순간이었다. 그의 동작은 정확하고 분명했다. 거기엔 확고한 의도가 엿보였다. '오늘이야말로, 오늘이야말로……!' 그는 속으로 중얼거렸다. 그러나 그는 자기 몸이 아직 쇠약하다는 것을 알고 있었고, 자신에게 힘과 자신감을 주고 있는 것은 마음을 안정시키고 생각까지도 확고하게 만든 강한 정신적 긴장이라는 것을 깨닫고 있었다. 그래도 그는 길에서 쓰러지는 일은 없어야 할 텐데 하고 바랐다. 새 옷으로 싹 갈아입고 나서 그는 탁자 위에 놓인 돈을 힐끗 보고 잠깐 생각한 뒤에 그것을 주머니에 넣었다. 돈은 25루블이었다. 라주미힌이 옷값을 치르고 10루블에서 거슬러 받은 5코페이카짜리 동전도 죄다 집어넣었다. 그러고 나서 문고리를 조용히 벗기고 방을 나와 층계를 내려가다가 활짝 열린 부엌을 힐끔 들여다보았다. 나스타시야는 그를 등지고 서서 허리를 구부린 채 주인아주머니의 사모바르를 후후 불고 있었다. 그녀는 아무 소리도 듣지 못한 것이다. 하긴 그가 나가리라고 누가 예상할 수 있었으랴? 일 분 뒤에 그는 이미 거리에 있었다.

8시 무렵이었고, 해가 지고 있었다. 여전히 무더웠다. 그러나 그는 이 악취와 먼지로 가득 찬 오염된 도시의 공기를 탐욕스레 들이마셨다. 가볍게 현기증이 일기 시작했다. 갑자기 어떤 야성적인 힘이 그의 충혈된 눈과 핼쑥하게 여윈, 창백하고 누리끼리한 얼굴에서 번쩍 빛났다. 어디로 가야 할지는 알지 못했고 생각하고 있지도 않았다. 다만 한 가지만은 알고 있었다. '**이것**을 기어이 오늘 안으로, 모두 한 번에, 지금 곧 끝내야 한다. 그렇지 않고서는 집에 돌아가지 않겠다. **이렇게 살기는 싫다.**' 어떻게 끝내지? 무엇으로 끝내지? 그것에 대해서는 아무 생각도 없었고, 생각하려 들지도 않았다. 그는 생각을 몰아내고 있었다. 생각이 그를 괴롭혔던 것이다. 다만 모든 것이 여하튼 달라져야만 한다고 느끼고 있고, 또 그렇게 알고 있을 따름이었다. '비록 어떻게 되더라도.' 그는 흔들리지 않는 필사적인 자신감과 결심을 가지고 되뇌었다.

　오랜 습관대로 그는 여느 때와 같은 산책길로 해서 곧장 센나야로 향했다. 센나야에 못 미쳐 있는 어느 작은 잡화점 앞의 포장도로에서 검은 머리의 젊은 손풍금장이가 서서 무슨 곡인지 몹시도 애절한 로망스를 타고 있었다. 그는 자기 앞의 보도에 서 있는 소녀의 노래에 반주를 하고 있었다. 소녀는 열다섯 살쯤 돼 보였고, 양갓집 아가씨처럼 빳빳한 심을 넣은 넓은 치마와 짧은 망토를 입고, 장갑을 끼고, 새빨간 깃털이 달린 밀짚모자를 쓰고 있었으나, 모두 다 낡고 해진 것이었다. 소녀는 길거리 가수다운 쨍쨍거리지만 꽤나 듣기 좋고 힘찬 목소리로, 가게에서 2코페이카 동전을 던져 주길 바라면서 노래를 부르고 있었다. 라스콜니코프는 두어 사람 되는 청중 곁에서 걸음을 멈추고 서서 귀를 기울이다가 5코페이카를 꺼내 소녀의 손에 쥐어 주었다. 소녀는 갑자기 가장 애잔하고 음이 높은 곳에서 마치 자르듯이 노래를 딱 멈추고, 손풍금장이에게 날카롭게 외쳤다. "됐어!" 그리고 둘은 느릿느릿 다음 가게로 옮겨 갔다.

　"거리 악사의 노래를 좋아하십니까?" 라스콜니코프는 손풍금 옆에 함께 서 있던, 부랑자 같은 행색을 한 그다지 젊어 보이지 않는 행인에게 불쑥 말을 건넸다. 행인은 어리둥절한 눈으로 그를 쳐다보며 놀란 얼굴을 했다. "나는 좋아합니다." 라스콜니코프는 말을 이었으나, 전혀 거리 악사의 노래를 말하고 있는 것 같지 않은 모습이었다. "춥고 어둡고 습기 찬 가을 저녁에, 반드시 습기 찬 저녁이어야 합니다. 오가는 사람들의 얼굴이 모두 푸르스름하고 병적으로 보일 때, 손풍금에 맞추어 부르는 노래를 좋아합니다. 또는 바람 한 점 없이 축축한 눈이 아주 똑바로 내리고 있을 때면 더 좋습니다, 아시겠습니까? 눈발 사이로는 가스등이 빛나고…….”

“모르겠는데요……. 이만 실례합니다…….” 라스콜니코프의 목소리와 이상한 모습에 놀란 사나이는 길 저편으로 건너가 버렸다.

라스콜니코프는 곧장 걸어서, 그때 리자베타와 얘기를 나누고 있던 상인 내외가 장사를 하고 있는 센나야의 모퉁이로 갔다. 그러나 그들은 없었다. 그 자리인 것을 알아채고 그는 걸음을 멈추고 사방을 둘러보다가, 밀가루 가게 입구에서 하품을 하고 있던 붉은 셔츠 차림의 젊은이에게 말을 건넸다.

“이 모퉁이에서 한 남자가 아내같이 보이는 아낙네하고 장사를 하고 있었는데, 혹시 아나?”

“장사하는 사람이 하도 많아서.” 젊은 남자는 거드름을 피우면서 라스콜니코프를 훑어보며 대답했다.

“그 남자 이름이 뭐지?”

“세례 받은 이름으로 불리겠죠.”

“자네도 혹시 자라이스크 사람 아닌가? 어느 도였더라?”

젊은 남자는 다시 라스콜니코프를 쳐다보았다.

“우리가 사는 데는, 나리, 도가 아니고 군입니다. 우리 형은 이리저리 많이 다녔지만 나는 집에만 있어서 아무것도 모릅니다요……. 나리, 너그럽게 이쯤 해 주십쇼.”

"저기, 2층은 식당인가?"

"술집입죠. 당구대도 있고, 공주님들도 있습죠……. 좋습니다!"

라스콜니코프는 광장을 가로질러 갔다. 그곳의 한쪽 구석에 사람들이 떼 지어 빽빽하게 서 있었는데 모두 농부들이었다. 그는 얼굴을 하나하나 힐끔거리면서, 사람이 가장 빽빽하게 몰려 있는 곳으로 비집고 들어갔다. 그는 왜 그런지 모든 사람들과 얘길 하고 싶었다. 그러나 농부들은 그를 거들떠보지도 않고, 군데군데 무리 지어 자기들끼리만 뭔지 떠들어 대고 있었다. 그는 잠시 서서 생각해 보다가 오른쪽 보도를 따라 V 대로 쪽으로 걸어갔다. 광장을 지나 그는 어느 골목으로 들어섰다…….

그는 전에도 광장에서 사도바야로 통하는 이 구부러진 짧은 골목을 자주 지나다녔다. 특히 요즘 들어 모든 것에 구역질이 날 때면 '더 구역질이 나라' 하고 이 모든 곳을 돌아다니고 싶었다. 그러나 지금은 아무 생각도 없이 들어섰다. 거기엔 커다란 건물이 있었는데, 건물 전체가 술집과 잡다한 여러 음식점으로 되어 있었다. 그 가게들로부터 마치 '잠깐 이웃에' 다니는 것처럼 머리에 아무것도 쓰지 않고 옷 한 장만 달랑 걸친 여자들이 끊임없이 뛰어나왔다. 그들은 보도 위의 두어 군데, 그것도 특히 지하층으로 내려가는 입구 옆에 떼 지어 몰려 있었다. 거기서 계단을 두 칸 내려가면 이런저런 재미를 볼 수 있는 여러 업소로 갈 수가 있었다. 이때 그중 한 곳에서 쿵쿵거리는 소리와 시끌시끌한 소리가 온 거리로 흘러나왔다. 기타 소리와 노랫소리가 어울려 무척이나 흥겹게 들렸다. 입구에는 여자들이 잔뜩 모여 있었다. 계단과 보도에 앉아 있기도 하고, 서서 이야기를 나누고 있기도 했다. 그 옆 포장도로에서는 술 취한 병사가 담배를 입에 물고 큰 소리로 욕지거리를 하면서 돌아다니고 있었다. 어딘가로 들어가야 하는 모양인데 그게 어딘지 잊어버린 듯했다. 어떤 부랑자가 다른 부랑자와 욕지거리를 하고 있었고, 고주망태가 된 남자가 길 한복판에서 뒹굴고 있었다. 라스콜니코프는 여자들이 우르르 모여 있는 곳에서 걸음을 멈추었다. 그들은 쉰 목소리로 이야기를 나누고 있었다. 모두들 날염 무명옷에 염소 가죽 구두를 신었고, 머리에는 아무것도 쓰고 있지 않았다. 개중에는 마흔이 넘은 여자도 있었으나, 열일곱쯤 돼 보이는 소녀들도 있었고, 거의 다 눈가에 멍이 들어 있었다.

그는 아래층에서 들려오는 노랫소리와 쿵쿵거리는 소리, 왁자지껄한 소리에 왠지 마음이 끌렸다……. 그곳에서는 깔깔대는 웃음소리와 비명 사이로, 가느다란 가성(假聲)으로 대담하게 뽑아대는 노랫가락과 기타 반주에 맞춰 누군가 구두 뒤축으로 박자를 맞추며 미친 듯이 춤을 추는 소리가 들려왔다. 그는 입구 옆 인도에서 허리를 구부리고 신기하다는 듯 안쪽을 들여다보면서 침울한 표정으로 골똘히 생각에 잠긴 채 가만히 귀를 기울였다.

그대, 내 아름다운 임이여
까닭 없이 날 때리지 말아요!

가수의 가녀린 목소리가 흘러나왔다. 라스콜니코프는 마치 거기에 모든 일이 달려 있기라도 한 듯, 그 노래 가사를 알아내고 싶

264

어 견딜 수가 없었다.

'들어가 볼까?' 그는 생각했다. '웃고들 있구나! 취해 있어! 실컷 마시고 취해나 볼까?'

"안 들어가요, 아저씨?" 한 여자가 아직 그다지 쉬지 않은 꽤나 낭랑한 목소리로 물었다. 젊고, 게다가 그리 밉상도 아닌 여자로 좀 전의 무리 중 한 여자였다.

"야, 이쁜데!" 그가 몸을 조금 일으켜 그녀를 쳐다보고 대답했다.

그녀는 생긋 웃었다. 추어주는 말이 무척 마음에 든 모양이었다.

"아저씨도 정말 잘생겼어." 그녀가 말했다.

"되게 말랐네!" 다른 여자가 굵고 낮은 목소리로 지적했다. "병원에서 방금 나오셨나 봐?"

"얼핏 보면 장군 따님들인데, 하나같이 들창코구먼!" 거나하게 취한 농부가 외투 앞자락의 단추도 채우지 않고 낯바닥에 능글맞은 웃음을 띠고 다가와서 불쑥 말을 가로챘다. "야, 재밌겠는데!"

"들어가요, 이왕 왔는데!"

"들어간다! 기분이다!"

이렇게 말하고 농부는 고꾸라질 듯 비틀거리며 내려갔다.

라스콜니코프는 그 자리를 떠나 계속 걷기 시작했다.

"여봐요, 아저씨!" 뒤에서 여자애가 소리쳤다.

"왜?"

여자애는 당황했다.

"사랑스러운 나리님, 난 당신과 함께라면 언제라도 기꺼이 시간을 낼게요. 근데 지금은 왠지 좀 꺼려져. 멋쟁이 기사님, 한 잔하게 6코페이카만 줘요!"

라스콜니코프는 집히는 대로 끄집어냈다. 5코페이카짜리 동전 세 개였다.

"어머나, 정말 좋은 나리셔!"

"이름이 뭐야?"

"두클리다를 찾으세요."

"아니, 이게 무슨 짓이야." 갑자기 무리 중의 한 여자가 두클리다에게 고개를 내저으며 주의를 줬다. "어쩜 그런 식으로 조를 수 있니! 나 같으면 부끄러워서 쥐구멍에라도 숨겠다……."

라스콜니코프는 그렇게 말하는 여자를 흥미롭다는 듯 쳐다보았다. 서른 살쯤 돼 보이는 얽은 여자로, 얼굴이 온통 시퍼렇게 멍이 들고 윗입술은 부어 있었다. 그녀는 차분하고 진지하게 꾸짖고 있었다.

'어디서 나오더라?' 라스콜니코프는 다시 걸어가면서 생각했다. '그걸 어디서 읽었더라. 사형 선고를 받은 한 사나이가 처형한 시간 전에 이렇게 말한다든가, 생각한다든가 하는 이야기였지. 어디 산꼭대기 높은 곳에서, 바위 위에서, 또는 간신히 두 발을 디딜 수 있을 만큼 좁은 곳에서, 사방이 온통 절벽과 대양이고, 영원한 암흑과 영원한 고독과 영원한 폭풍에 둘러싸여 살아야만 한다해도, 1아르쉰밖에 안 되는 공간에 서서, 평생을, 천 년을, 영원토록 그렇게 머물러야 한다 해도, 그렇게 사는 것이 지금 죽는 것보다는 낫다 하고 말이다!* 단지 살고 싶다, 살고 싶다, 살고 싶다! 어떻게 살든 단지 살고 싶다……! 이만한 진실이 또 있겠는가, 아

266

아, 이 얼마나 엄청난 진실인가! 인간이란 비열하다! 그렇다 해서 그를 비열한이라 부르는 놈도 비열하다.' 그는 잠시 뒤에 이렇게 덧붙였다.

그는 다른 거리로 나갔다. '야아! '수정궁'이구나! 아까 라주미힌이 '수정궁' 얘기를 했는데. 그런데 내가 뭘 하려고 했더라? 맞아, 읽는 거였어……! 조시모프가 신문에서 읽었다고 했지…….'

"신문 있소?" 그는 아주 널찍하고 산뜻하기까지 한 술집으로 들어서면서 물었다. 방이 몇 개 됐으나, 손님은 별로 없었다. 손님 두엇이 차를 들고 있었고, 좀 떨어진 다른 방에서는 네댓 명 정도가 함께 앉아서 샴페인을 마시고 있었다. 라스콜니코프는 그 속에 자묘토프가 끼어 있는 것 같은 느낌이 들었다. 그러나 멀어서 잘 알아볼 수는 없었다.

'아무럼 어때!' 그는 생각했다.

"보드카를 주문하시겠습니까?" 종업원이 물었다.

"차를 주게. 신문도 좀 갖다 줘, 지난 걸로, 닷새 치를 모두, 팁을 줄 테니."

"알겠습니다. 이건 오늘 겁니다. 보드카도 가져올까요?"

지난 신문들과 차가 나왔다. 라스콜니코프는 자리에 앉아서 기사를 찾기 시작했다. '이즐레르*—이즐레르—아즈텍*—아즈텍—이즐레르—바르톨라—마시모—아즈텍—이즐레르…… 쳇, 제기랄! 아, 여기 지방 기사가 있다. 여자가 층계에서 추락—상인이 술에 취해 사망—페스키 구의 화재— 또 페테르부르크스카야 구*의 화재—또 페테르부르크스카야 구의 화재—이즐레

르―이즐레르―이즐레르―이즐레르―마시모……. 아, 이거
다…….'

마침내 그는 찾던 것을 발견하고 읽기 시작했다. 글줄들이 눈
안에서 펄쩍펄쩍 뛰었으나, 그래도 그 '기사'를 전부 다 읽자, 다
음 호에서 속보를 탐욕스레 찾기 시작했다. 신문 지면을 넘기는
두 손이 초조한 나머지 경련을 일으키며 부들부들 떨렸다. 갑자기
그가 앉은 테이블로 누군가 다가와서 옆자리에 앉았다. 그는 힐끗
쳐다보았다.―자묘토프, 바로 그 자묘툐프가, 그때와 마찬가지
로 보석 반지를 몇 개씩 끼고, 줄을 드리우고, 포마드를 바른 검은
곱슬머리에 가르마를 타서 빗어 붙이고, 멋진 조끼에 약간 닳은
연미복과 그리 깨끗하지 않은 셔츠를 입고 앉아 있었다. 그는 기
분이 좋아 보였다. 적어도 매우 유쾌하고 사람 좋은 미소를 띠고
있었다. 가무잡잡한 얼굴은 샴페인을 마신 탓에 불그레했다.

"어떻게! 이런 곳에?" 그는 의아해하면서 아주 오랜 지기라도
만난 듯한 어조로 입을 열었다. "어제 라주미힌의 얘기로는 아직
정신이 안 들었다고 하던데요. 정말 어떻게 된 겁니까! 나도 댁에
갔었는데……."

라스콜니코프는 그가 다가오리라는 걸 알고 있었다. 그는 신문
을 밀어 놓고 자묘토프 쪽으로 몸을 돌렸다. 라스콜니코프의 입가
에 냉소가 감돌았으나, 이 냉소 속에는 어떤 새로운 신경질적인
초조함이 엿보였다.

"알고 있습니다, 오셨다는 것." 그가 대답했다. "들었습니다.
양말을 찾아 주셨다죠……. 그런데 라주미힌은 당신한테 아주 빠

져 있답니다. 당신과 라비자 이바노브나한테 갔다던데. 요전번에 당신이 그 여자 때문에 애가 타서 화약 중위에게 그렇게 눈짓을 했는데도, 그 화약이 전혀 눈치를 못 채더군요, 기억하십니까? 어떻게 그렇게 못 알아채는지 —뻔한 일인데…… 안 그래요?"

"정말 난폭한 사람입니다!"

"그 화약 말입니까?"

"아니, 당신 친구 라주미힌 말입니다……."

"근데 아주 팔자 좋으시군요, 자묘토프 씨. 이런 유쾌한 곳에 무상출입하시고! 지금은 누가 당신에게 샴페인을 대접하고 있나요?"

"그건 우리가…… 다 같이 마신 거요……. 대접은 무슨!"

"사례구먼! 뭐든 잘 이용하니까!" 라스콜니코프는 웃기 시작했다. "괜찮아요, 순진한 젊은이, 괜찮아요!" 그는 자묘토프의 어깨를 툭 치고 덧붙였다. "난 악의가 있어서가 아니라, '좋아서 장난삼아' 하는 말이니까. 당신네 그 칠장이가 미치카를 때린 것에 대해 바로 이렇게 말했지요, 그 노파 사건 말입니다."

"당신이 어떻게 아시죠?"

"알고말고, 아마 당신보다 많이 알 걸요."

"당신 정말 이상하군요……. 아직 많이 아프신 모양입니다. 공연히 나오셨어요……."

"당신에겐 내가 이상해 보여요?"

"네. 이건 뭔가요, 신문을 보고 계신가요?"

"신문을요."

"화재 기사가 많군요……."

"아니, 난 화재 기사를 읽는 게 아닙니다." 그러면서 그는 수수께끼 같은 표정으로 자묘토프를 바라보았다. 비웃는 듯한 미소가 다시 그의 입술을 일그러뜨렸다. "아니, 화재 기사가 아닙니다." 그는 자묘토프에게 눈을 찡긋거리며 말을 이었다. "자, 고백하시지, 귀여운 젊은이, 내가 뭘 읽고 있었는지 알고 싶어 죽겠지요?"

"전혀 알고 싶지 않아요. 그냥 물어본 겁니다. 물어보면 안 되나요? 뭣 땜에 당신은 자꾸……."

"이봐요, 당신은 교육을 받은 문학적인 사람이지요, 네?"

"중학교를 6학년까지 마쳤죠." 자묘토프는 어딘지 위엄을 부리며 대답했다.

"6학년을! 아아, 넌 정말 귀여운 참새야! 가르마를 타고, 보석 반지를 잔뜩 끼고, 부자군! 쳇, 정말 귀여운 도련님이야!" 그러면서 라스콜니코프는 바로 자묘토프의 얼굴에다 대고 신경질적인 웃음을 터뜨렸다. 자묘토프는 흠칫 몸을 뒤로 뺐다. 화가 났다기보다 몹시 놀랐던 것이다.

"쳇, 정말 이상한 사람이군요!" 자묘토프는 정색을 하고 되풀이했다. "당신은 아직 헛소리를 하고 있는 것 같은데요."

"헛소리라고? 웃기지 마, 참새……! 내가 그렇게 이상해요? 그래, 당신은 나한테 흥미 있지, 안 그래요? 흥미 있지?"

"흥미 있어요."

"그러니까, 내가 뭘 읽고 있었고, 뭘 찾고 있었는가 하는 거? 봐, 지난 신문을 이렇게 잔뜩 가져오게 했으니! 수상하죠, 네?"

"그럼, 말하시죠."

"귀가 쫑긋하지?"

"무슨 귀가 쫑긋해요?"

"무슨 귀가 쫑긋한지는 나중에 말해 주겠고, 지금은, 도련님, 당신에게 분명하게 말하겠소…… 아니, '자백하겠소…….' 아니, 이것도 신통찮아. '진술하겠으니, 받아쓰시오.' 그래 정말 이거야! 그럼 진술하겠소. 내가 읽고 있던 것, 관심을 가지고 있던 것…… 뒤지고 있던 것…… 찾고 있던 것은…….'' 라스콜니코프는 눈을 가늘게 뜨고, 잠시 기다렸다. "찾고 있던 것은, 그리고 그 때문에 여기 들른 것은 관리의 미망인인 노파의 살해 사건이오." 그는 자기 얼굴을 자묘토프의 얼굴에 바싹 갖다 대고 마침내 거의 속삭이는 듯한 소리로 말했다. 자묘토프는 자신의 얼굴을 그의 얼굴에서 떼지 않은 채, 꼼짝도 않고 그를 똑바로 쳐다보고 있었다. 나중에 자묘토프가 무엇보다 이상하게 느낀 것은 꼬박 일 분 동안이나 그들 사이에 침묵이 계속되었고, 꼬박 일 분 동안이나 그렇게 서로를 노려보고 있었다는 것이다.

"당신이 무엇을 읽고 있었든 그게 대체 어쨌다는 거죠?" 갑자기 자묘토프는 의혹과 초조감에 사로잡혀 소리쳤다. "그게 나하고 무슨 상관입니까! 그게 어쨌다는 건데요?"

"그건 바로 그 노파란 말이오." 라스콜니코프는 자묘토프가 외치는 소리에는 까딱도 않고, 여전히 속삭이듯 말을 계속했다. "기억하겠지요, 경찰서에서 그 얘기가 나왔을 때 내가 기절했던 바로 그 노파 말이오. 어때요, 이제 이해하겠소?"

"대체 무슨 말인가요? 뭘…… '이해한다는' 겁입니까?" 자묘토프는 자못 불안한 듯이 말했다.

정색해서 굳어 있던 라스콜니코프의 얼굴이 한순간에 변하더니, 갑자기 자신을 도저히 억제할 수 없다는 듯 또다시 아까와 같은 신경질적인 웃음을 터뜨렸다. 바로 그때, 도끼를 들고 문 뒤에 숨어 있던 얼마 지나지 않은 그 한순간의 감각이, 빗장이 미친 듯 덜거덕거리고 그들이 문 밖에서 욕지거리를 해 대며 문짝을 밀치고 들어오려 하는데 갑자기 그들에게 소릴 지르고, 같이 욕을 퍼붓고, 낼름 혀를 내밀고 놀려 주고 웃고 싶었던, 실컷 소리 내어 웃고 웃고 또 웃고 싶었던 그 순간이 소름 끼치도록 선명하게 되살아났다!

"당신은 미쳤거나, 아니면……." 자묘토프가 말을 꺼내다가 문득 뇌리를 스친 생각에 갑자기 움찔 놀란 듯 입을 다물었다.

"아니면? '아니면'이라니? 자, 뭐요? 자, 말하시오!"

"아무것도 아닙니다!" 자묘토프는 화를 내며 대답했다. "다 말도 안 되는 소리죠!"

두 사람은 입을 다물었다. 뜻밖의 발작적인 웃음을 터뜨리고 나서 라스콜니코프는 갑자기 생각에 잠기고 침울해졌다. 그는 탁자에 팔꿈치를 괴고 한 손으로 머리를 받쳤다. 그는 자묘토프를 완전히 잊은 듯했다. 침묵은 꽤 오랫동안 계속됐다.

"차 안 드십니까? 다 식겠어요." 자묘토프가 말했다.

"네? 뭐라고요? 차……? 아, 참……." 라스콜니코프는 찻잔에 담긴 차를 한 모금 마시고, 빵 한 조각을 입에 넣었다. 그리고 자묘토프를 쳐다보더니 갑자기 모든 것이 생각난 듯 몸을 부르르 떤 것 같았다. 순간 그의 얼굴은 처음과 같이 비웃는 듯한 표정으로 되돌아갔다. 그는 계속 차를 마셨다.

"요즘은 그런 사기가 많이 늘었습니다." 자묘토프가 말했다. "바로 요전에도 「모스크바 통보」에서 화폐 위조범 일당이 모스크바에서 검거됐다는 걸 읽었어요. 완전히 하나의 회사더군요. 채권을 위조했답니다."

"아아, 벌써 오래전의 일이지요! 난 이미 한 달 전에 읽었는데." 라스콜니코프가 침착하게 대답했다. "그럼 당신 생각에는 그런 게 사기꾼인가요?" 그는 히죽 웃으면서 덧붙였다.

"어째서 사기꾼이 아닙니까?"

"그게? 그건 어린애고 풋내기지, 사기꾼이 아니지요! 그만한 일에 오십 명씩이나 달라붙다니! 그래, 그게 있을 수 있는 일입니까? 세 명이라도 많죠. 그것도 서로를 자기 자신보다 더 믿을 수 있어야 됩니다! 그렇잖으면 그중 하나가 술김에 입을 까딱 잘못 놀리기만 해도 모든 게 끝장나거든요. 풋내기들이에요! 믿을 수도 없는 사람을 시켜 은행에서 돈으로 바꾸게 하다니. 그런 일을 처음 만난 사람에게 맡겨요? 그래, 그 풋내기들이 성공했다 칩시다. 그래서 각자 1백만 루블씩 바꿔서 나눠 가졌다 칩시다. 그다음엔 어떻게 되죠? 평생토록 어떻게 되겠어요? 각자 서로에게 얽매어 사는 겁니다. 평생토록! 차라리 목을 매는 게 낫지! 그런데 그들은 바꿀 줄도 몰랐어요. 은행에서 돈으로 바꾸는데 5천을 받고는 손이 덜덜 떨린 겁니다. 4천까지는 세었지만, 5천째는 세지도 않고 받았어요. 그저 주머니에 틀어넣고 빨리 달아나자는 생각이었지요. 그래서 의심을 산 겁니다. 모든 것이 한 명의 얼간이 때문에 다 깨지고 만 거지! 그래, 어떻게 그런 일이 있을 수 있단 말인가요?"

"손이 떨린 거 말입니까?" 자묘토프가 말을 받았다. "뭐, 그럴 수 있지요. 아니 전 얼마든지 있을 수 있는 일이라고 확신합니다. 때로는 신경이 견뎌 내지 못하니까요."

"그만한 것을?"

"당신 같으면 견딜 자신이 있나요? 아니, 나는 못 견뎌 낼 거야! 100루블의 보수 때문에 그런 끔찍한 짓을 하다니! 위조 채권을 가지고 거기가 어디라고, 그런 일에는 귀신인 은행으로 갑니까! 아니, 나 같으면 완전히 당황하고 말 거예요. 당신은 안 그렇겠습니까?"

라스콜니코프는 갑자기 또다시 '혀를 날름 내밀고' 싶어졌다. 전율이 순간순간 등줄기를 타고 내렸다.

"나라면 그렇게 하지 않아요." 그는 멀리 돌려서 말을 시작했다. "나라면 이런 식으로 바꿀 거요. 처음 1천 루블은 한 장, 한 장 살펴보면서 양쪽에서 네 번쯤 세고, 그런 다음 두 번째 천에 착수합니다. 중간쯤까지 세다가 아무거나 50루블짜리 한 장을 뽑아 들고 위조지폐가 아닌가 하고 비춰 보고, 뒤집어서 다시 비춰 보지요. '걱정이 돼서요. 요전에 친척 한 명이 이런 식으로 속아서 25루블을 손해 봤거든요' 하면서 길게 이야기를 늘어놓습니다. 그러고서 세 번째 천을 세기 시작하다가, 아니, 죄송합니다, 아까 두 번째 천에서 7백째를 잘못 센 것 같은데, 미심쩍어서, 하면서 세 번째

274

것을 중단하고 다시 두 번째 것을 세기 시작하지요. 이런 식으로 다섯 묶음을 다 셉니다. 그러나 다 끝나면, 다섯 번째 묶음과 두 번째 묶음에서 지폐 한 장씩을 꺼내서 다시 비춰 보고, 또 의심이 간다는 듯 '미안하지만 좀 바꿔 주십시오'라고 하는 거죠. 이렇게 하면 은행원은 완전히 진이 빠져서, 어떻게 하면 나를 쫓아낼 수 있을까 전전긍긍하게 됩니다. 마침내 모든 것을 끝내고 나가려고 문을 열다가 아, 아니, 죄송합니다, 하고 되돌아서서 뭔가를 묻고 무슨 설명을 요구하는 겁니다. 나라면 이렇게 하겠소!"

"맙소사, 당신은 정말 무서운 소릴 하는군요!" 자묘토프는 웃으며 말했다. "하지만 그건 다 말이 그렇다는 거지, 실제로 하게 되면 분명 실패할걸요. 나나 당신뿐 아니라, 아무리 대담무쌍한 사람이라도 이런 일에서는 자기 자신을 장담할 수가 없어요. 멀리 갈 것 없이, 이런 예가 있습니다. 우리 관내에서 노파가 살해됐어요. 백주 대낮에 그런 모험을 하고 기적적으로 빠져나간 걸 보면 아주 대담하고 흉악한 놈 같은데, 그래도 손은 떨렸어요. 훔치지를 못했거든요. 견뎌 내지 못한 겁니다. 범행 솜씨로 봐서 뻔하죠……."

라스콜니코프는 모욕을 느낀 듯했다.

"뻔하다고! 그럼 어디 잡아 보시지, 어서, 당장!" 그는 심술궂게 자묘토프를 선동하며 소리쳤다.

"물론, 잡습니다."

"누가? 당신이? 당신이 잡아? 죽도록 뛰어 보슈! 당신들이 제일 눈여겨보는 것은 어떤 사람이 돈을 펑펑 쓰느냐 아니냐 하는 거죠? 한 푼도 없던 놈이 갑자기 돈을 쓰기 시작한다, 그러니 저

놈이 틀림없다 하는 거 아니오? 그런 거라면 어린애라도 맘만 먹으면 당신들을 속일 수 있어요!"

"그렇지만 그자들은 다 그렇게 합니다." 자묘토프가 대답했다. "교묘하게 죽이고, 목숨을 걸고 일을 해치우지만, 그런 다음 곧바로 술집에 나타나 거기서 잡히고 맙니다. 돈을 써 대다가 잡히는 거죠. 모든 사람이 당신같이 교활하진 않으니까요. 당신이라면 물론 술집에 안 가겠지요?"

라스콜니코프는 양미간을 찌푸리고 뚫어지게 자묘토프를 쳐다보았다.

"당신은 아주 흥미가 동해서, 나라면 그럴 때 어떻게 할지 알고 싶은 모양인데?" 그가 언짢은 얼굴로 물었다.

"알고 싶습니다." 자묘토프는 정색을 하고 단호하게 대답했다. 그의 말투와 눈초리가 매우 심각해졌다.

"몹시?"

"몹시."

"좋소. 나라면 이렇게 할 거요." 라스콜니코프는 갑자기 얼굴을 다시 자묘토프의 얼굴에 바싹 갖다 대고, 그를 뚫어지게 응시하면서 속삭이듯 말을 시작했다. 이번에는 자묘토프도 몸을 움찔했다. "나라면 이렇게 하겠소. 돈과 물건을 가지고 그곳을 빠져나오는 대로 아무 데도 들르지 않고 곧장 어딘가 아주 외진 곳, 울타리만 있을 뿐 인기척도 없는 어딘가로, 채소밭이나 그 비슷한 곳으로 갈 거요. 그곳에 있는 돌 하나를 미리 잘 보아 두었지. 무게가 1푸드나 1푸드 반쯤 나가고, 아마 집이 지어졌을 때부터 거기 마당 한쪽 구석 울타리 옆에 놓여 있었을 돌이오. 이 돌을 조금 들어 올리면 그 밑엔 틀림없이 구덩이가 움푹 패여 있게 마련이지. 그 구덩이에다 물건과 돈을 전부 쓸어 넣는 거요. 다 넣고 나서, 돌을 아까 놓여 있던 대로 얹어 두고 발로 다져 준 다음 그 자릴 뜨겠소. 그러고는 일 년이든, 이 년이든, 삼 년이든 손도 안 대고 그대로 두는 거요. 자, 그럼 찾아보시지! 이래도 찾아낼 수 있소? 있나 했더니 온데간데없이 사라져 버렸는데!"

"당신은 미쳤군요." 자묘토프도 왠지 속삭이듯 말하고는, 갑자기 무엇 때문인지 라스콜니코프에게서 몸을 흠칫 뒤로 뺐다. 라스콜니코프는 두 눈을 번득이며 무섭게 창백해져서, 윗입술을 파들파들 떨면서 실룩거리기 시작했다. 그는 최대한 가까이 자묘토프에게 몸을 기울이고 아무 말소리도 내지 않은 채 입술만 달싹거리기 시작했다. 그렇게 삼십 초 정도가 지났다. 그는 자기가 무슨 짓을 하고 있는지 알고 있었지만, 자신을 억제할 수가 없었다. 무서운 말이 그때 그 문에서 날뛰고 있던 빗장처럼 그의 입술 위에서 미친 듯이 몸부림치고 있었다. 금방 튀어나올 것만 같았다. 당장이라도 입을 열기만 하면, 혀를 놀리기만 하면!

"그런데 만약 내가 노파와 리자베타를 죽였다면?" 그는 갑자기 입을 놀려 버리고는 정신이 번쩍 들었다.

자묘토프는 깜짝 놀라 그를 바라보더니 얼굴이 백지장처럼 하얘졌다. 그의 얼굴은 미소로 일그러졌다.

"그게 있을 법이나 한 얘깁니까?" 그가 들릴락 말락 하게 말했다.

라스콜니코프는 독기를 품은 눈으로 그를 노려보았다.

"솔직히 말해 봐요. 그렇게 믿었지요? 그렇죠? 안 그런가요?"

"절대 아닙니다! 지금은 그 어느 때보다 더 믿지 않습니다!" 자묘토프가 황급히 말했다.

"드디어 걸려들었군! 참새가 잡혔어. 그러니까, '그 어느 때보다 더 믿지 않는다'면, 전에는 믿었다는 말이로군?"

"절대로 아니라니까요!" 자묘토프는 눈에 띄게 당황하여 외쳤다. "그럼 당신은 날 유도하기 위해 그런 말로 날 놀라게 한 겁니까?"

"그럼 믿지 않는다는 거요? 그렇다면 내가 그때 경찰서를 나왔을 때, 당신들은 내가 없는 자리에서 무슨 이야기를 한 거요? 무엇 때문에 화약 중위는 기절했다 깨어난 나를 심문했소? 이봐!" 그는 모자를 집어 들고 일어나면서 종업원에게 외쳤다. "여기 얼마야?"

"모두 해서 30코페이카입니다." 종업원이 달려오면서 대답했다.

"자, 20코페이카는 팁이다. 봐요, 돈이 굉장히 많지!" 그는 지폐를 쥔 채 떨고 있는 손을 자묘토프에게 내밀어 보였다. 붉은색, 푸른색의 지폐가 모두해서 25루블이었다. "어디서 났겠소? 새 옷은 또 어디서 난 거고? 한 푼도 없었다는 건 당신도 알잖아! 하긴, 하숙집 아주머니를 이미 심문했겠지……. 뭐, 관둡시다! *Assez causé*(객설은 그만)! 자, 그럼 또……!"

그는 참을 수 없는 쾌감이 뒤섞인 어떤 기괴하고도 신경질적인 느낌에 몸을 부들부들 떨며 밖으로 나왔으나, 우울하고 무섭게 피곤했다. 그의 얼굴은 무슨 발작이라도 일으킨 뒤처럼 일그러져 있었다. 피로감이 급속도로 더해 왔다. 그의 기력은 첫 번째 충격,

첫 번째의 자극적인 감각으로 인해 갑자기 깨어나며 고조되었으나, 이제 그 감각이 약해짐에 따라 기력도 급속히 사그라지고 있었다.

자묘토프는 혼자 남게 되자, 생각에 잠긴 채 그 자리에 한참 동안 그대로 앉아 있었다. 라스콜니코프는 뜻밖에도 그 사건에 대한 그의 생각을 송두리째 뒤집어 버렸고, 마침내 그의 의견을 최종적으로 굳히게 했다. '일리야 페트로비치가 멍청한 거야!' 그는 마지막으로 그렇게 결론 내렸다.

라스콜니코프는 바깥으로 나가려고 문을 연 순간, 마침 안으로 들어서고 있던 라주미힌과 바로 출입구 층계에서 부딪치고 말았다. 두 사람은 한 걸음을 남겨 두고도 서로를 보지 못했기 때문에 거의 머리를 맞부딪칠 뻔했다. 얼마 동안 그들은 서로 곁눈질로 보고 있었다. 라주미힌은 어안이 벙벙했으나, 별안간 분노가, 거짓 없는 분노가 그의 눈에서 무섭게 이글거리기 시작했다.

"너 지금 어딜 와 있는 거야!" 그가 고래고래 소릴 질렀다. "누워 있지 않고 몰래 빠져나왔군! 그런 걸 난 소파 밑까지 찾았어! 다락까지 뒤졌단 말이야! 너 때문에 나스타시야를 두들겨 팰 뻔했다고……. 그런데 바로 여기 와 계시군! 로지카! 어떻게 된 거야? 사실대로 다 말해! 실토해! 들려?"

"그건 너희들이 죽도록 지겨워졌다는 뜻이야. 나 혼자 있고 싶어." 라스콜니코프가 담담하게 대답했다.

"혼자? 아직 제대로 걷지도 못하고, 낯짝이 백지장처럼 돼 가지고 숨도 헐떡거리는 주제에! 이 멍청이……! '수정궁'에서 뭘 했어? 어서 털어놔!"

"내버려 둬!" 라스콜니코프는 이렇게 말하고 옆으로 지나가려고 했다. 라주미힌은 마침내 이성을 잃고 말았다. 그는 라스콜니코프의 어깨를 꽉 움켜잡았다.

"내버려 둬? '내버려 둬'라는 말이 나와? 내가 지금 널 어떻게할 작정인지 알기나 해? 두 팔로 붙들고 꽁꽁 묶어서 겨드랑이에 끼고 집으로 끌고 간 다음, 문을 잠가 버리겠다!"

"이봐, 라주미힌." 라스콜니코프는 조용히, 겉으로 보기엔 아주침착하게 입을 열었다. "넌 정말 내가 네 호의를 원치 않는다는걸 모르겠어? 호의 따위에…… 침이나 뱉는 사람한테 호의를 베푸는 게 그렇게도 좋은 거야? 그걸 견디기가 정말로 힘든 사람한테 말이지. 처음 병이 났을 때 넌 왜 날 찾아냈어? 차라리 죽는다면 난 아주 기뻤을 텐데. 오늘도 너한테 충분히 말했잖아. 넌 날괴롭히고 있다고, 난 네가…… 지겹다고 말이야. 사람 괴롭히는게 그렇게 좋아? 분명히 말하지만, 이런 건 모두 내 건강이 회복되는 걸 심각하게 방해할 뿐이야. 날 줄곧 초조하게만 하니까. 아까 조시모프도 나를 자극하지 않으려고 가 버렸잖아! 너도 제발좀 떨어져 나가 줘! 네가 대체 무슨 권리로 나를 강제로 붙들어 둔다는 건데? 지금 내가 완전히 제정신으로 말하고 있는 걸 눈으로보고도 모르겠어? 제발 좀 가르쳐 줘. 그렇게 귀찮게 들러붙지 말고 은혜 베풀지 말아 달라고 너한테 어떻게, 대체 어떻게 애원을해야 하는 거야? 난 배은망덕한 놈이어도 좋아. 비열한 놈이어도좋아. 다만 모두들 날 가만히 내버려 둬, 제발 부탁이니 내버려 뒤! 내버려 뒤! 내버려 두라고!"

처음에 그는 이제부터 퍼부으려고 하는 독설에 미리 기쁨까지 느끼면서 침착하게 말을 시작했으나, 말을 마칠 때에는 아까 루췬하고 사이에서 그랬던 것처럼 미친 듯이 화가 나서 숨을 헐떡거리고 있었다.

라주미힌은 잠시 서서 생각하다가 그의 손을 놓았다. "그럼 네 맘대로 꺼져!" 그는 조용하게, 거의 우울한 말투로 말했다. "잠깐!" 라스콜니코프가 막 그 자리를 뜨려는 순간, 그가 갑자기 소리쳤다. "내 말 잘 들어. 분명히 말해 두지만, 너 같은 족속은 한 놈도 빼지 않고 다들 입만 나불거리는 허풍쟁이야! 조금만 괴로운 일이 생겨도 알을 품은 암탉처럼 그걸 애지중지하면서 자랑하고 다닌단 말이야! 그러면서 다른 작가들의 말을 훔치기조차 하지. 너희 같은 녀석들한테는 독립적인 삶 같은 건 눈곱만큼도 없어! 너희들은 고래 기름으로 만들어진 인간이야. 너희들 혈관엔 피 대신 멀건 유청(乳淸)이 흐르고 있다고! 난 너희들 같은 녀석은 아무도 안 믿어! 너희들에게 제일 중요한 일은 어떤 경우에도 인간답지 않게 구는 거지! 잠-깐!" 라스콜니코프가 또다시 가려고 몸을 움직이는 걸 보자, 그는 갑절이나 격분하여 소리쳤다. "끝까지 들어! 알고 있지? 오늘 우리 집 집들이에 다들 모여. 어쩌면 지금쯤 다들 와 있을지도 몰라. 숙부님께 손님 접대를 맡기고 왔어. 지금 잠깐 거기 들렀다 오는 길이거든. 어쨌든 네가 바보가 아니라면, 속된 바보, 지독한 바보가 아니라면, 외국물을 번역해 놓은 것 같은 인간이 아니라면 말이야…… 사실, 로쟈, 네가 똑똑한 젊은이라는 건 인정하지만, 그래도 넌 바보야! 하여튼 만일 네가 바보가 아니라면, 공연히 구두만 닳게 돌아다니느니 차라리 오늘 우리 집에 와서 하룻밤 앉아 있는 게 나을 거야. 이왕 이렇게 나왔으니 별 수 없잖아! 널 위해 푹신한 안락의자를 끌어 내올게, 주인집에 있으니까……. 차라도 마시면서 함께 어울리는 거야……. 그게 싫다면, 베개가 달린 긴 소파에 눕게 해 줄테니, 어쨌든 우리 곁에 누워 있기만 하면 돼……. 조시모프도 올 거야. 올 거지, 응?"

"안 가."

"거, 거, 거짓말!" 라주미힌은 애가 타서 소릴 질렀다. "네가 어떻게 알아? 넌 자신의 행동에 책임을 질 수 없는 상태야! 그리고 넌 이런 일에 대해서 아무것도 몰라……. 나도 사람들하고 수도 없이 이런 식으로 절교하고 헤어졌지만, 언제나 다시 그들에게 되돌아갔어……. 부끄러워져서 그 사람에게 돌아가게 되는 거야! 그러니까 꼭 기억해 둬, 포친코프의 집 3층이야……."

"라주미힌 씨, 그럼 당신은 다른 사람이 자기를 때려도 가만히 계시겠군, 선행을 베푼다는 만족감에서."

"누구를? 나를? 그런 생각을 하는 놈은 아주 코를 비틀어 놓겠다! 포친코프 집, 47호, 바부쉬킨이라는 관리의 아파트야……."

"난 안 가, 라주미힌!" 라스콜니코프는 몸을 돌려 걷기 시작했다.

"내기를 하지, 넌 올 거야!" 라주미힌이 뒤쫓듯이 그에게 외쳤다. "그렇잖으면 난…… 너하고는 절교야! 잠깐 서, 어이! 자묘토프는 저기에 있어?"

"있어."

"봤어?"

"봤어."

"얘기도 했어?"

"얘기했어."

"무슨 얘기? 그래 젠장, 좋아, 말하지 마. 포친코프 집 47호, 바부쉬킨의 아파트야, 기억해 둬!"

라스콜니코프는 사도바야 거리에 이르자 모퉁이를 돌았다. 라주미힌은 생각에 잠겨 그 뒤를 지켜보고 있었다. 그는 마침내 손을 한번 내젓고는 건물 안으로 들어갔으나 계단 한가운데서 걸음을 멈추었다.

'제기랄!' 그는 거의 소리 내어 말했다. '녀석, 멀쩡하게 말하잖아, 마치…… 하지만 나도 멍청하지! 미치광이라고 뭐 멀쩡하게 말 못 하나? 조시모프도 바로 그 점을 두려워하는 것 같았어!' 그는 손으로 이마를 탁 쳤다. '그런데 어쩐다, 만일…… 아니, 어떻게 녀석을 지금 혼자 보낼 생각을 했지? 투신자살을 할지도 몰라…… 어이쿠, 내가 무슨 바보짓을 한 거야! 안 돼!' 그는 돌아서서 라스콜니코프의 뒤를 쫓았으나, 이미 그림자도 보이지 않았다. 그는 침을 탁 뱉고는, 한시라도 빨리 자묘토프에게 물어보기 위해 '수정궁'으로 바삐 걸음을 옮기기 시작했다.

라스콜니코프는 곧장 ** 다리로 가서 한가운데 난간 곁에 발걸음을 멈추고 양 팔꿈치를 난간에 괸 채 먼 곳을 바라보기 시작했다. 라주미힌과 헤어진 뒤에 너무도 기운이 빠져서 여기까지 간신히 허청거리며 온 터였다. 어디 길바닥에라도 주저앉거나 드러눕고 싶었다. 그는 물 위로 몸을 수그리고 스러지고 있는 장밋빛 저녁노을과, 점점 짙어 가는 땅거미 속에서 거뭇거뭇하게 보이는 줄이은 집들과 왼쪽 강변에 있는 다락방 어디에선가 잠깐 비친 마지막 햇살을 받아 마치 화염에 휩싸인 듯 번쩍이고 있는 아득한 창과 검어져 가는 운하의 물결을 멍하니 바라보고 있었다. 그러다 그는 물속을 주의 깊게 들여다보는 것 같았다. 마침내 그의 눈 속에서 붉은 동그라미들이 빙글빙글 돌고, 집들이 이리저리 움직이고, 행인도 강변도 마차도, 이 모든 것이 한데 뒤얽혀 빙글빙글 돌면서 춤추기 시작했다. 갑자기 그는 부르르 몸을 떨었다. 어쩌면 또다시 기절할 찰나에 오로지 어떤 기괴하고 추악한 광경 때문에 기절을 면한 것인지도 몰랐다. 그는 누군가가 다가와서 오른쪽 옆에 나란히 서는 것을 느꼈다. 힐끔 보니 키가 크고, 머리에는 수건을 쓰고, 누렇고 긴 여윈 얼굴에, 두 눈이 움푹 파이고 붉게 충혈된 여자가 서 있었다. 그녀의 시선은 그를 똑바로 향하고 있었으나, 아무것도 보지 못하고 아무도 분간하지 못하는 게 분명했다. 갑자기 그녀는 오른손으로 난간을 짚은 다음 오른쪽 다리를 번쩍들어 올려 난간 철책 밖으로 내밀고 왼쪽 다리도 같이 내미는가 싶더니, 운하에 몸을 던졌다. 더러운 물이 갈라지면서 순식간에 희생자를 집어삼켰으나, 물에 빠진 여자는 잠시 후 다시 떠올라 머리와 다리는 물에 잠긴 채 등만 드러내고, 흐트러진 치마가 베개처럼 물 위에 부풀어 오른 모습으로 물결을 따라 조용히 떠내려가기 시작했다.

"여자가 물에 빠졌다! 투신자살이야!" 수십 명의 목소리가 외쳤다. 사람들이 모여들면서 양쪽 강변도로는 구경꾼들로 새까맣게 메워졌고, 다리 위 라스콜니코프 주위에도 사람들이 빽빽하게 모여들어 그를 뒤에서 누르고 밀쳐 댔다.

"아이고, 저건 우리 아프로시뉴쉬카예요!" 멀지 않은 어디선가 목멘 여자의 비명이 들려왔다. "아이고, 살려 줘요! 누가 좀 건져 줘요!"

"배 어디 있어! 배!" 군중 속에서 사람들이 소리쳤다.

그러나 배는 이미 필요 없었다. 순경이 운하로 내려가는 계단을 뛰어 내려가서 외투와 장화를 벗어 던지고 물속으로 뛰어든 것이다. 일이랄 것도 없었다. 물에 빠진 여자는 계단에서 두 발짝 밖에 떨어지지 않은 곳을 떠내려가고 있었으므로, 그는 오른손으로 여자 옷을 잡고 왼손으로는 동료가 내밀어 준 장대를 붙잡고서, 물에 빠진 여자를 금방 끌어냈다. 여자는 계단의 화강암 포석 위에 뉘어졌다. 그녀는 곧 정신을 차리고 일어나 앉아서, 축축하게 젖은 구겨진 옷을 공연히 두 손으로 비벼대며 재채기를 하고 코도 풀기 시작했다. 여자는 아무 말도 하지 않았다.

"술에 너무 취해서 저렇게 됐어요. 아이고, 술 때문에." 어느새 아까의 그 여자가 아프로시뉴쉬카 옆에 와서 울부짖었다. "요전에도 목을 매려고 하는 걸, 간신히 끈에서 끌러 놨답니다. 방금 가게에 가면서 잘 감시하라고 계집애 하나를 옆에 붙여 놨는데 그새 이런 짓을 저지르다니! 우리 동네 여자예요, 아저씨, 바로 이웃에 사는 여자예요. 저 끝에서 두 번째 집, 바로 저기요……."

사람들이 흩어지기 시작했으나, 순경들은 아직 투신한 여자를 돌보고 있었다. 누군가 경찰서가 어쩌고 하면서 소릴 쳤다⋯⋯. 라스콜니코프는 이 모든 것을 이상하게도 무심하고 냉담한 마음으로 바라보고 있었다. 그는 혐오스러운 마음이 들었다. '안 돼, 역겹다⋯⋯ 물은⋯⋯ 안 돼.' 그는 혼잣말로 중얼거렸다. '여기선 아무 일도 안 될 거다.' 그는 덧붙였다. '더 기다려 봐야 소용없어. 그런데 그게 뭘까, 경찰서가 어쩌고 했는데⋯⋯. 자묘토프는 왜 경찰서에 가 있지 않을까? 경찰서는 9시 넘게까지 일을 하는데⋯⋯.' 그는 난간 쪽으로 등을 돌리고 사방을 둘러보았다.

'그럼 뭐 어때! 아무려면 어때서!' 그는 단호하게 말하고 다리를 벗어나 경찰서 쪽으로 걷기 시작했다. 마음은 공허하고 황량했다. 생각 따윈 하고 싶지 않았다. 우수조차 사라져 버렸고, 아까 '모든 것을 끝내기 위해!' 집을 나섰던 때의 그 기력도 자취 없이 사라지고 말았다. 완전한 무관심이 그것을 대신하고 있었다.

'뭐 어때, 이것도 결말이다!' 그는 축 쳐져서 운하 둑길을 따라 조용히 걸어가면서 생각했다. '어쨌든 끝내자. 그렇게 하고 싶으니까⋯⋯. 그렇지만 정말 결말일까? 상관없다! 사방 1아르쉰 정도의 장소는 있겠지, 흥! 하지만 무슨 결말이 이래! 정말 결말일까? 그들에게 말할 것이냐 말 것이냐? 에잇⋯⋯ 제기랄! 정말 지쳐 버렸다. 어디든 빨리 눕든지 앉고 싶다! 무엇보다 창피한 건 너무도 바보 같은 짓이라는 거다. 하지만 그것도 상관없다. 쳇, 어쩌자고 이런 멍청한 생각들만 머리에 떠오를까⋯⋯.'

경찰서로 가려면 쭉 바로 가서 두 번째 모퉁이에서 왼쪽으로 꺾어야 했다. 경찰서는 여기서 두어 발짝 앞에 있었다. 그러나 첫 번째 모퉁이에 이르자 그는 걸음을 멈추고 잠시 생각한 다음 골목으로 접어들어, 거리를 둘씩이나 지나면서 길을 빙 돌아 걸어갔다. 어쩌면 아무 목적도 없이 그랬는지 모르나, 어쩌면 일 분이라도 늦춰서 시간을 벌어 보려는 속셈이었는지도 모른다. 그는 땅만 보면서 걸어갔다. 언뜻 누가 그의 귀에 대고 뭔가 속삭인 것 같았다. 고개를 들어 보니 **그** 집 앞에, 바로 그 대문 앞에 서 있었다. **그날** 밤 이후 그는 이곳에 온 일도 없고 옆을 지나간 적도 없었다.

뿌리칠 수도 설명할 수도 없는 욕구가 그를 사로잡고 이끌었다. 그는 집 안으로 들어가서 대문 밑을 지나 오른쪽의 첫째 입구로 들어간 다음, 눈에 익은 층계로 해서 4층으로 올라가기 시작했다. 좁고 가파른 층계는 몹시 어두웠다. 그는 층계참마다 멈춰 서서 호기심에 찬 눈으로 사방을 둘러보았다. 1층 층계참의 창은 창틀이 완전히 떼어 내져 있었다. '그때는 이렇지 않았는데.' 그는 잠시 생각했다. 곧 니콜라쉬카*와 미치카가 일하고 있던 2층의 방이 나타났다. '닫혀 있군. 문도 새로 칠했고. 세를 내놨구나.' 이제 벌써 3층…… 그리고 4층이다……. '여기다!' 문득 수상쩍은 생각이 들었다. 그 아파트의 문은 활짝 열려 있고 안에 사람들이 있는지 얘기 소리가 들렸다. 전혀 뜻밖이었다. 그는 조금 망설이다가 마지막 몇 계단을 올라가 방 안으로 들어갔다.

그 방도 새로 수리를 하고 있는 중이어서 안에 일꾼들이 있었는데, 이것이 그를 놀라게 한 듯했다. 왜 그런지, 모든 것이 그때 그가 떠난 때와 똑같은 모습으로 남아 있으리라고, 어쩌면 시체도 여전히 방바닥의 바로 그 자리에 누워 있을 거라고 생각했던 것이다. 그러나 지금은 벽이 휑뎅그렁하니 텅 비었고, 가구는 하나도 없다. 왠지 이상했다! 그는 창가로 가서 창턱에 걸터앉았다.

일꾼은 두 명뿐이었는데, 둘 다 젊은 사람들이긴 했으나, 한쪽이 좀 더 나이가 들었고, 다른 한쪽은 훨씬 젊었다. 그들은 이전의 해지고 더러운 누런 벽지 대신에 연보라색 꽃무늬가 있는 흰 벽지를 새로 바르고 있었다. 라스콜니코프는 왠지 이것이 지독하게 마음에 들지 않았다. 그는 모든 것이 이렇게 변해 버려서 몹시 유감이라는 듯, 적의에 찬 눈으로 이 새 벽지를 쳐다보고 있었다.

일꾼들은 아마도 늑장을 부렸던 모양으로 이제야 서둘러 종이를 둘둘 말면서 집에 갈 채비를 하고 있었다. 그들은 라스콜니코프가 나타난 것에 별 신경을 쓰지 않았다. 그저 무엇인가에 대해서 얘기를 나누고 있었다. 라스콜니코프는 팔짱을 끼고 귀를 기울이기 시작했다.

"그 여자가 말이지, 아침부터 나한테 오는 거야." 나이 든 쪽이 젊은 쪽에게 말했다. "그것도 무지 일찍, 아주 쫙 빼입고. '근데 왜 내 앞에서 귀엽게 굴어, 왜 내 앞에서 입맛을 돋궈?' 하고 말했더니, '나는요, 치트 바실리치, 이제부터 몽땅 당신 것이 되고 싶어요.' 그러잖아. 바로 그렇게 됐던 거야! 그런데 요란하게 차려입은 게 아주 잡지야, 잡지 그대로야!"

"그 잡지라는 게 뭔데요, 아저씨?" 젊은 쪽이 물었다. 그는 분명 그 '아저씨'한테서 여러 가지 가르침을 받고 있는 듯했다.

"잡지라는 건 말이야, 알록달록하게 색칠이 된 그림이야. 이곳 양복점에 토요일마다 외국에서 우편으로 들어오는데, 남자나 여자나 누가 어떻게 옷을 입으면 좋은지 보여 주는 거야. 말하자면 삽화지. 남자들은 대개 외투 정도가 고작이지만, 여자들 옷은 말이야 네가 가진 걸 다 내놔도 못 살 굉장한 것들이야."

"이 피체르*엔 정말 없는 게 없군요!" 젊은 쪽은 황홀한 듯 외쳤다. "아부지랑 엄니 빼곤 다 있어!"

"그것만 빼곤 뭐든 다 있지." 나이 든 쪽이 가르치듯 결론을 내렸다.

라스콜니코프는 일어나서 예전에 트렁크와 침대와 서랍장이 놓여 있던 다른 방으로 갔다. 가구를 치운 방은 지독하게 작아 보였다. 벽지는 그대로였고, 벽지 한쪽 구석엔 성상함이 놓여 있던 흔적이 뚜렷하게 드러나 있었다. 그는 잠시 바라보다가 다시 창가로 돌아왔다. 나이 먹은 일꾼이 그를 흘금흘금 쳐다보았다.

"무슨 일이슈?" 그가 갑자기 라스콜니코프에게 몸을 돌리며 물었다.

대답 대신에 라스콜니코프는 일어나서 현관으로 나가 초인종 줄을 잡아당겼다. 그때와 같은 초인종, 그때와 같은 양철 소리! 그는 두 번, 세 번, 잡아당기고 유심히 귀를 기울이면서 기억을 더듬었다. 그때의 그 무섭고 고통스럽던 추악한 느낌이 점점 더 선명하고 생생하게 생각나기 시작했다. 그는 잡아당길 때마다 몸을 부르르 떨면서 점점 더 기분이 좋아지는 것을 느꼈다.

"대체 무슨 일이오? 당신 누구요?" 일꾼이 그가 있는 쪽으로 나오면서 소리쳤다. 라스콜니코프는 다시 문 안으로 들어갔다.

"방을 빌릴까 하고." 그가 말했다. "그래서 살펴보는 중이오."

"밤중에 방을 보러 오는 사람이 어디 있소. 그렇더라도 관리인하고 같이 와야지."

"바닥도 씻어 냈군. 칠을 할 거요?" 라스콜니코프는 말을 이었다. "피는 이제 없소?"

"피라뇨?"

"노파가 여기서 여동생과 같이 살해됐잖소. 여긴 완전히 피 웅덩이였는데."

"대체 넌 누구야?" 불안해진 얼굴로 일꾼이 소리쳤다.

"나?"

"그래."

"알고 싶어……? 그럼 같이 경찰서로 가지, 거기서 말해 줄 테니."

일꾼들은 의심스러운 눈초리로 그를 쳐다보았다.

"자, 이제 가야지, 너무 늦었어. 가자, 알료쉬카. 문을 잠가야지." 나이 먹은 일꾼이 말했다.

"그럼, 갑시다!" 라스콜니코프는 아무렇지도 않게 대답하고 앞장서서 밖으로 나가 천천히 층계를 내려가기 시작했다. "어이, 관리인!" 대문에 이르자 그가 큰 소리로 외쳤다.

길에서 집으로 들어오는 입구 바로 옆에서 몇몇 사람들이 행인을 바라보며 서 있었다. 두 관리인, 아낙, 긴 실내복 차림의 직공, 그 밖에도 두어 사람이 더 있었다. 라스콜니코프는 곧장 그들에게 다가갔다.

"무슨 일이오?" 관리인 가운데 한 명이 물었다.

"경찰서에 다녀왔소?"

"방금 다녀왔습니다. 무슨 일인가요?"

"모두들 있던가요?"

"다들 계십니다."

"부서장도 있고?"

"잠깐 와 계셨습니다. 그런데 무슨 일이오?"

라스콜니코프는 대답하지 않고 생각에 잠긴 채 그들 옆에 나란히 섰다.

"방을 보러 왔대." 나이 먹은 일꾼이 다가오며 말했다.

"어느 방을?"

"우리가 일하고 있는 방이지. '피는 어째서 씻어 냈느냐? 여기서 살인이 일어났지, 그런데 나는 세를 들러 왔다'고 하잖아. 그러고는 초인종을 울려 대는데, 줄이 끊어지는 줄 알았다니까. 경찰서로 가자, 거기서 다 말해 주겠다고 하면서 귀찮게 들러붙더라고."

관리인은 수상쩍다는 듯 눈살을 찌푸리고 그를 살펴보았다.

"대체 뉘시오?" 그가 좀 더 위협적인 말투로 소리쳤다.

"나는 로지온 로마느이치 라스콜니코프요. 전엔 대학생이었소. 여기서 멀지 않은 골목에 있는 쉴의 집* 14호에 살고 있지. 그 집 관리인한테 물어보슈…… 날 알 테니." 라스콜니코프는 몸도 돌리지도 않고 이미 어두워진 거리를 골똘히 바라보면서 생각에 잠긴 채 귀찮다는 듯이 말했다.

"대체 그 방엔 왜 들어갔소?"

"보려고."

"보다니, 거기서 뭘?"

"붙잡아서 경찰서로 끌고 가면 되잖아?" 직공이 불쑥 끼어들었으나 이내 입을 다물고 말았다.

라스콜니코프는 어깨 너머로 눈을 흘겨 그 사나이를 유심히 쳐다보고는 아까처럼 귀찮다는 듯이 조용히 말했다.

"그럼 가자!"

"그래, 끌고 갑시다!" 용기를 낸 직공이 말을 받았다. "이자가 왜 하필 **그 일**을 끄집어냈겠소? 뭔가 숨기고 있는 거야, 안 그래?"

"취한 건지 아닌지 통 알 수가 없군." 일꾼이 중얼거렸다.

"도대체 무슨 일이오?" 정말로 화가 나기 시작한 관리인이 또다시 소리쳤다. "왜 들러붙어 성가시게 하는 거야?"

"경찰서에 가는 게 겁이 났나?" 라스콜니코프가 비웃으며 말했다.

"뭐가 겁이 나? 너야말로 왜 이렇게 귀찮게 시비야?"

"사기꾼이야!" 아낙이 소리쳤다.

"이런 놈을 상대할 게 뭐 있어." 농부들이 입는 외투를 활짝 풀어헤치고 허리띠에 열쇠 꾸러미를 차고 있는 몸집이 거대한 다른 관리인이 소리쳤다. "꺼져……! 이 사기꾼 놈아……. 꺼지라니까!"

그러고는 라스콜니코프의 어깨를 움켜잡고 길가로 던져 버렸다. 라스콜니코프는 뒤로 벌렁 자빠질 뻔했으나 넘어지지는 않았다. 그는 겨우 몸을 가누고 잠자코 구경꾼들을 잠시 노려본 다음 다시 걷기 시작했다.

"괴상한 놈이네." 일꾼이 말했다.

"저런 괴상한 놈들이 요즘 부쩍 늘었어." 아낙이 말했다.

"그래도 경찰서에 끌고 가야 했는데." 직공이 덧붙였다.

"괜히 말려들 것 없어." 몸집이 큰 관리인이 결론을 내렸다. "사기꾼들 수법이라니까! 자기 쪽에서 먼저 경찰서에 끌고 가라고 시비 거는 걸 보면 알만 하잖아. 섣불리 말려들었다간 빠져나오지도 못해…… 뻔하지!"

'가야 하나, 말아야 하나.' 라스콜니코프는 포장된 네거리 한복판에서 걸음을 멈추고 누군가로부터 최후의 말을 기다리는 것처럼 사방을 둘러보며 생각했다. 그러나 어느 곳에서도 대답은 들려오지 않았다. 모든 것이 그가 딛고 걷는 돌처럼 귀먹은 채 죽어 있었다. 그에게는, 오직 그 한 사람에게만은 모든 것이 죽어 있었다……. 갑자기 그는 멀리, 그로부터 이백 보가량 떨어진 거리의 맨 끝, 짙어 가는 어둠 속에 사람들이 와글와글 모여서 웅성거리고 외쳐 대는 소리를 들을 수 있었다……. 사람들 한가운데에 뭔가 마차 같아 보이는 것이 하나 서 있었다……. 거리 한가운데에서 작은 불빛이 깜빡이기 시작했다. '무슨 일일까?' 라스콜니코프는 오른쪽으로 몸을 돌려 사람들이 모여 있는 곳으로 걸어갔다. 그는 닥치는 대로 모든 것에 매달리고 있는 듯했다. 그것을 깨닫자 그는 싸늘하게 웃었다. 경찰서로 가기로 이미 굳게 결심하고 있었고, 이제 곧 모든 일이 끝장날 것이라고 확신하고 있었기 때문이다.

7

거리 한복판에는 두 마리의 사나운 잿빛 말이 끄는 멋지고 호화로운 사륜마차가 서 있었는데, 탄 사람은 없이 마부는 마부대에서 내려와 옆에 서 있고 말은 재갈이 물려져 있었다. 주위엔 많은 사람들이 서로 밀치고 있고, 맨 앞에는 경찰관 몇 명이 있었다. 그중한 경찰관은 손에 등불을 켜 들고 허리를 구부려 바퀴 바로 옆에 있는 도로 위의 무언가를 비추고 있었다. 모두들 웅성대며 소리치고 탄식하고 있었다. 마부는 어찌할 바를 모르는 듯 간간이 같은 말만 되풀이하고 있었다.

"아이고 이런 변이! 하느님, 이게 무슨 변이람!"

라스콜니코프는 억지로 사람들 틈을 비집고 들어가 마침내 이렇게들 모여들어 구경을 하고 소란을 피우고 있는 이유를 알게 되었다. 땅바닥엔 몹시 초라하지만 '고상한' 차림을 한 사람이 방금 말에 짓밟혀 온몸이 피투성이가 된 채 정신을 잃고 쓰러져 있었다. 얼굴에서도 머리에서도 피가 흘러내리고, 얼굴은 완전히 깨지고 벗겨지고 짓이겨져 있었다. 밟혀도 분명 이만저만 밟힌 게 아니었다.

"이보시오들!" 마부는 흐느껴 울면서 말했다. "어떻게 미리 알고 더 조심할 수 있었겠습니까! 내가 마차를 빨리 몰았다거나 이양반한테 소리를 지르지 않았다면 몰라도, 난 서두르지 않고 보통속도로 가고 있었어요. 다들 보셨겠지만, 인간이란 깜빡 실수를하는 법이고, 저도 그렇습니다. 술 취한 사람이 촛불을 켜 들고 다니진 않거든요. 아시잖습니까……! 보니까 이 양반이 길을 가로질러 가면서 쓰러질 듯 휘청거리고 있어요. 나는 한 번, 두 번, 세 번이나 소리를 지르고 고삐를 잡아당겼지만, 이 사람은 그대로 말 발밑에 쓰러져 버렸습니다! 부러 그랬는지, 아니면 몹시 취해 있었는지……. 말은 아직 어린놈들이라 잘 놀라서, 갑자기 속력을 내어 내달리기 시작했고, 이 양반이 비명을 지르니 놈들이 더 놀라서…… 그래서 결국 이런 변이 일어나고 말았습니다."

"맞아, 정말 그랬어!" 군중 속에서 어떤 목격자의 목소리가 들렸다.

"소리쳤어, 사실이야, 세 번이나 소리쳤어." 다른 목소리가 맞장구쳤다.

"정확하게 세 번이야, 다들 들었어!" 세 번째의 목소리가 외쳤다.

그렇지만 마부는 그다지 기가 죽거나 겁에 질려 있지 않았다. 틀림없이 마차 임자는 부유한 명사일 것이고, 마차가 도착하길 어디선가 기다리고 있을 터였다. 경찰관들은 물론 이러한 상황을 매끄럽게 해결하기 위해 적잖이 마음을 쓰고 있었다. 우선 부상자를 속히 지서나 병원으로 데려가야 했다. 그러나 그의 이름을 아는 사람이 한 명도 없었다.

그러는 사이, 라스콜니코프는 사람들을 헤치고 나가 더 가까이에서 몸을 구부렸다. 갑자기 등불이 이 불행한 사람의 얼굴을 환하게 비추었다. 그가 아는 사람이었다.

"내가 이 사람을 압니다, 압니다!" 그는 사람들을 헤치고 아주 앞으로 나서면서 소리쳤다. "이 사람은 관리요. 퇴직한 9등관 마르멜라도프입니다! 이 근처 코젤의 집에 살고 있어요……. 어서 의사를! 돈은 내가 내겠습니다, 자!" 그는 호주머니에서 돈을 꺼내 경찰관에게 보여 주었다. 그는 몹시 흥분하고 있었다.

경찰관들은 부상자의 신원이 밝혀지자 흡족해했다. 라스콜니코프는 자신의 이름과 주소도 말해 주고, 마치 자기 친아버지라도 되는 것처럼, 의식이 없는 마르멜라도프를 속히 집으로 옮기기 위해 있는 힘을 다해 설득하고 있었다.

"바로 저기, 세 집 건너." 그는 안절부절못했다. "돈 많은 독일인 코젤의 집입니다……. 틀림없이 이 사람은 지금 취해서 집으로 가던 길이었을 겁니다. 나는 이 사람을 알아요……. 술꾼입니다……. 집에는 가족이 있어요. 아내, 아이들, 그리고 다 큰 딸도 하나 있어요. 병원으로 옮기려면 오래 걸리니까. 하지만 저기 저 집에도 분명히 의사가 살고 있을 겁니다! 비용은 내가 내지요, 내가 내겠어요……! 어쨌든 가족들이 돌볼 테니, 바로 도움을 받을 수 있을 거예요. 그렇지 않으면 병원에 가기도 전에 죽을 겁니다……."

그는 경찰관의 손에 슬쩍 얼마를 쥐어 주기까지 했다. 사건은 명백하고 합법적인 것이었고, 어쨌든 치료를 받기에도 거기가 더 가까웠다. 그들은 부상자를 들어 올려 옮기기 시작했고, 도와주는 사람들도 몇 명 나섰다. 코젤의 집까지는 서른 걸음 정도였다. 라스콜니코프는 뒤쪽에서 조심스레 머리를 받치고 가면서 길을 안내했다.

"이쪽으로, 이쪽으로! 층계에서는 머리를 위로 가게 해야 됩니다. 돌아요…… 그렇게요! 내가 돈을 드리지요, 사례하겠습니다." 그가 중얼거렸다.

카체리나 이바노브나는 언제나 그랬듯 잠시나마 짬이 나자 가슴 위로 팔짱을 낀 채 혼잣말을 하고 연방 콜록콜록 기침을 하면서 창가에서 난로로, 난로에서 창가로 좁은 방 안을 왔다 갔다 하기 시작한 참이었다. 요즘 들어 더 자주 그녀는 열 살 난 큰딸 폴렌카을 상대로 더 많은 얘길 하게 되었다. 폴렌카는 아직 잘 못 알아듣는 얘기가 많았으나 자기가 어머니에게 필요하다는 것을 아주 잘 알고 있으므로 그 크고 영리한 눈으로 어머니를 줄곧 뒤쫓으며 다 알아듣는 양 보이기 위해 갖은 애를 쓰고 있었다. 이때 폴렌카는 온종일 몸이 좋지 않았던 어린 남동생을 재우기 위해 옷을 벗기는 중이었다. 사내아이는 밤중에 빨아야 할 셔츠를 갈아입혀 주길 기다리면서, 다리를 앞으로 쭉 뻗고 발뒤꿈치를 붙인 채 발끝만 벌리고는 잠자코 정색을 한 얼굴로 꼼짝도 않고 의자에 똑바로 앉아 있었다. 영리한 사내아이들이 잠자리에 들기 전에 옷을 갈아입힐 때면 으레 그렇게 하듯, 아이는 입술을 내밀고 눈을 크게 뜨고서 꼼짝도 하지 않고 엄마와 누나의 이야기에 귀를 기울이고 있었다. 그보다 어린 계집아이는 완전히 해진 누더기를 입고 칸막이 옆에 서서 제 차례를 기다리고 있었다. 층계 쪽으로 난 문은 열려 있었다. 다른 방에서 쉴 새 없이 밀려들어 이 불쌍한 폐병쟁이 여자로 하여금 오랫동안 고통스럽게 기침을 하게 만드는 담배 연기를 조금이라도 빼내기 위해서였다. 카체리나 이바노브나는 요 일주일 동안 한층 더 여윈 것 같았고, 뺨의 붉은 반점은 전보다 더 선명하게 타오르고 있었다.

"넌 믿지 못할 거야. 정말 상상할 수도 없을 거야, 폴렌카." 그녀는 방 안을 거닐면서 말했다. "우리는 네 외할아버지 집에서 얼마나 즐겁고 호화롭게 살았는지 몰라. 그런데 이 주정뱅이가 나를 망쳐 놓고, 이젠 너희들까지도 죄다 망쳐 놓으려고 하고 있구나! 할아버진 5등관으로 대령이신데, 거의 도지사쯤 되는 분이셨단다. 한 걸음만 더 나가면 도지사셨으니까. 그래서 다들 할아버지께 와서 이렇게 말했단다. '저희들은 이미 저희 도지사님으로 생각하고 있답니다, 이반 미하일르이치.' 내가 그때 말이다…… 콜록! 내가 그때…… 콜록, 콜록, 콜록…… 아아, 사는 게 지긋지긋하구나!" 그녀는 가래를 뱉고 가슴을 누르면서 외쳤다. "내가 말이다…… 아아, 마지막 무도회에서…… 귀족회 회장 댁에서 열린 그 무도회에서…… 베즈제멜나야 공작부인이, 그분은 나중에 내가 네 아빠하고 결혼할 때 축복을 해 주신 분이란다. 폴랴*야, 바로 그분이 나를 보자 곧 '저 아가씬 졸업식 때 숄을 가지고 춤을 추었던 그 어여쁜 아가씨가 아닌가요……?' 하고 물으셨단다……. ('그 터진 데를 꿰매야겠다. 자, 어서 바늘을 가져와서 내가 가르쳐준 대로 바로 꿰매 봐. 그렇잖으면 내일은…… 콜록! 내일은…… 콜록, 콜록, 콜록……! 구멍이 더 커질 테니!' 그녀는 심한 기침 발작으로 몹시 괴로워하면서 소리쳤다.) 그때 마침 페테르부르크에서 온 지 얼마 안 되는 시종무관인 쉬체골스키 공작이…… 나하고 마주르카를 추었는데, 그 사람이 바로 다음 날 나에게 청혼을 하러 왔단다. 그러나 나는 공손한 말로 감사드리고,

내 마음은 오래전부터 다른 사람에게 바쳐진 것이라고 말했어. 그 다른 사람이 네 아빠였단다, 폴랴야. 할아버진 무섭게 화를 내셨 지……. 그런데 물은 준비됐니? 자, 셔츠를 이리 다오. 그리고 양 말은……? 리다." 그녀는 막내딸을 돌아보았다. "넌 오늘 밤엔 속옷을 입지 말고 그냥 자거라. 어떻게든…… 그리고 양말은 옆 에다 내놔……. 함께 빨 테니……. 이 거지 같은 인간은 어쩌자고 여태 안 들어오는 거야. 술고래! 셔츠를 무슨 걸레같이 더럽게 입 고 다녀서 다 해졌어……. 이틀 밤을 연달아 고생하긴 싫으니까 죄다 함께 빨아야지! 아아! 콜록, 콜록, 콜록, 콜록! 또! 저건 뭐 야?" 그녀는 현관에 몰려든 떼거리와 무슨 짐짝 같은 걸 메고 방 안으로 헤집고 들어오는 사람들을 보고 외쳤다. "그게 뭐예요? 뭘 날라 오는 거죠? 오, 하느님!"

"어디다 내려놓을까요?" 피투성이가 되어 의식이 없는 마르멜 라도프를 사람들이 이미 방 안으로 들여놓자, 경찰관이 사방을 둘 러보며 물었다.

"소파 위에! 소파 위에 똑바로 눕혀요, 머리를 이쪽으로 해서." 라스콜니코프가 가리켰다.

"길에서 마차에 치었어! 술에 취해서!" 현관에서 누군가가 외 쳤다.

카체리나 이바노브나는 새파랗게 질린 채 서서 가쁜 숨을 쉬고 있었다. 아이들은 깜짝 놀랐다. 어린 리도치카*는 비명을 지르며 폴렌카에게 달려와 매달려서는 온몸을 바들바들 떨기 시작했다.

라스콜니코프는 마르멜라도프를 누이고 나서 급히 카체리나 이바노브나에게로 달려갔다.

"제발 진정하십시오, 놀라지 마세요!" 그는 다급하게 말했다. "길을 건너다 마차에 치었습니다. 걱정하실 것 없습니다. 깨어날 거예요. 제가 이리로 모셔 오자고 했습니다…… 전에 댁에 온 적이 있는데, 기억하시는지요……. 깨어날 겁니다. 돈은 제가 지불하겠어요!"

"결국 소원을 이뤘구료!" 카체리나 이바노브나는 절망해서 이렇게 소리치고는 남편 곁으로 달려갔다.

라스콜니코프는 그녀가 그 자리에서 기절해 쓰러질 여자가 아니라는 것을 곧 알아챘다. 불행한 남자의 머리맡에는 아무도 미처 생각하지 못했던 베개가 어느새 받쳐져 있었다. 카체리나 이바노브나는 그의 옷을 벗기고 상처를 살펴보기 시작했고, 자신은 완전히 잊어버린 채 남편을 돌보기에 바빴다. 그녀는 떨리는 입술을 꽉 깨물고 가슴에서 터져 나오려고 하는 울음을 억누르면서 결코 당황한 모습을 보이지 않았다. 그사이에 라스콜니코프는 급히 의사를 부르러 사람을 보냈다. 알고 보니 의사는 한 집 건너 이웃에 살고 있었다.

"의사를 부르러 보냈습니다." 그는 카체리나 이바노브나에게 되풀이하여 말했다. "걱정하지 마세요. 치료비는 제가 내겠습니다. 물이 없나요……? 그리고 냅킨이나 수건이나 뭐든 좋으니 빨리 좀 주십시오. 다친 게 어느 정도인지 아직 모르겠습니다만……. 다치기만 했지, 죽진 않았습니다, 믿으세요……. 그런데 의사가 뭐라고 할는지!"

카체리나 이바노브나는 창가로 달려갔다. 거기엔 찌그러진 의자 위에, 밤중에 아이들과 남편의 속옷을 빨기 위해 준비해 둔 물이 담긴 커다란 도기 대야가 놓여 있었다. 카체리나 이바노브나는 적어도 일주일에 두 번, 때에 따라서는 더 자주 이런 밤 빨래를 자기 손으로 하고 있었는데, 그것은 식구들 모두가 갈아입을 속옷도 거의 없이 다들 한 벌씩밖에 남아 있지 않은 지경에 이르렀기 때문이었다. 게다가 카체리나 이바노브나는 더러운 것을 워낙 참지 못하는 성미여서 집 안에 더러운 것을 두고 보느니 아픈 몸을 이끌고 자기가 고생을 하는 게 낫다고 생각하고 있었으므로, 다들 자고 있는 밤 시간에 무리를 해서라도 빨래를 해치우고 세탁한 젖은 속옷을 빨랫줄에 널어 아침까지 말려서 식구들에게 깨끗한 속옷을 내주기로 하고 있었다. 그녀는 라스콜니코프가 요구하는 대로 대야를 가져가려고 들다가 그 무게 때문에 하마터면 넘어질 뻔했다. 그러나 라스콜니코프는 어느새 수건을 찾아내서 물에다 축여 마르멜라도프의 피투성이가 된 얼굴을 닦아 내기 시작했다. 카체리나 이바노브나는 고통스럽게 숨을 몰아쉬며 두 손으로 가슴을 누르고 거기 그냥 서 있었다. 그녀 자신이 도움을 받아야 할 처지였다. 라스콜니코프는 이곳으로 부상자를 옮기자고 한 것이 잘못인지도 모르겠다고 차츰 깨닫기 시작했다. 경찰관도 어찌할 바를 모르고 서 있었다.

"폴랴!" 카체리나 이바노브나가 외쳤다. "소냐에게 달려가, 얼른. 집에 없더라도 말해 둬라. 아버지가 마차에 치이셨으니 돌아오는 대로 곧 이리로 오란다⋯⋯. 어서! 폴랴! 자, 이 수건을 쓰고!"

"힘껏 달려 가!" 사내아이가 갑자기 의자 위에서 소리쳤으나, 이 말을 하고는 다시 아까와 같은 자세로 돌아가 눈을 크게 뜨고 발꿈치를 앞으로 내민 채 발끝을 벌리고 말없이 의자에 똑바로 앉았다.

그러는 동안에 방은 사과 한 알 떨어질 자리가 없을 만큼 사람들로 꽉 찼다. 경찰관은 다들 돌아가고 한 사람만 얼마 동안 더 남아서, 층계에서 밀려드는 사람들을 도로 층계로 되쫓아 버리느라 진땀을 흘리고 있었다. 그 대신 립페베흐젤 부인 집의 세입자들이 안쪽의 방방에서 쏟아져 나와 처음엔 문간에서만 서로 밀치닥거리고 있었으나, 마침내 방 안으로까지 떼를 지어 밀려들었다. 카체리나 이바노브나는 화가 치솟아 정신이 나갈 지경이 돼 버렸다.

"죽을 때만이라도 조용히 죽게 해 줘요!" 그녀는 모여든 무리에게 외쳤다. "무슨 구경거리라도 생겼나! 입에 담배까지 물고! 콜록, 콜록, 콜록! 아예 모자도 쓰고 오지……! 저기 한 사람은 정말 모자까지 쓰고 있군……. 썩들 나가요! 죽어 가는 사람에 대한 예의라도 있어야지!"

그녀는 기침 때문에 숨이 막혔으나, 위협은 효과가 있었다. 보아하니 다들 카체리나 이바노브나를 두려워하는 듯했다. 세입자들은 친한 사람에게 별안간 불행이 닥쳤을 때 아무리 가까운 사이라도 언제나 엿볼 수 있는 마음속의 야릇한 만족감을 느끼면서, 서로 밀쳐 대며 한 사람 한 사람 다시 문가로 물러섰다. 이런 만족감이란 설령 아무리 진실된 연민과 동정을 가지고 있다 하더라도 예외없이 어느 누구나 느끼게 되는 감정이었다.

　문 뒤에서는 병원이 어떻다느니, 한집에 사는 사람들을 공연히 불안하게 해서는 안 된다느니 하는 소리가 들려왔다.

　"여기서 죽으면 안 된다니!" 카체리나 이바노브나는 이렇게 소리치고, 그들에게 호통을 치려고 문을 열어젖히러 달려갔으나, 때마침 이 불행한 사건에 대해 듣고 질서를 잡으려고 달려온 립페베흐젤 부인과 문간에서 딱 마주치고 말았다. 이 여자는 굉장히 쨍쨍거리고 제멋대로인 독일 여자였다.

　"아이코, 이런!" 그녀는 두 손을 탁 쳤다. "바깥양반이 취해서 말에 밟혔대매. 어서 병원으로 보내요! 난 집주인이야!"

　"아말리야 류드비고브나! 생각 좀 하고 말을 해요." 카체리나 이바노브나는 고자세로 입을 열었다. (그녀는 여주인을 대할 때마다 이 여자가 '자기 분수를 깨닫게끔' 언제나 고자세로 말했고, 심지어 지금과 같은 순간에도 이 쾌감만은 절대로 포기할 수가 없었다.) "아말리야 류드비고브나……."

　"전에도 댁한테 말해 두었지만, 나를 절대로 아말리 류드비고브나라고 부르지 말아요. 난 아말리 이반이야*!"

　"당신은 아말리 이반이 아니고, 아말리야 류드비고브나예요. 그리고 난 지금 저 문 뒤에서 웃고 있는 레베쟈트니코프 같은 비열한 아첨꾼이 아니니까(문 뒤에선 정말로 와 하는 웃음소리와 함께, '붙었다!' 하고 외치는 소리가 들렸다), 앞으로도 당신을 항상 아말리야 류드비고브나라고 부를 거예요, 왜 이 이름을 마음에 안 들어하는지 도무지 알 수 없는 노릇이지만. 당신 눈에도 보이겠죠, 세묜 자하로비치에게 무슨 일이 일어났는지. 그이는 죽어 가고 있어요. 지금 이 문을 닫고 아무도 이리로 들어오지 못하도록 해주길 바래요. 제발 죽을 때만이라도 조용히 죽게 해 줘요. 그렇잖으면, 분명히 말해 두지만, 내일이라도 당장 당신의 소행이 지사님 귀에도 들어갈 거예요. 공작님은 나를 처녀 시절부터 알고 계셨고, 세묜 자하로비치에게도 여러 차례 은혜를 베푸셔서 아주 잘 기억하고 있어요. 모두들 알고 있지만, 세묜 자하로비치에겐 친구도 많았고 돌보아 주시는 분들도 많았어요. 다만 그이는 자신의 불행한 약점을 통감한 나머지, 고결한 긍지 때문에 스스로 그분들을 멀리 했던 거라고요. 그러나 지금은 (그녀는 라스콜니코프를 가리켰다) 재산도 많고 인맥도 넓으신, 세묜 자하로비치가 어렸을 때부터 알고 있는 너그러우신 젊은 분께서 우리를 도와주고 계세요. 그러니 걱정 말아요, 아말리야 류드비고브나……."

그녀는 이 모든 것을 아주 빠른 어조로 말했고, 말을 할수록 더 빨라졌으나, 기침이 그녀의 웅변을 한 번에 끊어 버리고 말았다. 바로 이때, 죽어 가던 사람이 의식을 되찾고 신음을 흘리자 그녀는 그에게로 달려갔다. 환자는 눈을 떴으나 아직 아무도 알아보지 못하고 아무것도 이해하지 못한 채, 그를 내려다보며 서 있는 라스콜니코프를 멍청하게 바라보기 시작했다. 그는 괴롭고도 깊은 숨을 드문드문 몰아쉬었다. 입가로 피가 밀려 나오고, 이마엔 땀이 송골송골 맺히고 있었다. 그는 라스콜니코프를 알아보지 못하고 불안하게 주위를 둘러보기 시작했다. 카체리나 이바노브나는 슬프면서도 엄한 시선으로 그를 바라보고 있었으나, 두 눈에서는 눈물이 흐르고 있었다.

"아아! 가슴이 온통 짓이겨졌어! 피투성이야, 피!" 그녀는 절망해서 말했다. "겉옷을 다 벗겨야 해! 할 수 있다면 모로 좀 누워 봐요. 세묜 자하로비치." 그녀가 그에게 소리쳤다.

마르멜라도프가 그녀를 알아보았다.

"신부님을!" 그가 쉰 목소리로 말했다.

카체리나 이바노브나는 창가로 물러나서 이마를 창틀에 대고 절망적인 목소리로 부르짖었다.

"아아, 끔찍한 놈의 인생살이!"

"신부님을!" 죽어 가는 자는 잠시 사이를 두었다가 다시 말했다.

"모시러 갔-어-요!" 카체리나 이바노브나는 그에게 버럭 소리를 질렀다. 그는 외치는 소리를 듣고 입을 다물었다. 슬프고 겁먹은 시선으로 그는 그녀를 더듬고 있었다. 그녀는 다시 그에게로 돌아가서 머리맡에 섰다. 그는 조금 진정된 듯했으나 그리 오래가지 않았다. 곧 그의 눈길은 구석에서 발작이라도 일으킨 것처럼 바들바들 떨면서 놀란 눈으로 어린아이답게 그를 뚫어지게 응시하고 있던 (그가 제일 사랑하는) 어린 리도치카에게서 멈추었다.

"아…… 아……." 그는 애가 타는 듯이 아내에게 눈짓으로 딸애를 가리켰다. 뭔가를 말하고 싶었던 것이다.

"또 뭐예요?" 카체리나 이바노브나가 외쳤다.

"맨발이야! 맨발!" 그는 반쯤은 정신이 나간 눈으로 딸애의 벗은 발을 가리키며 중얼거렸다.

"입 좀 닫-아-요!" 카체리나 이바노브나는 짜증이 난다는 듯

소리 질렀다. "당신이 알잖아요, 왜 맨발인지!"

"다행입니다, 의사 선생님이 왔어요!" 라스콜니코프가 기뻐하며 말했다.

꼼꼼해 보이는 자그마한 늙은 독일인 의사가 믿을 수 없다는 듯한 얼굴로 좌우를 둘러보며 들어왔다. 의사는 환자에게 다가가서 맥을 짚고 주의 깊게 머리를 만져 보고 나서, 카체리나 이바노브나의 도움을 받아 피에 흠뻑 젖은 셔츠 단추를 열고 환자의 가슴이 드러나게 했다. 가슴은 짓이겨지고 찢기고 엉망으로 부서져 있었다. 오른쪽 갈비뼈가 몇 개나 부러져 있고, 왼쪽엔 바로 심장 위에 불길하고 누렇고 검은 멍이 커다랗게 들어 있었다. 처참한 말굽 자국이었다. 의사는 얼굴을 찌푸렸다. 경찰관은 그에게 부상자가 바퀴에 매달린 채 빙글빙글 돌면서, 포장도로 위를 삼십 보 정도 끌려갔다고 이야기했다.

"의식을 되찾은 게 놀랍군요." 의사가 가만히 라스콜니코프에게 속삭였다.

"어떻습니까?" 그가 물었다.

"곧 죽을 겁니다."

"전혀 가망이 없나요?"

"전혀! 마지막 숨을 쉬고 있습니다……. 게다가 머리도 아주 중상입니다……. 흠, 글쎄, 어혈을 뽑을 수는 있겠지만…… 그러나…… 그것도 소용없을 겁니다. 오 분이나 십 분 후엔 어차피 죽습니다."

"그래도 한번 뽑아 보기나 합시다!"

"글쎄……. 그러나 미리 말해 두지만, 전혀 소용없을 겁니다."

이때 또다시 발소리가 나고 현관에 모인 사람들이 양옆으로 물러서자, 몸집이 작은 백발의 늙은 사제가 준비해 온 성체를 들고 문지방에 나타났다. 사제 뒤로 이미 길에서부터 따라온 경찰관이 들어오고 있었다. 의사는 곧바로 그에게 자리를 내주고 의미 있는 눈짓을 주고받았다. 라스콜니코프는 의사에게 조금이라도 더 남아 있어 달라고 부탁했다. 의사는 어깨를 으쓱해 보이고는 그 자리에 남았다.

모두들 뒤로 물러섰다. 참회식은 금방 끝났다. 죽어 가는 사람은 거의 아무것도 이해하지 못했으나, 띄엄띄엄 분명치 않은 소리를 낼 수는 있었다. 카체리나 이바노브나는 리도치카의 손을 잡고 사내아이를 의자에서 내려놓은 다음, 구석의 난로 쪽으로 물러나서 무릎을 꿇고 아이들도 자기 앞에 무릎을 꿇게 했다. 딸아이는 떨고만 있었으나, 사내아이는 맨 무릎을 꿇고 작은 손을 또박또박 들어 올려 크게 성호를 긋고 이마를 마룻바닥에 톡톡 부딪치면서 되풀이해서 절을 했다. 그렇게 하는 것이 유난히 만족스러운 모양이었다. 카체리나 이바노브나는 입술을 깨물고 눈물을 참고 있었다. 그녀도 기도를 올리고 있었으나, 그러는 사이사이 어린것의 셔츠 매무새를 고쳐 주기도 하고, 무릎을 꿇은 채 일어서지도 않고 계속 기도를 올리면서 서랍장에서 숄을 꺼내어 딸아이의 너무 드러난 어깨에 걸쳐 주기도 했다. 그러는 동안, 안쪽 방들로 통하는 문이 호기심 많은 사람들에 의해 또다시 열리기 시작했다. 현관에는 각 층에서 구경 온 거주자들이 점점 더 빽빽하게 모여들어서로 밀치고 있었으나, 방의 문지방을 넘어서는 사람은 없었다. 조그만 토막이 되어 타고 있는 단 하나의 촛불이 이 모든 광경을 비추고 있었다.

이때 언니를 데리러 뛰어갔던 폴렌카가 현관에서 사람들 틈을 비집고 급히 들어왔다. 너무 빨리 달려오느라 숨을 헐떡이며 들어와서는 수건을 벗고 눈으로 어머니를 찾아, 그쪽으로 다가가서 말했다. "와요! 길에서 만났어요!" 어머니는 아이의 무릎을 꿇게 하고 옆에 앉혔다. 그때, 모여든 사람들을 헤치고 젊은 처녀 하나가 겁에 질린 채 소리도 없이 앞으로 나섰다. 가난과 누더기와 죽음과 절망으로 가득 찬 이런 방 안에 그녀가 갑자기 나타난 것은 이상한 느낌을 주었다. 그녀도 역시 누더기를 입고 있었으나, 그 싸구려 옷차림은 그런 특수한 세계에서 이루어진 취향과 관습에 따라 거리 여자의 스타일로 야단스럽게 치장되어 있는지라, 너무도 선명하고 치욕스럽게 목적을 드러내고 있었다. 소냐는 현관 문지방에서 걸음을 멈추었으나 들어오려 하지 않고, 어찌할 바를 모르는 듯이 방 안을 들여다보고만 있었다. 그녀는 몇 사람의 손을 거쳤는지도 모를, 이런 자리엔 어울리지 않는 길고 우스꽝스러운 꼬리가 달린 요란한 색의 비단옷도, 문 전체를 뒤덮고 있는 엄청나게 넓은 심을 넣은 치마도, 번쩍거리는 구두도, 밤이라 필요 없을 텐데도 손에 들려 있는 양산도, 불꽃처럼 새빨간 깃털이 달린 우스꽝스러운 둥근 밀짚모자도 까맣게 잊어버린 채, 아무것도 의식하지 못하는 듯했다. 사내아이처럼 비스듬히 쓰고 있는 모자 밑으로, 공포에 질려 입을 벌리고 두 눈을 한곳에 박고 있는 여위고 창백한 얼굴이 보였다. 열여덟 살쯤 되어 보이는 소냐는 키가 작고 여위었으나, 유난히 아름다운 푸른 눈과 금발을 가진 아주 예쁘게 생긴 아가씨였다. 그녀는 침상과 사제를 뚫어질 듯 응시하고 있었다. 그녀도 급히 오느라고 숨을 헐떡이고 있었다. 마침내 사람들이 수군거리는 소리가 그녀의 귀에도 몇 마디 들린 모양이었다. 그녀는 시선을 떨구고 한 걸음 문지방을 넘어 방 안에 들어갔으나, 곧 문 옆에서 다시 발을 멈추고 말았다.

참회와 성찬식이 끝났다. 카체리나 이바노브나는 다시 남편의 침상으로 다가갔다. 사제는 물러서서 돌아가려다가 몸을 돌리고, 카체리나 이바노브나에게 두어 마디 작별과 위로의 말을 하려고 했다.

"이 아이들은 이제 어쩝니까?" 그녀는 어린것들을 가리키며 날카롭고 초조한 말투로 말을 가로막았다.

"하느님께서는 자비로우십니다. 전능하신 그분께 의지하십시오." 사제가 입을 열었다.

"흥! 자비로우셔도, 우리하곤 상관없어요!"

"부인, 그런 말은 죄악입니다, 죄악." 사제는 고개를 내저으며 주의를 주었다.

"그럼 이건 죄악이 아니고요?" 카체리나 이바노브나는 죽어 가는 남편을 가리키며 소리쳤다.

"아마도 이 뜻하지 않은 참변을 가져온 사람들이 보상을 할 겁니다. 적어도 수입을 잃은 데 대해서는……."

"내 말을 못 알아들으시는군요!" 카체리나 이바노브나는 손을 내저으며 흥분해서 외쳤다. "무엇 때문에 보상을 하겠어요? 이 사람이 스스로 취해서 말 밑으로 기어들어 갔는데! 수입이라뇨? 이이는 수입은커녕 고생 바가지만 안겨다 줬어요. 이 주정뱅이는 모든 걸 마셔 버렸다고요. 우리 것을 훔쳐 술집에 가지고 갔어요. 애들 인생도, 내 인생도, 술집에서 망쳐 버렸어요! 죽어 주니 다행이죠! 손해라도 적어질 테니!"

"임종 때는 용서해 드려야 합니다. 그건 죄악입니다, 부인, 그런 감정은 큰 죄악입니다!"

카체리나 이바노브나는 환자 곁에서 바쁘게 시중을 들고 있었다. 물을 먹이고, 머리의 땀과 피를 닦아 주고, 베개를 바로 해 주고, 일하는 사이사이 이따금 사제에게 고개를 돌려 말을 주고받고 있었다. 그러나 이때는 갑자기 미친 사람같이 되어 그에게 덤벼들었다.

"여보세요, 신부님! 그건 말일 뿐이에요, 그저 말일 뿐이에요! 용서하라고요! 마차에 치이지 않았다면 오늘도 술에 떡이 되어 왔을 거예요. 하나밖에 없는 다 해진 셔츠에 누더기를 걸치고, 그대로 자빠져서 자는 거죠. 하지만 나는 동이 틀 때까지 물을 철벅거리면서 이이와 아이들의 누더기 옷을 빨아서 창 뒤에 걸어 말려야 하고, 동이 트면 앉아서 터진 데를 기워야 해요. 이게 나의 밤이랍니다……! 이런데도 용서라는 말이 나오겠어요! 용서도 할 만큼 했어요!"

무서운 기침이 심하게 터져 나와 그녀의 말을 중단시켰다. 그녀는 고통스러워하면서 한 손으로 가슴을 누르고, 다른 한 손으로 손수건에 가래를 받아서 사제 앞에 내밀어 보였다. 손수건은 온통 피투성이였다…….

사제는 고개를 떨어뜨리고 한마디도 하지 않았다.

마르멜라도프는 마지막 순간을 맞고 있었다. 그는 다시 자기 위로 몸을 굽히고 있는 카체리나 이바노브나의 얼굴에서 눈을 떼지 않았다. 그는 계속 그녀에게 무언가 말하고 싶어 했다. 간신히 혀를 움직여 분명치 않은 소리로 몇 마디 입 밖에 내려고 했으나, 카체리나 이바노브나는 그가 용서를 구하고 싶어 한다는 걸 알아채고 이내 명령하듯이 소릴 질렀다.

"잠자코 있어요! 그냥 됐어요……! 무슨 말을 하려는지 알아요……!" 환자는 입을 다물었다. 그러나 마침 그때 허공을 헤매던 그의 눈길이 문가에 이르자 언뜻 소냐를 보았다…….

그때까지 그는 소냐를 알아보지 못했다. 그녀는 한구석 어두운 곳에 서 있었던 것이다.

"저건 누구야? 저건 누구야?" 갑자기 그는 몹시 불안해하며 쉰 듯한 숨 가쁜 목소리로 말하고는, 딸이 서 있는 문가를 두려움에 쫓기는 눈으로 가리키며 몸을 일으키려고 허우적거렸다.

"누워 있어요! 누워 있으라고요!" 카체리나 이바노브나가 소리쳤다.

그러나 그는 초인적인 노력으로 한 손을 짚고 몸을 지탱하는 데 성공했다. 잠시 동안 누구인지 알아보지도 못하는 양, 그는 꼼짝도 않고 괴이쩍게 딸을 바라보고 있었다. 게다가 그는 아직 한 번도 이런 옷차림을 한 딸의 모습을 본 적이 없었다. 그러다 문득 그는 딸을 알아보았다. 멸시당하고 짓밟히는 딸을, 야단스레 차려입고 부끄러워하면서 세상을 뜨는 아버지에게 고별인사를 드리기 위해 조용히 차례를 기다리고 있는 딸을 알아본 것이다. 끝없는 고통이 그의 얼굴에 떠올랐다.

"소냐! 내 딸아! 용서해다오!" 그는 이렇게 외치면서 딸에게 손을 내밀려 했으나 그만 몸의 중심을 잃고 얼굴을 박으면서 소파에서 바닥으로 쿵 떨어지고 말았다. 모두들 달려가서 그를 들어 올려 다시 소파에 뉘었으나, 그는 이미 숨을 거두고 있었다. 소냐는 가냘픈 비명을 내지르며 달려가서 아버지를 끌어안는 순간 그대로 실신하고 말았다. 그는 딸의 팔에 안겨 숨을 거두었다.

"기어코 소원을 이뤘구료!" 카체리나는 남편의 시신을 보고 소리쳤다. "자, 이제 어찌 할꼬! 뭘로 장사를 지내나! 저것들은, 저것들은 당장 내일부터 뭘 먹이지?"

라스콜니코프가 카체리나 이바노브나에게 다가갔다.

"카체리나 이바노브나." 그는 입을 열었다. "지난주에 저는 돌아가신 분에게서 그분의 인생과 모든 사정에 대한 얘기를 들었습니다……. 정말로 그분은 당신에 대해 감격에 찬 존경심을 가지고 말씀하셨습니다. 그분이 가족 모두에게 얼마나 헌신적인 애정을 바치고 있고, 자신의 불행한 약점에도 불구하고 특히 카체리나 이바노브나 당신을 얼마나 존경하고 사랑하고 있는가를 알게 된 그날 저녁부터, 저는 그분과 친구가 되었습니다……. 지금 제게…… 고인이 된 제 친구를 위해 은혜를 갚을 수 있도록…… 허락해 주십시오. 여기…… 아마 20루블이 될 겁니다만, 이것이 조금이라도 도움이 될 수 있다면, 그러면…… 저는…… 그러니까, 아니, 또 찾아뵙겠습니다, 반드시 찾아뵙겠습니다…… 어쩌면 내일 찾아뵐지도 모르겠습니다……. 그럼 안녕히 계십시오!"

그는 재빨리 방에서 나와 사람들을 헤치며 급히 층계 쪽으로 걸어갔다. 그러나 뜻밖에도 사람들 속에서 이 불행한 사건에 대해 알게 되어 직접 일을 처리하려고 찾아온 니코짐 포미치와 딱 마주쳤다. 경찰서에서의 촌극 이후에 서로 만난 적이 없었지만, 니코짐 포미치는 이내 그를 알아보았다.

"아, 당신이 여기에?" 그가 라스콜니코프에게 물었다.

"죽었습니다." 라스콜니코프가 대답했다. "의사도 왔고 사제도 왔으니, 모든 게 제대로 마무리된 셈입니다. 그 불쌍한 여자를 너무 괴롭히지 마십시오. 그렇잖아도 폐결핵을 앓고 있으니까요. 될 수 있으면 그녀에게 용기를 북돋아 주십시오……. 당신은 좋은 분이니까. 저는 압니다……." 그는 상대방의 눈을 똑바로 쳐다보면서 엷은 미소를 띠고 덧붙였다.

"그런데 어떻게 피가 아주 많이 묻었군요." 니코짐 포미치는 등불에 비친 라스콜니코프의 조끼에서 군데군데 생생한 핏자국을 보고서 일러 주었다.

"네에, 피가 많이 묻었어요…… 온통 피투성이죠!" 라스콜니코프는 어딘지 유다른 표정을 지으며 말하고는, 빙그레 웃으며 고개를 끄덕인 다음, 층계를 내려갔다.

온몸이 열에 들뜬 듯한 기분에 잠겨 그는 서두르지 않고 조용히 층계를 내려가고 있었다. 스스로 의식하고 있지는 않았으나, 갑자기 밀려든 충만하고 힘찬 생명의 새롭고 무한한 어떤 느낌이 그를 가득 채우고 있었다. 그것은 사형 선고를 받은 사람이 갑자기 뜻밖의 특사를 받았을 때의 느낌과도 흡사했다.* 층계를 절반쯤 내려왔을 때, 일을 끝내고 돌아가던 사제가 그의 뒤에까지 왔다. 라스콜니코프는 그와 말없이 인사를 나누고 잠자코 그를 앞서 가게 했다. 그런데 이미 마지막 계단을 내려가고 있을 때, 갑자기 뒤에서 다급한 발소리가 들렸다. 누가 그를 쫓아오고 있었다. 폴렌카였다. 소녀는 뒤따라 달려오면서 그를 불렀다. "잠깐만요! 잠깐만요!"

그는 소녀 쪽을 돌아다보았다. 소녀는 마지막 층계를 달려 내려와서 그보다 한 칸 높은 데서 바로 앞에 멈추어 섰다. 흐릿한 불빛이 마당에서 스며들었다. 라스콜니코프는 아이답게 즐거운 미소를 짓고서 그를 바라보고 있는 소녀의 여위었으나 사랑스러운 작은 얼굴을 알아보았다. 소녀는 아마 자기로서도 무척 즐거운 부탁을 가지고 달려온 듯했다.

"저기요, 이름이 어떻게 되세요……? 그리고 어디에 사세요?" 소녀는 숨을 할딱이며 급하게 물었다.

그는 소녀의 어깨에 두 손을 얹고 무엇인지 모를 행복감을 느끼면서 바라보고 있었다. 소녀를 바라보는 게 몹시도 흐뭇했으나, 무엇 때문인지는 자신도 알 수 없었다.

"누가 널 보냈니?"

"소냐 언니가 보냈어요." 소녀는 한층 더 기쁜 듯이 미소를 지으며 대답했다.

"나도 그럴 줄 알았어, 소냐 언니가 보낸 거라고 말이야."

"엄마도 그러라고 하셨어요. 소냐 언니가 가라고 하니까, 엄마도 옆에 와서 말씀하셨어요. '얼른 뛰어가, 폴렌카야!'라고요."

"소냐 언니를 사랑하니?"

"전 언니를 누구보다 사랑해요!" 유난히 힘을 주어 폴렌카가 말했다. 소녀의 미소는 갑자기 더 한층 진지해졌다.

"그럼 나도 사랑해 주겠니?"

대답 대신에 그는 가까이 다가오는 어린 소녀의 조그만 얼굴과 그에게 입맞춤을 하려고 순진하게 내민 도톰한 입술을 보았다. 갑자기 소녀는 성냥개비같이 앙상한 두 팔로 그를 꼭 껴안고 어깨에 머리를 묻더니 얼굴을 점점 더 강하게 갖다 대면서 조용히 흐느끼기 시작했다.

"아빠가 불쌍해요!" 잠시 뒤에 소녀가 울던 얼굴을 들고 두 손으로 눈물을 훔치면서 말했다. "이젠 늘 이런 불행만 찾아와요." 뜻밖에 소녀는 아이들이 갑자기 '어른' 같은 말을 하려고 할 때 애써 지어 보이는 유난히 정색한 표정을 하고서 덧붙였다.

"아빠가 널 사랑해 주셨니?"

"아빤 리도치카를 제일 사랑하셨어요." 소녀는 미소도 짓지 않고 아주 진지하게 완전히 어른 같은 투로 말을 이었다. "왜냐하면, 그 앤 어리고 병이 있으니까요. 그 애한텐 늘 선물을 가지고 오셨어요. 우리한테는 읽는 법을 가르쳐 주셨고요. 저는 문법과 성경을 배웠어요." 소녀는 의젓하게 덧붙였다. "엄마는 아무 말씀도 하시지 않았지만, 우린 엄마가 그걸 좋아하시는 걸 알고 있었어요. 아빠도 알고 계셨고요. 엄만 저에게 프랑스어를 가르쳐 주려고 하세요. 저도 이제 교육을 받을 나이거든요."

"너 기도할 줄 아니?"

"그럼요, 알고말고요! 오래전부터예요. 전 이미 어른처럼 혼자서 기도를 올려요. 콜랴와 리도치카는 엄마와 함께 소리 내어 기도를 올리죠. 처음에 '성모'께 기도를 올리고, 그런 다음에 또 한 가지 기도를 올려요. '주여, 소냐 언니를 용서하시고 축복해 주시옵소서', 그리고 또 '주여, 저희들의 둘째 아빠를 용서하시고 축복해 주시옵소서' 하고 기도해요. 왜냐하면, 우리의 옛날 아빠는 이미 돌아가셨고, 지금 이 아빠는 우리의 둘째 아빠시거든요. 그렇지만 옛날 아빠를 위해서도 기도를 올려요."

"폴레치카, 내 이름은 로지온이야. 언제가 나를 위해서도 기도를 올려다오. '그리고 종 로지온도'라고 말이야, 그거면 족해."

"앞으로 평생토록 아저씨를 위해 기도하겠어요." 소녀는 열띤 목소리로 말하고는 갑자기 또 웃기 시작하면서 그에게 몸을 던지고 다시 한 번 꼭 껴안았다.

라스콜니코프는 소녀에게 이름과 주소를 일러 주고, 내일 반드시 들르겠다고 약속했다. 소녀는 무척 기뻐하며 돌아갔다. 그가 거리로 나왔을 때는 10시가 지나 있었다. 오 분 뒤 그는 아까 여자가 몸을 던졌던 바로 그 다리 위에 서 있었다.

'이제 됐다!' 그는 단호하고 엄숙하게 말했다. '신기루 따윈 없어져라, 공연한 공포도 없어져라, 환영도 없어져라……! 삶이 있지 않은가! 과연 내가 지금 살아 있지 않단 말이냐? 내 삶은 그 늙은 노파와 함께 죽지 않았다! 노파에겐 천당에서 편히 잠들라고 빌어 주면 그걸로 충분하다. 할멈은 이제 편안하게 안식할 때요! 지금은 이성과 광명의 왕국, 그리고…… 의지와 힘의 왕국이 도래했으니…… 자, 어디 보자고! 자, 한번 겨뤄 보자!' 그는 어떤 어두운 힘을 향해 도전하듯이 오만하게 덧붙였다. '나는 이미 사방 1아르쉰 정도밖에 안 되는 공간에서도 살 각오를 하지 않았던가!

　……난 지금 몹시 기운이 없지만, 그러나…… 병은 완전히 나은 것 같다. 아까 내가 나왔을 때부터 병이 나으리라는 걸 알고 있었어. 가만 있자, 포친코프의 집이 여기서 두어 발짝이잖아. 아무래도 라주미힌에게는 꼭 들러야지. 두어 발짝이 아니더라도…… 내기는 져 주마……! 그 녀석을 좀 기쁘게 해 주지 뭐. 그런 건 아무것도 아니야, 까짓것……! 힘, 힘이 필요한 거야. 힘이 없이는 아무것도 할 수 없다. 그런데 그 힘도 힘을 통해서만 얻을 수 있어. 그들은 이것을 모른단 말이야.' 그는 의기양양하고 자신만만하게 덧붙이고, 간신히 걸음을 떼어 놓으면서 다리를 떠났다. 오만함과 자신감이 그의 내부에서 순간순간 커져 가서, 매번 다음 순간의 그는 바로 전과는 전혀 다른 인간으로 변모하고 있었다. 그러나 대체 무슨 특별한 일이 일어나서 그를 이렇게 뒤바꾸어 놓은 것일까? 그 자신도 모를 일이었다. 지푸라기라도 움켜잡으려고 하던 그가 갑자기 '살 수 있다, 아직 삶이 있다, 나의 삶은 그 늙은 노파와 함께 죽지 않았다'라고 생각하게 된 것이다. 어쩌면 그는 너무 성급하게 이런 결론을 내린 건지도 몰랐지만, 그런 것에 대해서는 생각도 하고 있지 않았다.

　'하지만 종 로지온을 위해서도 기도를 올려 달라고 부탁하지 않왔던가' 하는 생각이 문득 머리를 스쳤다. '뭐, 그건…… 만일의 경우를 위해서지!' 그는 이렇게 덧붙이고는 자신의 어린애 같은 짓에 대해 웃기 시작했다. 그는 더할 나위 없이 기분이 좋았다.

그는 라주미힌의 방을 쉽게 찾았다. 포친코프의 집에서는 새로 세 든 사람을 이미 알고들 있었고, 관리인은 곧바로 그의 방을 가르쳐 주었다. 층계를 반쯤 올라가자 벌써 많은 사람들이 모였는지 떠들썩한 소리와 활기찬 이야기 소리가 들려왔다. 층계 쪽으로 난 문이 활짝 열려 있었기 때문에 고함을 지르고 논쟁하는 소리가 그대로 들렸다. 라주미힌의 방은 꽤나 컸고, 모인 사람이 열댓은 족히 됐다. 라스콜니코프는 현관에서 걸음을 멈추었다. 거기에는 칸막이로 막은 한쪽 구석에서 주인집 하녀 두 명이 두 개의 커다란 사모바르와 주인집 부엌에서 날라 온 피로그와 술안주를 담은 쟁반과 접시, 술병 사이에서 분주히 일을 하고 있었다. 라스콜니코프는 라주미힌을 불러 달라고 했다. 라주미힌은 반색을 하면서 뛰어나왔다. 첫눈에 그가 여느 때와 달리 아주 많이 마셨다는 것을 알 수 있었다. 라주미힌은 취하도록 마시는 일이 거의 없는 친구였는데, 이번에는 뭔가 다른 데가 눈에 띄었다.

"실은 말이야." 라스콜니코프가 다급히 말했다. "내가 여기 온 건, 네가 내기에 이겼다는 것과 정말 무슨 일이 자신에게 일어날지 아무도 모른다는 걸 말하고 싶어서야. 들어갈 수는 없어. 너무 기운이 없어서 금방 쓰러질 지경이거든. 그래서 보자마자 작별인사를 해야겠어. 하지만 내일 우리 집에 와 줘……."

"그럼, 집까지 바래다주지! 네 입으로 그랬잖아, 기운이 없다고, 그러니까……."

"손님들은 어떡하고? 그런데 저 곱슬머리는 누구야? 방금 이쪽을 내다본 사람 말이야."

"저 친구? 알게 뭐야! 숙부가 아는 사람이겠지. 아니면 혼자서 제멋대로 왔거나……. 저치들이야 숙부한테 맡겨 두면 돼. 숙부는 정말 좋은 분이셔. 지금 너한테 소개를 못 하는 게 유감이야. 하지만 저치들이야 다 상관없어! 그들은 지금 나한테 신경 쓸 겨를도 없어. 게다가 나도 바람을 좀 쐬야 하고. 그러니까 네가 마침 잘 온 거야. 이 분만 더 있었다면 저치들하고 격투를 벌일 뻔했다고, 정말이야! 그런 헛소리를 해 대다니…… 인간이 어디까지 허무맹랑한 헛소릴 할 수 있는지, 넌 상상도 못 할 거야. 하지만 상상 못 할 거도 없지! 우리 자신도 헛소릴 하잖아? 뭐 제멋대로 헛소리하라지. 나중에는 하래도 못 할 테니까……. 잠깐만 앉아 있어, 조시모프를 데려올게."

조시모프는 거의 잡아먹을 듯이 라스콜니코프에게 달려왔다. 그의 얼굴에선 어떤 특별한 호기심이 엿보였지만, 이내 밝은 얼굴이 되었다.

"어서 잠을 좀 자야 합니다." 그는 되도록 찬찬히 환자를 살펴보고 나서 결정했다. "자기 전에 한 봉지 드시도록 하세요. 드시겠어요? 아까 벌써 준비해 둔 건데…… 가루약 한 봉지입니다."

"두 봉지라도 괜찮아요." 라스콜니코프가 대답했다.

그는 그 자리에서 가루약을 먹었다.

"잘됐어, 네가 직접 바래다준다니." 조시모프가 라주미힌에게 말했다. "내일 어떨지는 그때 가야 알겠지만, 오늘은 무척 좋아. 아까에 비하면 대단한 변화야. 그래서 죽을 때까지 배워야 한다니까⋯⋯."

"우리가 나올 때 조시모프가 방금 내게 귓속말로 뭐라고 했는지 알아?" 거리로 나오자마자 라주미힌이 지껄였다. "이봐, 저 친구들은 멍청이니까, 너한테 모든 걸 솔직히 털어놓을게. 조시모프는 도중에 너하고 이야길 많이 하고 너도 말을 많이 하게 해서 나중에 자기에게 모조리 이야기해 달라고 했어. 왜냐하면 녀석은 나름대로 무슨 생각을 하고 있거든⋯⋯ 네가⋯⋯ 미쳤거나 또는 미친 것에 가깝다고 여기고 있는 거야. 네가 그런 걸 상상이나 할 수 있겠어! 첫째, 넌 녀석보다 세 배나 똑똑하고, 둘째, 네가 미친 게 아닌 이상, 녀석이 머릿속에 그런 해괴한 생각을 가졌든 말든 침이나 뱉어 주면 돼. 셋째로, 그 고깃덩어리는 전공이 외과인 주제에 지금은 정신병에 열중해 있는데, 너와 관련해선 오늘 네가 자묘토프하고 나눈 대화가 그 친굴 완전히 뒤집어 놓은 거야."

"자묘토프가 네게 다 말한 거야?"

"응, 다 말했어. 그 얘길 해 준 건 아주 잘한 거야. 난 이제 모든 진실을 다 알게 됐어. 자묘토프도 마찬가지고⋯⋯. 그래서 한마디로 말해서, 로쟈⋯⋯ 문제는⋯⋯. 난 지금 좀 취했어⋯⋯. 하지만 괜찮아⋯⋯ 문제는, 그런 생각이⋯⋯ 알겠지? 실제로 녀석들에게 달라붙어 있었던 거야⋯⋯⋯ 알겠어? 아무도 감히 그걸 입 밖에 내어 말하진 않았지만, 왜냐하면 너무나 터무니없는 생각인데다, 특히 칠장이가 잡히자 그런 모든 것이 저절로 무너지고 영원히 사라져 버렸으니까. 그런데 그치들은 왜 그렇게 멍청할까? 난 그때 자묘토프를 몇 대 두들겨 패줬어. 이건 우리들끼리 하는 얘기니까, 이봐, 제발 알고 있다는 내색도 하지 마. 나도 알게 됐지만, 녀석은 좀스러운 데가 있거든. 라비자 집에서 있었던 일이야. 그러나 오늘이야말로, 오늘이야말로 모든 게 분명해졌어. 문제는 일리야 페트로비치야! 그자는 그때 경찰서에서 자네가 기절한 걸 구실로 삼았거든. 물론 나중엔 자기도 창피해지고 말았지. 난 다 알아……."

라스콜니코프는 열심히 귀를 기울였다. 라주미힌은 취해서 무심코 뇌까리고 있었다.

"그때 내가 기절한 건 공기가 안 통해서 숨이 막힌 데다 유성 페인트 냄새가 지독해서 그런 거야." 라스콜니코프가 말했다.

"아직도 변명이야? 페인트 냄새뿐만 아니라, 열병이 한 달 동안이나 잠복하고 있었잖아. 조시모프가 증인이야! 지금 그 풋내기가 얼마나 기가 죽었는지, 넌 상상도 못 할걸. '난 그 사람의 새끼손가락만도 못 해요!' 하고 말하고 있어. 물론 널 두고 하는 말이지. 그 녀석도 어떨 땐 선한 마음씨를 보여 준다니까. 그런데 오늘 '수정궁'에서 그 녀석에게 준 교훈 말이야, 그건 정말 완벽의 극치였어! 너는 처음엔 녀석의 간담을 서늘하게 해서 덜덜 떨게 만들어 놓았어! 녀석에게 그 추악하고 터무니없는 상상을 또다시 거의 믿도록 만든 뒤에, 별안간 혀를 날름 내밀면서 '그것 봐라, 꼴좋다, 걸려들었군!' 하는 식이었으니 말이지. 완벽해! 녀석은 이제 완전히 기가 꺾이고 깨졌어! 넌 고수야. 정말, 녀석들한텐 그렇게 해야 된다고. 에잇, 내가 그 자리에 있었어야 하는 건데! 녀석은 지금 네가 오길 학수고대하고 있었어. 포르피리도 자네를 알고 지내고 싶어 하고……."

"아…… 그 사람도……. 그런데 왜 날 미쳤다고들 할까?"

"미쳤다는 게 아냐. 이봐, 내가 너무 많이 지껄인 것 같은데……. 아까 그 친구가 놀란 것은 네가 오직 한 가지에만 관심을 보인다는 것 때문이야. 하지만 왜 관심을 갖는지 이젠 분명해졌잖아. 모든 사정을 알고 보니…… 그때 그게 널 극도로 자극했고, 또 병과 함께 얽혀 있었던 거야……. 이봐, 난 좀 취했지만, 뭔지 몰라도 그 친구한텐 나름대로 무슨 생각이 있는 모양이야……. 너한테 말하지만, 그는 정신병에 열중해 있다니까. 넌 침이나 뱉어 주면 돼……."

삼십 초가량 두 사람은 말이 없었다.

"이봐, 라주미힌." 라스콜니코프가 말문을 열었다. "너에게 솔직하게 말하고 싶어. 방금 난 죽어 가는 사람 곁에 있었어. 어떤 관리가 죽었거든…… 난 거기서 가진 돈을 다 털어 주었어…… 게다가 지금 막 어떤 사람이 나에게 키스를 해 줬어. 요컨대 설령 내가 누군가를 죽였다 하더라도 그 사람은 역시 그렇게 했을 거야…… 난 거기서 또 다른 한 사람을 보았어…… 불꽃처럼 새빨간 깃털을 단…… 그런데 난 터무니없는 소리를 지껄이고 있군. 난 몹시 기운이 없어. 날 좀 부축해 줘…… 이제 곧 층계니까……."

"왜 그래? 왜 그러는 거야?" 불안해진 라주미힌이 물었다.

"좀 어지러워. 다만 문제는 그게 아냐. 그보다도 난 너무 슬퍼,

너무나 슬퍼! 꼭 여자같이…… 정말이야! 어, 저게 뭐지? 저기 좀
봐! 저기!"

"뭐 말이야?"

"정말 안 보여? 내 방에 불이 켜 있잖아. 보이지? 틈새로……."

두 사람이 주인집 문 옆에 있는 마지막 계단 앞에 와 보니, 정말
로 라스콜니코프의 방에 불이 켜져 있는 것이 아래에서도 보였다.

"이상한데! 나스타시야일지도 모르지." 라주미힌이 말했다.

"이 시간에 내 방에 있을 리가 없어. 더구나 벌써 잠들었을 텐
데. 하지만…… 상관없어! 그럼 잘 가!"

"왜 그래? 내가 바래다주기로 했으니까 같이 들어가자!"

"같이 들어갈 줄은 알아. 하지만 난 여기서 악수하고 헤어지고
싶은 거야. 자, 손을 이리 줘, 잘 가!"

"로쟈, 왜 그래?"

"아무것도 아냐. 그럼 같이 들어가. 네가 증인이 되겠지……."

그들은 계단을 올라가기 시작했다. 라주미힌의 뇌리에는 조시
모프이 말이 옳을지도 모른다는 생각이 얼핏 스쳤다. '에잇! 내가
너무 지껄여서 이 친구 정신을 혼란하게 만든 거야!' 그는 속으로
중얼거렸다. 그런데 문에 다가서려고 했을 때 갑자기 방 안에서
말하는 소리가 들렸다.

"대체 무슨 일이지?" 라주미힌이 소리 질렀다.

라스콜니코프가 먼저 문을 잡고 홱 열어젖혔다. 그러나 문을 연
순간, 그는 문지방에 못 박힌 듯 멈춰 서고 말았다.

어머니와 누이가 그의 소파에 앉아서 이미 한 시간 반 동안이나

그를 기다리고 있었다. 어째서 그는 두 사람이 올 거라고 예상하지도 못하고, 그들에 대해 생각조차 하지 않았던 것일까. 더구나 오늘만 해도 두 사람이 출발하여 오는 중이고, 곧 도착한다는 소식을 또 한 번 받지 않았던가? 이 한 시간 반 동안 두 사람은 서로 앞다투어 나스타시야에게 미주알고주알 캐물었고, 나스타시야는 방금까지도 두 사람 앞에 서서 이미 모든 것을 남김없이 이야기해 준 것이다. 두 사람은 그가 병을 앓고 있고, 더구나 나스타시야가 해 준 이야기로 보아 열에 시달리며 헛소리를 하고 있는 것이 분명한데도 '오늘 몰래 뛰쳐나갔다'는 말을 듣고, 놀라서 어찌할 바를 몰랐다. '아아, 이를 어쩌지?' 두 사람은 울었다. 두 사람은 기다리는 이 한 시간 반 동안 십자가의 고통을 참아 냈던 것이다.

기쁨에 넘치는 감격의 외침이 라스콜니코프를 맞았다. 두 사람은 그에게 와락 달려들었다. 그러나 그는 죽은 사람처럼 서 있기만 했다. 갑자기 엄습한 견딜 수 없는 의식이 벼락처럼 그를 내리친 것이다. 두 사람을 껴안으려 해도 손이 올라가지 않았다. 올릴 수가 없었다. 어머니와 누이는 그를 꼭 껴안고, 키스도 하고, 웃기도 하고, 울기도 했다……. 그는 한 걸음 내딛는 순간 몸을 휘청하더니, 정신을 잃고 바닥에 쓰러지고 말았다.

소동, 공포에 찬 부르짖음, 신음……. 문간에 서 있던 라주미힌은 방 안으로 급히 뛰어 들어가, 억센 두 팔로 환자를 들어 올려 이내 소파에 뉘었다.

"괜찮습니다, 괜찮습니다!" 그가 어머니와 누이에게 외쳤다. "기절한 것뿐이에요. 별거 아닙니다! 방금 전에 의사 말이, 훨씬 좋아졌고 아주 건강하다고 했어요. 물을 좀! 보세요, 벌써 정신이 들고 있습니다, 자, 이제 정신이 들었어요⋯⋯!"

그리고 그는 두네치카의 손을 도저히 뺄 수 없을 정도로 으스러지게 잡고는 몸을 굽히게 해서, '이제 벌써 정신이 들었다'는 걸 확인하도록 했다. 어머니와 누이는 감동과 감사가 넘치는 눈으로 마치 구세주라도 되는 양 라주미힌을 바라보고 있었다. 두 사람은 이미 나스타시야에게서 이 '싹싹한 젊은이'가 로쟈가 병을 앓는 동안 그들의 로쟈를 위해 어떤 역할을 했는지 이미 들은 바가 있었다. '싹싹한 젊은이'란 그날 저녁에 두냐와 속 얘기를 나누다가 풀헤리야 알렉산드로브나 라스콜니코바 자신이 라주미힌에게 붙인 이름이었다.

제3부

1

라스콜니코프는 몸을 조금 일으켜 소파에 앉았다.

그는 힘없이 손을 흔들어, 라주미힌이 열심히 어머니와 누이를 향해 두서없는 위로의 말을 늘어놓는 것을 중단시키고서, 두 사람의 손을 잡고 이 분가량 말없이 그들을 번갈아 바라보았다. 어머니는 그의 눈길에 움찔했다. 그 눈길에는 고통스러울 만큼 강렬한 감정이 드러나 있었으나, 동시에 어떤 움직이지 않는 것, 광적이기까지 한 무엇이 담겨 있었다. 풀헤리야 알렉산드로브나는 울음을 터뜨렸다.

아브도치야 로마노브나는 창백했다. 그녀의 손은 오빠의 손안에서 떨고 있었다.

"이젠 돌아가세요……. 이 친구와 함께." 그가 라주미힌을 가리키며 자꾸 끊어지는 목소리로 말했다. "내일 보지요. 내일 모든 것을……. 오신 지는 오래되셨어요?"

"저녁때 왔단다, 로쟈." 풀헤리야 알렉산드로브나가 대답했다. "기차가 몹시 늦었어. 하지만 로쟈, 난 무슨 일이 있어도 네 옆을 안 떠나겠어! 난 여기 네 옆에서 잘 테다……."

"날 괴롭히지 마세요!" 그가 초조하게 손을 흔들며 말했다.

"제가 로자 곁에 남겠습니다!" 라주미힌이 외쳤다. "잠시도 혼자 두지 않겠어요. 손님들이야 상관없어, 화를 내라지! 거긴 숙부께서 알아서 하실 거야."

"정말 어떻게 감사드려야 할지!" 풀헤리야 알렉산드로브나는 다시 라주미힌의 손을 잡으면서 말을 시작하려 했으나, 라스콜니코프가 또다시 그녀의 말을 중단시켰다.

"그만들 해요, 그만." 그가 짜증을 내며 되풀이했다. "괴롭히지 마세요! 관둬요, 가세요……. 참을 수가 없다고요……!"

"가요, 엄마, 방 밖으로라도 잠시 나가요." 겁에 질린 두냐가 속삭였다. "우리가 정말 오빠를 죽이겠어요."

"그럼 애 얼굴도 제대로 못 본단 말이냐, 삼 년 만에 만났는데!" 풀헤리야 알렉산드로브나는 울기 시작했다.

"잠깐!" 그가 다시 두 사람을 불러 세웠다. "그렇게 자꾸만 방해를 하니까, 머릿속이 혼란스러워요……. 루쥔을 보셨나요?"

"아니, 로쟈. 하지만 그 사람은 우리가 온 걸 이미 알고 있어. 로쟈, 그 사람이 친절하게도 오늘 널 방문했다고 하던데." 좀 겁을 먹은 듯 머뭇거리며 풀헤리야 알렉산드로브나가 덧붙였다.

"네에……, 친절하게도 말이죠……. 두냐, 난 아까 루쥔한테 층계에서 떨어뜨리겠다고 말하고 쫓아내 버렸다……."

"로쟈, 그게 무슨 소리냐! 네가 설마하니…… 그런 말을 하려
는 건 아니겠지." 풀헤리야 알렉산드로브나는 깜짝 놀라서 말을
하려다가, 두냐를 보고는 입을 다물었다.

아브도치야 로마노브나는 오빠를 뚫어지게 바라보며 계속 기다
리고 있었다. 두 사람은 나스타시야로부터 그녀가 이해해서 전해
줄 수 있는 데까지 이 충돌에 대해 이미 들은 바가 있었기 때문에,
의혹과 기다림으로 마음을 졸이다 아주 지쳐 있었다.

"두냐." 라스콜니코프는 간신히 말을 이었다. "나는 이 결혼에
반대다. 그러니까 넌 내일 당장, 루쥔에게 한마디로 딱 잘라 거절
해라. 집 안에 그 인간의 냄새조차 나지 않도록."

"맙소사!" 풀헤리야 알렉산드로브나가 소릴 질렀다.

"오빠, 무슨 말을 하고 있는 건지 생각 좀 해요!" 아브도치야 로
마노브나는 발끈해서 입을 열었으나, 이내 스스로를 억제했다.
"아마 지금은 제대로 생각할 수가 없을 거예요. 오빤 너무 지쳐
있어요." 그녀는 부드럽게 말했다.

"헛소릴 한다고? 아니…… 넌 나 때문에 루쥔에게 시집가려는
거야. 하지만 난 그런 희생을 받아들일 수 없다. 그러니까 내일까
지 편지를 써라…… 거절한다고……. 아침에 내가 읽을 수 있도
록 편지를 가져와라. 그럼 끝나는 거야!"

"그럴 순 없어요!" 모욕을 당한 처녀가 소리쳤다. "대체 무슨
권리로……."

"두네치카, 너도 참 성미가 급하구나. 아서라, 내일 얘기하

자……. 정말 넌 모르겠니……." 어머니가 몹시 놀라며 두냐에게 달려들었다. "아아, 어서 나가는 게 낫겠다!"

"헛소리하는 거예요!" 거나하게 취한 라주미힌이 소리쳤다. "그렇잖으면 어떻게 저러겠어요? 내일은 저런 바보 같은 생각이 싹 사라질 겁니다……. 그런데 오늘 그 사람을 내쫓은 건 사실이에요. 정말로 그랬어요. 뭐, 그 사람도 화를 냈죠……. 여기서 한바탕 연설을 하면서 잘난 척 떠벌리다가, 결국 꼬리를 내리고 가버리더군요……."

"그럼 그게 정말이군요?" 풀헤리야 알렉산드로브나가 외쳤다.

"내일 봐요, 오빠." 두냐가 동정 어린 어조로 말했다. "가요, 엄마……. 잘 있어요, 오빠!"

"알아들었지, 두냐." 그는 마지막 힘을 모아 두 사람의 등에 대고 되풀이했다. "난 헛소리하는 게 아냐. 이 결혼은 비열한 짓이야. 나는 비열한 놈이라도 상관없지만, 넌 그러면 안 돼……. 누구든 한 사람이면 족해……. 비록 나는 비열한 놈이지만, 그런 누이를 누이로 여기진 않겠어. 나 아니면 루쥔이야! 이제 가 봐……."

"너 정말 미쳤구나! 폭군 같으니!" 라주미힌이 으르렁거리기 시작했으나, 라스콜니코프는 이미 대답을 하지 않았다. 어쩌면 대답할 힘도 없는 것 같았다. 그는 소파에 눕더니 완전히 지쳐서 벽쪽으로 몸을 돌렸다. 아브도치야 로마노브나는 호기심에 찬 눈으로 라주미힌을 바라보았다. 그녀의 검은 눈동자가 반짝하고 빛났다. 라주미힌은 이 눈길을 받고 움찔 몸을 떨기까지 했다. 풀헤리야 알렉산드로브나는 충격을 받은 듯이 서 있었다.

"나는 절대로 갈 수 없어요!" 그녀는 거의 절망에 빠져 라주미힌에게 속삭였다. "나는 여기 남겠어요, 여기 아무 데라도……. 두냐나 좀 바래다주시구려."

"그러시면 일을 다 망치게 돼요!" 라주미힌도 흥분해서 역시 속삭였다. "계단으로라도 나가시지요……. 나스타시야, 불 좀 비춰 줘! 실은 말이지요." 그는 이미 층계에 나와서도 여전히 거의 속삭이듯 말을 계속했다. "아까 우리를, 그러니까 저하고 의사를 때릴 뻔했어요! 아시겠죠? 의사까지 말이에요! 그래서 의사는 환자를 자극시키면 안 된다고 그냥 물러서서 가 버렸고, 저는 아래에서 감시를 하고 있었는데, 그동안에 옷을 입고 내뺀 거예요. 지금도 자극을 받으면 또 내뺄 거예요, 이 밤중에. 게다가 자신에게 무슨 일을 저지를지도 몰라요……."

"아니, 무슨 말씀이세요!"

"더구나 아브도치야 로마노브나도 그런 여관에 어머니도 없이 혼자 있을 수는 없어요. 생각을 좀 해 보세요, 어떤 곳에 묵고 계신지! 비열한 자식, 표트르 페트로비치 그놈은 정말 좀 더 나은 집을 구할 수는 없었답니까……. 그런데 보시다시피 제가 좀 취해서, 그래서…… 욕을 좀 했습니다, 신경 쓰지 마세요……."

"그래도 나는 이 집 여주인에게 가 보겠어요." 풀헤리야 알렉산드로브나는 고집을 부렸다. "나하고 두냐가 오늘 밤을 어디 구석에서라도 지낼 수 있게 해 달라고 애원해 보죠. 저 애를 저렇게 두고 갈 순 없어요, 안 돼요!"

이런 이야기를 하면서 그들은 여주인의 아파트 바로 앞에 있는 층계참에 서 있었다. 나스타시야는 계단 한 칸 아래에서 그들에게 불을 비춰 주고 있었다. 라주미힌은 유난히 흥분해 있었다. 반 시간 전만 해도 그는 라스콜니코프를 집에 바래다주면서 자신도 인정하고 있었다시피 쓸데없이 많이 지껄이긴 했지만, 그날 저녁 그렇게 엄청나게 술을 마셨는데도 불구하고 여전히 아주 기운차고 정신도 거의 말짱했다. 그런데 지금 그의 기분은 어떤 환희와도 흡사한데다, 동시에 여태껏 마신 술이 새삼스레 갑절이나 강한 힘을 가지고 한꺼번에 머리로 솟구치는 듯했다. 그는 두 여인과 함께 서서 그들의 손을 쥐고 그들을 설득하기 위해 놀랍도록 솔직하게 여러 이유를 늘어놓으면서, 아마도 더욱 확신을 주기 위해 그러는 듯, 거의 한 마디 한 마디 말끝마다 두 사람의 손을 압착기로 쥐어짜듯 꽉꽉 쥐며 아무 거리낌 없이 아브도치야 로마노브나의 두 눈을 삼켜 버릴 듯 쳐다보고 있었다. 두 사람은 너무 아파서 이따금 그의 커다랗고 뼈마디가 굵은 손아귀에서 자신의 손을 빼내려고 했으나, 그는 뭐가 문제인지 전혀 눈치채지도 못한 채 더 세게 자기 쪽으로 잡아당기는 것이었다. 만약 두 사람이 지금 그에게 자기들을 위해 층계 아래로 거꾸로 뛰어내리라고 했다면, 그는 눈곱만큼의 주저나 의심도 없이 그 자리에서 바로 그렇게 했을 것이다. 아들 로쟈 걱정에 완전히 속이 타들어 가고 있던 풀헤리야 알렉산드로브나는 이 젊은이의 행동이 몹시도 유별나고 지나치게 아프게 손을 꽉 쥔다고 느끼고는 있었으나, 그래도 지금 자기에겐 그가 구세주나 다름없었으므로 그런 비상식적인 여러 사소한 행동을 탓하고 싶지는 않았다. 그러나 어머니와 똑같은 불안에 사로잡혀 있으면서도, 아브도치야 로마노브나는 결코 소심한 성격이 아니었는데도 놀라움과 공포까지 느끼면서 오빠 친구의 거칠게 불타오르는 시선을 받아들이고 있었다. 나스타시야의 이야기가 불러일으킨 이 이상한 남자에 대한 끝없는 신뢰감이 아니었다면, 어머니를 끌고 그에게서 달아났을지도 몰랐다. 그녀는 자기들이 지금 이 남자에게서 달아날 수 없으리라는 것도 깨닫고 있었다. 그러나 십 분가량 지나자 그녀의 마음은 적잖이 진정되었다. 라주미힌은 자신의 기분이 어떤 상태이든 금방 자기 자신을 완전히 드러내 보이는 성격이었으므로, 그를 대하는 사람은 누구든 그가 어떤 인간인지 대번에 알아차릴 수 있었다.

"여주인한테는 안 됩니다, 당치도 않은 일이에요!" 그는 큰 소리로 풀헤리야 알렉산드로브나를 설득하기 시작했다. "아무리 어머니라도, 여기 남아 있으면 그 친구를 미치게 만들 거예요. 그러면 어찌 될지 모릅니다! 들어 보세요, 제가 이렇게 하겠습니다. 지금은 그 친구 방에 나스타시야를 앉혀 두고, 제가 두 분을 바래다드리겠습니다. 두 분이서만 거리를 다니면 안 되니까. 이 페테르부르크라는 데가 그런 점에서는……. 아니 뭐, 상관없습니다……! 두 분을 바래다드린 다음 저는 곧바로 여기로 달려왔다가, 십오 분 뒤에 반드시 두 분께 다시 가서 알려 드리겠습니다. 로쟈가 어떤지, 자고 있는지 아닌지 등등 모든 것을요. 그러고는 말입니다. 그러고는 한걸음에 저희 집으로 달려가서—집엔 손님들이 있거든요, 다들 취해 있습니다—조시모프를 불러내어 데리고 갑니다. 로쟈를 치료하고 있는 의사인데, 지금 저희 집에 앉아 있어요. 취하진 않았습니다. 이 친구는 취하지 않습니다. 절대로 취하는 법이 없어요! 이 친구를 로지카한테 끌고 갔다가, 곧장 두 분께로 데려갑니다. 그러니까 두 분은 한 시간 안에 로쟈에 대해 두 가지 보고를 받는 거예요. 의사로부터, 아시겠습니까, 의사로부터 직접 말이죠. 이건 제 보고하고는 질적으로 달라요! 만약 상태가 심상치 않으면, 맹세코 두 분을 제가 직접 여기로 모시고 오겠습니다. 상태가 좋으면, 두 분께선 푹 쉬시면 됩니다. 저는 밤새 여기 문간에서 보내겠어요. 로쟈는 알지도 못할 겁니다. 그리고 조시모프는 바로 로쟈 가까이에 있도록 여주인 집에서 자게 하겠어요. 자, 지금 로쟈한테 어느 편이 더 좋겠습니까? 당신들 두 분입니까, 아니면 의사입니까? 의사가 더 필요하죠. 필요합니다. 자, 그러니 돌아가세요! 여주인한테는 안 됩니다. 저는 되지만, 두 분은 안 됩니다. 들어주지 않을 겁니다. 그 여잔 바보거든요. (알고 싶으시다면,) 그 여자는 저 때문에 아브도치야 로마노브나를 질투할 겁니다. 당신에 대해서도 그럴 겁니다만……. 아브도치야 로마노브나에 대해선 틀림없습니다. 그 여잔 정말로, 정말로 의외의 성격이거든요! 하지만 나도 멍청이지……. 상관없어! 자, 갑시다! 저를 믿어 주시겠어요? 절 믿으시겠어요, 못 믿으시겠어요?"

"가요, 엄마." 아브도치야 로마노브나가 말했다. "이분은 분명히 약속대로 하실 거예요. 이미 오빠를 살려 주셨잖아요. 그리고 의사가 여기서 밤을 보내는 걸 승낙한다면야 그보다 더 좋은 게 어디 있겠어요?"

"그럼 당신은…… 당신은…… 저를 이해해 주시는군요. 당신은 천사시니까!" 라주미힌은 몹시 기뻐하며 외쳤다. "갑시다! 나스타시야! 어서 올라가서 환자 옆에 앉아 있어, 불을 가지고. 난 십오 분 후에 올테니⋯⋯."

풀헤리야 알렉산드로브나는 완전히 믿을 수는 없었지만 더는 반대하지 않았다. 라주미힌은 두 사람의 팔을 받쳐 주며 층계를 내려갔다. 하지만 그녀는 그가 불안했다. '싹싹하고 착한 사람이긴 하지만, 약속을 지킬 수 있을까? 더구나 저런 모양인데⋯⋯!'

"아아, 알겠습니다. 제가 이런 모양이어서 그게 걱정되시죠?" 라주미힌이 눈치를 채고 그녀의 생각을 끊어 버렸다. 그는 큰 걸음으로 인도를 성큼성큼 걷고 있어서 두 사람은 간신히 그를 따라가고 있었으나, 그는 알아채지도 못했다. "어처구니없는 일이죠! 사실⋯⋯ 전 바보같이 취했어요. 그러나 문제는 그게 아니에요. 저는 술 때문에 취한 게 아니란 말입니다. 두 분을 보자 머리를 한 대 얻어맞은 것처럼 어쩔해진 거죠⋯⋯. 저한테 침이라도 뱉어 주십시오! 신경 쓰실 것 없습니다. 전 지금 헛소리 지껄이고 있으니까. 전 두 분의 상대가 못 됩니다. 전혀 상대가 못 되죠⋯⋯! 두 분을 바래다드리고 나서, 곧바로 여기 이 운하에서 물을 두어 통 머리에 뒤집어쓸 작정입니다. 그럴 작정입니다⋯⋯. 내가 두 분을 얼마나 사랑하는지 알아만 주신다면⋯⋯! 웃지 마세요, 화도 내지 마세요⋯⋯! 모든 사람에게 화를 내도, 저에겐 화내지 마세요! 전 로쟈의 친구니까, 두 분의 친구이기도 하죠. 저는 그러고 싶습니다⋯⋯. 전 그런 예감을 한 적이 있습니다⋯⋯ 지난해에 그런 순간이 있었어요⋯⋯. 아니, 전혀 예감하지도 못했습니다.

왜냐하면 두 분은 마치 하늘에서 내려오신 것 같으니까요. 아마 저는 오늘 밤에 한잠도 못 이룰 겁니다……. 좀 전에 그 조시모프는 로쟈가 미치지 않았나 하고 걱정했어요……. 그러니 로쟈를 자극하면 안 됩니다……."

"무슨 말씀을 하시는 거예요?" 어머니가 소리쳤다.

"정말 의사가 그렇게 말했나요?" 아브도치야 로마노브나도 소스라치게 놀라서 물었다.

"그런 말은 했지만, 아무것도 아니에요, 정말 아무것도 아닙니다. 의사가 무슨 약을 줬습니다. 가루약이었어요. 제가 봤습니다. 그런데 두 분이 오신 겁니다……. 에이……! 내일 오셨더라면 더 좋았을 텐데! 어쨌든 우리가 나온 건 잘한 일이에요. 한 시간 뒤엔 조시모프가 직접 모든 것을 보고할 겁니다. 그 친구는 취하지 않았거든요! 저도 술이 깰 테고……. 어쩌자고 난 그렇게 퍼마셨을까? 녀석들 논쟁에 말려들어서 그래, 망할 자식들! 논쟁 따윈 않겠다고 맹세까지 했는데……! 그런 시답잖은 소리나 지껄이고! 하마터면 주먹다짐까지 할 뻔했답니다! 저는 숙부님을 거기 두고 왔습니다, 의장(議長)으로서……. 그런데 말이죠. 녀석들은 개성 따윈 완전히 없애 버릴 것을 요구하고, 거기서 쾌감까지 느끼고 있어요! 어떻게든 자기 자신이 아니고 싶어 하고, 어떻게든 자신을 닮지 않으려고 하는 거죠! 이것이 녀석들에겐 최고의 진보라는 겁니다. 거짓말이라도 자기 나름대로 한다면야 낫죠. 하지만……."

"그런데 잠깐만." 폴헤리야 알렉산드로브나가 주저하면서 말을 가로막았으나 그건 오히려 그의 열만 돋울 뿐이었다.

"당신은 그렇게 생각하시죠?" 한층 더 목소리를 높이며 라주미힌이 외쳤다. "제가 욕을 하는 건 그들이 엉터리 같은 소릴 하기 때문이라고 생각하시죠? 천만에요! 전 사람들이 엉터리 같은 소릴 하는 게 좋습니다! 엉터리 소리는 모든 유기체 앞에서 인간이 갖는 유일한 특권입니다. 엉터리 소릴 해 가는 동안에 진리에 이르게 되거든요! 나도 엉터리 소릴 하니까 인간입니다. 열네 번, 아니 어쩌면 백열네 번쯤 엉터리 소릴 하지 않고서 도달한 진리는 하나도 없습니다. 이것은 나름대로 명예로운 것입니다. 그런데 우리는 엉터리 소리조차도 자신의 사고력으로 할 줄 몰라요! 나한테 엉터리 소릴 해 봐, 네 나름대로 엉터리 소릴 해 봐, 그럼 널 키스해 주마. 자기 나름대로 엉터리 소리를 하는 것은 하나같이 남을 흉내 낸 진리보다 오히려 낫습니다. 전자의 경우는 인간이지만, 후자의 경우는 앵무새에 불과하니까요! 진리야 달아나 버리지 않겠지만, 삶은 못 박혀 버릴 수도 있습니다. 그런 예는 얼마든지 있었습니다. 그런데 우리는 지금 어떻습니까? 우리는 모두 한 사람의 예외도 없이, 과학, 발전, 사유, 발명, 이상, 희망, 자유주의, 이성, 경험 그리고 모든, 모든, 모든, 모든, 모든 것에서 아직 중학교 예과 1학년에 머물러 있습니다! 다른 사람들의 생각으로 앞가림하기를 좋아해서 그게 몸에 배고 말았습니다! 그렇지 않습니까? 제가 말하는 대로가 아닙니까?" 라주미힌은 두 여인의 손을 꼭 쥐고 마구 흔들면서 외쳤다. "그렇지 않습니까?"

"오, 맙소사, 전 잘 모르겠어요." 가여운 풀헤리야 알렉산드로브나가 말했다.

"그래요, 그래요…… 당신의 말씀에 모두 찬성하는 건 아니지만요." 아브도치야 로마노브나는 진지하게 덧붙였으나, 이때 그가 너무 아프게 손을 꽉 쥐었기 때문에 이내 비명을 지르고 말았다.

"그래요? 그렇다고 말씀하시는 겁니까? 그럼, 그렇다면 당신은…… 당신은……." 그는 열광하며 외쳤다. "당신은 선과 순결과 이지와 그리고…… 완성의 원천입니다! 손을 주십시오, 주십시오…… 당신도 손을 주십시오. 여기서 지금 무릎을 꿇고 두 분의 손에 입을 맞추고 싶습니다!"

그는 길 한복판에서 무릎을 꿇었다. 다행히 그때 길에는 아무도 없었다.

"일어나세요, 제발. 무슨 짓이에요?" 정신없이 놀란 풀헤리야 알렉산드로브나가 외쳤다.

"일어나세요, 일어나세요!" 두냐도 웃긴 했으나 당혹해했다.

"손을 주시기 전에는 절대로! 그렇지요, 이제 됐습니다, 일어났습니다. 자, 가시지요! 저는 불행한 바보입니다. 두 분의 상대가 될 자격이 없습니다. 이렇게 취해 있고, 부끄럽습니다……. 저는 두 분을 사랑할 자격이 없지만, 두 분 앞에 무릎을 꿇고 숭배하는 것은 모든 사람의 의무입니다. 만일 완전히 짐승이 아니라면 말입니다. 나는 그래서 무릎을 꿇었던 겁니다……. 자, 여기가 두 분의 숙소입니다. 이것 하나만 보더라도 아까 로지온이 그 표트르 페트로비치를 쫓아낸 것은 당연하죠! 어떻게 그 사람은 두 분을 감히 이런 여인숙에 묵게 한단 말입니까? 이건 수치스러운 얘깁니다! 어떤 사람들이 여기에 드나드는지 아십니까? 당신은 약혼녀가 아닙니까! 당신은 약혼녀지요, 그렇지요? 그래서 말이지만, 당신의 약혼자는 이런 짓을 하는 걸로 봐서 비열한 인간입니다!"

"저기요, 라주미힌 씨, 잊으셨군요……." 풀헤리야 알렉산드로브나가 말문을 열다 말았다.

"네, 네, 맞습니다. 깜박했습니다. 부끄럽습니다!" 라주미힌은 갑자기 정신이 들었다. "하지만…… 하지만…… 제가 그렇게 말한다고 노여워하시면 안 됩니다! 저는 진심으로 말씀드리는 것이지, 달리 아무것도…… 음! 이건 비열한 짓인지도 모르겠지만, 한마디로 말해서, 제가 당신에게…… 음……! 그렇지, 이런 말을 할 필요는 없지, 그러니 말씀드리지 않겠어요, 감히 그럴 수가 없습니다……! 하지만 우리는 아까 그 사람이 들어왔을 때 우리와는 다른 사회의 인간이라는 것을 모두들 깨달았습니다. 그 사람이 이발소에서 머리를 지져 붙이고 왔기 때문도 아니고, 자신의 지식을 떠벌리는 데 급급했기 때문도 아닙니다. 그건 그 사람이 염탐꾼이고 투기꾼이기 때문입니다. 유대인이고 야바위꾼이기 때문입니다. 뻔하죠. 그 사람이 똑똑하다고 생각하십니까? 천만에요, 그치는 바보입니다, 바보! 대체 그런 자가 당신한테 어울리기나 하나요? 말도 안 되지요! 정말입니다." 그는 이미 방으로 통하는 층계를 올라가다가 갑자기 걸음을 멈추었다. "지금 나한테 와 있는 녀석들은 하나같이 주정뱅이들이지만 모두들 정직합니다. 우리는 엉터리 소리를 하고, 그래서 나도 엉터리 소리를 하지만, 그래도 결국엔 진실에 이릅니다. 우린 고결한 길에 서 있거든요. 하지만 표트르 페트로비치는…… 고결한 길에 서 있지 않아요. 난 지금 녀석들을 죽어라고 욕했지만, 그래도 녀석들 모두를 존경합니다. 자묘토프까지도, 존경하진 않지만 사랑합니다. 강아지니까요! 조시모프라는 그 짐승도 사랑합니다. 정직하고 자기 일을 잘 알고 있거든요……. 하지만 됐습니다. 할 말을 다 했고, 용서도 받았으니. 용서해 주신 거죠? 그렇죠? 자, 가시지요. 이 복도를 압니다, 와 본 적이 있어요. 바로 저 3호실에서 소동이 벌어졌지요……. 그런데 어딥니까? 몇 호실이죠? 8호? 자, 그럼 밤에 문을 잠그시고, 아무도 들이지 마세요. 십오 분 뒤에 보고를 가지고 돌아오겠습니다. 그리고 반 시간 뒤엔 조시모프와 함께 오겠습니다, 두고 보세요! 그럼 쉬십시오, 얼른 가 보겠습니다!"

"맙소사, 두네치카, 이제 어떻게 될까?" 풀헤리야 알렉산드로브나는 불안하고 겁이 나서 딸에게 물었다.

"진정하세요, 엄마." 두냐는 모자와 망토를 벗으면서 대답했다. "그분은 술자리에서 곧장 온 모양인데, 하느님께서 우릴 위해 보내신 분이에요. 그분을 믿어도 좋아요, 정말이에요. 더구나 그분이 지금껏 오빠를 위해 한 일은 모두……."

"하지만 두네치카, 그 사람이 정말 와 줄까! 어쩌자고 로쟈를 남겨 두고 올 생각을 했는지……! 그 앨 그렇게 보게 될 줄은 정말이지 꿈에도 생각지 못했다! 어쩌나 험상궂은지, 갠 우리가 온 게 기쁘지도 않나 봐……."

그녀의 눈에 눈물이 고였다.

"아니에요, 엄마, 그렇지 않아요. 엄만 내내 우시느라 잘 보시지도 못했잖아요. 오빠는 큰 병 때문에 머리가 몹시 혼란스런 거예요. 다 그 때문이에요."

"아아, 그놈의 병! 무슨 일이 날 거다, 무슨 일이 날 거야! 너한테 말하는 걸 보렴, 두냐!" 어머니는 마치 두냐의 생각을 알아내려는 듯 딸의 눈을 머뭇머뭇 들여다보면서, 두냐가 그렇게 로쟈를 변호하는 걸 보니 그를 용서한 거라는 생각이 들어 이미 반쯤 안심을 하며 말했다. "난 네 오빠가 내일이면 생각을 바꿀 거라고 믿는다." 끝까지 떠보느라고 그녀는 이렇게 덧붙였다.

"전 오빠가 내일도 같은 말을 할 거라고 믿어요…… 그 문제에 관해선." 아브도치야 로마노브나는 잘라 말했다. 물론 그것은 풀헤리야 알렉산드로브나가 지금 입 밖에 내길 너무도 두려워하고 있는 것이 바로 그 점이었기 때문에, 아예 쐐기를 박아 두자는 것이었다. 두냐는 어머니에게 다가가서 입을 맞추었다. 어머니는 말없이 딸을 꼭 껴안았다. 그러고는 앉아서 라주미힌이 돌아오길 애타게 기다리면서, 역시 그를 기다리며 팔짱을 끼고 혼자 생각에 잠겨 방 안을 이리저리 서성이는 딸을 조심스레 지켜보기 시작했다. 생각에 잠겨 그렇게 이 구석, 저 구석을 거니는 것은 아브도치야 로마노브나의 습관이었고, 그럴 때마다 어머니는 행여라도 딸의 묵상을 깨뜨리진 않을까 늘 두려워했다.

물론 라주미힌이 술에 취해서 아브도치야 로마노브나를 향해 별안간 불타는 열정을 품게 된 것은 우스꽝스러운 일이었다. 그러나 아브도치야 로마노브나를 본 사람이라면, 특히 지금처럼 팔짱을 끼고서 우울하게 생각에 잠긴 모습으로 방 안을 거닐고 있는 그녀를 보았다면, 라주미힌의 여느 때와 다른 상태를 참작하지 않더라도 틀림없이 그를 용서했을 것이다. 아브도치야 로마노브나는 뛰어나게 아름다운 아가씨였다. 키가 크고 놀랄 만큼 날씬한 몸매에 강인함과 자신감에 차 있고 그것이 동작 하나하나에 잘 나타나고 있었으나, 그렇다고 해서 그런 점이 그녀의 모습에서 부드러움과 우아함을 앗아가지는 못했다. 얼굴은 오빠와 닮았으나 그녀가 훨씬 미인이라고 할 수 있었다. 머리카락은 오빠보다는 좀 더 밝은, 짙은 아마색이었고, 거의 까만색에 가까운 빛나는 눈은 긍지에 넘치면서도 때로는 잠깐씩 더없이 선량한 빛을 띠기도 했다. 얼굴빛은 창백했으나 병적이지는 않았고, 오히려 청신함과 건강함으로 빛나고 있었다. 입은 작은 편이었고, 생기 있는 빨간 아랫입술이 턱과 함께 약간 앞으로 튀어나와 있었는데 이것은 이 아름다운 얼굴에서 단 하나의 결점이기도 했으나, 이 결점마저도 그녀의 얼굴에 오만함과도 흡사한 어떤 독특한 개성을 부여해 주고 있었다. 얼굴 표정은 명랑하다기보다 늘 진지하고 생각에 잠긴 듯이 보였다. 그 대신 이 얼굴에는 미소가 얼마나 잘 어울리는지, 명랑하고 젊고 헌신적인 웃음이 얼마나 잘 어울리는지! 그러니 고대 러시아의 역사(力士)들처럼 열정적이고 솔직하고 순박하고 정직하고 용감한 호걸인데다 여태껏 그런 비슷한 모습조차 본 적이 없는 술 취한 라주미힌이 첫눈에 넋을 잃은 것도 무리가 아니었다. 게다가 그가 두냐를 맨 처음 보았던 것은, 마치 우연이 일부러 작정이라도 해 둔 듯이, 오빠와 만난다는 사랑과 기쁨으로 가득 차 있던 더없이 아름다운 순간이었다. 그런 다음 그는 오빠의 뻔뻔하고도 배은망덕하고 무자비한 명령에 분노하여 그녀의 아랫

입술이 파르르 떨리는 것을 보게 되었으니, 도저히 자제할 수가 없었던 것이다.

그런데 아까 그는 취중에 층계에서 라스콜니코프의 유별난 하숙집 여주인 프라스코비야 파블로브나가 자기 때문에 아브도치야 로마노브나뿐 아니라, 풀헤리야 알렉산드로브나에 대해서까지도 질투할 거라고 입을 놀렸지만, 그 말은 사실이었다. 풀헤리야 알렉산드로브나는 나이가 이미 마흔셋이었으나, 얼굴은 아직도 이전의 아름다움을 지니고 있었고, 더구나 밝은 정신과 청신한 감각과 정직하고 순수한 마음의 정열을 나이가 들어서까지 간직하고 있는 여인들이 대개 그렇듯이, 나이보다 훨씬 젊어 보였다. 내친김에 말하지만, 이것들을 그대로 간직하는 것이야말로 늙어서도 아름다움을 잃지 않는 유일한 방법이다. 머리는 이미 희끗희끗하니 숱이 적어지기 시작했고, 눈가에는 오래전부터 잔주름이 둥글게 퍼져 나가고 뺨은 근심 걱정으로 꺼지고 말았으나, 그럼에도 그녀의 얼굴은 여전히 아름다웠다. 앞으로 나오지 않은 아랫입술의 생김새만 제외한다면 영락없이 이십 년 후의 두네치카의 초상이었다. 풀헤리야 알렉산드로브나는 다감했으나 절대로 느끼할 정도는 아니었고, 수줍고 순종적이었으나 그것도 어느 선까지였다. 그녀는 자신의 신념에 어긋날지라도 웬만한 것은 참고 웬만한 것에는 동의할 수 있었으나 언제나 정직과 계율과 최후의 확신이 정해 놓은 선이 있어서, 어떠한 사정이라 할지라도 그녀로 하여금 그 선을 넘어서게 할 수는 없었다.

라주미힌이 간 지 꼭 이십 분이 지났을 때, 조용하긴 하나 다급하게 문을 두드리는 소리가 났다. 그가 돌아온 것이다.

"들어가진 않겠습니다. 그럴 겨를이 없어서요!" 문을 열어 주자 그가 서둘러 말했다. "정신없이 자고 있습니다. 조용하게 푹 잠들었어요. 제발 한 열 시간쯤 자야 할 텐데. 나스타시야가 옆에서 지켜보고 있습니다. 제가 갈 때까지 떠나지 말라고 일러두었어요. 이제 조시모프를 끌고 오겠습니다. 그가 보고를 할 겁니다. 그러고 나면 두 분도 눈 좀 붙이세요. 몹시 피곤해 보이십니다."

그는 그들에게서 물러 나와 복도를 달려갔다.

"정말 싹싹하고…… 성실한 젊은이야!" 풀헤리야 알렉산드로브나는 무척이나 흡족한 마음으로 감탄해 마지 않았다.

"아주 훌륭한 사람 같아요!" 아브도치야 로마노브나도 자못 열띤 목소리로 대답하며 다시 방 안을 서성이기 시작했다.

거의 한 시간가량 지났을 무렵, 복도에 발소리가 들리고 다시 문을 두드리는 소리가 났다. 이번에는 두 여인 모두 라주미힌의 약속을 철석같이 믿으면서 기다리고 있었다. 과연 그는 조시모프를 데리고 왔다. 조시모프는 술자리를 버리고 라스콜니코프를 보러 가는 데는 즉석에서 동의했으나, 두 여인한테는, 술에 취한 라주미힌의 말이 믿기지 않아 몹시 미심쩍어하면서 마지못해 온 것이었다. 그러나 그의 자존심은 대번에 보상받았고 심지어 뿌듯하기까지 했다. 두 사람이 정말로 그를 예언자처럼 기다리고 있는 것을 보았기 때문이다. 그는 꼬박 십 분 동안 그곳에 앉아서 풀헤리야 알렉산드로브나를 완전하게 확신시키고 안심시켰다. 그는 깊은 동정을 보이면서도 신중하고 지나치다 싶을 만큼 진지한 태도로 말하면서 어디까지나 중대한 상담을 하고 있는 스물일곱 살의 의사답게 주제에서 벗어나는 말은 한마디도 하지 않았고, 두 여인과 더 개인적이고 친밀한 관계를 맺고 싶어 하는 기색은 조금도 드러내지 않았다. 방에 들어온 순간부터 그는 아브도치야 로마로브나가 눈부신 미인이라는 걸 알아채고, 거기 있는 동안 그녀 쪽을 전혀 쳐다보지 않으려고 애쓰면서 계속 풀혜리야 알렉산드로브나만을 상대로 말했다. 이런 자신의 태도에 그는 더할 나위없는 만족감을 느꼈다. 환자에 대해서는 현재 아주 만족스러운 상태라고 말했다. *그*가 진찰한 바에 따르면, 환자의 병은 지난 몇 달간 겪어 온 생활의 궁핍으로 인한 물질적 원인 외에 몇 가지 정신적인 원인이 있으며, '말하자면, 여러 복합적인 정신적이고 물질적인 영향과 불안, 두려움, 걱정, 몇가지 관념…… 등에서 온 결과'라는 것이다. 아브도치야 로마노브나가 특별한 관심을 가지고 귀를 기울이기 시작한 것을 힐끗 본 조시모프는 이 주제에 대해 좀 더 자세하게 말하기 시작했다. '정신착란의 어떤 징후가 있는 듯하다'는 데 대해 풀혜리야 알렉산드로브나가 던지는 걱정스럽고 겁먹은 질문에 그는 침착하고 솔직한 미소를 지으면서 자신의 말은 지나치게 과장됐다고 대답했다. 물론 환자에게서 어떤 고정관념이랄까, 편집증을 나타내는 무엇이 눈에 띄긴 하나― 왜냐하면 지금 자기는 의학에서 대단히 흥미 있는 이 분야에 특별히 유의하고 있으므로― 환자가 거의 오늘까지도 고열에 시달리고 있었다는 점을 고려할 필요가 있고, 그리고…… 또 가족들이 와 준 것이 분명히 환자에게 힘을 주고 그의 마음을 밝게 해 주고 회복에 좋은 영향을 줄 것이라고 대답하고는, '다만 새롭고 특별한 충격만 피하도록 하면' 하고 의미심장하게 덧붙였다. 그러고는 일어나서 믿음직스럽고도 상냥하게 인사를 하고, 축복과 뜨거운 감사와 애원에 에워싸여, 청하지도 않았는데 내민 아브도치야 로마노브나의 손을 잡고 악수까지 하고, 자신의 방문과 무엇보다도 자기 자신에게 크나큰 만족감을 느끼며 밖으로 나왔다.

"그럼 내일 얘기하기로 하고, 지금은 빨리 주무시도록 하세요!" 라주미힌은 조시모프와 함께 물러나면서 다짐을 주었다. "내일 되도록 빨리 소식을 가지고 오겠습니다."

"그 아브도치야 로마노브나 말이야, 정말 매혹적인 여자던데!" 두 사람이 거리에 나왔을 때 조시모프가 입맛을 다시다시피 하며 말했다.

"매혹적이라고? 매혹적이라고 했어?" 라주미힌은 으르렁거리면서 갑자기 조시모프에게 덤벼들어 먹살을 잡았다. "언제든 감히 흑심을 품으면…… 알지? 알지?" 라주미힌은 조시모프의 깃을 움켜쥐고 흔들어 대며 그를 벽에다 밀어붙이고는 소리쳤다. "알겠지?"

"이거 놔, 이 주정뱅이!" 조시모프는 빠져나오려고 몸을 버둥거렸다. 그러고는 라주미힌이 먹살을 놓아주자, 그는 상대방의 얼굴을 빤히 쳐다보다가 갑자기 배를 잡고 웃어 대기 시작했다. 라주미힌은 팔을 축 늘어뜨리고 침울한 표정으로 심각하게 생각에 잠겨 서 있었다.

"물론 난 바보 멍청이야." 그가 먹구름같이 어두운 얼굴로 말했다. "하지만…… 너도 마찬가지지."

"아니, 안 그래, 난 절대 그렇지 않아. 난 그런 멍청한 꿈은 안 꿔."

그들은 말없이 걸었다. 라스콜니코프의 하숙집이 가까워지자, 깊은 걱정에 잠겨 있던 라주미힌이 침묵을 깨뜨렸다.

"이봐." 그가 조시모프에게 말했다. "넌 좋은 녀석이야. 하지만 온갖 추접스러운 버릇은 제쳐 두고서라도 넌 바람둥이라고. 그것도 아주 더러운 바람둥이에 속해. 난 알아. 넌 신경질적이고 허약한 건달인데다 변덕쟁이야. 살이 피둥피둥 쪄 가지고 무엇 하나 절제를 못해. 나는 바로 그걸 두고 더럽다고 말하는 거야. 왜냐하면 반드시 더러운 진창에 빠지게 돼 있으니까. 그렇게 안일에 젖어 가지고 그런 온갖 짓을 다하면서 어떻게 훌륭하고 헌신적이기까지 한 의사가 될 수 있는지 솔직히 도저히 이해가 안 가. 깃털 이불을 감고 자면서(의사가 돼 가지고!), 밤마다 환자를 위해서 일어나다니! 하지만 삼 년이 지나면 이미 환자를 위해 일어나는 일도 없게 되겠지……. 뭐, 제기랄, 문제는 그게 아니고 이거야. 넌 오늘 밤 여주인 집에서 묵게 될 거야(간신히 그 여자를 설득했단 말이야!), 나는 부엌에서 자고. 그야말로 그 여자와 가까워질 수 있는 절호의 기회지! 네가 생각하는 그런 여자는 아냐! 그런 구석은 요만큼도 없어……."

"난 아무 생각도 없는데."

"그게 말이야, 이 친구야, 부끄러움, 말없음, 수줍음, 열렬한 순결 관념, 게다가 애처롭게 한숨을 폭폭 쉬고, 밀랍처럼 녹는 여자라고, 정말 그렇게 녹아! 제발 날 그 여자한테서 좀 구해 줘. 세상의 모든 악마들을 위해서라도! 정말 애교 만점인 여자야……! 보답을 할게, 내 머리라도 내놓겠어!"

조시모프는 아까보다 더 크게 웃기 시작했다.

"너 완전히 돌았구나! 뭐 땜에 내가 그 여잘?"

"정말이야, 별로 걱정할 것 없어. 아무 얘기나 해 주면 돼. 그냥 옆에 앉아서 지껄이면 되는 거야. 더구나 넌 의사니까, 뭔가 치료를 해 주기 시작하면 돼. 맹세코 후회하지 않을 거야. 그 여자 집에 피아노가 있어. 알다시피 내가 조금 떵뚱거릴 줄 알잖아. 내가 거기서 연주하는 진짜 러시아 노래 한 곡이 있어. '뜨거운 눈물에 젖어……'라는 노래 말이야. 그 여자는 진짜 러시아 노래를 좋아해. 그래서 노래로 시작됐던 거야. 그런데 너는 피아노의 명인이요, 스승이요, 루빈슈타인이잖아……. 내가 보장해, 절대 후회하지 않을 거야!"

"너 그 여자한테 무슨 약속이라도 했구나, 그런 거야? 정식으로 계약서라도 써 줬어? 어쩌면 결혼 약속도 했겠는데……."

"무슨, 무슨, 그런 거 전혀 없어! 그리고 절대 그런 여자가 아냐. 그 여자에겐 체바로프가……."

"그럼 차 버려!"

"그렇게 차 버릴 순 없지!"

"아니 왜 못 해?"

"글쎄 그게, 그렇게는 할 수 없어, 그뿐이야! 그 여자한텐 왠지 끌리는 데가 있어."

"그럼 대체 왜 그 여잘 유혹한 거야?"

"내가 유혹한 게 절대 아냐. 어쩌면 내가 유혹당했는지도 몰라, 난 워낙 멍청하니까. 하지만 그 여자한테는 너든 나든 매한가지 야. 누구든 옆에 앉아서 한숨만 쉬어 주면 된다니까. 그러니까, 이 봐…… . 이걸 너한테 어떻게 말해야 할지 모르겠는데, 그러니까, 그래, 넌 수학을 잘하고 지금도 수학 공부를 하고 있잖아, 나도 안 다고…… 그래, 그 여자에게 적분 계산을 가르쳐 주는 거야. 정말 농담이 아냐, 진담이라고. 그 여자에겐 다 똑같아. 그 여잔 너를 바라보면서 한숨을 폭폭 쉴 거야. 꼬박 일 년 동안 내내. 나도 말이 야, 그 여자한테 아주 오랫동안, 이틀이나 계속해서 프로이센 상 원에 대해 이야기해 준 적이 있어(도대체 그 여자랑 무슨 이야길 하겠어?). 그 여잔 그저 한숨을 지으며 몽롱하게 있었지! 다만 사 랑에 대해선 입도 벙긋하지 마. 경련를 일으킬 정도로 부끄럼을 타거든. 도저히 자리를 뜰 수 없다는 시늉만 하면 돼. 그럼 되는 거 야. 무지무지 편안해. 아주 제 집에 있는 것 같다니까. 책을 읽어 도 되고, 앉아 있어도 되고, 누워 있어도 되고, 글을 써도 돼…… . 키스도 할 수 있어, 조심스럽게만 하면…… ."

"하지만 뭐 때문에 나한테 그 여자를?"

"에이, 너한텐 도저히 설명을 못 하겠군! 봐, 너하고 그 여잔 아 주 잘 어울린단 말이야! 난 전에도 너에 대해 생각했는데…… . 넌 결국 그렇게 될 거야! 그러니 빠르든 늦든 너한텐 다 마찬가지잖 아? 거기엔 말이야, 바로 그 깃털 이불의 근원이 있어. 아니! 깃털 이불만이 아니야! 거기엔 사람을 끌어들이는 그 무엇이 있어. 거기는 세상의 끝이고, 닻이고, 고요한 은신처이고, 지구의 배꼽이고, 세 마리의 물고기가 떠받치고 있는 세계의 기초야. 거기엔 블린*과 기름진 만두와 저녁의 사모바르와 조용한 한숨과 여자들의 따뜻한 윗옷과 후끈후끈한 난롯가의 침대, 이런 것들의 정수가 있지. 거기에서 넌 꼭 죽은 것 같으면서도 동시에 살아 있는 거야, 일거양득이라니까! 젠장, 너무 지껄였군. 잘 시간이야! 이봐, 난 밤중에 가끔씩 깨어나서 환자를 보러 갈게. 뭐 아무 일도 없을 거야, 공연히 그러는 거지. 다 순조로우니까. 네가 별 걱정할 건 없지만 만약 그럴 생각이 있다면 한 번쯤 가 봐 줘. 혹시 헛소리를 하거나 열이 나거나 뭐 그런 게 눈에 띄면 바로 나를 깨우고. 하기야 그럴 일은 없겠지만……."

2

걱정스럽고 심각한 기분으로 라주미힌은 이튿날 아침 7시가 좀 지나 눈을 떴다. 예기치도 못했던 여러 새로운 의혹이 이날 아침 불쑥 그의 머리에 떠올랐다. 언젠가 이렇게 잠에서 깨리라고는 일찍이 생각해 본 적이 없었다. 그는 어제의 일을 마지막 하나까지 자세하게 기억하고 있었고, 자신에게 뭔가 심상치 않은 일이 일어났다는 것과 여태껏 전혀 알지 못한, 지금까지의 것과는 전혀 다른 어떤 인상을 받았다는 것을 깨닫고 있었다. 동시에 그는 자신의 머릿속에서 타오르기 시작한 꿈이 절대로 이루어질 수 없다는 것을 의식하고 있었고, 그 꿈이 너무나도 실현 불가능한 것이어서 수치스러운 마음마저 들었다. 그래서 그는 '저주스러운 어제' 이후에 그에게 남겨진 보다 긴급한 다른 걱정거리와 의혹들로 서둘러 생각을 돌렸다.

제일 끔찍한 기억은 자신이 어제 얼마나 '비열하고 추한' 모습을 보였던가 하는 것이었다. 단순히 술에 취해 있어서가 아니라, 아가씨 앞에서 그녀의 처지를 이용하여 어리석고 성급한 질투심 때문에 약혼자를 욕했던 것이다. 두 사람의 관계와 약속뿐만 아니라 그의 사람됨마저 제대로 알지 못하면서. 도대체 자기가 그토록 성급하고 경솔하게 그 사람을 판단할 무슨 권리라도 가졌단 말인가? 누가 자기를 심판관으로 청하기라도 했단 말인가? 과연 아브도치야 로마노브나와 같은 사람이 인간답지 않은 놈한테 돈 때문에 자신을 내맡길 수 있단 말인가? 그러니까 그에게도 좋은 점이 있다는 얘기 아닌가. 여인숙? 사실 그 사람으로서야 그게 어떤 여인숙인지 어찌 알 수 있었겠는가? 게다가 그는 진짜 집을 장만하고 있잖나…… 젠장, 이게 다 무슨 비열한 짓이냐? 취했다는 게 무슨 변명이 되냐? 자신을 더 치사하게 만드는 어리석은 핑계일 뿐이지! 술 속에 진실이 있고, 그 진실이 온통 드러나고 만 것이다. '질투에 사로잡힌 야비하고 더러운 마음을 그대로 드러내 버리고 만 것이다!' 도대체 그런 꿈이 이 라주미힌에게 과연 얼마만큼이라도 허용될 수 있는 것일까? 그런 아가씨에 비하면 자기는 누구인가, 주정뱅이 무뢰한에다 어제와 같은 떠버리가 아닌가? '이렇게 냉소적이고 우스꽝스러운 대비가 과연 있을 수 있을까?'

그런 생각이 들자 라주미힌은 절망과 수치심으로 얼굴이 시뻘겋게 달아올랐다. 그러자 불현듯, 그리고 하필이면 바로 그 순간에, 여주인이 자기 때문에 아브도치야 로마노브나에게 질투할 것이라고 어제 층계에서 두 사람에게 입을 나불거린 것이 생생하게 기억이 나…… 창피해서 더 이상 참을 수가 없었다……. 그는 팔을 휘둘러 주먹으로 부엌 난로를 힘껏 내리쳐서, 자기 손에 상처를 입히며 벽돌 한 장을 박살 냈다.

'물론,' 잠시 뒤 그는 일종의 자기 비하감에 빠져 중얼거렸다. '이제 와서 이 실수는 절대로 지워 버릴 수도 없고 씻어 버릴 수도 없다……. 그러니 이 일은 더 이상 생각하지 말자. 그냥 묵묵히 두 사람 앞에 나타나서…… 역시 묵묵히…… 자신의 의무를 행하는 거다. 그리고…… 그리고 용서를 구하지도 말고, 아무 말도 하지 말자. 그리고…… 그리고, 물론, 모든 일은 이제 이미 끝장난 것이다!'

그럼에도 불구하고 그는 옷을 입으면서 여느 때보다 꼼꼼하게 자신의 옷을 살펴보았다. 다른 옷은 있지도 않았고, 있다 해도 아마 그걸 입지 않았을 것이다. '그래, 일부러라도 입지 않을 거다.' 하지만 어찌 됐든 냉소가나 더러운 양아치 꼴을 하고 갈 수는 없었다. 남의 감정을 모욕할 권리가 그에겐 없는데다가, 더구나 다른 사람들이 그를 필요로 해서 와 주십사 하고 부르고 있지 않는가. 그는 겉옷을 솔로 정성껏 손질했다. 셔츠는 늘 깨끗하게 입고 있었다. 이 점에서 그는 무척 깔끔한 편이었다.

세수도 이날 아침엔 부지런히 했다. 마침 나스타시야에게는 비

누가 있었으므로, 그것으로 머리를 감고, 목을 씻고 특히 손은 깨끗이 씻었다. 뻣뻣한 수염을 깎을까 말까 망설이다가(프라스코비야 파블로브나는 남편 자르니츠인 씨가 죽은 후에도 매우 훌륭한 면도칼을 간직하고 있었다), 그는 단호하게 부정하는 쪽으로 결정했다. '그냥 내버려 두자! 혹시라도 내가 그…… 때문에 면도했다고 생각할 수 있어. 틀림없이 그렇게 생각할 거다! 절대로 그러면 안 돼!

그리고…… 그리고 중요한 문제는 내가 형편없이 거칠고 지저분하고, 거동에서도 선술집 티가 난다는 거다. 그러니…… 그러니…… 내가 조금이나마 점잖은 사람이라고 자처한다 해도, 점잖은 사람이라는 게 무슨 자랑거리인가? 누구나 점잖아야 하고, 또 깔끔해야 하는 거니까. 그런데…… 나는 어쨌든 (나는 잘 기억하고 있다) 이런저런 일들을 저질렀다…… 파렴치하다고까진 볼 수 없다 해도, 그래도 그게……! 게다가 마음속으로 생각했던 것들이라니! 음…… 그리고 그런 생각들을 아브도치야 로마노브나와 나란히 세운다! 그래, 제기랄! 상관없다! 뭐 일부러라도 그렇게 더럽고 때가 낀 꼴로 선술집 티를 내는 거다. 상관없어! 더 그렇게 굴자……!'

그가 이렇게 혼자서 중얼거리고 있을 때, 프라스코비야 파블로브나의 객실에서 밤을 보낸 조시모프가 들어왔다.

그는 집으로 돌아가는 길에 잠깐 환자를 살펴보려고 서두르고 있었다. 라주미힌은 환자가 업어 가도 모르게 자고 있다고 알려 주었다. 조시모프는 잠에서 깰 때까지 내버려 두라고 일렀다. 자기는 10시가 좀 지나서 다시 들르겠다고 약속했다.

"환자가 집에 있긴 해야 할 텐데." 그가 덧붙였다. "쳇, 젠장! 자기 환자를 뜻대로 하지도 못하는데, 어떻게 치료를 하냐고! 그런데 **그**가 그쪽으로 갈까, 아니면 **그들**이 이곳으로 올까? 너 모르냐?"

"그들이 올 것 같은데." 물어보는 속셈을 알아채고 라주미힌이 대답했다. "오면 물론 집안 문제에 대해 얘기하겠지. 난 자리를 피할 거야. 너야 의사니까 당연히 나보다 권리가 있지."

"내가 무슨 고해신부냐? 나도 왔다가 금방 갈 거야. 그 사람들 아니라도 일이 많으니까."

"한 가지 마음에 걸리는 게 있는데," 라주미힌이 이맛살을 찌푸리며 그의 말을 가로막았다. "어제 내가 술에 취해 가지고 이 하숙집으로 오는 길에 로쟈에게 여러 가지 쓸데없는 소릴…… 온갖 소릴 지껄였어…… 녀석에게…… 발광 증세가 있는 듯해서 네가 걱정하고 있다는 것까지…….."

"넌 어제 두 여인에게도 그런 소릴 지껄였더군."

"알아, 어리석었다는 거! 맞아도 싸지! 그런데 넌 무슨 확실한 생각이라도 있었어?"

"아니, 실없는 얘기라니까. 확실한 생각은 무슨! 나를 그 친구에게 데려갔을 때, 네 입으로 먼저 그가 편집증 환자인 것처럼 말했잖아……. 게다가 우린 어제 불에다 기름을 붓는 짓을 한 거야. 네가 그 칠장이 얘길 하는 바람에……. 그렇잖아도 그 친구가 그때문에 정신이 나간 게 아닐까 하는 판에, 참 잘한 얘기였지! 그때 경찰서에서 무슨 일이 일어났고 거기에서 어떤 악당이 그런 의심으로…… 그에게 모욕을 준 사실을 내가 정확하게 알기만 했다면! 흐음…… 그랬다면 난 어제 그 얘기를 못 하게 했을 거야. 이 편집광들은 물방울 하나로 큰 바다를 만들고, 밑도 끝도 없는 망상을 실제 눈으로 보기도 하니까……. 내가 기억하는 한, 어제 자묘토프의 이야기로 진상의 절반은 분명해졌어. 별거 아냐! 나는 이런 사례를 알고 있어. 마흔 살 된 어떤 우울증 환자가 매일 식사 때마다 여덟 살 난 꼬마가 자길 놀리는 것을 참지 못하고 그 꼬마를 칼로 잘라 죽인 거야! 그런데 이 경우도 봐. 누더기 옷을 걸치고 다녀야 하는 신세, 뻔뻔스러운 부서장, 이미 시작된 병, 게다가 설상가상으로 그런 무서운 혐의까지! 이 극단적인 우울증 환자에게 말이야! 더구나 자존심은 광적으로 강한데! 어쩌면 병의 출발점은 바로 거기에 있었는지도 모르지. 그래, 그런 거야, 젠장……! 그런데 말이야, 그 자묘토프는 정말 귀여운 애던데. 다만 음…… 어제 그걸 다 얘기한 건 공연한 짓이었어. 지독한 수다쟁이더군!"

"누구한테 얘기했는데? 나하고 너잖아?"

"포르피리에게도."

"포르피리에게 말하면 뭐 어때서?"

"그보다도 넌 그 사람들, 그러니까 그 어머니와 누이동생한테 어느 정도 통하지? 오늘은 그를 좀 더 조심스레 대해야 할 텐데……."

"의논해서 그렇게들 하겠지!" 라주미힌은 내키지 않는 듯 대답했다.

"그런데 그 친군 루줜에게 왜 그래? 돈께나 있는 사람이고, 누이동생도 싫어하는 눈치는 아니던데…… 게다가 그 사람들은 무일푼이잖아? 안 그래?"

"뭘 그렇게 캐물어?" 라주미힌이 화를 벌컥내며 소리쳤다. "내가 어떻게 알아, 무일푼인지 아닌지! 직접 물어봐, 그럼 알 거 아냐……."

"쳇, 넌 가끔 아주 멍청하게 군단 말이야! 어제 술기운이 아직 안 가셨군……. 그럼 난 가 볼게. 프라스코비야 파블로브나에게 하룻밤 재워 줘서 고맙다고 전해 줘. 문을 걸어 잠근 채, 내가 문틈으로 봉주르 하고 인사를 해도 대답이 없던데. 7시에 일어난 게 분명한데도 말이야. 하녀가 부엌에서 복도를 지나 그 여자 방으로 사모바르를 가져갔거든……. 아무튼 난 얼굴을 뵙는 영광도 누리지 못했어……."

9시 정각에 라주미힌은 바칼레예프 여인숙에 나타났다. 두 여인은 벌써 오래전부터 신경을 곤두세우고 초조하게 그를 기다렸다. 두 사람은 7시경, 아니면 더 이른 시각부터 일어나 있었다. 그는 까만 밤처럼 어두운 얼굴로 들어가 어색하게 인사를 했고, 그것 때문에 이내 화가 나고 말았다. 물론 자신에게 화가 난 것이었다. 그러나 그것은 공연한 일이었다. 풀헤리야 알렉산드로브나는 그에게 몸을 던져 두 손을 붙잡고 손에 키스라도 할 참이었다. 그는 머뭇거리며 아브도치야 로마노브나를 바라보았다. 그러나 그 오만한 얼굴에도 이 순간 감사와 우정의 표정과 뜻밖에도 넘칠 듯한 존경이 빛이 나타나 있었으므로, 차라리 욕이라도 얻어먹는 편이 오히려 마음이 편할 만큼 너무도 당황스러운 기분이 되었다.

다행히 준비해 온 이야깃거리가 있었기 때문에 그는 서둘러 그것을 끄집어냈다.

'아직 일어나지 않았다', 그렇지만 '모든 게 아주 양호하다'라는 말을 듣자 풀헤리야 알렉산드로브나는 오히려 잘됐다고 하면서, '왜냐하면 미리 꼭 의논해 둘 일이 있어서요'라고 밝혔다. 이어 차는 드셨느냐고 묻고, 함께 마시자고 청했다. 그들은 라주미힌을 기다리느라 아직까지 차를 마시지 않고 있었다. 아브도치야 로마노브나가 종을 울리자, 누더기 옷을 걸친 지저분한 사나이가 나타났다. 차를 가져오라고 이르자 드디어 차가 나왔는데, 어찌나 더럽고 형편없는지 두 여인은 부끄러워 낯이 붉어졌다. 라주미힌은 열을 올려 여인숙 욕을 하려다가 문득 루쥔 생각이 나서 입을 다물고 당황해했다. 그래서 마침내 풀헤리야 알렉산드로브나가 쉴 새 없이 질문을 퍼부어 대자 그는 그것이 몹시 기뻤다.

되물어오는 바람에 연방 이야기를 끊기도 하면서 그는 그 질문들에 대답하느라 사십오 분 동안이나 지껄였고, 그렇게 해서 최근 일 년 동안의 로지온 라스콜니코프의 생활에서 자신이 알고 있는 가장 중요하고 빼놓을 수 없는 사실들을 일일이 알려 준 다음, 병에 관한 상세한 얘기로 끝을 맺었다. 그러나 말하지 않는 게 좋겠다고 생각한 많은 것들은 빼 버리고, 특히 경찰서에서의 소동과 그 일체의 결과에 대해선 말하지 않았다. 두 사람은 그의 이야기에 열심히 귀를 기울였으나, 그가 이미 이야기를 끝내고 듣는 사람들이 이제 만족했으리라고 생각했을 때에도, 두 사람은 그가 아직 이야기를 시작하지조차 않은 듯한 느낌이 들었다.

"제발, 제발 얘기 좀 해 주구려, 댁의 생각으론…… 아아, 죄송해요, 아직 성함도 모르고 있네요." 풀헤리야 알렉산드로브나가 다급하게 말했다.

"드미트리 프로코피치라고 합니다."

"그런데요, 드미트리 프로코피치, 나는 너무도 너무도 알고 싶어요…… 대체…… 그 애가 어떤 생각을 하고 있는지, 그러니까 내 말은, 뭐라고 말해야 할까, 더 분명하게 말하자면, 걔가 뭘 좋아하고 뭘 싫어하는지? 언제나 그렇게 역정을 잘 내는지? 걔가 바라는 것이 무엇인지, 말하자면 어떤 꿈을 가지고 있는지? 지금 무엇이 그 애에게 특별히 영향을 미치고 있는지? 한마디로, 내가 알고 싶은 건……."

"엄마도 참, 그렇게 한꺼번에 물으시면 갑자기 어떻게 대답을 하겠어요!" 두냐가 주의를 주었다.

"아이고 맙소사, 그 앨 그런 모습으로 보게 될 줄은 정말 꿈에도 몰랐어요, 드미트리 프로코피치."

"그건 아주 자연스러운 일입니다." 드미트리 프로코피치가 대답했다. "저는 어머니가 안 계셔서 숙부님께서 해마다 올라오시는데 거의 매번 저를 못 알아보세요. 제 얼굴까지도요. 아주 총명하신 분인데도 그러시죠. 부인께선 아드님과 삼 년이나 떨어져 있었으니 그동안 많이 변한 게 당연하지요. 그리고 또 무슨 말씀을 드려야 할까요? 전 로지온을 안 지 일 년 반이 됩니다만, 침울하고 어둡고 오만하고 자존심이 무척 강한 친구예요. 최근엔(어쩌면 훨씬 전부터인지 모릅니다만) 의심이 많아지고 우울증 증세까

360

지 보입니다. 그렇지만 관대하고 선량해요. 자기감정을 드러내기 싫어하고, 진심을 토로하기보다는 모질게 대해 버려요. 그런가 하면 때로는 전혀 우울증 환자 같지 않고, 다만 냉정하고 비인간적이다 싶을 만큼 무정합니다. 마치 두 개의 상반된 성격이 번갈아 나타나는 것 같아요. 때로는 무섭게 입을 닫아 버리죠! 무엇이고 간에 전혀 그럴 여유가 없고, 모든 게 방해만 된다는 식인데, 정작 자기는 드러누워서 아무 일도 하지 않아요. 남을 조소하거나 그러지는 않지만, 그것도 기지가 부족해서가 아니라 다만 그런 시시한 짓을 할 겨를이 없다는 시늉입니다. 사람들이 말하는 것을 끝까지 듣지도 않아요. 모두가 지금 흥미를 느끼는 일에도 그는 전혀 관심이 없습니다. 자신을 굉장히 높이 평가하는데, 그게 또 아주 근거가 없지는 않아요. 또 뭐가 있을까요……? 제 생각으론 두 분이 오신 것이 그 친구에게 아주 좋은 영향을 줄 겁니다."

"아아, 제발 그러기나 했으면!" 풀헤리야 알렉산드로브나는 아들 로쟈에 대해 라주미힌이 하는 얘길 듣고서 너무나 괴로운 마음이 되어 이렇게 외쳤다.

라주미힌은 마침내 아브도치야 로마노브나를 좀 더 대담하게 바라보았다. 그는 이야기를 하는 동안에도 자주 그녀 쪽을 쳐다보았으나, 그건 아주 잠깐 흘낏 시선을 던졌다가는 곧 거둬 버리는 식이었다. 아브도치야 로마노브나는 탁자 앞에 앉아 주의 깊게 귀를 기울이기도 하고, 다시 일어나서 여느 때의 습관대로 팔짱을 끼고 입술을 꽉 깨문 채 이 구석 저 구석으로 거닐면서 이따금 걸음을 멈추지도 않고 생각에 잠겨 질문을 하기도 했다. 그녀 역시 말을 끝까지 듣지 않는 버릇이 있었다. 그녀는 가벼운 천으로 만든 아주 어두운 빛깔의 옷을 입고, 목에는 비쳐 보이는 하얀 숄을 두르고 있었다. 여러 점으로 보아 라주미힌은 두 여인의 형편이 극도로 어렵다는 것을 이내 알아챘다. 만일 아브도치야 로마노브나가 여왕처럼 차리고 있었다면 그는 아마 그녀가 전혀 두렵지 않았을 것이다. 그러나 어쩌면 그녀가 저토록 초라한 차림을 하고 있고 그 궁핍한 형편을 그가 이내 알아차렸기 때문에, 지금 그의 마음속에는 경외심이 일어나 자신의 말 한 마디 한 마디, 동작 하나 하나에도 조심을 하게 됐는지도 모르며, 그렇지 않아도 자기 자신을 믿지 못하는 인간에게 이것은 무척이나 괴로운 일이 아닐 수 없었다.

"오빠의 성격에 대해 흥미로운 이야기를 많이 해 주셨어요. 그리고…… 공정하게 말씀해 주셨어요. 다행이에요. 전 당신이 오빠를 숭배하고 계신 줄 알았거든요." 아브도치야 로마노브나가 미소를 머금고 말했다. "그런데 오빠에게 여자가 있을 거라는 말이 사실일 것도 같아요." 그녀는 머뭇거리며 덧붙였다.

"저는 그런 말은 하지 않았는데요. 하지만 말씀대로인지도 모르겠습니다. 다만……."

"무엇이지요?"

"그는 아무도 사랑하고 있지 않습니다. 아마 앞으로도 절대 사랑하지 않을 겁니다." 라주미힌이 잘라 말했다.

"그러니까 사랑할 능력이 없다는 말씀인가요?"

"있잖아요, 아브도치야 로마노브나, 당신은 오빠를 아주 꼭 닮았어요, 모든 점에서!" 그는 자기도 모르게 불쑥 이렇게 내뱉고 말았으나, 방금 자기가 라스콜니코프에 대해 말했던 것을 떠올리고는 이내 얼굴이 가재같이 새빨개지며 무척이나 당황했다. 아브도치야 로마노브나는 그런 모습을 보고 웃지 않을 수 없었다.

"로쟈에 대해서는 두 사람 다 잘못 생각하고 있을 수도 있어." 풀헤리야 알렉산드로브나는 좀 화가 나서 맞받았다. "나는 지금 얘기 나눈 것에 대해서 말하는 게 아냐, 두네치카. 표트르 페트로비치가 이 편지에다 써 보낸 것이나…… 우리 둘이서 추측한 것이나, 혹시 사실이 아닐지도 몰라. 그러나 댁은 상상도 못 할 거예요, 드미트리 프로코피치. 걔가 얼마나 유별나고, 글쎄 뭐라고 말하면 좋을까, 얼마나 변덕스러운데요. 열다섯 살밖에 안 됐을 때도, 난 그 애의 성격을 믿을 수가 없었어요. 난 지금도 그 애가 갑자기 뭔가를, 다른 사람 같으면 절대로 해 보려고도 하지 않을 그런 짓을 혼자서 지금 당장이라도 저지를 수 있다고 믿어요……. 멀리 거슬러 올라갈 것도 없죠. 일 년 반 전에 그 여자애, 뭐더라 이름이, 하여간 그 하숙집 여주인인 자르니츠이나의 딸하고 결혼하겠다고 해서 얼마나 내 속을 썩이고 괴롭혔는지 알아요? 난 아주 죽을 지경이었어요."

"그 이야기에 관해서 뭘 좀 자세히 알고 계신 게 있나요?" 아브도치야 로마노브나가 물었다.

"댁이 생각하기엔," 풀헤리야 알렉산드로브나는 흥분하여 말을 이었다. "내 눈물과 애원과 병이, 어쩌면 내가 걱정 끝에 죽는다 해도, 아니면 우리 집안의 가난이 그때 그 애의 마음을 돌이킬 수 있었을 것 같은가요? 그 앤 아주 태연하게 그 모든 장애를 딛고 넘어갔을 거예요. 그러나 정말로, 그 애가 정말로 우리를 사랑하지 않는 걸까요?"

"그는 이 일에 관해서 한마디도 저와 이야기한 적이 없습니다." 조심스럽게 라주미힌이 대답했다. "자르니츠이나 부인에게서 직접 좀 듣긴 했습니다만, 이 여자도 말이 많은 편이 아니어서요. 하지만 들어 보니까 이상한 점도 좀 있더군요……."

"뭘, 뭘 들으셨는데요?" 두 여인은 동시에 물었다.

"뭐 그렇게 아주 특별한 건 없었어요. 다만 제가 알게 된 바로는, 이 결혼은 이미 얘기가 다 돼 있었는데 약혼녀가 죽는 바람에 성사되지 않았고, 자르니츠이나 부인 자신도 이 결혼을 그다지 탐탁찮게 여겼다고 하더군요……. 그 밖에도, 사람들 얘기로는 약혼녀가 예쁘지도 않았고 오히려 못난 편에…… 몹시 병약하고 또…… 이상한 여자였다고 하는데, 하지만 뭔가 훌륭한 점이 있었겠지요. 반드시 무슨 훌륭한 점이 있었을 겁니다. 달리는 도무지 이해가 안 되니까요……. 지참금도 전혀 없었지만, 로쟈가 지참금 따윌 염두에 두었을 리도 만무하죠……. 어쨌든 이런 일은 뭐라고 판단하기가 힘듭니다."

"반드시 훌륭한 아가씨였을 거예요." 아브도치야 로마노브나가 짤막하게 말했다.

"하느님께서 용서해 주시길 바라지만, 난 그때 그 아가씨가 죽은 걸 정말 기뻐했어요. 두 사람 중 어느 쪽이 상대방을 망칠지, 그 애가 그 아가씰 망칠지 아니면 그 아가씨가 그 애를 망칠지 알 수 없지만 말예요." 풀헤리야 알렉산드로브나가 말을 맺었다. 그런 다음 그녀는 머뭇머뭇 조심스레, 못마땅해하는 게 분명한 두냐의 눈치를 줄곧 살피면서, 어제 로쟈와 루쥔 사이에 벌어진 소동에 대해 또다시 캐묻기 시작했다. 이 사건은 그녀를 무엇보다 불안하게 하는 일인 듯, 그녀는 두려움에 몸을 떨고 있었다. 라주미힌은 다시 처음부터 모든 것을 자세히 얘기했으나 이번에는 자신의 결론도 덧붙였다. 그는 라스콜니코프가 미리 작정하고 표트르 페트로비치를 모욕한 것을 노골적으로 비난하면서, 이번에는 그것을 병 탓으로 돌리는 식으로 그를 감싸려고도 하지 않았다.

"병이 나기 전부터 그럴 작정이었던 겁니다." 그는 덧붙였다.

"나도 그렇게 생각해요." 풀헤리야 알렉산드로브나가 낙담한 얼굴로 말했다. 그러나 그녀는, 라주미힌이 표트르 페트로비치에 대해 얘기하면서 이번에는 무척 조심스러울 뿐만 아니라 존경의 빛마저 나타내고 있는 듯해서 몹시 놀랐다. 이것은 아브도치야 로마노브나도 놀라게 했다.

"그럼 댁은 표트르 페트로비치에 대해 어떻게 생각하나요?" 풀헤리야 알렉산드로브나는 드디어 참지 못하고 물었다.

"장차 따님의 남편이 되실 분에 대해 저도 어떤 다른 의견을 가질 수 없습니다." 라주미힌은 확고하고 열띤 어조로 대답했다. "그저 세속적인 인사치레로 이렇게 말씀드리는 게 아니고, 그건 그러니까…… 그러니까…… 아브도치야 로마노브나가 자신의 의지에 따라 스스로 그분을 선택했다는 사실 하나만 보아도 그렇기 때문입니다. 제가 어제 그 사람을 그렇게 비방했다면, 그건 제가 어제 엉망으로 취했고, 게다가……. 이성을 잃어서 그랬던 겁니다. 그래요, 이성을 잃고 정신이 나가 완전히 돌았던 거죠…… 그래서 오늘 부끄럽기 짝이 없습니다……!" 그는 낯이 빨개져서 입을 다물었다. 아브도치야 로마노브나도 얼굴을 붉혔으나 침묵을 깨뜨리지는 않았다. 그녀는 루쥔의 이야기가 나온 순간부터 한마디도 하지 않고 있었다.

한편 풀헤리야 알렉산드로브나는 딸이 지원해 주지 않자 주저하고 있는 게 분명했다. 마침내 그녀는 계속 딸의 눈치를 보면서, 지금 한 가지 상황 때문에 무척 걱정스럽다고 더듬거리며 말했다.

"실은, 드미트리 프로코피치……." 그녀는 말문을 열었다. "두네치카야, 드미트리 프로코피치에게 아주 터놓고 얘길 하려는데 괜찮지?"

"그러믄요, 엄마." 아브도치야 로마노브나가 격려하듯 말했다.

"실은 이렇답니다." 걱정거리를 얘기해도 좋다는 승낙을 받은지라 무거운 짐이라도 벗은 듯한 기분으로 그녀는 서둘러 말했다. "오늘 아침 아주 일찍 표트르 페트로비치로부터 편지를 받았는데 우리가 어제 도착했다는 통지에 대한 답신이었어요. 실은 약속대로라면 그 사람이 어제 직접 역으로 우릴 맞으러 나와야 했는데, 그 대신 이 여인숙의 주소를 가지고 길을 안내해 줄 어떤 하인을 역으로 보내 우리를 맞게 하면서, 자기는 오늘 아침 무렵에 이곳으로 우리를 찾아오겠다는 말을 그 사람을 통해 전하더군요. 그런데 오늘 아침 그 사람이 오는 대신에 이런 쪽지가 온 거예요……. 이걸 직접 읽어 보는 편이 제일 낫겠어요……. 이 쪽지에 나를 무척이나 불안하게 하는 부분이 있어서…… 그게 어떤 것인지는 이제 곧 알게 될 거예요. 읽어 보고…… 솔직한 의견을 말해 줘요, 드미트리 프로코피치! 댁은 로쟈의 성격을 누구보다 잘 아니까, 누구보다도 훌륭한 조언을 해 줄 수 있을 거예요. 미리 말씀드리자면, 두네치카는 이미 완전히 결심을 하고 있지만, 난 아직 모르겠어요. 어떻게 해야 할지. 그래서…… 그래서 내내 댁이 오길 기다렸던 거예요."

라주미힌은 어제 날짜로 되어 있는 쪽지를 펼치고 다음과 같은 것을 읽어 내려갔다.

친애하는 풀헤리야 알렉산드로브나 부인, 어제는 갑작스러운 사정으로 역까지 나가서 맞지 못하고, 아주 민첩한 사람을 대신 내보냈음을 알려 드리는 바입니다. 마찬가지로 내일 아침에도 원로원에 긴급한 용무가 있고, 또 모자(母子)와 오누이 간의 가족 상봉을 방해하기 않기 위해, 당신을 뵙는 영광도 스스로 사양하는 바입니다. 그래서 내일 오후 8시 정각에 당신의 숙소로 찾아뵙고 인사를 드리고자 하며, 아울러 간절하고도 절실한 부탁을 감히 덧붙이는 바, 우리가 상면하는 자리에 로지온 로마노비치는 동석하지 않도록 해 주십시오. 어제 병중의 그를 찾아갔을 때 그가 유례없이 무례하게 저를 모욕했을뿐더러, 그 밖에도 예의 그 일에 대해 꼭 필요한 상세한 얘기를 부인에게 개인적으로 설명 드리고, 그 일에 대한 부인 자신의 의견을 듣게 되길 희망하기 때문입니다. 미리 경고해 둡니다만, 저의 이런 부탁에도 불구하고 제가 거기서 만약 로지온 로마노비치를 만나게 된다면, 저는 부득이 곧바로 물러나겠으니, 그때는 오로지 당신 자신을 책망하시는 게 좋을 겁니다. 제가 이렇게 쓰는 것은, 어제 방문했을 때 중병으로 보였던 로지온 로마노비치가 두 시간 후에는 갑자기 완쾌했으므로, 따라서 외출을 하여 부인 숙소에 올 수도 있다고 예상되기 때문입니다. 제 눈으로 직접 목격하여 확인한 바, 그는 말에 밟혀 죽은 어느 주정뱅이의 집에서 어제 장례비조로, 딱지가 붙은* 행실을 하는 그 집 딸에게 25루블이나 내주었습니다. 부인께서 그 돈을 마련하시느라 어떤 고생을 하셨는지 아는 까닭에, 저는 무척이나 놀랐습니다. 그럼에도 아브도치야 로마노브나에게 저의 각별한 존경을 표하며, 저의 헌신적인 존경의 마음을 받아 주시길 삼가 부탁드립니다.

당신의 순종적인 종
Л. 루쥔 올림

"이제 어떡하면 좋죠, 드미트리 프로코피치?" 풀헤리야 알렉산드로브나는 울먹이면서 말했다. "어떻게 내가 로쟈에게 오지 말라고 하겠어요? 그 앤 표트르 페트로비치를 거절하라고 어제 그토록 강경하게 요구했는데, 이쪽에선 이쪽대로 그 애를 들여놓지 말라고 하니! 아니 이걸 알게 되면 그 앤 일부러라도 올 거예요. 그럼…… 어떻게 되죠?"

"아브도치야 로마노브나가 결정하는 대로 따르십시오." 라주미힌은 곧바로 침착하게 대답했다.

 "아니, 그건 안 돼요! 딸의 말은…… 딸은 도무지 알 수 없는 소리를 하면서 까닭도 말하지 않아요! 딸의 말로는, 로쟈 역시 오늘 8시에 일부러라도 와서 그들 두 사람이 반드시 만나는 게 더 좋다, 아니 더 좋다는 게 아니라. 무슨 까닭인지 꼭 그래야 한다는 거예요…… 하지만 난 이 편지를 그 애에게 보이고 싶지 않아요. 그래서 당신의 도움으로 그 애가 못 오게끔 어떻게든 좀 교묘하게 했으면 하는데…… 왜냐하면 그 앤 그렇게 역정을 잘 내니까…… 게다가 난 아무것도 이해하지 못하겠어요. 어떤 주정뱅이가 죽었는지, 어떤 딸인지, 왜 그 딸에게 가진 돈을 다 털어 주었다는 건지…… 그 돈은……."

 "얼마나 공을 들여 만드신 건데, 엄마." 아브도치야 로마노브나가 덧붙였다.

 "그는 어제 제정신이 아니었어요." 라주미힌이 생각에 잠긴 듯이 말했다. "그가 어제 술집에서 무슨 소릴 늘어놓았는지 아신다면. 하긴 참 똑똑한 말이긴 했지만…… 음! 그 죽었다는 사람이나 무슨 아가씨에 대해선 어제 함께 집으로 돌아오며 무슨 말을 하긴 했는데, 무슨 말인지는 저도 통 알아들을 수가 없었어요……. 게다가 어제는 저 자신도……."

 "그보다도 엄마, 우리가 오빠한테 직접 가 보는 게 좋겠어요. 그러면 분명히 어떻게 해야 할지 바로 알 수 있을 거예요. 게다가 이제 가 볼 때도 됐어요. 어머나! 벌써 10시가 지났네!" 그녀는 목에 걸고 있던 시계를 힐끗 보고는 외쳤다. 시계는 가느다란 베네치아

제 줄이 달린, 에나멜 칠이 된 호화스러운 금시계였는데, 그녀의 옷차림과는 끔찍이도 어울리지 않았다. '약혼 선물이구나' 하고 라주미힌은 생각했다.

"아이고, 벌써 갈 시간이야……! 갈 시간, 두네치카, 갈 시간이 됐어!" 풀헤리야 알렉산드로브나는 불안해서 허둥대기 시작했다. "어제 일로 화가 나서 여태껏 오지 않는다고 생각할 거야. 아아! 어쩌면 좋아!"

이렇게 말하면서 그녀는 허둥지둥 망토를 걸치고 모자를 썼다. 두네치카도 옷을 챙겨 입었다. 그녀의 장갑은 낡을 대로 낡아 군데군데 구멍까지 나 있다는 것을 라주미힌은 알아챘으나, 오히려 가난이 생생하게 나타나 있는 이런 남루한 옷차림이 남루한 옷을 잘 입을 줄 아는 사람들에게서 언제나 보게 되는 어떤 독특한 기품을 두 여인에게 더해 주고 있었다. 라주미힌은 경외심을 가지고 두네치카를 바라보면서 자기가 그녀를 안내한다는 것이 자랑스러웠다. '그 왕비*는' 하고 그는 속으로 생각했다. '감옥에서 자기 양말을 깁고 있었던 그 왕비는 물론 그 순간에조차도 진정한 왕비로 보였을 것이다. 아니, 가장 화려한 축전이나 행차 때보다도 오히려 더 그렇게 보였을 것이다.'

"아, 하느님!" 풀헤리야 알레산드로브나가 외쳤다. "정말 생각도 못 했어, 아들을, 사랑하는 로쟈를 만나는 게 이렇게 두려울 줄은……! 난 겁이 나요, 드미트리 프로코피치!" 그녀는 겁을 내고 그를 바라보면서 말했다.

"두려워 마세요, 엄마." 두냐가 그녀에게 입을 맞추며 말했다.

"그보다 오빠를 믿으세요. 전 믿어요."

"아아, 맙소사! 나도 믿는다만, 밤새 한숨도 자지 못했어!" 불쌍한 여인은 외쳤다.

그들은 거리로 나섰다.

"그런데 말이다, 두네치카, 새벽녘에 잠깐 눈을 붙였는데, 죽은 마르파 페트로브나가 갑자기 꿈에 나타났어…… 온통 새하얀 옷을 입고…… 내게 다가와서 손을 붙잡고는 고개를 저어 보이더구나. 어찌나 엄하고 무서운 얼굴인지, 마치 나를 책망하는 것 같았어……. 이게 좋은 징조일까? 아아, 드미트리 프로코피치, 댁은 아직 모르겠죠, 마르파 페트로브나가 죽었답니다!"

"아뇨, 모릅니다. 마르파 페트로브나가 누군데요?"

"너무 갑작스러운 일이었어요! 그러니까 그게……."

"나중에요, 엄마." 두냐가 끼어들었다. "이분은 아직 모르시잖아요, 마르파 페트로브나가 누군지."

"아니, 모르우? 난 댁이 모든 걸 알고 있는 줄 알고. 용서해요, 드미트리 프로코피치. 내가 요 며칠 들어 그냥 정신이 없어서. 정말 난 댁을 우리의 구세주처럼 여기고 있어서 이미 모든 걸 알고 있는 줄로만 알았어요. 댁이 꼭 한가족 같아서……. 이런 말을 한다고 화내진 말아요. 아니, 이런, 오른손이 왜 그래요? 다쳤어요?"

"네에, 좀." 라주미힌은 행복한 마음이 되어 중얼거렸다.

"난 가끔 너무 마음을 터놓고 얘길 해서 두냐가 내 말을 고쳐 주곤 해요……. 하지만 맙소사, 그 앤 어쩜 그런 쪼그만 방에 살고 있을까! 깨어나긴 했는지! 그 여자, 걔 하숙집 여주인은 그걸 방

이라고 여긴담? 저기요, 그 애가 속마음을 드러내기 싫어한다고
했는데, 그렇담 나도 어쩌면 내…… 안 좋은 버릇들 때문에……
걔를 싫증나게 하는 건 아닐까요……? 제발 좀 가르쳐 줘요, 드
미트리 프로코피치! 걔한테 내가 어떻게 하면 좋죠? 난, 정말이지
어찌할 바를 모르겠어요."

"만약 로쟈가 얼굴을 찡그리면 뭐든 너무 꼬치꼬치 묻지 마세
요. 특히 건강에 대해선 묻지 마세요. 싫어합니다."

"아아, 드미트리 프로코피치, 어미 노릇하기가 너무도 힘들군
요! 벌써 그 층계구나……. 정말 끔찍한 층계야!"

"엄마, 안색이 창백해요. 진정하세요, 제발." 두냐가 그녀를 위
로하면서 말했다. "오빠 엄마를 보고 틀림없이 행복해할 건데, 엄
마는 공연히 자신을 괴롭히고 있는 거예요." 그녀는 두 눈을 반짝
이며 덧붙였다.

"잠깐만 기다리세요, 일어났는지 제가 먼저 들여다보겠습니다."

두 여인은 층계를 앞서 올라가는 라주미힌을 뒤따라 조용히 올
라가기 시작했다. 이미 4층까지 올라와 여주인의 방문 앞에 다다
랐을 때, 그들은 문이 빠끔히 열려 있고, 두 개의 재빠른 검은 눈
동자가 어둠 속에서 두 사람을 엿보고 있다는 걸 알아챘다. 눈길
이 부딪치자 문이 갑자기 쾅하고 닫혔다. 그 소리가 어찌나 컸던
지 풀헤리야 알렉산드로브나는 깜짝 놀라서 하마터면 비명을 지
를 뻔했다.

3

"건강합니다, 건강합니다!" 들어오는 사람들을 맞으며 조시모
프가 명랑하게 외쳤다. 그는 벌써 십 분 전쯤에 와서 어제와 같이
소파 한구석에 앉아 있었다. 라스콜니코프는 맞은편 구석에 앉아
있었는데, 옷을 다 입은 데다 정성껏 얼굴도 씻고 머리까지 빗은
것이 오래전부터 없던 일이었다. 방은 금방 꽉 찼으나 나스타시야
는 기어이 손님들 뒤를 따라 들어와서 이야기에 귀를 기울이기 시
작했다.

정말로 라스콜니코프는 건강을 거의 회복한 듯했고 특히 어제
에 비하면 더욱 그래 보였으나, 다만 몹시 창백하고, 방심한 듯하
고, 침울했다. 겉으로 보면 그는 부상을 당했거나 무슨 심한 육체
적 고통을 꾹 참고 있는 사람 같아 보였다. 양미간을 찌푸리고 꽉
다문 입술에 눈은 타는 듯했다. 말수도 적었고, 그나마 의무라도
행하는 양, 마지못해 간신히 몇 마디 하는 식이었고, 동작에는 가
끔씩 어떤 불안감이 나타났다.

만약 손에 붕대라도 감고 있거나 손가락에 호박단으로 만든 덮
개라도 끼고 있었다면, 손가락이 심하게 곪았거나 손을 다쳤거나,
또는 그런 어디를 다친 사람과 아주 똑같은 모습이었을 것이다.

그러나 이 창백하고 침울한 얼굴도 어머니와 누이동생이 들어
오자 순간적으로 환하게 빛났다. 하지만 그것도 그의 표정에 좀
전의 우울한 방심 상태 대신 한층 더 응결된 괴로움의 그림자를
더할 따름이었다. 빛은 곧 사그라지고, 괴로움만 남은 것이다. 풋

내기 의사 특유의 젊은 열정을 다하여 자기 환자를 관찰하고 연구하고 있던 조시모프는 가족이 온 데 대한 기쁨 대신 앞으로 한두 시간 동안 이미 피할 수 없게 된 고문을 견뎌 내고자 하는 남모르는 괴로운 각오가 그의 얼굴에 나타나 있는 것을 알아채고 깜짝 놀랐다. 뒤이어 그는 그들이 나누는 대화의 한 마디 한 마디가 거의 다 환자의 어떤 상처를 건드리고 자극하는 것을 보았으나, 동시에 어제는 아주 사소한 말 때문에 미칠 듯이 날뛰던 편집광이 오늘은 자신을 잘 억누르며 자기감정을 용케 숨기는 것을 보고 웬만큼 경탄하지 않을 수 없었다.

"그래요, 제가 느끼기에도 이제 거의 다 나은 것 같아요." 라스콜니코프가 어머니와 누이동생에게 상냥하게 입을 맞추며 말하자, 풀헤리야 알렉산드로브나는 금방 얼굴이 환해졌다. "봐, 말도 **어제 같은 식으로** 하진 않잖아." 그는 라주미힌에게 몸을 돌려 다정하게 손을 잡으며 이렇게 덧붙였다.

"저도 오늘 이 사람을 보고 놀라기까지 했습니다." 조시모프는 벌써 십 분 동안이나 환자와 나눌 대화의 말머리를 찾지 못하던 터라, 세 사람이 온 것을 몹시 반기면서 입을 열었다. "이대로 가면 사나흘 뒤엔 완전히 전처럼 될 겁니다. 그러니까 한 달 전이나 두 달…… 아니, 아마 석 달 정도 전처럼이라고 할까요? 이 병은 오래전에 시작되어 잠복해 있었으니까요…… 그렇지요? 이제 인정하세요, 이건 어쩌면 당신 자신에게도 잘못이 있죠?" 그는 또다시 환자를 자극할까 봐 여전히 두려운 듯이 조심스러운 미소를 지으며 덧붙였다.

"정말 그럴지도 모르죠." 라스콜니코프는 차갑게 대답했다.

"제가 왜 그런 말을 하는고 하니." 조시모프는 더욱 용기를 내어 말을 이었다. 당신이 완전히 회복되는 것은 이제 무엇보다도 오로지 당신 자신에게 달렸기 때문입니다. 이렇게 당신하고 이야기를 나눌 수 있게 된 지금 당신에게 주지시키고 싶은 것은, 당신의 병적인 상태의 발생에 영향을 준 최초의 원인, 이른바 근본적인 원인을 반드시 제거해야 한다는 겁니다. 그렇게 하면 완치되지만 그렇지 않으면 오히려 악화됩니다. 이 근본적인 원인을 저는 알지 못하지만, 당신은 분명히 알고 계시겠지요. 당신은 현명한 분이니까, 물론 자신에 대해 관찰해 오셨을 겁니다. 제가 보기에, 당신의 건강이 나빠지기 시작한 것은 대학을 그만둔 때와 상당히 일치합니다. 당신은 일을 하지 않으면 안 됩니다. 그러므로 일과 확고하게 세운 앞날의 목표, 이것이 제가 보기엔 당신에게 대단히 도움이 될 겁니다.

"네, 네, 전적으로 옳으신 말씀입니다…… 되도록 빨리 복학하겠습니다. 그러면 모든 게…… 순조로울 겁니다…….

여인들 앞에서 생색도 낼 겸 이런 현명한 충고를 시작했던 조시모프는 말을 마친 뒤 자신의 말을 듣고 있던 환자를 힐끗 쳐다본 순간, 그의 얼굴에 뚜렷하게 냉소가 떠오른 것을 알아채고 다소 당황하지 않을 수 없었다. 그러나 그것은 오래가지 않았다. 풀헤리야 알렉산드로브나는 곧바로 조시모프에게 감사의 말을 하고, 특히 어젯밤에 숙소로 그들을 찾아 준 데 대해 고마움을 표했다.

"어떻게, 이 사람이 밤중에 거기 갔었다고요?" 라스콜니코프는 깜짝 놀란 듯이 물었다. "그럼, 여독 때문에 잠을 못 주무신 건 가요?"

"아니야, 로쟈, 그건 2시 전이었으니까. 나나 두냐나 집에 있을 때도 2시 전엔 자 본 적이 없단다."

"저도 이분께 뭐라고 감사를 드려야 할지 모르겠어요." 라스콜니코프는 갑자기 이마를 찌푸리고 고개를 숙이면서 말을 이었다. "돈 문제는 제쳐 놔도―이런 걸 거론해서 죄송합니다(그는 조시모프를 돌아다보았다)―어떻게 제가 당신에게서 이처럼 특별한 배려를 받을 자격이 있는지 도무지 모르겠어요. 정말 모르겠어요…… 그래서…… 그래서 오히려 부담스럽기까지 합니다, 무엇 때문인지 알 수가 없어서. 솔직하게 말씀드리는 겁니다."

"뭐, 너무 염려하지 마십시오." 조시모프는 억지로 웃기 시작했다. "당신이 나의 첫 번째 환자라고 생각하시면 됩니다. 갓 개업한 우리 의사들은 자신의 첫 환자를 친자식처럼 사랑하거든요. 어떤 친구들은 거의 사랑에 빠지기도 한답니다. 나도 아직은 환자가 많지 않아요."

"이 친구에 대해선 아예 할 말이 없어요." 라스콜니코프는 라주미힌을 가리키며 덧붙였다. "모욕과 수고 외엔 나한테서 역시 받은 게 없죠."

"에이, 무슨 실없는 소리! 오늘은 기분이 감상적인가 본데, 그런 거야?" 라주미힌이 외쳤다.

만약 그에게 좀 더 예민한 통찰력이 있었더라면 이것이 결코 감상적인 기분이 아니라 오히려 정반대라는 것을 깨달았을 것이다.

그러나 아브도치야 로마노브나는 그것을 알아챘다. 그녀는 불안한 마음으로 오빠를 뚫어지게 지켜보고 있었다.

"어머니, 어머니에 대해서도 감히 드릴 말씀이 없어요."그는 아침부터 외워 둔 과제라도 암송하듯 말을 이었다. "제가 돌아오길 기다리면서 어머니께서 어제 여기에서 얼마나 마음을 졸이셨는지 저는 오늘에야 다소나마 깨달을 수 있었어요."이렇게 말하고 나서 그는 말없이 미소를 띠고 갑자기 누이동생에게 손을 내밀었다. 그러나 이번의 이 미소에는 지금까지와는 달리 거짓 없는 진실한 감정이 반짝였다. 두냐는 이내 내민 손을 잡고, 기뻐하고 고마워하면서 뜨겁게 꼭 쥐었다. 어제 다툰 후에 처음으로 누이동생에게 보인 태도였다. 남매간의 이런 무언의 완벽한 화해를 지켜보며, 어머니의 얼굴은 환희와 행복으로 빛났다.

"바로 이래서 난 이 친구를 사랑해요!"무엇이든 과장하길 좋아하는 라주미힌이 의자에서 기운차게 몸을 돌리고는 속삭였다. "녀석한텐 때때로 저런 감동적인 게 있거든요……!"

'저 애가 하면 뭐든 저렇게 잘되는구나.' 어머니는 마음속으로 생각했다. '참으로 고상한 마음의 표현이야. 어제 있었던 누이동생과의 오해를 어쩌면 저렇게 간단하고 부드럽게 풀어 버릴까. 적절한 순간에 손을 내밀고 상냥하게 쳐다보기만 했는데……. 그리고 저 애의 저 아름다운 눈, 저 아름다운 얼굴……! 두네치카보다도 더 아름다워……. 하지만 세상에나, 저 옷은, 어쩜 저렇게 끔찍한 차림일까! 아파나시 이바노비치 가게의 배달부 바샤도 저보다는 낫게 입고 있는데……! 아아, 바로 덤벼들어 껴안아 주고 싶다. 그리고…… 울고 싶어. 하지만 두려워, 두려워…… 어쩌면 저 애는, 오, 하느님……! 저렇게 상냥하게 말하고 있지만, 난 두려워! 대체 난 뭐가 두려운 걸까……?'

"아아, 로쟈, 넌 믿지 않겠지만 말이다." 그녀는 아들의 말에 빨리 대답하려고 서두르며 갑자기 이렇게 말을 받았다. "두네치카하고 둘이서 어제는 얼마나…… 불행했는지 몰라! 지금은 모든 게 지나가고 끝났으니, 우린 모두 다시금 행복하단다. 그러니까 말해도 좋겠지. 생각해 봐, 너를 안아 보려고 기차에서 내리는 대로 곧장 이리로 달려왔더니, 그 여자가, 아 여기 있구나! 반가워요, 나스타시야……! 우리에게 대뜸 그러는 거야. 네가 섬망증으로 누워 있는데, 조금 전에 정신이 혼미한 상태로 의사 몰래 밖으로 달아나서, 다들 너를 찾아 달려 나갔다고 말이야. 우리 마음 어땠는지 넌 절대 모를 거다. 난 바로 그 포탄치코프 중위, 네 아버지의 친구로 우리가 잘 아는 분인데―넌 기억하지 못할 거야― 그분의 비극적인 죽음이 생각났단다. 그도 섬망증에 걸려서 그렇게 밖으로 뛰어나가서는 뒤뜰의 우물에 빠졌단다. 이튿날에야 끌어낼 수가 있었지. 그러니 우린 더더욱 부풀려서 생각한 거야. 표트르 페트로비치를 찾으러 뛰쳐나가려고도 했단다. 그 사람의 도움이라도 받을까 해서…… 우린 둘뿐이었거든, 단 둘뿐이었으니까." 그녀는 애처로운 목소리로 말끝을 길게 끌다가, 갑자기 입을 아주 닫고 말았다. '모두가 다시 완전히 행복해졌다' 할지라도 표트르 페트로비치 얘길 꺼내는 것은 아직 상당히 위험하다는 걸 떠올렸던 것이다.

"네, 네…… 모든 게 정말 유감스러운 일이에요……." 라스콜
니코프는 이렇게 중얼거리면서 대답했으나, 너무도 방심해 있고
거의 아무런 주의도 기울이지 않는 모습이었으므로 두네치카는
놀라서 그를 바라보았다.

"내가 무슨 말을 더 하려고 했더라." 그는 열심히 기억해 내려
고 애쓰면서 말을 이었다. "맞아 그래, 어머니, 그리고 두네치카
너도, 오늘 내가 먼저 두 사람한테 가는 게 싫어서 이리 오길 기다
리고 있었다고는 제발 생각하지 말아 줘요."

"아니 그게 무슨 말이냐, 로쟈!" 풀헤리야 알렉산드로브나도
놀라서 외쳤다.

'오빠는 혹시 의무적으로 우리에게 대답하고 있는 게 아닐까?'
두네치카는 생각했다. '화해하는 것도, 용서를 구하는 것도, 꼭 의
무를 수행하거나 학과 내용을 암송하는 것 같아.'

"눈을 뜨자마자 곧 가려고 했는데 옷 때문에 못 갔어요. 어제 그
녀에게…… 나스타시야에게…… 이 피를 씻어 달라고…… 말하
는 걸 깜박 잊어서…… 방금에야 옷을 갈아입었어요."

"피라니! 무슨 피를?" 풀헤리야 알렉산드로브나는 놀라서 흠칫
했다.

"그게 그러니까…… 걱정하지 마세요. 어제 열 때문에 정신이
혼미해서 돌아다니다가, 마차에 깔린 어떤 사람한테…… 어떤 관
리한테…… 부딪쳐서 묻은 피니까요."

"정신이 혼미해서? 하지만 넌 모든 걸 기억하고 있잖아." 라주
미힌이 말을 가로챘다.

"그건 맞아." 왠지 유난히 주의를 기울이며 라스콜니코프가 그 말에 대답했다. "모든 걸 기억하고 있어, 아주 세세히. 그런데 이 상해. 왜 내가 그런 짓을 했고 거기에 갔으며 그런 말을 했는지. 그건 도무지 잘 설명할 수가 없어."

"그건 너무나 잘 알려진 현상입니다." 조시모프가 끼어들었다. "일의 실행은 때로는 교묘하고 아주 노회할 정도지만, 행위의 지배력과 행동의 동기는 혼란스럽고 여러 가지 병적인 인상에 좌우됩니다. 꿈과 비슷한 거죠."

'이 친구가 나를 거의 미치광이로 보는 모양인데, 오히려 다행인지도 모르지.' 라스콜니코프는 생각했다.

"그러나 그건 건강한 사람들도 그럴 수 있잖아요." 두네치카가 걱정스럽게 조시모프를 바라보며 주의를 주었다.

"아주 올바른 지적이십니다." 그가 대답했다. "그런 의미에서 사실 우리 모두는 대개의 경우 미치광이나 다름없습니다. 다만 '병자들'은 미친 정도가 우리보다 다소 심하다는 사소한 차이가 있을 뿐이지요. 때문에 반드시 한계를 지어 둘 필요가 있습니다. 조화를 이룬 인간이란 사실 거의 존재하지 않아요. 수만, 어쩌면 수십만 명 중에 한 명일 겁니다. 그것도 아주 확실하지 못한 표본에 지나지 않죠……."

좋아하는 주제에 대해 신이 나서 지껄이던 조시모프의 입에서 조심성 없이 툭 튀어나온 '미치광이'라는 말에 모두들 얼굴을 찌푸렸다. 라스콜니코프는 전혀 주의를 기울이지 않는 듯이, 핏기 없는 입술에 야릇한 미소를 띠고 생각에 잠겨 앉아 있었다. 그는 뭔가를 계속 곰곰이 생각하고 있었다.

"그런데 마차에 치인 사람은 어떻게 됐어? 내가 네 얘길 끊어 놨구나!" 라주미힌이 재빨리 외쳤다.

"뭐?" 라스콜니코프는 마치 잠에서 깨어난 것 같았다. "그래…… 그게, 그 사람을 집으로 옮기는 걸 도와주다가 피투성이가 된 거야……. 그런데 어머니, 제가 어제 용서받을 수 없는 짓을 하나 저질렀어요. 정말 제정신이 아니었죠. 어머니께서 제게보내 주신 돈을 모두 내주었거든요…… 그 사람의 아내에게…… 장례비에 쓰라고. 이제 과부가 된, 폐병을 앓는 불쌍한 여자예요…… 아비 없는 세 어린아이가 굶주리고 있고…… 집엔 아무것도 없어요…… 딸이 또 하나 있긴 하지만……. 아마 직접 보셨더라면 어머니께서도 다 내주셨을 거예요……. 그러나 전 그럴권리가 전혀 없었죠, 저도 인정해요. 더구나 어머니께서 그 돈을 어떻게 만들어 주셨는지 아주 잘 알고 있으니까요. 도와주려면 먼저 그럴 권리가 있어야 하죠. 그렇지 않으면, '*Crevez chiens, si vous n'êtes pas contents*(불만스럽다면, 이 개 같은 것들아, 뒈져라)!'" 그는 소리 내어 웃어 대기 시작했다. "그렇지, 두냐?"

"아뇨, 그렇지 않아요." 두냐가 단호하게 말했다.

"야아! 그럼 너도…… 무슨 생각이 있구나……!" 그는 증오에 가까운 눈빛으로 그녀를 바라보더니, 비웃는 듯한 미소를 지으며 중얼거렸다. "나도 그걸 예상해야 했는데……. 뭐 어때, 칭찬할만하구먼. 너한텐 그게 더 좋겠지…… 그래서 넌 어떤 선까지 가는 거야. 그 선을 넘지 못하면 넌 불행해질 거야. 그러나 넘어서게 되면 아마도 더 불행해지겠지……. 하지만 이건 다 쓸데없는 소리야!" 그는 뜻하지 않게 열중한 것에 화가 치밀어 짜증을 내면서 덧붙였다. "저는 다만, 어머니, 어머니께 용서를 구하고 싶었을 뿐이에요." 그는 날카로운 목소리로 띄엄띄엄 말을 맺었다.

"됐다, 로쟈. 난 네가 하는 일이라면 다 훌륭하다고 믿고 있단다!" 어머니는 기쁘게 말했다.

"믿지 마세요." 그는 일그러진 미소를 지으며 대답했다. 침묵이 뒤따랐다. 이 모든 대화에도, 침묵에도, 화해에도, 용서에도, 무언가 긴장이 서려 있었고, 모두들 이것을 느끼고 있었다.

'이들은 나를 두려워하는 모양이구나.' 그는 어머니와 누이동생을 힐끗 쳐다보면서 마음속으로 생각했다. 사실 풀헤리야 알렉산드로브나는 잠자코 있으면 있을수록 겁이 났다.

'떨어져 있을 땐 나도 분명 이들을 사랑하고 있었던 것 같은데.' 그의 뇌리에 이런 생각이 스치고 지나갔다.

"글쎄, 로쟈야, 마르파 페트로브나가 죽었단다!" 풀헤리야 알렉산드로브나가 갑자기 말문을 열었다.

"마르파 페트로브나랴뇨?"

"아니 세상에, 왜 그 마르파 페트로브나, 스비드리가일로프의 부인 말이다! 그 여자에 대해 여러 가지를 편지에다 써 보냈잖아."

"아, 아, 아, 네에, 기억해요……. 그런데 죽었다고요? 아니, 정말이에요?" 갑자기 그는 잠에서 깨어난 듯, 몸을 부르르 떨었다. "정말로 죽었어요? 어째서?"

"그게 말이다, 갑작스레 그렇게 됐단다!" 풀헤리야 알렉산드로브나는 그가 호기심을 보이는 데 용기를 얻어 서둘러 말하기 시작했다. "마침 내가 너한테 편지를 보낸 바로 그때, 바로 그날이었어! 글쎄, 그 무서운 인간이 그 여잘 죽게 만든 모양이야. 그자가 그 여자를 무섭게 때렸다는구나!"

"그럼 그 사람들은 늘 그렇게 산 거야?" 그가 누이동생을 향해 물었다.

"아뇨, 오히려 정반대예요. 부인에겐 언제나 참을성이 많고 오히려 정중한 사람이었어요. 오히려 부인의 성격에 대해 지나치게 관대하기까지 한 경우도 많았어요, 칠 년 동안이나……. 어쩌다 보니 갑자기 인내심을 잃은 거죠."

"그러니까, 칠 년이나 참았으니 절대로 그렇게 무서운 인간은 아니다? 두네치카, 넌 그를 변호하는 것 같은데?"

"아니에요, 아니에요, 그는 무서운 사람이에요! 그 사람보다 더 무서운 건 난 상상할 수도 없어요." 두냐는 몸서리라도 칠 듯이 대답하고는 양미간을 찌푸리고 생각에 잠겼다.

"아침에 일어난 일이었어." 풀헤리야 알렉산드로브나는 다급하게 말을 이었다. "그 후에 부인은 점심을 먹고 바로 시내에 가려고 마차에 말을 매어 놓으라고 일렀단다. 그런 일이 있게 되면 늘 시내로 갔거든. 점심은 아주 맛있게 먹었다고 해……."

"맞았다면서요?"

"…… 그렇긴 한데, 그 부인에겐 언제나 그런…… 습관이 있었어. 시내에 가는 데 늦지 않으려고 점심을 마치자 곧 욕장으로 갔대……. 실은 거기서 목욕 요법을 쓰고 있었거든. 거긴 차가운 샘

물이 있어서, 부인은 매일 규칙적으로 목욕을 했는데, 물에 들어가자마자 갑자기 졸중(卒中)이 일어났다지 뭐냐."

"당연히 그랬겠죠!" 조시모프가 말했다.

"그런데 그는 그 여자를 아주 심하게 때렸나요?"

"그런 건 다 상관없잖아요." 두냐가 대꾸했다.

"음! 그런데 어머니, 어머닌 그런 쓸데없는 얘길 좋아하시는군요." 갑자기 라스콜니코프의 입에서 짜증스러워하는 말이 무심코 내뱉은 것처럼 튀어나왔다.

"아, 애야, 난 정말 무슨 말을 해야 할지 몰라서 그만." 풀헤리야 알렉산드로브나는 어쩔 줄 몰라 하며 말했다.

"대체 왜 그러세요? 다들 나를 두려워하는 건가요?" 그는 일그러진 미소를 지으며 말했다.

"그건 솔직히 사실이에요." 두냐가 오빠를 똑바로 엄하게 쏘아보면서 말했다. "엄마는 층계로 들어서시면서 무서워서 성호를 긋기까지 하셨어요."

그의 얼굴이 경련이라도 난 듯 일그러졌다.

"아니, 그게 무슨 말이냐, 두냐! 제발 화내지 말아, 로쟈……. 두냐, 넌 왜!" 풀헤리야 알렉산드로브나가 당황해서 말했다. "난 정말 이리로 오는 도중에 기차간에서 줄곧 꿈꾸었단다. 우리가 어떤 모습으로 만나게 될지, 어떻게 서로 모든 이야기를 나누게 될지…… 생각만 해도 어찌나 행복하던지 여기로 오는 동안 조금도 지루하지 않았어! 대체 내가 무슨 말을 하는 걸까! 난 지금도 행복한데……. 두냐, 네가 공연히! 난 널 보는 것만으로도 행복하단다, 로쟈……."

"그만두세요, 어머니." 그는 어머니 쪽을 보지 않고 손을 꼭 쥐면서 당황해서 중얼거렸다. "우린 이제 마음껏 이야기할 수 있어요!"

이렇게 말하고 나서 그는 갑자기 당황해서 얼굴빛이 창백해졌다. 다시금 요전의 어떤 무서운 느낌이 죽음과도 같은 냉기를 일으키며 그의 마음속을 스쳐 갔다. 갑자기 자기가 지금 무서운 거짓말을 했다는 것을 너무나도 분명하고 명백하게 알아챘던 것이다. 이젠 절대로 마음껏 말할 수 없는 것은 물론이고, 그 무엇에 대해서도, 어느 누구와도 이제는 **말할** 수 없었다. 이 고통스러운 생각이 주는 충격이 너무도 강했기 때문에 그는 순간적으로 거의 완전히 자신을 잊고 자리에서 일어나서 아무도 쳐다보지 않고 바로 방에서 나가려고 했다.

"왜 그래?" 라주미힌이 그의 손을 붙잡으면서 외쳤다.

그는 다시 자리에 앉아서 말없이 주위를 둘러보기 시작했다. 다들 어찌 해야 좋을지 몰라 하며 그를 바라보고 있었다.

"참, 다들 되게 따분한 사람들이군요!" 갑자기 그는 아주 뜻밖에도 이렇게 소리쳤다. "뭐든 얘길 좀 해요! 왜 그렇게 앉아만 있는 거예요! 자, 말 좀 해요! 이야길 나누자고요……. 이렇게 모였는데 잠자코 있다니……. 자, 뭐든!"

"하느님 고맙습니다! 난 또 어제 같은 일이 시작되는 줄 알았어." 풀헤리야 알렉산드로브나가 성호를 긋고서 말했다.

"왜 그래요, 오빠?" 아브도치야 로마노브나가 의아스러운 듯이 물었다.

"아니, 아무것도 아냐, 그냥 웃기는 이야기 하나가 생각나서."
그는 이렇게 대답하고 나서 갑자기 소리 내어 웃기 시작했다.

"뭐, 그렇다면 다행입니다! 그렇지 않았다면 저도 혹시나 하고 생각했습니다……." 조시모프가 소파에서 몸을 일으키며 중얼거렸다. "그럼 전 이만 가보겠습니다. 또 들를지도 모르겠군요…… 만약 집에 계신다면……."

그는 인사를 하고 나갔다.

"참 훌륭한 분이야!" 풀헤리야 알렉산드로브나가 말했다.

"네, 멋있고, 훌륭하고, 교양 있고, 똑똑하죠……." 갑자기 라스콜니코프는 뜻밖에도 여태까지와는 달리 빠르고 생기에 찬 어조로 말했다. "그런데 병이 나기 전에 어디서 만났는지 생각이 안 나……. 어디서 만난 듯한데……. 그리고 여기 이 친구도 좋은 사람이에요!" 그는 턱짓으로 라주미힌을 가리켰다. "네 맘에 드니, 두냐?" 그는 누이동생에게 묻고는 갑자기 무엇 때문인지 큰 소리로 웃어 대기 시작했다.

"네, 몹시." 두냐가 대답했다.

"쳇, 넌 정말…… 돼먹잖은 녀석이야!" 몹시 당황해서 얼굴이 새빨개진 라주미힌은 이렇게 말하고서 의자에서 일어났다. 풀헤리야 알렉산드로브나는 가볍게 미소 지었으나, 라스콜니코프는 껄껄거리면서 큰 소리로 웃었다.

"어딜 가?"

"나도…… 볼일이 있어서."

"볼일은 무슨, 그냥 있어! 조시모프가 가니까 너도 볼일이 있다는 거야? 가지 마……. 근데 몇 시지? 12시라고? 그런데 두냐, 아주 근사한 시계를 가졌구나! 왜 다들 또 입을 다물고 있는 거지요? 나만 계속 말하고 있잖아……!"

"마르파 페트로브나가 선물한 거예요." 두냐가 대답했다.

"굉장히 비싼 거란다." 풀헤리야 알렉산드로브나가 덧붙였다.

"아, 아, 아! 그런데 너무 커서 여자 시계 같지 않아."

"난 이런 게 좋아요." 두냐가 말했다.

'그러니까 약혼자의 선물이 아니구나.' 이런 생각을 하자 라주미힌은 왠지 기쁜 마음이 되었다.

"난 또 루쥔의 선물인 줄 알았지." 라스콜니코프가 말했다.

"아냐, 그 사람은 두네치카에게 아직 아무 선물도 하지 않았어."

"아, 아, 아! 그런데 어머니, 기억하세요, 제가 어떤 여자한테 반해서 결혼하겠다고 한 거 말예요." 갑자기 그는 어머니를 바라보며 말했다. 그녀는 생각지도 않았던 뜻밖의 화제와 그 말을 끄집어낼 때의 아들의 말투에 깜짝 놀랐다.

"아아, 애야, 그럼!" 풀헤리야 알렉산드로브나는 두네치카와 라주미힌에게 눈짓을 했다.

"음! 그랬죠! 그런데 뭘 이야기하지? 별로 기억하는 것도 없어서. 그 여자는 늘 몸이 아픈 아가씨였어요." 그는 갑자기 다시 생각에 잠긴 듯 시선을 떨구고 말을 이었다. "아주 병약했어요. 거지에게 적선하길 좋아하고, 늘 수도원을 꿈꾸었지요. 한번은 나에게 그 소원을 얘기하기 시작하면서 눈물을 흘리기도 했어요. 그래요, 그래요…… 기억나요…… 또렷이 기억나요. 못생긴 여자였어요…… 아주. 정말 무엇 때문에 그때 그 여자에게 끌렸는지 모르겠어요. 아마 그 여자가 늘 몸이 아파서 그랬나 봐요……. 그 여자가 절름발이이거나 꼽추였다면, 아마도 더 사랑했을 거예요……. (그는 생각에 잠겨 미소 지었다.) 그래요…… 봄날의 꿈같은 거였죠……."

"아녜요, 그건 한낱 봄날의 꿈이 아니에요." 두네치카가 생기 있게 말했다.

그는 긴장해서 누이동생을 주의 깊게 쳐다보았으나, 그녀의 말을 알아듣지 못했거나 아니면 이해하지 못한 듯했다. 그러고는 깊은 생각에 잠긴 채 일어나서 어머니에게 다가가 입을 맞추고, 다시 자리로 돌아와서 앉았다.

"넌 아직 그 아가씰 사랑하고 있구나!" 감동한 풀헤리야 알렉산드로브나가 말했다.

"그 여자를요? 지금도? 아, 네…… 어머닌 그 여자 얘길 하고 계시군요! 아뇨. 지금은 모든 것이 저세상 일 같고…… 아주 오래된 것만 같아요. 그리고 주변의 모든 것도 전혀 세상에서 일어나는 일 같지 않아요……."

그는 주의 깊게 그들을 바라보았다.

"그리고 여기 있는 사람들도…… 꼭 천 리 밖에서 바라보고 있는 기분이에요. 그런데 왜 이런 얘기를 하고 있을까! 무엇 때문에 꼬치꼬치 캐묻는 거예요?" 그는 역정을 내며 덧붙이고는 말없이 손톱을 깨물며 다시 생각에 잠겼다.

"네 방은 어쩜 이렇게 지독하니, 로쟈, 꼭 관 속 같구나." 갑자기 풀헤리야 알렉산드로브나가 무거운 침묵을 깨뜨리며 말했다. "네가 그런 우울증에 빠진 것도 틀림없이 절반은 이 방 때문일 게다."

"방……?" 그는 방심한 듯 대답했다. "그래요, 방 탓도 크죠……. 저도 그렇게 생각하고 있었어요……. 하지만 어머니, 어머니가 지금 얼마나 이상한 생각을 말씀하셨는지 아신다면." 그가 야릇한 미소를 지으며 갑자기 덧붙였다.

조금만 더 이어졌다면, 함께 하는 이 자리도, 삼 년 만에 만난 가족도, 그 무엇에 대해서도 절대로 말할 수 없는 상황에서 주고받는 이 대화의 친근한 어조도, 그는 결국 도저히 참을 수 없게 되었을 것이다. 그러나 더는 미룰 수 없는 일이 한 가지 있어서, 어떻게든 반드시 오늘 중으로 해결해야만 했다. 아까 잠에서 깼을 때부터 그는 그렇게 결심하고 있었다. 지금 그는 그 **일**을 생각하고 이 고통스러운 상황에서 빠져나갈 출구가 생긴 것이 기뻤다.

"이봐, 두냐." 그는 정색을 하고 냉정하게 말문을 열었다. "나는 물론 어제 일에 대해서는 사과하지만, 내 의무로서 다시 한 번 너에게 다짐해 두는데, 난 절대로 나의 근본 원칙을 양보하지 않는다. 나냐, 아니면 루쥔이냐. 나는 비열한 놈이라도 상관없지만, 너는 그러면 안 돼. 누구든 한 사람이다. 네가 만일 루쥔하고 결혼한다면, 나는 그 순간부터 너를 누이동생으로 여기지 않겠다."

"로쟈, 로쟈! 이건 어제하고 똑같잖아!" 풀헤리야 알렉산드로브나가 슬프게 외쳤다. "왜 넌 자신을 자꾸만 비열한 인간이라고 하니, 난 견딜 수가 없구나! 어제도 그러더니……."

"오빠." 두냐도 역시 냉정하고 단호하게 말했다. "이 일은 모두 오빠 쪽이 잘못이에요. 난 밤새도록 곰곰이 생각한 끝에 잘못을 찾아냈어요. 문제는 바로, 내가 누군가에게 누군가를 위해 나를 희생으로 바치는 것처럼 오빠가 생각하는 데 있는 것 같아요. 그러나 그건 전혀 그렇지 않아요. 나는 다만 나 자신을 위해서, 나 자신이 힘들기 때문에 결혼하는 거예요. 물론 가족에게 도움이 될 수 있다면 기쁘겠지만, 그게 내 결심의 가장 중요한 동기는 아니에요…….'

'거짓말을 하긴!' 그는 화가 나서 손톱을 물어뜯으면서 생각했다. '오만한 계집애! 내게 도움을 주고 싶다는 걸 스스로 인정하기 싫은 거야! 아아, 모두 비열한 성격들이다! 저네들은 사랑한다지만, 그건 증오와 다를 바 없어……. 오, 나는…… 저들 모두를 증오한다!'

"한마디로, 내가 표트르 페트로비치와 결혼하는 것은요." 두네치카가 말을 이었다. "두 가지의 악 가운데 더 작은 악을 선택하는 거예요. 나는 그 사람이 나에게 기대하는 모든 것을 성실하게 이행할 거예요. 그러니 그 사람을 속이는 건 아니죠……. 오빠 왜 지금 그런 웃음을 지은 거죠?"

그녀는 발끈 화가 났고, 분노가 두 눈에 번쩍였다.

"모든 것을 이행한다고?" 그는 독기 어린 미소를 지으며 물었다.

"어느 한계까지는요. 표트르 페트로비치가 청혼을 하는 방법과 형식을 보고 나는 그 사람이 무얼 요구하는지 금방 알았어요. 그 사람은 물론 자기 자신을 과대평가하고 있는지도 모르지만, 난 그 사람이 나도 존중해 주리라고 기대해요……. 왜 또 웃어요?"

"그럼 넌 또 왜 얼굴을 붉히는 거냐? 누이야, 넌 거짓말을 하고 있어, 일부러 거짓말을 하고 있는 거야. 오로지 여자로서의 그 알량한 고집 때문에 내 앞에서 자기주장을 굽히기 싫어서…… 너는 루쥔을 존경할 수 없어. 난 그자를 만나서 이야기도 해 봤다. 그러니까 넌 돈 때문에 자신을 파는 거야. 그러니까 어쨌든 비열한 짓이야. 그나마 네가 얼굴이라도 붉힐 수 있다는 게 기쁘구나!"

"그렇지 않아요, 거짓말을 하는 게 아녜요……!" 두냐는 완전히 냉정을 잃고서 외쳤다. "그 사람이 날 존중하고 소중히 여긴다는 확신이 없으면 난 그 사람과 결혼하지 않아요. 나 자신이 그 사람을 존경할 수 있다는 굳은 확신이 없다면 그 사람과 결혼하지 않아요. 다행히 난 당장 오늘이라도 그것을 분명하게 확신할 수가 있어요. 이런 결혼은 오빠가 말씀하시는 것처럼 비열한 짓이 아니에요! 또 설령 오빠가 옳다 해도, 설령 내가 정말로 비열한 결심을 했다 해도, 오빠가 나한테 그런 말을 하는 건 정말 잔인하지 않아요? 왜 오빠는 자기도 아마 갖지 못했을 영웅적인 용기를 나에게 요구하는 거예요, 안 그래요? 그건 횡포예요, 강압이에요! 만약 내가 누구를 파멸시킨다면, 그건 다만 나 자신 한 사람이에요……. 난 아직 아무도 죽이지 않았어요……! 왜 날 그런 눈으로 쳐다보죠? 왜 그렇게 얼굴이 창백해졌어요? 로쟈, 왜 그래요? 로쟈, 오빠……!"

"아아, 이를 어쩌지! 기절시키고 말았구나!" 풀헤리야 알렉산드로브나가 외쳤다.

"아냐, 아냐…… 아무것도 아냐…… 괜찮아……! 약간 어지러 왔던 것뿐이에요. 기절은 무슨…… 기절밖에 모르시나……! 음! 그래…… 무슨 말을 하려고 했더라? 그렇지. 그자를 존경할 수 있고 그자가…… 널 존중해 준다는 걸 어떻게 오늘이라도 확신하게 된다는 거냐, 네가 그렇게 말하지 않았니? 오늘이라고 했던 것 같은데? 아니면 내가 잘못 들었나?"

"엄마, 오빠에게 표트르 페트로비치의 편지를 보여 주세요." 두네치카가 말했다.

풀헤리야 알렉산드로브나는 떨리는 손으로 편지를 건네주었다. 그는 잔뜩 호기심을 가지고 그것을 받았다. 그러나 펼쳐 보기 전에 갑자기 의아한 듯이 두네치카를 쳐다보았다.

"이상하군." 그는 갑자기 무슨 새로운 생각에 놀란 것처럼 느릿느릿 말했다. "대체 뭐 때문에 내가 이렇게 신경을 쓸까? 뭐 때문에 이렇게 떠들고 있을까? 제 맘대로 아무한테나 시집가라지!"

그는 혼잣말 비슷하게 소리 내어 말하고는 얼마 동안 어리둥절한 듯 누이동생을 바라보고 있었다.

그는 여전히 이상하게 놀란 얼굴을 하고 마침내 편지를 펼쳤다. 그러고는 천천히 주의 깊게 읽기 시작하여 두 번이나 읽었다. 풀헤리야 알렉산드로브나는 유난히 불안에 사로잡혀 있었다. 다른 사람들도 다들 무슨 심상찮은 일이 일어날 거라고 생각하며 기다리고 있었다.

"정말 놀랍군." 그는 잠시 생각에 잠겼다가 편지를 어머니에게 건네주면서 이렇게 입을 열었으나, 특별히 누구한테 하는 말은 아니었다. "그자는 늘 소송 사건을 쫓아다니는 변호사니까 얘기할 때도 그런…… 고약한 특성이 나타나더니만. 그렇다 해도 글을 정말 무식쟁이같이 쓰는군."

다들 좀 움찔했다. 그런 말은 전혀 기대하지 않았던 것이다.

"그 사람들은 다 그렇게 쓰잖아." 라주미힌이 띄엄띄엄 말했다.

"그럼 너도 읽었어?"

"응."

"우리가 보여 주었어, 로쟈. 우린…… 좀 전에 의논을 했단다." 몹시 난처해진 풀헤리야 알렉산드로브나가 말했다.

"그게 이른바 법정식 문체지." 라주미힌이 말을 가로챘다. "법정 문서는 요즘도 그런 식으로 쓰고 있으니까."

"법정식? 맞아, 바로 법정식이고 사무적이야……. 아주 무식한 것은 아니지만, 그렇다고 아주 문학적이지도 않아. 사무적이야!"

"표트르 페트로비치는 가난 때문에 별로 배우지 못한 것을 애써 감추지 않아요. 오히려 스스로 자신의 길을 개척한 것을 자랑스럽게 여겨요." 오빠의 새로운 말투에 약간 모욕을 느낀 아브도치야 로마노브나가 말했다.

"뭐, 자랑스러워한다면 그만한 이유가 있겠지. 난 반박하지 않아. 두네치카, 넌 아무래도 내가 이 편지에 대해 이런 경솔한 평을 한다고 모욕을 느낀 모양이구나. 내가 화가 나서 너한테 거드름이나 피우려고 일부러 이런 쓸데없는 꼬투리를 잡고 있다고 생각할는지 모르겠다. 하지만 그렇지 않아. 문체와 관련해서 이 경우에 전혀 쓸데없다고 할 수 없는 한 가지 생각이 내 머리에 떠오른 거야. 이 편지에는 대단히 의미심장하고 분명하게 쓰인 '오로지 당신 자신을 책망하시는 게 좋을 것이다'라는 문구가 있고, 그 밖에도 내가 오면 즉시 가 버리겠다는 협박도 있지. 가 버리겠다는 이 협박은 너와 어머니 두 사람이 고분고분 말을 듣지 않으면 버리겠다는 협박과 똑같아. 이미 페테르부르크에까지 불러 놓고 지금이라도 버리겠다는 거야. 그래, 넌 어떻게 생각하니? 루쥔이 쓴 이런 표현에서 받는 모욕감이 가령 여기 이 사람(그는 라주미힌을 가리켰다)이나 조시모프, 또는 우리들 중의 누군가가 똑같은 표현을 썼을 때 받는 모욕감과 같은 것일 수 있을까?"

"아아뇨." 두네치카가 활달하게 대답했다. "저도 뚜렷하게 느꼈던 점이에요. 표현이 지나치게 단순하고, 그 사람이 결코 글 솜씨가 좋은 편은 아닐 거라고요⋯⋯. 오빠의 판단은 훌륭했어요. 정말 뜻밖일 정도로⋯⋯."

"이건 법정식 표현이야. 법정식으로는 이렇게밖에 쓸 수 없기 때문에, 그가 원하던 것보다 더 거칠게 되어 버렸겠지. 그런데 난 널 좀 더 실망시켜야겠다. 이 편지에는 한 가지 표현이 더 있는데 그건 나에 대한 중상으로 대단히 비열한 것이야. 나는 어제 비탄에 빠져 있는 폐병 걸린 미망인에게 돈을 주었지만, '장례비조로' 준 것이 아니라 바로 '장례비'로 준 것이고, 내가 어제 난생처음 본 딸, 그러니까 그가 쓰는 대로 '딱지가 붙은 행실'을 하는 여자의 손에 쥐어 준 게 아니라 그 미망인에게 직접 주었어. 나를 중상하고 너와 어머니 두 사람과 나 사이를 이간질시키려는 너무나도 성급한 속셈을 이 모든 것에서 훤히 보게 돼. 이것 역시 법정식 표현 때문에 그 목적이 너무나도 노골적이고 순진하고 성급하게 드러나 있는 거야. 그자는 영리한 인간이지만, 영리하게 행동하려면 영리함 하나만으론 부족하지. 이것만으로도 그자의 인간됨을 잘 알 수 있으니까…… 그자가 널 많이 존중하리라고 난 생각하지 않아. 이런 말을 하는 건 오로지 진심으로 너의 행복을 바라는 마음에서 너를 깨우쳐 주기 위해서야……."

두네치카는 대답하지 않았다. 결심은 아까부터 서 있었고, 그녀는 저녁이 되기만을 기다리고 있었다.

"그럼 로쟈, 넌 어떻게 결정할 거니?" 그의 갑작스럽고 새로운 **사무적인** 말투에 아까보다 한층 더 불안해진 풀헤리야 알렉산드로브나가 물었다.

"무슨 말씀이세요, '결정을 하다'뇨?"

"표트르 페트로비치는 네가 저녁에 없어야 한다고, 만약 네가 오면 가 버리겠다고 쓰고 있잖니. 그래, 넌 어떻게 하겠니…… 오겠니?"

"그건 물론 제가 결정할 일이 아니고, 첫째로 어머니께서 결정하셔야죠. 만약 표트르 페트로비치의 그런 요구에 모욕을 느끼시지 않는다면 말이에요. 그리고 둘째로는 두냐가 결정할 일이에요. 역시 모욕을 느끼지 않는다면 말이지요. 나는 두 사람이 좋다는 대로 따르겠어요." 그가 무뚝뚝하게 덧붙였다.

"두네치카는 이미 결심이 서 있고, 나도 완전히 찬성이다." 풀헤리야 알렉산드로브나가 얼른 끼어들었다.

"나는 오빠한테 꼭 부탁하려고 결심했어요. 로쟈, 그 자리에 꼭 함께 있어 줘요." 두냐가 말했다. "와 줄 거죠?"

"가지."

"당신에게도 부탁드려요. 8시에 와 주세요." 그녀는 라주미힌을 향해 말했다. "엄마, 전 이분도 초대하겠어요."

"좋다마다, 두네치카. 자, 너희들이 그렇게 결정했으니" 하고 폴헤리야 알렉산드로브나가 덧붙였다. "그렇게 하기로 하자. 그러는 편이 나도 마음이 편해. 눈가림을 하고 거짓말을 하긴 싫다. 차라리 진실대로 모두 말하자꾸나……. 표트르 페트로비치가 화를 내든 말든 이젠 상관없다!"

4

이때 조용히 방문이 열리고 겁을 먹은 듯 주위를 둘러보면서 한 여자가 안으로 들어왔다. 모두들 놀라움과 호기심에 찬 시선으로 그녀 쪽을 돌아보았다. 라스콜니코프는 그녀를 첫눈에 알아보지는 못했다. 그 여자는 소피야 세묘노브나 마르멜라도바였다. 어제 그는 그녀를 처음 보았으나, 때가 때이고, 상황이 상황인데다 옷차림도 그러했던 만큼, 그의 기억에는 지금과는 전혀 다른 얼굴이 인상으로 남아 있었다. 지금 그녀는 검소하고 초라하기까지 한 차림을 하고 있었고, 공손하고 예의 바른 태도에 해맑고 좀 두려워하는 듯한 얼굴을 하고 있는, 거의 어린 소녀와도 같은 아직 아주 앳된 아가씨였다. 그녀는 집에서 입는 아주 수수한 옷을 입고, 머리에는 유행이 지난 낡은 모자를 쓰고 있었으나, 손에만은 어제의 그 양산이 들려 있었다. 뜻밖에도 방 안에 사람들이 가득 차 있는 걸 보자 그녀는 당황했다기보다 제정신을 잃은 듯 어린아이처럼 겁을 집어먹고 그대로 돌아가려는 몸짓을 했다.

"아아…… 아가씨군요……?" 라스콜니코프는 몹시 놀라서 말해 놓고는 갑자기 자신도 당황했다.

그는 곧 어머니와 누이동생이 루쥔의 편지를 통해서 '딱지가 붙은' 행실을 하는 어떤 아가씨에 대해 이미 좀 알고 있다는 것이 생각났다. 방금 그는 루쥔의 중상에 대해 반박하면서 그 여자를 처음 보았다고 했는데, 느닷없이 그녀가 직접 들어온 것이다. 그는 '딱지가 붙은 행실'이라는 표현에 대해 조금도 이의를 제기하지 않았다는 사실도 생각났다. 이 모든 것이 순간적으로 어렴풋이 그의 뇌리를 스치고 지나갔다. 그러나 좀 더 찬찬히 살펴보고 나자, 그는 이 멸시받는 존재가 이미 너무도 심하게 멸시당했다는 것을 알아채고 갑자기 애처로워졌다. 그녀가 겁을 먹고 달아날 듯한 몸짓을 했을 때, 그는 마음속에서 뭔가가 뒤집히는 듯한 느낌이 들었다.

"이렇게 오실 줄은 전혀 몰랐습니다." 그는 눈으로 그녀를 붙들면서 다급히 말했다. "어서 앉으세요. 분명히 카체리나 이바노브나의 심부름으로 오셨을 텐데. 이쪽으로 말고 그쪽에 앉으세요……."

라주미힌은 라스콜니코프의 방에 세 개밖에 없는 의자 중 문가에 놓인 의자에 앉아 있다가, 소냐가 들어오자 그녀에게 길을 내주느라고 슬며시 일어났다. 처음에 라스콜니코프는 그녀에게 조시모프가 앉아 있던 소파의 한구석을 권하려고 하다가, 그게 지나치게 **허물없는** 곳이고 자신의 침대로 쓰이기도 한다는 것이 생각

제3부 **397**

나서 급히 라주미힌의 의자를 가리켰다.

"넌 여기 앉아." 그는 이렇게 말하면서 라주미힌을 조시모프가 앉아 있던 구석에다 앉혔다.

소냐는 두려움에 몸을 떨다시피 하며 자리에 앉아, 겁먹은 시선으로 두 여인을 흘낏 보았다. 어떻게 자신이 그들과 나란히 앉을 수 있게 됐는지 스스로도 어리둥절한 모양이었다. 그런 생각이 들자 그녀는 너무나 놀란 나머지 다시 벌떡 일어나 몹시 당황한 모습으로 라스콜니코프를 향해 말했다.

"저는…… 저는…… 잠깐 들렀는데, 용서하세요, 여러분께 불편을 드려서." 그녀는 더듬거리며 말을 시작했다. "어머니의 심부름으로 왔어요. 보낼 사람이 아무도 없어서……. 어머니가 내일 장례식에 꼭 와 주십사 하고 부탁을 드리고 오라 했어요. 아침에…… 기도식이 있어요…… 미트로판 묘지*에서, 그러고 나서 저희 집…… 어머니 집에서…… 식사라도 함께 해 주시면…… 영광으로 생각하겠다고……. 꼭 부탁드리라고 당부했어요."

소냐는 말을 더듬거리다가 입을 다물었다.

"꼭 가도록 하겠습니다…… 꼭." 라스콜니코프도 엉거주춤 일어서서 대답했지만, 그 역시 더듬거리면서 말끝을 맺지 못했다……. "좀 앉으세요." 그가 갑자기 말했다. "잠깐 아가씨와 이야기할 게 있어요. 자, 바쁘시겠지만, 제발 이 분만 제게 짬을 내 주십시오……."

이렇게 말하고 그는 그녀 쪽으로 의자를 조금 밀어 주었다. 소냐는 다시 의자에 앉았으나 또다시 겁을 먹고 몸 둘 바를 몰라 하며 두 여인을 힐끗 보더니 갑자기 시선을 떨궜다.

라스콜니코프의 창백한 얼굴이 확 붉어졌다. 갑자기 온몸이 충격을 받은 듯이 떨리고 두 눈이 활활 타올랐다.

"어머니." 그는 단호하고 완강한 어조로 말했다. "이분은 소피야 세묘노브나 마르멜라도바입니다. 이미 말씀드렸던 마르멜라도프 씨, 어제 제 눈앞에서 말에 밟혀 죽은 그 불행한 분의 따님이에요……."

풀헤리야 알렉산드로브나는 소녀를 힐끗 쳐다보고는 눈을 가느다랗게 떴다. 로쟈의 집요하고도 도전적인 눈초리에 몹시 당황하면서도 그녀는 이렇게 하는 데서 오는 쾌감을 도저히 포기할 수 없었다. 두네치카는 정색을 하고 이 불쌍한 아가씨의 얼굴을 똑바로 응시하면서 의아하다는 듯이 그녀를 살펴보고 있었다. 소냐는 자기를 소개하는 말을 듣고 다시 눈을 들려고 했으나 전보다 더 당황하고 말았다.

"아가씨에게 물어보려고 한 것은," 라스콜니코프가 그녀에게 다급히 말했다. "댁에선 오늘 어떻게 됐습니까? 귀찮게 굴지 않던가요……? 이를테면 경찰이."

"아뇨, 모두 무사히 끝났어요……. 사망 원인이 워낙 명백하니까요. 귀찮은 일은 없었어요. 다만 같은 집에 사는 사람들이 화를 냈어요."

"왜요?"

"시신을 오랫동안 놔둔다고…… 날이 더워서, 냄새가…… 그래서 오늘 저녁 기도식 때 묘지로 옮겨서 내일까지 예배당에 모셔

두려고 해요. 어머니는 처음엔 반대했지만 지금은 어쩔 수 없다고
생각하고 계세요……."

"그럼 오늘이군요?"

"어머니는 내일 교회에서 있는 장례식에 꼭 참석해 주시길 바
라세요. 끝난 뒤에는 집에서 열리는 추도연에도 들러 주시면 좋겠
다고요."

"어머니께서 추도연을 여십니까?"

"네, 간단한 식사 정도로. 어머닌 어제 도와주신 데 대해 꼭 감사
를 드리라고 당부하셨어요…… 정말 당신이 아니셨다면 장례를
치를 돈도 없었을 거예요." 그녀의 입술과 턱이 갑자기 떨리기 시
작했으나 다시 황급히 시선을 떨구고, 있는 힘을 다해 꾹 참았다.

이야기를 나누면서 라스콜니코프는 그녀를 찬찬히 살펴보았
다. 무척이나 여위고 파리한 작은 얼굴은 그다지 윤곽이 고르지
못하고, 작고 날카로운 코와 턱 때문인지 좀 날카로운 느낌을 주
었다. 그녀는 결코 예쁘다고 할 수 없었으나, 그 대신 푸른 눈은
너무나도 맑아서, 두 눈이 생기를 띨 때면 누구든 자기도 모르게
끌리게 될 정도로 한없이 선량하고 순진한 얼굴 표정이 되었다.
뿐만 아니라 그녀의 얼굴과 전체 모습에는 아주 독특한 점이 하나
있었다. 열여덟이라는 나이에도 불구하고 그녀는 아직 어린 소녀
처럼 보였고, 나이보다 한참 어려 보여서 어린아이 같았는데, 그
런 것이 어쩌다가 그녀의 어떤 동작에서 우스꽝스러우리 만큼 나
타날 때도 있었다.

"그런데 카체리나 이바노브나는 그 적은 돈으로 어떻게 일을

치르고 식사까지 대접하려는 겁니까……?" 라스콜니코프는 집요하게 대화를 이어가며 물었다.

"관도 아주 싼 걸로 하고…… 그리고 모든 걸 간단하게 하니까 많이 들지 않아요…… 좀 전에 어머니하고 같이 계산해 봤는데, 추도식을 할 정도는 남을 것 같아요…… 어머니가 그렇게 하길 몹시 원하고 있어요……. 그렇게라도 하지 않으면…… 어머니에겐 아무 위안이 없으니까요…… 아시다시피, 그런 분이세요……."

"압니다, 압니다…… 물론……. 그런데 왜 그렇게 내 방을 둘러보죠? 방금 제 어머니도 관 같다고 하셨는데."

"가진 돈을 어제 저희들에게 다 주셨던 거죠!" 소네치카는 대답 대신 왠지 힘주어 빠르게 속삭이듯 말하고는 갑자기 다시 고개를 떨구었다. 그녀의 입술과 턱이 또 떨리기 시작했다. 아까부터 라스콜니코프의 가난한 형편에 충격을 받은 상태였는데, 지금 이 말이 그만 자기도 모르게 불쑥 튀어나온 것이었다. 침묵이 뒤따랐다. 두네치카의 눈이 어째서인지 밝게 빛났다. 풀헤리야 알렉산드로브나는 상냥하게 소냐를 쳐다보기까지 했다.

"로쟈." 그녀가 몸을 일으키며 말했다. "그럼 우린, 이따가 함께 식사를 하자꾸나. 두네치카, 가자……. 로쟈, 넌 나가서 산책이라도 하고 와서 좀 누워 쉬다가, 거기로 되도록이면 빨리 오너라……. 그렇잖으면 우리가 널 지치게 한 게 아닌가 걱정이 되니까……."

"네, 네, 가야죠." 그는 일어나면서 급히 말했다……. "그런데 난 일이 좀……."

"아니 그럼 식사도 따로 하겠다는 거야?" 라주미힌이 깜짝 놀라서 라스콜니코프를 바라보며 외쳤다. "너 그게 무슨 소리야?"

"그래, 그래, 가겠어, 물론, 물론……. 그런데 넌 잠깐만 남아줘. 어머니, 지금 이 친구가 필요하신 건 아니죠? 아니면 제가 이 친구를 가로채는 셈인가요?"

"어디, 아냐, 아냐! 그러나 드미트리 프로코피치, 댁도 꼭 식사하러 와 줄 거죠, 네?"

"꼭 와 주세요." 두냐가 부탁했다.

라주미힌은 고개를 숙여 인사를 했는데 얼굴이 온통 환히 빛났다. 한순간 갑자기 모두 왠지 어색한 기분이 되었다.

"잘 있거라, 로쟈, 아니, 이따가 보자. 난 '잘 있거라'라는 말이 싫구나. 잘 있어요, 나스타시야……. 아이고, 또 '잘 있어요'라고 했네……."

풀헤리야 알렉산드로브나는 소네치카와도 인사를 나누고 싶었으나, 왠지 그러지 못하고 황급히 방을 나갔다.

그러나 아브도치야 로마노브나는 마치 차례를 기다리고 있었다는 듯이 어머니 뒤를 따라 소냐 곁을 지나면서 그녀에게 깊숙이 허리를 굽혀 친절하고 정중하게 인사를 했다. 소네치카는 당황한 나머지 깜짝 놀라서 허둥지둥 절을 했다. 아브도치야 로마노브나가 자신에게 정중하고 세심하게 대해 준 것이 무척이나 부담스럽고 괴로운 듯이 어떤 병적인 느낌마저 그녀의 얼굴에 묻어났다.

"두냐, 잘 가!" 라스콜니코프가 벌써 현관에 나와 외쳤다. "자, 손을 줘!"

"아니 방금 내밀었잖아요, 잊었어요?" 두냐가 상냥하고 어색하게 그를 향해 몸을 돌리면서 대답했다.

"뭐 어때, 또 한 번 줘!"

그는 누이동생의 손가락을 꽉 쥐었다. 두네치카는 오빠에게 미소를 지어 보이고 얼굴이 빨개져서 급히 손을 빼내고는 어머니 뒤를 쫓아갔다. 알 수 없는 행복감이 그녀를 휩쌌다.

"자, 이제 됐어요!" 그는 방으로 돌아오면서 환한 얼굴로 소녀를 쳐다보고 말했다. "주여, 죽은 자들에게 안식을 주시고, 산 자는 더 살게 하소서! 그렇지 않은가요? 그렇지 않아요? 정말 그렇지요?"

소녀는 오히려 어리둥절해져서, 별안간 밝아진 그의 얼굴을 바라보았다. 그는 잠시 동안 말없이 그녀를 응시하고 있었다. 세상을 뜬 그녀의 아버지 마르멜라도프가 해 준 딸의 이야기가 순간 갑자기 그의 기억을 스쳐 갔다……

"아아, 두네치카!" 밖으로 나오자 풀헤리야 알렉산드로브나가 이내 말을 시작했다. "이렇게 나오니까 정말 기쁘구나. 왜 그런지 마음이 가벼워. 아, 어제 기차간에서는 설마 이걸 기뻐하게 되리라고 생각이나 했겠니!"

"엄마, 거듭 말씀드리지만 오빠 아직 많이 아파요. 정말 모르세요? 어쩌면 우리 때문에 괴로워하다가 저렇게 건강을 망쳤는지도 몰라요. 좀 더 너그럽게 대해 주시고 웬만한 건 용서해 주어야 해요."

"너도 아까 너그럽게 대하지 못해 놓고서는!" 풀헤리야 알렉산드로브나는 흥분하여 시샘이 난 듯 곧바로 말을 가로챘다. "얘, 두냐, 너희 둘을 두고 찬찬히 보았는데, 넌 네 오빠 아주 쏙 빼닮았더구나. 얼굴보다도 성미가 더 그래. 둘 다 우울하고, 까다롭고, 쉽게 발끈하고, 둘 다 오만하고, 둘 다 너그러워……. 그렇지만 네 오빠가 이기주의자라니, 그럴 수는 없잖아? 응……? 오늘 저녁에 무슨 일이 일어날지 생각하면, 벌써부터 심장이 덜컥 내려앉는구나!"

"걱정 마세요, 엄마, 결국 정해진 대로 되는 법이니까요."

"두네치카! 글쎄 우리가 지금 어떤 형편인지 생각 좀 해 봐! 표트르 페트로비치가 거절하면, 어떻게 되지?" 불쌍한 풀헤리야 알렉산드로브나는 얼떨결에 그만 이렇게 말하고 말았다.

"그런 사람이라면 대체 무슨 가치가 있겠어요!" 두네치카는 경멸하듯 단호하게 대답했다.

"우리가 지금 나온 건 잘한 일이야." 풀헤리야 알렉산드로브나는 재빨리 말을 막았다. "그 앤 어디에 무슨 급한 일이 있다고 했는데, 좀 돌아다니고 신선한 공기라도 마시면 좋으련만…… 걔 방은 끔찍해, 숨이 막혀…… 그런데 여긴 대체 어디서 공기를 마신담? 이곳은 거리에 나와 있어도 꼭 바람구멍 하나 없는 방 같은걸. 맙소사, 무슨 도시가 이럴까……! 잠깐, 좀 비켜서라, 치어 죽이겠다, 뭘 나르고 있어! 피아노를 운반하는 거였구나, 정말…… 왜 이렇게들 떠밀까……. 난 그 아가씨도 너무 무서워……."

"어떤 아가씨요, 엄마?"

"글쎄 그 소피야 세묘노브나 말이다. 지금 와 있던……."

"왜요?"

"그런 예감이 든단다. 두냐. 글쎄, 네가 믿든 말든, 난 그 여자가 들어오는 순간 그런 생각이 들더라. 바로 여기에 중요한 매듭이 있구나 하고……."

"그런 건 아무것도 없어요!" 두냐는 역정을 내며 소리쳤다. "엄마의 예감도 참 문제예요! 오빠는 그 여자를 어제 처음 알게 됐고, 아까 들어왔을 때도 못 알아봤잖아요!"

"글쎄, 두고 보렴……! 난 그 여자 때문에 걱정이 되는구나, 두고 봐, 두고 봐! 난 너무도 놀랐단다. 그 여자가 날 보는데, 그 눈이. 난 의자에 제대로 앉아 있을 수조차 없었어. 기억 나니, 그 애가 그 여자를 어떻게 소개하기 시작했는지? 이상한 생각이 들어. 표트르 페트로비치가 그 여자에 대해 그렇게 쓰고 있는데도, 그 애가 우리에게 그 여자를 소개시키다니, 너에게까지 말이다! 그러니까 그 애에게 소중한 여자인 게야!"

"그 사람이 뭐라고 쓰든 무슨 대수예요! 우리에 대해서도 사람들은 여러 말을 하고 쓰고 그랬잖아요. 잊으셨어요? 난 그 여자가…… 훌륭한 사람이고, 그런 말들은 모두 엉터리라고 믿어요."

"제발 그렇다면야!"

"표트르 페트로비치는 질 나쁜 거짓말쟁이에요." 갑자기 두네치카가 잘라 말했다.

풀헤리야 알렉산드로브나는 어쩔 수 없이 입을 다물었다. 대화는 끊어지고 말았다.

"이봐, 너한테 좀 할 말이 있어⋯⋯." 라스콜니코프는 라주미힌을 창 쪽으로 끌고 가면서 말했다.

"그럼 전 당신께서 오실 거라고 어머니께 말씀드리겠어요⋯⋯." 소냐는 가려고 인사를 서둘렀다.

"잠깐, 소피야 세묘노브나, 우리 얘긴 비밀이 아니니까 괜찮아요⋯⋯. 아가씨에게 아직 두어 마디 드릴 말씀이 있습니다⋯⋯. 거 있잖아." 그는 말을 툭 끊어 버리듯 끝맺지도 않고, 갑자기 라주미힌 쪽으로 돌아섰다. "네가 알고 있다면서? 그⋯⋯ 누구라더라⋯⋯ 포르피리 페트로비치 말이야!"

"알다마다! 친척인걸. 그런데 무슨 일로?" 그는 호기심이 솟구치는 걸 느끼면서 덧붙였다.

"그 사람이 지금 그 사건⋯⋯ 글쎄, 그게, 그 살인 사건 말이야⋯⋯ 어제 너희들이 얘기하던⋯⋯ 그걸 다루고 있다며?"

"그래⋯⋯ 그런데?" 라주미힌은 갑자기 눈을 부릅떴다.

"그 사람이 전당 잡힌 자들을 탐문하고 있다던데, 나도 거기에 잡힌 게 있어. 별건 아니지만, 페테르부르크로 올 때 누이동생이 기념으로 준 반지와 아버지의 은시계야. 다 해야 오륙 루블짜리지만 나에겐 소중해, 기념품이라서 말이야. 그러니 어떡하면 좋을까? 그걸 잃고 싶진 않아, 특히 시계는. 아까 두냐의 시계 얘기가 나왔을 때, 어머니가 그걸 좀 보여 달라고 하실까 봐 조마조마했어. 아버지의 유일한 유품이거든! 그게 없어진다면 어머닌 앓아누우실 거야! 여자들이란 다 그렇잖아! 그러니 어떡하면 좋을지 좀 가르쳐 줘! 경찰서에 신고해야 한다는 건 알고 있어. 하지만 포

406

르피리에게 직접 하는 게 낫지 않을까, 응? 어떻게 생각해? 되도록 빨리 일을 처리해야 하는데. 두고 봐, 벌써 식사 전에 어머니가 물어보실 테니!"

"경찰서는 절대 안 돼, 반드시 포르피리에게 가야 해!" 라주미힌은 왜 그런지 몹시 흥분해서 소리쳤다. "난 너무 기뻐! 왜 여기이러고 있지, 지금 가자고, 두 걸음이면 되니까. 분명히 만날 수있을 거야!"

"좋아…… 가자……."

"그 친군 널 알게 되면 무지, 무지, 무지, 무지 기뻐할 거야! 내가 네 얘길 많이 했거든, 여러 차례나……. 어제도 얘기했지. 가자고……! 그럼 네가 그 노파를 알고 있었던 거구나? 그러니까 그랬지……! 모든 게 아주 멋-지-게 반전되었군……! 아, 참…… 소피야 이바노브나가……."

"소피야 세묘노브나야." 라스콜니코프가 정정해 주었다. "소피야 세묘노브나, 이 사람은 내 친구 라주미힌입니다. 좋은 사람이죠……."

"지금 가셔야 한다면……." 소냐는 라주미힌을 쳐다보지도 않고 말을 하려 했으나, 그 때문에 더 당황하고 말았다.

"그럼 갑시다!" 라스콜니코프는 결정했다. "오늘이라도 댁에들르겠습니다, 소피야 세묘노브나, 어디 사시는지만 일러 주십시오."

그는 당황한 것은 아니었으나 마치 다급한 것처럼 그녀의 시선을 피했다. 소냐는 자기 주소를 알려 주면서 얼굴을 붉혔다. 세 사람은 함께 밖으로 나갔다.

"문은 안 잠가?" 두 사람 뒤를 따라 층계를 내려가면서 라주미힌이 물었다.

"한 번도 그래 본 적 없어……! 사실, 이 년 전부터 늘 자물쇠를 사고 싶긴 했지만." 그는 태평스레 덧붙였다. "잠글 게 없는 사람은 행복하지 않은가요?" 그는 웃으면서 소냐를 향해 말했다. 그들은 밖으로 나와 대문 앞에서 걸음을 멈추었다.

"오른쪽으로 가셔야 하죠, 소피야 세묘노브나? 그런데 어떻게 절 찾아내셨죠?" 그가 그녀에게 물었으나, 실은 뭔가 전혀 다른 말을 하고 싶은 듯했다. 그는 아까부터 그녀의 조용하고 맑은 눈동자를 한 번 더 들여다보고 싶었으나, 왜 그런지 그게 그리 쉽게 되지 않았다…….

"어제 폴레치카에게 주소를 일러 주셨잖아요."

"폴랴? 아아, 그렇지…… 폴레치카! 그…… 꼬마 여자아이…… 그 애가 여동생이었죠? 그럼 제가 그 애에게 주소를 주었던가요?"

"어머나 정말 잊으셨어요?"

"아니…… 기억나요……."

"당신 얘기는 돌아가신 아버지한테서 전에 들은 적이 있어요. 다만 그땐 아직 성함을 몰랐고, 아버지도 역시 모르셨어요……. 그런데 오늘은 왔을 때…… 어제 당신 성함을 알아 두었던 터라…… 그래서 라스콜니코프 씨 댁이 여기 어디냐고 물어보았어요…… 전 당신도 세입자한테서 방을 빌려 살고 계신 줄은 몰랐어요……. 그럼 안녕히……. 저는 어머니에게 가겠어요……."

마침내 두 사람과 헤어져 갈 수 있게 되자 그녀는 무척 기뻤다. 그녀는 시선을 떨구고 총총걸음으로 걸어갔다. 어서 빨리 두 사람의 시야에서 벗어나 스무 걸음쯤 떨어진 오른쪽 길모퉁이까지 어떻게든 빨리 가서 마침내 혼자가 되어 누구도 쳐다보지 않고 무엇도 눈여겨보지 않고 걸어가면서, 아까 주고받은 말 한 마디 한 마디, 장면 하나 하나를 어서 빨리 생각해 보고 떠올려 보고 헤아려 보고 싶었다. 여태까지 한 번도, 단 한 번도 이런 것을 느껴 본 적이 없었다. 아주 크고 새로운 세계가 불가사의하고도 아련하게 가슴속으로 스며든 것이다. 그녀는 갑자기 라스콜니코프가 오늘 들르겠다고 한 말이 생각났다. 어쩌면 아침에, 어쩌면 지금 곧 올지도 모른다!

"오늘만 아니라면, 제발, 오늘만 아니라면!" 그녀는 놀란 아이처럼 누구에게 애원하듯 가슴을 조이며 중얼거렸다. "아아! 나한테…… 그 방에…… 그분이 보시면…… 아아, 어떡하나!"

그러니 물론 그녀는 그때 어떤 낯선 한 신사가 집요하게 그녀의 뒤를 밟고 있는 것을 알아챌 수가 없었다. 그 사나이는 그녀가 집 문을 나설 때부터 줄곧 따라오고 있었다. 라주미힌과 라스콜니코프, 그리고 그녀 세 사람이 인도에서 잠시 발을 멈추고 두어 마디 나누고 있던 바로 그때, 이 행인은 그들 곁을 지나다가 때마침 "라스콜니코프 씨 댁이 어디냐고 물어보았어요" 하고 소냐가 말하는 것을 우연히 듣게 된 순간, 웬일인지 갑자기 몸을 움찔한 것 같았다. 그는 재빨리 이들 세 사람을, 특히 소냐가 말을 건네고 있던 라스콜니코프를 주의 깊게 훑어보고는, 그 집을 쳐다보고 기억에 새겨 두었다. 이 모든 것은 한순간에, 그것도 걸어가면서 일어난 일이었다. 행인은 내색조차 하지 않으려고 애쓰면서 마치 누군가를 기다리는 것처럼 걸음을 늦추고 계속 걸어갔다. 그는 소냐를 기다리고 있었던 것이다. 그는 세 사람이 작별 인사를 나누는 것을 보았고, 소냐가 어딘가에 있는 자기 집으로 돌아가리라는 것을 알고 있었다.

'그런데 집이 어딜까? 어디서 본 듯한 얼굴인데.' 그는 소냐의 얼굴을 기억해 내려고 애쓰면서 생각했다……. '알아내야지.'

모퉁이에 이르자 그는 길 반대편으로 건너가서 돌아다보았다. 소냐는 아무것도 알아채지 못한 채, 같은 길을 따라 뒤에서 걸어오고 있었다. 모퉁이까지 오자 그녀도 마침 같은 길로 들어섰다. 그는 맞은편 인도에서 그녀에게서 눈을 떼지 않고 뒤를 밟기 시작했다. 쉰 걸음 정도 걸어가다가 그는 다시 소냐가 걷고 있는 쪽으로 건너가서 바싹 따라잡고는, 다섯 걸음 정도 차이를 두고 그녀 뒤를 따랐다.

그는 나이가 쉰 살가량 된, 보통보다 좀 큰 키에 몸집이 좋고, 떡 벌어지고 날카롭게 각이 진 어깨 때문에 자세가 약간 굽은 듯이 보이는 사나이였다. 그는 우아하고 편안한 옷차림이었고, 거만한 나리 같아 보였다. 새 장갑을 낀 손에 멋진 지팡이를 들고, 한 걸음 옮길 때마다 보도를 딱딱 소리 내어 짚고 있었다. 광대뼈가 튀어나온 넓은 얼굴은 꽤나 잘생겼고, 안색은 생기가 도는 것이 페테르부르크 사람 같지 않았다. 머리털은 아직도 숱이 많은데다 약간 희끗희끗하긴 했으나 완전히 금발이었고, 삽 모양으로 넓고 길게 자란 수염은 머리털보다 훨씬 밝은색이었다. 눈은 푸른색으로, 차갑고 꿰뚫을 듯한 사색적인 시선이었다. 입술은 선명한 붉은색이었다. 전체적으로 자신을 아주 훌륭하게 가꾸어서 나이보다 훨씬 젊어 보이는 사나이였다.

소냐가 운하 둑길로 나왔을 때, 길에는 그들 두 사람뿐이었다. 그는 그녀를 지켜보다가 그녀가 생각에 잠겨 멍해 있다는 걸 알아챘다. 자기 집에 이르자 소냐는 문 안으로 들어갔고, 그도 좀 놀란 듯이 뒤따라 들어갔다. 그녀는 안마당으로 들어가서 자기 방으로 올라가는 층계가 있는 오른쪽 구석으로 향했다. '어렵쇼!' 낯선 나리는 이렇게 중얼거리고, 그녀 뒤를 따라 층계를 올라가기 시작했다. 그제야 소냐는 그를 알아챘다. 그녀는 3층으로 올라가서 복도로 들어서더니, 문에 백묵으로 '재봉사 카페르나우모프'라고 쓰여 있는 9호실의 초인종을 울렸다. '아니, 이럴 수가!' 낯선 사나이는 이상한 우연의 일치에 놀라 다시 한 번 중얼거리고는 이웃한 8호실의 초인종을 울렸다. 두 문 사이의 거리는 여섯 걸음 정도밖에 되지 않았다.

"카페르나우모프 집에 사시는군요!" 그는 소냐를 보고 미소를 지으며 말했다. "그 사람은 어제 내 조끼를 고쳐 주었답니다. 나는 여기 바로 옆집에, 마담 레슬리히, 게르트루다 카를로브나의 집에 묵고 있어요. 희한한 인연이군요!"

소냐는 그를 주의 깊게 쳐다보았다.

"이웃사촌이네요." 그는 왠지 몹시 유쾌하게 말을 이었다. "나는 페테르부르크에 온 지 사흘밖에 되지 않습니다. 자, 그럼 또 봅시다."

소녀는 대답하지 않았다. 문이 열리자 그녀는 숨듯이 자기 방 안으로 들어갔다. 어쩐지 수치스러운 마음이 들었고, 두려움에 사로잡힌 것 같기도 했다……

라주미힌은 포르피리에게 가면서 유난히 흥분해 있었다.

"이봐, 이건 참 잘된 일이야." 그는 몇 번이나 되풀이해서 말했다. "그래서 난 기뻐! 난 기쁘다고!"

'뭐가 기쁘다는 거지?' 라스콜니코프는 속으로 생각했다.

"나는 너도 그 노파한테 전당을 잡힌 줄은 몰랐어. 그런데…… 그런데…… 그게 오래됐어? 그러니까 노파에게 갔던 게 오래됐어?"

'이런 순진한 바보 같으니!'

"언제냐고……?" 라스콜니코프는 기억을 더듬느라 걸음을 멈추었다. "글쎄 죽기 사흘 전이었나.* 그런데 지금 그 물건들을 찾으러 가는 게 아냐." 그는 어쩐지 다급해하며 물건이 특별히 걱정이나 되는 듯이 말을 받았다. "지금 나한텐 1루블짜리 은화 한 닢밖에 없거든…… 어제 그 빌어먹을 열병 때문에……!"

열병이라는 말에 그는 유달리 힘을 주어 발음했다.

"음, 그래, 그래, 그래." 라주미힌은 조급하게 무엇에 대해선지 연신 맞장구를 쳤다. "바로 그것 때문에도 네가 그때…… 그렇게 충격을 받은 거야…… 실은 네가 헛소리를 할 때, 무슨 반지가 어떻고 목걸이 줄이 어떻고 하며 내내 중얼거리고 있었거든……!음, 그래, 그래……. 명백해, 이젠 모든 게 명백해."

'아하! 녀석들 머릿속에선 그런 생각이 사방으로 꿈틀꿈틀 기어 다니고 있었군! 이 녀석은 나를 위해서라면 십자가에 못 박히는 것조차 마다하지 않을 놈이지만, 그런데도 내가 왜 반지에 대해 헛소리를 했는지 **명백해졌다**고 저렇게 기뻐하지 않는가! 녀석들 모두에게 그 생각이 뿌리박혀 있었던 거야……!'

"지금 가면 그 사람이 있을까?" 그가 큰 소리로 물었다.

"그럼, 있고말고." 라주미힌이 급히 말했다. "멋진 사내지. 곧 알게 될 거야! 약간 굼뜬 데가 있긴 하지만, 그건 세속적인 인간이기도 하다는 뜻이지. 하지만 내가 굼뜬 데가 있다고 말하는 건 다른 의미에서야. 영리한 사나이야, 영리해, 지나치게 영리하지. 다만 사고방식이 좀 특이해……. 의심이 많고, 회의주의자에다 냉소가야…… 속이기를 좋아하고, 아니 속인다기보다 골려 주기를 좋아해……. 뭐 물증주의적인 낡은 방법이긴 하지만……. 그래도 자기 일은 잘해, 잘하지……. 작년에도 오리무중인 살인 사건을 훌륭하게 해결해 냈거든! 널 무지 알고 싶어 해, 무지, 무지!"

"아니 왜?"

"특별한 이유가 있는 게 아니고…… 실은 최근에 네가 병이 났을 때 내가 네 얘길 많이 하게 됐거든……. 그래서 그 사람도 들었던 거야…… 네가 법대생이었으나 형편상 졸업을 못 하고 있다는 걸 알고는, '거참, 안됐군!' 하고 말한 적도 있었어. 그래서 난 그렇게 결론 내렸지…… 그러니까 이 모든 것이 함께 얽혀 있고,

이것 한 가지뿐만이 아니라고 말이야. 어제도 자묘토프가……. 이봐, 로쟈, 어제 널 집으로 바래다주면서 내가 술김에 무슨 소릴 지껄였는데…… 네가 너무 심각하게 받아들이지 않을까 걱정이 돼, 실은……."

"뭘? 다들 나를 미치광이로 여긴다는 거? 그래, 어쩌면 그럴지도 모르지."

그는 억지로 미소를 지었다.

"그래…… 그래…… 빌어먹을! 아냐……! 정말 그때 내가 말한 건(그때 지껄인 다른 말도 그렇지만) 죄다 엉터리야. 취해서 지껄인 헛소리야."

"뭘 그렇게 변명을 하는 거야! 이런 것엔 아주 진저리가 나!"라스콜니코프는 과장해서 짜증을 내며 외쳤다. 그러나 어느 정도는 연극이었다.

"알아, 알아, 이해해. 정말이야, 이해해. 말하기조차도 부끄러워……."

"부끄러우면 말도 하지 마!"

두 사람은 입을 다물었다. 라주미힌은 말할 수 없이 기뻤으나, 라스콜니코프는 이것이 혐오스럽게 느껴졌다. 라주미힌이 방금 포르피리에 대해서 한 말도 그를 불안하게 했다.

'그자에게도 신세타령을 늘어놔야겠다.' 그는 얼굴이 창백해지고 가슴이 두근거리는 걸 느끼면서 생각했다. '그것도 되도록 자연스럽게. 하지만 우는 소리는 아예 하지 않는 게 가장 자연스러울지 몰라. 애써 아무 소리도 하지 말아야지! 아니야, **애써** 그러면 또 부자연스럽게 돼⋯⋯. 좋아, 젠장, 일이 어떻게 돌아갈지, 거기서⋯⋯ 보게 되겠지⋯⋯ 이제 곧⋯⋯. 그런데 내 쪽에서 찾아가는 게 잘하는 짓일까, 아닐까? 불나방은 스스로 촛불에 뛰어들지. 가슴이 방망이질 친다. 이거 안 좋은데⋯⋯!'

"이 회색 집이야." 라주미힌이 말했다.

'무엇보다 중요한 것은 내가 어제 그 마귀할멈 집에 가서⋯⋯ 피에 대해 물어본 것을 포르피리가 아느냐 모르느냐 하는 거야. 들어가자마자 이것부터 먼저 알아내야 돼. 그 녀석의 표정에서 알아내야 돼. 그-렇-찮-으-면⋯⋯ 아니, 파멸하는 한이 있어도 알아낼 테다!'

"그런데 말이야." 갑자기 그는 교활한 미소를 띠고 라주미힌을 보면서 말했다. "오늘 보니까, 너 아침부터 웬일인지 무척 흥분하고 있는데? 맞지?"

"흥분은 무슨? 전혀 흥분하고 있지 않아." 라주미힌은 얼굴을 찌푸렸다.

"아냐, 이봐, 정말 그래, 빤히 보이는걸. 아까 의자에 앉아 있을 때도 평소의 너답지 않게 이상하게 귀퉁이에 걸터앉아 내내 달달 떨고 있던데. 까닭도 없이 벌떡벌떡 일어나면서 말이야. 공연히 화를 내는가 하면, 무슨 영문인지 갑자기 달콤한 얼음사탕 같은 얼굴이 되기도 했다고. 심지어 얼굴이 빨개지기도 했잖아. 특히 식사 초대를 받았을 땐 아예 홍당무가 되더구먼."

"내가 언제, 거짓말 마⋯⋯! 뭣 때문에 그런 소릴 하는 거야?"

"그럼 왜 그렇게 초등학교 아이같이 안절부절못하는 건데! 쳇,

자식, 또 빨개졌어!"

"이 돼지 같은 자식, 정말!"

"뭘 그렇게 당황해? 로미오! 가만, 오늘 어디서 이 얘길 해 줘야 겠다, 하하하! 어머닐 좀 웃겨 드려야지…… 그리고 또 어떤 사람 도……."

"이봐, 이봐, 내 말 좀 들어 봐, 이건 농담이 아냐, 이건……. 만 일 그런 짓을 하면 진짜 어떻게 되는지 알지, 이 망할 자식!" 라주 미힌은 공포 때문에 등골이 오싹해져서 아주 어쩔 줄 몰랐다. "그 두 사람한테 무슨 말을 하려고? 나는, 이봐…… 제기랄, 이 돼지 같은 놈아!"

"야, 꼭 봄날의 장미꽃이야! 정말 얼마나 잘 어울리는지, 너도 봐야 할 텐데. 육 척 장신 로미오! 아니 오늘은 말끔하게 씻고 손 톱까지 깨끗이 다듬고, 응? 여태 그런 적이 없었잖아! 어이쿠, 포 마드까지 발랐군! 어디 머리 좀 숙여 봐!"

"돼지 같은 놈!"

라스콜니코프는 도저히 참을 수 없다는 듯이 배를 잡고 웃어 젖 히더니 계속 그렇게 웃어 대면서 포르피리의 집으로 들어섰다. 라 스콜니코프는 그렇게 할 필요가 있었다. 그들이 웃어 대면서 들어 와서 현관에서도 아직 큰 소리로 웃고 있는 것을 방 안에서도 들 을 수 있게 하고 싶었던 것이다.

"여기서 한마디라도 지껄이기만 해 봐라, 아주 네놈을…… 박 살내 버릴 테니!" 라주미힌은 라스콜니코프의 어깨를 움켜잡고 미친 듯이 씩씩거리면서 속삭였다.

5

　라스콜니코프는 벌써 방 안으로 들어가고 있었다. 그는 어떻게든 웃음을 참으려고 안간힘을 쓰는 듯한 얼굴로 들어섰다. 그의 뒤에서 완전히 속이 뒤집어지고 격분한 낯을 한 라주미힌이 작약 꽃처럼 새빨갛게 되어 겸연쩍은 듯 어슬렁어슬렁 어색하게 들어갔다. 정말로 그때 그 얼굴과 모습이 어찌나 우스꽝스럽던지 라스콜니코프가 웃는 것도 당연해 보였다. 라스콜니코프는 미처 소개도 받기 전에, 방 한가운데 서서 의아한 눈초리로 그들을 바라보고 있는 방주인에게 고개를 숙여 인사하고는 손을 내밀어 악수를 했는데, 그러는 동안에도 계속 자신의 유쾌한 기분을 억누르고 두어 마디라도 자기소개를 하려고 굉장히 애를 쓰는 모습이었다. 그러나 간신히 정색을 하고 뭔가를 중얼거리려던 그는 갑자기 저도 모르게 또다시 라주미힌을 힐끔 쳐다보고는 이젠 그만 참을 수가 없었다. 참았던 웃음이 지금까지 참고 참았던 만큼이나 더욱더 거침없이 폭발하고 말았다. 이 '가슴에서 터져 나오는' 웃음에 대해 라주미힌이 보인 극도의 격분은 이 장면 전체를 정말 더없이 유쾌하고 자연스럽게 보이게 해 주고 있었다. 마치 일부러 그러기라도 하듯, 라주미힌이 일을 거들어 준 셈이었다.

　"에이, 이 망할 자식!" 그는 으르렁대며 한 손을 휘젓다가, 마침 빈 찻잔이 놓여 있던 조그만 원탁을 내려치고 말았다. 모든 것이 날아가고 와장창 요란한 소리를 냈다.

　"이거 봐요, 어쩌자고 의자를 부숩니까, 국고 손실이잖소!" 포르피리 페트로비치가 유쾌하게 소리쳤다.

이 장면은 다음과 같은 식으로 전개되었다. 라스콜니코프는 자신의 손이 주인의 손안에 쥐어져 있는 것도 잊은 채 웃어 대고 있었으나 도가 지나치면 안 된다는 것을 알고 있었으므로, 될 수 있는 대로 빠르고 자연스럽게 끝낼 수 있는 순간을 엿보고 있었다. 탁자가 넘어지고 찻잔이 깨지는 바람에 완전히 당황한 라주미힌은 흩어진 파편을 침울하게 바라보다가 침을 탁 뱉고 창 쪽으로 몸을 홱 돌려서는, 사람들에게 등을 보인 채 서서 잔뜩 인상을 찡그리고 창밖을 보고 있었으나 실은 아무것도 보고 있지 않았다. 포르피리 페트로비치는 웃고 있었고 또 더 웃고 싶어 했지만, 그래도 어떻게 된 영문인지를 무척 알고 싶어 하는 눈치였다. 구석에 놓인 의자에는 자묘토프가 앉아 있었는데, 그는 손님이 들어오자 슬며시 일어나서 입을 벌린 채 미소를 지으며 기다리는 자세로 서 있었으나, 의아스럽다는 듯이, 아니 수상쩍다는 듯이 이 광경을 바라보고 있었고, 더구나 라스콜니코프를 쳐다보는 눈에는 어쩐지 당황한 빛이 역력했다. 전혀 뜻밖에도 자묘토프가 그 자리에 있는 것을 보게 되자 라스콜니코프는 충격을 받았고 불쾌해졌다.

'이것도 잘 생각해 두어야 한다!' 그는 생각했다.

"죄송합니다, 정말." 그는 애써 당황한 시늉을 하며 입을 열었다. "라스콜니코프라고 합니다⋯⋯."

"천만의 말씀을, 대단히 반갑습니다. 정말 유쾌한 모습으로 들어오시더군요⋯⋯. 아니 왜, 저 친구는 인사도 하기 싫은 모양이죠?" 포르피리는 턱짓으로 라주미힌을 가리켰다.

"정말 모르겠습니다, 뭣 때문에 나한테 저렇게 화를 내는지. 오는 길에 저 친구에게 로미오를 닮았다고 말해 주고, 그리고…… 그걸 증명했을 뿐이거든요. 그 밖엔 아무 일도 없었던 것 같은데요."

"돼지 같은 놈!" 라주미힌은 돌아보지도 않고 응수했다.

"그 한마디에 저렇게 화를 낸다면 몹시 심각한 이유가 있나 보군요." 포르피리는 웃음을 터뜨렸다.

"뭐야, 형까지! 예심판사란 사람이……! 둘 다 뒈져라!" 라주미힌은 거칠게 말했으나, 갑자기 제풀에 웃음을 터뜨리고 아무 일도 없었다는 듯이 유쾌해진 얼굴로 포르피리 페트로비치에게 다가왔다.

"그만두자고! 다들 얼간이야. 그보다 이제 용건으로 들어가지. 이쪽은 내 친구 로지온 로마느이치 라스콜니코프야. 첫째로, 형 얘길 많이 듣고는 알고 지내고 싶어 하고, 둘째로 형에게 좀 볼일이 있어. 아니! 자묘토프! 여기 어쩐 일이야? 두 사람이 아는 사이야? 안 지 오래됐어?"

'이건 또 뭐야!' 라스콜니코프는 불안한 마음으로 생각했다.

자묘토프는 당황한 눈치였으나, 심한 정도는 아니었다.

"어제 당신 집에서 알게 됐어요." 그는 허물없는 투로 말했다.

"그럼 소개료를 번 셈이군. 어떻게든 포르피리 형에게 소개시켜 달라고 지난주에 끔찍하게도 졸라 대더니, 나를 빼돌리고 둘이서 몰래 서로 텄다 이거지……. 담배는 어딨어?"

포르피리 페트로비치는 긴 실내복에 아주 깨끗한 셔츠를 입고 밑창이 한쪽으로 닳은 실내화를 신은 편안한 차림새였다. 나이는 서른다섯 살가량, 보통 키보다 좀 작고 뚱뚱하고 배가 나온 사나이로, 콧수염이나 볼수염도 없이 깨끗하게 면도를 하고, 왠지 유난히 뒤통수가 툭 튀어나온 크고 둥근 머리에는 숱이 촘촘한 머리털이 짧게 깎여 있었다. 코가 약간 위로 들린, 좀 부은 듯한 둥근 얼굴은 병적이라 할 만큼 누리끼리했으나 표정은 활기에 차 있었고 조소하는 것 같은 느낌마저 주었다. 마치 누군가에게 눈짓이라도 하듯 연방 껌벅거리고 있는, 거의 흰색에 가까운 속눈썹에 덮여 왠지 멀건 물기가 번쩍거리고 있는 눈매만 아니라면 오히려 선량해 보일 만한 얼굴이었다. 이 눈초리는 아낙네를 닮은 데까지 있는 그의 전체 모습과는 어쩐지 이상하게도 어울리지 않았고, 첫눈에 예상하게 되는 것보다 훨씬 진지한 어떤 것을 더해 주고 있었다.

포르피리 페트로비치는 손님이 자신에게 '좀 볼일'이 있다는 말을 듣자 곧 그를 소파에 앉히고, 자기도 다른 쪽 끝에 앉아 곧바로 용건에 대한 설명을 기다리면서 매우 열심히, 너무 진지하다 싶을 정도로 주의를 기울이며 손님을 응시하고 있었다. 이런 주의는 특히 초면인데다 자기가 보기에도 그 용건이 결코 그런 대단한 주의를 받을 만한 것이 못 된다 싶을 때는 처음부터 무척이나 부담스럽고 당혹스러운 느낌을 갖게 하기 마련이다. 그러나 라스콜니코프는 짤막하고 조리 있는 말로 분명하고 명확하게 자신의 용건을 설명하고 스스로도 그것에 만족스러운 마음이 되어, 포르피리를 매우 찬찬히 살펴볼 수 있었다. 포르피리 역시 시종일관 한 번도 그에게서 눈을 떼지 않았다. 탁자의 맞은편에 앉아 있던 라주미힌은 초조하게 용건의 설명에 열심히 주의를 기울이면서 끊임없이 두 사람을 번갈아 쳐다보고 있었는데, 그게 좀 지나칠 정도였다.

'바보 같은 녀석!' 라스콜니코프는 속으로 욕을 했다.

"경찰에 신고하셔야 합니다." 포르피리는 지극히 사무적으로 대답했다. "이러이러한 사건, 즉 그 살인 사건에 대해 알게 되었으므로 이러이러한 물건이 당신의 것이며 다시 인수하기를 원한다는 내용의 신고서를 사건 담당 예심판사에게 직접 제출하시거나…… 또는 거기서…… 알아서 당신에게 써 줄 겁니다."

"실은 바로 그 문제가, 전 지금," 라스콜니코프는 될 수 있는 대로 더 당황한 것처럼 보이려고 애썼다. "가진 돈이 전혀 없고…… 그런 푼돈마저 마련할 수가 없습니다……. 그래서 우선은 그 물건들이 내 것이고, 돈이 생겼을 때…… 라는 것만 신고해 두고 싶습니다."

"상관없습니다." 포르피리 페트로비치는 금전적인 문제에 대한 설명을 냉담하게 받아들이면서 대답했다. "그렇지만 원하신다면 저에게 직접 써내셔도 좋습니다. 이런 내용의 것으로 말입니다. 이러이러한 사건에 대해 알게 되어 이러이러한 물건이 자신의 것이라는 것을 신고하고 선처를 부탁한다는……."

"그냥 보통 종이에 써도 괜찮을까요?" 라스콜니코프는 다시금 돈 걱정을 내비치며 다급하게 말을 가로챘다.

"그럼요, 아무 종이라도 됩니다!" 갑자기 포르피리 페트로비치는 마치 그에게 눈짓이라도 하는 양 눈을 가늘게 뜨고 왠지 비웃는 게 분명한 표정으로 그를 쳐다보았다. 그러나 그것은 한순간의 일이었으므로 어쩌면 라스콜니코프에게만 그렇게 여겨졌을 수도 있다. 하지만 적어도 그와 비슷한 무엇이 있었다. 라스콜니코프는 그가 무엇 때문인지는 몰라도 자기에게 눈짓을 한 것만큼은 틀림없다고 맹세라도 할 수 있었다.

'알고 있구나!' 이런 생각이 번개처럼 그의 뇌리를 스쳤다.

"죄송합니다. 이런 하찮은 일로 번거롭게 해드려서." 그는 좀 당황해하며 말을 이었다. "제 물건이래야 모두 해서 5루블밖에 안 나가지만, 제게는 무척 소중합니다. 그것을 준 사람들에 대한 기념물이니까요. 그래서 고백하지만, 그 사건에 대해 들었을 때 정말 놀랐습니다……."

"그래서 그렇게 자리에서 벌떡 일어났구나! 어제 내가 조시모프에게 포르피리가 전당 잡힌 사람들을 조사하고 있다고 얘기했을 때 말이야." 라주미힌이 뻔한 의도를 가지고 끼어들었다.

이건 도저히 더 참을 수가 없었다. 라스콜니코프는 참다 못해 분노에 타는 검은 눈을 번쩍이며 독기에 차서 그를 쏘아보았다. 그러나 곧 정신을 차렸다.

"이봐, 넌 날 비웃는 것 같은데?" 그는 능청스럽게 자존심이 상한 척하면서 라주미힌을 보고 말했다. "그야 네 눈에는 내가 이런 하찮은 것 때문에 지나치게 걱정을 하는 것 같겠지. 좋아. 하지만 그렇다고 나를 이기주의자나 탐욕스러운 인간으로 여기면 곤란해. 그리고 나에겐 이 보잘것없는 두 개의 물건이 결코 하찮은 것일 수가 없거든. 아까도 네게 말했지만, 돈으로 치면 한 푼도 안 나갈 그 은시계는 아버지가 남긴 유일한 유품이야. 날 비웃어도 좋아. 그러나 어머니께서 와 계신데." 그는 갑자기 포르피리 쪽으로 몸을 돌렸다. "만약 아시게 되면," 그는 목소리가 떨리도록 몹시 애를 쓰면서 다시 급히 라주미힌 쪽을 돌아다보았다. "그 시계가 없어진 것을 아시게 되면 얼마나 낙담하실지 몰라! 여자니까!"

"아니 절대 그런 말이 아니야, 난 그런 뜻이 절대 아냐! 정반대란 말이야!" 라주미힌이 괴롭다는 듯 외쳤다.

'잘해 냈을까? 자연스러웠을까? 과장되지는 않았을까?' 라스콜니코프는 속으로 떨었다. '왜 '여자니까'라는 말을 했을까?'

"어머니께서 오셨다고요?" 무슨 까닭인지 포르피리 페트로비치가 되물었다.

"네."

"그게 언젭니까?"

"어제 저녁입니다."

포르피리는 생각해 보는 듯 입을 다물었다.

"당신의 물건은 어떤 경우에도 없어질 염려가 없었습니다." 그는 침착하고 냉정하게 말을 이었다. "나는 오래전부터 당신이 오시길 여기서 기다리고 있었습니다."

그러고는 아무 일도 없었다는 듯이 그는 담뱃재로 양탄자를 무참하게 더럽히고 있는 라주미힌에게 보살피듯 재떨이를 내밀었다. 라스콜니코프는 움찔했으나, 포르피리는 여전히 라주미힌의 담배에 신경을 쓰느라 그를 보지 못한 듯했다.

"뭐? 기다렸다고! 그럼 형은 이 친구가 **거기서** 전당 잡힌 걸 알고 있었던 거야?" 라주미힌이 소리쳤다.

포르피리 페트로비치는 똑바로 라스콜니코프 쪽을 돌아다보았다.

"당신의 두 가지 물건, 반지와 시계는 종이로 싸여 **그 여자** 집에 있었습니다. 종이 위엔 당신의 이름이 또박또박 연필로 적혀 있었고, 그 물건을 당신에게서 받은 날짜도 마찬가지로……."

"정말 주의 깊으시군요……!" 라스콜니코프는 그의 눈을 똑바로 쳐다보려고 애쓰며 어색하게 미소 지었으나, 참지 못하고 불쑥 덧붙이고 말았다. "그러니까 제 말은, 전당 잡힌 사람들이 틀림없이 아주 많았을 텐데…… 그 많은 사람을 다 기억하기가 어려웠을 거라는 생각이 들어서……. 그런데 당신은 오히려 그 사람들을 모두 확실하게 기억하고 계시고, 게다가…… 게다가……."

'바보같이! 약해 빠졌긴! 어쩌자고 이런 말을 덧붙였을까!'

"전당 잡힌 사람들을 이제 거의 다 알고 있습니다. 당신 한 분만 아직 안 오셨던 거죠." 포르피리는 간신히 알아볼 수 있는 조소를 머금고 대답했다.

"몸이 좀 안 좋아서요."

"들어서 알고 있습니다. 게다가 무슨 일 때문에 몹시 혼란스러운 상태였다는 것도 들었습니다. 지금도 안색이 창백하신 것 같군요."

"전혀 그렇지 않습니다…… 오히려 완전히 건강합니다!" 라스콜니코프는 갑자기 어조를 바꾸어 거칠고 심술궂게 잘라 말했다. 속에서 부글부글 끓어오르는 분노를 누를 길이 없었다. '화를 내면 입을 잘못 놀리게 된다!' 다시 이런 생각이 스쳤다. '왜 저자들은 날 괴롭히는 걸까……!'

"몸이 좀 안 좋았다고!" 라주미힌이 말을 받았다. "거짓말 마! 어제까지만 해도 거의 정신없이 헛소리를 했으면서……. 이봐, 포르피리 형, 이 친구는 제대로 일어서지도 못하면서 어제 우리 두 사람, 나와 조시모프가 잠깐 한눈을 파는 사이에 옷을 갈아입고 몰래 빠져나가 거의 한밤중까지 어딜 싸다녔다니까, 그것도 완전히 제정신이 아닌 상태로 말이야, 상상이나 할 수 있겠어? 별 희한한 일이라니까!"

"정말로 **완전히 제정신이 아니셨습니까**? 말씀 좀 해보세요!" 어딘지 여자 같은 몸짓으로 포르피리가 고개를 가로저었다.

"에이, 쓸데없는 소리! 곧이듣지 마세요! 그렇잖아도 곧이듣지 않으시겠지만!" 화가 난 나머지, 그만 라스콜니코프는 이렇게 내뱉고 말았다. 그러나 포르피리는 이 이상한 말을 잘 알아듣지 못한 것 같았다.

"제정신이고서야 어떻게 밖으로 나갈 수 있었겠어?" 갑자기 라주미힌이 열을 냈다. "왜 나갔지? 무엇 때문에……? 그리고 왜 그렇게 몰래 나간 건데? 대체 그때 네 정신이 말짱했다는 거야? 이제 모든 위험이 지나갔으니까, 너한테 솔직히 까놓고 말하는 거야!"

"어제는 저 친구들한테 정말이지 진저리가 나서," 라스콜니코프는 뻔뻔스럽고 도전적인 미소를 지으며 갑자기 포르피리를 향해 말했다. "다시는 나를 찾아내지 못하게 다른 방을 구하려고 달아났습니다. 돈도 한 움큼 쥐고 나갔죠. 저기 저 자묘토프 씨가 그 돈을 보았습니다. 어땠습니까? 자묘토프 씨, 내가 어제 제정신이던가요, 헛소리를 하던가요. 이 논쟁을 해결해 주시겠습니까?"

이 순간 그는 자묘토프를 목 졸라 죽일 수도 있을 것만 같았다. 그의 눈초리도, 침묵도, 너무나 맘에 들지 않았다.

"제가 보기에 당신은 대단히 이성적이고 심지어 교활할 정도도 말씀을 잘 하시더군요. 다만 지나치게 초조해하고는 있었지만." 자묘토프는 건조하게 말했다.

"오늘 니코짐 포미치가 그러던데." 포르피리 페트로비치가 끼어들었다. "어제 아주 늦은 시각에 말에 밟혀 죽은 어느 관리의 집에서 당신을 만났다더군요……."

"글쎄 그 관리만 해도 그래!" 라주미힌이 말을 가로챘다. "네가 그 관리 집에서 한 짓도 미친 짓 아냐? 가진 돈을 다 털어 장례 비용으로 과부에게 내주다니! 아니, 도와주고 싶었다면 15루블을 주든지, 20루블을 주든지 하고, 3루블이라도 남겨 둬야 할 거 아냐. 25루블을 몽땅 내주다니!"

"어쩌면 내가 어디서 보물을 발견했는지도 모르잖아? 어제 난 돈을 펑펑 썼거든……. 저기 자묘토프 씨는 내가 보물을 발견한 걸 알고 있어……! 정말 죄송합니다." 그는 입술을 떨면서 포르피리 쪽을 돌아보고 말했다. "이런 쓸데없는 이야기로 반 시간 동안이나 불편을 끼쳤습니다. 진절머리가 났겠죠, 네?"

"천만의 말씀, 정반댑니다. 정-반대! 제가 당신에게 얼마나 관심이 많은지 모르실 겁니다! 당신을 보는 것도, 얘길 듣는 것도 참 재미있습니다……. 사실 말이지, 마침내 이렇게 와 주셔서 정말 기쁩니다……."

"그럼 차라도 좀 줘! 목이 타는데!" 라주미힌이 외쳤다.

"아주 좋은 생각이야! 다들 함께 들면 좋겠군. 그런데 어떤가…… 차를 들기 전에 좀 더 실속 있는 것을 먹으면?"

"빨리 좀 가기나 하라고!"

포르피리 페트로비치는 차를 시키러 나갔다.

갖가지 생각이 라스콜니코프의 머릿속에서 회오리쳤다. 그는 무섭게 초조했다.

'문제는 이들이 숨기지도 않고 격식을 차리려고도 하지 않는다는 점이다! 만약 나를 전혀 모른다면 어째서 니코짐 포미치하고 내 얘길 했을까? 그러니까, 이건 개떼처럼 내 뒤를 밟고 있다는 걸 숨기려고도 하지 않는다는 말이다! 아주 드러내 놓고 낯짝에 침을 뱉고 있는 거야!' 그는 미칠 듯한 분노에 몸을 떨었다. '자, 곧바로 쳐라, 고양이가 쥐를 가지고 놀듯 장난하지 말고. 이건 무례하잖나, 포르피리 페트로비치. 하지만 나도 가만히 있진 않겠소이다……! 벌떡 일어나서, 상통에 대고 모든 진실을 뱉어 주마. 그러면 내가 너희들 모두를 얼마나 경멸하고 있는지 너희들도 알게 될 것이다……!' 그는 간신히 숨을 몰아쉬었다. '하지만 만약나 혼자서 그렇게 여기는 것에 불과하다면? 이것이 만약 신기루이고 모든 것이 나의 오해라면, 내가 경험이 없어서 화를 내는 것이고 이 비열한 역할을 견디지 못하고 있는 것이라면? 어쩌면 이모든 것은 아무 의도가 없는 것일 수도 있지 않은가? 이들의 말은모두 예사로운 것이지만 그 속엔 뭔가가 있어……. 이 모든 것은언제라도 할 수 있는 말이지만, 그러나 뭔가가 있어. 왜 이자는'그 여자 집에'라고 내놓고 말했을까? 왜 자묘토프는 내가 **교활할**

정도로 말을 잘했다고 덧붙였을까? 왜 이들은 그런 어조로 말할까? 그렇다…… 어조다……. 라주미힌은 저기 저렇게 같이 앉아 있으면서도 왜 아무것도 눈치채지 못할까? 이 순진한 나무토막은 언제나 아무것도 눈치채지 못하지! 또다시 열이 난다……! 아까 포르피리는 나에게 눈을 깜박인 걸까, 아닐까? 분명히 아무것도 아닐 거야. 뭣 땜에 눈을 깜박이겠어? 이들은 내 신경을 자극하고 싶은 걸까, 아니면 나를 약올리는 걸까? 이 모든 것이 신기루이거나, 아니면 이들은 **알고 있다**……! 자묘토프까지도 뻔뻔스럽다…… 아니, 자묘토프가 뻔뻔한 걸까? 자묘토프는 밤사이에 생각을 바꾼 거야. 그가 생각을 바꾸리라는 건 나도 진작부터 예감하고 있었어! 그는 여기 처음 왔으면서도 마치 제 집처럼 굴고 있다. 포르피리는 그를 손님으로 대하지도 않고 등을 보이고 앉아 있잖아. 서로 통한 거다! 틀림없이 **나 때문에** 통한 거다! 틀림없이 우리가 오기 전에 내 얘길 했던 거다……! 이들은 내가 그 집을 보러 간 걸 알고 있을까? 우선 그것부터 알아내야 한다……! 내가 어제 방을 알아보러 달아났다고 말했을 때, 그는 흘려듣고 신경 쓰지 않았어……. 그러나 방 얘기를 꺼낸 것은 잘한 일이야. 나중에 쓸모가 있을 테니까……! 제정신이 아니었단 말이렷다……! 하하하! 그는 어젯밤의 일을 속속들이 알고 있어! 하지만 어머니가 온 것은 모르고 있었잖아……! 그런데 그 마귀 할망구가 날짜까지 연필로 적어 놓았다고……! 거짓말 마, 내가 호락호락 넘어갈 줄 알고! 그건 아직 물증이 아니야, 신기루에 불과해! 아니, 물증을 내놔 봐! 셋방을 보러 갔다는 것도 물증이 아니라, 헛소리야. 녀석들에게는 무슨 말을 해야 하는지 난 알고 있어……. 녀석들이 그 셋방 일에 대해 알고 있을까? 그걸 알아내기 전에는 여길 떠나지 않겠다! 내가 왜 여기 온 걸까? 나는 지금 이렇게 화를 내고 있는데, 이건 자칫 증거가 될지도 몰라! 쳇, 어쩌자고 이렇게 초조해하는 걸까! 하지만 잘된 건지도 모르지. 어차피 난 환자의 역할을 맡았으니까……. 이자는 나를 떠보고 있어. 내 정신을 빼놓으려고 할 거야. 내가 여기 왜 온 걸까?'

이 모든 것이 번개처럼 그의 뇌리를 스쳐 갔다.

포르피리 페트로비치는 곧 돌아왔다. 그는 갑자기 유쾌해진 것 같았다.

"이봐, 난 어제 자네 집에 갔다 온 뒤에 골치가 좀……. 그리고 어쩐지 온몸에 나사가 풀린 것 같아." 그는 웃으면서 전혀 다른 어조로 라주미힌에게 말을 꺼냈다.

"그래 어땠나? 재미있었어? 난 어제 한창 흥이 났을 때 자리를 떴잖아? 누가 이겼는데?"

"물론 아무도 못 이겼지. 영원히 풀 수 없는 문제에 엉겨 붙어 허공을 날아다녔을 뿐이야."

"로쟈, 어제 우리가 무슨 문제에 엉겨 붙었는지 알아? 범죄는 존재하느냐 존재하지 않느냐 하는 거였어. 나중엔 다들 횡설수설했지."

"놀랄 게 뭐 있어? 평범한 사회 문젠데." 라스콜니코프는 관심 없다는 투로 말했다.

"문제가 꼭 그런 형태로 제기된 건 아니었지." 포르피리가 지적했다.

"꼭 그렇지는 않았어, 그건 맞아." 라주미힌은 여느 때처럼 성급하게 열을 올리며 곧바로 동의했다. "이봐 로쟈, 잘 듣고서 네 의견을 말해 줘. 듣고 싶으니까. 난 어제 그 친구들을 상대로 필사적으로 싸우면서 네가 오길 학수고대했어. 그들에게도 네가 올 거라고 얘기했거든……. 논쟁은 사회주의자들의 관점으로부터 시작됐어. 그 관점이란 다들 알다시피, 범죄는 사회조직의 비정상성에 대한 항의라는 거지. 다만 그것뿐이고, 그 이상의 아무것도 아니라는 거야. 어떤 다른 원인도 받아들이지 않아, 어떤 것도……!"

"또 거짓말을!" 포르피리 페트로비치가 외쳤다. 그는 눈에 띄게 활기를 띠고, 라주미힌을 바라보고 연방 웃으면서 그를 더욱 부채질했다.

"아무것도 받아들이지 않아!" 라주미힌은 열을 내며 말을 가로막았다. "거짓말이 아니야……! 그들의 책을 보여 주지. 그들에 의하면 모든 것이 '환경에 침식되었기' 때문이라는 거야. 그 밖엔 아무것도 없어! 그들이 가장 즐기는 문구지! 여기서 곧바로 나오는 결론은, 사회가 정상적으로 조직된다면 모든 범죄는 대번에 사라질 것이다, 왜냐하면 항의할 이유가 없게 되고 모든 사람이 한순간에 올바른 사람이 되기 때문이라는 거야. 본성은 고려의 대상이 되지 않아. 본성은 배제되고 무시돼! 그들에 따르면, 인류는 **살아 있는** 역사의 길을 끝까지 밟으면서 발전하여 마침내 스스로 정상적인 사회가 되는 게 아니라, 그와는 정반대로 어떤 수학적 두뇌에서 나온 사회 체제가 곧바로 전 인류를 조직하여, 모든 살아 있는 과정에 앞서, 모든 살아 있는 역사의 길 없이, 한순간에 올바르고 죄 없는 인류로 만든다는 거야! 그렇기 때문에 그들은 그토록 본능적으로 역사를 싫어해. '역사 속엔 추악함과 우매함만이 있다'라고 하면서 말이야. 모든 것을 오로지 우매함 하나로 설명한다니까! 그 때문에 그들은 삶의 **살아 있는** 과정을 그렇게 싫어하는 거야. **살아 있는 영혼**은 필요 없다는 거지! 살아 있는 영혼은 삶을 요구하고, 살아 있는 영혼은 기계학에 순종하지 않고, 살아 있는 영혼은 의심이 많고, 살이 있는 영혼은 반동적이야! 그러나 이쪽 인간은 비록 송장 냄새가 좀 나긴 해도 고무로 만들어 낼 수 있어. 그 대신 살아 있지 않고, 그 대신 의지가 없고, 그 대신 노예 같아서, 반항하지 않아! 그 결과, 모든 것은 공동숙사*의 벽돌을 쌓고 복도와 방을 배치하는 것으로 귀결되고 말지! 생활공동체의 숙사는 완성되었으나, 인간의 본성은 자네들의 그 공동숙사를 위한 준비가 아직 되어 있지 않아. 본성은 삶을 원해. 본성은 삶의 과정을 아직 끝내지 않았고, 무덤에 가기엔 아직 일러! 논리만으로 본성을 뛰어넘을 수는 없는 법이야! 논리는 고작 세 가지의 경우를 예상하지만, 실제로는 백만 가지의 경우가 있으니까! 그런데 그 백만 가지의 것을 모두 잘라 버리고, 모든 것을 안락이라는 한 가지 문제로 귀결시키라는 거야! 가장 간단한 과제 해결 방식이지! 유혹적일 만큼 분명하고, 생각할 필요도 없어! 요는 생각할 필요가 없다는 거야! 삶의 모든 비밀이 종이 두 쪽에 다 들어가니까!"

"드디어 터졌군, 잘 두들기는데! 저 친구 두 손을 붙잡고 있어야겠어." 포르피리가 웃었다. "생각해 보십시오." 그는 라스콜니코프 쪽으로 몸을 돌렸다. "어제 저녁에도 이랬답니다. 단칸방에서 여섯 사람의 목소리가, 게다가 다들 펀치 술을 잔뜩 마시고 이미 취해 있었으니, 상상이 가십니까? 아닐세, 이 친구야, 자네 말은 엉터리야. '환경'은 범죄에서 많은 것을 의미해. 자네에게 그 사실을 증명해 주지."

"나도 알아, 많은 것을 의미한다는 건. 어디 그럼 말해 봐. 마흔 살이 된 사나이가 열 살짜리 여자아이를 욕보였다면, 그것도 환경이 시킨 짓이라고 할 거야?"

"뭐, 엄밀한 의미에서는 그것도 환경이 그랬다고 할 수 있지." 포르피리는 놀랄 만큼 엄숙하게 말했다. "소녀에 대한 범죄는 '환경'에 의해 얼마든지 설명될 수 있어."

라주미힌은 격분해서 거의 미칠 지경이었다.

"그럼 원한다면 나도 지금 **증명해 주지.**" 그가 으르렁거리기 시작했다. "형 속눈썹이 하얀 이유는 오로지 이반 대제*의 높이가 35사 젠*이기 때문이라는 것을 분명하고 정확하고 진보적으로, 자유주의적인 색채까지 곁들여서 증명해 줄까? 당장 그렇게 해 주지! 어때, 내기를 할까!"

"받아들이겠어! 어디 들어나 봅시다, 녀석이 어떻게 증명할지!"

"언제나 저렇게 능청을 떤다니까, 젠장!" 라주미힌은 이렇게 소리치고 벌떡 일어나서 한 손을 내저었다. "정말이지 형하고는 얘기할 가치도 없어! 형은 언제나 일부러 이러는 거야. 로지온, 넌 아직 형을 몰라! 어제도 형은 그 녀석들 편을 들었지만, 그건 그들을 모두 놀려 주기 위해서였어. 어제 형이 무슨 소릴 했는지 알아?

·맙소사! 그런데도 녀석들은 기뻐했어……! 형은 두 주일씩이나 이런 식으로 버틸 수 있다고. 작년에는 무슨 생각에서인지 수도원에 들어가겠다고 해서 우리를 믿게 해 놓고는 두 달 동안이나 버텼지 뭐야! 얼마 전엔 결혼을 한다고, 결혼식 준비도 다 됐다고 우릴 믿게 하려고 했어. 옷도 새로 맞추고 말이야. 우린 축하까지 했지. 그런데 신부고 뭐고 아무것도 없었어. 모든 게 다 쇼였다고!"

"저것 봐, 또 되는 대로 지껄이는군! 옷은 그전에 맞춘 거야. 새옷을 핑계로 너희 모두를 한번 골려 주자는 생각이 들었던 것뿐이지."

"정말 그렇게 능청을 잘 떠십니까?" 라스콜니코프는 무심코 물었다.

"그렇지 않다고 생각하셨나요? 잠깐만 기다리십시오, 당신도 골려 드릴 테니, 하, 하, 하! 아닙니다. 당신에겐 사실대로 말씀드리지요. 범죄니 환경이니 소녀니 하는 이런 모든 문제들과 관련하여 방금 생각이 났는데—하긴 제가 늘 흥미를 가져왔던 것입니다만—당신이 쓴 소논문 말입니다. 「범죄에 관하여」였는지 어땠는지…… 제목은 잊어버려서 기억하지 못합니다만. 두 달 전에 『정기 논단』에서 재미있게 읽었습니다."

"제 논문이라고요? 『정기 논단』에서요?" 라스콜니코프는 놀라서 물었다. "실은 반 년 전에 대학을 휴학했을 때 어떤 책에 관해 논문을 한 편 썼습니다만, 그때 그걸 『주간 논단』에 가져갔지, 『정기 논단』에 가져가지는 않았는데요."

"『정기 논단』에 실렸습니다."

"『주간 논단』이 폐간되어서 그 당시에는 실리지 않았는데……."

"그건 맞습니다. 그런데『주간 논단』이 폐간되면서『정기 논단』과 합쳐졌고, 그래서 당신 논문도 두 달 전에『정기 논단』에 실렸던 겁니다. 모르셨습니까?"

라스콜니코프는 사실 아무것도 모르고 있었다.

"아니, 고료를 청구하실 수도 있는데! 당신도 참 대단한 성격이십니다! 자신과 직접 관련된 일까지 모를 정도로 그렇게 고립되어 사시다니. 여하튼 이건 엄연한 사실입니다."

"브라보, 로지카! 나도 몰랐어!" 라주미힌이 외쳤다. "오늘이라도 도서관 열람실에 가서 그게 실린 호(號)를 찾아봐야지! 두 달 전이라고? 날짜는? 상관없어, 내가 직접 찾아볼게! 저질렀군! 그런데도 아무 말도 안 하고!"

"그런데 제 논문인지는 어떻게 아셨습니까? 머리글자로만 서명했는데."

"우연히, 요 며칠 전에 알게 됐죠. 편집인을 통해서. 아는 사이거든요……. 정말 흥미 있게 읽었습니다."

"범죄를 실행하는 과정 전체에 있어서의 범죄자의 심리 상태를 고찰한 걸로 기억이 됩니다만."

"그렇습니다. 그리고 범죄 실행 행위는 언제나 병을 수반한다는 주장을 하시더군요. 대단히, 대단히 독창적입니다만…… 제가 특별히 관심을 가졌던 것은 당신 논문의 그 부분이 아니고, 논문 말미에 언급되어 있는 어떤 견해인데, 유감스럽게도 불분명하게 암시만 되어 있더군요……. 한마디로 말해서, 기억하실지 모르겠습니다만, 세상에는 어떤 불법과 범죄라도 행할 수 있는…… 아니 할 수 있다기보다 그럴 수 있는 완전한 권리를 가진 어떤 부류의 사람들이 존재하며, 그들에게는 법도 존재하지 않는 것과 다름없다는 것을 암시하고 있더군요.”

라스콜니코프는 자신의 견해에 대한 집요하고도 고의적인 왜곡에 빙그레 웃었다.

“어떻게? 뭐라고? 범죄에 대한 권리? 그럼 ‘환경에 침식당했기’ 때문도 아니잖아?” 라주미힌은 왠지 소스라치기까지 하면서 물었다.

“아니, 아니, 꼭 그런 건 아니네.” 포르피리가 대답했다. “문제는 이분의 논문에 의하면 모든 사람은 ‘평범한’ 사람과 ‘비범한’ 사람으로 분류되는 것 같다는 거야. 평범한 사람들은 복종하며 살아야 하고, 법을 넘어설 권리를 갖지 못해. 왜냐하면 그들은 평범한 사람이니까. 그러나 비범한 사람들은 어떤 범죄도 행할 수 있고 어떤 법도 넘어설 수 있는 권리를 갖는데, 그건 그들이 비범하기 때문이라는 거지. 제가 만일 잘못 알고 있는 게 아니라면, 당신 주장이 아마 그랬죠?”

“아니 어떻게 그럴 수가 있어? 그럴 리야 없지!” 라주미힌은 믿기지 않는다는 듯 중얼거렸다.

라스콜니코프는 또다시 빙그레 웃었다. 그는 무엇이 문제이고 상대방이 자기를 어디로 몰고 가려는지 대번에 알아차렸다. 그는 자신의 논문을 기억하고 있었다. 그는 도전에 응하기로 마음먹었다.

"제가 쓴 내용이 꼭 그런 것은 아닙니다." 그는 솔직하고 겸손하게 말문을 열었다. "그렇지만 솔직히 말해, 당신은 제 논문의 내용을 거의 정확하게 설명해 주셨습니다. 아니 원하신다면 완전히 정확하다 할 수 있습니다……. (그는 완전히 정확하다고 인정해 주면서 정말로 쾌감을 느꼈다.) 다만 한 가지 차이점은, 저는 결코 당신이 말씀하시는 바와 같이, 비범한 사람은 항상 온갖 불법을 반드시 행해야 한다거나 그럴 의무가 있다고 주장한 것이 아니라는 겁니다. 그런 논문이라면 실어 주지도 않았겠죠. 저는 다만 다음과 같은 것을 암시했을 뿐입니다. 즉, '비범한' 사람은 권리를 가진다……. 다시 말해, 공식적인 권리는 아니지만, 어떤 장애를 넘어서는 것을 자신의 양심에 허용할 수 있는 권리를 가진다……. 다만 이것은 그의 사상(때로는 전 인류에게 구원을 가져다줄 사상)의 구현이 그것을 요구하는 경우에 한해서라고 말이죠. 당신은 제 논문이 명확하지 못하다고 말씀하셨지요. 가능한 한 자세히 설명 드리겠습니다. 당신도 그걸 원하신다고 생각해도 틀리지 않을 것 같으니까요. 자, 그럼. 제 생각으로는, 만일 어떤 사정으로 해서 케플러와 뉴턴의 발견이 이 발견을 방해할지도 모르고 혹은 그것에 장애가 될지도 모르는 한 사람, 열 사람, 백 사람 혹은 그 이상의 사람의 생명을 희생하지 않고는 도저히 사람들에게 알릴 수가 없다면, 이 경우 뉴턴에겐 자신의 발견을 전 인류에게 보급하기 위해서 그런 열 명 혹은 백 명의 사람을 **제거**할 권리가 있을 것이고, 심지어 그럴 의무까지도 있을 것이다라는 겁니다……. 그렇다고 해서 이것이 곧 뉴턴이 아무나 닥치는 대로 사람을 죽이거나 시장에서 매일 도둑질을 할 수 있는 권리를 가진다는 말은 절대 아닙니다. 나아가 제가 기억하기로 저는 논문에서 이런 논지를 펼친 것 같습니다. 즉, 모든…… 이를테면 아주 먼 고대로부터 시작하여 리쿠르고스*, 솔로몬, 마호메트, 나폴레옹 같은 사람들로 이어지는 전 인류의 입법자와 지도자들이라 해도 좋습니다. 이들은 모두 한 사람도 빠짐없이 새로운 법을 제정했고, 그럼으로써 사회에 의해 성스럽게 추앙받으면서 선조로부터 계승된 구법(舊法)을 파기했으며, 또한 만일 유혈만이(때로는 구법을 위해 용감하게 흘린 완전히 무고한 피일 때도 있었습니다) 그들을 도울 수 있다면 물론 유혈 앞에서도 결코 멈추지 않았다는 점만으로도 이미 범죄자였습니다. 이러한 인류의 입법자와 지도자의 대부분이 특히 무서운 살육자였다는 것은 그야말로 주목할 만한 점입니다. 요컨대, 제가 말하고자 하는 것은, 위대한 사람들뿐만이 아니라 주어진 궤도에서 조금이라도 벗어난 사람, 즉 무슨 새로운 것을 말할 수 있는 능력을 아주 조금이라도 지닌 사람이라면 누구나 본성상 반드시 범죄자가 될 수밖에 없다는 겁니다. 물론 정도의 차이는 있지만 말입니다. 그렇지 않고서는 궤도에서 벗어나기 어려운 일이죠. 그렇다고 궤도에 머무르는 것에 대해서는 그들은 자신의 본성상 결코 동의할 수 없으며, 제가 생각하기에 그들에겐 이것에 동의하지 않을 의무까지도 있다고 봅니다. 요컨대 당신도 보시다시피, 지금까지 제가 한 말에 특별히 새로운 것이라고는 아무것도 없습니다. 이것은 이미 수천 번이나 발표되고 읽힌 것이니까요. 평범인과 비범인의 분류에 대해서는 다소 자의

적이었다는 것을 인정합니다만, 정확한 숫자를 주장하는 것은 아닙니다. 저는 다만 저의 근본적인 생각을 믿고 있을 뿐입니다. 그것은 다름이 아니라, 인간은 자연법칙상 **대체로** 두 부류로, 다시 말해, 저급한(평범한) 부류, 즉 자기와 비슷한 족속의 생식에만 봉사할 뿐인 이른바 소재에 해당하는 인간과 참다운 인간, 즉 자신이 속한 사회에서 **새로운 말**을 할 수 있는 천분이나 재능을 지닌 인간으로 분류된다는 것입니다. 이것을 더 세부적으로 분류하자면 끝이 없겠지만, 두 부류를 구별짓는 경계선은 매우 뚜렷합니다. 첫 번째 부류, 즉 소재는 일반적으로 말해 본성상 보수적이며, 예절 바르고, 복종하며 살 뿐만 아니라, 복종하기를 좋아합니다. 제가 생각하기에, 그들은 복종할 의무가 있으며, 그것은 복종하는 것이 그들의 사명이기 때문으로, 여기에는 결코 그들에게 굴욕적인 그 어떤 것도 없습니다. 두 번째 부류는 모두가 법을 넘어서는 파괴자들이거나, 혹은 그들의 능력으로 판단컨대 그럴 성향을 지닌 사람들입니다. 이 사람들의 범죄는 물론 상대적이고 다양합니다. 대개 그들은 아주 다양한 방식의 성명을 통해서, 더욱 훌륭한 것을 위해 현재의 것을 파괴할 것을 요구합니다. 그러나 그런 인간이 자신의 사상을 위해 시체와 피라도 넘어가야만 하는 경우에는 자기 마음속에서 양심에 따라, 자신에게 피를 넘어갈 수 있도록 허락할 수 있다는 것이 제 생각입니다. 그렇지만 어디까지나 사상에 따라서, 사상의 크기에 따라서 그렇게 볼 수가 있다는 겁니다. 이 점에 유의해 주십시오. 오직 이런 의미에서만 저는 제 논문에서 범죄에 대한 권리를 말하고 있습니다. (우리가 이 논의를 법률적인 문제에서 시작했다는 점을 상기해 주십시오.) 그러나 그다지 염려하실 것은 없습니다. 대중은 거의 한 번도 그들에게 이러한 권리를 인정하지 않고, 그들을 처벌하거나 교수형에 처하며(정도의 차이는 있습니다), 그럼으로써 완전히 공정하게 자신들의 보수적인 사명을 완수하니까요. 그러나 그것과 아울러, 다음 세대에 가서는 바로 이 대중이 전에 처형당한 자들을 높은 단에 모셔 놓고 그들에게 경배합니다(정도의 차이는 있습니다). 첫째 범주는 언제나 현재의 지배자이고, 둘째 범주는 미래의 지배자입니다. 첫 번째 부류의 사람들은 세계를 유지하고 그것을 수량적으로 증대시킵니다. 두 번째 부류의 사람들은 세계를 움직이고 목표를 향해 세계를 이끌어 갑니다. 두 부류 모두 완전히 동등한 존재 권리를 가집니다. 요컨대 제 생각으로는 모든 사람이 동등한 권리를 가집니다. 그리고 vive la guerre èternelle(영원한 전쟁 만세)입니다. 물론 새 예루살렘*이 도래할 때까지입니다만!"

"그럼 당신은 그래도 새 예루살렘을 믿고 계십니까?"

"믿습니다." 라스콜니코프는 단호하게 대답했다. 이렇게 말할 때도, 그리고 장광설을 펼치는 동안에도, 그는 양탄자의 한 점을 골라서 줄곧 그것에 눈을 박고 있었다.

"그---리고 신도 믿습니까? 실례입니다만 너무도 알고 싶어서."

"믿습니다." 라스콜니코프는 눈을 들어 포르피리를 보면서 대답했다.

"그-리고 나사로의 부활도 믿습니까?"

"미, 믿습니다. 왜 그런 걸 자꾸 묻습니까?"

"글자 그대로 믿습니까?"

"글자 그대로."

"그렇습니까……. 그냥 궁금했습니다. 용서하십시오. 그러나 잠깐만, 아까 얘기로 돌아가서 그 사람들이 언제나 처형당하는 것은 아니잖습니까. 어떤 자들은 오히려……."

"살아생전에 승리한다고요? 오, 그럼요, 어떤 자들은 살아 있는 동안에 목적을 달성하지요. 그리고 그때는……."

"그들 스스로가 처형을 시작하나요?"

"그래야 한다면, 아시겠지만, 대부분 그렇습니다. 대체로 당신의 지적은 무척 예리하군요."

"감사합니다. 하지만 이것도 말씀해 주십시오. 비범한 사람은 평범한 사람과 어떻게 구별됩니까? 태어날 때부터 그런 표식이 있습니까? 제 말은 여기엔 좀 더 정확성이, 말하자면, 좀 더 외적인 확실성이 필요하지 않나 하는 겁니다. 저 같은 실제적이고 사상이 온건한 인간이 당연히 갖게 되는 불안이라 여기고 용서하십시오. 그렇지만 이를테면 특별한 옷이라도 정한다든지, 무슨 표지를, 이를테면 인장 같은 거라도 지니고 다닌다든지, 뭐 그렇게 하면 안 될까요……? 왜냐하면, 생각해 보십시오, 만약 혼란이 생겨 한쪽 부류의 인간이 자기가 다른 쪽 부류에 속한다고 생각하고, 당신의 아주 적절한 표현대로 '모든 장애를 제거하기' 시작한다면, 그땐 정말……."

"오, 그런 일은 정말 자주 벌어집니다! 이 지적은 좀 전의 것보다 더 예리하군요……."

"감사합니다……."

"천만에요. 그러나 그런 오류는 첫 번째 부류, 즉 '평범한' 사람들(이렇게 부른 것이 아주 부적절한 것 같습니다만) 쪽에서만 가능하다는 점을 고려해 주십시오. 복종 성향을 타고났음에도 불구하고, 암소에게서조차 나타나는 자연의 익살 때문에 그들 중 많은 자는 자신을 선각자, '파괴자'로 여기고 '새로운 말'을 입에 올리기 좋아합니다. 그것도 아주 진심으로 말입니다. 그러면서 그들은 실제로 **새로운** 사람들을 알아보지 못하고, 오히려 굴욕적으로 사고하는 뒤떨어진 사람으로 경멸하기조차 하는 경우가 너무나 빈번합니다. 그러나 제 생각으로는, 그게 그리 대단한 위험은 될 수 없으니, 정말 조금도 염려하실 것 없습니다. 왜냐하면 그들은 절대로 멀리 가지 못하니까요. 물론 망상에 사로잡힌 데에 대해서는 자신의 분수를 깨우치도록 때로는 채찍으로 때려 주는 것도 좋겠지만, 그 이상은 필요 없습니다. 여기엔 형 집행자도 필요 없습니다. 그들은 스스로 자신을 때릴 겁니다. 원래 품행이 방정한 자들이니까요. 어떤 사람들은 서로에게 그런 봉사를 하고, 어떤 사람들은 제 손으로 자신을 채찍질합니다……. 이와 함께 여러 형태로 공개적인 참회를 하기도 하니까, 아름답고 교훈적으로 결말나게 되죠. 요컨대 조금도 염려하실 것 없습니다……. 그런 법칙이 있으니까요."

"그렇다면 적어도 이쪽 부류에 대해서는 저를 다소나마 안심시켜 주셨습니다만, 또 하나 곤란한 문제가 있습니다. 다른 사람을 죽여도 좋은 권리를 가지고 있는 사람, 즉 그런 '비범한' 인간은 많이 있습니까? 저는 물론 무릎을 꿇을 각오가 돼 있습니다만, 생각해 보십시오. 그런 자들이 아주 많다면 무섭지 않습니까, 네?"

"오, 그것도 염려하지 마십시오." 라스콜니코프는 같은 어조로 말을 이었다. "새로운 사상을 가진 사람들, 심지어 무슨 **새로운 것**을 좀 말할 수 있는 게 고작인 사람들마저도 대체로 아주 극소수밖에 태어나지 않습니다. 이상할 정도로 적은 숫자입니다. 다만 한 가지 확실한 것은, 이 모든 부류와 그 세부 부류에 속하는 사람들이 태어나는 질서는 어떤 자연법칙에 의해 대단히 분명하고 정확하게 결정되어 있다는 겁니다. 이 법칙은 물론 현재로서는 알려져 있지 않지만, 저는 그것이 존재하고 있고 앞으로 알려지게 되리라고 믿습니다. 엄청난 다수 대중, 즉 소재는 오로지 어떤 노력에 의해, 오늘날까지 비밀로 남아 있는 어떤 과정이라든가 종속(種屬) 혼합의 방법에 의해, 천 명 중의 한 사람 꼴일망정 다만 조금이라도 자주적인 인간을 낳도록 힘을 다하기 위해서 이 세상에 존재합니다. 더 큰 자주성을 가진 인간은 아마 만 명 중에 한 사람 꼴로 태어날 것입니다(저는 알기 쉽게 대략 말하는 겁니다). 그보다 더 큰 자주성을 지닌 인간은 십만 명 중에 하나 정도겠죠. 천재적인 인간은 수백만 명 중에 하나일 것이고, 위대한 천재, 인류의 완성자는 아마도 수십억의 인간이 지상에서 사라진 후에 태어날 것입니다. 요컨대 저는 이 모든 일이 일어나고 있는 증류기 속을 들여다보진 않았습니다만, 일정한 법칙은 반드시 존재하고 있고, 또 존재해야 합니다. 여기엔 우연이라는 것이 있을 수 없어요."

"아니 두 사람 다 뭐야, 농담을 하고 있는 거야?" 마침내 라주미힌이 소리쳤다. "둘이서 서로 속여 넘기기라도 하는 거야, 뭐야? 그렇게 앉아서 서로 골려 주고 있잖아! 로쟈, 너 그 말 진심이야?"

라스콜니코프는 말없이 그를 향해 창백하고 슬픔이 어린 듯한 얼굴을 들었으나, 아무 대답도 하지 않았다. 이 조용하고 슬픈 얼굴과 포르피리의 노골적이고 집요적이고 조소적이고 **무례한** 독살스러움을 나란히 두고 보는 것이 라주미힌에겐 기이하게 여겨졌다.

"이봐, 만일 그게 정말로 진심이라면, 그건…… 물론 네 말이 맞아. 그건 새롭지도 않고 우리가 수천 번이나 읽고 들었던 것과 비슷해. 하지만 이 모든 것에서 정말로 **독창적**이고, 정말로 너에게만 속하는 것은, 나로선 정말 무서운 일이지만 어쨌든 네가 **양심에 의거해** 피를 허용하고 있다는 거야. 이런 말을 해서 미안하지만, 그것도 아주 광신적으로 말이야……. 그러니까 여기에 네 논문의 가장 중요한 사상이 들어 있어. **양심에 의거해** 피를 허용한다는 것은, 그건…… 그건, 내 생각으로는 피를 흘려도 좋다는 공식적이고 합법적인 허가보다도 더 무서운 일이야……."

"아주 옳은 말이야. 더 무서운 일이지." 포르피리가 맞장구쳤다.

"아냐, 넌 너무 열중한 나머지 어찌어찌 끌려 들어간 거야! 거기에 잘못이 있어. 내가 읽어 보겠어……. 넌 끌려 들어간 거야! 네가 그렇게 생각할 리가 없어……. 내가 읽어 보겠어."

"논문에는 그런 게 전혀 안 나와, 거기선 암시만 했을 뿐이야." 라스콜니코프가 말했다.

"그렇습니다, 그럼요." 포르피리는 가만히 있을 수가 없었다. "당신이 범죄에 대해 어떤 견해를 가지고 있는지는 이제 저로서도 거의 분명해졌습니다. 그러나…… 저의 집요함을 용서해 주십시오(너무 괴롭혀서 스스로도 부끄럽습니다!). 실은, 좀 전에 두 부류의 혼동이라는 잘못된 경우에 대해서는 저를 충분히 안심시켜 주셨습니다만, 그러나…… 아직도 여러 가지 실제적인 경우가 여전히 마음에 걸립니다! 만약에 어떤 사나이, 혹은 젊은이가 자신이 리쿠르고스나 마호메트라고―물론 미래의 그런 위인이라고―생각해서…… 그 길에 놓인 모든 장애를 제거하기 시작한다면……. 그러니까 대원정을 앞두고 있고 원정에는 돈이 필요해서…… 원정 자금 확보에 착수한다면 말입니다……. 아시겠죠?"

자묘토프가 구석에 앉아 있다가 갑자기 픽 웃었다. 라스콜니코프는 그에게 눈길조차 주지 않았다.

"저도 동의하지 않을 수 없습니다." 그가 조용히 대답했다. "그런 경우가 실제로 있을 겁니다. 어리석고 허영심이 많은 자들이 흔히 그 낚시에 걸려들지요. 특히 젊은이들이."

"그거 보십시오. 그러면 어떻게 됩니까?"

"뭐 뻔하죠." 라스콜니코프는 빙그레 웃었다. "하지만 제 잘못은 아닙니다. 그건 지금도 그렇고 언제나 그럴 겁니다. 지금 이 친구는(그는 턱짓으로 라주미힌을 가리켰다) 제가 피를 허용하고 있다고 말했습니다만, 그래서 어쨌다는 거죠? 사회는 유형과 감옥과 예심판사와 징역에 의해 너무나도 안전하게 보장되고 있지 않습니까? 대체 뭐가 걱정이십니까? 그 도둑이나 찾으시지요……!"

"그래서 찾아낸다면?"

"마땅히 그가 가야 할 길을 가야지요."

"아주 논리적이시군요. 그러면 그자의 양심은 어떻게 됩니까?"

"당신하고 무슨 상관입니까?"

"뭐, 그냥 인도적인 차원에서 물어보는 겁니다."

"만일 자신의 과오를 깨닫는다면, 양심 있는 인간이여, 괴로워하라. 이것이 그에게 내려지는 또 다른 벌입니다. 징역 이외에."

"그럼 정말로 천재적인 인간은," 라주미힌이 이마를 찌푸리고 물었다. "사람을 베어 죽여도 되는 권리가 주어진 인간은 자신이 흘리게 한 피에 대해 전혀 괴로워하지 말아야 한다는 거야?"

"왜 **말아야 한다**라는 말을 쓰지? 여기엔 허가도 금지도 없어. 희생자가 불쌍하다면 괴로워하면 돼……. 고뇌와 고통은 넓은 자각과 깊은 마음을 위해서 언제나 필요한 거야. 진정으로 위대한 인간은 이 세상에서 크나큰 슬픔을 느껴야 한다고 생각해." 그는 갑자기 생각에 잠겨 이 대화에는 어울리지 않는 어조로 덧붙였다.

그는 눈을 들어 생각에 잠긴 듯이 모두를 바라보고는, 미소를 지으며 모자를 집어 들었다. 그는 아까 들어왔을 때에 비해 너무도 침착했고 자신도 그것을 느끼고 있었다. 다들 일어섰다.

"이거 욕을 하시든 말든, 화를 내시든 말든, 전 도저히 참을 수가 없군요." 포르피리가 마지막으로 또 입을 열었다. "하나만 더 물어보겠습니다(성가시게 해서 정말 죄송합니다!). 아주 사소한 생각 하나만 더 말하고 싶었습니다. 다만 잊어버리지 않기 위해서……."

"괜찮습니다. 생각을 말씀해 보시지요." 라스콜니코프는 정색을 하고 창백한 얼굴로 그의 앞에 서서 기다리고 있었다.

"그건 바로 이겁니다……. 정말, 어떻게 제대로 표현할 수 있을

지 모르겠군요…… 너무도 농담 같은 생각이라서……. 심리적인 문제입니다……. 그러니까 당신이 그 논문을 쓰시던 때에 정말 그럴 리는 없겠습니다만, 헤헤! 혹시 아주 조금이라도 자신을 '비범한' 사람으로, **새로운 말**을 하는 사람으로 여기지는 않으셨는지요. 당신이 말씀하시는 의미에서 말입니다……. 그렇지 않은가요?"

"충분히 있을 수 있는 일이죠." 라스콜니코프가 경멸하듯 대답했다.

라주미힌은 몸을 움찔했다.

"만약 그렇다면, 과연 당신도 그렇게 결단을 내렸을까요? 생활상의 어떤 불운이나 압박 때문에, 아니면 전 인류에게 공헌하기 위해서 장애를 넘어서려는 결단을 내리지는 않았을까요……? 뭐, 이를테면, 살인을 하고 강탈을 하는……?"

이렇게 말하고 그는 갑자기 또다시 라스콜니코프에게 왼쪽 눈을 깜박이고는 들리지 않게 웃은 것 같았다. 아까와 똑같았다.

"설령 제가 넘어섰다 하더라도 당신에게는 물론 말하지 않을 겁니다." 라스콜니코프는 도전적이고 오만한 경멸의 빛을 띠고 대답했다.

"아니, 그냥 좀 흥미를 느껴서 물어보았을 뿐입니다. 당신 논문을 더 잘 이해하기 위해서. 단지 문학적인 의미에서 말이지요……."

'쳇, 아주 노골적이고 뻔뻔한 수작이군!' 라스콜니코프는 혐오감을 느끼면서 생각했다.

"실례지만, 당신에게 말해 두겠습니다." 그는 건조하게 대답했다. "저는 자신을 마호메트나 나폴레옹이나…… 또는 누구든 그 비슷한 사람으로도 여기지 않습니다. 따라서 그런 인간이 아니니, 제가 어떻게 행동했을 것인가에 대해서는 만족하실 만한 설명을 드릴 수 없군요."

"아니, 왜 그러세요. 지금 우리 러시아에서 나폴레옹으로 자처하지 않는 사람이 누가 있겠습니까?" 포르피리가 갑자기 끔찍이도 친근한 태도로 말했다. 이번에는 그의 목소리 억양에도 특별히 분명한 뭔가가 들어 있었다.

"사실 지난주에 알료나 이바노브나를 도끼로 죽인 것도 무슨 미래의 나폴레옹이 아니었을까요?" 갑자기 구석에서 자묘토프가 입을 놀렸다.

라스콜니코프는 말없이 뚫어지게 포르피리를 쳐다보고 있었다. 라주미힌은 침울하게 이맛살을 찌푸렸다. 그는 이미 아까부터 뭔가를 눈치채기 시작한 듯했다. 그는 화가 난 얼굴로 주위를 둘러보았다. 음울한 침묵 속에 일 분이 지나갔다. 라스콜니코프는 나가려고 몸을 돌렸다.

"벌써 가시려고요!" 포르피리는 무척이나 상냥하게 한 손을 내밀면서 부드럽게 말했다. "당신과 알게 되어 너무너무 기쁩니다. 부탁하신 건에 관해서는 걱정 마십시오. 아까 말씀드린 대로만 쓰시면 됩니다. 그보다 직접 제 사무실에 들러 주시는 게 제일 낫겠군요……. 어떻게 요 며칠 안으로…… 아니 내일이라도요. 저는 11시경이면 틀림없이 거기 있을 겁니다. 전부 처리해 버리고…… 이야기도 좀 나눕시다……. 당신은 **그곳에** 마지막으로 들렀던 사람들 중 한 명이니까, 아마 우리에게 뭔가를 말씀해 주실 수도 있을 겁니다……." 그는 아주 사람 좋은 얼굴을 하고 덧붙였다.

"당신은 저를 공식적으로 심문하시겠다는 겁니까, 모든 준비를 갖추고서?" 라스콜니코프가 날카롭게 물었다.

"무엇 때문에요? 아직은 전혀 그럴 필요가 없습니다. 잘못 이해하신 겁니다. 아시는지 모르겠지만, 저는 기회를 놓치지 않습니다……. 전당을 잡힌 다른 사람들하고는 이미 모두 얘길 나누었습니다……. 어떤 사람들한테선 진술서도 받아 놓았습니다……. 당신도 마지막 한 사람이니까……. 아 참, 그렇군!" 그는 갑자기 무엇 때문인지 기뻐하면서 외쳤다. "마침 생각이 났어, 내가 이렇게 다니까……!" 그는 라주미힌에게 몸을 돌렸다. "자네 그때 그 니콜라쉬카에 대해 귀가 아프도록 나한테 얘기하지 않았나……. 그래, 나도 알고 있어, 나도 안다고." 그는 다시 라스콜니코프 쪽으로 돌아섰다. "그 청년은 깨끗합니다. 그러니 이제 어떡하겠습니까. 미치카도 괴롭혀야만 하게 돼 버렸지요……. 그래서 뭐가 문제인고 하니, 요는 당신이 그때 층계를 지나시다가…… 실례지만, 거기 가셨던 시간이 7시가 좀 지나서였지요?"

"7시가 좀 지나서였습니다." 라스콜니코프는 이렇게 대답했으나 바로 그 순간, 이 말은 하지 않아도 되었는데 하고 불쾌한 느낌이 들었다.

"그럼 7시가 좀 지나 그 층계를 지나실 때 2층의 활짝 열린 방 기억하시겠죠? 거기에서 일꾼 두 사람을 보지 못하셨습니까, 아니면 그들 중 한 사람이라도? 그들은 거기서 칠을 하고 있었는데, 알아채지 못하셨습니까? 이건 그들에게 아주아주 중요합니다……!"

"칠장이요? 아뇨, 보지 못했습니다……." 라스콜니코프는 기억을 더듬는 듯이 천천히 대답했으나, 동시에 모든 정신력을 집중하여 어디에 함정이 있는지 일 초라도 빨리 간파하고 하나라도 놓치지 않으려고 하는 고통에 온몸이 마비되는 것만 같았다. "아니, 보지 못했습니다. 그리고 열린 방이 있는지도 알지 못했습니다……. 아 참, 그렇지, 4층에서(그는 이미 함정을 완전히 간파하고 개가를 올리고 있었다) 제가 기억하기로는, 어떤 관리가 이사를 나가고 있었습니다……. 알료나 이바노브나의 맞은편 방에서……. 기억하고 있습니다……. 그건 분명하게 기억하고 있습니다……. 병사 출신의 짐꾼들이 무슨 소파를 들어내다가 저를 벽 쪽으로 떠밀었거든요……. 하지만 칠장이라면, 아뇨, 칠장이들이 있었는지는 기억나지 않는데요……. 그리고 문이 열려 있던 방도, 글쎄요, 아무 데도 없었던 것 같습니다. 네, 없었습니다……."

"아니 형은 무슨 소리야!" 갑자기 라주미힌이 정신을 차리고 알아챘다는 듯이 소리쳤다. "칠장이들은 살인이 일어난 바로 그날 칠을 하고 있었고, 이 친구가 거기 간 건 그보다 사흘 전이잖아[*]? 대체 뭘 묻고 있는 거야?"

"아차! 착각했어!" 포르피리가 이마를 탁 쳤다. "빌어먹을, 이 사건 때문에 머리가 완전히 돈다니까!" 그는 사죄하는 시늉까지 하면서 라스콜니코프를 보고 말했다. "누가 7시가 좀 지나서 그 방에서 그 둘을 본 사람이 없는지 오로지 그걸 알아내야 한다는 생각에, 당신이 말해 줄 수도 있을 것 같아서 그만…… 완전히 착각하고 말았습니다!"

"그러니까 좀 더 주의를 했어야지." 라주미힌이 언짢은 표정으로 그를 가볍게 질책했다.

이 마지막 말들은 이미 현관에서 오간 것이었다. 포르피리 페트로비치는 지극히 상냥하게 그들을 바로 문까지 배웅했다. 두 사람은 어둡고 침통한 기분으로 거리로 나섰고, 몇 걸음을 걸어갈 때까지 한마디도 하지 않았다. 라스콜니코프는 깊은 한숨을 몰아쉬었다…….

6

"……난 안 믿어! 믿을 수 없어!" 당혹감에 휩싸인 라주미힌은 라스콜니코프의 추론을 뒤집어 보려고 안간힘을 쓰면서 되뇌었다. 그들은 풀헤리야 알렉산드로브나와 두냐가 오래전부터 기다리고 있는 바칼레예프의 여인숙에 이미 가까이 다가가고 있었다. 라주미힌은 그들이 처음으로 **이 일**을 분명하게 입 밖에 냈다는 것만으로도 당황하고 흥분하여, 이야기에 열이 오른 나머지 도중에 연방 걸음을 멈추었다.

"믿지 마!" 라스콜니코프는 냉랭하고 상관없다는 듯한 미소를 지으며 대답했다. "넌 늘 그렇듯 아무것도 눈치채지 못했지만, 나는 한 마디 한 마디를 저울질하고 있었어."

"너야 의심이 많은 친구니까 저울질을 했겠지……. 음…… 사실, 포르피리의 말투가 상당히 이상하긴 했어. 그건 나도 인정해. 특히 그 비열한 자묘토프 자식이……! 네 말이 맞아, 그 녀석한텐 뭔가가 있었어. 하지만 왜? 왜 그러는 걸까?"

"밤사이에 생각을 바꾼 거지."

"아니, 정반대야, 정반대! 만약 녀석들이 그런 엉뚱한 생각을 하고 있었다면 무슨 수를 쓰더라도 그걸 감추고, 자기 패를 내보이지 않으려고 무지 애를 썼을 거야. 나중에 덜미를 낚아채기 위해서 말이야……. 그런데 지금 녀석들의 수작은 노골적이고 부주의하잖아!"

"만약 그들이 물증을, 즉 확실한 증거나 아니면 다소라도 근거가 있는 혐의를 가지고 있다면, 더 큰 승리를 위해 실제로 술수를 숨기려고 애썼겠지(그렇지만 실은 벌써 오래전에 가택수색을 해두었을 거야!). 그러나 그들에겐 물증이 없단 말이야. 하나도 없어. 모든 게 신기루고, 모든 게 양쪽으로 해석될 수 있는 것들이고, 손에 잡히지 않는 모호한 생각뿐이야. 그래서 그자들은 뻔뻔스러운 수작으로 사람을 쳐서 넘어뜨리려는 거지. 하지만 어쩌면 물증을 못 잡은 탓에 울화통이 터져 화풀이를 한 건지도 몰라. 어쩌면 또 무슨 속셈이 있을 수도 있어……. 그자는 영리한 인간인 것 같으니까……. 어쩌면 자기가 알고 있는 것을 가지고 날 위협하려고 했는지도 모르지……. 이봐, 여기에는 그 나름의 심리학이 있거든……. 하지만 이런 것들을 하나하나 설명하는 건 구역질 나. 그만두자!"

"그리고 모욕적이야, 모욕! 난 널 이해해! 하지만…… 이제 우리가 이미 분명하게 그 얘길 꺼냈으니까(마침내 분명하게 그 얘길 꺼내서 아주 잘됐어, 난 도리어 기뻐!), 너한테 솔직하게 털어놓는 거지만, 나는 오래전부터 녀석들이 줄곧 그런 생각을 품고 있는 걸 눈치챘어. 물론 아주 어렴풋하게 꿈틀거리는 정도였지만. 그러나 꿈틀거리는 정도라 해도 어떻게 그럴 수 있느냔 말이야! 감히 어떻게 녀석들이 그럴 수 있을까? 어디에, 어디에 녀석들의 그런 근거가 숨어 있을까? 내가 얼마나 분개했는지 넌 모를 거야. 가난과 우울증에 시달리는 불행한 대학생이, 의심이 많고 자존심이 강하고 자신의 가치를 잘 알고 있는 이 대학생이 여섯 달 동안이나 자기 방에 틀어박혀 아무도 만나지 않고 지내던 끝에 무서운 열병과 정신착란에 걸리기 바로 전날 밤에, 아니 어쩌면 병이 이미 시작되고 있는지도 모르는 때에(알겠나!), 누더기 옷에 밑창도 없는 구두를 신고 어떤 경관들 앞에 불려 나가 그들의 모욕을 꾹 참고 있어. 거기에다 뜻하지 않게 코앞에다 들이대는 빚, 7등관 체바로프에게 넘어간 기한이 지난 어음, 썩은 페인트, 열씨 30도*의 무더위, 질식할 듯한 공기, 들끓는 사람들, 전날 저녁에 찾아갔던 사람이 살해된 이야기, 게다가 이런 것들이 뱃속이 텅 비어 있는 상태에서 한꺼번에 들이닥친 거야! 그러니 어떻게 기절하지 않을 수 있겠어! 그런데 바로 이것을, 이것을 모든 단서로 삼으려 하다니! 제기랄! 원통한 줄은 나도 알아. 하지만 내가 너라면, 로지카, 그놈들 모두의 얼굴을 똑바로 쳐다보면서 웃어 주겠어, 아니 그보다도 놈들 상판에다 침을 퉤! 뱉어 주겠어, 그것도 끈적끈적한 가래침으로 말이야. 그리고 이쪽저쪽 사방으로 따귀를 스무 대쯤 갈겨 주는 거야. 그게 현명해. 그런 놈들한텐 언제나 그런 식으로 해야 하는 법이야. 그러면 끝나. 침을 뱉어 주라고! 기운 내! 부끄러운 일이야!"

'그런데 이 녀석 제법 설명을 잘하는데.' 라스콜니코프는 생각했다.

"침을 뱉어 주라고? 하지만 내일이면 또다시 심문이야!" 그는 씁쓸하게 말했다. "정말 그자들을 상대로 변명을 해야 하나? 어제 술집에서 자묘토프를 상대한 것만 해도 억울해 죽겠는데……."

"제기랄! 내가 직접 포르피리에게 가야지! **친척으로서** 녀석을 압박해서 모든 걸 죄다 털어놓게 만들겠어! 그러면 자묘토프 같은 건 이미……."

'드디어 알아챘군!' 라스콜니코프는 생각했다.

"잠깐!" 라주미힌이 갑자기 그의 어깨를 움켜잡으면서 외쳤다. "잠깐만! 네가 잘못 생각한 거야! 곰곰이 생각해 보니, 네가 착각했어! 아니 그게 무슨 계략이야? 넌 일꾼들에 대한 질문이 계략이었다는 거지? 잘 생각해 봐. 만약 네가 **그것**을 했다면, 방을 칠하는 걸 보았고 일꾼들도 보았다고 말할 수 있었겠어? 정반대로, 설령 보았다 해도 아무것도 못 봤다고 했겠지! 누가 자기에게 불리한 자백을 하겠어?"

"만약 내가 **그런 짓**을 했다면, 일꾼과 방을 봤다고 틀림없이 말했을 거야." 라스콜니코프는 눈에 띌 정도로 혐오감을 드러내면서 마지못해 대답을 이어 갔다.

"아니 왜 자기에게 불리한 말을 한단 말이야?"

"심문을 받을 때 무턱대고 모조리 잡아떼는 것은 시골뜨기이거나 경험이라곤 전혀 없는 풋내기들이나 하는 짓이니까. 조금이라도 지적으로 성숙하고 노련한 사람이라면, 부득이한 외부적 사실들은 되도록이면 모두 인정하려고 애쓰는 법이야. 다만 그 사실들에 다른 이유를 찾아내어 붙이고 스스로 생각해 낸 독특하고 전혀 예상치 못한 특징을 끼워 넣어 그 사실들에 완전히 다른 의미를 부여한 다음, 전혀 다른 조명 아래 내세우는 거지. 포르피리는 내가 틀림없이 그렇게 대답할 거라고, 그럴듯하게 보이기 위해 틀림없이 보았다고 말하면서 그 설명으로 무언가 끼워 넣을 거라고 예상했을 거야……"

"그렇게 되면 그는 즉시, 이틀 전에는 일꾼들이 거기 있었을 리가 없다, 따라서 너는 살인 사건이 일어난 날 7시가 조금 지난 시각에 거기 있었던 거다라고 말했겠지. 아주 하찮은 것에서 널 한판 뒤집기로 넘어뜨렸을 거야!"

"그래, 바로 그걸 노린 거야. 내가 미처 판단하지 못하고 그럴듯하게 대답하려고 서두른 나머지, 이틀 전에는 일꾼들이 있을 리가 없었다는 걸 깜박 잊어버릴 거라고 계산했던 거지."

"아니 어떻게 그걸 잊어버려?"

"아주 쉬운 일이야! 교활한 사람들이 그런 하찮은 것에 제일 쉽게 걸려들지. 교활한 인간일수록 자기가 하찮은 일로 걸려들리고는 생각하지도 않거든. 가장 교활한 인간이야말로 가장 하찮은 것으로 꼬리를 잡아야 해. 포르피리는 네가 생각하는 것처럼 절대로 그렇게 어리석지 않아……"

"듣고 보니 그 인간 정말 비열한 놈이군!"

라스콜니코프는 웃지 않을 수 없었다. 그러나 바로 그 순간, 자신이 마지막 설명을 하면서 그토록 활기를 띠고 흥을 냈다는 것이 이상하게 여겨졌다. 그전까지는 침울한 혐오감을 느끼면서도 분명히 어떤 목적이 있어서 어쩔 수 없이 대화를 계속하고 있었기 때문이다.

'나도 어떤 주제에는 흥미를 느끼기 시작하는군!' 그는 속으로 생각했다.

그러나 거의 바로 그 순간 그는 뜻밖의 걱정스러운 생각에 충격이라도 받은 듯, 왠지 갑자기 불안해졌다. 그의 불안은 점점 더 커져 갔다. 그들은 이미 바칼레예프 여인숙 입구까지 와 있었다.

"혼자 들어가." 갑자기 라스콜니코프가 말했다. "곧 돌아올게."

"어딜 가려고? 벌써 다 왔는데!"

"급히, 급히, 볼일이 있어⋯⋯. 반 시간 후에 올게⋯⋯. 두 사람에게도 그렇게 말해 줘."

"맘대로 해, 나도 따라갈 테니!"

"뭐야, 너까지 날 괴롭히고 싶은 거야?" 그가 너무도 비통하게 화를 내면서 절망한 눈빛을 하고 소리치는 바람에, 라주미힌은 손을 드는 수밖에 없었다. 얼마 동안 그는 입구의 현관 계단에 서서, 라스콜니코프가 자기 집 골목 쪽으로 빠른 걸음으로 걸어가는 모습을 침울하게 지켜보고 있었다. 마침내 그는 이를 악물고 주먹을 불끈 쥐고는, 오늘이라도 포르피리란 놈을 레몬처럼 완전히 쥐어짜 내리라고 맹세하면서, 두 사람이 오랫동안 오지 않아 아까부터 불안해하고 있는 풀헤리야 알렉산드로브나를 안심시키기 위해 층계로 올라갔다.

라스콜니코프가 자기 집에 이르렀을 때, 관자놀이는 땀에 흠뻑 젖고 숨은 가쁘게 헐떡거리고 있었다. 그는 황급히 층계를 올라가서, 잠가 두지 않은 자기 방으로 들어가자마자, 곧 문고리를 걸었다. 그러고는 공포에 사로잡혀, 그때 물건을 감춰 두었던 구석의 벽지 구멍으로 미친 듯이 달려들어, 손을 쑤셔 넣고 몇 분 동안이나 구석구석 벽지 주름까지 만져 보면서 구멍 속을 샅샅이 뒤졌다. 아무것도 없는 것을 확인한 그는 일어나서 안도의 한숨을 내쉬었다. 조금 전에 이미 바칼레예프 여인숙의 현관 가까이 갔을 때 불현듯 어떤 생각이 그의 머리를 스쳤던 것이다. 무슨 물건이, 무슨 줄이나 단추나 또는 노파가 손으로 뭔가를 적어둔 포장지 같은 것이 그때 어쩌다 떨어져서 어느 틈새에 끼어 있다가, 나중에 뜻밖에도 꼼짝할 수 없는 증거가 되어 그의 앞에 불쑥 나타날지도 모를 일이었다.

그는 마치 깊은 생각에 잠긴 듯이 서 있었다. 입가에는 모욕을 당한 듯한, 반쯤은 넋이 나간 것 같은 이상한 미소가 감돌고 있었다. 그는 마침내 모자를 집어 들고 조용히 방을 나섰다. 생각이 어지럽게 뒤엉키고 있었다. 생각에 잠긴 채 그는 대문으로 내려갔다.

"저기 바로 저분입니다!" 커다란 목소리가 외쳤다. 그는 고개를 들었다.

관리인이 자기 방 문간에 서서 키가 그리 크지 않은 어떤 사나이에게 그를 똑바로 가리키고 있었다. 헐렁하고 긴 옷 위에 조끼를 걸치고 있어서 멀리서 볼 땐 영락없이 아낙네 같아 보이는, 겉모습으로 보아 직공인 듯싶은 남자였다. 기름때가 찌든 모자를 쓴 채 머리를 푹 숙이고 있었고, 전체적인 모습도 꼭 등이 굽은 것같이 보였다. 생기 없는 주름투성이의 여윈 얼굴은 쉰이 넘어 보였고, 눈꺼풀이 부어오른 작은 눈은 침울하고 냉혹하고 뭔가 못마땅한 듯 쏘아보고 있었다.

"무슨 일이지요?" 라스콜니코프는 관리인에게 다가가며 물었다.

직공은 곁눈질로 그를 힐끗 보더니 서두르는 기색도 없이 그를 뚫어지게 찬찬히 살펴보았다. 그러고는 천천히 몸을 돌려 단 한마디도 하지 않고 건물의 대문에서 거리로 나가 버렸다.

"대체 뭐야!" 라스콜니코프가 외쳤다.

"글쎄 웬 사람이 당신 이름을 대면서 여기 이런 대학생이 사느냐, 누구 집에서 하숙하고 있느냐고 묻잖소. 마침 학생이 여기로 내려오기에 가르쳐 주었더니 그냥 가는구려. 보시다시피 말입죠."

관리인도 좀 의아하다는 눈치였으나 그리 대수롭다고 여기진 않는 듯, 잠깐 더 생각해 보더니 몸을 돌려 자기 방으로 들어가 버렸다.

라스콜니코프는 직공을 뒤쫓아 달려 나갔고, 곧 그를 발견했다. 그는 여전히 서두르지 않는 고른 걸음으로 눈을 땅에다 박고서, 뭔가 곰곰이 생각하는 듯이 거리 저쪽을 따라 걷고 있었다. 라스콜니코프는 이내 그를 따라잡았으나 얼마 동안 뒤에서 걸어가다가, 마침내 그와 나란히 걷게 되자 옆에서 그의 얼굴을 들여다보았다. 직공도 곧 그를 알아보고 흘낏 쳐다보았으나, 다시금 눈을 내리깔았다. 두 사람은 아무 말 없이 일 분가량 그렇게 나란히 걸어갔다.

"나를 찾으셨죠…… 관리인한테서?" 라스콜니코프는 마침내 말을 꺼냈으나 왠지 아주 작은 목소리였다.

직공은 아무 대꾸도 않고 쳐다보지조차 않았다. 두 사람은 다시 침묵했다.

"뭡니까…… 사람을 찾아와서 물어보고는…… 아무 말도 않으니…… 대체 무슨 짓입니까?" 라스콜니코프는 목소리가 자꾸 끊어지고, 웬일인지 말도 제대로 발음되려고 하지 않았다.

이번에는 직공도 눈을 들어 불길하고 음침한 눈초리로 라스콜니코프를 쳐다보았다.

"살인자!" 그는 갑자기 조용하지만 분명하고 또렷한 목소리로 이렇게 내뱉었다…….

라스콜니코프는 그의 옆에서 걷고 있었다. 갑자기 두 다리에 무섭게 힘이 쑥 빠지고 등골이 오싹해졌다. 순간 심장이 얼어붙는 듯싶더니 갑자기 빗장이 벗겨진 것처럼 무섭게 벌떡거리기 시작했다. 그렇게 그들은 백 걸음가량을 또다시 입을 꽉 다물고 나란히 걸어갔다.

직공은 그에게 눈길도 주지 않았다.

"도대체 무슨 소리요…… 무슨……. 누가 살인자라는 거요?" 라스콜니코프는 들릴락 말락 하게 중얼거렸다.

"네가 살인자다." 그는 증오에 찬 승리의 미소를 띤 듯한 얼굴로, 더 한층 또박또박, 더 한층 위압적으로 말하고는, 다시금 라스콜니코프의 새파랗게 질린 얼굴과 죽은 사람 같은 눈을 똑바로 쏘아보았다. 두 사람은 그때 네거리에 이르렀다. 직공은 왼쪽 길로 꺾어 들어 뒤도 돌아보지 않고 걸어갔다. 라스콜니코프는 그 자리에 남은 채 오랫동안 그의 뒷모습을 바라보고 있었다. 그는 사나이가 오십 보가량 걸어가다가 몸을 홱 돌려, 아직도 그 자리에 꼼짝도 못 하고 서 있는 자신을 쳐다보는 것을 보았다. 분명하게 볼 수는 없었으나 라스콜니코프는 사나이가 이번에도 예의 그 차갑고 증오에 찬 승리의 미소를 지은 것 같은 느낌이 들었다.

맥이 다 풀린 조용한 걸음걸이로 무릎을 덜덜 떨면서, 라스콜니코프는 온몸이 무섭게 얼어붙은 듯한 모습으로, 오던 길을 되돌아와서 자기 방으로 올라갔다. 그는 모자를 벗어 탁자에 놓고 그 옆에 십 분가량 꼼짝도 않고 서 있었다. 그러고는 힘없이 소파에 쓰러져 병자처럼 약한 신음을 내뱉으며 몸을 뺐다. 그의 눈은 감겨져 있었다. 그렇게 그는 반 시간쯤 누워 있었다.

그는 아무 생각도 하지 않았다. 다만 어떤 생각들, 혹은 생각의 파편들, 어떤 상념과 같은 것들이 있었으나, 그것들은 질서도 연관도 없이 스쳐 갈 뿐이었다. 아직 어렸을 때 본, 혹은 어디선가 단 한 번 만났을 뿐 기억조차 해 낼 수 없을 사람들의 얼굴, V 교회의 종루, 어느 음식점의 당구대와 그 당구대 옆에 있던 어떤 장교, 어느 지하 담배 가게의 담배 냄새, 선술집, 구정물이 흥건하고 달걀 껍데기가 잔뜩 널려 있는 컴컴한 뒷계단, 그리고 어디선가 일요일의 종소리가 들려오는…… 이런 것들이 서로 뒤바뀌면서 회오리바람처럼 소용돌이치고 있었다. 그중에는 마음에 드는 것도 있어서 그는 그것에 꽉 매달리기도 했으나, 그런 것들은 이내 스러지고 말았다. 그리고 전체적으로 무엇인가가 그를 안에서 억 누르고 있었으나, 심하지는 않았다. 때로는 오히려 기분이 좋기까 지 했다……. 가벼운 오한이 아직 가시지 않았으나, 그것도 거의 쾌감을 느낄 정도였다.

언뜻 라주미힌의 다급한 발소리와 목소리가 들리자, 그는 눈을 감고 자는 척했다. 라주미힌은 문을 열고 잠시 망설이는 듯 문간 에 서 있었다. 그러다 조용히 방 안으로 들어와서 조심스레 소파 쪽으로 다가왔다. 나스타시야의 속삭이는 소리가 들렸다.

"건드리지 말아요. 푹 자게 놔 둬요. 식사는 이따가 해도 되잖 아요."

"그건 그래." 라주미힌이 대답했다.

두 사람은 조심스레 밖으로 나간 뒤 문을 닫았다. 반 시간가량 이 더 지나갔다. 라스콜니코프는 눈을 뜨고 몸을 뒤척여 다시 반 듯이 누워서는 두 손을 머리맡에 받쳤다…….

'그자는 누굴까? 땅 밑에서 솟아난 그 사나이는 누굴까? 어디에 있었고 무엇을 봤을까? 그자는 모든 걸 봤어, 틀림없다. 대체 그 때 어디에 서 있었고 어디서 봤을까? 왜 이제야 마루 밑에서 나타 나는 걸까? 대체 어떻게 볼 수 있었을까. 과연 그게 가능한 일일 까……? 음…….' 라스콜니코프는 오싹해져서 부들부들 떨면서 계속 생각했다. '니콜라이가 문 뒤에서 발견했다는 상자, 이것도 과연 가능한 일일까? 증거? 아주 미세한 것의 10만 분의 1밖에 안 되는 것이라도 잘못 보고 빠뜨리면 이집트의 피라미드만 한 증거가 된다! 파리가 한 마리 날고 있었는데, 그놈이야 보았겠지! 하지만 과연 이런 식으로 설명될 수 있을까?'

갑자기 그는 자기가 약해진 것을, 육체적으로 약해진 것을 느끼고 극도의 혐오감을 느꼈다.

'나는 이것을 알았어야만 했다.' 그는 쓴웃음을 지으면서 생각했다. '어째서 나는 자신을 알고 있었으면서도, 자신이 이러리라는 것을 **예감하고 있었으면서도**, 도끼를 들고 손에 피를 묻힐 수가 있었단 말인가! 나는 미리 알았어야만 했다……. 아니! 나는 미리 알고 있지 않았던가……!' 그는 절망에 빠져 중얼거렸다.

때때로 그는 어떤 상념 앞에 꼼짝도 않고 멈춰 있기도 했다.

'아니다, 그런 족속은 이렇게 만들어져 있지 않다. 모든 것이 허용되는 진짜 **주권자**는 툴롱*을 파괴하고, 파리에서 대학살을 감행하고,* 이집트에 둔 대군을 **잊어버리고**,* 모스크바 원정에서 50만 명을 **소모하고는*** 빌노*에서 그 일을 우스갯소리로 넘겨 버린다*. 그런 인간은 죽은 뒤에도 우상으로 세워져 숭배된다. 그러니까 그런 인간에겐 **모든 것**이 허용되어 있다. 아니, 이런 족속은 분명히 피와 살이 아니라 청동으로 되어 있을 것이다!'

뜻밖에 한 가지 엉뚱한 생각이 떠올라 그는 갑자기 웃음을 터뜨릴 뻔했다.

'나폴레옹, 피라미드, 워털루, 그리고 침대 밑에 붉은 트렁크를 넣어 두고 있는 말라비틀어지고 흉측한 14등관의 과부 할망구 고리대금업자, 아무리 포르피리 페트로비치라해도 어떻게 이런 것을 소화하랴……! 그자들이 어떻게 소화한단 말인가……! 미학이 방해를 할 거다. 나폴레옹이 설마 '할망구' 침대 밑으로 기어 들어갈까 하겠지! 에잇, 돼먹잖은 이야기다……!'

잠깐씩 그는 자기가 열에 들떠 환각을 일으키는 것 같다는 느낌이 들었다. 그는 열병과도 같은 흥분된 기분에 빠졌다.

'노파 따윈 아무것도 아니다!' 그는 파열하듯 격렬하게 생각했다. '노파는 실수였다 치자. 그러나 문제는 노파에 있지 않다! 노파는 병에 지나지 않았다……. 나는 한시라도 빨리 넘어서고 싶었다……. 나는 인간을 죽인 것이 아니라, 원칙을 죽인 것이다! 그런데 원칙을 죽였으나, 그것을 넘어서지 못하고 이쪽에 남고 말았다……. 죽이는 일만 해낸 것이다. 아니, 이제 보니 그것조차 해내지 못한 셈이다……. 원칙이라고? 어째서 아까 바보 같은 그 라주미힌은 사회주의자들을 욕했을까? 그들은 근면하고 활동적인 족속이어서 '보편적인 행복'을 위해 일하고 있지 않은가……. 아니, 삶은 나에게 단 한 번 주어질 뿐, 결코 더 이상은 없을 것이다. 나는 '전 인류의 행복'을 기다리고 있기 싫다. 나는 나 자신의 삶을 살고 싶다. 그렇지 않다면 차라리 살지 않는 편이 낫다. 그래서? 나는 다만 '전 인류의 행복'을 기다리면서 호주머니 속에 푼돈을 움켜쥐고, 굶주린 어머니 곁을 지나치고 싶지 않았을 따름이다. '인류 전체의 행복을 위해서 벽돌을 나르고 거기서 마음의 평온을 느낀다'*고 했겠다. 하하! 그럼 너희들은 왜 나는 빼놓았나? 나는 고작 한 번밖에 살지 못하며, 나 역시 살고 싶단 말이다……. 아아, 나는 심미적인 이[蝨]다. 그 이상 아무것도 아니다.' 그는 갑자기 미친 사람처럼 웃음을 터뜨리며 덧붙였다. '그렇다, 나는 정말이[蝨]다.' 그는 자학의 쾌감을 즐기면서 이 상념에 매달려 그것을 파헤치고, 가지고 놀고, 그것에서 위안을 느끼며 생각을 계속했다. '그것은 다음의 이유만으로도 확실하다. 첫째, 지금 나는 내가 이[蝨]라는 것에 대해 논하고 있다. 둘째, 이미 꼬박 한 달 동안이나 나는 자신의 육욕이나 음욕을 위해 이 계획을 실행하는 것이 아니라, 훌륭하고 흐뭇한 목적을 가지고 있다고 주장하면서, 지선하신 신을 증인으로 불러내어 폐를 끼쳤다. 하하! 셋째, 계획을 실행함에 있어 가능한 한 정의와 계량법과 척도와 산수를 준수하기로 결심하고, 모든 이[蝨] 중에서도 제일 무익한 이[蝨]를 골라 죽인 다음, 더도 덜도 아니고 나의 첫 걸음에 꼭 필요한 만큼만 뺏으려고 했다(그런즉, 나머지는 유언장에 따라 수도원으로 가게 될 테지, 하하!)……. 그러므로, 그러므로 나는 틀림없이 이[蝨]다.' 그는 이를 갈면서 덧붙였다. '왜냐하면 살해당한 이[蝨]보다 어쩌면 나 자신이 더 더럽고 추악한지도 모르니까. 그리고 죽이고 난 **뒤에** 나 자신에게 이런 말을 반드시 하게 되리라는 것을 처음부터 **예감하고 있었으니까!** 과연 이 무서운 일에 비길 만한 것이 또 어디 있으랴! 오, 이 저속함이여! 오, 이 비열함이여……! 오, 나는 말을 타고 검을 휘두르는 '선지자'를 너무나도 잘 이해할 수 있다. 알라께서 명하시니, 복종하라, '떨고 있는' 피조물들이여*! 어디선가 거리를 가로막고 훌-륭-한 포병대를 정렬시켜 두고 죄가 있든 없든 닥치는 대로 포격을 퍼부어 대면서 변명조차 하지 않는 '선지자'는 정당하다, 정당하다! 복종하라, 떨고 있는 피조물들이여! 그리고 **희망을 품지 말라.** 왜냐하면 그건 너희들의 일이 아니니

까……! 오, 무슨 일이 있어도, 무슨 일이 있어도, 나는 그 할망구를 용서하지 않겠다!'

그의 머리털은 땀으로 흠뻑 젖고, 떨리는 입술은 바싹 타고, 꼼짝도 않는 눈초리는 천장에 박혀 있었다.

'어머니, 누이동생, 그들을 나는 얼마나 사랑했는가! 그런데 왜 지금은 그들을 증오하는 것일까? 그래, 난 그들을 증오한다. 육체적으로 증오한다. 내 곁에 있는 걸 참을 수 없다……. 아까 나는 어머니에게 다가가 입을 맞추었어. 기억나……. 어머니를 포옹하며 생각했지, 만약 어머니가 아신다면, 그렇다면……. 차라리 그때 어머니에게 이야기해야 했을까? 그건 나다운 짓이었겠지……. 음! **어머니**도 틀림없이 나하고 똑같이 돼 버리셨을 거야.' 그는 엄습해 오는 악몽과 싸우기라도 하듯 필사적으로 생각하면서 덧붙였다. '오, 나는 지금 그 할망구가 너무나 증오스럽다! 만약 할망구가 살아난다면 다시 한 번 죽여 버릴 것만 같다! 불쌍한 리자베타! 어쩌자고 거기에 튀어나온 걸까……! 하지만 이상하군. 왜 나는 그녀에 대해서는 생각조차 거의 하지 않을까? 마치 죽이지도 않은 것처럼……. 리자베타! 소냐! 온순한 눈을 가진 불쌍하고 온순한 여자들…… 다정한 여자들……! 왜 그녀들은 울지 않을까? 왜 신음하지 않을까……? 그녀들은 모든 것을 내주기만 한다……. 온순하고 조용하게 바라만 본다……. 소냐, 소냐! 조용한 소냐……!'

그는 의식을 잃었다. 자기가 어쩌다가 거리에 있게 됐는지 기억에 없는 것이 이상하게 느껴졌다. 이미 늦은 저녁녘이었다. 땅거미가 짙어 가고, 보름달이 점점 더 선명하게 밝아지고 있었다. 그러나 공기는 왜 그런지 유난히도 후텁지근했다. 사람들은 떼 지어 거리를 걷고 있었다. 수공업자들과 일터에서 일하는 사람들은 집으로 흩어져 돌아가는 중이었고, 다른 사람들은 산책을 하고 있었다. 석회와 먼지와 물웅덩이 냄새가 났다. 라스콜니코프는 근심에 잠겨 슬픈 모습으로 걷고 있었다. 그는 무언가 반드시 해야 하고 서둘러야 한다는 생각에 집을 나왔다는 것을 아주 잘 기억하고 있었으나, 정작 그게 무엇인지는 잊고 말았다. 갑자기 그는 걸음을 멈추고, 길 건너편 보도에 어떤 사람이 서서 그에게 손짓을 하는 것을 보았다. 그는 길을 건너 그 사람 쪽으로 갔으나, 갑자기 그 사람은 몸을 획 돌리더니 마치 아무 일도 없었다는 듯이 고개를 숙이고는 뒤도 돌아보지 않고 그를 부른 척도 하지 않으면서 걸어가기 시작했다. '정말로 저 사람이 불렀던 것일까?' 라스콜니코프는 잠깐 이렇게 생각했으나 그래도 그 뒤를 쫓아갔다. 열 걸음도 채 가지 않아 그는 문득 그 사람을 알아보고 흠칫 놀랐다. 그는 그 길고 헐렁한 겉옷에 등도 똑같이 굽은 조금 전의 그 직공이었다. 라스콜니코프는 멀리 떨어져서 뒤를 따라갔다. 심장이 펄떡거렸다. 그들은 골목으로 접어들었다. 그 사람은 여전히 돌아보지도 않았다. '내가 뒤따르고 있다는 걸 알고 있을까?' 라스콜니코프는 생각했다. 직공은 어느 큰 건물의 대문 안으로 들어갔다. 라스콜니코프는 빨리 대문 쪽으로 다가가서, 그가 돌아다보지나 않을까, 자기를 부르지나 않을까 하고 지켜보기 시작했다. 과연 그 사람은 대문을 지나서 이미 뒷마당으로 들어서자, 갑자기 몸을 돌려 또다시 그에게 손짓을 한 듯했다. 라스콜니코프는 곧 대문을 지나갔으나, 이미 마당엔 직공의 그림자도 없었다. 그렇다면 그 사람은 방금 첫 층계를 올라간 것이리라. 라스콜니코프는 급히 뒤따라갔다. 아니나 다를까 두 층쯤 위에서 아직 누군가의 고르고 느긋한 발소리가 들려왔다. 이상하게도 층계는 눈에 익은 데가 있었다! 저기가 1층의 창문이다. 유리창 너머로 슬프고도 신비롭게 달빛이 스며들고 있었다. 이제 2층이다. 앗! 이건 일꾼들이 칠을 하던 바로 그 방이다……. 어째서 그는 금방 알아채지 못했을까? 앞서 가는 사람의 발소리가 잠잠해졌다. '걸음을 멈추었거나 어디 숨은 모양이구나.' 이제 3층이다. 계속 가야 하나? 저기 위는 어쩌면 저렇게 조용할까, 무서울 지경이다……. 그러나 그는 계속 걷기 시작했다. 그는 자기 발소리에 놀라 무섭고 불안했다. 맙소사, 왜 이리도 어두울까! 분명히 그 직공은 여기 어디 구석에 숨었을 거다. 아! 그 아파트의 문이 층계를 향해 활짝 열려 있다. 그는 잠깐 생각하다가 안으로 들어갔다. 현관은 컴컴하고 텅 비어 있다. 사람이라곤 그림자도 없고, 물건은 모두 밖으로 내간 모양이다. 그는 발끝으로 살금살금 객실로 들어섰다. 온 방 안에 달빛이 넘실대고 있었다. 여긴 모든 것이 전과 다름없었다. 의자도, 거울도, 누런 소파도, 그리고 액자에 든 그림도. 붉은 구릿빛이 감도는 크고 둥근 달이 창 너머에서 똑바로 들여다보고 있었다. '달 때문이야, 이렇게 조용한 건.' 라스콜니코프는 생각했다. '달이 지금 수수께끼를 내고 있는 거야.' 그는 서서 기다렸다. 오래토록 기다렸다. 달이 고요해질수록 심장은 더 세차게 펄떡거려서 아플 지경이었다. 모든 게 그지없이 조용하다. 갑자기 나뭇가지라도 꺾는 듯한 탁탁 튀는 메마른 소리가 한순간 들리더니, 모든 게 다시 얼어붙은 듯 조용해졌다. 잠을 깬 파리 한 마리가 갑작스레 날아오르다 유리창에 부딪쳐 애처롭게 앵앵거리기 시작했다. 바로 그 순간, 작은 장과 창문 사이의 구석진 벽에 걸려 있는 여자 외투 같은 것이 눈에 들어왔다. '왜 저기에 여자 외투가 있을까?' 그는 생각했다. '전에는 저런 게 없었는데…….' 살금살금 다가가서 보니, 외투 뒤에 누가 숨어 있는 것 같았다. 조심스레 한 손으로 외투를 걷어내자 거기에 의자가 놓여 있고, 의자 한 귀퉁이에 할망구가 앉아 있는 것이 보였다. 온몸을 구부리고 고개를 푹 숙이고 있어서 얼굴은 알아볼 수 없었으나, 바로 그녀였다. 그는 잠시 그녀를 내려다보며 서 있었다. '무섭나 보군!' 그는 이렇게 생각하고는 살그머니 고리에서 도끼를 빼내어 노파의 정수리를 내리쳤다. 한 번, 또 한 번. 그러나 이상했다. 그녀는 도끼를 맞고서도 장승같이 꼼짝도 하지 않았다. 그는 흠칫 놀라서 더 가까이 몸을 굽혀 그녀를 살펴보기 시작했다. 그러나 그녀도 고개를 더욱 낮게 푹 숙였다. 그러자 그는 완전히 마룻바닥까지 몸을 굽히고 밑에서 그녀의 얼굴을 들여다보기 시작했다. 들여다본 순간 그는 죽은 사람처럼 새파랗게 질렸다. 할망구는 앉아서 웃고 있었다. 그가 들을까 봐 애써 참으면서 조용하고 들리지 않게 웃음을 흘리고 있었다. 갑자기 침실 문이 빠끔 열리는 것 같더니, 그곳에서도 사람들이 웃고 소곤대고 있는 듯한 느낌이 들었다. 미칠 듯한 분노가 솟구쳤다. 그는 온 힘을 다해 노파의 머리를 내려치기 시작했으나, 도끼를 내려칠 때마다 침실의 웃음소리와 소곤거림은 더 크고 또렷하게 들려왔다. 노파도 온몸을 흔들어 대면서 웃고 있었다. 그는 도망치려고 급히 뛰어나갔으나 현관은 이미 사람들로 꽉 차 있다. 층계 쪽으로 난 문은 모조리 열려 있고, 층계참에도, 층계에도, 그리고 저기 아래에서도 전부 사람들이 모여들어 빼곡히 머리를 맞댄 채 다들 이쪽을 쳐다보고 있다. 그러나 모두들 숨을 숙이고 말없이 기다리고 있다…… 그는 심장이 조여들어 왔고, 발은 바닥에 달라붙어 움직이질 않는다…… 그는 비명을 지르려고 하다가 잠에서 깨어났다.

그는 무겁게 숨을 몰아쉬었다. 그러나 이상하게도 꿈은 여전히 계속되고 있는 듯했다. 방문은 활짝 열려 있고, 문지방에 전혀 모르는 사나이가 서서 그를 뚫어져라 쳐다보고 있었다.

라스콜니코프는 눈을 완전히 뜨기도 전에 도로 감고 말았다. 그는 반듯하게 누워서 꼼짝도 않고 있었다. '꿈이 계속되고 있는 걸까, 아니면 실제일까.' 이렇게 생각하면서, 그는 잠깐 살펴볼 요량으로 눈에 띄지 않게 속눈썹을 살짝 다시 들어올렸다. 낯선 사내는 같은 자리에 서서 그를 계속 응시하고 있었다. 갑자기 사내는 조심스레 문지방을 넘어 등 뒤로 살며시 문을 닫고는, 탁자 옆으로 다가와서 줄곧 라스콜니코프에게서 눈을 떼지 않은 채 일 분쯤 기다리다가, 조용히 소리가 나지 않게 소파 곁의 의자에 앉아 모자를 옆의 마룻바닥에 놓고는, 두 손을 지팡이 위에 포개고 그 위에 턱을 괴었다. 오랫동안 기다릴 작정인 게 분명했다. 깜박이는 속눈썹 사이로 살펴본 바에 의하면, 이 사나이는 이미 젊은 편은 아니었고, 몸집이 좋은데다, 거의 흰색에 가까운 연한 빛깔의 숱이 많은 턱수염을 기르고 있었다…….

  십 분가량이 흘렀다. 밖은 아직 밝았으나, 이미 해가 뉘엿뉘엿 저물고 있었다. 방 안은 그지없이 고요했다. 층계에서도 소리 하나 들려오지 않았다. 다만 커다란 파리 한 마리가 날아오르다가 유리창에 부딪쳐 아득바득 몸부림을 치면서 윙윙거리고 있었다. 마침내 더 이상 참을 수가 없었다. 라스콜니코프는 벌떡 몸을 일으켜 소파에 앉았다.

  "자, 말씀하시죠, 무슨 일입니까?"

  "자지도 않으면서 그저 자는 시늉을 하고 있다는 걸 진작부터 알고 있었소이다." 낯선 사내는 태연스레 껄껄 웃어 대더니 이상한 어조로 대답했다. "실례지만 자기소개를 하겠습니다. 아르카지 이바노비치 스비드리가일로프 올시다……."

〈하권에서 계속됩니다.〉

9   **지독히도 무더운 때** 소설 속 사건의 시간적 배경과 일치하는 1865년
     페테르부르크의 여름은 실제로 몹시 뜨거웠다. 당시의 신문 보도에
     의하면 그늘에서도 기온이 24, 25, 26도에 이르고, 바람 한 점 불지
     않는 무더위가 기승을 부려 한밤중에도 숨조차 쉬기 힘들 정도였다.

     K 다리 센나야(건초 광장) 부근에 있는 스톨랴르느이 골목(소목장이
     골목)과 코쿠쉬킨 다리(뻐꾸기 다리)를 가리키는 것이라고 말해진다.

13   **침머만** 침머만은 유명한 모자 공장과 네프스키 대로에 있는 모자 상
     점 소유주의 이름이다.

     베르스타 미터법 시행 이전의 러시아 거리 단위로 1베르스타는 약
     1.067킬로미터에 해당함.

27   **건초 운반선** 네바 강의 건초 운반선은 1860년대 페테르부르크의 거
     지들과 떠돌이들이 밤을 보내는 것으로 잘 알려진 곳이었다.

28   **레베쟈트니코프** 도스토예프스키는 성(姓) 레베쟈트니코프를 '아첨,
     추종하다'라는 뜻의 동사 'лебезить'(lebezit')에서 만들어 냈으며, 신
     사상의 추종을 니힐리즘으로 규정했다.

29   **노란 딱지** 러시아의 창녀들은 경찰에 등록하고 노란색의 감찰을 받
     아야 했다.

     모든 비밀은 알려지게 마련이니까 「마태복음」 10장 26~27절("감추인
     것이 드러나지 않을 것이 없고 숨은 것이 알려지지 않을 것이 없느니

라")에 근거하는 말이다.

이 사람이로다 「요한복음」 19장 5절에서 빌라도가 그리스도를 보고 하는 말이다.

31 **숄을 들고 춤을 추었고** 숄을 들고 춤을 추는 것은 기숙 여학교의 최우수 학생들에게 주어지던 명예로운 특권이었다.

33 **아말리야 표도로브나** 제2부에서 볼 수 있듯이 아말리야는 자신의 부칭이 이바노브나라고 계속 주장한다. 그녀를 아말리야 포도로브나라고 부르는 것은 마르멜라도프나 도스토예프스키의 착각일 수도 있고, 그녀의 정체성에 대한 의문이나 경멸을 나타낸 것일 수도 있다. 아말리야의 부칭에 관해서는 479페이지 주석(303)을 참조하라.

34 **페르시아 왕 키루스** 키루스는 BC 6세기에 페르시아 민족을 지배하고 있던 메디아국을 멸망시키고 페르시아국을 건설한 인물로, 리디아, 소아시아의 바빌로니아까지 정복하여 대왕이라고 불리었으며, BC 536년에는 바빌로니아에 포로가 되어 있던 유태인들을 해방, 귀국시켰다.

『생리학』 1861년에 러시아어로 번역된 다윈주의자, 생리학자이자 실증주의 철학자인 D. G. 루이스(D. G. Lewis, 1817~1878)의 저서 『일상적 삶의 생리학(Физиология обыденной жизни)』을 말한다. 이 책은 1860년대 러시아 젊은이들, 특히 니힐리스트들에게 폭발적인 인기가 있었으며, '사회적 이익'을 위해 봉사할 것을 젊은이들에게 가르치는 학습서의 하나로 간주되었다.

35 **드라데담** 프랑스어 'drap des dames'에서 나온 말로, 부인용의 얇은 나사를 뜻한다.

37 **「작은 시골 마을」** 콜초프(А. В. Кольцов, 1809~1842)의 시에 클리모프스키(Е. Климовский, 1824~1865)가 곡을 붙인, 19세기 중엽에 인기가 있었던 노래다.

43 **이번에는 너의~사랑을 베풀었기 때문이로다** 「누가복음」 7장 47~48절을 변형시킨 인용이다. "이러므로 내가 네게 말하노니, 저의 많은 죄

가 사하여졌도다 이는 사랑하였음이 많음이라. 사함을 받음이 적은
자는 적게 사랑하였느니라. 이에 여자에게 이르시되 네 죄 사함을 얻
었느니라 하시니."

53 **프라스코비야 파블로브나** 하숙집 여주인의 이름과 부칭이다.

55 **로트** 로트는 러시아혁명 전 러시아의 중량 단위로, 1로트는 약 12.8
그램이다.

56 **로쟈** 라스콜니코프의 이름인 로지온의 애칭이다.

두냐 두냐나 두네치카는 라스콜니코프의 여동생 아브도치야의 애칭
이다.

66 **원로원** 러시아의 원로원(1711~1917)은 표트르 1세에 의해 황제에
종속된 입법·행정의 최고기구로 설립되었으며, 19세기 초반부터는
국가기관과 관리들의 활동을 감독하는 최고사법기구가 되었고,
1864년의 법령에 의해 종심법원인 대심원이 되었다.

68 **사순절 육식 기간** 제정 러시아에서 결혼식은 재계기 사이의 기간, 즉
정교회에 의해 육식이 허용되던 기간에 행해졌다. 라스콜니코프의
어머니가 말하는 이번 육식 기간이란 사도들의 금육 기간(성령 강림
8일 후의 월요일부터 성 베드로와 성 바울로 축일 전야인 7월 12일,
구력으로는 6월 30일까지)이 끝난 때부터 성모 승천 금육 기간(8월
14일~8월 28일, 구력으로는 8월 1일~8월 15일)이 시작되기 전까
지의 기간, 즉 7월 13일부터 8월 13일까지를 가리킨다.

성모 마리아 승천제가 지난 후에 성모 마리아 승천제가 끝나는 8월 28
일(구력 8월 15일)부터는 이른바 가을 육식 기간이 11월 27일(구력
11월 14일)까지 이어진다.

71 **V 대로** 보즈네센스키(Вознесенский) 대로를 가리킨다.

72 **아브도치야 로마노브나** 라스콜니코프의 여동생 두냐의 이름과 부칭.

75 **안나 십자 훈장** 국가 공훈을 표창하여 수여되던 이등 훈장.

76 **슐레스비히-홀슈타인** 덴마크에 속해 있던 슐레스비히와 홀슈타인 공
국의 프로이센 합병은 프로이센이 덴마크(1864)및 오스트리아

(1866)와 전쟁을 벌인 목적 중 하나였다. 슐레스비히와 홀슈타인은 1867년 프로이센의 주가 되었다. 지금은 독일의 가장 북쪽에 있는 주이다.

식민지의~노예로 가든지 미국의 남북전쟁(1861~1865)과 노예해방을 위한 투쟁은 1860년대 러시아 사회에 큰 반향을 불러일으켰으며, 특히 진보적인 잡지와 신문들은 러시아 농노들과 미국 흑인 노예들이 처한 상황의 유사성에 큰 관심을 보였다.

77 **발트 해~하녀로 가는** 1860년대 러시아 신문들은 발트 해 연안에 살던 레트족 농노들의 힘든 상황과 독일인 지주에 의한 착취와 학대를 견디다 못해 집단 도주하는 사건들에 대해 많이 보도하였다.

83 **스비드리가일로프** 라스콜니코프가 어머니의 편지에서 얘기된 스비드리가일로프를 아직까지 직접 본 적이 없는데도 불구하고, 초면의 이 멋부린 난봉꾼을 스비드리가일로프라고 부르는 것은 당시의 러시아인들에게 이 이름이 어떤 특정한 인간 유형의 대명사로 익히 알려져 있었기 때문이다. 당시의 신문에서 스비드리가일로프는 인간적인 모든 존엄함과 가치를 모욕하는 저열하고 혐오스러운 인성과 암흑의 베일에 싸인 출생과 추악한 과거를 지닌 인간으로, 아첨, 굴종, 음모, 간계, 수뢰, 매수 등의 온갖 악덕에서 출중한 재능을 과시하며 성공가도를 달리는 인간으로 규정되고 있다.

89 **해마다 그 정도~사라져야 한다는 거야** 여기서 말하고 있는 것은 벨기에의 통계학자이자, 수학자, 사회학자, 실증주의자인 케틀레(L. A. J. Quételet, 1796~1874)의 이론이다. 케틀레는 출생률, 사망률, 범죄율, 매춘률과 같은 사회현상은 일정한 법칙성을 가지며, 이러한 현상들의 비율은 사회생활의 조건과는 무관하게 언제나 불변수를 이룬다고 보았다. 케틀레의 저서 『인간과 인간 능력의 발전. 사회물리학시론』 제1권이 1865년에 러시아어로 번역 출판되면서 러시아의 여러 잡지에서는 이 문제에 대한 활발한 논쟁이 벌어졌다.

90 **12베르쇼크나 되는** 당시에 사람의 키는 2아르쉰을 기본으로 하고, 그

것을 넘어서는 베르쇼크만으로 나타냈다. 1아르쉰은 71.12센티미터이고, 1베르쇼크는 4.445센티미터이다. 따라서 이 경관의 키는 195센티미터가 조금 넘는다.

93　**다리**　소(小) 네바 강을 가로지르는 투치코프 다리를 가리키며, 도스토예프스키는 이 다리를 무척 좋아했던 것으로 전해진다.

111　**키가 8베르쇼크**　8베르쇼크를 키로 환산하면 약 177.8센티미터가 된다.

118　**8베르쇼크 정도**　35센티미터 정도.

125　**유수포프 공원**　센나야 광장에서 남서쪽으로 얼마 떨어져 있지 않은 공원으로 그리 크거나 나무가 울창하진 않지만, 멋진 분수가 있는 연못이 중앙에 자리하고 있어 공간적 구도가 매우 아름답다. 대도시의 가장 번잡한 중앙에 위치해 있는 이곳은 당시 조밀한 인구로 넘쳐나던 이 지역의 주민들이 찾을 수 있는 유일한 공원이었고, 특히 여름이면 사람들로 초만원을 이루었는데 대부분이 중산계층이나 수공업자들이었다.

126　**그래, 사형장으로~매달리겠지**　1849년 페트라셰프스키 사건으로 페트로파블로프스카야 요새감옥에 수감되어 있다가 마차에 실려 세묘노프스키 광장으로 압송되던 도스토예프스키 자신도 이 같은 느낌을 직접 경험했다. 그 이후, 사형수의 심리는 그에게 언제나 트라우마이자 소설 서사 방식의 중요한 근원으로 남게 된다. 이 점에서 그는, 자신의 단편소설 「온순한 여자(Кроткая)」(1876)에서도 밝히고 있듯이, 1860년에 러시아어로 번역된 「사형수의 최후의 하루」를 빅토르 위고의 가장 현실적이고 가장 진실된 걸작으로 평가하는데, 이 소설의 주인공 역시 형장으로 가는 도중에 만나게 되는 모든 대상에 시선을 보내고 주의를 기울이며 집착한다.

134　**1아르쉰**　1아르쉰은 71.12센티미터임.

145　**미치카**　드미트리의 비칭.

151　**주위가 벌써 낮같이~깨달았다**　백야 현상으로 밤에도 낮같이 환한 것

을 가리킨다.

160 4분의 1베르스타 250미터가량 된다.

170 라비자 러시아어로 Лавиза, 게르만족 여성 이름의 스칸디나비아적
형태 Lovisa를 러시아식으로 변형시킨 것이며 '유명한 전사'라는 의
미를 갖는다.

184 이곳에 마차를 세우지 마시오 '소변 금지'라는 뜻.

1푸드 반 1푸드는 약 16.38킬로그램, 따라서 1푸드 반은 25킬로그램
가량이다.

190 꼭지 한 꼭지는 전지 한 장으로 16페이지분이다.

여성 문제 여성 문제, 즉 양성평등은 1860년대 러시아에서 보수 언론
과 진보 언론 간에 벌어진 뜨거운 논쟁의 대상이었다. 여성의 권리를
옹호한 투사로는 M. L. 미하일로프(М. Л. Михайлов, 1829~1865),
N. G. 체르느이쉐프스키(Н. Г. Чернышевский, 1828~1889), D.
I. 피사레프(Д. И. Писарев, 1840~1868), 그리고 잡지 『동시대인
(Современник)』의 시사평론가들이 대표적이었으며, 외국 사상가
들의 논문도 활발하게 번역되어 나왔다.

『고백록』 1865년 페테르부르크의 O. I. 박스트(О. И. Бакст) 출판사
에서 나온 『러시아어 번역으로 읽는 외국 고전 작가들』에 실렸던 루
소의 『고백록』을 가리키는 것으로 보인다.

라지쉬췌프 A. N. 라지쉬체프(А. Н. Радищев, 1749~1802). 문학
에 사상성을 주된 과제로 제시한 최초의 러시아 작가로 러시아 리얼
리즘 문학과 유물론 철학의 창시자 중 한 사람이다. 특히 1790년 자
비로 출판한 서간문 형식의 작품 『페테르부르크에서 모스크바로의
여행(Путешествие из Петербурга в Москву)』에서 그는 러시아
농민의 참상을 충실하게 그리면서 혁명적 수단에 의해 농노제와 전
제정치를 폐지할 것을 주장하였으며, 그로 인해 시베리아 유형에 처
해졌다. 이후 자유의 몸이 된 뒤 급진적 사상으로 인해 다시 유형의
위험에 직면하게 되자 자살을 택하였다.

루소를~말했다는 거야 체르느이쉐프스키도 루소를 혁명적 민주주의 자라 불렀고, 피사레프 역시도 책이 불살라지고 체포장이 발부되었던 루소의 전기적 사실들이 러시아 독자들에게 라지쉬체프를 상기시킨다고 쓴 바 있다.

198 **나스타슈쉬카** 나스타시야의 애칭.

200 **파쉔카** 여주인 프라스코비야의 애칭.

205 **나스첸카** 나스타시야의 애칭.

212 **백작부인~하나도 안 했으니까** 주인공 게르만의 꿈에 백작부인이 나타나 늘 이기는 카드의 비밀 '3-7-에이스'를 알려 주고 사라지는 푸쉬킨의 소설 「스페이드의 여왕(Пиковая дама)」에 대한 숨겨진 암시일 수 있다.

218 **팔머스턴** H. J. T. 팔머스턴(H. J. T. Palmerston, 1784~1865). 1855~1858년에 영국의 수상을 지냈고 수차례 내무장관을 역임했다. 국내 정치에서는 개혁 도입에 반대했고 외교 정책에서는 세력 균형의 옹호자였다. 라스콜니코프의 모자를 장난스레 팔머스턴이라 부름으로써 라주미힌은 그의 모자가 형편없이 낡고 못쓰게 된 것임을 비꼬고 있다.

220 **샤르메르** 당시 페테르부르크에서 유명하던 프랑스인 재봉사로, 도스토예프스키도 그에게 옷을 주문하곤 했다.

222 **팔레 드 크리스탈** 1862년 페테르부르크의 볼샤야 사도바야 거리와 보즈네센스키 대로의 모퉁이에 '팔레 드 크리스탈(수정궁)'이란 이름의 호텔이 문을 열었고, 이어 센나야 근처에도 이런 이름의 레스토랑들이 여럿 생겨났다. 도스토예프스키가 1862년 7월 그의 첫 외국 여행 중에 런던에서 본 순전히 유리와 금속으로 지은 세계박람회 건물은 체르느이쉐프스키의 소설 『무엇을 할 것인가(Что делать)?』에서 미래의 사회주의적 공동체의 건축 모델이 되며, 이 두 작가의 동시대인들에게 수정궁이란 이름은 1840~1860년대의 유토피아적 사회주의자들이 꿈꾸던 새롭고 조화로운 경제적, 도덕적 관계를 상징하는

것이었다. 그러나 도스토예프스키는 이미 1863년 그의 「여름 인상의 겨울 메모(Зимние заметки о летних впечатлениях)」(1863)와 「지하로부터의 수기(Записки из подполья)」(1864)에서 이미 이상에 도달한, 그래서 더 이상 나아갈 데가 없는 어떤 부동의 정지된 수정궁으로 미래를 이해하는 유토피아 사상과 논쟁을 펼치면서, 그것을 바빌론, 묵시록과 연결시킨다. 『죄와 벌』에서도 이 숨겨진 논쟁은 계속된다. 여기서 '팔레 드 크리스탈'은 미래의 조화를 보여 주는 이상이 아니라, 여러 다른 싸구려 술집과 여인숙들 사이에 자리하고 있는 술집이며, 여기서 허무주의자 라스콜니코프는 심술궂은 절망감에서 자묘토프에게 자신의 비밀을 폭로하면서 수학적 정확성에 따른 논리적, 합리적 세계 질서에 대해 혀를 내밀어 보인다.

228 **미콜라이** 니콜라이의 비칭.

229 **미트레이** 드미트리의 비칭.

230 **페스키** 페스키는 당시 페테르부르크의 변두리에 위치한 구(區)의 하나로, 수보로프스키 대로 너머에 있었다.

콜롬나 오카 강 유역의 항구 도시로, 모스크바 주에 속한다.

232 **파블르이치** 두쉬킨의 이름과 부칭.

240 **로지온 로마느이치** 라스콜니코프의 부칭인 로마노비치는 일상어에서 로마느이치로 불리는 경우가 많다.

245 **쥬벵** 쥬벵(Jouvin)은 그레노블 출신의 장갑 제조인이다.

250 **그러나 과학은~기초하고 있기 때문이다** 이 말은 영국의 시민 경제학자이자 철학자인 제레미 벤담(J. Bentham, 1748~1832)의 공리주의 윤리학의 영향을 보여 주는 동시에, 모든 인간은 각기 자신만을 생각한다는 체르느이쉐프스키의 '합리적 이기주의'에 대한 도스토예프스키의 비판을 담고 있다. 또한 외투에 대한 루쥔의 연설은 피사레프의 논문 「오귀스트 콩트의 역사 사상」에서 개진되는 개인적 이익 원칙에 대한 설명 방식을 패러디하고 있다.

255 **이제 위대한 시대가 찾아왔으니** 농노해방령의 공포를 가리킨다.

266 **그걸 어디서 읽었더라~낫다 하고 말이다** 1862년 『시대』지에 러시아어 번역이 실렸던 빅토르 위고의『파리의 노트르담』을 염두에 둔 말이다.

267 **이즐레르** 당시 페테르부르크 교외의 휴양원 '광천수'의 소유주.

아즈텍 1865년 여름 페테르부르크 신문들은 고대 멕시코의 주민인 아즈텍인들의 후예로 여겨지는 젊은 난쟁이 남녀 마시모(26세)와 바르톨로(21세)의 페테르부르크 도착 소식과 그들의 공연 광고로 가득 차 있었다고 한다.

페테르부르크스카야 구 네바 강에 의해 페테르부르크의 중심부와 분리되어 있는 구(區)로서, 페트로그라드스키 섬, 아프체카르스키 섬, 페트로프스키 섬, 자야치 섬(토끼섬)으로 이루어진 지역으로, 1914년부터는 페트로그라드스카야 구라고 불린다.

287 **니콜라쉬카** 니콜라이의 속칭.

289 **피체르** 페테르부르크의 속칭.

291 **쉴의 집** 페테르부르크에는 쉴의 집이 몇 채 있었다. 그중의 한 집, 말라야 모르스카야와 보즈네센스키 대로가 만나는 모퉁이에 있던 집에서 도스토예프스키는 1847년부터 1849년 4월까지 살았으며, 그곳에서 1849년 4월 23일 페트라쉐프스키 사건에 연루되어 체포되었다. 1820~1830년대에 쉴은 스톨랴르느이 골목에도 집을 한 채 소유하고 있었는데, 이 집은 도스토예프스키가『죄와 벌』을 쓸 적에 살았던 집과 거의 마주보고 있었다.

298 **폴랴** 폴랴는 폴렌카와 마찬가지로, 아폴리나리야의 애칭임.

299 **리도치카** 리다. 리도치카는 리디야의 애칭임.

303 **아말리 이반이야** 립페베흐젤 부인은 자신의 아버지 이름이 요한, 즉 러시아식 이름으로는 이반이기 때문에 자신의 부칭이 이바노브나라고 주장하나, 러시아어가 서툰 탓에 아말리야 이바노브나라는 자신의 이름과 부칭을 아말리 이반이라고 말하고 있다. 반면, 카체리나 이바노브나는 자신의 '자랑스러운' 아버지 이름인 이반을 아말리야의 부칭으로 인정하지 않고, 러시아인에게는 없는 독일 이름 루드비

히에서 만든 부칭인 류드비고브나를 붙여 줌으로써 러시아로 흘러 들어온 독일인에 대한 자신의 경멸을 노골적으로 드러낸다. 립페베흐젤이라는 성(姓) 역시 어원상 '입 바꾸기(Lippe 입, 입술; Wechsel 바꾸기)'라는 부정적 의미를 갖는다.

314 **그것은~느낌과도 흡사했다** 여기서 도스토예프스키는 자신과 친구들의 경험을 상기하고 있다. 도스토예프스키는 사회주의 이론을 신봉하던 페트라셰프스키를 중심으로 그 방면의 서적을 갖추고 읽고 토론하고 인쇄기와 비밀결사의 맹약 초안 같은 것을 집에 두기도 한 청년들과 함께 체포되어, 1849년 12월 22일 세묘노프스키 연병장에서 총살형을 언도받고 백두건이 씌워진 채 사형대의 기둥에 묶였다. 그러나 사수들의 총신이 일제히 그들을 향해 겨누어진 순간, 니콜라이 1세가 정해 둔 각본에 따라 법무관이 다시 등장하여 새로운 판결문을 읽었고, 사형은 징역과 유형으로 대체되었다.

352 **블린** 러시아식의 얇은 팬케이크.

368 **딱지가 붙은** 루쿼는 소냐가 받아야 했던 노란색 매춘부 신분증을 두고 이렇게 표현하고 있다.

370 **왕비** 프랑스 대혁명 당시의 마리 앙투아네트(루이 16세의 부인)를 가리킨다.

398 **미트로판 묘지** 미트로판 묘지는 콜레라가 창궐하던 1831년에 만들어진, 페테르부르크의 빈민 묘지였다.

412 **죽기 사흘 전이었나** 실제로 라스콜니코프가 시계를 가지고 전당포에 갔던 것은 사건 이틀 전이었다.

431 **공동숙사** phalanstère. 샤를 푸리에가 제창한 사회주의적 생활공동체.

432 **이반 대제** 크레믈린 안에 있는 이반 대종의 종루.
35사줸 1사줸은 약 2.134미터. 따라서 35사줸은 74.67미터 정도.

437 **리쿠르고스** Lykourgos. 고대 스파르타의 전설적인 입법자로, 스파르타의 국가제도와 법, 시민의 생활규범을 정했다고 전해진다.

439 **새 예루살렘** 새 예루살렘이란 표현은 「요한계시록」 21장 1~2절에서

가져온 것이다. "또 내가 새 하늘과 새 땅을 보니 처음 하늘과 처음 땅이 없어졌고 바다도 다시 있지 않더라. 또 내가 보매 거룩한 성 새 예루살렘이 하느님께로부터 하늘에서 내려오니 그 예비한 것이 신부가 남편을 위하여 단장한 것 같더라." 1830~1840년대의 공상적 사회주의자들은 이 기독교적인 이상을 죄가 없고 조화로운 새로운 지상 왕국, 새로운 황금시대의 도래를 의미하는 것으로 재해석했다.

449 **사흘 전이잖아** 480페이지 주석(412) '죽기 사흘전이었나' 참조.

452 **열씨 30도** 섭씨 37.5도에 해당함.

461 **툴롱** 프랑스 남부의 도시. 1793년 12월 17일, 당시에 아직 무명이던 나폴레옹 보나파르트는 이곳 전투에서 첫 승리를 거두었고, 툴롱을 점령하고 왕당파를 분쇄한 공로로 준장으로 승진했다.

파리에서 대학살을 감행하고 1795년 10월 나폴레옹은 파리에서 일어난 왕당파의 봉기를 포격 진압했다.

이집트에 둔 대군을 잊어버리고 이집트 원정(1798~1801) 중이었던 1799년, 나폴레옹은 자신이 지휘하는 군대를 이집트에 내버려 두고, 몰래 프랑스로 가서 집정관 정부를 전복시키고 최고 권력을 장악했다.

모스크바 원정에서~소모하고는 1812년 러시아 침공에서 대패한 나폴레옹은 병력 50만을 잃고 겨우 1천 명 정도의 보병과 3천 명 정도의 부상병을 데리고 퇴각했다.

빌노 리투아니아의 수도 빌니우스의 옛 이름.

우스갯소리로 넘겨 버린다 러시아로부터 퇴각하던 나폴레옹이 빌노에서 했다는 유명한 말 "위대한 것과 우스꽝스러운 것은 한 걸음 차이다"를 가리킨다.

462 **인류 전체의~평온을 느낀다** 푸리에의 제자이자 그가 죽은 뒤 푸리에주의 운동의 중심에 섰던 콩시데랑(P. V. Considérant, 1808~1893)의 저서에서 자주 만나게 되는 구절임.

463 **피조물들이여** 코란과 푸쉬킨의 시 「코란의 모방(Подражания Корану)」(1824)에서 가져온 표현임.

새롭게 을유세계문학전집을 펴내며

을유문화사는 이미 지난 1959년부터 국내 최초로 세계문학전집을 출간한 바 있습니다. 이번에 을유세계문학전집을 완전히 새롭게 마련하게 된 것은 우리가 직면한 문화적 상황에 적극적으로 대응하기 위해서입니다. 새로운 을유세계문학전집은 세계문학의 역할이 그 어느 때보다 중요해졌다는 인식에서 출발했습니다. 오늘날 세계에서 타자에 대한 이해는 우리의 안전과 행복에 직결되고 있습니다. 세계문학은 지구상의 다양한 문화들이 평등하게 소통하고, 이질적인 구성원들이 평화롭게 공존할 수 있는 문화적인 힘을 길러 줍니다.

을유세계문학전집은 세계문학을 통해 우리가 이런 힘을 길러 나가야 한다는 믿음으로 만들어졌습니다. 지난 5년간 이를 준비하기 위해 많은 노력을 기울였습니다. 세계 각국의 다양한 삶의 방식과 문화적 성취가 살아 있는 작품들, 새로운 번역이 필요한 고전들과 새롭게 소개해야 할 우리 시대의 작품들을 선정했습니다. 우리나라 최고의 역자들이 이들 작품 속 한 문장 한 문장의 숨결을 생생히 전하기 위해 심혈을 기울였습니다. 또한 역자들은 단순히 번역만 한 것이 아니라 다른 작품의 번역을 꼼꼼히 검토해 주었습니다. 을유세계문학전집은 번역된 작품 하나하나가 정본(定本)으로 인정받고 대우받을 수 있도록 최선을 다했습니다. 세계문학이 여러 경계를 넘어 우리 사회 안에서 주어진 소임을 하게 되기를 바라며 을유세계문학전집을 내놓습니다.

을유세계문학전집 편집위원단(가나다 순)

김월회(서울대 중문과 교수)
김헌(서울대 인문학연구원 교수)
박종소(서울대 노문과 교수)
손영주(서울대 영문과 교수)
신정환(한국외대 스페인어통번역학과 교수)
정지용(성균관대 프랑스어문학과 교수)
최윤영(서울대 독문과 교수)

을유세계문학전집

을유세계문학전집은 계속 출간됩니다.

을유세계문학전집 연표